P9-BJK-666

丰乳肥臀

莫言文集

FENGRU FEITUN

莫言 著

作家出版社

文集序言

莫言

一九八一年十月，在《蓮池》雙月刊第五期上發表處女作短篇小說《春夜雨霏霏》，至今已是三十年。發表處女作後不久我的女兒出生，今秋，女兒的女兒也出生了。儘管往事歷歷如在眼前，但外孫女粉紅的笑臉告訴我，三十年，對一個人來說，是相當漫長的一段時光。

我一直羞於編文集，因為編文集，就如同回頭檢點走過的道路。走十里八里，可以努着勁兒，保持良好的姿態，做到一步也不歪斜，但走三百里，就任憑是鐵打的漢子，也難確保沒有一個歪腳印。寫幾年文章，可以抖擻着精神，保證篇篇都是精品，但寫三十年，就難免泥沙俱下，良莠不齊了。因此，編選這種總結性的文集，最大的羞愧就是面對着那些當初草率付梓、如今不堪入目的文章。當然也可以將這類文章剔除出去，但既是階段性的全集，剔出去又名實不副；當然也可以將不滿意的文章大加刪改，但如此又有不忠實自己的寫作歷史之弊。因此，三十年中發表的文字，凡能蒐集到的，還是統統編進來；除了技術方面的錯誤，其餘的盡量保持原貌。以前改動過的，以最後一次定稿為準。

通讀舊稿，感慨良多。一萬多個日日夜夜，凝固在其中，每一部作品，都有自己的故事，每一行文字，都能引發美好或痛苦的記憶。實事求是地說，我為年輕時的探索熱情和挑戰傳統的勇氣而自豪，同時也為因用力過猛所造成的偏差而遺憾。我本來是能夠也應該寫得更多更好一些的，但我虛擲了許多大好時光，浪費了許多才華，現在後悔也晚矣。

當然也可以說現在覺悟也不晚，畢竟我還能写。我知道已經寫了一些什麼，因此也就大概地知道還有可能写些什麼。

我用臺灣一位老作家送我的自來水筆寫了上邊這些字，筆好，書寫便成為一件樂事，接下來的小說，也用這枝筆寫。

二零一一年十二月十四日

丰乳肥臀/ 目录

第一卷

第一章

马洛亚牧师提着一只黑色的瓦罐上了教堂后边的大街，一眼便看到，铁匠上官福禄的妻子上官吕氏弯着腰，手执一把扫炕笤帚，正在大街上扫土。他的心急剧地跳起来，嘴唇哆嗦着，低语道："上帝，万能的主，上帝……"他用僵硬的手指在胸前画了个"十"字，便慢慢地退到墙角，默默地观察着高大肥胖的上官吕氏。她悄悄地、专注地把被夜露潮湿了的浮土扫起来，并仔细地把浮土中的杂物拣出扔掉。这个肥大的妇人动作笨拙，但异常有力，那把金黄色的、用黍子穗扎成的笤帚在她的手中像个玩具。她把土盛到簸箕里，用大手按结实，然后端着簸箕站起来。

上官吕氏端着尘土刚刚拐进自家的胡同口儿，就听到身后一阵喧闹。她回头看到，本镇首富福生堂的黑漆大门洞开，一群女人涌出来。她们都穿着破衣烂衫，脸上涂抹着锅底灰。往常里穿绸披缎、涂脂抹粉的福生堂女眷，为何打扮成这副模样？从福生堂大门对面的套院里，那个外号"老山雀"的车夫，赶出来一辆崭新的、罩着青布幔子的胶皮轱辘大车。车还没停稳，女人们便争先恐后地往上挤。车夫蹲在被露水打湿的石狮子前，默默地抽着烟。福生堂大掌柜司马亭提着一杆长筒鸟枪，从大门口一跃而出。他的动作矫健、轻捷，像个小伙子似的。车夫慌忙站起，望着大掌柜。司马亭从车夫手中夺过烟斗，很响地抽了几口，然后他仰望着黎明时分玫瑰色的天空打了一个哈欠，说："发车，停在墨水河桥头等着，我随后就到。"

车夫一手抓着缰绳，一手摇晃着鞭子，拢着马，调转了车头。女眷们挤在车上，叽叽喳喳地嚷叫着。车夫打了一个响鞭，马便小跑起来。马脖子下悬着的铜铃叮叮当当脆响着，车轮滚滚，卷起一路灰尘。

司马亭在街中央大大咧咧地撒了一泡尿，对着远去的马车吼了一嗓子，然后，抱着鸟枪，爬上街边的瞭望塔。塔高三丈，用了九十九根粗大圆木搭成。塔顶是个小小的平台，台上插着一面红旗。清晨无风，湿漉漉的旗帜垂头丧气。上官吕氏看到司马亭站在平台上，探着头往西北方向张望。他脖子长长，嘴巴翘翘，仿佛一只正在喝水的鹅。一团毛茸茸的白雾滚过来，吞没了司马亭，吐出了司马亭。血红的霞光染红了司马亭的脸。上官吕氏感到司马亭脸上蒙了一层糖稀，亮晶晶，黏腻腻，耀眼。他双手举枪，高过头顶，脸红得像鸡冠子。上官吕氏听到一声细微的响，那是枪机撞击引火帽的声音。他举着枪，庄严地等待着，良久，良久。上官吕氏也在等待，尽管沉重的土簸箕坠得双手酸麻，尽管歪着脖子十分别扭。司马亭落下枪，嘴唇撅着，好像一个赌气的男孩。她听到他骂了一声。这孙子！敢不响！然后他又举起枪，击发，啪嗒一声细响后，一道火光蹿出枪口，黯淡了霞光，照白了他的红脸。一声尖厉的响，撕破了村庄的宁静，顿时霞光满天，五彩缤纷，仿佛有仙女站在云端，让鲜艳的花瓣纷纷扬扬。上官吕氏心情激动。她是铁匠的妻子，但实际上她打铁的技术比丈夫强许多，只要是看到铁与火，就血热。热血沸腾，冲刷血管子。肌肉暴突，一根根，宛如出鞘的牛鞭，黑铁砸红铁，花朵四射，汗流浃背，在奶沟里汇成溪，铁血腥味弥漫在天地之间。她看到司马亭在高高的塔台上蹦了一下。清晨的潮湿空气里，弥漫着硝烟和硝烟的味道。司马亭拖着长腔扬着高调转着圈儿对整个高密东北乡发出警告：

“父老乡亲们，日本鬼子就要来了！”

第二章

上官吕氏把簸箕里的尘土倒在揭了席、卷了草的土炕上，忧心忡忡地扫了一眼手扶着炕沿儿低声呻吟的儿媳上官鲁氏。她伸出双手，把尘土摊平，轻声对儿媳说："上去吧。"

在她的温柔目光注视下，上官鲁氏浑身颤抖。她可怜巴巴地看着婆婆慈祥的面孔，苍白的嘴唇哆嗦着，好像要说什么话。

上官吕氏大声道："嗨，清晨放枪，大司马又犯了魔怔！"

上官鲁氏道："娘……"

上官吕氏拍打着手上的尘土，轻声嘟哝着："你呀，我的好儿媳妇，争口气吧！要是再生个女孩，我也没脸护着你了！"

两行清泪，从上官鲁氏眼窝里涌出。她紧咬着下唇，使出全身的力气，提起沉重的肚腹，爬到土坯裸露的炕上。

"轻车熟路，自己慢慢生吧，"上官吕氏把一卷白布、一把剪刀放在炕上，蹙着眉头，不耐烦地说，"你公公和来弟她爹在西厢房里给黑驴接生，它是初生头养，我得去照应着。"

上官鲁氏点了点头。她听到高高的空中又传来一声枪响，几条狗怯怯地叫着，司马亭的喊叫断断续续传来："乡亲们，快跑吧，跑晚了就没命啦……"好像是呼应司马亭的喊叫，她感到腹中一阵拳打脚踢，剧烈的痛楚碌碡般滚动，汗水从每一个毛孔里渗出，散发着淡淡的鱼腥。她紧咬牙关，为了不使那号叫冲口而出。透过朦胧的泪水，她看到满头黑发的婆婆跪在堂屋的神龛前，在观音菩萨的香炉里插上了三炷紫红色的檀香，香烟袅袅上升，香气弥漫全室。

大慈大悲、救苦救难的观音菩萨，保佑我吧，可怜我吧，送给我个男孩吧……上官鲁氏双手按着高高隆起的、凉森森的肚皮，望着端坐在神龛中的白瓷观音那神秘的光滑面容，默默地祈祷着，泪水又一次溢出眼眶。她脱下湿了一片的裤子，将褂子尽量地卷上去，袒露出腹部和乳房。她手撑土炕，把身体端正地放在婆婆扫来的浮土里。在阵痛的间隙里，她把凌乱的头发用手指梳理了一下，将腰背倚在卷起的炕席和麦秸上。

窗棂上镶着一块水银斑驳的破镜子，映出脸的侧面：被汗水濡湿的鬓发，细长的、黯淡无光的眼睛、高耸的白鼻梁、不停地抖动着的嘴唇枯燥的阔嘴。一缕潮漉漉的阳光透过窗棂，斜射在她的肚皮上。那上边暴露着弯弯曲曲的蓝色血管和一大片凹凸不平的白色花纹，显得狰狞而恐怖。她注视着自己的肚子，心中交替出现灰暗和明亮，宛若盛夏季节里高密东北乡时而乌云翻滚时而湛蓝透明的天空。她几乎不敢俯视大得出奇、坚硬得出奇的肚皮。有一次她梦到自己怀了一块冷冰冰的铁。有一次她梦到自己怀了一只遍体斑点的癞蛤蟆。铁的形象还让她勉强可以忍受，但那癞蛤蟆的形象每一次在脑海里闪现，她都要浑身暴起鸡皮疙瘩。菩萨保佑……祖宗保佑……所有的神、所有的鬼，你们都保佑我、饶恕我吧，让我生个全毛全翅的男孩吧……我的亲亲的儿子，你出来吧……天公地母、黄仙狐精，帮助我吧……就这样祝祷着，祈求着，迎接来一阵又一阵撕肝裂肺般的剧痛。她的双手抓住身后的炕席，身上的每一块肌肉都在震颤、抽搐。她双目圆睁，眼前红光一片，红光中有一些白炽的网络在迅速地卷曲和收缩，好像银丝在炉火中熔化。一声终于忍不住的号叫从她的嘴巴里冲出来，飞出窗棂，起起伏伏地逍遥在大街小巷，与司马亭的喊叫交织在一起，拧成一股绳，宛若一条蛇，钻进那个身材高大、哈着腰、垂着红毛大脑袋、耳朵眼里生出两撮白毛的瑞典籍牧师马洛亚的耳朵。

在通往钟楼的腐朽的木板楼梯上，马洛亚牧师怔了一下，湛蓝色的、迷途羔羊一般的永远是泪汪汪的、永远是令人动心的和蔼眼睛里跳跃着似乎是惊喜的光芒。他伸出一根通红的粗大手指，在胸脯上画了一个十字，嘴里吐出一句完全高密东北乡化了的土腔洋词：“万能的主啊……”他继续往上爬，爬到顶端，撞响了那口原先悬挂在寺院里的绿锈斑斑的铜钟。

苍凉的钟声扩散在雾气缭绕的玫瑰色清晨里。伴随着第一声钟鸣，伴随着日本鬼子即将进村的警告，一股汹涌的羊水，从上官鲁氏的双腿间流出来。她嗅到了一股奶山羊的膻味，还嗅到了时而浓烈时而淡雅的槐花的香味，去年与马洛亚在槐树林中欢爱的情景突然异常清晰地再现眼前，但不容她回到那情景中流连，婆婆上官吕氏高举着两只血迹斑斑的手，跑进了房间。她恐怖地看到，婆婆的血手上，闪烁着绿色的火星儿。

“生了吗？”她听到婆婆大声地问。

她有些羞愧地摇摇头。

婆婆的头颅在阳光中辉煌地颤抖着，她惊奇地发现，婆婆的头发突然花白了。

“我还以为生出来了呢。”婆婆说。

婆婆的双手对着自己的肚皮伸过来。那双手骨节粗大、指甲坚硬，连手背上都布满胼胝般的硬皮。她感到恐惧，想躲避这个打铁女人沾满驴血的双手，但她没有力量。婆婆的双手毫不客气地按在她的肚皮上，她感到自己的心跳都要停了，冰凉的感觉透彻了五脏六腑。她不可遏止地发出了连串的号叫，不是因为疼痛，而是因为恐怖。婆婆的手粗鲁地摸索着，挤压着她的肚皮，最后，像测试西瓜的成熟程度一样“啪啪”地拍打了几下，仿佛买了一个生瓜，表现出烦恼和懊丧。那双手终于离去，垂在阳光里，沉甸甸的，萎靡不振。在她的眼里，婆婆是个轻飘飘的大影子，只有那两只手是真实的，是威严的，是随心所欲、为所欲为的。她听到婆婆的声音从很远的地方传来，从很深的水塘里、伴随着淤泥的味道和螃蟹的泡沫传来：

“……瓜熟自落……到了时辰，拦也拦不住……忍着点，咋咋呼呼……不怕别人笑话，难道不怕你那七个宝贝女儿笑话……”

她看到那两只手中的一只，又一次软弱无力地落下来，厌烦地敲着自己凸起的肚皮，仿佛敲着一面受潮的羊皮鼓，发出沉闷的声响。

“现如今的女人越变越娇气，我生她爹那阵子，一边生，一边纳鞋底子……”

那只手总算停止了敲击，缩回，潜藏到暗影里，恍惚如野兽的脚爪。婆婆的声音在黑暗中闪烁着，槐花的香气阵阵袭来。

“看你这肚子，大得出奇，花纹也特别，像个男胎。这是你的福气，我的福气，上官家的福气。菩萨显灵，天主保佑，没有儿子，你一辈子都是奴；有了儿子，你立马就是主。我说的话你信不信？信不信由你，其实也由不得你……”

“娘啊，我信，我信啊！”上官鲁氏虔诚地念叨着，她的眼睛看到对面墙壁上那片暗褐色的污迹，心里涌起无限酸楚。那是三年前，生完第七个女儿上官求弟后，丈夫上官寿喜怒火万丈，扔过一根木棒槌，打破她的头，血溅墙壁留下的污迹。婆婆端过一个笸箩，放在她身侧。婆婆的声音像火焰在暗夜里燃烧，放射着美丽的光芒：

“你跟着我说，‘我肚里的孩子是千金贵子’，快说！”笸箩里盛着带壳的花生。婆婆慈祥的脸，庄严的声音，一半是天神，一半是亲娘，上官鲁氏感动万分，哭着说：“我肚里怀着千金贵子，我肚里怀着贵子……我的儿子……”婆婆把几颗花生塞到她手里，教她说：“花生花生花花生，有男有女阴阳平。”她接过花生，感激地重复着婆婆的话：“花生花生花花生，有男有女阴阳平。”

上官吕氏探过头来，泪眼婆娑地说：“菩萨显灵，天主保佑，上官家双喜临门！来弟她娘，你剥着花生等时辰吧，咱家的黑驴要生小骡子，它是头胎生养，我顾不上你了。”

上官鲁氏感动地说：“娘，您快去吧。天主保佑咱家的黑驴头胎顺产……”

上官吕氏叹息一声，摇摇晃晃地走出屋子。

第三章

西厢房的石磨台上，点着一盏遍体污垢的豆油灯，昏黄的灯火不安地抖动着，尖尖的火苗上，挑着一缕盘旋上升的黑烟。燃烧豆油的香气与驴粪驴尿的气味混合在一起。厢房里空气污浊。石磨的一侧，紧靠着青石驴槽。上官家临产的黑驴，侧卧在石磨与驴槽之间。

上官吕氏走进厢房，眼睛只能看到豆油灯火。黑暗中传来上官福禄焦灼的问话："他娘，生了个啥？"

上官吕氏对着丈夫的方向撇了撇嘴，没回答。她越过地上的黑驴和跪在黑驴身侧按摩驴肚皮的上官寿喜，走到窗户前，赌气般地把那张糊窗的黑纸扯了下来。十几条长方形的金色阳光突然间照亮了半边墙壁。她转身至石磨前，吹熄了磨石上的油灯。燃烧豆油的香气迅速弥漫，压住了厢房里的腥臊气。上官寿喜黑油油的小脸被一道阳光照耀得金光闪闪，两只漆黑的小眼睛闪烁着，宛若两粒炭火。他怯生生地望着母亲，低声道："娘，咱也跑吧，福生堂的人都跑了，日本人就要来了……"

上官吕氏用恨铁不成钢的目光直盯着儿子，逼得他目光躲躲闪闪，沁满汗珠的小脸低垂下去。

"谁告诉你日本人要来？"上官吕氏恶狠狠地质问儿子。

"福生堂大掌柜的又放枪又吆喝……"上官寿喜抬起一条胳膊，用沾满驴毛的手背揩着脸上的汗水，低声嘟囔着。与上官吕氏粗大肥厚的手掌相比较，上官寿喜的手显得又小又单薄。他的嘴唇突然停止了翕动，昂起头，竖起那两只精巧玲珑的小耳朵，谛听着，他说："娘，爹，你们听！"

司马亭沙哑的嗓音悠悠地飘进厢房："大爷大娘们——大叔大婶们——大哥大嫂子们——大兄弟大姊妹们——快跑吧，逃难吧，到东南荒地里庄稼棵子里避避风头吧——日本人就要来了——我有可靠情报，并非虚谎，乡亲们，别犹豫了，跑吧，别舍不得那几间破屋啊，人在青山在呐，有人有世界呐——乡亲们，跑吧，晚了可就来不及了——"

上官寿喜跳起来，惊恐地说："娘，听到了吧？咱家也跑吧……"

"跑，跑到哪里去？！"上官吕氏不满地说，"福生堂当然要跑，我们跑什么？上官家打铁种地为生，一不欠皇粮，二不欠国税，谁当官，咱都为民。日本人不也是人吗？日本人占了东北乡，还不是要依靠咱老百姓给他们种地交租子？他爹，你是一家之主，我说的对不对？"

上官福禄咧着嘴，龇出两排结实的黄牙齿，脸上的表情哭笑难分。

上官吕氏怒道："我问你哪，龇牙咧嘴干什么？碌碡轧不出个屁来！"

上官福禄哭丧着脸说："我知道个啥？你说跑咱就跑，你说不跑咱就不跑呗！"

上官吕氏叹息一声，道："是福不是祸，是祸躲不过。还愣着干什么？快给它按肚皮！"

上官寿喜翕动着嘴唇，鼓足了勇气，用底气不足的高声问道："她生了没有？"

"男子汉大丈夫，一心不可二用，你只管驴，妇人的事，不用你操心。"上官吕氏说。

"她是我老婆嘛……"上官寿喜喃喃着。

"没人说她不是你的老婆。"上官吕氏说。

"我猜她这一次怀的是男孩，"上官寿喜按着驴肚子，道，"她肚子大得吓人。”

“你呀，无能的东西……”上官吕氏沮丧地说，“菩萨保佑吧。”

上官寿喜还想说话，但被母亲哀怨的目光封住了嘴。

上官福禄道：“你们在这忙着，我上街探看动静。”

“你给我回来！”上官吕氏一把抓住丈夫的肩头，把他拖到驴前，怒道：“街上有什么动静你看？按摩驴肚皮，帮它快点生！菩萨啊，天主啊，上官家的老祖宗都是咬铁嚼钢的汉子，怎么养出了这样一些窝囊子孙！”

上官福禄在驴前弯下腰，伸出那两只与他儿子同样秀气的小手，按在黑驴抽搐的肚皮上。他的身体与儿子的身体隔驴相对。父子二人对面相觑，都咧嘴，都龇牙，活脱脱一对难兄难弟。他们父起子伏，父伏子起，宛如踩在一条跷跷板两端的两个孩童。随着身体的起伏，他们的手在驴肚皮上浮皮潦草地揉动着。父子俩都没有力气，轻飘飘，软绵绵，灯芯草，败棉絮，漫不经心，偷工减料。站在他们身后的上官吕氏懊丧地摇摇头，伸出铁钳般的大手，捏住丈夫的脖子，把他拎起来，叱几声：“去去，到一边去！”然后，轻轻一推，欺世盗名的打铁匠上官福禄便踉踉跄跄地扑向墙角，趴在一麻袋草料上。“起来！”上官吕氏呵斥儿子，“别在这儿碍手碍脚，饭不少吃，水不少喝，干活稀松！天老爷，我好苦的命哟！”上官寿喜如同遇了大赦般跳起来，到墙角上与父亲会合。父子二人黑色的眼睛油滑地眨动着，脸上的表情既像狡诈又像木讷。这时，司马亭的喊叫声又一次涌进厢房，父子二人的身体都不安地绞动起来，仿佛屎逼，好像尿急。

上官吕氏双膝跪在驴腹前，全然不避地上的污秽。庄严的表情笼罩着她的脸。她挽起袖子，搓搓大手。她搓手的声音粗糙刺耳，宛若搓着两只鞋底。她把半边脸贴在驴的肚皮上，眯着眼睛谛听着。继而，她抚摸着驴脸，动情地说：“驴啊，驴，豁出来吧，咱们做女子的，都脱不了这一难！”然后，她跨着驴脖子，弓着腰，双手平放在驴腹上，像推刨子一样，用力往前推去。驴发出哀鸣，四条蜷曲的腿猛地弹开，四只蹄子哆嗦着，好像在迅速地敲击着四面无形的大鼓，杂乱无章的鼓声在上官家的厢房里回响。驴的脖子弯曲着扬起来，滞留在空中，然后沉重地甩下去，发出潮湿而黏腻的肉响，“驴啊，忍着点吧，谁让咱做了女的呢？咬紧牙关，使劲儿……使劲儿啊，驴……”她低声念叨着，把双手收到胸前，蓄积起力量，屏住呼吸，缓缓地、坚决地向前推压。驴挣扎着，鼻孔里喷出黄色的液体，驴头甩得呱呱唧唧，后边，羊水和粪便稀里糊涂迸溅而出。上官父子惊恐地捂住了眼睛。

“乡亲们，日本鬼子的马队已经从县城出发了，我有确切情报，不是胡吹海侃，跑吧，再不跑就来不及了……”司马亭忠诚的喊叫声格外清晰地传入他们的耳朵。

上官父子睁开眼睛，看到上官吕氏坐在驴头边，低着头呼呼哧哧喘息。汗水溻湿了她的白布褂子，显出了她的僵硬、凸出的肩胛骨形状。黑驴臀后，汪着一摊殷红的血，一条细弱纤巧的骡腿，从驴的产道里直伸出来。这条骡腿显得格外虚假，好像是人恶作剧，故意戳到里边去的。

上官吕氏把剧烈抽搐着的半边脸再次贴到驴腹上，久久地谛听着。上官寿喜看到母亲的脸色像熟透了的杏子一样，呈现出安详的金黄颜色。司马亭孜孜不倦的吼叫飘来飘去，宛若追腥逐臭的苍蝇，粘在墙壁上，又飞到驴身上。他感到一阵阵心惊肉跳，好像大祸要临头。他想逃离厢房，但没有胆量。他朦胧地感觉到，只要一出家门，必将落到那些据说是个头矮小、四肢粗短、蒜头鼻子、铃铛眼睛、吃人心肝喝人鲜血的小日本鬼子手中，被他们吃掉，连骨头渣子也不剩。而现在，他们一定在胡同里成群结队地奔跑着，追逐着妇女和儿童，还像撒欢的马驹一样尥蹶子、喷响鼻。为了寻求安慰和信心，他侧目寻找父亲。他看到伪冒假劣的打铁匠上官福禄满脸土色，双手抓着膝盖坐在墙角的麻袋上，身体前仰后合，脊背和后脑持续不断地撞击着墙壁形成的夹角。上官寿喜的鼻子一阵莫名其妙的酸楚，两行浊泪，咕嘟嘟冒了出来。

上官吕氏咳嗽着，慢慢地把头抬起来。她抚摸着驴脸，叹道："驴啊驴，你这是咋啦？怎么能先往外生腿呢？你好糊涂，生孩子，应该先生出头来……"驴的失去了光彩的眼睛里涌出泪水。她用手擦去驴眼睑上的泪，响亮地擤了擤鼻涕，然后转过身，对儿子说："去叫你樊三大爷吧。我原想省下这两瓶酒一个猪头，嗨，该花的省不下，叫去吧！"

上官寿喜往墙角上退缩着，双眼惊恐地望着通向胡同的大门，咧着嘴，嗫嚅着："胡同里净是日本人，净是日本人……"

上官吕氏怒冲冲地站起来，走过穿堂，拉开大门，带着成熟小麦焦香的初夏的西南风猛地灌了进来。胡同里静悄悄的，一个人影也没有，只有一群看上去十分虚假的黑色蝴蝶像纸灰一样飞舞着。上官寿喜的脑海里留下了一片片旋转得令人头晕眼花的黑色的不吉利的印象。

第四章

兽医兼"弓子手"樊三大爷的家坐落在村子的东头，紧挨着那片向东南方向一直延伸到墨水河边的荒草甸子。在他家院子的后边，是蜿蜒百里的蛟龙河高高的河堤。上官寿喜在母亲的逼迫下，软着腿走出家门。他看到超越了林梢的太阳已变成灼目白球，教堂钟楼上那十几片花玻璃光彩夺目，与钟楼同高的瞭望塔上，上蹿下跳着福生堂大掌柜司马亭。他还在用嘶哑的声音吼叫着，传播着日本人即将进村的警报。街上，有一些抱着膀子的闲人仰着脸望他。上官寿喜站在胡同中央，为选择去樊三家的路线犹豫。去樊三家有两条路，一条走大街，一条走河堤。走河堤他怕惊动了孙家那一群黑狗。孙家的破旧院落坐落在胡同北头。院墙低矮，墙头上有几个光溜溜的豁口。没豁口的地方，经常蹲着一群鸡。孙家的家长是孙大姑，率领着五个哑巴孙子，哑巴们的父母好像从来就没存在过。五个哑巴在墙头上爬来爬去，爬出五个豁口，呈马鞍形状。他们一个挨一个骑在豁口上，好像骑着骏马。他们手持棍棒、弹弓或是木棍刮削成的刀枪，瞪着眼白很多的眼睛，阴沉沉地盯着每一个从胡同里经过的人或是别的动物。他们对人比较客气，对动物绝不客气，不论是牛犊还是狸猫，是鹅鸭还是鸡犬，只要发现，便率着他们的狗，穷追不舍，把偌大的村庄变成猎场。去年，他们合伙追杀了福生堂一匹脱缰的大骡子，在喧闹的大街上剥皮剜肉。人人都等着看好戏：福生堂家大业大，有在外当团长的叔伯，有在城当警官的表亲，家里养着狐假虎威的短枪队。福生堂掌柜的在大街上跺跺脚，半个县都哆嗦。公然屠杀他家的骡子，跟找死有什么两样？但福生堂的二掌柜司马库——他枪法奇准，脸上有一块巴掌大的红痣——非但没有掏枪，反而掏出五块大洋钱，赏给了哑巴五兄弟。从此哑巴们更是恣意妄为，村里的牲畜们见了他们，都只恨爷娘少生了两只翅膀。当他们骑墙扬威时，那五条像从墨池里捞上来一样遍体没有一根杂毛的黑狗，总是慵懒地卧在墙根，眯缝着眼睛，仿佛在做梦。孙家的哑巴们和哑巴们的狗对同住一条胡同的上官寿喜抱着深深的成见，他想不清楚何时何地如何得罪了这十个可怕的精灵。只要他碰到人骑墙头、狗卧墙根的阵势，坏运气便要临头。尽管他每次都对着哑巴们微笑，但依然难以避免五条箭一般扑上来的黑狗们的袭击。虽然这袭击仅仅是恫吓，并不咬破他的皮肉，但还是令他心惊胆战，想起来便不寒而栗。

他欲往南，经由横贯村镇的车马大道去樊三家，但走大街必走教堂门前，身高体胖、红头发蓝眼睛的马洛亚牧师在这个时辰，必定是蹲在大门外的那株遍体硬刺、散发着辛辣气息的花椒树下，弯着腰，用通红的、生着细软黄毛的大手，挤着那只下巴上生有三绺胡须的老山羊的红肿的奶头，让白得发蓝的奶汁，响亮地射进那个已露出锈铁的搪瓷盆子里。成群结队的红头绿苍蝇，围绕着马洛亚和他的奶山羊，嗡嗡地飞舞着。花椒树的辣味、奶山羊的膻气、马洛亚的臊味，混成恶浊的气味团膨胀在艳阳天下，毒害了半条街。上官寿喜最难忍受的是马洛亚那从奶山羊腚后抬起头来，那含混暧昧的一瞥，尽管他的脸上是表示友好的、悲天悯人的微笑。因为微笑，马洛亚嘴唇上搐，露出马一样的洁白牙齿。粗大的脏手指画着毛茸茸的胸脯，阿门！上官寿喜每逢此时便翻肠搅胃，百感交集，夹着尾巴的狗一样逃跑。躲避哑巴家的恶狗，是因为恐惧；躲避马洛亚和他的奶羊，则是因为厌恶。更令他厌恶的，是自己的妻子上官鲁氏，竟对这个红毛鬼子有着一种特别亲近的感情，她是他虔诚的信徒，他是她的上帝。

经过反复斟酌，上官寿喜决定北上东行去请樊三爷，尽管瞭望塔上的司马亭和瞭望塔下的热闹对他极有诱惑。除了塔上多了一个耍猴一样的福生堂大掌柜，村里一切正常，于是，对于小日本鬼子的恐怖消失了，他佩服母亲的判断力。为了对付那五条恶狗，他拣了两块砖头握在手里。他听到大街上有毛驴高亢嘹亮的鸣叫声，还有女人呼唤孩子的叫声。

路经孙家的院墙时，他庆幸地看到，孙家光秃秃的墙头上空前寂寞，既没有哑巴骑在豁口上，也没有鸡蹲在墙头上，狗也没卧在墙边做梦。孙家的院墙本来很矮，爬出豁口后更矮，他的目光越过院墙，轻松地看到，孙家的院子里，正在进行着一场大屠杀。被屠杀者是孙家那群孤独高傲的鸡，屠杀者是孙家的老奶奶，一个极有功夫的女人，人称孙大姑。传说孙大姑年轻时能飞檐走壁，是江湖上有名的女响马，只因犯了大案，才下嫁给孙小炉匠。他看到院子里已躺着七只鸡的尸首。光滑的、发白的地面上，涂抹着一圈圈的鸡血，那是鸡垂死挣扎时留下的痕迹。又一只被割断了喉管的鸡从孙大姑手里掷出来。鸡跌在地上，窝着脖子，扑棱着翅膀，蹬着腿，团团地旋转。五个哑巴，都赤着臂膊，蹲在屋檐下，瞪着直呆呆的眼睛，时而看看挣扎着转圈的鸡，时而看看他们手持利刃的奶奶。他们的神情、动作都惊人的一致，连眼神的转移，都仿佛遵循着统一的号令。在乡里享有盛名的孙大姑，其实是个瘦骨伶仃、面容清癯的老人。她的面孔、神情、身段、做派，传递着往昔的信息，让人去猜想她的当年英姿。那五条黑狗，团簇在一起，昂着头坐着，狗眼里流露出茫然无边的神秘又荒凉的情绪，谁也猜不透它们在思想什么。孙家院内的情景，像一台魅力无穷的好戏，留住了上官寿喜的目光和脚步，使他忘掉了千头万绪的烦恼，更忘掉了母亲的命令。这个四十二岁的小个子男人，俯在孙家的墙头上，专注地观看。他感到孙大姑的目光横扫过来，冷冰冰的，宛若一柄柔软如水、锋利如风的宝刀，几乎削掉了自己的头颅。哑巴们和他们的狗也转过脸转过眼睛。哑巴们眼里放射着几近邪恶的、兴奋不安的光彩。狗们歪着头，龇出锐利的白牙，喉咙里滚动着低沉的咆哮，脖子上的硬毛根根直立起来。五条狗，犹如五支弦上的箭，随时都会射过来。他正要逃跑，就听到孙大姑威严地咳嗽了一声，哑巴们兴奋膨胀的头颅猝然萎靡不振地垂了下去，五条狗也恭顺地伸平前爪，趴了下去。他听到孙大姑悠然地问：

“上官大侄子，你娘在家忙什么呢？”

他一时不知应该如何回答孙大姑的询问，仿佛有千言万语涌到口边，却连一句话也说不出口。他满脸窘态，支支吾吾，像被人当场捏住手脖子的小偷。

孙大姑平淡地笑笑，没说什么。她一把拽住那只生着黑红尾羽的大公鸡，轻轻地抚摸着它绸缎般光滑的羽毛。公鸡惊恐不安地咯咯着。她拔下公鸡尾巴上富有弹性的翎毛，塞到一个蒲草编成的袋子里。公鸡疯狂地挣扎着，坚硬的趾爪刨起了一团团泥土。孙大姑道：

“你家的闺女们会不会踢毽子？从活公鸡身上拔下的羽毛做成的毽子才好踢，嗨，想当年……”

她盯了上官寿喜一眼，突然煞住了话头，陷入一种痴迷的沉思状态。她的眼睛仿佛盯着土墙，又仿佛穿透了土墙。上官寿喜不错眼珠地看着她，大气不敢出一口。终于，孙大姑皮球般泄了气，精光灼灼的眼神变得温柔悲凉。她踩住大公鸡的双腿，左手虎口卡住公鸡的翅根，食指和拇指捏住了公鸡的脖子。公鸡一动不动，失去了挣扎的能力。她伸出右手的食指和拇指，撕掉了公鸡绷紧的脖子上的细毛羽，裸露出一段紫色的鸡皮。她屈起右手中指，弹了弹鸡的喉咙。然后，她捏起那把耀眼的柳叶般的小刀，轻轻地一抹，鸡的喉咙便豁然开朗，一股黑色的血淅淅沥沥地、大珠追小珠地跳出来……

孙大姑提着滴血的公鸡，慢腾腾地站起来。她四处张望着，仿佛在寻找什么东西。明亮的阳光使她眯着眼睛。上官寿喜头昏目眩。槐花香气浓郁。去吧！他听到孙大姑说。那只黑糊糊的大公鸡在空中翻着筋斗飞行，最后，沉重地跌在院子中央。他长长地舒了一口气，把住墙头的双手慢慢松开。这时，他猛然想起去请樊三给黑驴接生的事。就在他抽身欲去的瞬间，奇迹般地，那只公鸡竟用两只翅膀支撑着身体，宁死不屈地站了起来。它失去了高扬的尾羽，翘着光秃秃的尾巴根子，丑陋古怪，令上官寿喜内心惊骇。鸡脖子皮开肉绽，鲜血淋漓，支持不住生着原先血红现在变苍白了的大冠子的头。它在努力昂头。努力啊！它的头昂起昂起猛然垂下，沉甸甸地悬挂着。它的头昂起昂起落下落下终于昂起。公鸡昂着摇摇晃晃的头，屁股坐在地上，血和泡沫从它坚硬的嘴巴和脖子上的刀口里咕噜噜冒出来。它的金黄眼珠子宛如两颗金色的星星。孙大姑有些惶惶不安，用一把乱草擦着双手，嘴巴咀嚼着什么似的其实什么也没有咀嚼。突然，她吐出一口唾沫，对着五条狗吼了一声：

“去！”

上官寿喜一屁股坐在了地上。

当他手扶着墙壁立起时，孙家院内已是黑羽翻飞，那只骄傲的公鸡已被撕扯得四分五裂，血肉涂地。狗像狼一样，争夺着公鸡的肚肠。哑巴们拍着巴掌，嗬嗬地傻笑。孙大姑坐在门槛上，端着长杆烟锅子，若有所思地抽着烟。

第五章

上官家的七个女儿——来弟、招弟、领弟、想弟、盼弟、念弟、求弟——被一股淡淡的香气吸引着，从她们栖身的东厢房里钻出来，齐集在上官鲁氏的窗前。七颗头发蓬乱、沾着草屑的脑袋挤在一起，往窗里张望着。她们看到，母亲仰坐在土炕上，悠闲地剥着花生，好像什么事情也没有发生。但那股淡淡的香气，却分明是从母亲的窗户溢出的。已经十八岁的来弟最先明白了母亲在干什么。她看到了母亲汗湿的头发和流血的下唇，看到了母亲可怕地抽搐着的肚皮和满室飞动的苍蝇。母亲剥花生的手扭动着，把一颗颗花生捏得粉碎。上官来弟哽咽着叫了一声娘。她的六个妹妹跟随着她叫起娘来。泪水挂满了七个女孩的面颊。最小的上官求弟，大声哭叫着，挪动着两条被跳蚤和蚊虫叮咬得斑斑点点的小腿，笨拙地向屋子里跑去。上官来弟追上去，拉住了小妹，并顺势把她抱在怀里。求弟哭喊着，抡起拳头，擂着姐姐的脸。

“我要娘……我要找娘……”上官求弟哭叫。

上官来弟感到鼻酸喉堵，眼泪热辣辣地涌出。她拍打着妹妹的背，哄道：“求弟不哭，求弟不哭，娘给我们生小弟弟，娘给我们生一个白白胖胖的小弟弟……”

屋里传出上官鲁氏微弱的呻吟和断断续续的话语：“来弟呀……带着妹妹们离开……她们小，不懂事，难道你也不懂事……”

屋里哗啦一声响，上官鲁氏一声哀号。五个妹妹挤在窗前，十四岁的上官领弟大声哭喊着："娘，娘呀……"

上官来弟放下妹妹，飞起两只缠过、后又解放了的小脚，往屋里跑去。腐烂的门槛绊了她一个趔趄，身体前扑，倒在风箱上。风箱歪倒，把一只盛着鸡食的青瓷钵盂砸碎。她慌忙爬起来，看到高大的祖母跪在被香烟缭绕着的观音像前。

她浑身打着哆嗦，扶正风箱，然后，胡乱地拼凑着青瓷碎片。好像用这种方式就能让破碎的钵盂复原或是可以减轻自己的罪过。祖母从地上猛地站起来，像一匹肥胖的老马，身体摇晃，脑袋乱颤，嘴里发出一连串奇怪的声音。上官来弟本能地缩紧身体，双手捂住脑袋，等待着祖母的打击。祖母没有打她，只是拧住了她单薄白皙的大耳朵，把她拎起来，轻轻往外一甩。她尖声号叫着，跌在院子当中的青砖甬道上。

她看到祖母弯下腰去，观察着地上的青瓷碎片，宛若牛在汲河中的水。好久，祖母捏着几块瓷片直了腰，轻轻地敲着瓷片，发出清脆悦耳的响声。祖母脸上的皱纹密集而深刻，两个嘴角下垂，与两条直通向下巴的粗大皱纹联结在一起，显得那下巴像是后来安装到脸上去的一个部分。

上官来弟就势跪在甬路上，哭着说："奶奶，您打死我吧。"

"打死你？"上官吕氏满面哀愁地说，"打死你这钵盂就能囫囵起来吗？这是明朝永乐年间的瓷器，是你们老祖奶奶的陪嫁，值一匹骡子钱！"

上官来弟的脸色灰白，乞求着奶奶的宽恕。

"你也是该找婆家的人了！"上官吕氏叹道，"一大清早，活也不干，闹什么妖魔？你娘是贱命，死不了。"

上官来弟掩面啼哭。

"砸了家什，还有了功劳？"上官吕氏不满地说，"别在这儿烦我，带着你这些吃白食的好妹妹，到蛟龙河里摸虾子去。摸不满虾篓，别给我回来！”

上官来弟慌忙爬起来，抱起小妹求弟，跑出了家门。

上官吕氏像轰赶鸡群一样把念弟等赶出家门，并把一只细柳条编成的高脖子虾篓扔到上官领弟怀里。

上官来弟左手抱着上官求弟，右手牵着上官念弟，上官念弟扯着上官想弟，上官招弟拖着上官盼弟，上官领弟一手牵着上官盼弟，一手提着柳条虾篓。上官家的七个女儿你拉我扯，哭哭啼啼，沿着阳光明媚、西风浩荡的胡同，往蛟龙河大堤进发。

路过孙大姑家的院子时，她们嗅到一股浓烈的鲜美味道。她们看到，孙家房顶的烟囱里，冒着滚滚白烟。五个哑巴，蚂蚁一样，往屋子里搬运柴草，黑狗们蹲在门旁，伸着鲜红的舌头，好像在等待着什么。

她们爬上了高高的蛟龙河大堤，孙家院子里的情景尽入眼底。五个搬运柴草的哑巴发现了上官家的女儿们。那个最大的哑巴，卷起生着一层黑油油小胡子的上唇，对着上官来弟微笑。上官来弟脸上发烧。她想起不久前去河里挑水，哑巴把一根黄瓜扔进自己水桶里的情景。哑巴脸上的微笑暧昧油滑但没有恶意，她的心第一次异样跳动，血液涌上脸，面对着平静如镜的河水，她看到自己满脸赤红。后来她吃了那根鲜嫩的黄瓜，黄瓜的味道久久难忘。她把目光抬起，看到了教堂的彩色钟楼和圆木搭成的瞭望塔。一个金猴样活泼的男人在塔顶上跳跃着，喊叫着：

“乡亲们，日本人的马队已经出了城！”

塔下聚集着一群人，都仰着脸往塔顶张望。塔顶的人不时弯下腰，垂着头，手扶着栏杆，似乎在回答塔下人的询问。回答完毕，他又直起腰，转着圈，双手罩在嘴边成喇叭状，向着四面八方，播送日本人即将进村的警报。

横贯村庄的大街上，突然疾驰来一辆马车。不知道马车来自何方，仿佛从天上掉下来的，好像从地下拱出来的。三匹骏马拉着一辆胶皮轱辘大车，十二只马蹄鼓点般翻动，马蹄声扑扑通通，尘土飞扬，犹如一股股黄烟。一匹马杏黄。一匹马枣红。一匹马葱绿。三匹马胖嘟嘟的，像蜡塑的一样。马身上油光闪闪，彩色迷人。一个黑色的小男人，叉开腿站在辕马后的车杆上，远远地看去他仿佛坐在辕马的臀上。小男人挥舞着红缨大鞭子，嘴巴里驾驾驾，鞭声叭叭叭。突然间他猛勒马缰，马咴咴叫着直立、车刹住，汹涌的黄烟潮水般往前冲，把马车、马、车夫全部遮没了。待黄烟消散后，她看到福生堂的伙计们把一篓篓的酒和一捆捆的谷草搬到马车上。一个大个子男人站在福生堂大门口的石阶上，高声大嗓地吆喝着什么。一个篓子掉在地上，沉闷一声响，封篓口的猪尿脬破碎，明亮的酒液涌流。几个伙计扑上去扶篓。大个子男人从石阶上跳下来，挥舞着手中一根闪闪发光的鞭子，抽打着那几个伙计。那几个伙计用手捂着头蹲在地上，承受着鞭打。鞭子舒卷自如。如同一条飞舞在阳光里的蛇，酒香顺风飘来。原野坦荡，麦浪翻滚，一片片风起潮涌的金黄。塔顶上的男人喊叫：

“跑吧，跑吧，跑晚了就没命啦……”

好多人走出家门，像忙忙碌碌又像无所事事的蚂蚁。有的走，有的跑，有的站着不动。有的往东，有的往西，有的原地转圈，东张西望。这时，孙家院内的香味更浓了，一帘白色的蒸气从她家门口翻卷上来。哑巴们销声匿迹，院子里静悄悄的。只有一块块白色的骨头从屋里飞出来，引起五条黑狗的疯狂争夺。抢到骨头的狗跑到墙边，头抵着墙角，嘎嘎嘣嘣地咀嚼着。抢不到骨头的狗红着眼盯着屋内，低沉地呜咽着。

上官领弟扯扯上官来弟，道：“姐姐，我们回家吧。”

上官来弟摇摇头，说：“不，我们下河摸虾去，娘生完了弟弟，要喝我们的虾汤。”

她们互相搀扶着下了河堤，一字儿排开，面对着河水。水面上映出了上官家女儿们的清秀面容，她们都生着高挺的长鼻梁和洁白丰满的大耳朵，这也是她们的母亲上官鲁氏最鲜明的特征。上官来弟从怀里掏出了一把桃木梳子，逐个地梳理着妹妹们的头发，麦秸屑儿和灰土纷纷落下。她们被梳理时都咧嘴皱眉乱叫唤。她最后梳理了自己的头发，编成一条粗壮的大辫子，甩到背后，辫梢齐着她翘起的屁股。她掖好木梳，挽起裤腿，露出了白皙的、线条流畅的小腿。然后她脱了那双绣着红花的蓝缎子鞋，天足的妹妹们看着她的半残废的脚。她突然发了脾气，吼道：

“看什么？看什么？摸不到虾子，老东西饶不了你们！”

妹妹们迅速脱鞋挽裤，最小的上官求弟脱了个光屁股。上官来弟站在蒙着一层淤泥的河滩上，看着缓缓流淌的河水和水底轻柔、温顺地摆动着的水草。鱼儿在草间嬉戏。燕子紧贴着水面飞翔。她下了河，大声说：

“求弟在上边捡虾，别人都下来。”

妹妹们嘻嘻哈哈下了河。

她感到因为缠脚格外发达了的脚后跟直劲儿往淤泥中陷，滑腻的水草叶子轻拂着她的腿，使她的心里荡漾起一种难以言传的滋味。她弯下腰，伸出双手，小心翼翼地摸索着。水草的根部、没淤平的脚窝，都是虾子喜欢栖身之地。一个小东西突然蹦跳在她的双手中，她心中一阵狂喜。一只透明的、弯曲的、指头般长的河虾捏在她手指间。虾子生动极了，每一根须子都是美丽的。她把它扔到河滩上。上官求弟欢快地叫着扑上去捡虾。

“姐呀，我也摸到了一只！”

“姐呀，我摸到了！”

“我摸到了！”

…………

两岁的上官求弟承担不了繁重的捡虾任务。她跌倒了，坐在河滩上哭。几只虾子弹跳有力，重归河流，随即无影无踪。

上官来弟上去，扶起小妹，把她拖到河边，用手掌撩着水，洗她屁股上的泥巴。她每撩一下水，求弟的身子便往上耸一下，嘴里发出一声尖叫，尖叫声里还夹杂着一些缺头少尾的骂人脏话。来弟在求弟屁股上扇了一巴掌，便松开了她。求弟飞快地挪到堤半坡上，手抓着灌木枝条，像一个撒泼的老女人一样，斜着眼，大声骂着脏话，来弟忍不住笑了。

妹妹们已经摸到河的上游去了。明光光的滩涂上几十只虾子蹦跳着。一个妹妹喊她："大姐，快捡呀！"她提着虾篓，对求弟说："小浑蛋，回家再跟你算账！"然后，便愉快地捡虾，连续不断的收获使她忘掉了一切烦恼，一支连她自己也不知道从哪里学会的小曲脱口哼出：

"娘啊娘，狠心肠，把我嫁给卖油郎……"

来弟很快便追上了妹妹们。她们沿着河水的边缘，并着肩膀，弯着腰，高高地撅着屁股，下巴几乎触着水面，双臂分开，合拢，分开，合拢，搜索着前进。她们身后，河水变得浑浊，有一些鹅黄色的水草叶子被绊断，漂浮在水面上。每当她们直起腰时，便一定是摸到虾子了。一会儿领弟，一会儿盼弟，一会儿想弟……五个妹妹几乎是不间断地把虾子掷到河滩上。来弟跑来跑去捡虾，求弟也尾随上来。

她们在不知不觉中，靠近了那座横跨蛟龙河的拱形石桥。上官来弟招呼妹妹们：

"上来吧，都上来，虾篓满了，该回家了。"

妹妹们恋恋不舍地上了岸，站在河滩上。她们的手都泡得发了白，小腿上沾满紫色的淤泥。大姐，今天河里虾子咋会这么多？大姐，娘把小弟弟给我们生出来了吧？大姐，日本鬼子是个啥样？他们真的吃小孩吗？大姐，哑巴家为什么把鸡杀了？大姐，奶奶为什么老是骂我们？大姐，我梦到娘肚子里有一条大泥鳅……妹妹们向来弟轮番提问，她一个问题也没有回答。她的眼睛盯着石桥。石桥闪烁着青紫色的光辉。那辆三匹马拉着的胶皮轱辘大车从村子里驰出，停在桥头上。

小个子车夫拢住马。马烦躁不安地用前蹄敲击着桥石，声音清脆，桥石上溅出火星。几个男人都赤着膊，拦腰扎着宽阔的牛皮腰带，腰带的铜环扣像金子一样耀眼。上官来弟认识他们。他们是福生堂护院的家丁。家丁们跳上车，先把车上的谷草扔下来，接着把酒篓子搬下来。一共搬下十二篓酒。车夫揽着马头，让辕马后坐，使大车倒退，退到桥头旁边的空地上。这时，她看到，福生堂的二掌柜司马库，骑着一辆漆黑的自行车从村中蹿出来。这是高密东北乡开天辟地之后的第一辆自行车，德国制造，世界有名的丽人牌。爷爷上官福禄手贱，趁人不注意，摸了一下车把，那是去年春天的事，惹得二掌柜黄眼珠子冒蓝光。他身穿柞蚕丝绸长袍，白洋布裤子，脚脖子上扎着黑穗蓝带子，脚穿白底胶皮鞋。他的两个肥大的裤腿膨胀着，好像里边充满了气体。他的袍角撩起，掖在腰带里。腰带是白丝线织成，垂着一长一短两穗流苏。左肩右斜一条窄窄的棕色皮带，皮带联结着皮盒子，皮盒子口上，露出一角火苗一样的红绸。德国丽人牌自行车铃声如爆豆，司马库风一样驰来。他跳下车子，摘下翻檐草帽扇着风，脸上的红痣好像一块赤炭。他大声命令家丁：

“快点，把谷草堆在桥上，倒上酒，点火烧这些狗日的！”

家丁们忙忙急急，抱谷草到桥上。一会儿工夫桥上谷草堆了半人高。寄生在谷草中的小白蛾子扑扑棱棱地飞出来，有的跌落在河水中，进了鱼腹，有的进了燕子的口。

“往草上倒酒！”司马库大声喊着。

家丁们抬着酒篓，仄歪着身体上桥。他们拔开猪尿脬，把酒篓抬起来倾倒，清凉美酒咕嘟嘟流出，香气醉了一条河。谷草刷刷地响着。很多酒液在桥上流，流到桥石边沿，汇集起来，急雨般落在河水中。桥下哗啦啦一片水响。十二篓酒浇完，整座石桥像用酒洗了一遍。枯黄的谷草变了颜色。桥的边沿上，悬挂着一道酒的透明帘幕。一袋烟工夫，河里便漂起一层白花花的醉鱼。上官来弟的妹妹们要下河捞鱼。上官来弟低声呵斥她们：

“别下，跟我回家！”

桥上的奇景吸引着妹妹们，她们站着不动。其实桥上的奇景也吸引着上官来弟，她拖拉着妹妹们往回走，眼睛却始终没离开桥。

司马库得意洋洋地在桥上站着，啪啪地拍着巴掌，双眼放金光，满脸都是笑容。他对着家丁们炫耀：

“这条巧计，只有我才能想出来！妈的，只有我才能想得出来。小日本，快快来，让你们尝尝我的厉害。”

家丁们随声应和着。一个家丁大声问：“二爷，现在就点火吗？”

司马库道：“不，等他们来了再点。”

家丁簇拥着司马库往桥头走去。

福生堂的马车也回了村。

桥上恢复了宁静，只有酒液落水的声音。

上官来弟提着虾篓，带着妹妹们，分拨开河堤漫坡上生长着的茂盛灌木，往堤顶爬去。突然，她看到一张黑瘦的脸，掩映在灌木枝条间。她惊叫一声，手中的虾篓落在弹性丰富的枝条上，跳动着，滚到河水边。虾子流出篓，一片亮点在滩涂上跳跃。上官领弟去追赶虾篓，几个妹妹去捕捉虾子。她胆怯地往河边倒退，眼睛不敢离开那张黑脸。黑脸上绽开一朵抱歉的笑容，两排亮晶晶的牙齿，闪烁着珠贝般的光芒。她听到那人低声说：

“大妹子，别害怕，我们是游击队。别出声，快点离开这儿。”

这时，她才看清楚，河堤灌木丛中，蹲着几十个穿绿衣的人。他们都板着脸，瞪着眼，有的搂着长枪，有的捧着炸弹，有的拄着红锈斑斑的大刀。面前这个面带笑容、黑脸白牙的男人，右手握着一支蓝色的小枪，左手托着一个嚓嚓作响的亮晶晶的东西。后来她才知道，那是一块用来计量时间的怀表。而这个黑脸男人，最终钻进了她的被窝。

第六章

醉醺醺的樊三不满地嘟哝着走进上官家大门。

“日本人就要来了，你家的驴真会挑时辰！怎么说呢，你家的驴，是我家的种马日的，解铃还得系铃人。上官寿喜，你的面子不小哇，屁，你有什么面子？我全看着你娘的面子。你娘跟我……哈哈……她给我打过切马蹄的铲子……”

上官寿喜一脸汗水，跟在满嘴胡言乱语的樊三身后。

“樊三！”上官吕氏吼一声，“你个杂种，尊神难请啊！”

樊三抖抖精神说：“樊三到！”

看到倒在地上、奄奄一息的产驴，他的酒意便去了一半。“啊呀，都成这模样了！为什么早不叫我？”他扔下肩上的牛皮兜子，弯下腰去，摸摸驴耳朵，拍拍驴肚皮，又转到驴后，拽拽那条从产道里伸出来的骡腿。他直起腰，沮丧地摇着头，说：“晚了，完了。去年你儿子牵驴来配种时，我就对他说，你家这头蚂蚱驴，最好用驴配，他不听我劝，非要用马配。我那匹大种马，十足纯种东洋马，一个马蹄，大过你家驴头。我家的种马一跨上去，你家的驴就瘫了，简直是大公鸡踩麻雀。也就是我的种马，调教得好，闭着眼日你家的蚂蚱驴，要是换了别人家的马，哼，怎么着？难产了吧？生骡子的驴不是你家这驴，你家的驴只能生驴，生蚂蚱驴……”

“樊三！”上官吕氏打断他的话，恼怒地说，“你还有完没有？”

“完了，说完了。”他抓起牛皮兜子，抡上肩头，恢复醉态，歪歪斜斜，欲往外走。

上官吕氏扯住他的胳膊，说："老三，就这样走了？"

樊三冷笑道："老嫂子，没听到福生堂大掌柜的吆喝？村里人都快跑光了，驴要紧还是我要紧？"

上官吕氏道："老三，怕我亏了你是不是？两壶好酒一个肥猪头，亏不了你，这个家，我做主。"

樊三看看上官父子，笑道："这我知道，你是铁匠家掌钳的，光着脊梁抡大锤的老娘们，全中国就你一个，那劲头儿……"他怪模怪样地笑起来。

上官吕氏拍他一掌，道："放你娘的臊，三，别走，怎么说也是两条性命，种马是你的儿，这驴就是你的儿媳妇，肚里的小骡，就是你孙子。拿出你的真本事来，活了，谢你，赏你；死了，不怨你，怨我福薄担不上。"

樊三为难地说："你都给我认了驴马亲家了，还叫我说啥？试试吧，死驴当成活驴医。"

"这就对了。三，别听司马家大疯子胡吣，日本人来干啥？再说，你这是积德行善。鬼都绕着善人走。"上官吕氏说。

樊三解开牛皮兜子，摸出一瓶绿油油的东西，道："这是我家祖传秘方配成的神药，专治牲畜横生竖产，灌上这药，再生不下来，孙悟空来了也没治了。爷们，"他招呼上官寿喜，"过来帮个手。"

上官吕氏道："我来帮你，他笨手笨脚。"

樊三道："上官家母鸡打鸣公鸡不下蛋。"

上官福禄道："三弟，要骂就直着骂，别拐弯抹角。"

樊三道："生气啦？"

上官吕氏道："别磨牙啦，说，怎么着弄？"

樊三道："把驴头搬起来，我要给它灌药！"

上官吕氏叉开腿，憋足劲，抱着驴脖子，把驴头抬起来。驴头摆动，驴鼻孔里喷出粗气。

"再抬高点！"樊三大声说。

上官吕氏又用劲，鼻孔里喷出粗气。

樊三不满地说：“你们爷儿俩，是死人吗？”

上官父子上来帮忙，差点踩着驴腿。吕氏翻白眼，樊三摇头。终于把驴头高高抬起。驴翻着肥厚的唇，龇出长牙。樊三把一只用牛角磨成的漏斗插进驴嘴，将那瓶绿油油的液体灌了进去。

上官吕氏喘粗气。

樊三摸出烟袋，装了一锅烟，蹲下，划着洋火，点烟。深吸一口，两道白烟从他的鼻孔里喷出。他说：

“日本人占了县城，把张唯汉县长杀了，把张唯汉县长的家眷奸了。”

上官吕氏问：“又是司马家传出来的消息？”

樊三道：“不是，是我的拜把子兄弟说的，他家住在县城东门外。”

上官吕氏道：“十里路没真信儿。”

上官寿喜道：“司马库带家丁到桥头上布火阵了，看样子不会假。”

上官吕氏愤怒地看着儿子，道：“正儿八经的话你一句也听不到，歪门邪道的话你一句也落不下。亏你还是个男人，是一大群孩子的爹，你脖子上挑着的是颗葫芦还是个脑袋？你们也不想想，日本人不是爹生娘养的？他们跟咱这些老百姓无仇无怨，能怎么样咱？跑得再快能跑过枪子儿？藏，藏到哪天是个头？”

在她的教训下，上官父子低着头不敢吭气。樊三磕掉烟锅里的灰，解嘲地干咳几声，说：“还是老嫂子目光远大，看事透彻。您这么一说，我这心里也踏实了不少。是啊，往哪儿跑？往哪儿藏？人能跑能藏，可我那头大叫驴、那匹大种马，都像大山一样，如何藏得住？躲过了初一躲不过十五，去他娘的，不管它，咱先把这小骡折腾出来再说。”

上官吕氏欣慰地说：“这就对了！”

樊三脱掉褂子，紧紧腰带，清清嗓子，像即将登台打擂的武师一样。上官吕氏满意地频频点头，嘴里唠叨着：“三，这就对了，这就对了，老三。人过留名，雁过留声。接下骡子，我多给你一瓶酒，敲着锣鼓给你扬名去。”

樊三道：“都是屁话，老嫂子，谁让你家的驴怀着我家的种呢？这叫包种包收，一包到底。”他围着驴转了一圈。扯扯那条小骡腿，咕哝着：“驴亲家，这是一道鬼门关，你也赌口气，给三爷我长长脸。”他拍拍驴头，说，“爷儿们，找绳子，找杠子，把它抬起来，让它站立，躺着是生不出来的。”

上官父子望着上官吕氏。

上官吕氏说：“照你三爷说的办。”

上官父子拿来绳子和杠子。樊三接过绳子，从驴的前腿后穿过去，在上边打了一个结，用手提着，说：“穿杠子进来。”

上官福禄把杠子穿进绳扣。

“你到那边去。”樊三命令上官寿喜。

樊三说：“弓腰，杠子上肩！”

上官父子对着面，弓着腰，杠子压在肩头。

“好，”樊三说，“就这样，别急，我让你们起，你们就起，把吃奶的劲儿给我使出来，成败就这一下子。这驴，经不起折腾了。大嫂子，你到驴后帮我接应着，别把小牲口跌坏。”

他转到驴后，搓搓手掌，端起磨台上的豆油灯盏，将一盏油全倒在手掌上，搓匀，吹一口气。然后，他试探着把一只手伸进驴的产道，驴蹄子乱弹。他的一只胳膊都伸了进去，他的脖子紧贴着那只紫色的小骡蹄子。上官吕氏不转眼珠地盯着他，嘴唇索索抖颤。

“好，”樊三瓮声瓮气地说，“爷儿们，我喊一二三，喊三时猛劲儿起，别孬种，要命的时刻塌了腰。好，”他的下巴几乎触在驴腚上，深深地伸进驴的产道里的手，似乎抓住了什么，“一——二——三哪！”

上官父子嗬嗨一声吼，表现出难得的阳刚，猛地挺直了腰，借着这股劲儿，黑驴身体侧转，两条前腿收回，脖子昂起，两条后腿也侧转过来，蜷屈在身下。樊三的身体随着驴转，几乎趴在了地上。看不到他的脸，只听到他喊："起呀，起！"

上官父子踮起脚尖，猛往上挣。上官吕氏钻到驴腹下，用背顶着驴腹。驴吼叫一声，站了起来。与此同时，一个巨大的光溜溜的东西，伴随着血和黏稠的液体，从驴的产道里钻出来，先落在樊三的怀里，然后滑落在地。

樊三掏出小骡驹嘴里的黏液，用刀子切断脐带，挽了一个疙瘩，把它抱到干净的地方。讨了一块干布，揩着它身上的黏液。上官吕氏眼含泪水，嘴里念叨着："谢天谢地谢樊三，谢天谢地谢樊三……"

小骡驹抖抖颤颤站起来，随即跌倒。它的毛光滑如绸，嘴唇紫红，宛若玫瑰花瓣。樊三扶起它，道："好样的，果然是我家的种，马是我的儿，小家伙，你就是我孙子，我是你爷爷。老嫂子，熬点米汤，喂喂我的驴儿媳吧，它捡了一条命。"

第七章

上官来弟拖拉着一串妹妹，刚刚跑出几十步远，就听到空中响起啾啾的尖叫声。她仰脸寻找那发出如此怪声的鸟儿，身后的河水中，震天动地一声巨响。她的耳朵嗡嗡地响着，脑子里迷迷糊糊。一条破烂的大头鲇鱼，掉在了她的眼前。鲇鱼橘黄色的头颅上，流着几丝殷红的血，两条长长的触须微微颤抖着，肠子沾在了背上。随着鲇鱼的降落，一大片浑浊的、热乎乎的河水，淋在了她们身上。她麻木地、做梦般地回头看看妹妹们，妹妹们同样麻木地看着她。她看到念弟的头发上，挂着一团黏糊糊、仿佛被牛马咀嚼过又吐出来的水草；想弟的腮上，沾着七八片新鲜的银灰色鱼鳞。距她们十几步远的河中央，河水翻卷着黑色的浪花，形成一个巨大的漩涡，被气浪掀到空中的热水，哗啦啦响着落在漩涡中。河水上飘荡着一股薄薄的白烟。她闻到了一股香喷喷的硝烟味道。她费劲儿地思想着眼前的情景，虽然想不明白，但却感觉到一种兴奋不安的情绪在心中涌动。她想喊叫，眼睛里却突然迸出了几大滴泪水，啪哒啪哒地落在了地上。我为什么要哭呢？她想，我没有哭，那为什么要流泪呢？也许不是眼泪，是溅到脸上的河水。她感到脑子完全混乱了，眼前的一切：闪闪发光的桥梁、浊水翻滚的河流、密密麻麻的灌木、惊慌失措的燕子、呆若木鸡的妹妹们……杂乱的印象，纠缠在一起，像一团理不出头绪的乱麻。她看到最小的妹妹求弟咧开嘴，紧闭着眼，两行泪水挂在腮上。周围的空中，噼噼啪啪一片细响，宛若无数干透了的豆荚在阳光里爆裂。河堤的灌木丛中，隐藏着秘密，窸窸窣窣，好像有成群的小兽在里边潜行。适才在灌木丛中看到的那些绿衣男人无声无息，灌木枝条肃然上指，金币般的叶片微微颤抖。他们果真藏在里边吗？他们藏在里边干什么呢？她困难地想着，突然，她听到，一个扁扁的声音，在非常遥远的地方呼唤着：

"……小妹妹，快趴下……小妹妹们……趴下……"

她寻找着那声音的出处，目光飘摇。脑袋深处好像有一只螃蟹在爬行，疼痛难挨。她看到，一个黑得耀眼的东西，从半空中飞落下来。石桥东边的河水中，缓缓地升起一根水柱，那水柱有牛腰那么粗，升到河堤那么高时，顶端骤然散开，好像一棵披头散发的银柳树。紧接着，硝烟的气味、淤泥的气味、臭鱼烂虾的气味，扑进她的鼻腔。她的耳朵里热辣辣的，什么也听不到，但她似乎看到那巨大的声音像水一样涌向四面八方。

又一个黑得耀眼的东西落在河水中，水柱照样升起。一块蓝色的东西扎在河滩上，边沿翘起，状若狗牙。她弯下腰，伸手去捡那蓝东西，指尖冒起一股细小的黄烟，尖刻的疼痛，飞速地流遍全身。猛然间，她重新听到了喧闹的世界，好像那灼手的疼痛从耳朵里钻出，顶开了堵住耳朵的塞子一样。河水吱吱啦啦响着，水面上蒸气滚滚。爆炸声在空中隆隆滚动。六个妹妹中，有三个咧着大嘴号哭，另外三个，捂着耳朵趴在地上，屁股高高地翘着，好像荒草甸子里那种傻笨傻笨、被人追急了便顾头不顾腚的秃尾巴鸟儿。

“小妹妹！”她听到有人在灌木丛中大声喊叫，“快趴下，趴下，爬过来……”

她趴在地上，寻找着灌木丛中的人。她终于看到，在一丛枝条柔软的红柳里，那个黑脸白牙的陌生男人对着自己招手，喊叫：

“快，爬过来！”

她的混沌的脑袋里裂开了一条缝隙，透进一缕白色的光明。她听到一声马嘶，扭头看到一匹金黄色的小马，竖着火焰般的鬃毛，从石桥的南头跑上石桥。这匹美丽的小马没拴笼头，处在青年与少年之间，调皮、活泼，洋溢着青春气息。这是福生堂的马，是樊三爷家东洋大种马的儿子，樊三爷爱种马如儿子，这金黄小马，便是他嫡亲的孙子啦。她认识这匹小马，喜欢这匹小马。这匹小马经常从胡同里跑过，引逗得孙大姑家的黑狗疯狂。它跑到桥中央，突然立住，好像被那一道谷草的墙挡住了去路，又好像被谷草上的酒气熏昏了头。它歪着头，专注地看着谷草。它在想什么呢？她想。空中又啾啾地尖叫起来，一团比熔化了的铁还要刺眼的亮光在桥上炸开，惊雷般的声音，似乎在很高很远的地方滚动着。她看到那匹小马突然间四分五裂，一条半熟的、皮毛焦煳的马腿抡在灌木枝条上。她感到恶心，一股又酸又苦的液体从胃底涌上来，冲到喉咙。她的脑子一下子清楚了，明白了。通过马的腿，她看到了死亡。恐惧袭来，使她手脚抖动，牙齿碰撞。她跳起来，拖着妹妹们，钻进了灌木丛。

六个妹妹，紧紧地围着她，互相搂抱着，像六个蒜瓣儿围绕着一根蒜莛。她听到左边不远处那个熟悉的声音在嘶哑地喊叫着什么，但很快就被沸腾的河水淹没了。

她紧紧地搂着最小的妹妹，感到小家伙的脸烫得像火炭一样。河面上暂时平静了，白色的烟在慢慢地消散。那些啾啾鸣叫着的黑玩意儿，拖曳着长长的尾巴，飞越过蛟龙河大堤，落到村子里，隆隆的雷声此起彼伏，连成一片。村子里隐隐约约传来女人的尖叫声和大物倾倒的哗啷声。河对面的大堤上，没有一个人影，只有一株老槐树，孤零零地立着。槐树下边，是一排沿河排开的垂柳，柔长的枝条一直垂到水面。这些奇怪的、可怕的东西，究竟是从哪里飞出来的呢？她执拗地想着。“啊呀呀呀——”一个男人的嘶哑的喊叫声打断她的思路。透过枝条缝隙，她看到福生堂二掌柜司马库骑着丽人牌自行车蹿上桥。他为什么上桥呢？一定是为了马，她想。但是，司马库一手扶着车把，一手举着个熊熊燃烧的火把，分明不是为马来的。他家的那匹美丽的小马肢体粉碎，血肉模糊，一塌糊涂在桥上，马血染红了河水。司马库急刹车，把手中的火把扔在桥中央浸透了酒浆的谷草上，蓝色的火苗轰然而起，并飞快地蔓延。司马库调转车头，来不及上车，推着车子往回跑。蓝色的火苗追逐着他。他嘴里继续发出“啊呀呀呀”的怪叫。“叭勾——”一声脆响，他头上的卷边草帽鸟一样飞起来，旋转着栽到桥下去。他扔下车子，弓着腰，踉跄了一下，狗趴在桥上。叭勾叭勾叭勾……一连串的响，像放爆竹一样。司马库身体紧贴着桥面，哧溜溜往前爬，好像一条大蜥蜴。转眼间他就消逝了。叭勾声也停止了。整座桥都在冒蓝火，中间的火苗子最高，没有烟。桥下的水变成蓝色。热浪扑过来，喘气不流畅，胸口闷，鼻孔干燥。热浪变成风，波波地响。灌木枝条湿漉漉的，好像出了汗，树叶子卷了起来，蔫了。这时，她听到司马库在河堤后高声骂着：

“小日本，操你姐姐，你过得了卢沟桥，过不了我的火龙桥！”

骂完了便笑：

“啊哈哈哈，啊哈哈哈，啊哈哈哈……”

司马库的笑声没完，对面河堤上，齐刷刷地冒出了一片顶着黄帽子的人。然后便是穿黄衣服的上身和马头。几十个骑着高头大马的人站在河堤上。虽然隔着几百米，但她看到，那些马和樊三爷家的大种马一模一样。日本鬼子！日本鬼子来了，日本鬼子到底来了……

日本马兵没有走升腾着蓝色火焰的石桥，而是斜刺里冲下了对面河堤。几十匹高头大马笨拙地碰撞着，一转眼便到了河底。他们叽里咕噜地吆喝着，马儿咴咴地嘶鸣着，冲入了河水。河水刚刚淹没马腿，马的肚皮贴着水面。马上的日本人都坐得端正，腰挺直，头微仰。一张张脸都被阳光照得白花花的，分不清鼻子眼睛。马昂着头，摆出一副快跑的样子，但它们跑不起来。河水好像化开的糖浆，散发着腥甜气息。高头大马们艰难地跋涉着，激起一簇簇蓝色的浪花。她感到那些浪花像小火苗一样燎着马的肚皮，所以它们把沉重的大头不断地扬起来，身体不停地耸动，尾巴的下半截在水面上漂着。马上的日本人忽高忽低。他们都用双手拉着马缰，踩着马镫的腿伸得笔直，八字形劈开。她看到一匹枣红色的大马在河心停住，翘起尾巴根子，屙出了一团团粪蛋子。马上那个日本人，焦急地用脚后跟磕着马肚子，马站着不动，马头晃动着，抖动得嚼环哗啦啦响。

“打呀，弟兄们！”左侧灌木丛中有人吼了一声，随即便是一声裂帛般的闷响。然后是一阵粗细不一、厚薄不等的响声。一颗嗤嗤地冒着白烟的黑东西滚落到河水里，轰隆一声，掀起一根水柱子。枣红马上那个日本人身体奇怪地往上蹿了一下，随即便往后仰去。后仰的过程中，他的两只粗短的胳膊胡乱挥舞着，胸前一股黑血呼喇喇地喷出来。喷到马头上。喷到河水中。那匹大马轰然而起，亮出了沾满黑泥的前蹄和涂了油一样的又宽又厚的胸脯。待大马前蹄下落砸起一片水花时，日本兵已经仰面朝天挂在马腚上。一个骑在黑马上的日本兵一头扎到水里。蓝马上的日本兵前扑，两只胳膊垂挂在马脖子两侧，悠悠荡荡，掉了帽子的脑袋歪在马脖子上，一股血沿着他的耳朵流到河水中。河里一片混乱，失主的马嘶鸣着，回转身，往对岸挣扎。其余的日本兵都在马上弯了腰，双腿夹紧马肚，端起悬挂在胸前的油亮的马枪，对着灌木丛开火。几十匹马呼呼隆隆、拖泥带水地冲上了滩涂。马肚皮下滴着成串的水珠，马蹄上全是紫色的淤泥，马尾巴拖着一束束亮晶晶的丝线，拖得很长很长，一直连绵到河中心。

一匹额头上生着白毛的花马驮着一个脸色苍白的日本兵，跳跃着冲向河堤。笨重的马蹄刨着滩涂，发出扑哧扑哧的声音。马上的日本兵眯着眼，紧绷着月牙状的嘴，左手拍打着马腚，右手高举着一把银光闪闪的长刀，对着灌木丛冲上来。上官来弟清清楚楚地看到了日本兵鼻尖的汗水、花马粗壮的睫毛，听到了从花马鼻孔里喷出的喘息声，闻到了酸溜溜的马汗的味道。突然，花马的额头上冒起一股红烟，它剧烈运动着的四肢僵住了，光滑的马皮上出现了无数条粗大的皱纹。它的四条腿猛然软下去，马背上的日本兵没来得及下来，就与他的马一起跌倒在灌木丛边。

日本人的马队沿着河滩往东跑下去，跑到上官来弟她们放鞋子的地方，齐齐地勒住马头，穿过灌木丛爬上了大堤。她看不到日本马队了。她看到河滩上躺着那匹死去的大花马，硕大的头颅上沾满黑血和污泥，一只蓝色的大眼珠子，悲凉地瞪着湛蓝的天空。那个白脸的日本兵半截身子压在马腹下，趴在淤泥上，脑袋歪在一侧，一只白得没有一点血色的手伸到水边，好像要从水里捞什么东西。清晨光滑平坦的滩涂，被马蹄践踏得一塌糊涂。河水中央，倒着一匹白马，河水冲击着马尸缓缓移动、翻滚，当马尸肚皮朝上时，四条高挑着瓦罐般胖大马蹄的马腿，便吓人地直竖起来，转眼间，水声混浊，马腿便抡在水里，等待着下一次直指天空的机会。那匹给上官来弟留下深刻印象的枣红大马，拖着它的骑手的尸体，顺流而下，已经走到很远的下游，她突然想到，这匹马很可能要到樊三爷家去找那匹大种马。她坚决地认为，枣红大马是匹母马，与樊三爷家的公马是失散多年的夫妻。石桥上的火还在燃烧，桥中央的谷草堆上，蹿起了黄色的火苗和白色的浓烟。青色的桥梁高高地弓起腰，发出呼哧呼哧的喘息声，发出哼哼唧唧的呻吟声。她感到桥梁在烈火中变成一条大蛇，扭曲着身体，痛苦不堪，渴望着飞升，但头尾却被牢牢地钉住了。可怜的石桥，她难过地想着。可怜的德国造丽人牌自行车，高密东北乡的唯一的现代化机械，已被烧成一堆歪歪扭扭的烂铁。呛鼻的火药味、胶皮味、血腥味、淤泥味使灼热的空气又黏又稠，她感到胸膛里充满了恶浊的气体，随时都要爆炸。更加严重的是，她们面前的灌木枝条被烤出了一层油，一股夹杂着火星的热浪扑来，那些枝条噼噼啪啪地燃烧起来。她抱着求弟，尖声呼叫着妹妹们，从灌木丛中跑出来。站在河堤上，她清点了一下人数，妹妹们全在，脸上都挂着灰，脚上都没穿鞋，眼睛都发直，白耳朵都被烤红了。她拉着妹妹们滚下河堤，向前跑，前边是一块废弃的空地，据说是回族女人家的旧房基，断壁残垣，被野生的高大胡麻和苍耳子掩映着。跑进胡麻棵子里，她感到脚脖子软得仿佛用面团捏成，脚痛得如同锥刺。妹妹们跌跌撞撞，哭叫不迭。于是，她们便瘫坐在胡麻棵子里，再次搂抱在一起。妹妹们都把脸藏在姐姐的衣襟里，只有上官来弟，竖着头，惊恐不安地看着漫上河堤的黄褐色的大火。

先前她看到过的那几十个穿绿衣裳的人，鬼一样号叫着从火海里钻出来。他们身上都冒着火苗子。她听到那个熟悉的声音在喊叫：

“躺下打滚呀！躺下打滚！”

那个喊叫的人带头，轱辘似的沿着河堤滚下来，好像一个火球儿。十几个火球随后滚下来。火灭了，他们身上、头发上冒着青烟。原先那碧绿的与灌木叶子同样颜色的漂亮衣服，失去了本来面目，贴在他们身上的，是一些乌黑的破布片儿。有一个身上蹿火的人，没有就地打滚，而是嗷嗷地叫着，风风火火往前跑。跑到她们栖身的胡麻地前，那里有一个蓄着脏水的大坑，坑里茂盛地生长着一些杂草和几棵像小树一样粗壮的水荇，通红的茎秆，肥大的叶片是鲜嫩的鹅黄色，梢头高挑着一束束柔软的粉红色花序。那浑身着火的人一头扎到水坑里，砸得坑中水花四溅，一群半大的、尾巴刚刚褪掉的小青蛙从坑边的水草中扑扑棱棱地跳出来，几只洁白的、正在水荇叶背产卵的粉蝶轻飘飘地飞起来，消逝在阳光里，好像被灼热的光线熔化了。那人身上的火熄了，全身乌黑，头上脸上沾着一层厚厚的烂泥，腮上弯曲着一条细小的蚯蚓。分不清哪是他的鼻子哪是他的眼，只能看到他的嘴。他痛苦地哭叫着："娘啊，亲娘，痛死我啦……"一条金黄的泥鳅从他嘴里钻出来。他在泥塘里蠕动着，把水底沉淀多年的腐臭气味搅动起来。

那些扑灭了身上火的人，都趴在地上呻吟、咒骂，他们的长枪短棒都扔在地上，只有那个黑脸瘦汉，攥着那柄小枪，焦急地说：

"弟兄们，快撤，日本人过来了！"

被烧伤的人好像没听到他的话，照旧趴在地上。有两个抖抖颤颤地站起来，晃晃荡荡走了几步，随即又摔倒了。"弟兄们，快撤！"他大叫着，用脚踢着趴在他身边那个人的屁股。那个人往前爬了几步，挣扎着跪起来，哭着喊："司令，我的眼，我的眼啥也看不见了……"

她终于知道黑脸人名叫司令，她听到司令焦灼地喊："弟兄们，鬼子上来了，拼了吧……"

她看到，东边高高的河堤上，二十几匹日本大马驮着日本兵，摆成两路纵队，水一样漫过来，尽管堤上烟火弥漫，但日本马队队形整齐，大马探着头，迈着小碎步子，一匹追着一匹跑。跑到陈家胡同那儿，前边的马带头冲下河堤，后边的马紧跟着，沿着河堤外的开阔地（这片开阔地是司马家晾晒庄稼的打谷场，铺着金黄色的沙土，平展坚硬）突然加了速度。马塌下腰，迈开大步，跑成一条线。日本兵齐刷刷地举起了耀眼的、窄窄的长刀，嗷嗷地叫着，旋风般卷过来。

司令举起枪，对着日本马队的方向，胡乱开了一枪，枪口冒出一朵小小的白烟。然后，他扔掉枪，瘸着一条腿，歪歪斜斜地对着上官姐妹们藏身的地方跑过来。一匹杏黄大马紧擦着他的身体跑过去，马上的日本人迅速地侧过身体，马刀直冲着他的脑袋劈下来。他的身体前扑，脑袋完整无缺，但右肩上一块肉被削掉，飞起来，落在了地上。她看到那块巴掌大的皮肉，像一只剥了皮的青蛙在地上跳跃。司令哀鸣一声，歪在地上，往前打了几个滚，趴在一棵苍耳子旁边，一动也不动了。骑杏黄大马的日本兵掉转马头冲回来，对着一个拄着大刀立起来的大个子男人冲过去。那男人满脸惊恐，无力地举起大刀，好像要戳向马头，但那马的前蹄跃起，一下子把他踩翻了。日本兵从马上探下身去，一刀把他的脑袋劈成了两半。白色的脑浆子溅在了日本兵的裤子上。转眼的时间，十几个从灌木丛中逃出来的男人，便永远地安息了。日本人纵着马，余兴未消地践踏着他们的尸体。

这时，从村子西边那一片稀疏的松树林子里，又有一群骑兵跑过来。骑兵后边，是一大片黄色的人群。两队骑兵会合后，沿着南北大路，向村子里扑去。那群扛着乌溜溜铁筒子、戴着圆顶铁帽子的步兵，跟着骑兵，一窝蜂般涌进了村子。

河堤上的火熄灭了，一团团黑烟直冲天空。她看到河堤上一片漆黑，残缺不全的灌木枝条散发出好闻的焦香味儿。无数的苍蝇仿佛从天而降，落在被马蹄踩得稀烂的尸体上，落在地面的污血上，落在植物的茎叶上，也落在司令的身体上。她眼前的一切都被苍蝇覆盖了。

她的眼睛枯涩，眼皮发黏，眼前模模糊糊地出现了许多稀奇古怪的、从来都没看到过的景象：有脱离了马身蹦跳着的马腿；有头上插着刀子的马驹；有赤身裸体、两腿间垂着巨大的阳物的男人；有遍地滚动、像生蛋母鸡一样咯咯叫着的人头；还有几条生着纤细的小腿在她面前的胡麻秆上跳来跳去的小鱼儿。最让她吃惊的是：她认为早已死去的司令竟慢慢地爬起来，用膝盖行走着，找到那块从他肩膀上削下来的皮肉，抻展开，贴到伤口上。但那皮肉很快地从伤口上跳下来，往草丛里钻。他逮住它，往地上摔了几下，把它摔死，然后，从身上撕下一块破布，紧紧地裹住了它。

第八章

院子里的吵嚷声把昏死过去的上官鲁氏惊醒。她绝望地看着依旧隆起的肚皮和把半边炕都洇湿的鲜血。婆婆扫来的尘土已经变成了黏稠的血泥，朦胧的感觉猛然间变得清晰了，她看到一只生着粉红翅膀的蝙蝠在房梁间轻快地飞翔，乌黑的墙壁上渐渐洇出一张青紫的脸，那是一个死去的男孩的脸。撕肝裂肺般的疼痛已经变得迟钝，她好奇地看到，在自己双腿间，伸出一只生着明亮指甲的小脚。完了，她想，这辈子就这样完结了。想到死亡，心里涌上一阵悲苦，她恍惚看到自己被塞进一口薄木板钉成的棺材里，婆婆皱着眉头，满脸怒气，丈夫阴沉着脸一声不吭，只有七个女儿，围在棺材周围，大声地号哭着……

婆婆的大嗓门把女儿们的号哭声压了下去。她睁开眼，幻觉消失，看到窗户一片光明。槐花的浓香阵阵袭来。一只蜜蜂碰撞着窗纸啪啪作响。

“樊三，你先别忙着洗手，”她听到婆婆说，“俺那个宝贝儿媳还没生下孩子，也是先出了一条腿，你是不是也帮她弄出来……”

“老嫂子，你简直是胡说八道，满嘴放炮，俺樊三是驴马大夫，怎么能给女人接生？”

“人畜是一理嘛。”

“你少给我啰嗦，弄点水我洗手。大嫂子，别怕破费，去把孙大姑请来吧。”

婆婆的声音像打雷一样响：“你难道不知道我跟那老妖婆子不睦？去年，她偷走了我一只小母鸡。”

“随你便吧，是你家儿媳妇生孩子，也不是我老婆生孩子！”樊三自我解嘲地说，“奶奶的，我老婆还在我丈母娘肚子里转筋哩，老嫂子，别忘了烧酒和猪头，我可是救了你家两条性命！”

婆婆换了一副悲凉的腔调道：“樊三，行行好吧，古人说：‘行好不得好，早晚脱不了。’再说，街上枪响炮轰，你出去万一碰上日本人……”

“别说了，”樊三道，“多年的乡亲一家人，我今日就破一次例。丑话说在前头，虽说人畜是一理，但毕竟人命关天……”

她听到一阵杂沓的脚步声移近了，脚步声里夹杂着响亮的擤鼻涕的声音。难道公公、丈夫和油头滑脑的樊三都要进产房，来观看自己赤裸的身体？她感到愤怒、耻辱，眼前飘荡着一簇簇云絮状的东西。她想坐起来，找件衣服遮掩，但身体陷在血泥里，丝毫不能动弹。村子外传来隆隆的巨响。巨响的间隙里，是一种神秘而熟悉的嘈杂声，好像无数只小兽在爬行，好像无数颗牙齿在咀嚼……是什么声音这样耳熟呢？她苦苦地思索着，脑袋里有一个亮点倏忽一闪，迅速变成一片亮光，照耀着十几年前那场特大蝗灾的情景：暗红色的蝗虫遮天蔽日、洪水一般涌来，它们啃光了一切植物的枝叶，连柳树的皮都啃光了；蝗虫啮咬万物的可怕声音，渗透到人的骨髓里。蝗虫又来了，她恐怖地想着，沉入了绝望的深潭。老天爷啊，让我死吧，我受够了……天主啊，圣母啊，布下你们的雨露阳光，拯救我的灵魂吧……她在绝望中满怀希望地祈念着，祈求着中国至高无上的神和西方至高无上的神，心灵和肉体的痛苦似乎减缓了许多。她想到红头发蓝眼睛、慈父仁兄般的马洛亚牧师，在春天的草地上，他说中国的天老爷和西方的天主是同一个神，就像手与巴掌、莲花与荷花一样。就像——她羞愧地想——鸡巴和屌一样。他站在初夏的槐树林里，高挺着雄赳赳的那东西……团团簇簇，繁重的槐花五彩缤纷地飞舞着，浓郁的花香像酒一样迷人神魂。她感到自己在飘，像一团云，像一根毛。她无限感激地望着马洛亚庄重又神圣、亲善又和蔼的笑脸，泪水盈满了她的眼窝。

她闭上眼睛，眼泪沿着眼角的皱纹，一直流到两边的耳朵里。房门被推开，婆婆低声下气地说：

“来弟她娘，你这是怎么啦？我的孩子，你可要挺住，咱家的黑驴，生了一匹活蹦乱跳的骡驹子，你要是把这孩子生下来，咱上官家就知足了。孩子，接生婆不分男女，我把你樊三大爷请来了……”

婆婆一番难得的温存话语，感动着她的心。她睁开眼睛，对着婆婆金黄色的大脸，轻轻地点了点头。婆婆对外屋招招手，说：

“老三，进来吧。”

油头滑脑的樊三，板着脸，似乎是装出来一脸庄重神情。他的目光躲躲闪闪，好像看到了什么可怕情景似的，脸上突然失去了血色。“大嫂子……”樊三低着头说，“您高抬贵手饶了我吧，杀了樊三樊三也干不了这差事。”他一边说着，一边倒退，惊恐不安的目光一落到上官鲁氏的身上便急遽跳开。退出房门时，他与正在门外对着室内伸头探脑的上官寿喜撞在一起。她厌恶地瞥见了丈夫那尖削的脸和老鼠一样的表情。婆婆急忙出去追赶樊三，她听到婆婆喊着：

“樊三，你个狗日的！”

趁着丈夫又一次探头进来的瞬间，她拼着全身的力气抬起一只胳膊，对他挥了挥手，一句冷冰冰的话从嘴里钻出来——她怀疑这句话是不是自己说的——狗娘养的，你过来！——她对丈夫早已到了无恨无怨的程度，我为什么要骂他呢？骂他“狗娘养的”，实际上是在骂婆婆，婆婆是条狗，老狗……老狗老狗慢龇牙，龇牙给你一掏灰筢……二十多年前在大姑姑家寄生时听到过的那个古老的关于傻女婿和丈母娘的故事油然浮上脑海：那是多雨又酷热的年代，高密东北乡刚刚开发，人烟稀少，大姑姑家是最早的移民，大姑父身躯高大，人送外号“于大巴掌”，他的大巴掌攥起来，就是两只马蹄般的大拳头，一拳能打倒一匹大骡子。他是赌徒，手上沾满一层绿色的铜锈……在司马库家打谷场上召开的反缠足大会上，我被上官吕氏看中了……

你叫我？她看到上官寿喜站在炕前，双眼望着窗户，满脸尴尬表情，你叫我有啥事……她不无怜悯地看看这个与自己生活了二十一年的男人，心里突然充满了歉疚。槐花的海洋里风浪澎湃……她用一种细微得像头发丝儿一样的声音说：

“这孩子……不是你的……”

上官寿喜哭咧咧地说：“孩她娘啊……你可别死啊……我这就去叫孙大姑……”

“不……”她乞求地望着丈夫，说，“求你把马牧师叫来……”

院子里，上官吕氏忍着割肉般的痛楚，从怀里摸出一个油纸包儿，一层层剥去纸，现出一块大洋钱。她捏着大洋，两个嘴角可怕地耷拉着，两颗眼珠子通红，阳光照耀着她已经花白的头发。一股股黑烟不知从何处飘过来，空气热得发烫，北边的蛟龙河里，一片嘈杂喧闹声，枪子儿从半空中嗖嗖地飞过去。她几乎是哭着说：

“樊三啊，难道你能见死不救？真真是‘毒不过黄蜂针，狠不过郎中心’，常言道‘有钱能使鬼推磨’，樊三，这块大洋贴着我的皮肉放了二十年啦，送给你，买我儿媳一条命！”

她把大洋拍到樊三手里。樊三猛地把那块大洋扔掉，好像上官吕氏拍到他手里的是一块烧红的铁。他滑溜溜的脸上，渗出一层油汗，两个腮帮子搐动着，拉得五官挪位。他背起背囊，喊道：

“大嫂子，放我走吧……我给您跪下磕头了……”

樊三还没跑到上官家大门，就看到光着膀子的上官福禄跑了进来。他脚上只剩下一只鞋子，瘦骨嶙峋的胸脯上，涂着一些绿色的、车轴油一样的脏东西，好像一个巨大的腐烂伤口。你到哪里去了？老不死的，上官吕氏恼怒地咒骂着。大哥，外面出啥事了？樊三焦急地询问着他。他不理吕氏的咒骂，不答樊三的问话，神情痴迷地傻笑着，嘴巴里发出嘚嘚哒哒的声响，宛若一群鸡在紧急地啄着瓦盆。

上官吕氏捏住丈夫的下巴，上下推拉着，使他的嘴忽而横长忽而竖长。有一些白色的痰涎从他的嘴里流出来。他吭吭地咳着，吐着，终于平静下来。他爹，外边怎么样了？他悲哀地看着老婆，嘴巴一歪，哭着说：

“日本人的马队，上了后河堤……”

沉闷的马蹄声传来，院子里的人都僵住了。一群拖着白色尾翎的灰喜鹊喳喳惊叫着从院子上方飞过去。教堂钟楼上的花玻璃无声地破裂了，玻璃碎片闪闪发光。在花玻璃四分五裂之后，一声清脆的爆炸声才在钟楼上响起，爆炸的声波像沉重的、嘎嘎作响的铁轮子向四面八方碾轧过去。一股很大的气浪扑过来，樊三和上官福禄像谷个子一样倒伏在地。吕氏连连倒退，背靠在墙上。一根镂花的黑陶烟囱从房檐上滚下，落在她眼前的青砖甬路上，啪喳一声，成了一堆瓦砾。

上官寿喜从屋里跑出来，哭叫着：“娘啊！她要死了，她要死了，去请孙大姑吧……”

吕氏严肃地盯着儿子，说：“人要该死，怎么着也得死；人要不该死，怎么着也死不了！”

院子里的男人们似懂非懂地听着她说教，都用泪汪汪的眼睛盯着她的脸。她说：“樊三，还有那种家传的催生药吗？有就给我的儿媳灌上一瓶，没有就拉倒。”说完话，也不等候樊三的回答，她谁也不看，昂着头，挺着胸，颤颤巍巍地朝大门口走去。

第九章

一九三九年古历五月初五上午，在高密东北乡最大的村庄大栏镇上，上官吕氏领着她的仇敌孙大姑，全然不顾空中啾啾鸣叫的枪子儿和远处炮弹爆炸的震耳声响，走进了自家大门，为难产的儿媳上官鲁氏接生。她们迈进大门那一刻，日本人的马队正在桥头附近的空地上践踏着游击队员的尸体。

院子里站着她的丈夫上官福禄和她的儿子上官寿喜，还有滞留她家的兽医樊三——他表功似的举着一个装着绿油油液体的玻璃瓶子——这三个人，她出门去请孙大姑时即在，新添的人是红头发的马洛亚牧师。他穿着一件宽大的黑布袍子，胸前挂着一个沉重的铜十字架，站在上官鲁氏窗前，下巴翘起，面向太阳，用一口地地道道的高密东北乡腔调，大声地背诵着神圣的话语：

“……至高无上的我们的主耶稣基督。主啊主，请赐福保佑，在您的忠实奴仆面临痛苦和灾难的时候，请您伸出神圣的手抚摸我们的头顶，给我们力量、给我们勇气，让女人产下她的婴儿，让奶羊多产奶，让母鸡多产蛋，让坏人的眼前一片黑暗，让他们的子弹卡壳，让他们的马迷失方向，陷进沼泽。主啊，把所有的惩罚都施加到我的头上吧，让我代替天下的生灵受苦受难吧……”

院子里的男人默默地肃立着，听着他的祈祷。从他们脸上的表情可以看出，他们深深地受了感动。

孙大姑冷笑一声，走上前去，把马洛亚搡到一边去，牧师身体趔趄着，睁开眼睛，口吐一个“阿门”，手指在胸前画个十字，结束了他的祝祷。

孙大姑满头银发梳得溜光，脑后的发髻系得结实平整，髻上银钗闪烁，髻边斜插一根艾蒿尖儿。她上身穿着浆洗得板板正正的白布斜襟褂子，腋下的纽扣上拴着一块白手绢，下穿黑布裤，脚脖子上扎着小带，足穿青帮白底黑绒花绣鞋。她全身上下透着清爽，散发着皂角味儿。她颧骨高，鼻梁挺，嘴唇绷成一条线，深陷的美丽大眼窝里，是两只精光四射的眼睛。她一身仙风道骨，与富态臃肿的上官吕氏形成鲜明对比。

上官吕氏从樊三手里接过盛着绿油的瓶子，走到孙大姑身边，轻声说："他大姑，这是樊三的催产油，要不要给她灌上？"

"我说上官家的，"孙大姑用美丽的冰冷目光扫了吕氏一眼，又横扫了院中的男人们，不满地说，"你是请我来接生呢，还是请樊三来接生？"

"他大姑，别生气，俗话说'病笃乱投医，有奶便是娘'，"上官吕氏表现出难得的好脾性，低声下气地说，"当然是请您来，不是万不得已，我怎么敢搬动您这尊神？"

"你不说我偷了你的小母鸡了？"孙大姑道，"要让我接生，旁人就别插手！"

"听您的，您说咋办就咋办。"上官吕氏说。

孙大姑从腰里抽出一根红布条，拴在窗棂上。然后，她气昂昂地进了屋，临进房门时，她回头对上官吕氏说："上官家的，你跟我进来。"

樊三跑到窗前，拿起那瓶被上官吕氏搁在窗台上的绿油，塞进牛皮囊，也不跟上官父子打招呼，便飞快地朝大门跑去。

"阿门！"马洛亚念一声，又在胸前画了个十字，然后，对着上官父子友好地点点头。

室内传出孙大姑凌厉的喊叫声，接着又传出上官鲁氏嘶哑的哭号声。

上官寿喜双手堵着耳朵蹲在了地上。他的爹上官福禄背着手在院子里转圈。他的脚步匆匆，脑袋低垂，好像在寻找失物。

马洛亚牧师低声念叨着他刚才背诵过的祷词，双眼望着烟雾弥漫的蓝天。

那匹刚刚出生的小骡驹哆哆嗦嗦地从西厢房里走出来，它的湿漉漉的皮毛光滑如绸缎。在上官鲁氏一阵急似一阵的号叫声里，那头虚弱的母驴也从厢房里走出来。它耷拉着耳朵，夹着尾巴，艰难地走到安在石榴树下的水缸前，胆怯地望着院子里的人。没有人理它。上官寿喜捂着耳朵哭泣。上官福禄匆忙转圈。马洛亚闭眼祝祷。黑驴将嘴巴伸到水缸里，一个劲地吸水。吸足了水，它慢吞吞地走到那一大囤用秫秸箔子拦起来的花生前，尖着牙齿，啃咬着秫秸的表皮。

孙大姑把一只手伸进上官鲁氏的产道，拖出了婴儿的另一条腿。产妇号叫着晕过去了。孙大姑把一撮黄色粉末吹进上官鲁氏的鼻孔。她双手攥住婴儿的两条小腿，平静地等待着。上官鲁氏呻吟着醒过来。她连声打着喷嚏，身体猛烈地抽搐。她的上身弓起来，又沉重地跌下去。趁着这机会，孙大姑把婴儿拖出了产道。婴儿又扁又长的头颅脱离母体时，发出了响亮的爆炸声，犹如炮弹出膛。鲜血溅满了孙大姑的白布褂子。

倒提在孙大姑手里的是一个全身青紫的女婴。

上官吕氏捶打着胸脯失声痛哭。

“别哭，肚子里还有一个！”孙大姑恼怒地吼叫着。

上官鲁氏的肚皮可怕地痉挛着，鲜血从双腿间一股股冒出来，伴随着鲜血，一个满头柔软黄毛的婴儿鱼儿一样游出来。

上官吕氏一眼便看见了婴儿双腿之间那个蚕蛹般的小东西，她扑通一声便跪在了炕前。

“可惜，又是一个死胎。”孙大姑悠悠地说。

上官吕氏一阵头晕目眩，脑袋撞在了炕沿上。她手扶着炕沿，困难地站起来。看一眼脸色像石灰一样的儿媳妇，她痛苦地呻吟着，走出了产房。

院子里一片死亡。儿子双膝跪地，长长的血脖子戳在地上，鲜血像弯弯曲曲的小溪在地上流淌，那颗保留着惊恐表情的头颅端端正正地立在他的身体前边。丈夫嘴啃着砖甬路，一只胳膊压在腹下，另一只胳膊向前平伸着，后脑勺上裂开了一条又长又宽的大口子，一些白白红红的东西，溅在甬路上。马洛亚牧师跪在地上，手指画着胸脯，吐出一串一串的洋人话语。两匹高头大马驮着鞍子，正在撕咬着圈花生的秫秸箔子。那头母驴带着它的骡驹，瑟缩在墙角。小骡子的脑袋，藏在母驴的胯下，秃秃的小尾巴，蛇一样扭动着。两个穿酱黄衣服的日本人，一个用手绢擦拭着军刀，一个挥刀劈断秫秸箔子。上官家去年囤积、准备着今年夏天大发利市的一千斤花生，哗哗啦啦地淌了满地。两匹高头大马垂下头，嘎嘎嘣嘣地咀嚼着花生，愉快地摇摆着它们华美的大尾巴。

上官吕氏突然感到天旋地转，她想往前跑，去救护自己的儿子和丈夫，但她胖大的身体却像墙壁一样沉重地向后倒去。

孙大姑绕过上官吕氏的身体，迈着沉稳的步伐走向上官家的大门。那个眼睛分得很开、眉毛粗短的日本兵扔掉擦刀的手绢，身体僵硬地跳到她的面前，举起雪亮的马刀，直指她的心窝。日本人嘴里叽里咕噜，一脸粗野的神情。她静静地看着这个日本兵，脸上甚至挂着一丝嘲弄的笑容。孙大姑退一步，日本兵逼一步。孙大姑后退两步，日本兵进逼两步。他的雪亮的刀尖始终抵在孙大姑的胸脯上。日本兵得寸进尺，孙大姑不耐烦地抬手把他的刀拨到一边，然后一个优美得近乎荒唐的小飞脚，踢中了日本兵的手腕。马刀落地。孙大姑纵身上前，扇了日本兵一个耳光。日本兵捂着脸哇哇地怪叫。另一个日本兵持刀扑上来，一道刀光，直取孙大姑的脑袋。孙大姑轻盈地一转身，便捏住了日本兵的手脖子。她抖抖他的手，那柄刀也落在地上。她抬手又批了这位日本兵一个耳刮子，看起来她打得并不用力，但日本兵的半边脸顿时肿胀起来。

孙大姑头也不回地走向大门。日本兵端起马枪搂了火。她身子往上挺了挺，然后栽倒在上官家的穿堂里。

中午时分，成群的日本兵拥进上官家的院子。骑兵们从厢房里找了一个笸箩，把花生端到胡同里，喂他们疲惫不堪的马匹。两个日本兵押走了马洛亚牧师。一个白鼻梁上架着金边眼镜的日本军医跟随着他的长官，走进上官鲁氏的房间。军医皱着眉头打开药包，戴上乳胶手套，用寒光闪闪的刀子，切断了婴儿的脐带。他倒提着男婴，拍打着他的后心，一直打得他发出病猫般的沙哑哭声，才把他放下。然后他又提起女婴，呱唧呱唧地拍打着，一直把她打活。军医用碘酒涂抹了他们的脐带，并用洁白的纱布把他们拦腰捆扎起来。最后，他给上官鲁氏打了两针止血药。在日本军医救治产妇和婴儿的过程中，一位日军战地记者从不同的角度进行了拍照。一个月后，这些照片作为中日亲善的证明，刊登在日本国的报纸上。

第二卷

第十章

母亲终于苏醒过来。她第一眼便看到了我双腿间那只蚕蛹般的小鸡巴，暗淡的眼睛里突然放出了光彩。她把我抱了起来，鸡啄米般地亲吻着我。我嘶哑地哭着，咧着嘴寻找奶头。她把奶头塞到我嘴里。我用力地吸吮着，没有乳汁，只有血腥。我放声大哭。八姐在我的身旁哑哑地哭。母亲把我和八姐放在一起，支撑着下了炕。她摇摇晃晃到了水缸边，俯下身去，像骡马一样饮水。她麻木地看着满院的尸首。母驴和它的骡儿在花生囤边颤抖。姐姐们狼狈不堪地走进院子。她们跑到母亲身边，疲倦地哭了几声，便歪歪斜斜地倒下去。

日本人杀了我的爷爷和父亲，但也救了我们母子三人的命。

我家的烟囱里冒出了大难过后的第一缕炊烟。母亲砸开祖母的箱子，摸出鸡蛋、红枣、冰糖，还有一棵存放多年的老山参。锅里的水沸腾了，鸡蛋在锅里滚动。母亲把姐姐们叫进来，让她们围着一个盆坐下。母亲把锅里的东西舀到盆里，说：孩子们，吃吧。

母亲给我喂奶。我吸出了混合着枣味、糖味、鸡蛋味的乳汁，一股伟大瑰丽的液体。我睁开眼睛。姐姐们兴奋地看着我。我模模糊糊地看着她们。我把母亲乳房里的汁液全部吸光，在八姐哑哑的哭声里，闭上了眼睛。我听到母亲抱起了八姐，叹息道：你呀，多余了。

第二天早晨，胡同里响起了当当的锣声。福生堂大掌柜司马亭扯着沙哑的嗓子喊叫着：乡亲们啊乡亲们，把各家的尸首抬出来吧，抬出来吧……

母亲抱着我和八姐站在院子里，拖着长腔哭泣着。她脸上没有泪水。姐姐们围绕在母亲周围，有的哭，有的不哭。她们的脸上，也没有泪水。

司马亭提着铜锣进了我家院子。这是一个风干丝瓜一样的人，很难说出他的准确年龄，因为他满是皱纹的脸上，生着一颗草莓样的鼻子，还有两只漆黑的、滴溜溜转动、孩童般的眼睛。他的腰背佝偻，似乎进入了风烛残年，但他的双手却保养得又白又胖，手掌上生着五个圆圆的肉涡。好像是为了提醒母亲的注意似的，他站在离母亲只有一步远的地方，猛烈地敲击了一下铜锣。哐啷啷啷，锣声嘶哑，带着破裂的声音。母亲把半截哭声咽下去，梗着脖子，一分钟内既没有吸气也没有吐气。惨哪！司马亭看着我家院子里的尸首，夸张地感叹着。他的嘴角和嘴唇、腮帮和耳朵上表现出悲痛欲绝、义愤填膺的感情色彩，但他的鼻子和眼睛里却流露出幸灾乐祸、暗中窃喜的情绪。他走到僵卧着的上官福禄旁边，木然地站了一会儿。然后他又走到身首分家的上官寿喜旁边，弯下腰去，注视着那失去了光彩的眼睛，好像要与他交流感情。他的嘴咧着，一线口水不知不觉流出来。与上官寿喜安详的神情相对照，他脸上的表情蠢笨而野蛮。你们不听我的话，你们为什么不听我的话呀……他低声嘟哝着，像在谴责死人，又像是自言自语。走到母亲面前，他说：寿喜屋里的，我让人把他们抬走吧，这天气，你看。他仰脸看天，母亲也仰脸看天。头上的天是令人压抑的铅灰色，而在东边，血红的朝霞，被大团的黑云压迫着。我家的石狮子返潮出汗啦，这雨，马上就来了。不把他们拉出去，雨一淋，太阳一晒，你想想吧……司马亭低声嘟哝着。母亲抱着我和八姐，跪在司马亭面前，道：大掌柜的，俺孤儿寡母的，就仰仗您了，孩子们，给你们大伯下跪吧。姐姐们齐跪在司马亭面前。他当当地敲了几下锣，用的力气很猛。操他的老祖宗，他骂着，眼泪迸流，说：都是沙月亮这杂种招的祸，他打伏击，戳了老虎腚眼子，日本人就杀老百姓出气。弟妹，大侄女们，都起来，别哭了，遭了灾难的，不止你一家，谁让我是张唯汉县长委任的镇长呢？县长跑了，镇长不跑。操他祖宗！他对大门外喊叫：苟三姚四，你们还磨蹭什么，难道还要我用八抬大轿把你们抬进来吗？

苟三和姚四，哈着腰走进我家院子，跟着他们进来的，是镇里的一些闲汉。他们是司马亭镇长的前腿后爪子，是镇长执行公务的仪仗队和随从，镇长的威风和权力，通过他们表现出来。姚四捏着一本用毛边草纸钉成的簿子，耳朵与脑袋之间，夹着一杆漂亮的花杆铅笔。苟三吃力地把上官福禄翻过来，让他肿胀发黑的脸朝着彤云密布的天空。他拖着长腔唱道：上官福禄——脑袋被劈致死——户主——姚四手指沾沾唾沫，翻着那本户籍簿子，翻来翻去，翻去翻来，终于找到属于上官家那一页，然后，从耳朵上拿下铅笔，一条腿跪下，一条腿支起，把户籍簿子搁在膝盖上，笔尖先戳戳舌尖，然后，勾掉了上官福禄的名字。上官寿喜——苟三的声音突然失去适才的嘹亮——身首分家而死。母亲哇哇地哭起来。司马亭对姚四说：记上记上，听明白了没有？但姚四仅仅在上官寿喜的名字上圈了个圈，并没记录他的死因。司马亭抡起锣槌，敲打着姚四的头，骂道：你娘的腿，在死人身上还敢偷工减料，你欺负我不识字吗？姚四哭丧着脸，说：老爷，别打了，我都记在心里了，一千年也忘不了。司马亭瞪着眼道：你咋那么长的命，能活一千年，是乌龟还是王八？姚四道：老爷，不过打个比方。您这是抬杠——谁跟你抬杠！司马亭又打了姚四一锣槌。上官——苟三站在上官吕氏面前，侧脸问母亲：你婆婆姓什么？母亲摇摇头。姚四用笔杆敲打着簿子说：姓吕！上官吕氏——苟三喊着，俯下身去，察看着她的身体。怪了，没伤，他嘟哝着，拨了拨上官吕氏白发苍苍的头。从她的嘴里，发出一声细弱的呻吟。苟三猛地直起腰，目瞪口呆，连连倒退，嘴巴笨拙地说：诈……诈尸了……上官吕氏慢慢地睁开眼睛，像初生婴儿，眼神散漫，没有目标。母亲喊：娘啊！母亲把我和八姐塞到两个姐姐怀里，往祖母身边跑了两步，但突然煞住了脚步。母亲感觉到，祖母的目光有了焦点。焦点在我身上，我在大姐的怀里。司马亭说：弟妹，老婶子是回光返照，看这样子，她是想看孩子，是男孩吧？祖母的目光弄得我很不舒服，我哭了。司马亭说：把孙子给她看看，好让她放心地走路。母亲从大姐怀里接过我，跪下，膝行到祖母身边，把我托到她眼睛上方，哭着说：娘啊，我也是没有办法，才走了这一步啊……在我的屁股下面，上官吕氏的眼睛里突然放射出熠熠的光华。她的腹部隆隆响了几声，便有一股恶臭散发出来。完了，撒了气了，这下是真完了，司马亭说。母亲抱着我站起来，当着许多男人的面，掀起衣襟，把一只乳头塞到我嘴里，沉甸甸的乳房覆盖着我的脸，我停止哭泣。司马亭镇长宣布：上官吕氏，上官福禄之妻，上官寿喜之母，因夫死子亡，痛断肠子而死。行啦。抬出去吧！

几个收尸队员提着铁抓钩过来，刚要往上官吕氏身上抡钩子，她却像一只老龟一样，慢吞吞地爬起来。阳光照耀着她肿胀的大脸，像柠檬，像年糕。她冷冷地笑着，背倚墙壁坐定，像一座稳重的小山。

司马亭说：老婶子，你真是大命的。

镇长的随从们，每人都把一条喷过烧酒的羊肚子毛巾捂在嘴上，借以抵挡着尸体的臭味。他们抬进来一扇门板，门板上还残留着字迹模糊的对联。四个闲汉——他们现在是镇公所的收尸队员——匆匆忙忙地用铁抓钩钩住了上官福禄的四肢，把他扔在门板上。两个闲汉，一前一后抬起门板，往大门外走去。上官福禄的一只胳膊，垂在门板下，好像一只钟摆悠来晃去。把门口那个老太太拉开点！抬门板的一个闲汉大喊着。两个闲汉跑到前边去。这是孙大姑，小炉匠的老婆！她怎么会死在这里呢？有人在胡同里大声议论着。先把她抬到车上去吧。胡同里一片吵嚷声。

门板平放在上官寿喜身边了。他保持着临死前的姿势，那对着苍天呼吁的腔子里，冒出一串串的透明的气泡，仿佛里边藏着一窝螃蟹。收尸队员们犹豫着，不知如何下手。其中一个说：嗨，就这样弄上去吧。说着他就举起了铁钩子。母亲高喊着：别用钩子钩他呀！母亲把我塞到大姐怀里，号哭着扑到她丈夫的没头尸首边。她试试探探地想去捡起那颗头颅，但她的手指刚触到那东西，即刻便缩了回来。

大嫂，算了吧，难道你还能把他的头安上？你到车上看看去吧，有的被狗吃得只剩下一条腿，他这样算好的了！因为嘴巴捂着毛巾，那闲汉瓮声瓮气地说，闪开吧，你们都背过头去别看。他粗野地拖起母亲，把她和姐姐们推到一起。他又一次提醒我们：都闭上眼！

等母亲和姐姐们睁开眼时，院子里的尸首已经全部拖了出去。

我们跟着摞满尸首的马车走在尘土飞扬的大街上。三匹马，就像头天上午我大姐看到的那样：一匹杏黄，一匹枣红，一匹葱绿。它们垂头丧气，身上色彩黯淡。那匹拉梢儿的杏黄马瘸了一条腿，一走一探头。车夫拖着鞭子，手扶着辕杆。他头上两边是黑毛，中间是一道白毛，像一只老山雀。在大街两侧，十几条狗红着眼睛盯着车上的尸首。马车后边的散漫烟尘里，跟随着死难者的家属。在我们身后，是司马亭镇长和他的随从们。他们有的扛着铁锹，有的提着铁抓钩，有一位扛着一根顶端拴着一束红布条的长竿。司马亭提着铜锣，每走几十步就敲一下。锣声一响，死难者家属便齐声号哭。她们哭得都很不情愿似的，锣声的袅袅余音刚刚消逝，哭声也就停止。好像不是为亲人痛哭，而是为了完成镇长派给的任务。

就这样，我们跟随着马车，断断续续地哭着，路过了钟楼坍塌的教堂，路过了五年前司马亭和他的弟弟司马库试验风力磨面的大磨坊。十几台破旧的风车还矗立在磨坊上空嘎嘎啦啦响着。我们把二十年前日本商人三船饭郎创办的美棉引种株式会社旧址丢在大街的右侧，把高密县长牛腾霄动员妇女放脚时的演讲台丢在司马家的打谷场上。最后，马车沿着墨水河边的道路左拐，进入了一直延伸到沼泽地的平坦原野。阵阵潮湿的南风，吹来了腐败的气息。蛤蟆在路边的沟渠里、在河边浅水里，瓮声瓮气地叫着，成群的肥大蝌蚪，改变了河水的颜色。

进入原野之后，马车骤然加快了速度。赶车的“老山雀”鞭打着梢马，连瘸了腿的那匹也不放过。道路崎岖不平，马车颠簸得很厉害，车上的尸首散发出臭味，车厢的板缝里，渗出了液体。哭声完全停止，死难者家属都用衣袖掩住嘴巴和鼻孔。司马亭带着他的随从，从我们身边挤过去，跑到了马车的前头。他们都弯着腰向前疾跑，把我们和马车甩在后边，把熏死人的气味甩在后边。十几条疯狗吠叫着，在道路两边的麦田里耸跳。它们的身体在麦浪中起伏，忽隐忽现，宛若海浪中的豹子。今天是乌鸦和老鹰的盛大节日。高密东北乡宽广地盘上的乌鸦全部到齐，像一团黑云悬在马车上空，它们呼啦呼啦地上下翻飞，发出兴奋的尖叫，排成各种队形，不断地往下俯冲。成熟的老乌鸦用坚硬的喙啄击着死难者的眼睛；缺乏经验的年轻乌鸦则啄击死者的脑门，发出“笃笃”的响声。“老山雀”用鞭抽打它们，每鞭都不落空。有几只乌鸦跌下去，被车轮碾成肉酱。大概有七八只苍鹰，在极高的空中翱翔。复杂的气流逼得它们有时飞得比乌鸦还要低。苍鹰对尸首也有兴趣，它们也是噬腐者，但它们不与乌鸦合流，保持着虚伪的高傲态度。

太阳从云层中露了一下脸，使万亩即将成熟的小麦灿烂辉煌。太阳一露脸风向便转了。在风向调转的过程中，出现了短暂的平静，匆匆追逐的麦浪全都睡着了，或者是死了。阳光下出现那么广大，几乎延伸到天边去的黄金板块。那么多的成熟的坚硬麦芒像短促的金针，闪烁闪烁一望无际地闪烁。就在这时候马车拐进了麦田中狭窄的便道。车夫只能在麦棵子里行走。两匹梢马是杏黄和碧绿，它俩无法并肩在路上行走，只能是或者杏黄在麦棵子里行走或者碧绿在金黄的麦田里行走。它们像两个赌气的男孩，一会儿你把我挤到麦田里，一会儿我把你挤到麦田里。车速减缓，乌鸦们更加猖狂。有几十只乌鸦竟然蹲在尸首上，耷拉着翅膀，连续啄击。“老山雀”顾不上去管它们啦。这年的麦子长得格外好，秸秆粗壮，麦穗丰盛，颗粒饱满。麦芒摩擦着马的肚皮，划着马车的胶轮和车厢挡板，发出令人周身发痒的声音。麦田中露出狗们忽隐忽现的脑袋，它们的眼睛紧闭着不敢睁开，否则麦芒会刺瞎它们的眼睛。它们倚仗着嗅觉保持正确的方向。

进入麦田后，狭窄的道路拉长了我们的队形。大家早就停止了号哭，连低声啜泣都没有。间或有一个孩子不慎跌倒，近旁的人不管是否亲属，立即伸出友爱的手。在这种肃穆的团结气氛中，孩子磕破了嘴唇也不哭泣。麦田还处在静寂中。但这静寂是紧张不安的。不时有鹧鸪被马车和疯狗惊起来，扑扑棱棱地在低空飞行一段，沉没在远处的小麦的黄金海里。麦梢蛇，一种高密东北乡特产的火红色剧毒的小蛇，在麦芒上似电火游弋。马看到麦芒上的电火浑身颤抖，狗匍匐在麦垄间，不敢抬头。一半太阳进入黑云，另一半太阳的射线便显得格外强烈。麦田上空匆匆奔跑着巨大乌云的暗影，被阳光照耀着的部分麦子，黄得好像燃烧的火。风向倒转的间隙里，亿万根麦芒拨动着空气。麦子在窃窃私语、喃喃低语，交流着可怕的信息。

先是有一缕温柔的风从东北方向掠着麦梢刮过，风的形状通过千万棵颤抖的麦穗表现出来。平静的麦子海里出现一些淙淙流淌的小溪。继来的风利索有力，分割了麦子海。前头那人扛着的高竿上的红布条飘扬起来，云声呼噜噜响着。东北的天边上有一道弯曲的金蛇窜动，云像血染，隆隆的雷声沉闷地传来。又静了一个短暂的时刻，苍鹰盘旋着从高空降下来，消逝在麦垄里。乌鸦们则爆炸般地飞射到很高的地方，呱呱惊叫。然后狂风大作，麦浪翻腾。有的从北往西滚，有的从东往南滚。有长浪，有短浪，拥拥挤挤，推推搡搡，形成一些黄色的漩涡。也好像麦子海被煮沸了。乌鸦群散了。有一些单薄的苍白大雨点子啪哒啪哒落下来。雨点中还夹杂着一些杏核般大的坚硬冰雹，一时间冷彻骨髓。冰雹稀疏，敲打着麦穗和麦芒，敲打着马腚和马耳，敲打着死者的肚皮和生者的头颅。几只被冰雹打破脑袋的乌鸦像石头般坠落在我们面前。

母亲紧紧地搂抱着我，把我脆弱的脑袋藏在她那两只乳房的温暖夹缝里。母亲把一生下来就成了多余人的八姐放在炕上，让她和痴呆了的上官吕氏为伴。上官吕氏自己爬进西厢房，大口吞食驴粪蛋儿。

我的姐姐们脱下上衣撑在头上，遮蔽着雨水和冰雹。上官来弟那两只青苹果一样的坚硬乳房第一次将它们优美的轮廓鲜明地凸现出来。只有她没有脱上衣。她用双手捂着头，雨点打湿了她，迎面来的风，一下子把她的衣服吹紧了。

经过艰难的跋涉，我们终于抵达了公墓。这是一片方圆十亩的空地，处在麦田的包围中。空地上有几十座被野草覆盖着的坟包，坟包前插着腐朽的木牌。

阵雨过去了，破碎的云团匆匆逃奔。云缝中的天蓝得炫目，阳光毒辣凶狠。残余的冰雹瞬间变成水汽，重新升腾到空中。受伤的麦子，有的直起腰，有的永远直不起腰。凉风很快变成热风，小麦快速成熟，一分钟比一分钟更黄。

我们聚集在公墓边上，看着司马亭镇长迈着方步在公墓地上走动。蚂蚱从他脚下飞起来，嫩绿的外翅里闪烁着粉红的内翅。司马亭站在一丛盛开着黄色小花朵的野菊花旁边，用脚跟跺着地，大声说：就是这里了，就在这里挖吧。

七个黑色的男人，懒洋洋地聚拢过去，都拄着铁锹，你瞅瞅我，我瞅瞅你，互相打量着，好像要牢牢记住对方的面孔。然后，他们的目光集中到司马亭脸上。你们看着我干什么？司马亭怒吼着：挖呀！他把铜锣和锣槌往身后一撇。铜锣落在一片轻扬着白缨儿的茅草里，惊起一只蜥蜴；锣槌落在狗尾巴草的枝叶上。他夺过一把铁锹，往地上一插，脚踩着锹，摇晃着身体，扎下去。他吃力地把一团盘生着密密草根的泥土掘起来，双手平端着锹柄，身体先往左转了九十度，然后猛地往右转了一百八十度，嚓啦一声响，那团泥土像死公鸡一样翻滚着飞出去，落在一片盛开着淡黄色的小花的蒲公英上。他把铁锹塞给那个人，气喘吁吁地说：快挖，难道你们闻不到这气味吗？

男人们卖力地干起来，一团团泥土飞出去，地上渐渐地出现一个坑，并且在逐渐加深。

时间已是正午，空气热得发烫，天地间一片白花花的亮，谁也不敢仰面寻找太阳。马车上的气味愈加强烈，尽管我们都避到上风头，但臭味逆风而上，照样让人胃肠搅动，直想呕吐。乌鸦们又来了。它们像刚刚洗浴过一样，羽毛新鲜，闪烁着瓦蓝的光芒。司马亭捡起铜锣和锣槌，不避尸臭，跑到马车跟前。扁毛畜生，看你们哪个敢下来！你们敢下来老子就撕碎你们！他敲着锣，跳跃着，对着空中叫骂着。乌鸦们在离马车十几米的空中盘旋、聒噪，同时还把稀屎和破烂的羽毛洒下来。“老山雀”拿着那根顶端绑着红布条的长竿，对着乌鸦们挥舞。三匹马紧紧地闭着鼻孔，笨重的马头因为拼命低垂显得更加笨重。乌鸦分批俯冲下来，发出尖利的啸叫。几十只乌鸦包围着司马亭和“老山雀”的头颅。圆圆的小眼睛、坚硬有力的翅膀、肮脏丑陋的爪子，乌鸦的形象令人难忘。他们挥舞着胳膊和乌鸦搏斗。乌鸦的硬嘴啄着他们的头。他们用手中的锣盘和锣槌、绑布条的长竿打击着乌鸦，发出砰砰啪啪的声响。受伤的乌鸦仄着翅膀掉在绿茸茸的、镶嵌着小白花的草地上，拖着翅子，摇摇晃晃地往麦田里逃走。隐藏在麦田里的疯狗箭一般冲出来，把受伤的乌鸦撕得粉碎。转眼之间，草地上只余下一些黏糊糊的乌鸦毛。狗们蹲在麦田与墓地的边缘，伸着鲜红的舌头，哈嗒哈嗒喘气。乌鸦们分出兵力，纠缠住司马亭和“老山雀”，大批的乌鸦则挤在车上，呱呱叫，很兴奋很丑恶，脖如弹簧嘴似钻，啄食着腐尸，味道好极了，魔鬼的盛宴。司马亭和“老山雀”累倒地上，直直地躺着，脸上蒙着厚厚的尘土，汗水在那层尘土上冲出一些道道，使他们的脸乱七八糟。

土坑已经齐着人头深了，我们只能看到那些隐隐约约晃动着的人头顶和一团团飞上来的湿漉漉的泥巴，我们还能闻到新鲜的、沁凉的泥土气息。

一个男人从土坑里爬上来，走到司马亭身旁，说：镇长，已经挖出水了。司马亭迷茫地望着他，缓缓地抬起一只胳膊。那人又说：镇长，您看看，深度差不多了。司马亭对着他钩钩食指。那人不解其意。笨蛋！司马亭说：把老子拉起来呀！那人慌忙弯下腰，拉起司马亭。司马亭呻吟着，用空心拳头捶打着腰，在那人搀扶下，爬上新土堆。我的个娘，司马亭说：孙子们，都给我爬上来吧，再挖就到黄泉了。

坑里的男人们纷纷爬上来，一爬上来就被尸臭熏得挤鼻子弄眼。司马亭踢了一脚车夫，说：起来，把车调过来。车夫躺着不动，司马亭喊：苟三姚四，把这老东西先扔到坑里去！

苟三在那堆挖坑的男人中应了一声。

姚四呢？司马亭问。早脚底下抹油溜他娘的了。苟三愤愤地骂道。回去就砸这孙子的饭碗，司马亭说着，又踢了车夫一脚，道：真死了？

车夫爬起来，哭丧着脸，畏难地望着停在墓地边缘上的马车。车上的乌鸦挤成一团，上下翻飞，一片喧嚣。三匹马都趴在地上，把嘴巴藏在草丛里。它们的背上，站满了乌鸦。马车周围的草地上，乌鸦们抻着脖子吞咽着。有两只乌鸦扯着一截光溜溜的东西，像拔河一样，一只后退时另一只极不情愿地前进；一只前进时，另一只兴奋地后退。有时它们力道相等便保持了短暂的僵持，它们的腿蹬着草地，拖着翅膀，脖子抻得很长，脖子上的毛羽蓬起，露出青紫的皮肤，两只脖子好像随时都会从腔子里拔出来似的。一只狗斜刺里扑上来，抢走了肠子，乌鸦不肯松口，在草地上打滚。

镇长，您开恩饶了我吧！车夫跪在司马亭脚下。

司马亭抓起泥土，对着乌鸦掷过去。乌鸦们全然不顾。他走到遇难者家属面前，求情般地望着我们，喃喃着：就这样吧，就这样吧，我看大家都回去吧。

家属们怔了怔，母亲带头跪下，大家都跟着跪下，哀声遍地。母亲说：司马大先生，让他们入土为安吧！众人七嘴八舌地说：求求您了。入土为安啊！我的娘啊！我的爹呀！俺的孩呀……

司马亭垂着头，脖子上的汗水像小河一样。他无可奈何地对着我们摆摆手，回到他的随从们那儿，低沉地说：老少爷儿们，各位兄弟，你们跟着我司马亭狐假虎威，偷鸡摸狗，打架斗殴，撬寡妇门，掘绝户坟，做了多少伤天害理之事？养兵千日，用兵一时，今日就是被乌鸦啄瞎了眼珠子，啄出脑浆子，咱也得把这事办利索了。我堂堂一镇之长带头打冲锋，谁敢偷懒磨滑我日谁的十八辈子祖宗！干完了这事，我请你们喝酒！你给我起来，他拽着车夫的耳朵，说，把车赶过来。伙计们，抄家什，打！

这时，从金黄的麦浪里游来了三个黑小子，近前才看清是孙大姑的三个哑巴孙子。他们都光着背，穿着同样颜色的短裤。最高的哑巴手里，提着一柄柔软的长刀，抖动起来哗啷啷响；次高的哑巴手里，持着一把木柄腰刀；最矮的那个哑巴，拖着一柄长把的大朴刀。他们瞪着眼，嘴里啊啊手比画，表演着痛心疾首。司马亭眼睛一亮，逐个拍拍他们的头，说：好小子们，你们的奶奶，你们的兄弟，都在这车上，咱要把他们安葬，乌鸦霸道，欺负人，乌鸦就是小日本啊，小子们，咱跟它们拼了！你们听明白了吗？姚四不知从何处钻出，对着他们打哑语。眼泪和怒火从哑巴眼中喷出，他们舞着刀挥着刀拖着刀向乌鸦们冲去。

你这个滑头鬼！司马亭抓着姚四的肩膀摇撼着，你钻到哪里去了？

冤枉啊，镇长，姚四说，我去请他们三兄弟了。

哑巴三兄弟跳上马车，站在车杆上，刀光血影，破碎的乌鸦纷纷落地。都上去！司马亭喊。众人一拥而上，与乌鸦开战，骂声、打击声、乌鸦叫声、翅膀扇动声，混成一片。尸臭味、汗臭味、血腥味、淤泥味、麦子味、野花味，搅在一起。

破碎的尸首横七竖八地堆在土坑里。马洛亚牧师站在高高岭起的新土上，念叨着：主啊，拯救这些受苦受难的灵魂吧……眼泪从牧师湛蓝的眼睛里流出来，流经他脸上那几道结着青紫血痂的鞭痕，滴到他破烂的黑色长袍上，滴到他胸前那个沉甸甸的青铜十字架上。

司马亭镇长把马洛亚牧师从土堆上拉下来，说：老马，您到边上歇会儿吧，您也是死里逃生。

男人们开始往土坑里填土，马洛亚牧师脚步踉跄地对着我们走来，太阳已经偏西，他的影子在地上拖得很长。望着马牧师，母亲的心脏在沉甸甸的左乳下不规则地跳动了。

太阳放出红光时，一个巨大的坟头出现在墓地中央。在司马亭镇长的指挥下，死难者家属跪在坟前磕了头，并履行义务似的有气无力地啼哭了几声。母亲提议死难者家属向司马亭和他的收尸队磕头，以示感激。司马亭连声说：免了吧，免了吧。

送葬的队伍迎着血红的落日返程。母亲和姐姐们落在后边，马洛亚晃动着高大的身体走在最后边。断断续续的队伍拖了足有一里长。人们浓厚的身影，倾斜着躺到金红色的麦田里。在血红黄昏的无边寂静里，响着沉重的脚步声，响着晚风从麦梢上掠过的声音，响着我沙哑的啼哭声，响着在墓地中央那棵华盖般的大桑树上昏睡一天的肥胖猫头鹰睡眼乍睁时的第一声哀怨的长鸣。它的鸣叫使人们心惊肉颤。母亲停住脚，回望墓地，看到那里升腾着紫红的烟岚。马洛亚牧师弯下腰，把我的七姐上官求弟抱起来，说：可怜的孩子们……

一语未了，万万千千昆虫合奏的夜曲便从四面八方漫上来。

第十一章

母亲抱着出生百日的我和八姐去找马洛亚牧师的时间是这一年的中秋节上午。教堂临街的大门紧闭着，门上涂抹着亵渎圣灵的污言秽语。我们沿着一条小巷，绕到了教堂的后院，敲响面对着茫茫原野的小门。门旁的木橛子上，拴着那只瘦骨伶仃的奶山羊。它的脸很长，怎么看也觉得这不是一只山羊的脸，而是一张毛驴的脸，骆驼的脸，老太婆的脸。它抬起头，用阴沉的目光打量着我母亲。母亲跷起一只脚尖，蹭了蹭它的下巴。它缠绵地叫了一声，便低下头吃草。院子里有轰隆隆的声响，还有马洛亚牧师吭吭的咳嗽声。母亲拔弄着门上的铁钌铞。门吱扭一声，开了一条缝，母亲抱着我，仄着身子，闪了进去。马洛亚关上大门，转过身，伸出长长的胳膊，把我们搂在怀里，他用地道的土话说：

“俺的亲亲疼疼的肉儿疙瘩呀……”

这时，沙月亮率领着他刚刚成立起来的黑驴鸟枪队，正沿着我们送葬时走过的那条道路，兴高采烈地对着村子跑来。道路两侧，一侧是麦茬地里长出的秋高粱；一侧是从墨水河边蔓延过来的芦苇。一个夏天的炎热阳光和甘美雨水，使所有的植物都发疯一般生长。秋高粱叶片肥大、茎秆粗壮，一人多高还没有秀穗；芦苇黑油油的，茎叶上满是白色的茸毛。时令已是中秋，尽管风里还嗅不到一丝一毫秋天的气味，但天空已是湛蓝的秋天的天空，阳光已是明媚的秋天的阳光。

沙月亮一行二十八人，都骑着清一色的黑叫驴。这些驴是五莲县南部丘陵地带的特产。它们个头肥大，腿脚矫健，速度不如马，但耐力胜过马，能够长途跋涉。沙月亮从八百多头驴中，选中了二十八头没有阉割、嗓门洪亮、青春勃发的黑驴，作为他的鸟枪队的坐骑。二十八匹黑驴在小路上走成一条黑色的流线，像水在流淌。道路上空笼罩着乳白色的烟雾，驴身上反射着阳光。望得见镇上破碎的钟楼和瞭望台时，一驴当先的沙月亮拉住驴缰，停住驴步，后边的驴倔强地拥护上来。沙月亮回头看看他的队员们，发布了下驴的命令，紧接着又发布了洗脸、洗脖子、洗驴的命令。他的黑瘦的脸上挂着严肃认真的表情，严厉地训斥着下驴后懒洋洋的队员们。他把洗脸、洗脖子、洗驴提到了辉煌的高度。他说现在抗日游击队像蘑菇一样遍地冒出，我们黑驴鸟枪队要以自己的独特风貌压住别的游击队，最终占住高密东北乡这块地盘。而为了在老百姓心目中树立威信，一言一行都要注意。在他的动员下，队员们觉悟迅速提高，他们都脱了光膀子，把衣服挂在芦苇上，站在湖边的浅水里，噗噗噜噜地洗头洗脸洗脖子。他们都新剃了头，头皮青溜溜的放光。沙月亮从挎包里掏出肥皂，切成小块，分给每个队员，让他们认真地洗，洗得一尘不染。他自己也站在水里，歪斜着结了一个紫红大疤的肩膀，搓着脖子上的灰垢。在他们洗浴的时候，黑叫驴们有的兴趣索然地咬着芦苇叶子；有的咬着高粱叶子；有的互相啃着对方的屁股；有的则沉思默想，让那暗藏的棒槌钻出皮囊，并一挺一挺地敲打着肚皮。在黑叫驴们各自寻找着各自的乐趣时，母亲从马洛亚的怀抱里挣脱出来，抱怨道：

“你个驴，把孩子挤痛了！”

马洛亚抱歉地笑着，露出一口洁白整齐的牙齿。他对着我们伸出一只通红的大手，稍微停了停，又把另一只手伸出来。我含着一根手指头，让嘴里发出呜呜哇哇的声音。八姐却木头孩似的，不哭不叫也不动。她是个天生的小瞎子。母亲只手托着我，说：“你看，他对着你笑啦。”然后我就落在他那两只潮湿的大手里。他的脸对着我的脸俯下来，我看到了他头顶上的红毛、下巴上的黄毛，鹰嘴一样的大鼻子和那两只闪烁着悲悯蓝光的眼睛。一阵难以忍受的刺痛在我脊背上发生，我吐出手指，张大嘴巴哭起来，背部的疼痛直扎骨髓，眼泪盈满我的眼窝。他的潮湿的嘴唇碰了碰我的额头，我感到了他嘴唇的颤抖，闻到了他嘴巴里那种辛辣的洋葱味和羊奶的腥膻味。

他把我递还母亲，羞愧地说：“我把他吓着了吧？我把他吓着了。”

母亲把八姐递给马洛亚，接过我，拍打我，摇晃我，喃喃着：“不哭，不哭，他是谁？你不认识他？你怕他？噢，不怕，他是好人，是你的亲……亲亲的教父啊……”

背部的刺痛还在继续，我哭得喉咙都嘶哑了。母亲掀起衣襟，把乳头塞在我嘴里。我像捞到一根救命稻草般衔住奶头，拼命吮吸，汹涌的乳汁带着青草的味道，灌进了我的喉咙。但持续的刺痛迫使我放弃奶头，继续号哭。马洛亚搓着大手，紧张不安。他跑到墙边，撕来一根草缨，在我眼前晃动，无效，我继续哭。他跑到墙角，用力扯下了一个月亮那么大的、镶着一圈金黄花瓣的葵花盘子，举在我面前晃动着，它的气味吸引了我。马洛亚牧师奔跑忙碌的过程中，八姐一声不响睡在他的臂弯里。母亲说：“好宝宝，快看呀，教父给你摘下月亮了。”我对着月亮伸出一只手，背部又是一阵奇痛，我又是一阵大哭。“这是咋的了？”母亲嘴唇苍白，满脸汗水。马洛亚说：“看看身上是不是扎上了什么东西？”

母亲在马洛亚的帮助下脱掉了那套为庆祝我诞生一百天特意缝制的红布小衣服，发现了一根别在衣服褶缝上的缝衣针，在我的背上，刺出了一片冒血的针眼儿。母亲拔下针，扔到墙外去。“可怜的孩子……”母亲哭着说，“我真该打！该打！”母亲腾出一只手，猛地抽了自己的腮帮子一下。接着又抽了一下。响声是那么清脆。马洛亚握住她的手，然后，从她身后，用胳膊把我们圈起来。他的潮湿的嘴唇吻着母亲的腮、耳朵、头发，并低声嘟哝着：“不怨你，怨我，怨我……”在他的亲切抚慰下，母亲平静下来，坐在马洛亚小屋的门槛上，将乳头塞给我。甘甜的乳汁滋润着我的喉咙，背上的痛楚渐渐消逝了。我嘴衔着乳头，手抓着乳房，并跷起一只脚，蹬着、卫护着另一只乳房。母亲把我的腿按下去，但她的手一离开，我的腿又跷起来。

母亲疑惑地说：“给他穿衣时我反复检查了呀，怎么还会有针呢？一定是那老东西干的！她恨我们娘儿俩！”

马牧师问：“她知道了吗？我们的事儿。”

母亲说：“我对她说了，是她逼的我，我受够了她的欺负！这老东西，伤了天理！”

马牧师把八姐递给母亲说：“喂喂她吧，都是上帝赐给的，不能太偏心啊！”

母亲红着脸，接过八姐，刚想给她一只奶头，我的脚便蹬在她的肚子上。八姐哭了。

母亲说：“看到了吧？这小东西，霸道极了。你弄点羊奶喂喂她吧。”

马牧师用羊奶喂饱了八姐，便把她放在炕上。八姐不哭不动，老实极了。

马洛亚看着我头上柔软的黄毛，眼睛里闪烁着惊讶的神色。母亲觉察到了他的窥视，抬起头问：“看什么？不认识我们娘儿俩啦？”“不，”他摇摇头，脸上露出傻呵呵的笑容，说，“这小东西，吃起奶来像狼一样。”母亲娇嗔地斜他一眼，道：“像谁呢？”马洛亚更傻地笑着，说：“难道像我？我小时候是个啥样子？”他的目光兔子一样迷离，他的脑海里闪烁着被遗留在万里之外的童年往事，两滴眼泪从眼睛里涌出来。“你怎么啦？”母亲惊讶地问。他不好意思地干笑几声，用粗大的手指关节抹去眼眶下的泪。“没有什么，”他说，“我来到中国……我到中国多少年啦？”母亲不快地说：“从我一懂事那天你就在这儿，你是土包子，跟我一样。”他说：“不对，我有自己的国籍，我是上帝派来的使者，我曾经保留着大主教派我来传教的有关文件。”母亲笑道：“老马，我姑夫跟我说，你是个假洋鬼子，你那些文件什么的，都是请平度县的画匠画的。”“胡说！”马洛亚牧师像受到巨大侮辱一样跳起来，大骂道，“于大巴掌这驴日的！”母亲不高兴地说：“你不能这样骂他，他是我姑夫，对我有大恩大德！”马洛亚说：“他要不是你姑夫，我拔了他的鸡巴！”母亲笑道：“我姑夫一拳能打倒一头骡子呢。”马洛亚沮丧地说：“连你都不相信我是瑞典人，还能指望谁相信呢？”他蹲在地上，掏出旱烟袋，从烟荷包里挖了一锅烟，一声不响地抽起来。母亲叹口气，道：“看你，我相信你正宗西洋人还不行？跟谁赌气呢？中国人，哪有你这样的？一身的毛……”马洛亚的脸上，出现了孩子般的笑容。“总有一天我会回去的，”他沉思着说，“不过，真要让我回去，我还不一定回去了，除非你跟我一起走。”他望着母亲的脸。母亲说：“你走不了，我也走不了，安心在这儿过吧，你不是说过吗？只要是人，不管是黄毛的还是红毛黑毛的，都是上帝的羔羊。只要有草地，就能留住羊，高密东北乡这么多草，难道还留不住你？”“留得住，有你这棵灵芝草，我还要到哪里去呢？”马洛亚感慨万千地说。

拉磨的毛驴趁母亲和马洛亚说话时，偷吃磨台上的白面粉。马洛亚上去，打了驴一巴掌，驴拉着磨，轰轰地转起来。母亲说：“孩子睡了，我帮你筛面吧。你找块席子来，我把他放在树荫凉里。”马洛亚在梧桐树下铺开一张草席，母亲往凉席上放我时我的嘴紧叼着她的奶头不放。她说：“这孩子，像个灌不满的无底洞，我的骨髓都快被他吸出来了。”

马洛亚赶着毛驴，毛驴拉着石磨，石磨粉碎着小麦，小麦变成面粉，淅淅沥沥地落在磨托盘上。母亲坐在梧桐树下，支起一个柳条笸箩，把支架放在笸箩中央，将面粉放在细罗网筛中央，然后，咣咣当当地、不紧不慢地、节奏分明地拉来推去着筛面，让洁白如雪的新鲜麦面落在笸箩里，让麸皮留在筛里……阳光从肥大的树叶间筛下来，落在我的脸上，落在母亲肩膀上。马洛亚用树枝抽打着毛驴的屁股，不让它偷懒。这是我家的驴，清晨时刻被马洛亚借来推磨的，在树枝的抽打下，它绕着圈子奔跑，汗水使它身上颜色变深。门外传来山羊的鸣叫，随即门板被撞开，我家那匹与我同日出生的小骡子从门缝里伸进它秀丽的头颅。毛驴暴躁，尥着蹶子。母亲说：“快把小骡放进来。”马洛亚跑过去，用力推着小骡的头让它后退，放松了被绷紧的闩门铁链，摘下挂钩，急闪到一边，小骡子冲了进来，钻到毛驴腿下，衔住了毛驴的奶头。毛驴顿时安静了。母亲感叹道：“人畜一理啊！”马洛亚点着头，表示他赞同母亲的见解。

当我家的毛驴在马洛亚家的露天磨道里为它的杂种儿子哺育时，沙月亮和他的队员们正在认真地洗涤着他们的叫驴。他们用特制的铁梳子梳顺了驴们的鬃毛和稀疏的尾巴，并用丝绵擦了它们的皮毛，然后涂上一层蜂蜡。二十八匹毛驴焕然一新，二十八个人精神抖擞，二十八杆鸟枪乌黑锃亮。他们腰里都系着两个卡腰葫芦，一大一小。大葫芦盛火药，小葫芦装铁砂子。葫芦上都涂了三遍桐油，看上去金光闪闪。队员们穿着黄布裤子，黑布褂子，头上戴着高粱篾片编成的尖顶八角斗笠。沙月亮的斗笠顶上缀着一朵红缨，区别于他的队员，标志着他的身份。他满意地扫了一眼驴和人，说："弟兄们，抖起精神，让他们看看我们黑驴鸟枪队的威风！"说完这句话，他骗腿上驴，在驴腚上拍一掌，黑驴便风一般疾走。马是奔跑的冠军，驴是行走的模范。马背上的骑手威风，驴背上的骑手惬意。一转眼的光景，他们便出现在我们大栏镇的大街上。现在的大街不是麦收时节的大街，那时的大街尘土飞扬，一匹马跑一趟，便能卷起一路烟尘。现在的大街被整整一个夏天的暴雨拍打得坚硬光滑，沙月亮的驴队，只在路上留下一些白色的蹄印，当然还留下一串清脆的蹄声。沙月亮的黑驴们都像马一样钉着蹄铁，这是他的发明创造。清脆的驴蹄声先是吸引了孩子们，然后便吸引了镇公所的账房先生姚四。他穿着一件不合时宜的长袍，耳朵上依然夹着那支花杆铅笔，从屋子里跑出来，迎着沙月亮的驴头，鞠一躬，满脸堆笑："请问长官是哪个部分的？是长住还是路过？需要小人办些啥服务？"

沙月亮跳下驴，道："我们是黑驴鸟枪队，是胶东抗日总队的别动队，奉上司命令，长驻大栏镇组织抗日，你给我们安排住处，准备草料喂驴，安排锅灶造饭。饭菜不要好，鸡蛋大饼足矣。黑驴是抗日的坐骑，一定要喂好，干草要铡细过筛，拌料要用豆饼麸皮，饮驴要用新打的井水，绝对不能用蛟龙河里的浑水。"

"长官，"姚四道，"这么大的事俺做不了主，俺要去请示镇长，不，他老人家刚被皇军任命为维持会长。"

"妈拉个巴子！"沙月亮黑着脸骂道，"为日本人做事就是汉奸走狗！"

姚四道："长官，俺镇长压根就不想当这个维持会长，他家里良田百顷，骡马成群，不愁吃不愁穿，干这差事，纯粹是被逼无奈。再说，这会长总要有人做，与其让别人做，还不如让俺大掌柜的做……"

“带我去见他！”沙月亮说。驴队在镇公所门前休息，姚四带着沙月亮进入福生堂大门。福生堂的房子一排十五间，共有七排，院院相通，门门相连，层层叠叠，宛若迷宫。沙月亮见到司马亭时，他正与躺在床上养伤的司马库吵架。五月初五那天，司马库放火烧桥，没烧到日本人，自己的屁股反被烧伤，伤口久久不愈，转变成褥疮。他现在只能趴在床上，高高地翘着屁股。

“哥，”司马库双手支着床，昂起头，目光炯炯地说，“你浑蛋，你太浑蛋了，这维持会长是日本人的狗，是游击队的驴。老鼠钻到风箱里，两头受气的差事，别人不干，偏你干！”

“放屁！你简直是放屁！”司马亭满腹冤屈地说，“王八羔子才稀罕这差事。日本兵用刺刀顶着我的肚子，日本官儿通过马金龙马翻译官对我说，‘你弟弟司马库勾结乱匪沙月亮，放火烧桥打埋伏，使皇军蒙受重大损失，皇军本想把福生堂一把火烧了，念你是个老实人，放你一马。’我这个维持会长，有一半是你替我挣来的。”

司马库被哥哥反驳得理亏，骂道：“这该死的屁股，何时才能好呢！”

“最好永远别好，这样你也少给我惹祸！”司马亭气呼呼地说着，转身欲走，看到沙月亮正在门口微笑。姚四上前，刚要说话，沙月亮道：“司马会长，我就是沙月亮。”

司马亭没来得及反应，司马库已在床上掉转了身体，高声道：

“你他妈的就是沙月亮，外号沙和尚？”

“鄙人现在是黑驴鸟枪游击队长，”沙月亮说，“感谢司马二掌柜放火烧桥，那天，我们配合得天衣无缝。”

“你他妈的，”司马库道，“还活着？你打的什么鸟仗！”

“伏击战！”沙月亮说。

“伏击战，伏击战，被人踩了个稀巴烂！”司马库说，“如果没有老子放那把火，哼！”

“我有个治烧伤的偏方，待会儿让人送来。”沙月亮笑眯眯地说。

司马亭吩咐姚四："摆宴，给沙队长接风。"

姚四为难地说："维持会刚刚成立，没有一分钱。"

司马亭道："你怎么这么笨？皇军不是我家的皇军，是全镇八百户人的皇军；鸟枪队也不是我家的鸟枪队，是全镇老百姓的鸟枪队。各家各户去凑粮凑面凑钱，大家的客人大家招待。酒算我家的。"

沙月亮笑道："司马会长真是两面讨好，左右逢源。"

司马亭道："没有办法，就像老马牧师说的那样，'我他娘的不下地狱，谁下地狱'！"

马牧师揭开锅，把用新麦子面抻出的面条下到沸腾的滚水里。用筷子挑了挑面条，他盖上锅盖，大声对灶前烧火的母亲说："火力稍微大一点。"母亲答应着，将一大把金黄柔软、散发着香气的麦秸塞进灶膛。我叼着母亲的奶头，斜眼看着灶膛里熊熊燃烧的火苗子，侧耳听着麦秸燃烧时发出的噼噼啪啪的爆响，回想起方才的情景：他们把我放在筛面的笸箩里，让我平躺着，但我一翻身便爬起来，让视线对着正在案板前揉面的母亲。母亲的身体起伏着，那两个丰满的宝葫芦在她胸前跳跃，它们召唤着我，与我交流着神秘的信息。有时它们把两颗红枣般的头颅凑在一起，既像接吻又像窃窃私语。更多的时刻里它们是在上下跳跃，一边跳跃一边咕咕咕咕地鸣叫着，好像两只欢快的白鸽。我对着它们伸出手，嘴巴里流出口水。它们突然羞涩了，紧张了，红晕蒙住了它们的脸，细密汗珠在它们之间的峡谷里汇成小溪。我看到在它们身上有两颗蓝色的光点在移动，那是马洛亚牧师的目光。从他的幽蓝的眼窝里，伸出了两只生着黄毛的小手，正在抢夺我的食粮，我的心里升腾着一缕缕黄色的火苗。我张开嘴，准备哭，继而发生的事情更加可恼。马洛亚眼里的小手缩回，但他胳膊上的大手却伸向母亲的前胸，他高大的身体站在母亲背后，那两只面目丑陋的大手，捂住了母亲胸前那两只白鸽。他的手指粗鲁地抚摸着它们的羽毛并野蛮地捏着、夹着它们的头颅。我的可怜的宝葫芦！我的温柔的白鸽！它们扑棱翅膀挣扎，紧紧地缩着身体，缩呀缩呀，缩得不能再小，然后又突然膨胀开，翅羽翻动，渴望着展翅奋飞，飞向辽阔无边的原野，飞进蓝天，与缓缓翻动的云朵为伴，让和风沐浴，被阳光抚摸，在和风里呻吟，在阳光中欢唱，然后，宁静地往下坠落，坠落进无底的深潭。我放声大哭，泪水迷蒙着我的双眼。母亲和马洛亚的身体晃动，母亲哼哼着。“放开我，你这驴，孩子哭啦。”母亲说。“这小杂种。”马洛亚悻悻地说。

母亲抱起我，慌慌张张地颠着我，抱歉地说：“宝贝，我的儿，委屈死了我的个亲疙瘩肉蛋蛋呀。”说着，她把白鸽送到我面前，我恨恨地、急迫地、重重地叼住我的白鸽。我的嘴很大，但我还嫌小，我的嘴像蝮蛇的嘴，恨不得把属于我的、不容许别人侵犯的白鸽吞下去。“慢点，我的儿呀。”母亲轻轻地拍打着我的屁股。我叼着一个，又用手抓着另一个。它是一只红眼睛的小白兔，我捏着它的大耳朵，感觉到它的心跳。马洛亚叹一口气，道：“这小杂种。”

母亲说：“不许你骂他小杂种。”

马洛亚说：“他可是货真价实的。”

母亲说：“我想请你给他洗礼，洗完礼再给他起个名字。他今日整整一百天啦。”

马洛亚熟练地揉着面，说：“洗礼？怎么个洗法我都忘了。我给你做抻面吃，这是我跟那回族女人学会的。”

母亲说：“你跟她好到什么程度？”

马洛亚说：“没有一点瓜蔓，清清白白。”

“骗鬼去吧！”母亲说。

马洛亚哑哑地笑着，将那块柔软的面又抻又拽，放在案板上啪啪地甩着。“你说呀！”母亲说。啪啪啪甩一阵，提起来又抻又拽，时而如拉弓射箭，时而如洞中拔蛇，他那两只笨拙的洋人大手竟能做出如此熟练灵巧的中国动作，连母亲看着都有点吃惊。他说：“也许，我压根儿就不是什么瑞典人，过去的事儿，都是一些梦境。你说呢？”母亲冷冷地笑着，道：“我问你跟那个黑眼窝子女人的事呢，你别给我分岔了。”马牧师双手把面平抻着，像玩一种孩童游戏，把面摇起来，摇着，一拉一松，他一松手，那已细如麦秸的面条便螺旋着拧成束儿，一抖，便如马尾巴蓬松着散开。马洛亚炫耀着他的技巧，母亲赞叹道：“能抻出这面的女人，肯定是个好人。”马洛亚道：“好啦，孩他娘，别胡思乱想啦，烧火，我煮面给你吃。”“吃完饭呢？”母亲问。“吃完饭我们就给小杂种洗礼，命名。”

母亲佯怒道：“你跟回回女人生的那些儿子才是小杂种呢。”

母亲话音刚落，沙月亮便与司马亭碰响了酒杯。他们在酒宴上，商定了如下事项：鸟枪队的黑驴，集中到教堂里喂养，鸟枪队队员，分散到各家各户去住宿，鸟枪队队部，则要待饭后由沙月亮亲自去选定。

沙月亮在姚四带领下，由四个鸟枪队员护卫着，进入我家院子，他一眼便看到了正在水缸边站着、对着水缸中漫游着白云的蓝天、照着倩影、梳理头发的我大姐上官来弟。度过一个丰衣足食、相对平静的夏天，大姐的身体发生了重大变化。她的胸脯已经高高挺起，干枯的头发变得油黑发亮，腰肢变得纤细柔软富有弹性，屁股膨胀并往上翘起。在一百天内，她蜕去了枯萎黄瘦的少女之皮，成为一个花蝴蝶般的美丽姑娘。大姐的白色的高鼻梁是属于母亲的，丰满的乳房和生气蓬勃的屁股也属于母亲。面对着水缸中的娇羞处女，她的眼睛里流露出忧郁之光。她手挽青丝，挥动木梳，惊鸿照影，闲愁万种。沙月亮一瞥见她，便深深地迷上了。他坚定地对姚四说：

“这里就是黑驴鸟枪队的队部。”

姚四问：“上官来弟，你娘呢？”

没等大姐回答，沙月亮便挥手斥退了姚四。他走到水缸边，看着大姐，大姐也看着他。

“小妹妹，你还认识我吗？”他问。

大姐点了点头，脸上浮起两片红云。

大姐转身跑进屋内。五月五日之后，她们便搬进了上官吕氏和上官福禄的房间，七姐妹栖身的东厢房，改成粮仓，盛着三石六斗小麦。沙月亮尾随我大姐进屋，看到了正在炕上午睡的我的六个姐姐。他友好地笑笑，说：

“你别怕，我们是抗日的队伍，不糟蹋老百姓。我率部作战的情形你看到过，那场战斗，是英勇悲壮、壮怀激烈、彪炳千古的，总有一天，人们会把我编进戏文去演唱。”

大姐低头，玩弄着辫梢。回想着不平凡的五月初五，回想着眼前这个人从身体上把破烂的衣服一片一片撕下来的情景。

“小妹妹，不，大妹妹，我们有缘哪！”他意味深长地说着，转身回到院子中。

大姐跟到门口，看到他进入东厢房，又进入西厢房。在西厢房里他被上官吕氏绿色的眼睛吓了一跳，掩着鼻子退出来。他命令鸟枪队员：

“把麦子堆起来，腾出地方，给我打个地铺。”

大姐摽在门边，注视着这个像被雷电烧焦过的槐树一样歪着肩膀的黑瘦男人。“你爹呢？”他问。躲在墙角上的姚四殷勤地说：“他爹五月五日被日本鬼子，不，皇军，杀死，同时遇难的还有她的爷爷上官福禄。”

“什么皇军？！鬼子，小日本鬼子！”沙月亮暴怒地咆哮着，并夸张地一边骂，一边用双脚跺地，表达着他对日本兵的仇恨。他跺着脚说，“大妹子，你的仇就是我的仇，这血海深仇咱们一定要报！你们家谁是家长呢？”

“上官鲁氏。”姚四抢着回答。

我和八姐的洗礼在教堂里进行。马牧师住房的后门一打开，便直接进入教堂。墙上悬挂着一些因年久而丧失了色彩的油画，画上画着一些光屁股的小孩，他们都生着肉翅膀，胖得像红皮大地瓜，后来我才知道他们的名字叫天使。教堂尽头，是一个砖砌的台子，台子上吊着一个用沉重坚硬的枣木雕成的男人，由于雕刻技术太差，或者由于枣木质地太硬，所以这吊着的男人基本不像人，后来我知道这就是我们的耶稣基督，一个了不起的大英雄、大善人。除此之外，教堂里还凌乱地摆着十几条板凳，上面落满了灰尘和鸟粪。母亲抱着我和八姐进入教堂，成群的麻雀惊飞，撞得窗户啪啪响。教堂的大门正对着大街，从门缝里，母亲看到街上黑驴来回如穿梭。

马洛亚牧师端着一个大木盆，盆里盛着半盆热水，漂着一块网络状的丝瓜瓤子，蒸气从盆里上升，他的眼睛眯成一条缝。沉重的木盆坠弯了他的腰。他的头使劲往前抻着，双腿纠缠不清。有一次他差点摔倒，木盆里的水溅到他的脸上。尽管步履维艰，他到底把洗礼盆端到讲台上。

母亲抱着我们走过去。马洛亚接过我，把我往盆里放，热水一触到我的脚尖我便把双腿蜷起来。我的哭声在空旷的教堂里回响。梁头上有一个玲珑精巧的燕窝。小燕子蹲在窝里，伸出头，用漆黑的眼睛观察着我，它们的父母从破碎的窗户里飞进飞出，阔嘴里衔着虫子。马洛亚把我交还母亲，他蹲下，用大手搅动着木盆里的水。吊在梁上的枣木耶稣慈悲地注视着我们，墙上的天使追逐着麻雀，从横梁追到竖梁，从东墙追到西墙，从弯曲的木楼梯盘旋追逐到破旧的钟楼上，又从钟楼上追下来，回到墙上休息。他们光溜溜的屁股上沁出透明的汗珠。水在木盆中旋转，中心形成一个凹下去的漩涡。马洛亚把手伸到水里试了试，说："行了，不烫了，把他放进去吧。"

我被他们剥得一丝不挂。母亲奶水充足，奶汁质量高级，催得我又白又胖。如果我把脸上的哭相换成愤怒的或是严肃的笑容，如果我的背上生出两只肉翅膀，我就是天使，墙上那些小胖孩便是我的兄弟。母亲把我放在木盆里，我马上停止了哭泣，因为我感到温暖的水使我的皮肤很舒服。我坐在盆中央，拍打着水，哇啦哇啦地叫着。马洛亚把他那个铜十字架从木盆里捞上来，放在我的头顶上压了压，然后说：

"从此之后你就是上帝最亲近的儿子了。哈利路亚！"

他用一只小葫芦瓢舀了一瓢水，从我头顶浇下来。“哈利路亚。”

母亲跟着马洛亚重复着，“哈利路亚。”我的头接受着圣水，幸福地笑出了声。

母亲满脸都是欣慰的表情。她把八姐也放进木盆，拿起丝瓜瓤子，轻轻地擦拭着我们的身体，马洛亚牧师一瓢接一瓢地往我们头上倒水。他每倒一次我便响亮地笑几声，八姐便喑哑地哭几声。我用双手抓挠着这个黑瘦的小姐姐。

母亲说：“都还没有名字，你给他们起个名字吧。”

马洛亚牧师放下水瓢，说：“这可是件大事，让我好好想想。”

母亲说：“俺婆婆曾说过，如果生下个男孩，就叫他上官狗儿，她说男孩起个贱名主着好养。”

马洛亚牧师连连摇头，道：“不好不好，什么狗儿猫儿的，这是违背上帝旨意的，也同时违背孔夫子的教导，夫子曰：‘名不正则言不顺。’”

母亲说：“我想好一个，你看中不中，叫他上官阿门如何？”

马洛亚笑道：“更不好，你别说了，让我想想。”

马洛亚牧师站起来，倒背着手，在散发着废墟气息的教堂里急急忙忙地走着，他匆匆的步伐是他的大脑急速运转的外在表现，古今中外、天上人间的名称和符号在他脑子里旋转着。母亲看看马洛亚，笑着对我说：“看看你这教父，他哪里是在给你们命名？他是在替人家报丧。媒婆的八哥嘴呀，报丧的兔子腿。”母亲轻轻哼唱着，捡起马洛亚丢下的小瓢，舀了水，一瓢瓢往我头上浇。

“有了！”马洛亚牧师第二十九次转到教堂紧闭着的临街大门时，站住脚，对着我们喊叫。“叫啥呢？”母亲兴奋地问。马洛亚刚要回答，大门便咣啷啷地响起来。门外人声喧哗，大门全面震动，有人在外边喊叫，议论，母亲惊恐地站起来，手提着水瓢。马洛亚把眼睛贴在门缝上往外张望着，我们当时并不知道他看到了什么，只看到他脸色通红，说不清是因为愤怒还是因为紧张使他的脸充了血。他着急地对母亲说：“快走，到前院去。”

母亲弯腰抱我，抱我前当然首先扔掉了手中的水瓢，水瓢在地上弹跳着，咯咯响着，像一只求偶的雄蛙。八姐被遗弃在木盆里，哇哇地哭着。大门的木门闩断裂成两段，从门上掉下来。随着门扇往两边急速裂开，一个青头皮的鸟枪队员像炮弹一样射进来，他的头撞着马洛亚的胸脯，使马牧师连连倒退，一直退到墙壁下。他的头上，是那群光屁股的天使。门闩落地时，我从母亲手中滑脱，沉重地落入木盆，砸起一片水花，也把盆中的八姐砸了个半死。

五个鸟枪队员拥进来。他们看到了教堂里的情景，凶猛的气焰有所收敛。那个把马洛亚牧师差点撞死的队员摸着脑袋说：“怎么，里边还有人？”他看看其余四个队员。继续说：“不是说是个废弃多年的教堂吗？怎么还有人呢？”

马洛亚捂着胸膛，朝鸟枪队员们走去。他的容貌使他具有了威严，鸟枪队员脸上都有些惊惶和尴尬。如果马牧师能口吐出一串洋文，再挥舞几下手臂，鸟枪队员们也许会灰溜溜退出，即便不口吐洋文，哪怕说几句洋腔洋调的中国话，鸟枪队员们也不敢放肆，但可怜的马牧师竟用地地道道的高密东北乡腔调说：“弟兄们，您要什么？”说完，还对着五个鸟枪队员鞠了一躬。

在我的哭泣声中——八姐反倒不哭了——鸟枪队员们嘻嘻哈哈地笑起来，他们像观赏猴子一样上上下下地打量着马牧师，那个嘴巴歪斜的鸟枪队员还用手指揪了一下马牧师耳朵眼儿里长出来的长毛。

“猴子，啊啊，一只猴子。”一个鸟枪队员说。

其余的鸟枪队员说：“瞧这猴子，还藏着一个俊媳妇呢！”

“我抗议！”马洛亚喊叫着，“我抗议！我是洋人！”

“洋人，你们听到了没有？”歪嘴巴鸟枪队员说，“洋人还会说高密东北乡土话？我看你是个猴子与人配出来的杂种，伙计们，把驴牵进来吧。”

母亲抱着我和八姐，拉着马洛亚牧师的胳膊说：“走吧，咱惹不起他们。”

马洛亚执拗地挣出胳膊，冲上去，用力往外推那些黑驴。黑驴像狗一样龇出牙，对着他咆哮着。

“让开！”一个鸟枪队员撞了马牧师一膀子，吼道。

“教堂圣地，上帝的净土，怎能让你们养驴？”马牧师抗议着。

“假洋鬼子！”一个脸色发白、嘴唇青紫的鸟枪队员说，“我老奶奶说过，这个人，”他指了指悬挂在房梁上的枣木耶稣，“是出生在马厩里的，驴是马的近亲，你们的主欠着马的情，也就等于欠着驴的情，马厩可做产房，教堂为什么做不得驴圈？”

鸟枪队员为自己的言论感到骄傲，他得意地盯着马洛亚牧师，笑着。

马洛亚在胸口画着十字，哭着说：“主啊，惩罚这些恶人吧，让雷电劈死他们吧，让毒蛇咬死他们吧，让日本人的炮弹炸死他们吧……”

“狗汉奸！”歪嘴队员抽了马洛亚一个嘴巴，他本想打马洛亚的嘴，却打中了他高耸的鹰钩鼻子，鲜红的血顺着他的鼻尖啪啪嗒嗒滴下来。他哀鸣一声，双手举起，对着钉在十字架上的枣木耶稣，高喊着：“主啊，万能的主……”

鸟枪队员们先是仰脸看着枣木耶稣落满灰尘和鸟粪的身体，继而看看马牧师被鼻血污染的脸。最后，他们的目光在母亲身上上下移动。母亲身上，像刚刚爬过一群蜗牛，留下了黏稠的痕迹。那个知道耶稣诞生地的队员伸出蛤蚌斧足一样的舌尖，舔舐着紫色的嘴唇。二十八匹黑驴涌进教堂，有的悠闲散步，有的在墙上蹭痒，有的大小便，有的耍流氓，有的啃吃墙上的灰土。“主啊！”马洛亚哀鸣，但他的主依然如故。

鸟枪队员凶狠地把我和八姐拽出母亲的怀抱，扔在驴群里。母亲像母狼一样扑上来，但却被鸟枪队员们挡住了。鸟枪队员们开始对母亲动手动脚，那个歪嘴第一个动手摸了母亲的乳房。紫嘴唇嫉妒地挤走歪嘴子，双手抓住我的白鸽，我的宝葫芦。母亲哭号着，抓破了紫嘴唇的脸。紫嘴唇狞笑着，撕开了母亲的衣裳。

接下来的情景是我终生的隐痛：沙月亮在我家院子里与我大姐套近乎；苟三他们一班狐群狗党在我家东厢房里倒腾麦子搭地铺；五个鸟枪队员把我母亲按在了地上。我和八姐在驴群里哭哑了喉咙。马洛亚跳起来，捡了半根门闩，打在一个鸟枪队员头上。一个鸟枪队员对准马洛亚的双腿，开了一枪。轰隆一声巨响，成群的铁砂子钻进了马洛亚的双腿，血珠子喷出来。门闩从他手中落地，他慢慢地跪下，望着满头鸟粪的枣木耶稣，低声朗诵着，忘却多年的瑞典语像蝴蝶一样从他嘴里成群飞出来。鸟枪队员们轮番蹂躏着母亲。黑驴们轮番嗅着我和八姐。它们嘹亮的鸣叫冲破教堂的房顶，飞向凄凉的天空。枣木耶稣的脸上挂满珍珠般的汗水。鸟枪队员们满足了。他们把母亲和我们姐弟俩扔到大街上。黑驴跟随着他们涌上街道，嗅着母驴的气味乱跑。鸟枪队员们去追驴时，马洛亚牧师拖着被打成蜂窝状的双腿，沿着他无数次攀登过、被他的双脚磨薄了的木楼梯爬上了钟楼。他手把着窗台站起来，透过破碎的花玻璃，看到了他生活了几十年、处处都留下他的足迹的高密东北乡首府大栏镇的全部面貌：一排排排列整齐的草屋、灰白的宽敞胡同、一柱柱青烟般的绿树、环绕着村庄闪闪发光的河流、镜子般的湖泊、茂密的苇荡、镶嵌着圆池塘的荒草甸子、被野鸟视为乐园的红色沼泽、画卷般展开到天边去的坦荡原野、黄金颜色的卧牛岭、槐花盛开的大沙丘……他低头看到，像死鱼一样袒露着肚皮躺在街上的上官鲁氏和那两个号哭的赤子，巨大的悲痛攫住了他的心，泪水模糊了他的双眼，他用手指蘸着腿上流出的鲜血，在钟楼灰白的墙壁上、写下了四个大字：

金童玉女

然后他高叫一声：“主啊！宽恕我吧！”

马洛亚牧师蹿出钟楼，像一只折断翅膀的大鸟，倒栽在坚硬的街道上。他的脑浆迸溅在路面上，宛若一摊摊新鲜的鸟屎。

第十二章

冬天即将来临，母亲穿起了她的婆婆上官吕氏的蓝缎子棉袄。这棉袄本是上官吕氏六十岁生日那天请村里四个子孙满堂的老女人帮忙缝制的寿衣，现在却成了母亲的冬服。母亲在棉衣前襟正对着双乳处剪出了两个圆洞，让双乳裸露出来，便于我随时享用。在令我愤怒的秋天里，母亲的双乳惨遭蹂躏，马洛亚牧师跳楼身亡，但灾难总会过去，真正的好乳房是永远毁坏不了的，它们像某种人永远年轻，它们像大松树郁郁葱葱。为了遮人眼目，更为了防止寒风侵入，使乳汁保持一定的温度，母亲在棉衣圆洞的上方缝上了两块红布，她创造性地给乳房挂上了红门帘。母亲的创造，变成了传统，这种哺乳服，至今还在大栏市流行，只不过那洞开得更圆，那门帘的质地更柔软，并且刺绣着艳丽的花朵。

我的越冬服装是一个用耐扯耐踹的小帆布缝制成的厚厚的棉口袋，袋口可以用带子扎紧，袋腰上缝着两根结实的襻带，束在母亲的双乳下，母亲为我哺乳时，收紧腹肌，把袋子一转，我便到了她的胸前。在袋子里，改立姿为跪姿，我的脑袋便齐着了她的胸脯，我把头往右一歪，便叼住了她左边的乳头；我把头往左边一歪，便叼住了她右边的乳头。这是真正的左右逢源。但这棉口袋也有不足：它束缚了我的双手，使我无法像我习惯的那样，嘴叼着一个奶头时，用手卫护着另一个奶头。八姐的吃奶权已被我彻底剥夺了，只要她接近母亲的乳房，我便手抓脚踹，整得这个瞎女孩哭声不断。她现在靠喝粥生活，对此姐姐们极为不满。

在这个漫长的严冬里，我的吃奶过程被惶惶不安的情绪笼罩着，当我的嘴衔住左边的奶头时，我的精神却贯注在右边的奶头上，我总感到会有一只毛茸茸的手突然伸进圆洞，把那只暂时闲置的乳房揪走。在这种焦虑心情的支配下，我频繁地更换着奶头，刚把左边这个吸出汁液，立刻便移到右边去；右边这个刚刚开启闸门，又迅速移嘴到左边。母亲大惑不解地看着我，看到我吃左望右的眼睛，她立刻猜透了我的心思。她用凉森森的嘴唇吻吻我的脸，悄悄地对我说：金童，我的宝贝儿，娘的奶只给你一人吃，谁也抢不去。母亲的话减轻了我的焦虑，但我并不是完全地放了心，因为我觉得那些长茸毛的手就在母亲的身旁等待机会。

下小雪那天上午，母亲穿上她的哺乳服，背着缩在暖洋洋的布袋中的我，指挥着我的姐姐们，往地窖里搬运着红皮大萝卜。我不关心萝卜来自何处，只关心萝卜的形状，它们的尖尖的头顶和猛然膨胀起的根部，使我想起了乳房。从此，除了油光闪烁的宝葫芦，除了洁白光滑的小白鸽，又添上了通红的大萝卜，它们各有各的色彩、神态、温度，都与乳房有相似之处，都成为不同季节、不同心情下的乳房的象征物。

天空晴一阵阴一阵，小雪花飘一阵停一阵。姐姐们穿着单薄的衣裳，在料峭的小北风中瑟缩着脖子。大姐负责往筐里捡萝卜，二姐和三姐负责抬筐里的萝卜，四姐和五姐蹲在地窖里摆放萝卜，六姐和七姐独立行动。八姐没有劳动能力，一个人坐在炕上沉思。六姐每次提四个萝卜，从萝卜堆到地窖口。七姐每次提两个萝卜，从萝卜堆到地窖口。母亲背着我在地窖和萝卜堆之间来回巡视，发布着命令，批评着各种错误，表达着各种感慨。母亲的所有命令，都是为了提高工作进度。母亲的所有批评，都是为了改进工作方法，保护萝卜们的健康，使它们平安越冬。母亲的所有感慨，都在表达一个中心思想：生活艰难、必须奋力工作，才能熬过严冬。对母亲的所有命令，姐姐们采取了消极的态度。对母亲的所有批评，姐姐们采取了不满的态度。对母亲的所有感慨，姐姐们采取了麻木的态度。我至今也弄不明白，我家院子里，为什么突然出现了那么多的萝卜。我后来才明白，母亲在那年冬天里，为什么要储藏那么多萝卜。

搬运工作即将结束，地上还留着十几个形状不规则、像畸形乳房一样的小萝卜。母亲在地窖口跪下，弯下腰，伸出长臂，把地窖里的上官想弟和上官盼弟拉上来。在这个过程中，我两次倾斜着倒立，从母亲的胳肢窝里，看到在淡漠的灰白阳光里飘飘扬扬的小雪花。最后，母亲搬起一个破水瓮——瓮里塞满破棉絮和谷子壳——堵住了地窖的圆口。姐姐们排成一字队形，贴着墙站在房檐下，仿佛在等待着新的命令。母亲又一次发感慨："让我用什么给你们做棉衣呢？"三姐上官领弟道："用棉花，用布匹。"母亲道："这也用你来说？我说的是钱，到哪里去弄这么多钱。"二姐上官招弟有些不满地说："把黑驴和小骡子卖了吧。"母亲抢白道："卖了黑驴和骡子，明年开春，用什么种地？"

大姐上官来弟始终保持着沉默，母亲扫了她一眼，她的头便低垂下去。母亲忧虑地看着她，说："明天，你和招弟，把小骡子牵到骡马市上去卖了吧。"五姐上官盼弟尖着嗓门说："它还吃奶呢。我们为什么不卖麦子？我们有那么多麦子。"母亲往东厢房扫了一眼，厢房的门虚掩着，窗前的一根铁丝上晾晒着鸟枪队长沙月亮的一双布袜子。

小骡子蹦蹦跳跳地跑到了院子里，它与我同年同月同日生，与我一样，也是雄性。我只能站在母亲背着的棉布口袋里，它已经长得像它妈妈一样高了。"就这样吧，明天卖了它。"母亲说着。住屋里走去。从我们身后，传来一声响亮的呼唤："干娘！"

失踪三天的沙月亮，牵着他的黑驴，重回我家院子。他的驴背上，驮着两个鼓胀的紫花大包袱，包袱的缝里，露出花花绿绿的颜色。"干娘！"他又亲切地叫了一声。母亲回转身，望着这个歪肩膀男人黑瘦的脸上那别别扭扭的笑容，用坚定的口吻说：“沙队长，我说过多少遍了，我不是你的干娘。”沙月亮不屈不挠地笑着说：“不是干娘，胜过干娘，您瞧不上我，我对您可是有一大片孝心。”说着，他喊来两个鸟枪队员，吩咐他们从驴背上卸下包袱，牵驴去教堂喂养。母亲仇恨地盯着那黑叫驴，我也仇恨地盯着黑叫驴。它翕动着鼻孔，嗅着我家黑母驴从西厢房里放出来的味道。

沙月亮解开一只大包袱，抖出一件狐狸皮大衣，举起来，在小雪花中炫耀着，它放出的热量把雪花融化在距它一米之外。“干娘，”沙月亮举着大衣向母亲靠近，“干娘，这是儿子的一点孝心。”母亲急急忙忙地躲闪着，但还是无法逃避狐裘加身的结局。我的眼前一片昏暗，狐皮的臊气和樟脑刺鼻的臭气几乎窒息了我。

等我重见光明时，发现院子里成了动物世界：大姐上官来弟披着一件紫貂皮大衣，脖子上还围着一只双眼发光的狐狸。二姐上官招弟披着一件黄鼠狼皮大衣。三姐上官领弟披着一件黑熊皮大衣。四姐上官想弟披着一件苍黄狍子皮大衣。五姐上官盼弟披着一件花狗皮大衣。六姐上官念弟披着一件绵羊皮大衣。七姐上官求弟披着一件白兔皮大衣。母亲的狐狸皮大衣躺在地上。母亲大声说：“都给我脱下来，脱下来！”姐姐们似乎没听见母亲的话，她们的头在皮领子里转来转去，她们的手彼此抚摸着身上的皮毛，从她们的脸上可以看出，她们都沉浸在温暖里惊喜，都在惊喜中感到温暖。母亲的身体颤抖着，软弱无力地说：“你们都聋了吗？”

沙月亮从包袱里抖出最后两件小皮袄，用手轻轻抚着那看上去像绸缎一样光滑、棕红色中长着黑色斑点的皮毛，激动地说：“干娘，这是猞猁皮，高密东北乡方圆百里，只有两只猞猁。耿老栓父子俩费了三年工夫才抓到了它们，这是那只公猞猁的皮，这是那只母猞猁的皮。你们见过猞猁吗？”他的目光扫了一圈皮毛灿烂的姐姐们问，姐姐们都不回答，他便自问自答，像一个小学教员，向他的学生们宣讲有关猞猁的知识，“猞猁，像猫比猫大，像豹比豹小，会爬树，会游泳，一跳能有一丈高，可以捉住在树梢上飞行的小鸟。这东西，精灵一样。高密东北乡这两只猞猁，生活在乱葬岗子里，逮到它们比登天还难，但终于逮到了。干娘，这两件猞猁皮袄，是我送给金童兄弟和玉女妹妹的礼物。”他说着，把猞猁皮小袄放在母亲的臂弯里。然后他弯下腰去，从地上捡起那件火红狐狸皮袄，抖抖，也放在母亲臂弯里，令人感动地说：“干娘，给点面子吧。”

当天晚上，母亲插上了正房门闩，把大姐上官来弟叫进我们的房间。母亲把我放在炕头上，和玉女并排着。我伸出爪子抓了一下她的脸，她哭着退缩到炕角上去了。母亲顾不上管我们，她反身又插上房门的门闩。大姐穿着她的紫貂皮大衣，围着她的狐狸，拘谨但又有几分高傲地站在炕前。母亲骗腿上炕，从脑后拔下一根钗子，拨掉了灯花结，让灯光明亮起来。母亲正襟危坐，嘲讽地说：“大小姐，坐下吧，不要怕弄脏你的皮毛大衣。”大姐脸上发了红，她撅着嘴，赌气地坐在炕前的方凳上。她的狐狸在她的脖子上翘起奸猾的下巴，两只眼睛放出绿油油的光芒。

院子里是沙月亮的世界。自从他进驻东厢房后，我家的大门就从没关严过。今天晚上，东厢房里更是热闹非凡，又白又亮的瓦斯灯光，透过窗纸，把院子照得通亮，雪花在灯影里飞舞。院子里脚步杂沓，大门咣啷咣啷地响着，胡同里响着一串串清脆的驴蹄声。厢房里，男人们的笑声响亮又粗野，三桃园呀，五魁首呀，七朵梅花八匹马呀，他们在猜拳行令。鱼、肉的香味使我的六个姐姐齐集在东间屋的窗户上，馋涎欲滴。母亲目光如电，逼视着大姐。大姐倔强地与母亲对视着，眼光相碰，溅出蓝色的火花。

“你是怎么想的？”母亲威严地问。

大姐抚摸着狐狸蓬松的尾巴，反问道：“你是什么意思？”

母亲道：“别给我装糊涂。”

大姐道：“娘，我不明白您的意思。”

母亲换了一副悲哀的腔调，说：“来弟呀，你们姊妹九人，你是老大。你要是出点什么事，娘就没有指靠了。”

大姐猛地站起来，用从没使用过的激奋腔调说：“娘，您还要我怎么样？您心里装着的只有金童，我们这些女儿，在您心里，只怕连泡狗屎都不如！”

母亲说：“来弟，你别给我岔茬儿，金童是金子，你们起码也是银子，怎么会连狗屎都不如呢？今儿个，咱娘俩打开窗户说亮话吧，那姓沙的，是黄鼠狼给鸡拜年，没安好心肠，我看他在打你的主意。”

大姐低下头，抚弄着狐狸尾巴，眼睛里迸出几滴亮晶晶的泪珠，她说：“娘，能嫁给这样一个人，我就知足了。”

母亲像被电击了一下，说：“来弟，你无论嫁给谁，娘都答应，就是不能嫁给这姓沙的。”

大姐问：“为什么？”

母亲说：“不为什么。”

大姐用恶狠狠的、与她的年龄极不相称的口吻说：“我给你们上官家当牛做马，受够了！”

她的尖厉的声音吓了母亲一跳。母亲用审慎的目光看着大姐因为愤怒涨红了的脸，又看看她紧紧攥着狐狸尾巴的手。母亲的手在我身边摸索着，摸到一个扫炕的笤帚疙瘩，高高地举起来，气急败坏地说：“反了你啦，反了你啦，看我不打死你！”

母亲纵身跳下炕，举起笤帚，对着大姐的头就要抡下去。大姐伸着头，没有逃避也没有反抗。母亲的手僵在空中，等落下去时，已经软弱无力。她扔掉笤帚，揽住了大姐的脖子，哭着说：“来弟，咱跟那姓沙的，不是一路人，我不能眼看着自己的闺女往火坑里跳……”

大姐也抽抽搭搭地哭起来。

她们终于哭够了，母亲用手背擦去大姐脸上的泪，哀求道：“来弟，你答应娘，不跟那姓沙的来往。”

大姐却坚定地说：“娘，您就遂我的心愿吧。我也是为了家里好。”大姐的目光斜了一下那件摆在炕上的狐狸皮大衣和那两件猞猁皮小袄。

母亲也坚定地说：“明天，都给我把这些东西脱下来。”

大姐说：“你难道忍心看着我们姊妹冻死？！”

母亲说：“这个该死的皮毛贩子。”

大姐拨开门闩，头也不回地向她的房间走去。

母亲有气无力地坐在炕沿上，从她的胸膛里，发出呼哧呼哧的喘息声。

这时，沙月亮拖拖沓沓的脚步声到了窗前，他的舌头发硬，嘴唇也不灵活。他一定想温柔地敲敲窗棂，用委婉的腔调与母亲商讨他的婚姻大事，但酒精麻醉了他的中枢神经，使他的动作与愿望相违。他打得我家的窗户哐哐响，并且还打破了窗户纸，让院子里的冷风透进来，让他嘴里的酒臭喷进来。他用令人厌恶同时又令人开心的醉鬼腔调大吼了一声：

“娘——！”

母亲从炕沿上跳起来，愣了片刻，又蹿上炕，把我从靠近窗户的炕角拖过来。沙月亮说：“娘，我跟来弟的婚事……啥时办呢……我可是有点等不及了……”

母亲咬着牙齿说：“姓沙的，你癞蛤蟆想吃天鹅肉，做梦去吧！”

沙月亮说：“您说啥？”

母亲大声吆喝着：“你做梦！”

沙月亮像突然醒了酒，口齿清楚地说：“干娘，我姓沙的还从来没有低声下气地求过谁。”

母亲说：“没人要你求我。”

沙月亮冷笑道：“干娘，我沙月亮想干的事没有干不成的……”

母亲说：“那你除非先把我杀了。”

沙月亮笑道：“我既然要娶你女儿，怎么能杀丈母娘？”

母亲说："那你就永远娶不到我女儿了。"

沙月亮笑道："闺女大了，娘做不了主，丈母娘，咱们走着瞧吧。"

沙月亮笑着，走到东窗户前，捅破窗户纸，把一大把糖果撒进去，他大声吆喝着："小姨子们，吃糖，有你们沙姐夫我在，你们就跟着我吃香的、喝辣的吧……"

这一夜，沙月亮没有睡觉，他在院子里不停地走动，一会儿大声地咳嗽，一会儿吹口哨，他的口哨吹得极为出色，能模仿出十几种鸟儿的叫声，除了咳嗽、吹口哨外，他还把嗓门放到最大限度，演唱着古老的戏曲和当时流行的抗日歌曲。他时而在开封府大堂上怒铡陈世美，时而又举起大刀向鬼子们头上砍去。为了防御这个醉酒的、恋爱中的抗日英雄破门而入，母亲在门上加了顶杠，加了顶杠还不放心，又把风箱、衣柜、破砖头等等一切可以搬动的东西垒在门后。她把我装进口袋背起来，手提着一把菜刀，在屋子里来回走动，从东间屋走到西间屋，又从西间屋走到东间屋。姐姐们谁也没脱皮毛大衣，她们簇拥在一起，鼻子尖上挂着汗珠，在沙月亮制造出的复杂音响里呼呼大睡。七姐上官求弟的口水濡湿了二姐上官招弟的黄鼠狼皮大衣，六姐上官念弟像羊羔一样偎依在黑熊三姐上官领弟的怀抱里。现在想起来，母亲和沙月亮的斗争，从一开始就输定了。沙月亮用动物的皮毛驯服了我的姐姐们，在我家建立了广泛的统一战线，母亲失去了群众，成了孤独的战士。

第二天，母亲背着我，飞一样跑到樊三大爷家，向他简单说明：

为了报答孙大姑接生之恩，要把上官来弟许配给孙家大哑巴——那位手持软刀与乌鸦奋战的英雄——为妻，说好了头天订婚，第二天过嫁妆，第三天便是婚礼。樊三大爷蒙头蒙脑地看着母亲。母亲说："大叔，详情莫问，谢大媒的酒我给您预备好了。"樊三大爷道："这可是倒提媒。"母亲说："是倒提媒。"樊三大爷道："为什么呢？"母亲说："大叔，别问了。你让哑巴中午就去我家送订婚礼。”樊三大爷道：“他家里有什么呢？”母亲道：“有什么算什么。”

我们跑回家。一路上母亲心惊肉跳，忧虑重重。母亲的预感非常正确。我们一进院子，就看到一群动物在唱歌跳舞。有黄鼠狼、有黑熊、有狍子、有花狗、有绵羊、有白兔，唯独不见紫貂。紫貂脖子上缠着狐狸，坐在东厢房的麦子堆上，专注地看着鸟枪队长。鸟枪队长坐在地铺上，擦拭着他的葫芦和鸟枪。

母亲把上官来弟从麦子堆上拖起来，冷冷地对沙月亮说：“沙队长，她是有主的人啦。你们抗日的队伍，总不能勾引有夫之妇吧？”

沙月亮平静地说：“这还用得着您说吗？”

母亲把大姐拖出了东厢房。

中午时分，孙家大哑巴提着一只野兔来到我家。他穿着一件小棉袄，下露肚皮上露脖子，两只粗胳膊也露出半截。棉袄的扣子全掉了，所以他拦腰捆着一根麻绳子。他对着母亲点头哈腰，脸上挂着愚蠢的笑容。他双手捧着兔子，献到母亲面前。陪同大哑巴前来的樊三大爷说：

“上官寿喜屋里的，我按你的吩咐办了。”

母亲看着那只嘴角上还滴着新鲜血液的野兔子，愣了好半天。

“大叔，今晌午您别走了，他也别走了，”母亲指指孙家大哑巴说，“红萝卜炖兔肉，就算给孩子订婚了。”

东间屋里，上官来弟的号哭声突然爆发。她开始时的哭声像一个女孩子，尖厉而幼稚，几分钟后，她的哭声变得粗犷嘶哑，还夹杂着一些可怕而肮脏的骂人话。十几分钟后，她的哭声就变成了干巴巴的号叫。

上官来弟坐在东间炕前的脏土上，忘记了珍惜身上宝贵的皮毛。她瞪着眼，脸上没有一滴泪，嘴巴大张着，像一口枯井，干号声就从那枯井里持续不断地冒出来。我的那六个姐姐，低声啜泣着，泪珠子在熊皮上滚动，在狍皮上跳跃，在黄鼠狼皮上闪烁，把绵羊皮濡湿，使兔子皮肮脏。

樊三大爷往东屋里一探头，像突然见了鬼，目光发直，嘴唇打哆嗦。他倒退着出了我家屋子，跌跌撞撞地跑走了。

孙家大哑巴站在我家堂屋里，转动着脑袋，好奇地东张西望。他的脸上，除了能表现出愚蠢的笑容外，还能表现出深不可测的沉思默想，表现出化石般的荒凉，表现出麻木的哀痛。后来我还看到他表达愤怒时脸部可怕的表情。

母亲用一根细铁丝贯穿了野兔的嘴，把它悬挂在堂屋的门框上。

大姐吼出的恐怖她充耳不闻；哑巴脸上的古怪她视而不见。她拿着那把锈迹斑斑的菜刀，笨拙地开剥兔皮。沙月亮背着鸟枪从东厢房里走出来。母亲没有回头，冷冷地说：

“沙队长，我家大女儿今日订婚，这只野兔子便是聘礼。”

沙月亮笑道：“好重的礼。”

“她今日订婚，明日过嫁妆，后日结婚，”母亲在兔子头上砍了一刀，回转身，盯着沙月亮，说，“别忘了来喝喜酒！”

“忘不了，”沙月亮说，“绝对忘不了。”说完，他就背着鸟枪，吹着响亮的口哨，走出了我家家门。

母亲继续开剥兔皮，但分明已失去了任何兴趣。她把野兔子留在门框上，背着我进了屋。母亲大声说：“来弟，无仇不结母子，无恩不结母子——你恨我吧！”说完这句凶巴巴的话，她无声地哭起来。母亲流着泪，肩膀耸着，开始剁萝卜。咔嚓一刀下去，萝卜裂成两半，露出白得有些发青的瓤儿。咔嚓又是一刀，萝卜变成四半。咔嚓咔嚓咔嚓，母亲的动作越来越快，越来越夸张。案上的萝卜粉身碎骨。母亲把刀又一次高高举起，落下来时却轻飘飘的。菜刀从她手里脱落，掉在破碎的萝卜上。屋子里洋溢着辛辣的萝卜气息。

孙家大哑巴跷起大拇指，表示着他对母亲的敬佩。他嘴里吐出一些短促的音节，辅助着拇指表示他对母亲的敬佩。母亲用袄袖子沾沾眼睛，对哑巴说：“你走吧。”哑巴挥舞着胳膊，用脚踢着虚空。母亲抬高了嗓门，指指他家的方向，大声喊：“你走吧，我让你走！”

哑巴明白了母亲的意思，他对着我扮了一个顽童般的鬼脸，肿胀的上唇上的小胡子像一抹绿色的油彩。他准确地模仿了爬树的动作，又准确地模仿了鸟儿飞翔的动作，然后，仿佛手攥着一只扑扑棱棱的小鸟，他笑了，指指我，又指指自己的心窝窝。

母亲又一次指指他家的方向。他愣了一下，会意地点点头，然后跪下，对着母亲——母亲抽身闪开——于是他对着案板上的萝卜块儿，磕了一个响头，爬起来，得意洋洋地走了。

夜里，疲倦已极的母亲沉沉睡去，等她醒来时，发现院子里的梧桐树上、香椿树上、杏树上，挂着几十只肥大的野兔子，宛如树上结了奇异的果实。

母亲手扶着门框，慢慢地坐在门槛上。

十八岁的上官来弟穿着她的紫貂皮大衣、围着她的红狐狸跟着黑驴鸟枪队队长沙月亮跑了。那几十只野兔子是沙月亮献给我母亲的聘礼，也是他向我母亲牛皮哄哄的示威。大姐私奔，二姐三姐四姐当了同谋。事情发生在后半夜：母亲疲倦的鼾声响起时，五姐六姐七姐也进入梦乡。二姐起身，赤脚下地，摸索着挪开了母亲在门后筑成的壁垒，三姐和四姐拉开了两扇门。傍晚时，沙月亮就在门臼里倒上了枪油，所以门扇在无声中开启。在后半夜的凄冷月光中，姐妹们搂抱着道别。沙月亮望着树枝上的兔子窃笑。

第三天是哑巴和大姐完婚的日子。母亲沉静地坐在炕上缝补衣裳。将近中午时，终于等待不下去的哑巴来了。他用动作和表情跟母亲要人。母亲下了炕，走到院子里，指了指东厢房，又指了指依然悬挂在树上那些已经冻得硬邦邦的野兔子。母亲什么也没说，哑巴就完全明白了。

黄昏时分，我们一家坐在炕上吃萝卜片喝麦面粥，忽听到大门被擂得山响。到西厢房喂上官吕氏吃饭的二姐气喘吁吁地跑进来，说：“娘，坏了事了，哑巴兄弟们来了，还带着一群狗。”姐姐们惊慌不安。母亲稳如磨盘。她用汤匙喂饱了八姐玉女，然后就咯咯吱吱地嚼起萝卜片来。她的神情安详得宛如一只怀孕的母兔。大门外的喧闹突然安静了。约莫过了抽袋烟工夫，三条红光闪闪的黑影，从我家低矮的南墙头上翻了过来。孙家的哑巴三兄弟来了。跟着他们进院的，还有三条像抹了荤油一样光滑的黑狗。它们如三道黑色的虹，从墙头上滑进来，无声无息地落在地上。在深红的暮色里，哑巴们和他们的狗凝固了片刻，宛如一组雕塑。大哑巴提着一把寒光闪闪的缅甸软刀。二哑巴拄着一把青蓝的腰刀。三哑巴拖着一柄红锈斑驳的大朴刀。他们的肩膀上，都斜挎着一个蓝布白花的小包袱，好像要出门远行。姐姐们吓得屏住了呼吸，母亲却泰然自若地、呼噜呼噜地喝粥。突然，大哑巴吼了一声，二哑巴和三哑巴也跟着吼，他们的狗也跟着吼。人口里和狗嘴里喷出的唾沫星儿像闪闪的小虫，在暮色里飞舞。接下来，哑巴们进行了刀法表演，就像麦田葬礼那天他们与乌鸦大战那样。在那个遥远初冬的黄昏，我家院子里刀光闪闪，三个像猎狗一样矫健的男人，不断地往上蹿跳着，尽量地舒展开钢板一样的身体，把悬挂在树枝上的几十只野兔子砍得七零八落。他们的狗兴奋地咆哮着，晃动着庞大的脑袋，把残破的野兔尸体咬住，然后像飞碟一样甩出去。他们折腾够了，脸上显出心满意足的神情。我家的院子，成了野兔子的碎尸场。有几只兔子头，孤零零地挂在树枝上，宛如遗留的风干果实。哑巴们带着狗们，耀武扬威地在院子里转了几圈，然后，像来时一样，飞燕般掠过墙头，消逝在昏天晦气里。

母亲捧着粥碗，浅浅地笑着。这个富有特色的笑容，深刻在我们的脑海里。

第十三章

女人的衰老是从乳房开始的，乳房的衰老是从乳头开始的。因为大姐的私奔，母亲一贯俏皮地翘起的粉红色乳头突然垂下来，像成熟的谷穗垂下了头。垂头的同时，粉红的颜色也变成了枣红。在那些日子里，乳房的泌奶量减少，乳汁的味道也失去了往日的新鲜芳香和甘美。淡薄的乳汁里，有一股朽木的气息。幸好，随着时光的流逝，母亲的心情逐渐好转，尤其是吃过那条大鳝鱼之后，低垂的乳头慢慢翘起来，变深了的颜色渐渐淡起来，泌奶量恢复到秋天的水平。但令人不安的是，这次衰老，毕竟在乳头与乳房联结的地方，留下了一道皱纹，犹如被折叠过的书页，虽然重新展平，但痕迹却难消除。这次变故，给我敲响了警钟，凭着本能，也许是神启，我开始改变对乳房肆无忌惮的态度，我必须珍惜它们，养护它们，把它们看作必须轻拿轻放的精致器皿。

这年的冬天出奇的寒冷，靠着半厢房小麦和一地窨萝卜，我们平安地向春天过渡。在三九天那些最冷的日子里，大雪弥漫，堵塞住门户，院子里的树枝被积雪压断。我们穿着沙月亮馈赠的皮毛外套，围坐在母亲身边，进入冬眠状态。一天，太阳出来，积雪融化，房檐上垂挂着粗大的冰凌，久违的麻雀在雪枝上叫唤，我们从冬眠中醒来。我们已过了好久化雪为水的日子。对雪水煮萝卜这道重复了数十次的菜，姐姐们厌恶至极。二姐上官招弟首先提出，今年的雪水，有一股血腥味，必须立即下河抬水，否则就会得莫名其妙的病，连仅靠奶水过活的上官金童也不能幸免。上官招弟已经取代了上官来弟的领袖地位。这位姐姐，生着两片丰满的嘴唇，说话的声音，是富有魅力的沙哑。她的话，有相当的权威性，因为入冬以来，她全面负责伙食，母亲却像一头受伤的奶牛，羞羞答答，有时又理直气壮地披着那件华贵的狐皮大衣，坐在炕上，调理着身体，关心着奶汁的数量和质量。“从今天起，下河抬水吃。”二姐看着母亲的脸用不容否决的口吻说。母亲没有反对。三姐上官领弟皱着眉，批评雪水煮萝卜的恶劣味道，她又一次提出卖骡子换钱再用钱买肉吃。母亲讥讽道：“冰天雪地，到哪儿去卖骡子？”三姐说：“那我们去捉野兔子，冰天雪地，兔子冻得跑不动了。”母亲勃然变色：“记着，孩子们，这辈子不要再让我看到野兔子。”

其实，在这个严酷的冬天里，村子里许多人家，都吃腻了野兔肉。肥胖的兔子们，在雪地里像长尾巴蛆一样爬行，连小脚女人都能活捉它们。这个冬天，也是红狐狸和草狐狸的黄金岁月，因为战争，猎枪被形形色色的游击队掠去，使村人们没了武器；也因为战争，村人们情绪受伤，所以在猎获狐皮的黄金季节里，狐狸们没有往年的杀身之忧。在那些漫漫长夜里，它们在沼泽地里纵情狂欢，公狐狸们让所有的母狐狸都怀上了超出常量的胎儿。它们凄凉激越的鸣叫声，扰得人心神不宁。

三姐和四姐用扁担抬着一只大木桶，二姐扛着一柄大铁锤，来到蛟龙河边。她们路过孙大姑家时，不由得侧目观望。院子里一片荒凉，没有一丝丝人的气息。一群乌鸦蹲在墙头上，令姐姐们想起孙家墙头的往昔。昔日的热闹已不复存在，哑巴兄弟也不知流落何方。她们踩着深及大腿根的积雪走下河堤，几只野狸子在灌木丛中望着她们。太阳在东南方向，倾斜照耀着河道，一片耀眼的光明。近岸的冰是白色的，踩下去像踩着酥脆薄饼，发出咯咯喳喳的响声。河道中央的冰是浅蓝色的，坚硬光滑。姐姐们在冰上蹒跚着，四姐跌了一跤，三姐拉四姐时也顺势跌倒。扁担水桶大铁锤在冰上响，她们嘻嘻哈哈地笑。

二姐选择了一块最干净的地方，开始砸冰。上官家祖传的大铁锤被她纤细的胳膊举起来，沉重地落在冰面上，发出的响声像刀刃一样锋利单薄，飞到我家的窗户上，让窗纸簌簌作响。母亲抚摸着我头上的黄毛和我身上的猞猁毛，说："金童子，金童子，姐姐去砸冰，砸个大窟窿，抬回一桶水，倒出半桶鱼。"八姐披着猞猁皮小袄瑟缩在炕角上，尴尬地微笑着，好像一尊皮毛小观音。

二姐一锤下去，冰面上出现一个核桃大的白点，几片细小的冰屑沾在锤头上。她又举起大锤，举起时勉勉强强，落下时摇摇晃晃。冰面上又出现一个白点，离刚才那个白点足有一米远。冰面上出现二十几个白点时，上官招弟已是气喘吁吁，嘴里喷出的白气又粗又长。挣扎着举起锤，锤下落时她筋疲力尽，倒在冰面上，小脸煞白，厚嘴唇鲜红，眼睛里雾蒙蒙，鼻尖上汗珠亮晶晶。

三姐四姐嘟嘟哝哝，开始发泄对二姐的不满，河道里刮起小北风，刀子似的割着她们的脸。二姐站起来，往手心里啐了几口唾沫，重新抓起锤柄，举起大锤，砸下去。但只砸了两下，她便再次跌倒在冰面上。

正当姐姐们绝望地收拾起水桶扁担，准备回家化雪水或是化冰凌烧午饭时，十几驾马拉冰爬犁从冰河上疾驰而来。因为冰面上反射着七彩的阳光，他们又是从东南方向而来，所以二姐一直认为他们是从太阳里沿着光线滑行下来的。他们金光闪闪，速度快似闪电。马蹄翻动，银光闪烁，马蹄上的钢钉凿得冰面啪啪响，冰屑横飞，打在姐姐们的腮上。她们目瞪口呆，竟忘了也顾不上躲闪。马绕着弯闪过她们，然后，跌跌撞撞地刹住。这时姐姐们看到冰爬犁都刷成杏黄色，涂着厚厚的桐油，像一层彩玻璃。每驾爬犁上坐着四个人，都戴着蓬松的狐狸皮帽子。胡须、眉毛、眼睫毛和皮帽子的前檐上，结着白色的霜花。嘴里和鼻孔里都往外喷吐着又粗又长的热气。马们小巧玲珑，眉清目秀，马腿上都丛生着长长的毛。从它们安详的态度上，我二姐猜想这是传说中的蒙古马。一个身材高大的人从第二驾爬犁上跳下来。他穿着一件光板羊皮袄，敞着怀，露出一件豹皮背心。背心上扎着宽皮带，皮带上挂着一支左轮手枪，还有一把短柄的小斧头。只有他没戴皮帽子却戴着一顶三页瓦毡帽。他的耸起的双耳上，各戴着一个野兔皮护耳。“是上官家的女儿吗？”他问。

眼前这个人，是福生堂二掌柜司马库。“你们在这干什么？”他问着，没等我姐姐们回答，他便找到了答案，“噢，砸冰窟窿，这哪是你们女孩子干的活儿！”他对着爬犁上的人喊，“都下来，帮我这邻居砸个窟窿，也正好饮饮我们的蒙古马。”

爬犁上下来几十个臃肿的男人，他们大声咳嗽、吐唾沫。几个人蹲下，从腰里掏出小斧头，啪啪地砍着冰。冰屑飞溅，冰上出现一些白色的砍痕。一个络腮胡子摸摸斧头的刃子，耸着鼻子说：“司马大哥，这样砍，只怕砍到天黑也砍不透。”司马库蹲下，摸出自己腰里的斧，试探着砍了几下，骂道：“妈的，冻得像钢板一样。”络腮胡子道：“大哥，咱们每人一泡尿就能滋开。”司马库骂道：“胡扯鸡巴蛋！”但他立即兴奋起来，拍一下自己的屁股——他咧了一下嘴，屁股上的烧伤尚未痊愈——说，“有了，姜技师，姜技师，你过来。”那个叫姜技师的瘦削男人上前来，望着司马库，不说话，但他的表情向司马库说明他在等候吩咐。“你那个玩意儿，能不能切开这冰？”姜技师轻蔑地笑了笑，用女人一样的尖细腔调说：“好比用铁锤砸鸡蛋。”

司马库高兴地说：“快快，在这河上给我切它八八六十四个窟窿，让乡亲们跟着我司马库沾光。你们别走。”他又对我姐姐们说。

姜技师把第三驾爬犁上的帆布揭开，露出了两个刷着绿漆，像巨大的炮弹一样的铁家伙。他十分熟练地抖开长长的红胶皮管子，并把胶皮管子拧在铁家伙的脑袋上。然后，他看了看铁家伙脑袋上的圆盘表，那表上有细长的红针在摆动。最后，戴上帆布手套，他攥着一个状似大烟枪的、与两根胶皮管子连在一起的铁玩意儿，拧了一下，便有嗤嗤的气喷出。他的助手，一个顶多能有十五岁的瘦弱男孩，划着一根洋火，往那气上一触，一束像柞蚕蛹儿那般粗细、那般形状的蓝色火苗便喷射出来，并发着嗤嗤的响声。他吩咐了一声小男孩，小男孩跳到爬犁上，把那两个铁家伙的脑袋扭了几下，那蓝色的火苗随即变得极白极亮，比阳光还要耀眼。姜技师提着那可怕的玩意儿，望着司马库。

司马库眯着眼，把手掌往虚空里一劈，喊一声："割！"

姜技师弯下腰，把那白火头往冰面上一触，一股乳白色的蒸气猛地腾起尺把高，并伴随着滋啦啦的水响。他的胳膊带动着手腕，手腕带动着"大烟枪"，"大烟枪"喷吐着白火，画了一个大大的圆圈。他抬起头，说："切下来了。"

司马库怀疑地低头看冰，果然看到一块磨盘大的冰与周围的冰分离开来，河水沿着那圆圈，均匀地渗出来。姜技师用那白火在圆冰上画了一个十字，圆冰便分裂成四块。他用脚把那冰块往下压，河水把冰块冲走了。一个冰窟窿出现在河上，蓝色的河水漫溢出来。

"真是好家什！"司马库赞叹着，冰上的男人也对着姜技师投过来赞赏的目光。"继续切！"司马库说。

姜技师施展绝技，在蛟龙河厚达半米的冰面上，切割出几十个冰窟窿。这些冰窟窿有圆形的，有正方形的，有长方形的，有三角形的，有梯形的，有八角形的，有梅花形的……犹如一页几何学教程。

司马库说："姜技师，这是你初出茅庐第一功！上爬犁，伙计们，天黑赶到大铁桥，对了，饮饮马，饮马蛟龙河！"

男人们拉过马匹，让它们就着冰窟窿饮水。司马库趁此机会对我二姐说："你是老二吧？回家告诉你娘，总有一天我会把沙月亮那个黑驴日的打垮，把你姐姐夺回来还给孙大哑巴。"

"您知道俺大姐去哪了吗？"二姐大着胆子问司马库。

司马库说："跟着沙月亮贩卖大烟土。妈的，这些驴日的鸟枪队。"

二姐不敢多问，眼看着司马库跳上爬犁。一溜十二驾爬犁，箭一般射出西方，在蛟龙河石桥那儿拐了一个弯，不见了。

姐姐们沉浸在目睹人间奇迹的兴奋里，忘记了寒冷。她们参观着河上的冰窟窿，从三角形到椭圆，从椭圆到正方，从正方到长方……窟窿里溢上来的河水沾在她们鞋子上，一会儿便结成了冰。清新的水汽，沁人肺腑地从冰窟窿里溢上来。我的二姐三姐四姐对司马库充满了敬仰之情。因为有了大姐作为光荣的榜样，二姐幼稚的脑海里，竟然产生了一个朦胧的念头：嫁给司马库！好像有人冷冷地告诫她：司马库已经有了三个老婆！——那我就做他的第四个老婆。四姐上官想弟惊叫一声："姐姐，一根大肉棍子！"

那条被四姐误认为肉棍子的粗大鳗鲡，笨拙地摆动着银灰色的身体从幽暗的河底浮游上来。它的蛇样的脑袋足有拳头那么大，两只眼睛阴森森的，令人想到阴鸷的蛇。它的头接近了水面，叭叭地吐着水泡儿。二姐兴奋地说："一条大鳗鲡。"她抄起扁担，对准它的头颅砸下去。扁担钩子哗啦响，水花溅起。鳗鲡的头沉下去，但立即又浮上来。它的眼睛被打破了。二姐又用扁担捣下去。鳗鲡的动作越来越迟缓、僵硬。二姐扔下扁担，抓住它的头，把它从冰窟窿里拖上来。鳗鲡出了水面即被冻僵，继而被冻成肉棍。二姐让三姐和四姐抬着水，她自己一手提铁锤，一手抱着鳗鲡，好不容易回了家。

母亲用一把锯子，截下了鳗鲡的头尾，把它的身体，锯成十八段，每一截鳗鲡落地，都呼嗵一声响。用蛟龙河里的水煮蛟龙河的鳗鲡，煮出的鱼汤鲜美无比。从这一天起，母亲的乳房恢复青春，尽管还留下了前边说过的那道犹如书页上折痕的皱纹。

也就是在喝足鲜美鳗鲡汤的这个夜晚，母亲心情舒畅，脸上呈现着圣母般的、也是观音菩萨般的慈祥。姐姐们围绕着母亲的莲座，听她讲述高密东北乡的故事。温馨夜晚，儿女情长。北风在蛟龙河道里呼啸，风把烟囱当成哨子吹。院子里结着冰甲的树枝喀喀啦啦地摆动，一根冰凌挣脱屋檐，落在檐下的捶布石上跌碎，发出清脆的声响。

母亲说，清朝咸丰年间，这里还无人定居，夏秋季节，有人来这里捕鱼、采药、放蜂、牧牛羊。为什么叫大栏呢？原来这里是牧羊人圈羊休息的地方，有一圈树条子夹成的栅栏。冬天里，有人来这里打过狐狸，但据说来这里打狐狸的人没有一个善终的，不是被大风雪冻死，就是得上什么怪病。后来，也闹不清哪年哪月了，有一个身体健壮、四肢发达、胆量很大的人在这里定了居。他就是司马亭、司马库兄弟的爷爷司马大牙，大牙是他的外号，他的真名无人知晓。他名叫大牙，但嘴里却没有门牙，说话时呜呜噜噜的。司马大牙在河边搭了一个草棚，靠着一柄渔叉和一杆猎枪过日子。那时候，河里、沟里、洼地里鱼多得呀，一半是水，一半是鱼。有一年夏天，司马大牙蹲在河堤上叉鱼，看到从上游漂下来一个釉彩大瓮。司马大牙一身好水性，能在水里潜一袋烟工夫。他一个猛子扎下河，把那口大瓮拖到岸边。瓮里端坐着一个身穿白衣的盲女。我们的目光盯着自家的盲女上官玉女，她歪着头，侧耳听着，大耳朵上的血管清清楚楚。这个盲女长得奇俊，如果不是瞎了眼，她应该嫁给皇上做娘娘。后来，盲女生了一个男孩就死去了。司马大牙用鱼汤把这男孩喂大，这个男孩名叫司马瓮，他就是司马亭和司马库的爹。

母亲紧接着讲了官府往东北乡移民的历史，讲了上官家的老铁匠——我们的祖爷爷和司马大牙的友谊，讲了那一年义和拳在东北乡掀起的巨大波澜，还讲了司马大牙和我们的祖爷爷与修铁路的德国人在村西大沙梁上进行的那场令人啼笑皆非的恶战。他们不知从哪里打探到的情报，说德国人的腿上没有膝盖，只能直立不能弯曲，还说他们都有洁癖，最怕粪便沾身，粪便一沾身便会呕吐至死。还说洋鬼子就是羊羔子，羊羔子最怕虎狼，于是这两位高密东北乡的最早的开拓者便纠集了一帮酒鬼、赌徒、二流子——当然他们也都是不惧生死、武艺超群的好汉——成立了虎狼队。司马大牙和我们的祖爷爷上官斗率领着虎狼队把德国兵引到大沙梁，想让他们不会弯曲、木棍一样的腿陷在沙土里。然后虎狼队员们冲上去拉动沙梁上的树枝，让悬挂在树枝上的屎包尿罐掉下来，把有洁癖的德国兵恶心死。为了筹划这次战斗，司马大牙和上官斗带着虎狼队，整整收集了一个月的人粪尿，装在酒篓里，运到大沙梁上。他们把那个槐花飘香的大沙梁搞得臭气熏天，把每年都来这里采花粉的蜜蜂熏死了成千上万……

同样是在这个美妙的夜晚，我们沉浸在高密东北乡令人神往的历史里，想象着司马大牙与上官斗大摆屎尿阵的神奇情景时，司马大牙的嫡亲孙子司马库，正在距村三十里、横跨蛟龙河的铁路桥下，创造着高密东北乡历史的新篇章。这条铁路就是德国人修建的胶济铁路，虎狼队的英雄豪杰们流血抛头，英勇斗争，用了千古未闻的战术，延缓了铁路通车的日期，但最终也没能挡住坚硬的铁路把高密东北乡柔软的腹地劈成两半，用司马瓮的话说就是：他娘的，这等于在我们婆娘的肚皮上捅了一刀！钢铁的巨龙喷吐着浓烟，从我们的高密东北乡碾过，就好像碾着我们的胸膛。现在，这条铁路归日本人管辖，运走我们的煤炭棉花，运来也是最终要用到我们头上的枪支弹药。司马库破坏铁路桥的行动，可以说是继承了他爷爷的遗志，发扬着我们家乡的光荣，只不过他的方式明显地高出祖先一筹。

三星西斜，弯弯的月牙儿挂在树梢。西风在河道里肆虐，吹得铁桥的钢铁支架发出呜呜的响声。那晚上可真是奇冷怪冷，河里的冰被冻裂，炸开一条条宽纹，裂冰时的嘎巴声比步枪射击的声音还要响亮。司马库的爬犁队到了桥下，窝在河边停住。他率先从爬犁上跳下来，感到屁股上像被猫咬着一样疼痛。天上有微弱的星光，下边是河冰黯淡的白光，中间便是伸手看不见五指的漆黑。他拍了拍巴掌，周围响起稀疏的巴掌声。神秘的黑暗让他心情激动，精神亢奋，后来当别人问他毁桥战役前的心情时，他说：“好，像过年一样。”

队员们手拉手，摸到了桥下。司马库摸索着爬上桥墩，从腰里摸出小斧头，对着一根桁梁劈了一下，斧刃上迸出几个大火星，桁梁发出锐利的响声。“他姥姥的腿，”司马库骂道，“全是铁家伙。”一颗斗大的流星划破夜空，拖着一条长长的尾巴，窸窣有声，闪烁着极为美丽的蓝色火花，使天地间短暂地一辉煌。借着这流星火，他看清了高大的水泥桥墩和横七竖八的钢铁支架。他招呼着："姜技师，姜技师，上来吧。"姜技师在众人的托拽下，爬上了桥墩，紧接着爬上来的还有那个小男孩。桥墩上结着蘑菇般的冰疙瘩，司马库伸手拉小男孩时脚下一滑，小男孩在桥墩上站稳了司马库却跌了下去。正跌着他那不断地从厚痂缝里渗出脓血的烂屁股。他悲惨地叫了一声："娘哟——"随即又叫了一声，"亲娘哟，痛死我了……"队员们跑过来，把他从冰上架起来。他继续哀号着，声音洪亮，能传到天边去。一个队员劝说："大哥，忍着点吧，别暴露了目标。"司马库这才止住号叫，浑身哆嗦着，大声发布命令："姜技师，快割吧，割几根就撤，他娘的沙月亮，送给我的治伤药，越治越厉害。"一个队员说："大哥，你中了人家的奸计。""你难道不知道'病急乱求医'的道理？"司马库辩驳着。那个队员说："大哥，忍着点吧，回去后我给你治，用獾油，治烧伤烫伤，那是百发百中，油到伤好。"哧啦啦，一簇夺目的蓝火花。蓝中透着白，白里镶着蓝，在铁路桥的梁架间突然亮起，是那么样的亮，亮得人眼泪汪汪。桥洞、桥墩、钢梁、铁架、狗皮大衣狐皮帽子，杏黄爬犁蒙古马，铁路桥周围的一切都纤毫毕现，连一根毛掉在冰上都能看得清清楚楚。桥墩上那两个人，姜技师和他的小徒弟，像猴子一样蹲在钢梁上，举着喷吐着毒辣火焰的"大烟枪"，切割着钢梁。钢梁上蹿起洁白的烟，河道里散开一种熔化钢铁的奇异香气。司马库痴迷地望着那火花和闪电般的弧光，忘记了屁股上的疼痛。火花像蚕吃桑叶一般吞噬着钢铁。很快，便有一根钢梁沉重地垂下来，倾斜着插进厚厚的冰层。"割，割，割光个狗日的！"司马库大叫着。

那场人粪尿战争公道地说是你们祖爷爷和司马大牙他们打胜了，如果他们事先侦察到的情报是准确的话，母亲说。事败之后，虎狼队的漏网队员发起了一次半公开半秘密的调查运动，历时半年，访问了千百个人，终于搞清，最先得到德国人没有膝盖、沾屎必死虚假情报的人，竟是虎狼队正队长司马大牙本人，而为他提供情报的是他和盲女人所生的那个风流成性的儿子司马瓮，调查者把司马瓮从妓女的被窝里拖出来，让他交代情报来源，他说他是听忘忧楼妓女一品红所说。调查者追问一品红，她矢口否认说过这样的话。她说，我接待过德国筑路勘测队的所有技师和他们的所有士兵，被他们粗大结实的膝盖把大腿都跪烂了，这样的谎言怎会出自我口呢？线索就这么断了，虎狼队的漏网队员也恢复了自己的职业，打鱼的还去打鱼，种地的还去种地。母亲说她的大姑夫于大巴掌那时是血气方刚的青年，虽没加入虎狼队，但却参加了人粪尿战争，扛着一柄三股粪叉。他说德国人过了桥，司马大牙对他们放了一土炮，上官斗放了一鸟枪，便率队向大沙梁子撤退。德国人头上戴着饰有五彩鸟毛悠悠拂摆的黑帽子，上身穿着镶满铜纽扣的绿上衣，下穿洁白的瘦裤子。他们的腿又细又长，跑起来不打弯，果然像没有膝盖的样子。到了大沙梁下，虎狼队列队叫骂，骂人话一套一套，合辙押韵，全都是村里的私塾先生陈腾蛟所编。虎狼队列队骂阵，德国鬼子却齐刷刷地单膝跪倒。不是说德国人没有膝盖腿不会打弯吗？我大姑夫纳闷地想着，母亲说，还没等他想出个名堂，就看到德国人的枪口里飘出了一团团白烟，随即听到排枪响，虎狼队里，几个正大声骂人的队员栽倒在地，身上冒出了鲜血。司马大牙一看情势不好，慌忙下令，抬上死尸，往沙梁撤退。流沙松软，陷着他们的腿，他们都在考虑德国人的膝盖问题。德国人跟踪追击，他们跋涉流沙的动作一点不比虎狼队员们笨拙，而且，可以清楚地看到他们的大膝盖在瘦腿裤子里运动。队员惊慌失措，司马大牙也紧张，硬挺着说："不要紧，兄弟爷儿们，沙里陷不死他们，咱还有第二招。"正好这时德国人出了流沙，进入槐树林，你们祖爷爷们大喊一声："拉！"几十个虎狼队员拉着埋在沙里的绳索一拽，挂在槐树上，被红白槐花掩藏着的屎尿罐纷纷倾倒，劈头盖脸一阵尿屎雨，淋在德国鬼子身上。有几个没拴牢的屎罐子从树上掉下来，砸在德国人头上，当场砸死一个。德国人龇牙咧嘴，叫喊连天，拖着枪纷纷倒退。俺大姑夫说，如果这时候虎狼队乘胜追击，那就如猛虎入狼群，八十多个德国鬼子一个也活不了。可虎狼队员只顾拍掌欢呼，哈哈大笑，让德国鬼子溜到了河边，德国人跳到河里洗着身上的屎尿。虎狼队员们等待着他们呕吐而死，但他们洗净了屎尿后，端起枪一个齐射，一颗枪子儿恰好从司马大牙的嘴里射进去，从他的天灵盖上钻出来，他连哼都没哼就死了。德国人把高密东北乡烧成一片白地。袁世凯又派来兵，活捉了你们祖爷爷上官斗。他们为了杀一儆百，在村子中间那棵大柳树下，给你们祖爷爷施了最吓人的酷刑：赤脚走铁鏊子。施刑那天，整个高密东北乡都轰动了，围观者有上千人。俺大姑亲眼目睹了那天的情景。她说官家先用石头支起十八面铁鏊子，鏊子下插上劈柴点火，烧得十八面鏊子面面通红。然后，刽子手把你们祖爷爷架来，让他赤脚在鏊子上行走。他的脚上冒着焦黄的烟，那股臭味儿，熏得俺大姑昏迷了好几天。俺大姑说上官斗真不愧是打铁的，钢筋铁骨金牙关，受着这样的酷刑，他也哭，也号，但没一句讨饶的话，他在鏊子上走了两个来回，那脚已经没有脚的模样啦……后来，官家把他杀了，砍下头，运到济南府去展览。

“大哥，差不多了。”那个要用獾油给司马库治烧伤的队员对司马库说，“黎明前那列车快要到了。”桥下已横七竖八地戳着十几根烧断的钢梁，蓝白的火苗儿还在桥上闪烁。“狗日的，”司马库说，“便宜了他们。你保证火车能把桥压塌吗？”“大哥，再截下去，只怕火车不来桥就塌了！”“那好，姜技师，姜技师，下来吧，”司马库喊，“你们，”他招呼着众队员，“把这两条好汉子接下来，赏给他们每人一瓶烧酒。”蓝火花消失了。队员们把姜技师和他的助手托着放到爬犁上。在黎明前的黑暗中，风息了，寒冷更甚，砭入骨髓。蒙古马拉着爬犁，摸着黑在冰面上走。走出约有二里路，司马库下令停住。他说：“费了半夜劲，得等着看个热闹。”

那列货车驰来时，日头刚刚冒红。河上一片光明，河两岸的树木上结着金琉璃，银琉璃，大铁桥默默地趴着。司马库紧张地连连搓手，嘴里咕噜着一些脏话。火车铿铿锵锵、威风凛凛地轧过来，临近铁桥时，鸣起了响彻天地的汽笛。车头上喷吐着黑烟，车轮间喷吐着白雾，咣当咣当的巨响令人胆战，河上的坚冰在微微颤抖。队员们惴惴不安地望着火车，蒙古马的耳朵往后伏倒，紧贴在披散的鬃毛上。火车昏头昏脑地冲上铁桥，它是那样粗野蛮横，大桥也似乎岿然不动。一秒钟内，司马库和他的队员们脸色变灰，但一秒钟后他们便在冰上欢呼雀跃起来。欢呼声最响亮的是司马库，跳跃得最高的还是司马库，尽管他屁股上的伤势的确十分严重。大桥是在一秒钟内坍塌的，那些枕木、钢轨、沙石、泥土，与火车头一起下落。火车头撞在一个桥墩上，桥墩也随着坍塌，然后是震耳欲聋的巨响。然后是飞蹿起几十丈高、在空中沐浴着阳光的冰块和沙石、弯曲的钢架和断裂的枕木。然后是几十节满载着货物的车厢轰轰烈烈地挤上来，有的栽在河道里，有的歪在轨道旁。随即爆炸连绵。爆炸是从一节满载着烈性炸药的车厢开始的，然后引爆了炮弹、子弹。河上的冰被震裂，河水汹涌地冒上来，河水中有鱼有虾，还有一些青盖的鳖。一条人腿带着大皮靴落在一匹蒙古马头上，砸得它头昏眼花，双膝一弯跪在冰上，粘掉了两片毛。一个足有千斤重的火车轮子砸在冰上，激起冲天水柱，落下来的是稀薄泥浆。巨大的气浪震得司马库耳朵失灵，他只看到蒙古马拖着爬犁在冰河上没头苍蝇般乱撞，队员们都呆呆地站着或是坐着，有的人耳蜗里流出了黑血。他大声吼叫，但自己也听不到声音，队员们张着嘴仿佛也在喊叫，但也听不到声音……

司马库费尽了力气，才把他的爬犁队带到了昨天上午他们用蓝白火苗切割冰块的地方。我的二姐带着我三姐四姐又在那儿抬水抓鱼，昨天割开的冰窟窿一夜又冻结，冰层约有一寸厚，我二姐用短柄铁锤和钢凿把冰凿开。司马库的人马赶到这里，蒙古马抢着喝水，喝完了水有几分钟，那些马便浑身哆嗦四肢抽搐着倒在冰上，一会儿工夫全死了。凉水把它们张开到最大限度的肺叶炸破了。

这天的黎明，整个高密东北乡的所有生灵：人、马、驴、牛、鸡、狗、鹅、鸭……连冬眠在洞穴中的蛇，都感受到了来自西南方向的大爆炸，它们错以为春雷惊蛰，纷纷爬出洞穴，冻死在野地里。

司马库带着他的队员们来村里休整，司马亭用尽了全中国的脏话咒骂他们，但他们的耳朵全部失聪，还以为司马亭在赞颂他们呢，因为司马亭骂人时脸上带着得意洋洋的神情。司马库的三个老婆各自拿出家传秘方，为她们共同的男人治疗屁股上的烧伤又加冻伤。常常是大老婆刚刚在他屁股上贴了膏药，二老婆又端来一盆加了十几种名贵中药熬成的洗剂，揭掉了膏药刚洗完，三老婆就拿来了用松柏叶和冬青根加上鸡蛋清儿老鼠胡须灰调制成的粉剂……如此川流不息，使他的屁股干了湿，湿了干，旧伤痕上又添新伤痕。搞到最后，司马库穿上棉裤，扎上两条皮带，一见到三个老婆的影子就抓起斧头或是拉动枪栓。他的屁股上的伤没好，耳朵却恢复了听力。

司马库恢复听力之后听到的第一句话就是哥哥的怒骂："你这个狗日的，全村都要跟着你遭殃，等着瞧吧！"司马库伸出跟他哥哥同样柔软红润、肉厚皮薄的小手，捏住了哥哥的下巴。他看着哥哥一贯刮得光溜溜的嘴唇上钻出来的几十根弯曲、焦黄的胡子，和那嘴唇上裂开的皮，悲伤地摇摇头，说："我跟你是一个爹下的种，骂我就是骂你，你骂吧！好好骂！"说完，他就松了手。

司马亭张口结舌，望着弟弟高大的背影，无可奈何地摇摇头，提起锣，走出家门，笨拙地爬上他的瞭望塔，向西北方向张望。

司马库带着队员们又去了一趟铁桥，拉回了一些扭曲成麻花状的铁轨，还有一个刷着红漆的火车轮子，还有一堆谁也叫不出名字的破铜烂铁，在教堂大门外的大街上摆开，向乡亲们炫耀战绩。他嘴角挂着两朵小泡沫，一遍又一遍地向观众宣讲他毁坏桥梁、颠覆日本军列的经过。他每讲述一遍，便增添一些活灵活现的细节，越讲越丰富，越有趣味，讲到后来，竟跟《封神演义》差不多了。二姐上官招弟成了司马库的忠实听众，她起初是听众，后来是那件新式武器的见证人，发展到最后，除了目击者竟还成了毁桥事件的参与者，好像她一直跟随着司马库，跟着他一起攀上桥墩，又随着他从桥墩跌下，司马库屁股痛时她跟着咧嘴，仿佛两个人伤在同一部位。

正像母亲说的一样，司马家的男人，都是一些疯疯癫癫的家伙，那个盲女坐着瓮漂来，奇俊无比却双目失明，说出话来谁也听不懂，不是听不懂她的语音，而是解不开她话里的意思，她如果不是狐狸精变的，就一定是个精神病人。你想想，这样的女人的后代，哪个能正常？母亲已觉察到上官招弟的心事，预感到上官来弟的故事很快就会重演。她忧心忡忡地盯着女儿漆黑的眼睛里燃烧着的可怕的激情，和她那通红的不知羞耻地肿胀着的厚唇，这哪里是个十七岁的女孩？分明是头发了情的小母牛。母亲说："招弟，我的闺女，你才多大呀？"二姐瞪着眼反驳母亲："你像我这么大时，不是已经嫁给我爹了嘛！你还说过，你的大姑姑十六岁时就生了一对双胞胎，两个小孩都像肥胖的小猪一样！"话说到这种程度，母亲就只有叹息了。但二姐不依不饶地说："我知道你想说，他已经有了三房太太。我做他的四太太。我知道你还想说，他辈分比你大。我跟他既非同姓，更非同宗，不犯规矩。"

母亲放弃了对二姐的管制权，一切由她自便。她表面上平平静静，但我从奶汁的味道上，知道母亲内心波澜滔天。在二姐追随着司马库胡闹腾的那些日子里，母亲带着我那五个姐姐，在我家的萝卜窖子里，挖了一条通向南墙外秫秸垛的暗道。挖出来的泥土，一部分填到粪坑里，一部分垫在驴栏里，大部分填到秫秸垛旁那口枯井里。

春节平安地度过。元宵节的夜晚，母亲背着我，领着六个姐姐，去大街上看灯。村里家家挂灯，都是些小灯笼，只有福生堂大门口悬挂着两盏像水瓮那么大的红灯，每个灯笼里插着一根比我的胳膊还要粗的羊脂大蜡烛，烛光闪闪，使灯笼放出耀眼的光辉。二姐招弟哪里去了？母亲不管不问。她已经是我们家的游击战士，有可能三天不回来，也可能突然回来。大年夜里，我们正要放鞭炮迎财神时，她身披着一件黑斗篷回来了。她故意炫耀着紧紧束住细腰的牛皮腰带，和那沉甸甸地挂在腰带上、闪烁着镍光的左轮子手枪。母亲用近乎嘲讽的口吻说："想不到上官家又出了一个女响马！"说完这话时母亲一脸哭相，二姐却咧开嘴笑了，她的笑是纯情少女式的，使母亲感到还有挽救她误入歧途的可能，于是母亲说："招弟，我不能让你去给司马库做小。"上官招弟冷笑一声——这冷笑完全是毒辣妇人式的——母亲心中刚刚燃起的希望之火随即便熄灭了。

大年初一，母亲去给她的姑姑拜年，说起来弟和招弟的事情，她的大姑姑——久经磨炼的老女人——说："儿女情事，只能随其自然。再说，你有沙月亮和司马库这样的女婿，这辈子还愁什么？这两个人，都是钻天的鹞子！"母亲说："我只怕他们死不在炕上。"那个老妇人说："死在炕上的，多半是窝囊废！"母亲还想啰唆，她的大姑姑很不耐烦地挥挥手，驱赶苍蝇一样把母亲的话一扫而去。她说："让我看看你的儿子吧。"母亲把我从棉布袋里提出来，放在炕上。我恐惧地看着母亲的大姑姑那张又窄又小、千沟万壑的脸和镶嵌在深陷的眼窝里那两只炯炯的绿眼睛。她凸起的眉骨上竟然没有一根眉毛，眼圈周围却生着密匝匝的黄睫毛。她伸出枯骨般的手，摸摸我的头发，揪揪我的耳朵，捏捏我的鼻尖，甚至把手伸进我的双腿间，摸摸我的鸡巴蛋。我厌恶极了她的这种侮辱性的抚摸，尽力向炕角爬去。她一把揪住我，大声说："小杂种，站起来！"母亲说："大姑，他才七个月，怎么能站起来？"老妇人却说："我七个月时就能去鸡窝里给你奶奶掏鸡蛋了。"母亲说："大姑，那是您，您不是平常人物。"老妇人说："这个小子，我看也不是个平常人物！马洛亚这人，可惜了呀。"母亲的脸红了，接着又白了。我爬到炕里边，手把着窗台，双腿一挺站了起来。老妇人拍着巴掌说："看吧，我说他能站起来，他就能站起来！回过头来，小杂种！""大姑，他叫金童，你怎么老叫他小杂种！"

"杂种不杂种，只有娘知道，是不是啊，我嫡亲的大侄女？再说，我这是爱称，小杂种啦，小鳖蛋啦，小兔崽啦，小畜生啦，都是爱称，小杂种，走过来！"母亲的大姑姑吼叫着。

我转过身，双腿颤抖着，望着母亲泪水盈眶的脸。“金童，我的乖儿子！”母亲伸出双臂，召唤着我。我扑向母亲的怀抱。我会走了。母亲紧紧地抱着我，喃喃地说：“我的儿会走了，我的儿会走了。”

母亲的大姑姑严肃地说：“儿女就是一群鸟，该飞的时候，留也留不住。你呢？我是说他们都死了你怎么样呢？”

母亲说：“我挺好。”

老妇人高声说：“好就好，凡事往天上想，往海里想，最不济也往山上想，别委屈自己。你明白我的意思吗？”

母亲回答说：“我明白。”

告别的时候，老妇人问：“你婆婆还活着吗？”

母亲说：“活着，在驴屎里打滚。”

老妇人道：“这个老东西，强梁了一辈子，想不到落了这么个下场！”

如果没有母亲与她的大姑姑这次密谈，我不可能在七个月时便能行走，母亲也不可能有兴致带我们去大街上观灯，那样我们只能过一个索然无味的元宵节，那样我家的历史有可能不是目前这样子。大街上人很多，但似乎都是一些陌生的面孔。人与人之间洋溢着安定团结的气氛。很多的孩子，提着噼噼啦啦滴火花的金老鼠屎，在人缝里钻来钻去。我们在福生堂大门前停住，观赏着大门两侧那两个庞然的大灯笼。灯笼暧昧的黄光映照着大门额头上悬挂着的金字匾额。福生堂大门洞开，深深的庭院里灯火通明，传出一阵阵的喧哗。大门外聚集着很多人，袖着手，静静地立着，像等待着什么。多嘴多舌的三姐上官领弟问身边的人：“大叔，这里要施粥吗？”那人不置可否地摇摇头。身后一个人道：“姑娘，腊八节才施粥呢。”三姐回头问：“不施粥在这儿干什么？”那人道：“要演文明戏呢，听说是从济南府搬来的名角。”三姐还要絮叨，被母亲捏了一把。

终于，福生堂大院里走出了四个人，每人手里握着一根高竿，竿梢上各挑着一个黑糊糊的铁家伙，铁家伙喷吐着灼目的火苗，照耀得大门前亮若白昼，不，比白昼还亮。离福生堂大院不远处，教堂的破烂钟楼上栖息着的野鸽子惊慌地飞腾起来，在白光里咕咕鸣叫着飞过，飞到黑暗里去。人群里有人高叫一声："瓦斯灯！"从此我们知道了这世界上除了豆油灯、洋油灯之外，还有这能把人眼照痛的瓦斯灯。四个挑灯的黑大汉在"福生堂"大门前站成一个四角形，好像四根黝黑的柱子。大门内又出来几个人，扛着卷成圆筒状的苇席，咋咋呼呼地走到四个挑灯人规范出来的空地中间，使劲儿把席扔下，然后，解开束席绳，苇席便自动地展开。他们弓着腰，拽着席角，快速地挪动着黑色的、毛茸茸的小腿。由于他们的脚步太快，也由于瓦斯灯光太强烈，使我们的眼睛出现重影，所以我们一致地看到，那些扯着席子跑动的人，都生着四条以上的腿，腿与腿之间，还牵拉着一些透明发亮的蛛网状的东西，由于这些东西的缠绕，他们的奔跑就好像在蛛网上作着无奈挣扎的小甲虫。席子铺好后，他们直起腰来，对着观众亮了一个相。他们的脸上，涂抹着一道道油彩，好像一块块新鲜斑斓的兽皮。有的像豹子皮，有的像花鹿皮，有的像猞猁皮，有的像在庙里偷食供果的花面獾的皮。然后他们便跑两步退一步似的蹿回福生堂大门里去了。

在四盏瓦斯灯嗤嗤的喷气声中，我们静静地等待着，崭新的苇席也在静静地等待。四个高举灯竿的黑汉，变成了四块黑色的石头。一阵锣响，抖擞起了我们的精神，所有的目光都射向大门里边，但都被那镶着斗大福字的白色影壁墙挡住。我们等待了仿佛半辈子，司马亭——福生堂大掌柜、大栏镇原镇长、现维持会长——哭丧着脸出了场。他提着那面饱受打击的铜锣，仿佛极不情愿地敲着锣绕场转了一周。然后站在席地中央，对着我们说：

"各位乡党，大爷大娘大叔大婶大哥大嫂大兄弟大姊妹们，俺兄弟扒铁桥打了胜仗，好消息传遍了四面八方，七大姑八大姨都来祝贺，送来了嘉奖令二十多张。为庆祝这一个特大胜利，俺兄弟请来了戏子一帮。他自己也将要粉墨登场，演一出新编戏教育乡党，元宵节不能忘英勇抗战，绝不让小鬼子占我家乡。司马亭是一个中国男儿，决不再当这维持会长！乡党们，咱是中国人，不侍候日本人这帮狗娘养的。”

说完这段合辙押韵的话，他对着观众鞠了一躬，提着锣往回跑，与正从大门里走出来的胡琴师、横笛手、琵琶匠撞在一起。音乐师们挟着乐器，提着板凳上场。

乐师们坐在席边，吱吱呀呀地调弦，以横笛手吹出的两个音符为基准。高的往下落，低的往上拧。胡琴、琵琶、横笛，统一在一起，编织成一根均匀的三股绳，编了一段，停下来，等候着。然后鼓手、锣手、钹手、镲手，夹着家什提着凳子出来，与乐师们对面而坐，咣咣采采嘁嘁嚓嚓敲打一阵。小锣清脆单调地响了几声、小鼓敲出点儿，胡琴琵琶横笛齐鸣，编织着绳子，捆绑着我们的腿让我们不能走，捆绑着我们的魂让我们不能想。曲调缠缠绵绵，悲悲凉凉，有时又哼哼唧唧、嘟嘟哝哝，这是啥戏？高密东北乡的茂腔，俗称“拴老婆的橛子”，茂腔一唱，乱了三纲五常；茂腔一听，忘了亲爹亲娘。于是随着节拍，观众的脚在抖动，观众的嘴唇在翕动，我们的心在颤动。我们的等待就像那弦上的箭，到了临界发射的最后关头……五、四、三、二、一，一声高腔，在高腔结尾处又声嘶力竭地翻卷上去，拔得高上加高，刺破了云天。

俺本是窈窕一娇娘——哪——在放声歌唱的袅袅余音里，我二姐上官招弟头戴一朵红绒花，身穿蓝士林偏襟褂，扫腿裤子蓝绣鞋，左手挎竹篮，右手提棒槌，迈着流水般的小碎步，从司马家大门里流出来，流到耀眼瓦斯灯光下，在席地上煞住浪头，亮了一个相。眉毛不像眉毛是天边的新月，目光如水洒在我们头上，鼻子瘦削高挺，厚厚的嘴唇涂抹得比五月的樱桃还要红艳。然后是寂静，万目不眨眼，万心不跳动，憋足一股劲，齐齐地喝一声彩。接下来我二姐舒腿、下腰，跑圆场，腰肢柔软如池边春柳，脚步轻捷似麦梢蛇在麦芒上滑动。这天晚上虽无风但还是寒冷异常，我二姐却穿着一身单衣。母亲吃惊地看到，自从吃罢鳗鲡之后，二姐的身体已经发起来了，胸前那两坨肉已经与成熟的鸭梨不相上下，而且形态端正、优美，继承着上官家女人丰乳肥臀的光荣传统。二姐绕场旋转一周，气不喘，神不乱，顿喉唱出第二句：嫁给了司马库英雄儿郎——这一句平稳过渡，尾腔没有往上扬，但引起的反响如石破天惊。众人交头接耳，窃窃私语：这是谁家的女儿？——这是上官家的女儿——上官家的女儿不是跟着鸟枪队跑了吗？——这是二女儿——啥时攀上了司马库做小老婆？——操你们的娘，这是唱戏！操你们的娘，闭嘴！我三姐上官领弟和其他几位姐姐在人群里大喊着，为我们的二姐辩护。人群顿时安静下来。——儿的夫他本是毁桥专家，酒烧酒布火阵在蛟龙桥上。五月里五端阳蓝火万丈，烧得那小日本哭爹叫娘。我的夫他屁股受了重伤。昨夜里大风雪天地皆白，我的夫带队伍去毁桥梁……接下来我二姐做敲冰状，做在冰水里洗衣服状。她浑身瑟瑟，犹如一片挂在腊月树梢的枯叶。观众进入戏境，有赞叹不已者，有用袄袖子沾泪者。突然一阵锣鼓响，我二姐站起来往远处张望——耳听得西南方震破天响，又望见夜空中熊熊火光，一定是儿的夫毁桥得胜，小日本军火车见了阎王。俺回家速速把烧酒烫上，再杀两只鸡炖锅鸡汤——然后二姐做收衣状，做爬堤状，接唱：猛抬头发现四条豺狼——先前扛出苇席那四个腿脚麻乱满脸油彩的人，翻着连串的空心筋斗从大门里滚出来。他们围定我二姐，你一爪，我一爪，像四只猫围定一只小耗子。那个脸画成花面獾模样的，怪腔怪调地唱着：俺本是日本国龟田队长，出来找一个花花姑娘，早听说东北乡美女成群，一抬头看到了美貌娇娘——小娘子呀，走呀走，跟着大太君去把福享。紧接着他们把我二姐叉起来。我二姐身体一挺，绷得像棍一样直，被四个“日本鬼”高高举起，在席地上转圈。锣鼓敲得紧急，犹如急风暴雨。观众涌动，往前逼近。母亲大叫着：“放下俺的闺女！”母亲呐喊着冲上前去。我绷直双腿站在棉口袋里，这感受与我后来骑在马上的感受颇为相似。母亲伸出双手，像老鹰捉兔子，抠住了“龟田队长”的双眼。他哀号着松了手，其他三个人也松了手，我二姐跌在席地上。那三个演员跑了，母亲骑着“龟田队长”的腰，在他的头上胡撕乱扯。我二姐拉扯着我母亲，高声嚷嚷着：“娘，娘，这是唱戏，不是真的！”

又拥上去几个人，把母亲和“龟田队长”分开。“龟田队长”满脸是血，逃命般蹿进大门。母亲气喘吁吁，余恨未消地说：“敢欺负我的闺女，敢欺负我的闺女？！”二姐恼怒地说：“娘，一场好戏，全被你搅了！”母亲说：“招弟，听娘的话，咱回家去，这样的戏，咱不能演。”母亲伸手去拉二姐，二姐一甩胳膊，懊恼地说：“娘，你别在这儿给我丢人啦！”母亲说：“是你给我丢人！跟我回去！”二姐说：“我就不回去。”这时，司马库高唱着出了场：毁罢铁桥打马归——他穿着马靴，戴着军帽，手持一根真正的皮鞭，胯下是一匹想象中的骏马，他双脚踩地，往前移动，上身起起伏伏，双手挽着虚无的缰绳，作出纵马驰骋状，锣鼓喧天，丝竹齐鸣，尤其是那根横笛，发出穿云裂帛之声，令人魂飞魄散，不是因为恐怖，而是因为笛声的感召。司马库面孔如铁，又凉又硬，严肃得要死，没有一丝丝油滑肤浅——忽听得河堤上乱纷纷，快马加鞭往前赶哪——嘚儿驾——胡琴模仿出马的嘶鸣：咴儿咴儿咴儿咴……心似火急马如风，一步当作半步走，三步当作两步行——锣鼓紧急，踩脚，移步，鹞子翻身，凌空开胯，老牛大憋气，狮子滚绣球——司马库在席地上表演了他的全部绝技，很难想象他的屁股上还贴着一块足有半斤重的大膏药。二姐着急地把母亲推下去。母亲嘴里嘈嘈杂杂地吵着，别别扭扭地回到原来位置。三个扮演日本兵的男人，猫着腰钻到中央，试图重新把二姐举起来，那个“龟田队长”没了踪影，万般无奈，只好三个人将就着，两个举着前头，一个举着两条腿。他的花里胡哨的头，夹在二姐双腿间，显得十分滑稽，观众嘻嘻地笑，那颗头在双腿间挤鼻子弄眼，观众愈笑，他愈来劲，终于发展成大笑，令司马库满脸不悦之色。但还是接着前边往下唱：忽听得人群闹嚷嚷，却原来日本兵又逞凶狂，奋不顾身冲上前——伸手抓住个狗脊梁——住手！司马库伸手抓住脑袋夹在二姐双腿间的“日本兵”，大喊一声。接下来是武打场面，原本应该四对一，现在只好三对一，经过一番搏斗，司马库制服了“日本人”，救下了“妻子”。“日本人”跪在席地上，司马库挽着我二姐，在喜庆欢快的曲调中，走回大门去了。然后那四个高挑瓦斯灯的黑色人陡然活了，挑着灯跑回大门里边去。光明骤然丧失，我们眼前一片漆黑……

第二天凌晨，真正的日本人包围了村庄。枪声、炮声、战马嘶鸣声把我们从睡梦中惊醒。母亲抱着我，带着我的六个姐姐，跳下萝卜窖子，在黑暗潮湿阴冷中爬行一段，进入宽阔之地，母亲点燃了豆油灯。惨白的灯光下，我们坐在干草上，侧耳听着上边隐隐约约地传下来的动静。

不知道过了多长时间，从前边黑暗的地道里，传来了咻咻的喘息声，母亲抓起一把打铁用的铁钳，一口吹熄洞壁窝里的灯盏，洞内顿时漆黑。我哭起来。母亲用一只奶头堵住了我的嘴。我感到那奶头冰冷、僵硬、失去了弹性，还有一股又咸又苦的味道。

咻咻声越来越近，母亲把铁钳高高举起。这时，我听到二姐上官招弟变了调的声音：“娘啊，别打，是我……”母亲舒出了一口气，高举着铁钳的双手无力地垂下来。“招弟，你把娘吓死了。”母亲说。“娘，点上灯吧，后边还有人。”二姐说。

母亲费了好大劲儿，才把油灯点燃。惨白的灯光重新照耀洞穴。

我们看到满身泥土的二姐。她腮上有一道血迹，她怀里抱着一个包裹。这是什么？母亲惊问。二姐嘴巴扭歪着，清明的泪珠从她污脏的脸上流下来。“娘呀，”她哽咽着说，“这是他三姨太太的儿子。”母亲一怔，恼怒地说：“从哪里抱来的，还给我抱到哪里去！”二姐膝行几步，仰脸看着母亲：“娘啊，您发发慈悲吧，他家的人都被杀了，这是司马家的一条根……”

母亲掀起被包的一角，露出了司马家小儿子那张又黑又瘦的长脸。这个家伙正在酣睡，这个家伙呼吸均匀，这个家伙翕着粉红的小嘴，好像正在梦中吃奶。我心中充满了对这家伙的仇恨。我吐掉奶头，大声号哭，母亲把她的更加冰凉、更加苦涩的奶头堵在我的嘴里。

“娘，您答应收留他了？”二姐问。

母亲闭着眼，一声不吭。

二姐把那孩子塞到三姐上官领弟怀里，趴下，给母亲磕了一个头，哭着说：“娘，我生是他的人，死是他的鬼，您救了这孩子，女儿终生都记着您的大恩大德！”

二姐爬起来就往外钻，母亲一把拽住她，哑着喉咙问：“你去哪儿？”

二姐说：“娘，他的腿受了伤，在石碾子底下藏着，我要去找他。”

这时，外边传来马蹄声和锐利的枪声。母亲侧身堵住通向萝卜窖的洞口，说：“娘什么都答应你，但不能让你出去送死。”

二姐说：“娘啊，他腿上流血不止，我要不去，他就得淌死了，他死了，女儿活着还有什么意思？娘，放我去吧……”

母亲干号了一声，但随即又闭上嘴。

二姐道：“娘，女儿给您磕头了。”

二姐跪下磕罢头，把脸贴在母亲大腿上停了一霎。然后，她搬开母亲的腿，弯腰往外爬去。

第十四章

直到春暖花开的清明节，司马家的十九颗人头还悬挂在福生堂大门外的木架子上。木架子用五根粗大、笔直的杉木搭成，形状似一架秋千。人头用铁丝拴着，悬挂在横木上。尽管乌鸦、麻雀、猫头鹰几乎啄光了头颅上的肉，但还是能毫不费力地辨认出司马亭老婆的头，司马亭的两个傻儿子的头，司马库大老婆、二姨太、三姨太的头，三个女人生下的九个儿女的头和正在司马家串亲戚的司马库三姨太的爹娘和两个弟弟的头。遭劫后的村子死气沉沉，幸存的人们都像鬼魂，白天躲在黑暗中，夜晚才敢出来活动。

二姐一去不复返，没有半点音信。她扔下的男孩带给我们无穷的烦恼。我们躲在地道里那些黑暗的日子里，为了不把他饿死，母亲只好给他喂奶。他张着大嘴，瞪着大眼，贪婪地吸着属于我的乳房。他的食量惊人，把两个乳房吸成了干瘪的皮口袋，还咧着嘴哭泣。他的哭声像乌鸦，像癞蛤蟆，像猫头鹰。他的神情像狼，像野狗，像野兔子。他是我的不共戴天的仇敌。他霸占母亲乳房时，我痛哭不止；我夺回乳房时，他大哭不休。他哭号时竟然睁着眼睛。他的眼睛像蜥蜴的眼睛。该死的上官招弟抱回了一个蜥蜴生的妖精。

在双重折磨下，母亲的脸浮肿、惨白，我恍惚感到她的身上抽出许多鹅黄色的芽苗，就像萝卜窨里那些越过漫长冬季的萝卜。最先抽芽的地方，是母亲的双乳，从那数量越来越少的乳汁里，我已尝到了糠萝卜的味道，司马家那个混账小子，你难道就尝不到这可怕的味道？属于谁的谁珍惜，但我已经无法珍惜了。我不吸必被他吸。宝葫芦、小鸽子、瓷花瓶，你表皮枯槁，水分减少，血管青紫，奶头发了黑，有气无力地垂下来。

为了我跟那小浑蛋的生命，母亲带着姐姐们，大胆地钻出了地窖，回到阳光普照的人间。我们家东厢房里的麦子没有了，驴和小骡子没有了，锅碗瓢盆都成了碎片，神龛里的瓷观音成了无头尸首。母亲忘记拿下地窖的狐狸皮大衣、我与八姐的猞猁皮小袄也不见了。姐姐们须臾不离身的皮毛衣服保住了，但毛根腐烂，一片片脱落，穿着这些衣服使她们仿佛成了遍体癞疮的野兽。上官吕氏卧在西厢房的磨盘下，啃光了母亲临下地道前扔给她的二十个萝卜，屙出一大堆卵石般的硬屎。母亲进去看她时，她抓起那些硬屎蛋投过来。她的脸皮像冻烂的萝卜，白发纠缠成绳子，有的直竖着，有的掩到背上。她的眼睛里放出绿光。母亲无奈地摇摇头，把几个萝卜放在她的面前。日本人——也许是中国人——留给我们的，只有半窖抽了黄芽的糠萝卜。母亲绝望了，找出一个没被打碎的瓦罐，瓦罐盛着上官吕氏珍藏的砒霜。母亲把这些红色的粉末倒进萝卜汤里。砒霜溶化，汤面上漂浮着一些彩色的油花子，一股腥臭的气味蹿上来。她用木勺子搅着萝卜汤，搅匀了，盛起来，慢慢地倒，一线浑浊的液体，沿着木勺的缺口，哗哗地注到锅里。母亲的嘴角怪异地抽动着。母亲把一勺萝卜汤倒在一只破碗里，说："领弟，把这碗汤端给你奶奶。"三姐说："娘，你在汤里加了毒药？"母亲点点头。"要把奶奶毒死？"三姐问。"大家一块死。"母亲说。姐姐们齐声哭起来，连瞎眼的八姐，也跟着哭。她的哭声细弱，像只小蜜蜂，那两只又大又黑、却什么也看不见的眼睛里，盈着泪水。八姐是凄惨中的最凄惨，可怜中的最可怜。"娘，我们不愿死……"姐姐们哀求着。我也跟着哼唧："娘……娘……"母亲说："可怜的孩子们……"她大声地哭起来，哭了好久，我们伴着她哭。母亲响亮地擤擤鼻涕，把那只破碗连同碗里的砒霜汤，扔到院子里。她说："不死了！死都不怕了，还怕什么呢？"母亲说完，挺直腰板，率领着我们，走上大街，寻找吃食。我们一家，是村子里首先出现在大街上的人。起初看到司马家的人头时，姐姐们还有些害怕，几天后便熟视无睹。司马家的小浑蛋在我母亲的怀抱里，与我遥相呼应，母亲曾指着那些人头对他悄声说："可怜的孩子，好好记住吧。"

母亲和姐姐们走出村子，在苏醒的田野里挖掘那种白色的草根，洗净捣烂，煮成汤喝。聪明的三姐挖掘田鼠的巢穴，除了能捕到肉味鲜美的田鼠，还能挖出它们储存的粮食。姐姐们还用麻绳编织了渔网，从水塘里捞上苦熬了一冬变得又黑又瘦的鱼虾。有一天，母亲尝试着把一勺鱼汤倒进我的嘴里，我毫不犹豫地便吐了出来，并放声大哭。母亲把一勺鱼汤倒进司马家那个浑小子嘴里，他竟然傻乎乎地咽了下去。母亲又喂他一勺，他又咽了。母亲兴奋地说："好了，这个冤孽，到底能自己吃东西了。你呢？"母亲望着我，说，"你也该断奶了。"我恐惧地抓住了母亲的乳房。

在我们的带动下，村子里的人们出动了。田鼠们遭到了空前的劫难，接下来便是野兔、鱼、鳖、虾、蟹、蛇、青蛙。广阔的土地上，活着的东西，只剩下有毒的癞蛤蟆和长着翅膀的飞鸟。如果不是大量的野菜及时长出，村里的人大半都要饿死。清明节过后，鲜艳的桃花败落，田野里蒸气袅袅，土地暄腾，等待着播种，但我们没有了牲畜，没有了种子。待到沼泽地的水汪里、圆形的池塘里、湖边的浅水里都游动着肥胖的蝌蚪时，村里的人开始流亡。四月里，所有的人几乎都走了，但到了五月里，大部分人又重返故乡。樊三大爷说，这里毕竟还有野草野菜可以充饥，别的地方连野草野菜都没有。到了六月里，有许多外乡人也来到了这里。他们睡在教堂里，睡在司马家的深宅大院里，睡在废弃的磨坊里。他们像饿疯了的狗，抢夺着我们的食物。后来，樊三大爷纠集村里的男人，发起了驱赶外乡人的活动。樊三大爷是我们的领袖，外乡人也推举出自己的领袖——一个浓眉大眼的青年。他是捕鸟的能手，腰里别着两把弹弓，肩上斜挎着一个口袋，口袋里装着用胶泥捏成的泥丸。三姐亲眼看到过他的绝技：有两只鹧鸪在半空中追逐着交尾，他拔出弹弓，根本没有瞄准，似乎是随随便便地射出一个泥丸，一只鹧鸪便垂直地落下来，恰好落在我三姐脚下。鹧鸪的头被打得粉碎。另一只鹧鸪惊叫着往空中钻，那人又射出一丸，鹧鸪应声落地。那人捡起鹧鸪，走到我三姐面前。他看看我三姐。我三姐用仇恨的目光看着他。樊三大爷已到我家进行过驱逐外乡人的宣传，煽起了我们对外乡人的仇恨。那人非但没捡我三姐脚前那只鹧鸪，反而把手里那只鹧鸪也扔了过去。他一声没吭就走了。

三姐捡回了鹧鸪，让母亲吃上了鹧鸪肉，让姐姐们和司马家的小浑蛋喝上了鹧鸪汤，让上官吕氏吃上了鹧鸪骨头。她咀嚼骨头的声音很响：嘎嘣！嘎嘣！三姐保守了外乡人赠鹧鸪的秘密。鹧鸪很快变成味道鲜美的乳汁，进入我的胃肠。有几次，母亲曾试图趁我睡着时把乳头塞到司马家的小男孩嘴里，但他拒绝接受。他吃着草根树皮成长，食量惊人，只要塞到他嘴里的东西，他都一律咽下去。“简直像一头驴”，母亲说，“他生来就是吃草的命。”连他拉出的粪便，也跟骡马的粪便一样。而且，母亲还认为他生着两个胃，有反刍的能力。经常能看到，一团乱草从他肚子里涌上来，沿着咽喉回到口腔，他便眯着眼睛咀嚼，嚼得津津有味，嘴角上挂着白色的泡沫，嚼够了，一抻脖子，咕噜一声咽下去。

村里人发起了与外乡人的战斗。先是樊三大爷去跟他们说理，礼请他们出境。外乡人推举出的代表、就是赠我三姐双鹧鸪的、人称鸟儿韩的捕鸟专家。他按着腰间的双弹弓，据理力争，毫不退让。他说这高密东北乡原本是无主的荒地，大家都是外乡人，你们住得，我们为什么住不得？话不投机，很快便吵起来，吵到激烈时，便开始拉拉拽拽、推推搡搡。村里一个冒失鬼，人送外号痨病六的，从樊三大爷身后冲出来，抡起铁棍，对准鸟儿韩老娘的脑袋便是一棍，那老婆子脑浆迸流，断气身亡。鸟儿韩哀号一声，好像受伤的狼。他从腰里拔出弹弓，弹指间射出两颗泥丸，打瞎了痨病六的双眼。接下来是一场混战，外乡人渐露败势，鸟儿韩背着老娘尸首，且战且退，一直退到村西大沙梁子下。鸟儿韩放下母亲，拔下弹弓，装上一颗泥丸，瞄着樊三大爷说："当头的，不要赶尽杀绝吧？兔子急了也咬人！"言未毕，嗖溜一声，一颗泥丸射中樊三大爷左耳。鸟儿韩说："看在都是中国人分上，我留你一条命。"樊三大爷捂着豁成两半的左耳，一声不吭地退了。

外乡人在沙梁子下搭起了几十个窝棚，争得了立足之地。十几年后，这里便成了一个村庄。又过了几十年，这里变成了一个繁华的大镇，房屋与大栏镇几乎连成一片，中间只隔着一个大池塘，一条小路。九十年代，大栏镇撤镇设市，沙梁子镇变成了大栏市的湾西区。到那时这里会有一个亚洲最大的东方鸟类中心，许多在国家动物园里都难觅踪影的珍稀鸟类，可以在这里买到。当然，买卖珍稀鸟类的活动是半秘密地进行的。鸟类中心的创始人，就是鸟儿韩的儿子鹦鹉韩，他依靠饲养、繁殖、培育新品种鹦鹉发家致富，并在他老婆耿莲莲的帮助下大出风头，然后锒铛入狱。

鸟儿韩在沙梁上埋葬了母亲，提着弹弓，操着异乡口音，在大街上骂了两个来回。他向村人们表达了这样的意思：我现在是光棍一条，杀一个够本，杀两个赚一个。希望大家能相安无事。有痨病六瞎掉的双眼和樊三大爷的豁耳朵为例，村里人谁也不愿再去出头。何况，我三姐说，人家把娘的命都搭上了。

从此，外乡人和村里人便心存芥蒂和平相处了。我三姐与鸟儿韩几乎每天都在初次相赠双鹧鸪的地方相遇，起初还像偶然相逢，后来便成为田野约会，不见不散。三姐的双脚把那块地方踩得寸草不生一片白净。鸟儿韩每次都不说话，扔下鸟儿便走。有时是两只斑鸠，有时是一只野鸡，有一次，他扔下了一只身高背阔、足有三十斤重的大鸟。三姐费了很大劲儿才把那鸟背回家，连见多识广的樊三大爷也不知这只鸟的名字。我只知道那大鸟的肉味无比鲜美，当然我是通过母亲分泌给我的乳汁间接地知道了那鸟肉的鲜美。

樊三大爷依仗着他与我们家的亲密关系，特别提醒母亲注意我三姐与鸟儿韩的关系，他的话说得质量低劣，味道腐臭："侄媳妇，您家三姑娘与那个捕鸟的……啊，伤风败俗，村里人都看不下去啦！”母亲说：“她才多大呀！”樊三大爷说：“你们家的女儿，跟别人家的不一样。”母亲顶了他一句：“让那些嚼舌根子的人下地狱去吧！”

尽管母亲顶了樊三，但当三姐提着一只半死不活的丹顶鹤归来时，母亲还是严肃地与她进行了谈话。“领弟，”母亲说，“咱不能再吃人家的鸟了。”三姐直着眼问：“为什么？他打只鸟儿比捉个虱子还容易。”母亲说：“再容易也是人家捉的。你难道不知道吃人家嘴短，拿人家手短的道理？”三姐说：“等我将来还他就是了。”母亲说：“你拿什么还？”三姐轻松地说：“我嫁给他。”母亲严厉地说：“领弟，你两个姐姐，已经把咱上官家的脸丢尽了，这次，我说啥也不能听你的。”三姐愤愤地说：“娘，你说得轻巧，如果不是鸟儿韩，他能有这样吗？”三姐指指我，又指指司马家的小男孩，“还有他。”母亲看着我丰润的脸和司马家小子红红的脸，无语可对，憋了一会儿，说：“领弟，从今以后，咱说啥也不能吃他的鸟了。”

第二天，三姐背回来一串野鸽子，赌气地扔在母亲脚下。

转眼间便到了八月，成群的大雁从遥远的北方飞来，降落到村子西南方向的沼泽地里。村里人和外乡人运用钩钓、网苫等古老的方式，猎获着大雁。起初人们收获颇丰，致使村子里大街小巷处处飘着雁毛，但大雁们很快就学精了，它们栖息在沼泽地淤泥最深、连狐狸都难以立足的中间地带，使人们的种种诡计统统落空。只有三姐，每天总能提回一只雁，有时是死的，有时是活的，鬼知道鸟儿韩用什么方法捕获了它们。

面对着严酷的现实，母亲只有妥协。因为不吃鸟儿韩赠送的鸟，我们将缺乏营养，像村里大多数人一样，浮肿、气喘，双眼如鬼火一样闪烁不定。而吃了鸟儿韩的鸟，无非是继鸟枪队长和毁桥专家之后，再来一个捕鸟专家做女婿。

八月十六日上午，三姐又去原地领鸟，我们在家企盼着。大家都有点吃腻了带青草味儿的雁肉，盼望着鸟儿韩给我们换换口味，不敢奢望三姐再背回一只那种肉味鲜美的大鸟，但提回几只野鸽、鹌鹑、斑鸠、野鸭，总是可能的吧？

三姐空手而回，双眼哭得像桃子一样。母亲急问缘故，三姐说："鸟儿韩被一群身穿黑衣、佩着长枪，骑着自行车的人捉走了……"

一同被捉的，还有十几个青壮男人。他们被捆成一串蚂蚱。鸟儿韩奋力挣扎着，双臂上发达的肌肉鼓得像气球一样。兵们用枪托子捣他的屁股、腰眼儿，用脚踢他的腿。他双眼发红，像要喷出血，或者是火。"你们凭什么抓我？"鸟儿韩大叫。一个小头目，抓起一把泥土，摔到鸟儿韩脸上，迷了他的眼。他困兽般咆哮着。三姐追上去，站住，喊一句："鸟儿韩——"等到队伍远去，她又追上去，站住，喊一句："鸟儿韩——"兵们望着三姐，不怀好意地笑着。最后，三姐说："鸟儿韩，我等你。"鸟儿韩大声说："去你妈的，谁要你等？！"

中午，面对着一锅能照清人影的野菜汤，我们——当然也包括母亲——才意识到鸟儿韩对于我们是多么的重要。

三姐趴在炕上，哭了两天两夜。母亲用几十种方法试图止住她的哭声，但都无济于事。

鸟儿韩被捉走后第三天，三姐从炕上爬下来，赤着脚，毫无羞耻感地袒露着胸膛走到院子里。她跳上石榴树梢，把柔韧的树枝压得像弓一样。母亲急忙去拉她，她却纵身一跃，轻捷地跳到梧桐树上，然后从梧桐树又跳到大楸树，从大楸树又降落到我家草屋的屋脊上。她的动作轻盈得令人无法置信，仿佛身上生着丰满的羽毛。她骑在屋脊上，双眼发直，脸上洋溢着黄金般的微笑。母亲站在院子里，仰着头，可怜巴巴地哀求着："领弟，娘的好闺女，下来吧，从今往后，娘再也不管你啦，你愿意咋样就咋样吧……"三姐毫无反应，好像她已变成鸟，听不懂人类的语言。母亲把我的四姐五姐六姐七姐八姐，连同司马家的小家伙，都叫到院子里，动员她们向三姐喊话。姐姐们声泪俱下地呼唤着，三姐依然不理睬。她侧低下头，像鸟儿梳理羽毛一样咬咬肩膀。她的脑袋转动幅度很大，脖子像转轴一样灵活，她不但可以轻而易举地咬着自己的肩膀，甚至能低头啄着那两颗小小的乳头。我毫不怀疑三姐能咬到自己的屁股、脚后跟，只要她愿意，她的嘴巴可以触到身体上任何一个部位。实际上，我认为三姐骑在屋脊上时，完全进入了鸟的境界，思想是鸟的思想，行为是鸟的行为，表情是鸟的表情。我认为，如果不是母亲请来樊三等一干强人，用黑狗血把三姐从屋脊上泼下来的话，三姐身上就会生出华丽的羽毛，变成一只美丽的鸟，不是凤凰，便是孔雀；不是孔雀，便是锦鸡。无论她变成一只什么鸟，她都会展翅高飞，去寻找她的鸟儿韩。但最终的也是最可耻最可恨的结果是：樊三大爷委派身材矮小灵活、外号猴子的张毛林提着一桶黑狗血，悄悄地爬上房脊，从后边逼近三姐，劈头盖脸地将狗血浇下去。三姐在房脊上猛地跃起，呼扇着双臂，充满了飞翔的意念，但她的身体却咕噜噜地从房脊滚到房檐，然后，沉重地跌在砖石甬路上。三姐头上破了一个杏子般的窟窿，流血不止，昏厥过去。

母亲哭泣着，抓了一把草木灰堵住了三姐头上的血窟窿，然后，在四姐五姐的帮助下，洗净了三姐身上的狗血，把她抬到炕上。

傍晚时分，三姐苏醒过来。母亲含着眼泪问："领弟，你好了吗？"三姐望着母亲，仿佛点了点头，也仿佛没有点头。眼泪从她眼里一串串涌出。母亲说："委屈死俺的孩子啦……"三姐却冷冷地说："他被捉到日本去了，十八年后才能回来。娘，给我设个坛吧。我是鸟仙了。"

母亲听了这些话，犹如五雷轰顶，心中交集着百感，她惊悚地看着三姐妖气横生的脸，千言万语涌到嘴边，但却一个字也说不出来。

在高密东北乡短暂的历史上，曾有五个因为恋爱受阻、婚姻不睦的女性，顶着狐狸、刺猬、黄鼠狼、花面獾、猞猁的神位，度过了她们神秘的、让人敬畏的一生。而如今，一个鸟仙出现在我家，母亲满心里都是阴森森、黏腻腻的感觉，但却不敢说半个不字。因为，前头便有血的教训：十几年前，驴贩子袁金标的年轻妻子方金枝与一年轻后生在坟地里偷情被捉住，袁家的人把那年轻后生活活打死，方金枝也饱受毒打，羞恨交加，喝了砒霜，被人发现，用人粪尿灌口催吐救活，方金枝醒后，便自称狐仙附体，请求设坛。袁家不允。从此袁家的柴草经常失火，袁家的锅碗瓢盆无缘无故破碎，袁家的老太爷从酒壶里倒出壁虎，袁家的老太太打了一个喷嚏，竟然从鼻孔里射出两颗门牙，袁家煮了一锅饺子，捞出来竟是一盆死蛤蟆。袁家只好屈服，为狐仙设了神位，为方金枝辟了静室。

鸟仙的静室设在东厢房里。母亲带着四姐五姐，清除了沙月亮留下的鸡零狗碎，扫掉墙壁上的蛛网和房梁上的灰挂，重新裱糊了窗户。在北墙角上摆起了香案，点燃了三炷上官吕氏当年祭祀观音菩萨时烧剩的檀香。香案前应该悬挂一幅鸟仙的图像。但鸟仙是什么模样？母亲只能征求三姐的意见。母亲跪在三姐面前，虔诚地请示：“仙家，案前供奉的神像，该去哪里请？”三姐闭目正襟而坐，面颊潮红，好像正在做着美好的春梦。母亲不敢造次，用更虔诚的态度又请示一遍。我三姐打了一个长长的哈欠，依然闭着眼睛，用一种啁啁啾啾的介于鸟语与人言之间的极难辨别的声音说：“明天就有了。”

第二天上午，来了一个鹰鼻鹞眼的叫花子。他左手拄着一根竹筒制成的打狗棍，右手端一个边缘有两个豁口的青瓷大碗。他浑身尘土，好像刚在沙土里打过滚，又好像长途跋涉了一万里，连耳朵眼里都落满了征尘。他一声不响，径直进入我家的堂屋，像回到自己家里一样自由、随便。他掀起锅，舀了一碗野菜汤，呼噜呼噜喝起来。喝完了汤，他坐在我家锅台上，一声不吭，只用那两只锐利得像尖刀一样的眼睛，剜着母亲的脸。母亲有些惶恐不安，但还是装出泰然的样子，说：“客人，穷人家没有什么待客，如果不嫌弃，您把这个吃了吧。”母亲把一个野菜团子递给他。他拒绝了野菜团子，舔舔裂了许多血口子的嘴唇，道：“你们家女婿让我带来了两样东西。”说完这句话，他并不往外拿东西，我们看着他身上那套千疮百孔的单衣和从单衣破洞里露出来的粗糙、肮脏，仿佛生着一层灰白鳞片的皮肤，实在想象不出他带给我们的东西能藏在什么地方。母亲纳闷地问："哪个女婿？"鹰鼻鹞眼人说："我也不知道他是你家的哪个女婿，我只知道他是个哑巴，能写字，会使一把缅刀，他救过我一次命，我也救过他一次命。我们俩谁也不欠谁。因此，两分钟前我还在犹豫，是把这两件宝贝给你们，还是不给你们。如果刚才我舀你们的汤喝时，大嫂口出不逊之言，我就把这两件宝物私吞了。但大嫂非但没出不逊之言，反而把仅有的一个菜团子赠我，我只能把它们给你们了。"说罢，他站起来，把缺口大碗放在锅台上，道："这是秘色青瓷，是瓷器中的麒麟凤凰，天下也许只有这一件，你们那哑女婿，并不知道它的价值，他只是在一次打劫后的分赃中分到了它，捎给你们，无非是因为它大吧。还有这一件，"他把竹筒往地下顿了顿，使竹筒发出空空洞洞的响声，"有刀吗？"母亲把菜刀递给他。他接了刀，切断了竹筒两端几乎看不见的细绳，竹筒豁然开朗，裂成两片，一卷画轴掉在地上。那人抖开画轴，使我们嗅到了一股霉烂的气息。我们看到，那发黄的绢纸中央，画着一只大鸟。我们不由得大吃一惊，画上的鸟竟与三姐背回来的那只肉味鲜美的大鸟一模一样。在画上，它昂首挺立，并用大而无神的眼睛，轻蔑地斜视着我们。关于这幅画和画上的鸟，鹰嘴鹞眼人没作任何说明。他卷起画轴，放在碗上，头也不回地走出我家堂屋。他的解放了的双臂修长地垂挂下来，在阳光中随着他的巨大的步伐僵硬地摆动着。

母亲像一棵松树，我像松树上的赘瘤。五个姐姐像五棵白桦树。司马家的小男孩像一棵小橡树。我们组成一片小小的混生林，默立在玄而又玄的秘色瓷碗和鸟画前。如果不是炕上的三姐发出哧哧的冷笑声，我们也许真的就成了树。

三姐的预言应验了。我们毕恭毕敬地把鸟画请入静室，悬挂在香案前。缺口的大碗既然有如此不凡的来历，凡人谁配使用？母亲福至心灵地把大碗供在香案上，碗里盛满清水，方便鸟仙饮用。

我家出了鸟仙的消息不胫而走，很快传遍了高密东北乡，并迅速传播到更远的地方。前来求药问卜的人络绎不绝，但鸟仙每天只接待十位求者。她把自己关在静室里，求医问卜的人跪在窗外。那种似鸟语又似人言的声音从窗户上特意挖开的一个小洞里传出来，为问卜者指点迷津，为求医者诊病处方。三姐，不，是鸟仙，她开出的药方奇特无比，且充满恶作剧的色彩。她为一个患胃病的人开的处方是：蜜蜂七只、屎壳郎滚的粪球一对、桃叶一两、鸡蛋皮半斤，研末用开水冲服。她为一个头戴兔皮帽、患眼疾的人开的处方是：蚂蚱七只、蟋蟀一对、螳螂五只、蚯蚓四条，捣成糊状涂在手心里。那患眼疾的人捡起从窗洞里飘出的处方，看了看，脸上出现大不敬的神情，我们听到他低声嘟哝着："真是鸟仙，开出的方子全是鸟食。"那人嘟嘟哝哝走了，我们替三姐感到害臊。蚂蚱呀蟋蟀呀，都是鸟儿的美食，怎么可能治好人的眼疾呢？正当我胡思乱想时，那个害眼疾的男人飞跑着回来，跪在窗前，磕头如捣蒜，嘴里连声说："高仙恕罪，高仙恕罪吧……"那男人连声求饶，三姐在屋子里冷笑。后来我们才听说，那个多嘴的男人一出门就被一只从空中俯冲下来的老鹰狠狠地在头上剜了一爪子，然后抓起他的帽子腾空而去。还有一个心术不正的男人，假冒得了尿道炎，跪在窗前求医。鸟仙在窗里问："你有什么病？"那人说："我小便不畅，僵冷。"屋里突然没了动静，好像鸟仙因羞涩而退位。那人色胆包天，竟把眼睛贴到窗洞上往里观看。但他随即惨叫一声。一只特大号的毒蝎子，从窗户上边，掉在他的脖子上，毫不客气地给了他一下子。他的脖子很快便肿起来，脸也跟着脖子肿了，肿得那人的眼睛成了两条缝，跟娃娃鱼的模样极其相像。

鸟仙大显神通惩治了坏蛋，既让善良的人拍手称快，同时也使她的声名远扬。接下来的日子里，前来求药问卜的人，都操着遥远的外省口音。母亲上前询问，得知他们有的来自东海，有的来自北海。母亲问他们如何得知鸟仙显灵消息，这些人竟瞪着眼睛，茫然不知所云。他们身上，散发着一股腥咸的味道，母亲告诉我们，这就是海的味道。外乡人露宿在我家院子里。耐心地等待着。鸟仙我行我素，每天看完十个病人，便立即退位。鸟仙退位后，东厢房里便是死一般的寂静。母亲派四姐端水进去，把三姐替换出来，然后再派五姐送饭进去，再把四姐替换出来，如此川流不息，看得香客们眼花缭乱，根本无法知道顶着仙位的是哪个姑娘。

三姐从鸟仙状态中解脱出来后，基本上是个人，但异样的神情和动作还是不少。她很少说话，眯着眼，喜欢蹲踞，喝清清的凉水，而且每喝一口就把脖子仰起来，这是典型的鸟类饮水方式。她不吃粮食，其实我们也不吃粮食，我们家没有一粒粮食。前来求医问卜的人，根据鸟的习性，贡献给我们家一些蚂蚱、蚕蛹、豆虫、金龟子、萤火虫之类的荤食儿，还有的贡献一些麻仁儿、松子儿、葵花子儿什么的素食儿。我们当然把这些贡品首先喂给三姐，三姐吃剩的，母亲和姐姐们和司马家的小东西分而食之。我的姐姐们都很孝顺，为了推让一只蚕蛹或一条豆虫，她们经常弄得面红耳赤。母亲的泌奶量降到很低的水平，但奶汁的质量尚好。在这段鸟日子里，母亲曾试图给我断奶，但终因我的不哭死不罢休的反抗而罢休。

为了感谢我们家提供的热水和方便，当然更重要的是感谢鸟仙为他们排忧解难，海边来的人，临别时将一麻袋干鱼留给了我们。我们感激万分，一直把这些人送到河堤上，这时我们才看到，水流平缓的蛟龙河里，停泊着几十只竖立着粗大桅杆的渔船。蛟龙河的历史上，只有过几只大木盆，供洪水暴涨的日子里使用。因为我们家的鸟仙，蛟龙河与辽阔的大海建立了直接的联系。时令是十月的初头，河上刮着短促有力的西北风，海边人上了船，哗啦啦地升起了缀满硕大补丁的灰色船帆，慢慢地移到河心。船尾的大棹把淤泥搅起来，使河水浑浊不清。一群群银灰色的海鸥，不久前追随着渔船而来，现在又伴随着渔船而去。它们尖厉地啼叫着，时而低飞时而高飞，有几只还表演了倒飞和滞空飞行的特技。村子里有很多人站在河堤上，本意是来看热闹，但无意中却造成了欢送远方来客的红火场面。那些渔船鼓着风帆，橹声欸乃，渐渐远去。他们将由蛟龙河进入运粮河，由运粮河进入白马河，由白马河直入渤海。整个航程要二十一天。这些地理学知识，是鸟儿韩十八年后告诉我的。如此遥远的客人访问高密东北乡，简直有点像郑和、徐福故事的重演，是高密东北乡历史上富有光彩的一笔。而这一切，是因为我们上官家的鸟仙。这光荣冲淡了母亲心头的愁云，她也许很巴望着家里再出现兽仙、鱼仙什么的，她也许根本没这样想。

渔民们返航后，又来过一个显贵的客人。她坐在一辆漆黑明亮的美国造雪佛莱牌轿车里，轿车两边的脚踏板上，站着两个手持盒子炮的彪形大汉。乡间土路扬起厚厚的尘土欢迎贵宾，倒霉了两个大汉，使他们像两匹在土里打过滚的灰驴。在我家大门外，轿车刹住。保镖拉开车门，先钻出一头珠翠，后钻出一根脖子，然后钻出肥胖的身体。这个女人，无论是体形还是神情，都像一只洗得干干净净的母鹅。

严格地说，鹅也是一种鸟。尽管她身世不凡，但拜见鸟仙时必须十分谦恭。鸟仙未卜先知，明察秋毫，在她面前，来不得半点虚伪和骄傲。她跪在窗前，闭着眼睛，低声祷告着。她面色如玫瑰花，不会是问病；她满身珠光宝气，绝不为求财。她这样的人，会向鸟仙祈求什么呢？一会儿，从窗户洞里飘出一张白纸，那女人展开纸条一看，脸红成了公鸡冠子。她扔下几块大洋，转身便走了。鸟仙在纸条上写了什么呢？只有鸟仙和那个女人知道。

车水马龙的日子很快过去了，那一麻袋鱼干已经吃尽。严寒的冬天开始。母亲的乳汁里全是草根和树皮的味道。腊月初七日，听说基督教在本县最大的派别“神召会”将于腊月初八日早晨在北关大教堂施粥行善，母亲便带着我们，拿着碗筷，跟随着饥饿的人群，连夜向县城进发。家里只留下三姐和上官吕氏两人，因为她们一个是半人半仙，一个是半人半鬼，比我们耐得住饥饿。母亲扔给上官吕氏一捆干草说："婆婆，婆婆，能死，就快点死了吧，跟着我们苦熬什么呀！"

这是我们第一次踏上去县城之路。所谓道路，都是一些人脚和畜蹄造成的灰白小径。真不知道那华贵女人的汽车是怎么开来的。我们顶着满天寒星艰苦行进，我站在母亲背上，司马家小东西在我四姐背上，五姐背着八姐，六姐七姐单独行走。半夜时分，荒野上络绎不绝地响起了孩子们的哭声。七姐八姐和司马家的小家伙也哭起来。母亲大声批评着她们，但母亲也哭了，四姐五姐六姐也哭了。她们摇摇晃晃地倒下去。母亲拉起这个，那个倒下去；拉起那个，另一个又倒下去。后来，母亲也坐在冰冷的地上。我们挤在一起，靠彼此的身体温暖自己。母亲把我从背后转到胸前，用冰冷的手指试着我的鼻息。她一定认为我已经冻饿而死了。我用微弱的呼吸告诉她我还活着。母亲掀起胸前的门帘，将冰凉的乳头硬塞到我嘴里，仿佛冰块在我口腔里融化，使我的口腔失去知觉。母亲的乳房里什么也没有，我吮吸着，吸出了几缕像蛛丝一样纤细的血丝儿。寒冷啊，寒冷。在寒冷中，饥饿的人们眼前出现许多美好的景象：熊熊燃烧的火炉、煮着鸡鸭的热气腾腾的锅、一盘盘大肉包子，还有鲜花，还有绿草。我的眼前，只有两只宝葫芦一样饱满油滑、小鸽子一样活泼丰满、瓷花瓶一样润泽光洁的乳房。她们芬芳，她们美丽，她们自动地喷射着淡蓝色的甜蜜浆汁，灌满了我的肚腹，并把我的全身都浸泡起来。我搂抱着乳房，在乳汁里游泳……头上，是几百万、几千亿、几亿兆颗飞快旋转着的星斗，转啊转，都转成了乳房。天狼星的乳房，北斗星的乳房，猎户星的乳房，织女的乳房，牛郎的乳房，月中嫦娥的乳房，母亲的乳房……我吐出了母亲的乳房，看到在前面不远的地方，有一个人高举着一个用破羊皮绑成的火把，像马驹一样跳跃过来。是樊三大爷，他光着背，在刺鼻的烧羊皮味里，在灼目的光明里，声嘶力竭地叫喊着："乡亲们啊——千万别坐下——千万别坐下——坐下就冻死啦——乡亲们起来啊——往前走啊——往前走是生，坐下就是死呀——”

在樊三大爷感人肺腑的号召下，许多人从通向死亡的虚假温暖中挣扎出来，步入通向生存的真实寒冷。母亲站起来，把我转到背后，把司马家的小可怜虫抱在胸前，拉着我八姐的胳膊，然后，像疯马一样踢着四姐五姐六姐七姐，逼着她们站起来。我们跟随着举着自己燃烧的皮袄为我们照亮路径的樊三大爷，不是用腿脚，而是用意识，用心，向县城，向北关大教堂，向上帝的恩泽，向那碗腊八粥，进发。

在这次悲壮的行军中，沿途留下了数十具尸首，有的尸首掀起衣襟，满脸幸福，好像在用火烘烤胸膛。

樊三大爷死在通红的朝阳里。

我们喝上了上帝的腊八粥，我是从乳房里喝的。喝粥的情景令我终生难忘。教堂高大巍峨。十字架上蹲着喜鹊。火车在铁道上喘息。

两口煮牛的大锅冒着热气。穿黑袍的牧师在大锅旁祈祷。几百个饥民排成队伍。“神召会”会员用长柄大勺子分粥，每人一勺，不论碗大碗小。香甜的粥被喝得一片响。不知有多少眼泪滴在粥碗里。几百条红舌头把碗舔光。喝完一碗再排队。大锅里又倒进几麻袋碎米几桶水。这时，我通过乳汁知道，慈悲的粥是用碎大米、霉高粱米、变质黄豆和带糠的大麦粒熬成。

第十五章

喝罢腊八粥从县城返回，饥饿感更加严重，人们没有力量掩埋荒原小径边的尸首，甚至没有精力去多看他们几眼。只有樊三大爷的尸首是例外。在最危急的关头，这个平日里总是招人厌烦的人，脱下自己的皮袄点燃，用火光和呐喊，把我们的理智唤醒。救命之恩不可忘。在母亲的率领下，人们将这个枯瘦如柴的老头儿拖到路边，用浮土掩埋起来。

回到家中，我们第一眼便看到鸟仙怀抱着一个紫貂皮大衣缠成的包裹，在院子里走来走去。母亲手扶着门框，几乎跌倒。三姐走过来，把紫貂皮包裹递给母亲。母亲问：“这是什么？”三姐用比较纯粹的人的声音说：“孩子。”母亲几乎是明知故问：“谁的？”三姐说：“还能是谁的。”

上官来弟的紫貂皮大衣，当然只能包裹着上官来弟的孩子。

这是一个黑得像煤球一样的女孩。她生着两只有些斗鸡的黑眼睛，两片锋利的薄嘴唇，两只与脸色极不协调的白色大耳朵，这些特征，确凿地向我们证明着她的身份：这是大姐与沙月亮为我们上官家制造的第一个外甥女。

母亲表示出十分的厌恶，她却报母亲以猫一样的微笑。母亲被气昏了，忘记了鸟仙的广大神通，飞起一脚，踢中三姐的大腿。

三姐哇地叫了一声，往前抢了几步，回过头来时，脸上已百分之百的是鸟的愤怒了。她的坚硬的嘴高高地噘起来，好像要啄人，两条胳膊举起来，仿佛要起飞。母亲不管她是鸟是人，骂道：“浑蛋，谁让你接了她的孩子？”三姐的脑袋转动着，好像在寻找树洞里的虫子。母亲对着虚空骂道：“来弟，你这个不要脸的骚货！沙月亮，你这个黑心肠的土匪！你们只管生不管养，你们以为扔给我就会给你们养？你们做梦吧！我要把你们的野种扔到河里喂鳖，扔到街上喂狗，扔到沼泽里喂乌鸦，你们等着吧！”

母亲抱着女婴，重复着喂鳖、喂狗、喂乌鸦的恶语在胡同里飞跑。跑到河堤转回头往大街跑，跑到大街转回头往河堤跑……她奔跑的速度越来越慢，叫骂的声嗓越来越小，好像一部耗干了油的拖拉机。她一屁股坐在马洛亚牧师摔死的地方，仰脸望着破败的钟楼，嘴里念叨着：“你们死的死，跑的跑，扔下我一个人，让我怎么活？

一窝张着口等吃的红虫子，主啊，天老爷，你们说说看，让我怎么活？”

我哭了，泪水滴在母亲脖子上。女孩也哭了，泪水流在耳朵眼里。母亲安慰我：“金童，你是娘的心头肉，莫哭。”母亲安慰女孩：“可怜的孩子，你不该来呀，姥姥的奶，不够你小舅一个人吃，添上你，两个都要饿死，不是姥姥心狠，姥姥是没有办法啊……”

母亲把裹在紫貂皮大衣里的女婴放在教堂门口，逃命似的往家跑，但仅跑了十几步，她就迈不动腿了。女婴杀猪般的哭号声像一条无形的绳子，把母亲扯住了……

三天之后，我们一家九口，出现在县城大集的人市上。母亲背着我，抱着姓沙的小畜生。四姐背着姓司马的小流氓。五姐背着八姐，六姐七姐自己走。

我们在垃圾堆里捡了一些烂菜叶子吃了，坚持着走到人市里。母亲给五姐、六姐、七姐脖子上插上了谷草，等候着买主。

在我们前边，是一排用木板搭起来的简易房屋。房子的墙和房子的顶，都用石灰刷成了刺目的白色。从墙上伸出来的铁皮烟囱里，冒着一团团黑色的烟雾，这些烟雾升到空中，随着向我们刮来的风，摇曳多姿地变化着形态。不时有一些披散着头发、袒露着雪白胸脯、嘴唇猩红、睡眼惺忪的妓女从板房里跑出来，或是端着盆，或是提着桶，到一口露天的井边打水。井上有一架缠着绳索的辘轳，井口喷吐着微薄的热气。她们用软弱无力的白手摇着笨重的辘轳，辘轳上的绳索发出吱吱扭扭的枯涩响声。当那又粗又大的木桶露出井口时，她们伸出穿着木屐的脚轻轻一钩，便将水桶平稳地搁在了井台上。井台上结着一层厚厚的冰，冰冻成馒头形状或是乳头形状。那些端着水的女人来来回回地跑着。那些端着水跑来跑去的女人脚下的木屐清脆地响着，她们胸前冻得冰凉的乳房发散着硫磺的气息。我的目光越过母亲的肩头，遥远地注视着那些奇怪的女人，但见一片乳房飞舞缭乱，好像罂粟的花苞，蝴蝶的山谷。她们也吸引了我的姐姐们的目光。我听到四姐悄悄地询问母亲什么，母亲没有回答。

我们站在一道又宽又厚的高墙前边，它替我们遮住了西北风，使我们处在相对温暖的环境里。我们左右两边，瑟缩着一些与我们同样面黄肌瘦、同样瑟瑟发抖、同样饥寒交迫的人。男人和女人。妇女和儿童。男人全都是苍老得如同枯木朽株的老头子，多半是瞎子，不是瞎子的也双眼红肿溃烂。在他们的身边，站着或蹲着一个孩子，男孩或者是女孩。其实很难分辨出男孩女孩，大家都像从烟囱里钻出来的，是煤的孩子。大家颈后都插着草，多半是谷草，挑着枯黄的叶子，让人想到秋天，想到马在暗夜里咀嚼谷草时的香气和令马和人都愉快的声音。也有一些插着随便从哪儿拔来的野草，狗尾巴草，驴尾巴蒿。妇女多半如母亲一样，身边簇拥着一群孩子，但都不如母亲身边孩子多。女人身边的孩子有全部插着草的，有部分插着草的。也多半是谷草，叶子枯黄，散布着秋天的气息和谷子的香气。在插草的孩子头上，晃动着大马大骡子大毛驴沉甸甸的大头，铜铃般的大眼，整齐结实的白牙，淫荡肥厚、生着扎人硬毛的嘴唇，白牙就在这些唇间闪烁。只有一个穿着一身白衣、头上系着白头绳、面色苍白、眼窝和嘴唇青紫的女人是例外，她身边没有孩子。她孤零零一个人站在墙根，手里举着而不是在脖颈上插着一棵枝叶完整的狗尾巴草。

白板房那边一阵骚乱，女人尖厉的叫骂声像刀刃一样割着空气和阳光。两个女人在井台边撕扯。一个穿红裤子，一个穿绿裤子。红裤子女人在绿裤子女人脸上抓了一把。绿裤子女人对着红裤子女人的胸膛捅了一拳。然后两人都倒退几步，凶兽般对视着。虽然看不见她们的眼神，但我基本上等于看到了她们的眼神。我莫名其妙地认为她们俩的眼神与我的大姐上官来弟和二姐上官招弟的眼神一样。突然间她们像两只斗鸡一般踊跃地向对方冲去。她们的身体像在成熟的麦田里奔跑的狗一样起起伏伏。手臂挥舞、乳房横飞，唾沫星子像一群群小甲虫。红裤子女人扯住了绿裤子女人的头发，绿裤子女人回手也扯住了红裤子女人的头发。红裤子女人顺势低头在绿裤子女人左肩上咬了一口，绿裤子女人几乎同时咬中了红裤子女人的左肩。她们俩旗鼓相当，势均力敌，在井台上转来转去。另外的那些女人，有倚在门边抽着烟卷发呆的，有蹲在石头上刷牙漱口吐白沫的，有拍着巴掌哈哈大笑的，有在铁丝上晾晒长筒透明袜子的。在板房前边一块圆形大石头上，站着一个身体笔挺、足蹬耀眼黑色马靴的人，他提着一根藤条，左劈一下，嗖一声风响；右劈一下，嗖一声风响。他把藤条当作刀，演练着刀术。一群男人，几个腆着肚子的矮子被十几个没有肚子的瘦高个子簇拥着，从西南方的一片旗帜里走出来，腆肚子人的笑声跟嘎嘎鸡的叫声一样：嘎、嘎、嘎、哒——嘎、嘎、嘎、哒——这个人的奇特笑声经常在我耳朵里回响，让我回忆起井边的情景。腆肚子男人及他们的随从对着板房走来，嘎嘎鸡的叫声越来越清晰。那个站在石头上练刀术的人从石头上跳下来，躲躲闪闪地钻进了一个房间。一个肥胖的矮个子女人摇摇摆摆地冲向井台。她的脚小得仿佛没有脚，好像她的小腿直接戳在了地上。从她那两根肥藕般的快速摆动着的胳膊上可以得出她是在跑步前进的结论。但她实际运行的速度却非常缓慢。她的身体发出的马力大部分耗费在身体的摇摆和肉的颤动上。隔着一百多米的距离——也许不止一百多米——我们清晰地听到了她的喘息声。她喷出的蒸气缭绕着她的身体，她仿佛在澡堂里淋浴。她终于跑到了井台边。她骂人的声音被她自己的喘息和咳嗽分割成一个个零零碎碎的词不达意的片断。我们猜出她是那两个撕咬着的女人的领导，她跑到井边叫骂的目的是把她们分开。但她们已咬得犬牙交错，老鹰与鹞子打架，钩爪连环，难分难解。她们你进我退你退我进，有好几次差点掉到井里去但到底没掉到井里去是因为辘轳挡住了她们。胖女人上去撕扯她们反被她们险些撞到井里而到底没掉到井里也是因为辘轳挡住了她。她趴在辘轳上咕噜噜地旋转。我们看到她瘸着腿从辘轳上逃脱出来时，她踩着冰馒头冰乳房双腿一软跌了个屁股墩儿。我们听到她嘴里发出嘤嘤的声音难道她哭了？她爬起来，端起一盆凉水，浇到那两个女人身上。她们惊叫一声，闪电般地分开了。她们都把彼此的头发揪乱、把彼此的脸抓破、把彼此的上衣撕破，暴露出彼此的伤痕斑斑的乳房。她们呸呸地吐着对方的血，余恨未消。胖女人又端起一盆水，用力地泼出去。清清的水在空中展开透明的翅膀。水没落下时她再次跌倒在井台上，手中的搪瓷盆子旋转着飞出去。几乎砍在腆肚子男人们的头上。他们与井边的女人都很熟，戏谑打骂，拉拉扯扯，抠抠摸摸，最后都进入了板房。

我听到周围的人都长吁了一口气，才知道大家都在观看着井台上的戏剧。

中午时分，从东南边的官道上来了一辆马车。马是一匹昂着头的白色大马，双耳之间有一缕银色的鬃毛垂下来遮着它的额头。它有两只温柔的眼睛，有粉红色的鼻梁和紫红色的嘴唇。它脖子下垂挂着一个红绒疙瘩，疙瘩上拴着一个铜铃铎。那马拉着车下了官道，扬播着一串清脆的铃声，摇摇晃晃对着我们走过来。我们看到，马背上高高隆起的鞍具和用闪光的铜皮包起的车辕杆。车轮高高，镶着白色的辐条。车篷是用白布蒙成，白布上不知刷了多少遍防雨防晒的桐油。我们从没见过如此华贵的车，我们认为坐在这车里的人比坐在雪佛莱轿车里去高密东北乡参拜鸟仙的女人更高贵。我们认为那个坐在车篷外、戴着高筒礼帽、留着两撇尖儿上翘八字胡的车夫也不是个一般人物，他绷着脸，两眼放光，比沙月亮深沉，比司马库严肃，也许鸟儿韩穿戴上与他同样气派的衣服才能把他比下去。

马车缓缓地停下了，那匹姿容俊美的白马抬起一只前蹄敲打着地面，仿佛在为它脖子下奏鸣的铜铃曲儿伴奏。车夫拉开了车帘，我们猜测中的人即将钻出来。

她钻出来了。她披着一件紫貂皮大衣，脖子上围着一只红狐狸。我多么希望她就是我的大姐上官来弟，但她不是上官来弟。这是一个高鼻蓝眼满头金发的洋女人，年纪嘛，只有她的爹娘才知道她的年纪。跟随着她钻下车的，是一个身穿一套蓝色学生制服、外披蓝呢大衣、满头乌发的俊美青年，他的神情很像洋女人的儿子。但他的容貌却与那洋女人毫无相似之处。

我们周围的人乱纷纷拥上前去，似乎要把那洋女人抢劫了，但未到她身边，便怯怯地定住脚。“太太，贵太太，买俺的孙女吧”，“太太，大太太，看看俺这个儿子吧，他比狗还皮实，什么活都能干”……男人和女人，怯生生地向洋女人推销着自己的孩子。只有母亲稳稳地待在原地。母亲目光痴迷，盯着紫貂皮大衣和红狐狸，毫无疑问，她在思念上官来弟，她抱着上官来弟的孩子，心中车轮转，双目泪婆娑。

高贵的洋女人用手绢半遮半掩地捂着嘴，在人市上转了一圈，她身上浓郁的香气，熏得我和司马家的小兔崽子直打喷嚏。她在一个盲老头身边蹲下，打量着盲老头的孙女。盲老头的孙女被洋女人脖子上的红狐狸吓破了胆，双手搂住爷爷的腿，藏在爷爷的身后。小女孩那恐怖的眼睛牢牢地印在我的脑海里。盲老头抽着鼻子，嗅到了贵人的降临。他向前伸出一只手，说：“太太，太太，救这孩子一条命吧，跟着俺她就饿死了，太太，俺一分钱也不要……”洋女人站起来，对那穿学生装的青年咕噜了几句，那青年便大声地问盲老头：“你是她的什么人？”盲老头说：“爷爷，无用的爷爷，该死的爷爷……”青年又问：“她的爹妈呢？”盲老头说：“饿死了，都饿死了，该死的不死，不该死的先死了，先生，行行好，您带走她吧，俺一分钱也不要，只求您给孩子一条活路……”青年转身跟洋女人咕噜了几句，洋女人点点头，青年便弯下腰去，试图把那女孩拉过来，但他的手刚刚触到女孩的肩头，那女孩就在他手脖子上咬了一口。青年怪叫一声，跳到一边去。洋女人夸张地耸肩咧嘴扬眉毛，并把那条捂过嘴巴的手绢，缠到青年的手腕上。

怀着说不清是恐惧还是喜悦的心情，我们等候了仿佛一千年，这个珠光宝气、香气扑鼻的洋女人带着她的手腕受伤的青年，终于站在我们一家面前。而在我们右边，盲老头正挥动着竹竿，抽打着那个会咬人的女孩。女孩机警地与她的爷爷捉着迷藏，使盲老头的竹竿每次都抽在地上或是墙上。“你这个穷命的鬼哟！”盲老头慨叹着。我贪婪地吸着洋女人的香气，从槐花的香味里分析出玫瑰的香味，又从玫瑰的香味里发现了菊花的幽香。而最让我迷醉的，是她的乳房的香味，这香味有些膻腥，令我微微恶心，但我还是张大鼻孔吸着。没有了手绢的遮掩，她的嘴巴完全地暴露出来，这是一个上官来弟式的阔嘴，又配上了上官招弟式的厚唇。厚唇上涂着红油彩。她的鼻子与我们上官家女儿的鼻子有共同之处，都是高耸的；不同之处是，上官家女儿的鼻尖是小蒜头的形状，显得愚蠢又可爱，而这洋女人的鼻头弯了一个钩，使她的脸上有几分食肉猛禽的表情。她的额头很短，每当她瞪眼时便出现一些深深的皱纹。我知道大家都在注视着洋女人，但我可以自豪地说，谁也比不上我的观察细致，谁也不如我收获多，我的目光穿过她身上厚厚的皮毛，看到了她那两只与我母亲的乳房体积差不多大的乳房，它们的美丽，使我几乎忘记了饥饿和寒冷。

“为什么要卖孩子呢？”青年举起缠手绢的手，指点着我的颈插谷草的姐姐们。

母亲没有回答他的问话。难道这种愚蠢的问题还值得回答吗？青年转过头，对洋女人咕噜着。洋女人注意到了在母亲怀里包着上官来弟女婴的紫貂皮大衣。她伸出一只手，摸了摸皮毛，她接着便看到那女婴的豹子般的、懒洋洋的阴险目光。她避开了女婴的目光。

我盼望着母亲能把上官来弟的孩子送给那洋女人，我们也不要一分钱，我们还可以把上官来弟的紫貂皮大衣送给她。我厌恶这个女婴，她毫无理由地分食属于我的乳汁。连我八姐上官玉女都没资格分食我的乳汁，凭什么给她吃？！上官来弟那两只奶子闲着干什么呢？

当我这样想着时，在高密东北乡的一栋瓦房里，沙月亮吐出上官来弟的奶头，呸呸地吐着脓血，然后又用水漱了口。他说：“这就好了，你这是积奶成疮。”来弟满面泪水，说：“老沙，咱们这样，像被狗撵着的兔子，到啥时是个头？”沙月亮抽着烟沉思着，瘦脸上凶巴巴的表情，他说：“妈的，有奶便是娘，先投日本吧，好就好，不好再拉出来。”

洋女人逐个地看了我姐姐们一遍。先看了脖子上插着谷草的五姐六姐，又看了不插谷草的四姐、七姐和八姐。对司马家的小王八蛋他们不屑一顾，对我他们表示出一定兴趣。我想我的优势是我头上柔软的黄毛。他们观察姐姐们的方式十分奇特。那青年按着这样的程序命令我的姐姐们：低头。弯腰。踢腿。双手并拢高举。双臂前后摇动。张大嘴巴喊啊——啊。笑一笑。走几步。跑几步。姐姐们温驯地执行着那青年的命令。洋女人专注地观看着。她时而点头，时而摇头。最后，她指了指我七姐，对那青年咕噜了几句。

那青年对母亲说——他指指洋女人——这是罗斯托夫伯爵夫人，她是个大慈善家，想抱养一个美丽的中国女孩为养女。她看中了你们家这个女孩。这是你们家的福气。

母亲的眼泪突然涌了出来。她把上官来弟的女婴交给我四姐，腾出怀抱，搂住了我七姐的头。“求弟，好孩子，你的福气来了啊……”母亲的眼泪乱纷纷地落在七姐的头上。七姐呜呜咽咽地说：“娘，我不愿跟她去，她身上的味道不好闻……”母亲说：“傻孩子，人家那才是好味呢。”

青年有些不耐烦地说：“行啦，大嫂，谈谈价钱吧。”

母亲说：“先生，既然是给这位……夫人当养女，孩子就算掉到福囤里了，俺不要钱……只求能好好待俺的孩子……”

青年把母亲的话翻给洋女人听。她用生硬的汉语说：“不，钱还是要给的。”

母亲说：“先生，问问夫人，能不能再要一个，也让她们姐妹有个伴儿。”

青年把母亲的话翻过去。那个罗斯托夫伯爵夫人，坚决地摇了摇头。

青年塞给母亲十几张粉红色的钞票。然后，对那站在马旁的车夫招招手。车夫小跑着过来，对青年鞠了一躬。

车夫抱起我七姐走到马车边。这时，她才大声地号哭出来，并对着我们伸出一只纤细的手。姐姐们齐声号哭着，连司马家的小可怜虫也咧开嘴，哇，哭一声，歇一会儿，再哇一声，再歇一会儿。车夫把我七姐塞进车里。那洋女人随着也钻进了车。青年即将上车时，母亲追过去，拉着他的胳膊，焦急地问："先生，夫人住在哪儿？"青年冷冷地说："哈尔滨。"

马车驰上官道，很快消逝在树林背后。但七姐的哭声、马铃铎的叮咚声、伯爵夫人乳房的香气，永远鲜活地保存在我的记忆里。

母亲举着那十几张粉红的钞票，好像变成了一尊泥塑，我也变成了泥塑的一个组成部分。

这天晚上，我们没有露宿街头，而是住在一家小客栈里。母亲让四姐出去买十个烧饼。四姐却买来四十个热气腾腾的水煎包，还有一大包烧肉。母亲恼怒地说："四妮儿，这可是卖你妹妹的钱！"四姐哭着说："娘，让妹妹们饱吃一顿吧，您也饱吃一顿吧。"母亲哭着说："想弟，这包子，这肉，娘怎能咽下去……"四姐说："您不吃，可就把金童饿毁了。"四姐的劝说非常有效，母亲含泪吃包子吃肉，为了分泌乳汁，喂我，也喂上官来弟和沙月亮的女婴。

母亲病了。

她的身体烫得像刚从淬火桶中提出来的铁器，冒着腥臭的热气。

我们坐在母亲周围，大眼瞪着小眼。母亲闭着眼睛，嘴唇上全是透明的水泡，许多吓人的话从她嘴里冒出来。她一会儿大声呼叫，一会儿窃窃私语；一会儿用欢愉的腔调说，一会儿用悲哀的腔调说。上帝、圣母、天使、魔鬼、上官寿喜、马洛亚牧师、樊三、于四、大姑姑、二舅舅、外祖父、外祖母……中国鬼怪和外国神灵、活着的人和死去的人、我们知道的故事和我们不知道的故事，源源不断地从母亲嘴里吐出来，在我们眼前晃动着、演绎着、表演着、变幻着……理解了母亲的病中呓语就等于理解了整个宇宙，记录下母亲的病中呓语就等于记录下了高密东北乡的全部历史。

皮肤松弛、脸上长满痦子的店主被母亲的呼叫声惊动，拖拉着松松垮垮的身体，急匆匆地来到我们房间。他伸手摸摸母亲的额头，连忙缩回手，焦急地说：“快请医生，要死人啦！”他看看我们，问四姐：“你最大？”四姐点点头。“为什么不请医生？姑娘，你怎么不说话？”店主问。四姐哇啦一声哭了。她跪在店主面前，道：“大叔，行行好，救救俺娘吧。”店主道：“姑娘，我问你，你们还有多少钱？”四姐从母亲身上掏出那几张钞票，递给店主，道：“大叔，这是卖俺七妹的钱。”

店主接过钱，说：“姑娘，你跟我走吧，我带你去请医生。”

花光了七姐换来的粉红钞票，母亲睁开了眼。

“娘睁眼了，娘睁开眼了！”我们眼含泪花，齐声欢呼。母亲抬起手，逐个地抚摸着我们的脸。“娘……娘……娘……娘……娘……”我们说。“姥姥，姥姥。”司马家的小可怜虫结结巴巴地说。“她呢？她……”母亲伸出一只手，说。四姐把包在紫貂皮大衣里的她抱过来让母亲抚摸。母亲抚摸着她闭上了眼睛，两滴泪水从眼角流出来。

店主闻声进来，哭丧着脸对我四姐说：“姑娘，不是我心狠，我也是拖家带口，这十几天的店钱、饭食钱、灯烛钱……”

四姐说：“大叔，您是俺家的大恩人，欠您的钱，俺一定还，只求您暂时不要撵俺，俺娘她还没好……”

一九四一年二月十八日上午，上官想弟把一沓钞票递给大病初愈的母亲，她说：“娘，欠店主的钱我已经还清了，这是剩下的钱……”

母亲惊问：“想弟，你从哪儿弄来的钱？”

四姐凄然一笑，说：“娘，带着弟弟妹妹回去吧，这里不是咱的家……”

母亲脸色惨白，抓着四姐的手，问：“想弟，告诉娘……”

四姐说："娘，我把自己卖了……价钱还可以，店主帮着讨了半天价……"

妓院老鸨像检查牲口一样把四姐全身检查了一遍，说："太瘦了。"店主道："老板，一袋米就催胖了！"老鸨伸出两根指头，说："二百块钱吧，我做个善人，积点德！"店主道："老板，这姑娘的娘病了，还有一群妹妹，再给她加点吧……"老鸨说："嗨，这年头，善门难开哪！"店主求情。四姐跪下。老鸨道："好吧，我这人心软。再加二十吧，顶破天的高价了！"

母亲身子晃了晃，缓慢地跌倒在地。

这时，我们听到一个沙哑嗓子的女人在门外大声吆喝："姑娘，走吧，俺可没那么多闲工夫等你！"

四姐跪下，给母亲磕了一个头。她爬起来，摸摸五姐的头，拍拍六姐的脸，揪揪八姐的耳朵，匆匆忙忙捧起我的脸亲了一口。她双手捏着我的肩膀，用力晃了晃，激情漫卷的脸犹如风雪中的梅花。

"金童啊金童，"她说，"你好好长，快快长，咱们上官家可全靠你了！"说完，她的目光在屋子里转了一圈，鸡鸣般的哽咽声冲出喉咙。她捂住嘴巴，像要跑出去呕吐一样，从我们的视野里消失了。

第十六章

我们原以为一进家门就会发现上官领弟和上官吕氏的尸首，但眼前的情景与我们想象的大相径庭。院子里热闹非凡，有两个剃着崭新光头的男人，坐在正房的墙根，低着头，认真地缝补衣服。他们穿针引线的动作十分娴熟。还有两个人，紧挨着缝补衣服的人坐着，同样是闪着亮光的崭新的头，同样是十分认真的样子，他们俩在擦拭两杆乌黑的大枪。还有两个人，在梧桐树下，一个站着，手持一柄闪闪发光的刺刀；另一个人坐在凳子上，低着头，脖子上围着一块白布，湿漉漉的头上，噼噼啪啪爆裂着肥皂的泡沫。站着的人屈起腿，把手中的刺刀在裤子上反复擦了几下，然后，一手捏住满是肥皂泡的头，一手举起刺刀，比量着，仿佛在寻找下刀的位置。他把刺刀按在那爆裂着肥皂泡沫的头颅正中，撅起屁股，手臂往下滑动，一刀到底，便将一大片湿漉漉的头发刮下来，闪出一块青白的头皮。还有一个人，在我们家园过花生的地方，双手攥着一把长柄的大斧，劈开双腿，面对着一个老榆树盘根。他的身后，是一大堆劈好的木柴。他高高地举起斧头，让闪光的利器在空中略微停顿一下，然后猛地劈下去。斧头下落时他嘴里嗨了一声，斧刃深深地楔进树根里。他用一只脚踩着树根，双手摇撼斧柄，艰难地把斧刃拔出来。他退后两步，摆好姿势，往手里啐几口唾沫，又一次高举起斧头，榆木根盘响亮地裂开，一块劈柴像炮弹皮子一样飞出来，击中了上官盼弟的胸脯。五姐尖叫了一声。缝补衣服和擦枪的人抬起头来。剃头的人和劈柴的人扭过头来。被剃头的人倔强地抬起头来，但随即又被剃头的人用手按下去。“别动。”他说。劈柴的人说：“是讨饭的来了，老张头，老张头，讨饭的来了。”一个围着白围裙、戴着灰帽子、满脸皱纹的人弓着腰从我家堂屋里跑出来。他高高地挽着袖子，胳膊上沾着面粉，和善地说：“大嫂，另跑个门吧，我们当兵的吃定量，省不出饭来打发你们。”

母亲冷冷地说：“这是我的家！”

院子里的人顿时愣住。那个顶着一脑袋肥皂沫子的人猛地跳起来，抬起衣袖，擦干净被脏水污染了的脸，对着我们哇哇怪叫。他是孙家的大哑巴。

哑巴跑到我们面前，嘴里哇啦，双手比画，表达了许多我们无法理解的意思。我们困惑地望着他那张线条粗糙的脸，心里萌生着许多毛茸茸的念头。哑巴眨动着土黄色的眼珠子，肥大的下颚连连抖动。

他转身跑到东厢房里，拿出了豁边的青瓷大碗和那幅鸟画，对着我们炫耀。剃头的人提着刺刀走上前来，拍拍哑巴的肩膀，问："孙不言，你认识她们？"

哑巴放下碗，捡起一块劈柴，蹲在地上，写出一行歪歪扭扭、缺胳膊少腿的大字："她是我的丈母娘。"

"原来是大婶子回来啦，"剃头人热情地说，"我们是铁路爆炸大队一排五班，我是班长，姓王，我们大队来这里休整，占用大婶的房屋，十分抱歉。您的女婿，我们政委给他起了个名字，叫孙不言，他是个好战士，作战英勇不怕死，是我们学习的榜样。大婶子，我们立刻搬出正房，老吕小杜赵大牛孙不言秦小七，大家赶快搬东西，给大婶子腾出炕来。"

士兵们放下手里的活儿，走进正屋里去。他们背着叠得方方正正、捆得结结实实的被子，打着绑腿，脚蹬千层底布鞋，胳膊弯上挎着大枪，脖子上挂着地雷，整整齐齐站在院子里。班长对母亲说："大婶子，你们进屋吧。大家都在这里等着，我去向政委请示。"士兵们都规规矩矩，连那现在叫孙不言的大哑巴也站得挺拔，好像一棵松。

班长提着枪跑走。我们进入正屋。锅上加了两扇用苇席和竹片制成的笼屉，灶膛里燃烧着劈柴，火势凶猛，水在锅里响，蒸气从笼屉缝里蹿出。我们嗅到了馒头的香气。那个老伙夫，抱歉地对母亲点点头。他很慈祥。他往灶膛里塞劈柴。"原谅我未经同意改造了你们家的锅灶，"他指了指通往灶膛下边的一条深沟，说，"十几个风箱也不如这条沟。"火苗子轰轰响，使人担心锅底被熔化。面色红润的上官领弟坐在门槛上，眯缝着眼睛，注视着从笼屉的缝隙里蹿出来的蒸气。那些蒸气飘飘袅袅，瞬息万变，果然越看越好看。

"领弟！"母亲试探着叫了一声。

"姐姐，三姐。"五姐六姐叫。

上官领弟漫不经心地瞥了我们一眼，好像与我们素不相识，也好像我们与她根本没有分离开过。

母亲带着我们看了看收拾得很清爽的房间，感到坐立不安，处处拘谨，只好重新回到院子里。

哑巴在行列中对着我们扮鬼脸。司马家的小东西大着胆子去摸他们绑得结结实实的腿。

班长带着一个戴眼镜的中年男子进来。他说："大婶子，这是我们蒋政委。"

蒋政委白净面皮，嘴上无须，中等个头。腰里束一根宽皮带。胸前衣兜里别着一杆金笔。他客气地对我们点点头，又从腰后的牛皮挎包里摸出一把花花绿绿的东西。他说："小朋友们，请吃糖。"他将手中的糖平均分配给我们，连裹在紫貂皮大衣里的女婴也得到两块，由母亲代领。我第一次尝到了糖的滋味。政委说："大婶，希望您能同意这个班借住您家的东西两厢。"

母亲麻木地点点头。

政委捋起衣袖，看看手表，大声问："老张，馒头蒸好了吧？"

老张跑出来，说："就好了。"

政委道："你安排给孩子们开饭，尽他们吃，回头我让司务长给你们补足差额。"

老张连声答应。

政委对母亲说："大婶，我们大队长想见见您，请您跟我走一趟。"

母亲欲把怀中的女婴递给五姐，政委伸出一只手，说："不，抱着她吧。"

我们跟随着政委——其实是母亲跟随着政委——我在母亲背上，女婴在母亲怀中——走出胡同，穿过大街，来到福生堂大门口。两个持枪肃立的士兵脚跟并拢，左手拄枪，右手并拢，从胸前弯过去，按在雪亮的刺刀刃上，对我们行了一个持枪注目礼。我们穿过一个又一个弄堂，最后进入一个大厅。大厅正中摆着一张紫色八仙桌，桌上摆着热气腾腾的两个大盆。一个盆里是野鸡，一个盆里是野兔。还有一笸箩白得发蓝的馒头。一个络腮胡须男人笑着迎上来，说："欢迎，欢迎。"

政委说："大婶，这是我们鲁大队长。"

鲁大队长说："听说大婶也姓鲁？五百年前咱们是一家。"

母亲说："长官，我们犯了什么罪？"

鲁大队长一怔，爽朗地大笑，笑罢，说："大婶误会了。请您来，没有别的意思。我与您的大女婿沙月亮十年前曾是交杯换盏的朋友，知道您刚刚归来，特意备酒为您洗尘。"

母亲说："他不是我的女婿。"

政委道："大婶何必隐瞒呢？您怀里抱着的，不就是沙月亮的女儿吗？"

母亲说："这是我的孙女。"

鲁大队长说："先吃饭，先吃饭，我知道你们一定饿坏了。"

母亲说："长官，我们走了。"

鲁大队长说："大婶慢走。沙月亮捎信给我，让我帮他抚养女儿，他知道您生活困难。小唐！"

一个漂亮的女兵从门外快步走进来。

鲁大队长说："帮大婶抱着孩子，让大嫂吃饭。"

女兵走到母亲面前，微笑着伸出双手。

母亲坚定地说："这不是沙月亮的女儿，这是我的孙女。"

我们穿过一道道弄堂，越过大街，走完胡同，回了家。

接下来的几天里，那个名叫小唐的漂亮女兵，不断地往我们家运输食品和衣服。她运来的食品中，有用铁筒装着的做成小狗小猫小老虎形状的饼干，有用玻璃瓶子盛着的白色的奶粉，还有用瓦罐子盛着的透明的蜂蜜。她送来的衣服有绸缎缝成、滚着花边的棉袄棉裤，还有一顶竖着两只高高兔皮耳朵的棉帽。“这些东西，”她说，“都是鲁大队长和蒋政委送给她的，”她指着母亲怀中的婴儿说，“当然，弟弟也可以吃。”她又指指我，说。

母亲冷漠地看着热情洋溢、脸如红苹果、眼如青杏子的女兵唐姑娘。母亲说：“拿走吧，唐姑娘，穷人家的孩子，消受不了这些好东西。”母亲把她的两个乳头，一个塞到我嘴里，一个塞到沙家的女孩嘴里。她得意地哼哼着，我恼怒地哼哼着。她的手碰了我的头，我的脚蹬了她的屁股，她哼哼唧唧地哭起来。我隐约还听到了八姐上官玉女嘤嘤不绝、又软又轻的哭声，这是连太阳和月亮都要聆听的哭声。

唐姑娘说，我们蒋政委给这女孩起了一个名字，他可是大知识分子，毕业于北平朝阳大学，能写会画，还精通英文。沙枣花，这名字好不好？大婶，您别疑神疑鬼，鲁大队长是一片好心。如果我们要抢这个孩子，那还不是手到擒来的事？唐姑娘从怀里摸出一个玻璃奶瓶，奶瓶上装着个淡黄色的胶皮奶头。她把蜂蜜和白色粉末放在碗里加热水冲开，搅匀，装进奶瓶，说，大婶，别让她跟弟弟抢奶吃了，这样很快就会把您吸干，让我喂她这个。她说着，便把沙枣花抱了过去。沙枣花的嘴把母亲的乳头拽得像鸟儿韩的弹弓皮筋一样长，终于挣脱，挣脱后母亲的乳头像被热尿浇着的活蚂蟥一样慢慢收缩，好久才恢复原状。我心中痛苦为了乳房，我痛恨沙枣花也是为了乳房。但这个可恨的小妖精已经在唐姑娘的怀抱里疯子一样吮吸着假乳房里流出的假乳汁。她吸得那般香甜，我一点不馋。母亲的乳房终于又一次全部属于我了，我好久都没这么踏实地、安稳地睡着了，我的梦取代了我的嘴，我的梦一派奶香！

由此，我对唐姑娘满怀着感激之情。那两只在灰粗布军装里硬邦邦地凸起的乳房使我感到她美丽可爱。尽管她的乳房长得比较靠下，但形状一流。她喂完沙枣花，放下奶瓶，解开那件紫貂皮大衣，沙枣花的臊狐狸一样的味道被抖搂出来。我看到沙枣花白得如奶汁般的皮肤。想不到她的脸黑得如炭，身体却如此白。唐姑娘给沙枣花穿上绸缎棉衣，戴上玉兔帽子，把她打扮成一个漂亮婴儿。她把那件紫貂皮大衣推到一边，双手托起沙枣花，往空中一扔，又顺手接住。沙枣花咯咯地笑响了喉咙。

母亲的身体一直紧张着，准备着随时跃起把沙枣花抢下。唐姑娘把沙枣花还给母亲，说："大婶，沙司令看到也会高兴的。"

"沙司令？"母亲诧异地望着女兵小唐。

"大婶，您还不知道？您的女婿，现在是渤海城警备司令，有三百多人，还有一辆美式吉普车呢。"女兵小唐说。

沙月亮把信撕得粉碎，恼怒地骂道："鲁大炮，蒋四眼，你们做梦！"

爆炸大队的信使不卑不亢地说："沙司令，您的千金小姐，我们可是宠爱有加呀！"

"扣押人质，算什么本事？"沙月亮说，"回去告诉鲁、蒋，让他们来攻渤海城吧！"

信使道："沙司令，不要忘了您过去的光荣！"

沙月亮道："老子愿抗日就抗日，愿降日就降日，谁能管得着？请吧，再啰嗦休怪我不客气！"

唐姑娘掏出红塑料梳子，给我的五姐六姐梳头。给六姐梳头时，五姐痴迷地望着唐姑娘。五姐的目光像梳子，把唐姑娘从头梳到脚，又从脚梳到头。唐姑娘给五姐梳头时，五姐好像怕冷一样，脸上、脖子上爆起一层米粒大的小疙瘩。梳完了头，小唐走了。五姐对母亲说："娘，我要当兵。"

两天之后，上官盼弟便穿上了灰军装。她的主要工作是与小唐一起给沙枣花换尿布、喂奶瓶。

我们的生活进入最佳时期，就像当时流行的小曲里唱的那样：嫚啦嫚啦不用愁，找不到青年找老头。只要跟着同志走，大白菜炖猪肉，锅里蒸着白馒头……

大白菜炖猪肉不常有，白馒头也不常有，但萝卜熬咸鱼是常有的，巨大的窝窝头是常有的。

“旱不死的大葱，饿不着的大兵。”母亲感慨地说，“我们跟着当兵的沾光啦，早知如此，也用不着卖孩子啦。想弟，求弟，可怜的孩子啊……”

这段时间里，母亲的乳汁优质高产，上官金童终于从棉布口袋里跳出来，能走二十步了，能走五十步了，能走上一百步了，终于不爬行了。我的笨拙的嘴也灵活了，能流利地骂人啦。孙家大哑巴捏住我的小鸡巴时，我怒骂一声：

“操你妈！”

六姐去识字班，学会了唱歌，唱：“十八姐把军参，参军真荣耀，咔嚓剪去了大辫子，留起了‘二刀毛’。站岗放哨查路条，汉奸实难逃。”

识字班设在教堂里。黑驴队留下的驴粪蛋子扫出去了。插翅膀的天使没有了，也许飞走了。枣木雕成的耶稣也没有了，也许上了天堂，也许被人偷走当了劈柴。墙上挂着一页黑板，黑板上写着一行白色的大字。貌比天仙的唐姑娘用木棍戳着黑板上的字，黑板发出笃笃的声响。

抗——日——抗——日——女人们奶着孩子，纳着鞋底子，麻绳噌噌响着，嘴巴里跟着小唐同志念叨：抗日——抗日——我在女人堆里蹒跚，在各式各样的乳房之间蹭蹭磨磨。五姐跳上讲台，对着台下的女人们说：老百姓是水，子弟兵是鱼，对不对？——对——鱼最怕什么？——鱼怕什么？鱼怕钩？鱼怕鱼鹰？鱼怕水蛇？——鱼最怕网！对，鱼最怕网！你们脑后是什么？——髻——髻上是啥？——网——女人们至此恍然大悟，脸红脸白，交头接耳，唧唧喳喳。剪掉发髻拆下网，保护鲁大队长和蒋政委，保护他们率领的铁路爆炸大队。谁带头？上官盼弟高举着大剪刀，咔嚓咔嚓地开合着。唐姑娘说，想想吧，受尽了苦难的大娘大婶子们，大姑大姨们，大嫂子大姐姐们，我们妇女，受了三千年压迫，现在终于挺起了腰杆，胡秦莲，你说说看，你那个酒鬼丈夫聂半瓶，还敢不敢打你啦？面色如土的青年妇女胡秦莲抱着孩子站起来，望一眼讲台上英气勃勃的女兵唐和女兵上官，赶紧垂下头，说：不打了。唐女兵拍着巴掌道："听见了吧，妇女们，连聂半瓶都不敢打老婆了。我们妇救会是妇女的家，专为女人打抱不平。妇女们，现在这平等幸福生活是从哪里来的？是从天上掉下来的吗？是从地里冒出来的吗？不是，不是，都不是。真正的原因只有一个，那就是因为来了爆炸大队，在大栏镇，在高密东北乡，建立了巩固的、钢打铁铸的敌后根据地。我们自力更生、艰苦奋斗，改善了人民生活，尤其是改善了妇女生活。我们不搞封建迷信，但我们要拆破一切网络，这不单是为了爆炸大队，更是为了我们自己！妇女们，剪掉发髻拆去网，统统变成'二刀毛'吧！"

"娘，你带头吧！"上官盼弟握着剪刀对着母亲走过来。

"是啊，上官家大嫂剪成'二刀毛'，我们都跟着剪。"女人们齐声说。

"娘，您带个头。"五姐说。

母亲红着脸，把脑袋伸过去，说："剪吧，盼弟，只要能让爆炸大队好，别说剪个发髻，剪两个手指头，娘也不含糊！"

唐女兵带头鼓掌。女人们鼓掌响应。

五姐把母亲的发髻散开，一大团卷曲的黑发从母亲的脖颈旁悬挂下来。母亲与墙上那个几乎赤裸着身体的名叫玛利亚的圣母有着一模一样的神情。庄严、忧愁、宁静，逆来顺受地、自觉自愿地奉献。我洗礼过的教堂里有腐败的陈旧的驴粪的味道，在大木盆里，马洛亚牧师为我和八姐施洗的往事浮现在眼前。“盼弟，剪吧，你还犹豫什么？”母亲说。于是上官盼弟的大剪刀张开大口咬住母亲的头发，咔嚓咔嚓咔嚓。母亲抬起头，成了“二刀毛”。发梢齐着耳朵垂，细长的脖颈，一览无余。突然去掉了沉甸甸的发髻的累赘，母亲的头显得轻巧灵活，失去了稳重，有些猴头猴脑，一动便显出轻俏，竟有些鸟仙模样。母亲满脸赤红。唐女兵从腰里摸出一个圆形的小镜子，让镜面对着母亲的脸，母亲不好意思地侧过脸，镜面跟踪着她的脸，她羞羞答答地看到了镜子中留着“二刀毛”、缩小了仿佛好几倍的头，急忙背过脸去。

“美不美？”唐女兵问。

“丑死了……”母亲低声回答。

“连上官大婶都剪成了‘二刀毛’，你们还犹豫什么？”唐女兵大声说。

剪吧。那就剪吧，赶潮流吧。每逢改朝换代，头发上就要翻花样。给我剪。轮着我了。咔嚓咔嚓。惊叹声。我弯腰捡起一绺头发。地上有很多头发，黑的、黄的、粗的、细的。粗的必是又硬又黑。细的必是又软又黄。满地头发中数我母亲的头发最好。母亲的头发梢里能渗出油。

那些日子欢天喜地，比司马库搞铁桥废料展览的日子还热闹。爆炸大队里人才济济，会唱歌的，会跳舞的，会吹笛弄箫弹琴拨筝的，什么人才都有。村里的光滑墙壁上，都用石灰水写上了大字标语。每天凌晨，便有四个少年兵爬到司马家的瞭望台上，对着阳光练习吹号。起初吹得哞哞哞像牛叫，渐渐吹得汪儿汪儿像小狗叫，最后吹得曲曲折折、起起伏伏、高低不平，成了动听的曲调。小兵们鼓着胸脯，扬着头，挺直脖子鼓起腮帮子，金黄的小号红绸的穗子，威武又漂亮。四个小号兵当中那个名叫马童的最漂亮，咕嘟着一个小嘴，腮上两个酒窝，两扇招风大耳朵。他活泼好动，嘴甜得像抹了蜂蜜。他大张旗鼓地在村里拜了二十多个干娘。那些干娘们一见了他就双乳抖动，恨不得将奶头塞到他嘴里。马童到过我家，向那班长传达什么命令。那天我正蹲在石榴树下看蚂蚁上树，他好奇地蹲下，与我一起看。他的神情比我还专注，他捏死蚂蚁的技巧比我还熟练，他还率领着我往蚂蚁窝里撒尿。我们头上是一树火焰般的石榴花，时令四月，阳春天气，天蓝云白，成群的家燕飞来飞去，在懒洋洋的南风里。

母亲预言：像马童这样漂亮机灵的孩子，多半没有长寿，上帝给他的太多了，他已经占尽了做人的便宜。果然不出母亲所料，在一个满天星斗的深夜里，大街上突然响起那个少年的高声号叫：鲁大队长，蒋政委，求求你们饶我这一次吧……我是三代单传，俺爷爷奶奶就我这个孙子，俺爹俺娘就我这一个儿子……毙了我，俺马家就断子绝孙了呀……孙干娘、李干娘、崔干娘，干娘们哪，都出来保我吧……崔干娘，您跟大队长有交情，替我求条命吧……马童一路哀号着出了村，一声清脆的枪响，万籁俱寂。这个仙子般的小号手从此消逝了。那么多干娘也没能救了他的命，他的罪名是：盗卖子弹。

第二天，大街上摆着一口朱红色的大棺材。停着一辆马车。一群士兵把棺材抬上马车。那棺材是用四寸厚的柏木做成，刷了九遍清漆、挂了九层布衬。盛水十年也不漏，“三八”式大枪的子弹也打不透，埋进地里一千年也不会腐烂。那棺材十分沉重，十几个士兵把着棺材底，由一个排长喊着号子，才战战兢兢地直起腰来。

棺材上车后，大队部一片紧张气氛，当兵的穿梭般出入，都紧绷着脸，一路小跑。后来，来了一个骑毛驴的白胡子老头。在棺材边下了驴。老头啪啪地拍打着棺材，哇哇地哭，满脸是泪，胡子上也挂着泪珠。这是马童的爷爷，清朝时中过举人，文化水平很高。鲁大队长和蒋政委出来了，很尴尬地在老人身后站着。老人哭够了，回过头，盯着鲁和蒋。蒋说：“马老先生，您熟读经书，深明大义。我们是挥泪斩马童。”鲁跟着说：“挥泪斩马童。”老人对着鲁的脸喷出一口唾沫，道：“盗钩者贼，窃国者侯。抗日抗日，抗成一片花天酒地！”蒋政委严肃地说：“老先生，我们是真正的抗日队伍，一向治军严肃，确实有一些花天酒地的队伍，但绝不是我们！”老人绕过蒋政委和鲁大队长，仰天大笑着朝前走，小毛驴儿垂头跟在他身后。拉着棺材的马车尾随着毛驴，悄悄起行。赶车的把式吆马的声音听起来好像压抑的蝉声。

马童事件好像一场地震，动摇了爆炸大队的根基。虚假的安定幸福感破灭了，枪毙马童的枪声告诉我们，战乱年代，人的命如同蝼蚁。听起来颇似治军有方、执法如铁的马童事件，在爆炸大队内部也产生了消极作用。连日来，发生了十几起士兵醉酒、斗殴事件，住在我家的这班兵，也渐渐露出了不满情绪。姓王的班长公然说：“马童不过是个替罪羊！他一个小孩子，盗卖的哪门子军火？人家爷爷是举人，家里良田千顷、骡马成群，还缺那几个小钱？依我看，他小子是死在那群浪干娘手里。怪不得老举人说，‘抗日抗日，抗得花天酒地。’”班长的牢骚是上午发的，下午，蒋政委就带着两个护兵来到我家。政委神情严峻地说：“王木根，跟我去大队部吧。”王木根瞪着眼，看着他的战士，骂道：“哪个驴日的出卖了爷？”战士们面面相觑，脸色都灰了，唯有哑巴孙不言傻呵呵地笑着，走到政委面前，比比画画地诉说着沙月亮抢婚之事。政委说：“孙不言，任命你为代理班长。”孙不言歪着头看着政委的嘴。政委抓过哑巴的手，摸出钢笔，在他手心里写了几个字。哑巴把手掌弯过来，呆呆地端详着。他兴奋得手舞足蹈，黄眼珠放出了光彩。王木根冷笑着说：“这样闹下去，哑巴也要开口说话。”政委对护兵挥挥手。护兵虎虎地上前，一边一个夹住了王木根。王木根大叫着：“你们推完磨就杀驴吃，忘了我爆炸铁甲列车的时候了。”政委不理睬王木根的喊叫，上前拍了拍哑巴的肩膀，哑巴受宠若惊，挺起胸脯，给政委敬了一个礼。胡同里，传来王木根的吼叫：“惹恼了老子，把地雷埋在你们炕头上！”

哑巴升任班长后的第一件事，就是去向我母亲要人。当时母亲正在司马库负伤后藏过身的那盘石碾子旁，为爆炸大队粉碎硫磺。距离这盘碾子一百米处，上官盼弟指挥着几个妇女，用小锤子砸着破铜烂铁。距离上官盼弟她们一百米处，爆炸大队的工程师带领着学徒，鼓动着要四个壮汉才能推进拉出的大风箱，把狂风送进熔炉。在他们旁边的沙地上，埋藏着一大片地雷模具。母亲嘴上缠着毛巾，跟着拉碾的小驴团团旋转。刺鼻的硫磺味儿辣出了母亲的眼泪，熏得那头小驴连续不断地打着喷嚏。我和司马库的儿子蹲在一丛紫荆树上，上官念弟遵照母亲的指示严格看管着我们，不许我们接近碾子。哑巴大背着汉阳造大枪，手里玩耍着那柄他家祖传的缅刀，摇摇晃晃地到了碾子旁。我们看到他拦住了驴，对着母亲举起缅刀，晃了晃，让缅刀发出铮铮的响声。母亲在驴后，手持着一把磨秃了的笤帚，定定地望着他。他对着母亲亮出了那只写着字的手掌，嘴巴里哈哈笑着。母亲对他点点头，似乎在祝贺他。接下来哑巴的脸上便变幻出许多表情。母亲不断地摇着头，似乎在否定他的什么请求。后来，哑巴挥起胳膊，对准驴头打了一拳，那头驴两条前腿一软便跪在了碾道里。母亲大声说：“畜生！不得好死的畜生！”哑巴嘴巴歪歪地笑着，像来时一样，摇摇晃晃地走了。

那边，熔炉的出铁口被长钩子捅开了，白炽的铁水泄出坩埚，溅起一簇簇美丽的火花。母亲揪着驴耳朵把毛驴拉起来。她走到紫荆树下，扯下蒙嘴的、发了黄的白毛巾，掀起衣襟，把被硫磺熏白了的奶头塞到我嘴里。我正在犹豫着是否把这又臭又辣的乳头吐出来时，母亲猛然推开我，险些拽掉我初生的门牙。我想她的乳头也一定奇痛无比，但她分明顾不上了乳头。母亲大踏步地往家跑，那条毛巾拎在她的右手里，随着她的步伐摆动。我仿佛看到那沾染着硫磺气体的奶头正急遽地摩擦着粗布衣襟，有毒的乳汁汩汩流淌，浸湿了她的衣服。

母亲周身流窜着电流，她沉浸在怪异的感觉里，如果是幸福那一定是极度痛苦的幸福。母亲为什么要用如此快的速度往家奔跑？我们马上就得到了答案。

领弟！领弟呀，你在哪儿？母亲喊叫着，从正房喊到厢房。

上官吕氏从堂屋里爬出来，趴在甬路上，昂起头，像只大青蛙。她的西厢房被兵占领。西厢房里，五个士兵头顶着头趴在磨盘上，研究着一本毛边纸订成的破书。他们抬起头来，惊讶地看我们。他们的枪挂在墙上，地雷悬挂在屋梁上，黑油油圆溜溜，宛若比骆驼还大的蜘蛛产出的卵。哑巴呢？母亲问。士兵们摇摇头。母亲冲向东厢房。那张鸟仙的图像胡乱地放在一张断腿的桌子上，画上放着半个吃剩的窝窝头和一棵叶子碧绿的羊角葱，青瓷大碗也在桌上，碗里盛着一堆白色的小骨头，难以分清是鸟骨还是兽骨。哑巴的枪挂在墙上，地雷悬挂在房梁上。

我们站在院子里。绝望地喊叫着。士兵们从厢房里跑出来，连声问着我们到底发生了什么事。

哑巴从萝卜窖子里爬上来。他身上沾着一层黄色的土和一些白色的霉斑，脸上挂着心满意足的疲倦神情。

母亲顿足长吼："我糊涂啊！"

在我家地道的尽头，那个陈年草垛下边，哑巴奸污了三姐上官领弟。

我们把她从地道里拖出来，抬到炕上。母亲流着眼泪，用那条满是硫磺味儿的毛巾，蘸着一盆水，一点一点地，仔细地擦拭着领弟的身体。母亲的眼泪落在领弟身上，落在她那只留着牙印的乳房上，她的脸上却是动人的微笑。她的眼睛里闪烁着美丽的、迷死活人的光彩。

五姐闻讯跑回来，直着眼看看三姐。她一句话也没说，跑到院子里，从腰里拔出一颗木柄手榴弹，拉开弦，扔进东厢房里。手榴弹臭火，没有响。

枪毙哑巴的地方就是枪毙马童的地方：村子南边，一个中间生长着臭蒲、边上倒满垃圾的臭水坑。哑巴被五花大绑着推到坑边，几十个兵持枪站成一排。蒋政委向围观的百姓做了慷慨激昂的演讲。演讲毕，士兵们拉开枪栓，把子弹推上膛。政委亲自发布命令。子弹即将出膛时，穿着一身白衣的上官领弟翩翩而来。她的步态轻盈，飘飘欲仙。鸟仙来了！有人说。鸟仙的传奇经历和神奇的事迹立即被人们回忆起来，大家都忘了哑巴。那时刻是鸟仙一生中最美丽的时刻，她在众人面前舞蹈着，像沼泽地里的仙鹤。她的脸鲜艳极了，像红荷花，像白荷花。她身材匀称，肿胀的嘴唇十分诱人。她舞蹈着靠近哑巴，突然停住脚步，歪着脑袋，看着哑巴的脸，哑巴咧嘴傻笑。她伸出手，摸摸哑巴毡片般的卷发，捏捏他蒜头般的鼻子。最后，她竟然伸出手，握住了哑巴双腿间那个造了孽的家伙，歪回头，对着众人哧哧地笑起来。女人们慌忙歪头避开，男人们却痴迷地看着，脸上挂着鬼鬼祟祟的笑容。

政委咳嗽一声，很不自然地说：“拉开她，执行枪决！”

哑巴昂着头，嗷嗷怪叫，可能是表示抗议。

鸟仙的手始终摸着他的家伙，厚唇上浮着贪婪的，但极其自然健康的欲望。没有人愿意执行政委的命令。

政委大声地问：“姑娘，他是强奸还是顺奸？”

鸟仙不回答。

政委说：“你喜欢他吗？”

鸟仙依然不回答。

政委从人群中找到了母亲，为难地说：“大嫂，您看这事……依我看，不如索性让他们成了亲吧……孙不言有错误，但肯定不是死罪了……”

母亲一言不发，转身走出了人群。她走得很慢，步履艰难，好像背上驮着一座沉重的石碑。人们回望，直到听到她突然发出了号啕声，才把目光分散了。

“给他松绑吧！”政委有气无力地说一句，转身走了。

第十七章

那天是农历的七月初七，是天上的牛郎与织女幽会的日子。房子里闷热，蚊子多得碰腿。母亲在石榴树下铺了一张草席子。我们起初坐在席上，后来躺在席上，听母亲的娓娓细语。傍晚时下了一场小雨，母亲说那是织女的眼泪。空气潮湿，凉风阵阵。石榴树下，叶子闪光。西厢房和东厢房里，士兵们点着他们自造的白蜡烛。蚊虫叮咬我们，母亲用蒲扇驱赶。这一天人间所有的喜鹊都飞上蓝天，层层相叠，首尾相连，在波浪翻滚的银河上，架起一座鸟桥。织女和牛郎踩着鸟桥相会，雨和露，是他们的相思泪。在母亲的细语中，我和上官念弟，还有司马库之子，仰望着灿烂的星空，寻找那几颗星。八姐上官玉女虽然盲眼但也仰起脸，她的眼比星星还亮。胡同里响着换岗归来的士兵沉重的脚步声。遥远的田野里蛙声如潮。墙边的扁豆架上，一只纺织娘在歌唱。黑暗的夜空中，有一些大鸟粗野莽撞地飞行，我们看着它们的模模糊糊的白影子，听着它们羽毛摩擦的嚓嚓声。蝙蝠亢奋地吱吱叫。水珠从树叶上吧嗒吧嗒滴下来。沙枣花在母亲怀里，打着均匀的小呼噜。东厢房里，上官领弟发出猫一样的叫声，哑巴的大影子在灯光里晃动着。她与他已经完婚。蒋政委当了证婚人。供着鸟仙神位的静室变成上官领弟和哑巴纵情狂欢的洞房。鸟仙经常半裸着身子跑到院子里来，有一个士兵偷看鸟仙的乳房入迷，差点被哑巴拧断脖子。夜深了，回屋睡吧，母亲说。屋里热，有蚊子，让我们在这儿睡吧，六姐说。母亲说，不行，露水会伤了你们，再说，空中有采花的……我仿佛听到空中有人在议论，一朵好花，采了吧。回来再采。议论者是蜘蛛精，专门奸淫黄花闺女。

我们躺在炕上，无法入睡。奇怪的是八姐上官玉女却欣然入睡，嘴角还流出一缕涎水。熏蚊虫的艾蒿冒着呛鼻的烟。士兵们窗户上的烛光映亮了我们的窗户，使我们能够影影绰绰地看到院子里的景物。上官来弟托人送来的海鱼臭了，在厕所里发酵，散发难闻的气味。她还运回了大批的财物，有布匹绸缎，有家具古玩，都被爆炸大队没收了。堂屋的门闩轻轻地响，“谁？！”母亲厉喝一声，随手从炕头上摸起了切菜刀。没有一丝声响了。我们可能听邪了耳朵。母亲把切菜刀放回原处。艾蒿熏蚊绳在炕前地下闪烁着暗红色的短促光芒。

一个瘦长的黑影子突然从炕前站起来。母亲惊叫一声。六姐也惊叫一声。那黑影扑上炕，捂住了母亲的嘴巴。母亲挣扎着摸起菜刀，正要劈，就听到那黑影说：

“娘，我是来弟……我是来弟呀……”

母亲手中的菜刀落在炕席上，大姐回来了！大姐跪在炕上，哽咽之声从她嘴里漏出来。我们惊讶地看着她模糊不清的脸。我看到她的脸上有许多亮晶晶的东西。“来弟……大丫头……真的是你吗？你是鬼吧？你是鬼娘也不怕，让娘好好看看你……”母亲的手摸索着炕头寻找洋火。

大姐按住母亲的手，压低了嗓门说：“娘，不要点灯。”

“来弟，你这狠心的东西，这些年，你跟着那姓沙的跑到哪里去了？你可把娘害苦了。”

“娘，一句话说不清楚，”大姐说，“我的女儿呢？”

母亲把酣睡着的沙枣花递给大姐说：“你也算个娘？管生不管养，连畜生都不如……为了她，你四妹和你七妹……”

“娘，”大姐说，“我欠您老人家的恩情总有报答的一天。四妹和七妹，我也要报答她们。”

这时六姐上前叫了一声：“大姐。”

大姐把她的脸从沙枣花脸上抬起，摸了摸六姐，说：“六妹。金童呢，玉女呢，金童，玉女，还记得大姐吗？”

母亲说：“要不是来了爆炸大队，咱这一家子，早就饿死了……”

大姐说：“娘，姓蒋的和姓鲁的不是东西。”

母亲道：“人家待咱不薄，可不能昧着良心说话。”

大姐说：“娘，这是他们的阴谋，他们给沙月亮送信，逼他投降，如不投降，就要扣留我们的女儿。”

母亲问：“还有这种事？他们打仗，与孩子有什么关系？”

大姐说：“娘，我这次回来，就是为了把女儿救出去。娘，我带来了十几个人，我们马上就走，让姓鲁的和姓蒋的空欢喜一场。娘，您对俺恩重如山，容女儿后报。夜长梦多，女儿这就走了……”

大姐话没说完，母亲已经把沙枣花夺了回来。母亲愤愤地说：

“来弟，你别变着花样来哄我。想当初，你像扔狗一样把她扔给我，我豁着性命把她养到如今，你倒好，来吃现成的了。什么鲁队长蒋政委，都是你的谎话。你想当娘了？跟沙月亮疯够了？”

“娘，他现在是皇协军旅长，手下有上千人。”

“我不管他有多少人，我也不管他是什么长，”母亲说，“你让他自己来抱吧，你告诉他，他挂在树上那些野兔子我还给他留着呢。”

“娘，”大姐说，“这是关系千军万马的大事，您别犯糊涂啊。”

母亲说："我糊涂了半辈子了，千军万马万马千军我都不管，我只知道枣花是我养大的，我舍不得给别人。"

大姐一把夺过孩子。纵身跳下炕，往外跑去。母亲大骂："鳖种，动了抢啦！"

沙枣花哭起来。

母亲跳下炕去追赶。

院子里啪啪啪几声枪响。房顶上一阵混乱，有人哀号着滚下去，跌在院子里。

一只脚踩破了我家房顶，漏下块状的泥土和一片星光。

院子里乱了套，枪声，劈刺声，士兵的喊叫声："别让他们跑了！"

爆炸大队的士兵举着十几根蘸了煤油的火把，跑了进来，照耀得院子里通明如昼。胡同里、房子后边，都响着吵吵嚷嚷的男人声。有人在房后大声吆喝："绑起他来，个小舅子，看你还敢跑。"

爆炸大队的鲁队长走进院子，对着紧紧抱着沙枣花、缩在墙角的上官来弟说："沙太太，你们这样做不太够意思吧？"

沙枣花在大姐怀里哭着。

母亲走到院子里。

我们趴在窗户上往外观看。

甬路旁边，躺着一个浑身窟窿的男人，他流了很多血，汇成了汪，像小蛇一样四处爬。血腥味，热烘烘的。煤油味儿，呛鼻子。血还从窟窿里往外冒，还有气泡儿。他没死利索，一条腿还在抽动。他嘴啃着地，脖子别别扭扭，看不见他的脸。哑巴提着缅刀，对鲁队长边叫边比画。鸟仙跑出来，还好，穿着一件肯定是哑巴的军装上衣，上衣下摆齐着膝盖。乳房和肚皮半遮半掩。雪白的、修长的小腿。肌肉结实、皮肤光滑的腿肚子。半张着嘴。痴迷的眼睛，时而望望这个火把，时而望望那个火把。一群士兵，押进来三个穿绿衣服的人：一个胳膊受伤，流着血，脸色煞白；一个瘸着腿；一个被绳子勒低了头，他拼命想昂起头，但几只强有力的大手不容他抬头。蒋政委也随着进来。他手里捏着一个手电筒，电筒头上蒙着一块红绸，放出红光。母亲啪哒啪哒走，因为她赤着脚。地上有蚯蚓倒上来的土堆。她毫不畏惧地面对着鲁大队长，说："这到底为啥？"

鲁大队长说："大婶，这不关您的事。"

蒋政委多余地用蒙着红绸布的电筒照着上官来弟的脸。上官来弟，身材修长，如一棵白杨。

母亲走到大姐面前，劈手把沙枣花夺回来。沙枣花伏在母亲怀里。母亲哄着她："好孩子，别怕，奶奶在呢。"

沙枣花哭声渐弱，变成抽泣。

大姐的胳膊还保持着抱孩子的姿势。姿势僵硬，很丑。她脸上很白，双眼有些直。她穿着一身绿衣服，男式的，成熟的乳房高高挺起。

"沙太太，我们对你们可算是仁至义尽。你们不接受我们改编，我们不勉强，可你们不该投降日寇。"鲁大队长说。

大姐冷笑一声："这是男人们的事，别跟我一个妇道人家说。"

蒋政委道："听说沙太太是沙旅长的高参？"

大姐道："我只知道要我的女儿。你们有种，去跟他真刀真枪地干，拿个小孩子做文章，不是大丈夫的行为。"

蒋政委道："沙太太差矣，我们对沙小姐可以说是关怀备至，你母亲可以作证，你的妹妹可以作证，大地可以作证，苍天也可以作证。我们的本意是：热爱孩子，为了孩子，我们的一切行为，都是出于这个目的，我们不希望这个美丽的孩子，有一个汉奸父亲和一个汉奸母亲。"

大姐说："这些话我一句也不明白，您别枉费口舌了。我既然落在你们手里，随你们处置吧。"

哑巴冲出来，在十几根火把之间，他显得格外高大威猛，裸露的黑皮，像涂了一层獾油，光彩熠熠。啊噢……啊噢啊噢——他狼着眼，猪着鼻，猴着耳朵，虎着脸，喊叫着，举起粗壮的胳膊，攥着拳头，对着周围的人，画了一个圈。他踢了一脚甬路上的死者，又逐个地对三个俘虏施以拳打。每人一拳，打一拳一啊噢。打到尽头又回头打了一遍：啊噢！啊噢！！啊噢！！！一拳比一拳狠。最后一拳，竟把那倔强地想昂脖子的俘虏打瘫在地。蒋政委严厉地制止了他：“孙不言，不许打骂俘虏！”哑巴咧开嘴，笑着，指指上官来弟，指指自己的胸口。他走到来弟面前，左手捏着她的削肩，右手对着众人比画。鸟仙入神地盯着变幻莫测的火苗子。大姐抡起左臂，扇了哑巴右腮一巴掌，呱唧一声响。哑巴松开手，狐疑地摸摸脸，好像不知打击来自何方。大姐抡起右臂扇了哑巴的左腮。这一掌打得急速有力，响声清脆。哑巴身体晃荡，大姐在强大的反作用力下，倒退了一步。大姐柳眉竖起，凤眼圆睁，咬牙切齿地骂道：“畜生，你毁了我妹妹！”

鲁大队长说：“把她押走，女汉奸，这么猖狂！”

几个士兵上前架住了大姐的胳膊。大姐高声叫着：“娘，你糊涂啊，三妹是只凤凰，你却把她嫁给了哑巴！”

一个兵跑进来，气喘吁吁地报告：“大队长，政委，沙旅的大队人马，已经到了沙岭子镇。”

鲁大队长说：“大家别乱，各连长注意，按原定计划行动，把地雷全埋上。”

蒋政委说：“大婶，为了您和孩子的安全，跟我们到大队部去。”

母亲摇摇头，说：“不，死也要死在自家炕上。”

蒋政委一挥手，一群士兵拥到母亲身边，一群士兵拥进屋子。母亲喊着：“天主啊，睁开眼看看吧。”

我们一家，被关在司马家的偏房里。门口站着岗。隔壁的大客厅里，瓦斯灯通亮，有人在大声喊叫。村子外边，一阵阵爆豆般的枪声传来。

蒋政委端着一盏玻璃罩子灯，慢条斯理地走进来，罩口冒出来的黑烟呛得他眯起眼睛。他把罩子灯放在花梨木的桌子上，打量着我们，说："为什么要站着呢？坐下坐下坐下。"他指点着环墙摆着的花梨木椅子，说，"大婶，您这二女婿家可真够排场的。"他自己先坐在一把椅子上，双手按着膝盖，用略带嘲讽的目光看着我们。大姐一屁股坐下，与蒋政委隔桌相对，她赌气般地撅着嘴，说："蒋政委，你请神容易送神难吧！"蒋笑道："好不容易把神请来，为什么要送呢？"大姐道："娘，您只管坐，谅他们也不敢怎么着我们。"

"我们压根儿就没想怎么着你们，"蒋政委微笑着说，"大婶，坐下吧。"

母亲抱着沙枣花，坐在墙角的一把椅子上。我和八姐拉着母亲的衣角，贴椅子站着。司马家的公子头歪在六姐肩膀上，嘴里流着哈喇子。六姐被瞌睡折磨得身体摇摇晃晃。母亲拉了她一把，让她坐下，她睁开眼睛看看，随即就发出了酣睡声。蒋政委摸出一根纸烟，将烟头放在大拇指甲上顿了顿。他摸索衣袋，显然是想找火。他没有找到火，大姐好像幸灾乐祸地冷笑。他走到玻璃罩子灯前，嘴叼着烟，凑到灯火上方，眯着眼，吧嗒吧嗒地吸着，火苗在灯罩里被拉扯得上下跳跃，烟头发了红，发了亮。他抬起头，把烟卷从嘴里摘下来，紧闭着嘴唇，鼻孔里喷出两股浓烟。村子外传来轰轰的爆炸声，震动得窗户上的木格子嘎嘎地响。一片片火光在夜空中抖动着。人的哭叫声和呐喊声时而隐隐约约，时而异常清晰。蒋政委面带微笑，挑战般地紧盯着来弟。

来弟屁股上好像长了尖，在椅子上歪来斜去，摇晃得椅子腿咯咯吱吱响。她的脸色苍白，攥着椅子扶手的双手颤抖不止。

“沙旅长的骑兵中队闯进了我们的地雷阵，”蒋政委惋惜地说，“可惜了那几十匹好马。”

“你……你们做梦……”大姐双手撑着椅子扶手站起来，一阵更加密集的爆炸声把她按坐在椅子上。

蒋政委站起来，悠闲地敲敲偏房与客厅之间的花格子木隔墙，仿佛是自言自语：“全是红松的，司马家大宅院耗费了多少木材？”他抬头望着大姐，问：“你说，要用多少木材，梁、檩、门窗、地板、木隔壁、桌椅板凳……”大姐局促不安地扭着屁股。“耗费了一个森林的木材！”蒋政委痛心地说，好像虚拟的森林被砍伐得满目狼藉的情景就在他的面前。“这些账迟早要算的。”他沮丧地说着，把被砍伐的大森林扔到脑后。他走到大姐面前，双腿叉成A形，右手叉着腰，胳膊肘子成锐角，僵硬地撑出去。“当然，我们认为，沙月亮跟死心塌地的汉奸还有区别，他有过光荣的抗日历史，如果他痛改前非，我们还愿意跟他互称同志，沙太太，待会儿我们捉住他，你可要好好劝劝他呀。”

大姐的身体松软地靠在椅子背上，尖声说：“你们抓不到他！你们休想！他的美式吉普比马跑得快！”

“但愿如此，”蒋政委说，他放下锐角胳膊，双腿也变了姿势。他摸出一支烟，送给上官来弟。来弟身体本能地往后缩了缩，他把烟往前送了送。来弟扬起脸，看着蒋政委脸上莫测高深的微笑。她畏畏缩缩地伸出一只手，伸出那两根被纸烟熏黄了的手指，捏住了烟卷，蒋政委把手中那半截烟卷放到嘴边，吹掉烟灰，让火头燃旺。然后他把红红的烟头送到来弟面前。来弟又扬脸望了一眼蒋政委。蒋依然微笑。来弟忙乱地叼住纸烟，把脸凑上前，让嘴里的烟卷与蒋政委手中的火头相接。我们听到她吧嗒嘴唇的声音，母亲木然地望着墙壁，六姐和司马少爷半醒半睡，沙枣花无声无息。烟雾从大姐脸上腾起。她抬起头，身体后仰，胸脯疲惫地凹下去。她的夹着烟卷的手指湿漉漉的，宛若两条刚从水中捞上来的黄泥鳅，烟头火飞快地往她嘴边爬，她头发凌乱，嘴边有几道深皱纹，眼睛周围有两团紫色阴影。蒋政委脸上的微笑慢慢收敛，好像一滴落在热铁上的水，从四周往中间收缩，收缩成针尖大的一个亮点，欻的一声便消逝得无影无踪。他扔掉手中短得几乎要烧到指尖的烟头，用脚尖捻碎，然后，大踏步地走了。

隔壁客厅里，传过来他大声的吼叫："一定要捉住沙月亮，他即便钻到老鼠洞里，也要把他挖出来。"接下来是电话筒按在话机上的清脆声音。

母亲怜悯地注视着像被抽去了骨头一样瘫软在椅子上的大姐。走过去，抓起她那只被烟卷熏黑的手，仔细地看了看，摇摇头。大姐从椅子上滑下来，跪着，双手搂住母亲的腿，仰着脸，嘴巴翕动着，一种奇怪的音响从她嘴里冒出来。刚开始我以为她在笑，但马上就知道她在哭。她把眼泪和鼻涕都抹在母亲腿上。她说："娘，其实我无时无刻不在想你，想妹妹，想弟弟……"

母亲说："后悔了吗？"

大姐迟疑了一下，摇摇头。

母亲说："这就好，该走哪一步是天主给安排的，一后悔就要惹恼天主。"

母亲把沙枣花递给大姐，说："看看她吧。"

大姐轻轻抚摸着沙枣花黝黑的小脸，说："娘，要是他们枪毙我，这孩子就要靠您抚养了。"

母亲说："他们不枪毙你，这孩子，也得由我抚养。"

大姐欲把孩子还给母亲，母亲说："你先抱一会儿吧，我给金童喂喂奶。"

母亲走到椅子前，掀起衣襟。我跪在椅子上，吃奶。母亲撩着衣襟，弓着腰站着，说："平心而论，姓沙的不是孬种，就凭着他给我挂那一树野兔子，我也得认这个女婿。但他成不了大气候，就凭着那一树野兔子，我就知道他成不了大气候。你们俩加起来，也斗不过姓蒋的，姓蒋的是棉花里藏针，肚子里有牙。”

想当初，那像累累果实一样挂满我家树枝的野兔子，曾让母亲恼怒万分；但转眼间，这满树的野兔子竟成了母亲接受沙月亮为女婿的理由；也还是那几树野兔子，成了母亲判断沙月亮必败于蒋政委之手的根据。

黎明时分，一群从天河架桥归来的喜鹊落在屋脊上，疲倦不堪地喳喳乱叫。喜鹊们把我唤醒。我看到母亲抱着沙枣花坐在椅子上，我却坐在上官来弟冰凉的膝盖上，她用两条细长的胳膊紧紧地搂着我的腰。六姐和司马公子还是那样交颈而眠。八姐依偎在母亲腿边。母亲的眼睛里没有光彩，两个嘴角耷拉着，显得极度疲乏。

蒋政委走进来，看了我们一眼，道：“沙太太，要不要去看看沙旅长？”

大姐推开我，猛地站起来，哑着嗓子说：“你撒谎！”

蒋政委皱皱眉，说：“撒谎？为什么要撒谎呢？”他走到桌子前，低下头，扑哧一声，吹熄了罩子灯。红太阳的光芒立即从窗格子里泻进来。他伸出一只手，谦恭——也许不是谦恭——地说：“请吧，沙太太，还是那句话，我们不愿意把所有的路堵死，如果他迷途知返，可以担任我们爆炸大队的副大队长。”

大姐机械地往外走，临出房门时，她回头望了望母亲。蒋政委说：“大婶也去，小弟弟小妹妹们都去。”

我们穿越着司马家的重重门洞，路过一个又一个一模一样的套院。路过第五个套院时，我们看到院子里躺着十几个伤兵。那个姓唐的女兵正在给一个腿部受伤的士兵包扎。我五姐上官盼弟给唐女兵当助手。她全神贯注，没有发现我们。母亲对大姐轻声说：“那是你五妹。”大姐瞥了五姐一眼。蒋政委说：“我们付出了沉重的代价。”

第六个套院里，摆着一副门板，门板上躺着几具尸首，尸首的脸都用白布蒙着。蒋政委说：“我们鲁大队长壮烈牺牲，损失无法估量。”他弯腰揭开一块白布，我们看到了一张血迹斑斑的、生着络腮胡须的脸。他说：“战士们都恨不得剥了沙旅长的皮，但我们的政策不允许。沙太太，我们的诚意差不多可以感天地动鬼神了吧？”走出第七个套院，绕过一道高大的影壁，我们站在福生堂大门口高高的台阶上。

街上来回跑动着一些爆炸大队士兵，他们的脸上都挂着一层灰。几个士兵牵着十几匹马，沿着大街从东往西走，几个士兵却指挥着几十个老百姓，用绳子拉着一辆吉普车从西往东走。两拨人在福生堂大门口相遇，一齐都站住。两个小头目模样的人跑上前来，都立正，都行举手礼，像吵架一样同时向蒋政委报告，一个报告缴获战马十三匹，一个报告缴获美式吉普车一辆。但可惜炸破了水箱，只能用牛拉回来。蒋政委高度赞扬了他们。士兵们在赞扬声中都挺胸抬头，目光灼灼。

蒋政委把我们带到教堂门口。大门两侧，站着十六个荷枪实弹的哨兵。蒋一举手，士兵便齐拍枪护木，并拢脚跟，行持枪注目礼，我们这一列妇孺，俨然成了视察战场的将军。

大约有六十多个穿绿衣服的俘虏挤在教堂的东南角落上，在他们的头上，一大片因为漏雨霉烂了的屋笆上，生着一簇簇洁白的蘑菇。在他们面前，并排站着四个怀抱冲锋枪的士兵，他们的左手摸着弯曲着像长长的牛角一样的弹夹，右手四个指头握着光滑得像女人小腿一样的枪托，食指扣着鸭舌般的扳机。他们的背对着我们。在他们身后，放着一堆死蛇般的牛皮腰带，俘虏们如要行走，必须双手提着裤腰。

蒋政委嘴角上迅速滑过了一个不易觉察的笑容，他轻轻咳嗽了一声，也许是为了引人注意吧，俘虏们懒洋洋地抬起头，看着我们。他们的眼睛，突然间都闪烁了几下。这些闪烁着鬼火的眼神，应该是因为上官来弟而发，如果她真的如蒋政委所说，是沙旅的半个掌柜的话。上官来弟却因为不知什么样的复杂心情，使自己的眼睛发了红，脸色发了白，脑袋往胸前垂。

这些俘虏兵，让我想起模模糊糊的记忆中的鸟枪队的黑驴们，它们聚集在教堂时，也喜欢挤在这个角落里，二十八头驴，结成十四个对子，你轻轻地啃我的腚，我温柔地咬你的臀，互相关心，互相爱护，互相帮助。团结亲密的驴队究竟覆灭在什么地方呢？是什么人消灭了驴队？在马耳山，被司马库的游击队，还是在胳膊岭，被日本人的便衣队？为我施浸洗礼那个神圣的日子里，母亲遭到强暴。他们都是鸟枪队繁殖的绿衣兵，是我的仇敌。现在，该以圣父、圣子、圣灵的名义惩罚他们，阿门。

蒋政委清清嗓子，说："沙旅的弟兄们，饿了吧？"

俘虏们又一次抬起头，有的人想回答而不敢回答，有的人根本不想回答。

蒋政委身边的护兵说："小舅子们，聋哑了吗？这是我们的大队政委，问你们哪！"

"不许骂人！"蒋政委严厉地训斥护兵，护兵红着脸，垂下了头。蒋说："弟兄们，知道你们又饿又渴，有胃病的人可能正在胃痛，眼冒金星背出冷汗，请坚持一会儿，饭马上就好。咱这里条件差，没有好的吃，先熬上一锅绿豆汤，给你们解渴败火，中午，吃白面大馒头，韭菜炒马肉。"

俘虏们脸上现出喜色，有几个大着胆低声说话。

蒋政委道："死马很多，都是好马，真可惜，你们闯进了我们的地雷阵。待会儿，你们吃的马肉，可能就是自己坐骑的肉。虽说骡马比君子，但毕竟是马，大家尽管吃，人是万物之灵嘛！"

正说着马，两个老兵抬着一个大桶，吆吆喝喝地进了门。两个小兵，各抱着一大摞从肚皮直垒到下巴的粗瓷大碗，踉踉跄跄地跟在老兵身后。“汤来了！汤来了！”老兵喊着，好像有人阻碍了他们的道路似的。小兵们挺着一肚子碗吃力地看着地面，寻找放碗的地方。老兵一齐下蹲，让汤桶着地，汤桶着地时他们也差不多坐在了地上。小兵们上身保持着正直，双腿往下落，终于蹲下，双手下垂，手背从碗底抽出。两摞碗摇摇晃晃立在地上。两个小兵释掉重负站起来，抬起衣袖擦着脸上的汗。

蒋政委抄起大木勺子，搅动着绿豆汤，问老兵：“加红糖了没有？”老兵说：“报告政委，没弄到红糖，弄了一罐子白糖，从曹家弄的，曹家的老太婆舍不得，抱着糖罐子不肯撒手……”

“好啦，分给弟兄们喝吧！”蒋政委说着，扔下木勺，好像突然想起了我们似的回过脸来，亲热地问，“你们是不是也喝一碗？”

上官来弟冷冷地说：“蒋政委请我们来，不是喝绿豆汤的吧？”

母亲说：“为什么不喝呢？老张，给俺娘们盛上几碗。”

上官来弟说：“娘，当心汤里有毒！”

蒋政委大笑着说：“沙太太想象力太丰富了。”他抓起木勺，舀起一勺汤，高高举起，慢慢往下倒，让汤的优美展现，让汤的味道扩散。他扔下勺子，说：“这汤里，下了一包砒霜，两包老鼠药，一口下肚，五步断肠六步倒七窍流血，有没有敢喝的？”

母亲上前，摸起一个碗，用袖子擦擦灰土，抄起木勺，盛上一碗汤，递给大姐。大姐不接。母亲说：“这碗是我的。”她往碗里吹了几口气，试探着喝了一口，又试探着喝了几口。母亲又盛了三碗汤，递给六姐八姐和司马少爷。俘虏们说：“给我们盛，有毒没毒喝三碗。”

两个老兵掌勺，两个小兵递碗，一碗接着一碗盛。持枪的士兵闪到两边，侧面对着我们，我们能看到他们的眼睛，他们的眼睛只看着俘虏。俘虏们都站起来，自行排成队伍，一手提着裤子，一手无聊地垂着，等待着端绿豆汤碗。端到汤碗的，小心翼翼地低着头，生怕热汤溢出烫了手指。一个接着一个的俘虏一手提着裤子一手端着绿豆汤慢慢地转到后边去，蹲下，才腾出两只手，捧着碗，转着圈吹，转着圈喝。呼呼呼吹气，吸溜吸溜，都非常有经验地小口喝。司马少爷就没有经验，喝了一大口，欲吐吐不出，欲咽咽不下，烫得满口腔发了白。一个俘虏伸手接碗时悄悄地叫了一声："二姨夫……"掌勺的老兵抬起头，盯着那张年轻的脸看。"二姨夫，您不认识我了？我是小昌呀……"老兵抡起勺子砸了一下小昌的手背，骂道："谁是你的二姨夫？你认错人了，俺可没你这号当绿皮子汉奸的外甥！"小昌哎哟了一声，手中的碗掉在脚背上。脚背被烫，他又哎哟了一声。提裤子的手情急中欲去摸脚，裤子却落到膝盖下，露出烂脏的裤头。他又哎哟了一声，双手提起了裤子。直起腰时，他的双眼里满噙着泪水。

"老张，注意纪律！"蒋政委恼怒地说，"谁给你随便打人的权力？告诉军法处，关三天禁闭！"

老张嗫嚅："他冒认二姨夫……"

蒋政委说："我看你就是他的二姨夫，遮遮掩掩干什么？好好做他的工作，让他参加我们爆炸大队。小伙子，烫得怎么样？待会儿让卫生兵给涂点二百二。汤泼了，重给他盛一碗，多给他盛上点绿豆。"

那个倒霉的外甥端着优待他的稠汤一瘸一拐地转到后边去了，后边的俘虏又接上来端汤。

现在，所有的俘虏都在喝汤，教堂里一片嘴响汤响。老兵和小兵暂时无事可做，一个小兵舔嘴唇，一个小兵直着眼看我。一个老兵无聊地用勺子刮着桶底，一个老兵摸出烟口袋和烟袋锅想抽烟。母亲把碗沿塞到我嘴里，我厌恶地把粗糙的碗沿吐出来，我的嘴不适应除了乳头之外的其他任何东西。

大姐的鼻孔里发出一声轻蔑的哼哼，蒋政委看看她，她脸上也净是表示轻蔑的表情。她说："我也该喝碗绿豆汤。"

蒋政委说："太应该了，你看你的脸，快成了干茄子啦。老张，赶快给沙太太盛碗汤，要稠的。"

大姐说："我要稀的。"

蒋政委说："盛稀的。"

大姐端着汤碗，喝了一口，说："果然放了糖，蒋政委，我劝你也喝一碗，你说了那么多的话，一定喉干舌燥。"

蒋政委捏捏喉咙，说："还真有点口渴。老张，给我盛一碗，我也要稀的。"

蒋政委端着碗，和大姐讨论绿豆的品种问题。他说他们老家有一种沙绿豆，一开锅就烂，不似这里的绿豆，没有两个小时熬不烂。讨论完了绿豆问题，又接着讨论黄豆问题。这两个人似乎是豆类专家。把各种豆子讨论过，蒋政委想把话头转移到花生品种上时，大姐却把碗掷在地上，很蛮横地说："姓蒋的，你玩的什么圈套？"

蒋微笑着，说："沙太太，您多心了。我们走吧，沙旅长一定等急了。"

"他在哪里？"大姐讥讽地问。

蒋说："自然是在你们难以忘记的地方。"

我家大门口，站岗的士兵比教堂门口还多。

东厢房门口还有一道岗。带班的是哑巴孙不言。他坐在墙边一根圆木上，玩着手中的缅刀。鸟仙奄拉着两条腿坐在桃树杈上，手里攥着一根黄瓜，用门牙一点儿一点儿地啃着吃。

"进去吧，"蒋政委对大姐说，"好好劝劝他，我们希望他弃暗投明。"

大姐进了东厢房便发出一声尖叫。

我们冲进东厢房，看到沙月亮悬挂在梁头上。他穿着一身绿毛料制服，腿上穿着锃亮的高腰牛皮马靴。在我的印象里，他是个头不高的人，但悬挂在梁头上后，身材却显得格外修长。

第十八章

我从炕上爬下来，眼睛还没完全睁开就扑到了母亲胸前。我蛮横地掀起她的衣服，张嘴叼住了一只乳头。火辣辣的感觉在我口腔里散开，眼泪从我眼睛里迸出。我吐出奶头，委屈又疑惑地仰起脸。母亲拍拍我的头，歉意地笑着，说："金童，你七岁了，是大男子汉了，该断奶了！"母亲话音未落，金童听到八姐上官玉女银铃般甜脆的笑声。

金童眼前一片漆黑，仰面朝天跌在了地上。他绝望地看到，那两只乳头上涂了辣椒的乳房像两只红眼睛的鸽子腾空而去。为了给他断奶，母亲在乳头上抹过生姜、大蒜，甚至还涂过臭鸡屎，这一次又换上了辣椒油。母亲每次的断奶试验都以我的倒地装死而失败。我躺在地上，等待着母亲像往常一样，去洗净她的乳头。夜里的噩梦清晰地展现在眼前：母亲把乳房割下来，扔在地上，说："吸吧，吸吧，我让你吸！"一只黑猫叼着乳房跑了。

母亲把我拉起来，重重地按坐在饭桌旁。她的脸上神情严肃。"说什么也要给你断了！"母亲坚决地说，"难道你忍心把我吸成干柴？啊，金童？"

司马少爷、沙枣花、八姐玉女围坐在桌子旁吃面条，他们用轻蔑的目光看着我。上官吕氏在锅灶旁边的灰堆里冷笑，她的身体风干了，裸露的皮肤像草纸一样，一片片地脱落。司马少爷用筷子高高挑起一根抖抖颤颤的面条，在我面前炫耀着。那根面条像虫子一样钻进他的嘴里。我感到恶心。

母亲把一碗冒着热气的面条放在桌上，递一双筷子给我，说：

“吃吧，尝尝你六姐擀的面条儿。”

正在灶边喂上官吕氏吃饭的六姐歪过头，仇视地盯着我说：“多大了呀，还叼奶头，没出息！”

我把那碗面条抛在六姐身上。

六姐跳起来，身上挂着虫子般的面条。她愤怒地说：“娘，你太宠他了！”

母亲在我后脑勺上打了一巴掌。

我扑到六姐身上，双手准确地揪住了她的乳房。我听到那两只乳房唧唧喳喳地叫着，像被耗子咬住翅膀的小雏鸡儿。六姐猛地站了起来，疼痛使她弯了腰。我使劲儿攥着她，不松手。她狭长的脸发了黄，哭叫着：“娘，娘哪，你看看他吧……”

母亲打击着我的脑袋，怒骂着：“畜生！你这个小畜生！”

我晕倒在地。

我醒过来，感到头痛欲裂。司马少爷冷漠地继续进行着他的高空吃面游戏。沙枣花从碗沿上抬起沾着面条的脸，胆怯地看着我，但同时也让我感到她对我满怀着敬佩之情。乳房受了伤的六姐坐在门槛上哭泣。上官吕氏阴鸷地盯着我。上官鲁氏满面怒容，弯着腰，研究着地上的面条。“你个杂种啊！你以为这面条来得容易吗？！”她抓起一把面条，不，她抓起一把缠绕在一起的虫子，捏住我的鼻子，迫使我张开嘴巴，把手中的虫子塞到我嘴里。“你给我吃下去，吃下去！我的骨髓都被你吸干了呀，你这个冤孽！”我大声呕吐着，挣脱她的手，跑到院子里。

院子里，上官来弟穿着那件四年没脱下过的肥大黑袍子，弓着腰，在磨刀石上磨一把尖刀。她对着我友好地笑笑，神色突然一变，咬着牙根说：“这一次我非去宰了他不可。时候到了，我手中的刀磨得比北风还要快，还要凉，我的刀像北风一样凉快，我要让他知道杀人者必得偿命的道理。”

我心情不好，没有答理她。大家都认为她得了失心疯。我知道她在装疯，但我不知道她为什么装疯。那次在她栖身的西厢房里，她坐在高高的石磨顶上，下垂着两条被黑袍遮掩的长腿，对我讲述她跟随沙月亮闯荡天下时所享受的荣华富贵，见识过的奇闻趣事。她拥有过一只会唱歌的匣子，她有过一架能把远处的景物拉到眼前来的镜子。当时我认为她说的都是疯话，但很快我就见识到了会唱歌的匣子，那是五姐上官盼弟抱回来的。她在爆炸大队里养尊处优，身体肥胖，好像一匹怀孕的母马。她把那个开着一朵黄铜喇叭花的玩意儿小心翼翼地放在炕上，得意地招呼我们："来来来，让你们开开眼界！"她揭开一块红布，亮开了那匣子的秘密。她抓起一个把手吱吱扭扭地拧着。拧完了，神秘地一笑，说："听吧，洋人大笑。"突然间从匣子里传出来的声音吓了我们一跳。洋人的笑像传说中的鬼哭。"抱走，快抱走！"母亲大喊着，"抱走鬼匣子！"上官盼弟说："娘，你真是老脑筋，这是留声机，不是鬼匣子。"上官来弟在窗外冷冷地说："唱针磨秃了，该换新的了！"

"沙太太，"五姐用嘲讽的口吻说，"你逞什么能？"

"这是我玩腻了的玩意儿，"大姐在窗外轻蔑地说，"我对着那黄铜喇叭口儿撒过尿，不信你趴上闻闻。"

五姐把鼻子凑到黄铜喇叭口上，皱着眉头闻了闻。她没告诉我们她闻到了什么味道。我好奇地把鼻子凑上去，刚刚嗅到一股腥臭的咸鱼味儿，就被五姐把我推到了一边。

"骚狐狸！"五姐恨恨地说，"本来是应该枪毙你的，是我替你求了情。"

"本来我是能杀掉他的，是你妨碍了我！"大姐说，"你们看，她还像个黄花闺女吗？她那两个奶子，被姓蒋的啃得成了糠萝卜。"

"狗汉奸！女汉奸！"五姐下意识地用胳膊护住了那两只堕落的乳房，骂道，"狗汉奸的臭老婆！"

“你们都给我滚！”上官鲁氏怒冲冲地说，“都滚，都去死吧，别让我再看到你们。”

我心里产生了对上官来弟的尊敬。她竟然在那稀世珍宝的喇叭里撒尿。关于能把远的东西拉到眼前来的镜子也肯定是真的了。“那是望远镜，是每一个指挥官脖子上都要悬挂的东西。”上官来弟舒适地坐在铺了干草的驴槽里，友好地对我说，“傻小子！”“我不傻，我一点也不傻！”我为自己辩护着。“我认为你很傻。”她猛地掀起黑袍子，双腿高高举起，瓮声瓮气地说，“你往这里看！”

一道阳光照耀着她的大腿、肚皮，还有那两只小猪崽般的乳房。

“钻进来，”她的脸在驴槽的尽头微笑着，说，“钻进来吃我的奶吧，母亲让我的女儿吃她的奶，我让你吃我的奶。这样就谁也不欠谁的账了。”

我战战兢兢地往驴槽靠近。她像鲤鱼打挺一样直起身，双手抓住了我的肩膀，把黑袍的下摆蒙在了我的头上。眼前一片黑暗。我在黑暗中探索着，既好奇又紧张，既神秘又有趣。我嗅到了与留声机喇叭里那味道同样的味道。在这儿，在这儿，她的声音在很远的地方。傻瓜，她把一只乳头塞到我嘴里。吸吧，你这个狗崽子。你绝对不是我们上官家的种，你是个小杂种。她的乳头上苦涩的灰垢溶化在我嘴里。她腋下发出一股令人窒息的臊味。我感到快要憋死了，可她的双手按着我的头，她的身体用力往上挺，好像要把那又大又硬的乳房一股脑儿全部逼进我的口腔。我忍无可忍，在她乳头上咬了一口。她猛地站起来，我从黑袍中漏出，蜷缩在她脚下，等着她踢我一脚，或是踢我两脚。泪水在她又黑又瘦的脸上流淌。她的双乳在黑袍中剧烈摇摆着，炸开着瑰丽的毛羽，好像两只刚刚交配完的雌鸟。

我感到非常歉疚，试探着伸出一根指头，戳了戳她的手背。她抬起手摸摸我的脖颈，低声说：“好兄弟，今天的事不要告诉别人。”

我忠实地点了点头。

她说："我只告诉你一个人，你大姐夫托梦给我，说他没有死，他的魂附在一个黄头发白脸皮的男人身上了。"

我联翩浮想着与上官来弟的秘密交往，走到了胡同。爆炸大队的五个队员像疯子一样往大街上奔跑。他们脸上都挂着狂喜的幕帘。一个胖子在奔跑中推了我一把，喊道："小子，日本鬼子投降了！快回家去告诉你娘，日本投降了，抗战胜利了！"

我看到，大街上欢呼跳跃着成群的士兵，士兵中央夹杂着一些懵懵懂懂的老百姓。日本鬼子投降，金童失去了乳房。上官来弟愿意把乳房供我使用，但她的乳房里没有乳汁，乳头上有腥冷的灰垢，想到此我感到极度绝望。哑巴三姐夫托着鸟仙从胡同北头大踏步地跑过来。他和他那班士兵自从沙月亮死后就被母亲逐出了家门。他带着他的兵住在他自己家里，鸟仙也随着搬过去。他们虽然搬走，但鸟仙不知羞耻的喊叫声经常在深更半夜里从哑巴家里传出，弯弯曲曲地钻进我的耳朵。现在他托着她过来了。她挺着大肚子坐在他的臂弯里，身上穿着一件白袍子。这件白袍子与上官来弟的黑袍子好像一个裁缝按同样尺寸和式样缝制了两件，区别只在颜色上。于是从鸟仙的袍子我想到上官来弟的袍子，从上官来弟的袍子想到上官来弟的乳房，从上官来弟的乳房又想到鸟仙的乳房。鸟仙的乳房是上官家的乳房系列中的上等品，它们清秀伶俐，有着刺猬嘴巴一样灵巧而微微上翘的乳头。鸟仙的乳房是上等品，是不是就可以说上官来弟的乳房不是上等品呢？我的回答是含糊的，因为我从有意识活动时就发现，乳房的美丽是一个广大的范畴，不能轻易说哪个乳房丑陋，但可以轻易地说哪个乳房美丽。刺猬有时是美的，猪崽有时也是美的。哑巴把鸟仙放在我的面前，"啊哦，啊哦！"他攥着马蹄般的拳头对着我的脸友好地摇晃着。我明白，他的"啊哦，啊哦"与"日本鬼子投降了"是同义语。他像一头野牛冲向大街。

鸟仙歪着头看我。她的肚子大得惊人，好像一只肥胖的蜘蛛。

“你是斑鸠还是大雁？”她用啁啁啾啾的声音问我，也很难说她是在问我。“我的鸟飞了，我的鸟呢？飞了！”她一脸慌乱的惊惶表情。我指了指大街，她便横着两根胳膊，用赤脚踢蹬着地上的土，嘴里啾啾着，往大街上跑去。她跑的速度很快，难道那庞大的肚皮不是她奔跑的累赘吗？如果没有这肚子，她跑着跑着会腾空而起吧？怀孕影响奔跑速度是一种主观臆想，事实上，在飞奔的狼群中，掉队的并不一定是怀孕的母狼；在疾飞的鸟群里，必有怀着卵的雌鸟。鸟仙像一只矫健的鸵鸟，跑到了大街上的人群中。

五姐从大街上跑到家门口，她也挺着大肚子，乳房上的汗水溻湿了她的灰布军衣。与鸟仙相比，她的奔跑则显得十分笨拙。鸟仙挥舞着胳膊奔跑，五姐双手搬着肚子奔跑。五姐气喘咻咻，好像一匹拉车爬坡的母马。在上官家的几个姐妹中，上官盼弟体态最丰满，个头最高大。她的那两只乳房凶悍霸蛮，仿佛充满了气体，一拍嘭嘭响。大姐面蒙着黑纱，身穿着黑袍，在伸手不见五指的黑夜里，从阴沟里爬进了司马家大院。她追随着一股酸溜溜的汗味，逼近了一个灯光通明的房间。院子里的青石地面上布满了青苔，滑溜溜的。大姐的心脏撞击着咽喉，仿佛要脱口而出。她攥住刀把的手痉挛着，嘴巴里有一股泥鳅的味道。大姐从花格子门的缝隙里，看到既让她惊心动魄又让她心旌摇荡的情景：一盏白油大蜡烛流着浊泪，烛光晃晃，肉影翩翩。青砖的地面上凌乱地扔着上官盼弟和蒋政委的灰布军装，一只粗布袜子搭在杏黄色的马桶边沿上。上官盼弟赤身裸体地趴在黑瘦的蒋立人身上。大姐撞开门冲进去。但面对着妹妹高高翘起的屁股和脊沟里亮晶晶的汗珠犹豫了。她要杀的仇人蒋立人被遮得严严实实。她高举着刀子大声喊着：“我杀了你们！我要杀了你们！”上官盼弟翻身滚到床下。蒋立人扯起一条被子扑向大姐，把她压倒在地。他抽掉大姐脸上的黑纱，笑道：“我猜着就是你！”

五姐站在大门口喊了一声：“日本投降了！”

她返身跑向大街时顺手拽上了我。她的手上满是汗水，她的汗水酸溜溜的，我从这酸溜溜的汗味里，辨析出了烟草的味道。这味道是属于五姐夫鲁立人的，为纪念在消灭沙旅的战斗中英勇牺牲的鲁大队长，蒋立人改姓鲁。鲁立人的味道通过五姐的汗水挥发在大街上。

爆炸大队在街上欢呼雀跃，许多人眼睛里流出泪水。人们故意互相碰撞，互相打击。有人爬上摇摇晃晃的钟楼，撞响了古老的铜钟。街上的人越来越多，他们有的提着锣，有的牵着奶羊，有的捧着一块在荷叶上活蹦乱跳的肉。有一个双乳上拴着铜铃的女人格外引我注意，她跳着一种古怪的舞蹈，让乳房上蹿下跳，让铜铃清脆鸣响。人们的脚踢起阵阵尘土。人们的喉咙都嘶哑了。鸟仙在人群中东张西望，哑巴举着拳头，打击着每一个靠近他的人。后来，一群士兵像举着一根木棍一样把鲁立人从司马家大院里举出来。士兵们把他向空中抛起，抛得跟树梢齐平，落下来，又被抛上去……嗨呀！嗨呀！嗨呀！五姐托着肚子，流着泪水吼叫："立人哪！立人哪！"她试图挤进士兵群中去，但每次都被那些结满硬趼的屁股顶出来……

狂欢吓得太阳快速奔跑，它很快便坐在地上，倚靠着沙梁上的树木，放松了身体，浑身血红，遍体水泡，流着汗水，散发着热气，像一个苍老的大爹，喘息着观看大街上的人群。

先是有一个人倒在尘土中，随后便有一片人倒在尘土中。升腾的尘土慢慢降落下来，落在人们的脸上，落在人们手上，落在人们被汗水溻透的衣服上。在血红的阳光里，大街上躺着一大片僵尸般的男人。傍晚的凉爽的风从沼泽地和芦苇荡里吹来，火车驶过铁桥的声音格外清晰。人们都侧耳谛听着。也许只有我一个人在侧耳谛听。

抗战胜利了，但上官金童被乳房抛弃了。我想到了死亡。我要跳井，或者投河。

人群中，有一个穿着土黄色长袍的人慢慢爬起来。她跪在地上，从面前的土堆里扒出了跟她的袍子、跟大街上的一切同样颜色的东西。扒出一个，又扒出一个。他们发出了娃娃鱼一样的叫声。三姐鸟仙在庆祝抗战胜利的狂欢中，生产了两个男孩。

鸟仙和她的孩子使人暂时忘记了自己的烦恼，我悄悄地移步向前，想看看这两个外甥的模样。我迈过一条条男人的腿，跨过一个个男人的头，终于看到那两个土黄色的小家伙身上和脸上布满了皱纹，他们头上光秃秃的，像煞两个青油油的小葫芦。他们咧着嘴哭，样子很可怕，我莫名其妙地感到这两个东西的身上很快就会覆满鲤鱼一样丰厚的鳞片。我慢慢地后退，不慎踩在一个男人的手上。他哼哼了一声，没打我，也没骂我。他慢慢地坐起来，又慢慢地站起来。他拂掉脸皮上的尘土，让我看清他是谁。他是五姐夫鲁立人。鲁立人寻找什么？他寻找我五姐。五姐艰难地从墙边一堆乱草上坐起来，扑到鲁立人怀里，抱着他的头，胡乱揉搓着。胜利了，胜利了，终于胜利了。他们俩喃喃低语着，互相抚摸着。我们的孩子，就叫胜利吧。五姐说。

这时，太阳大爹疲倦了，想进窝睡觉，月亮吐出清光，宛若美丽的贫血寡妇。鲁立人搀着五姐想走，想走未走之时，二姐夫司马库率着他的抗日别动大队开进了村子。

司马库的别动大队下辖三个中队。一中队是骑马中队，有六十六匹伊犁马与蒙古马杂交出来的杂种马，士兵一色装备着美式汤姆枪，此枪线条优美，可打连发；二中队是自行车中队，有六十六辆骆驼牌自行车，士兵一色斜挎德国造大镜面二十响连发盒子炮；第三中队是骡子中队，有六十六匹行走如飞的健骡，士兵全部装备着日式三八大盖枪。还有一个特别小队，有十三匹骆驼，驮着修理自行车的工具和自行车零件。还驮着修理枪的工具和零件以及弹药。还驮着司马库、上官招弟。还驮着司马库与上官招弟生养的两个女孩：司马凤和司马凰。还驮着一个美国人巴比特。在最后一匹骆驼上，驮着黑猴一样的司马亭，他穿一条军裤，一件藕色绸衫，苦着脸，好像满腔委屈。

巴比特有一双温柔的蓝眼睛，一头柔软的金发，两片鲜艳的红唇。他上穿一件红色的皮夹克，下穿一条有十几个大大小小口袋的帆布裤子，脚蹬一双轻软的鹿皮靴子。他就穿着这样与众不同的服装骑在一匹公骆驼上，跟随着司马库与司马亭摇摇晃晃进了村。

司马库的骑兵中队像一股亮晶晶的旋风刮了过来。第一排六匹马颜色全黑，马上的骑兵都是英俊的青年，他们穿着橘黄色的毛料制服，胸前和袖口上的铜纽扣擦得锃亮，腿上的高筒马靴也锃亮，怀里的汤姆枪也锃亮，头上的钢盔也锃亮，黑马的肥臀也锃亮。临近遍地躺卧的人群时，马队略微放慢了速度，头排马昂着头，迈着娇滴滴的小碎步，六个骑兵把枪口冲上，对着暮色苍茫的夜空，齐射出一梭子弹，亮晶晶的弹壳四处迸溅，枪声震耳，树上的叶子纷纷下落。鲁立人和上官盼弟被枪声惊动，慌忙分开。鲁立人大喊："你们是哪一部分？"一个马兵回答："你老爷爷那部分的。"话音未毕，一梭子弹几乎擦着鲁立人的头皮横扫过去。鲁立人狼狈不堪地趴倒在地，但他立即跳起来，大喊："我是爆炸大队队长兼政委，我要见你们的最高长官！"他的喊声被一阵对空扫射的排子枪淹没了。爆炸大队的队员们乱纷纷地从地上爬起来，东一头西一头地胡碰着。骑兵队纵马向前，由于街上混乱，马队队形也混乱了。这批杂交马个头矮小，腿脚灵活，它们像一群机灵而霸蛮的公猫，跳跃着躲闪地上没来得及爬起的人和刚爬起又被撞倒的人。一排马冲过去，后边的马蜂拥而来，街上的人在马中间旋转着、跌撞着、惊叫着，像一片逆来顺受、根扎土地无法逃脱的植物。马队跑过去了，街上的人还没清醒到底发生了什么事。这时，骡子中队又逼了过来。骡子中队步伐整齐，同样也是亮晶晶的，士兵们都托着步枪，骄傲得像骡子一样。街那头，马队重整队形，娇滴滴地逼过来，两面夹击，街上的人们乱纷纷往中间汇集。有的人想从大街两侧的胡同里溜走，但立即遭到骑骆驼牌自行车、身穿紫花布便衣、佩戴盒子炮的第三中队的拦截。他们把子弹射在那些机灵人的脚前，尘土噗噗弹起，吓得机灵鬼急忙折回大街。最后，爆炸大队的全体官兵被挤在福生堂大门前的那段街道上，为什么他们不冲回福生堂凭借深宅大院和炮楼暗堡抵抗呢？因为司马库的密探早就混进了爆炸大队，趁着街上混乱之机，他们便关闭了大门，并在门前门后挂上了一串串地雷。

骡子上的士兵接到命令，一齐跳下来，把牲口拉到一边，中间闪开了一条道路。这是大人物出现的预告。爆炸大队的士兵望着那条道路，被裹挟在士兵群里的倒了霉的老百姓也望着那条道路，我隐隐约约地感觉到，来人一定与上官家有关。

太阳已经大半沉下沙梁，只剩下一抹玫瑰色的红边烘托着林梢上的悲凉气氛。金红色的乌鸦在外乡人的泥棚草屋上方匆匆飞行。几只蝙蝠在辉煌的空中随心所欲地表演飞行技巧。短暂的安静是大人物马上就到的表现。

胜利！胜利！两声威武雄壮的呼号，从马兵和骡兵们嘴里吼出。

这时，大人物终于来了。大人物来自西方，骑在披着红绸的骆驼上。

司马库一身高级毛料橄榄绿军装，头上歪戴着一顶被我们戏称为“驴鸟帽”的船形帽。他胸前佩戴着两个像马蹄那么大的勋章，腰上扎着一圈银色子弹，肚腹右侧悬挂着一把左轮手枪。骆驼昂扬着龙脖子，翻着淫荡的马唇，竖着尖锐的狗耳朵，眯着睫毛茂密的虎眼，颠着又大又厚的、挂着蹄铁的双瓣的牛蹄，弯曲着细长的蛇尾，紧缩着瘦削的羊屁股，大踏步地从骡兵的夹道中蹿进来。骆驼像一条起伏的船，司马库是骄傲的水手。他把两条装在特等牛皮马靴里的腿挺得像十字镐一样，胸脯突出，身体微微后仰，他把一只戴着白线手套的手举起，齐着“驴鸟帽”的皱褶儿，铜色的长脸坚硬无比，腮上的红痣像一片经霜的枫叶。他的脸几乎像用紫檀木雕刻而成，又刷上三遍防腐防潮的桐油。马队和骡队的士兵手拍枪托，齐声欢呼。

跟随在司马库骆驼后边的是司马库夫人上官招弟的骆驼。几年不见，上官招弟的脸部没有什么变化，还是那样清丽而温柔。她身上披着一件白色的、丝光闪闪的披风，披风里是黄缎子偏襟夹袄，红绸子扫腿夹裤，脚穿一双精致的黄色小皮鞋。她的双手腕上各戴一个碧绿的玉镯子，除了拇指之外的手指上套着八个金戒指。她的双耳垂上悬挂着两颗绿油油的葡萄，后来我才知道那是翡翠。

不应该把我的那两位尊贵的外甥女忘掉，她俩的骆驼紧随着上官招弟的骆驼，驼峰之间有两根粗绳子，联结着两个用白蜡条编成的座椅状的驮篓，左边篓里那个满头鲜花的女孩是司马凤，右边篓里那个鲜花满头的女孩是司马凰。

接下来涌到我的眼前来的便是美国人巴比特了。就像难以判断燕子的年龄一样，我看不出巴比特的年龄，但从他灵活地闪烁着绿光的猫眼睛里，我感到他非常青春，好像一只刚刚能够跳到母鸡背上制造受精卵的小公鸡。他头上的羽毛真有光彩啊！他骑在骆驼上，身体随着骆驼的颠簸而摇晃，但无论怎么摇晃，他整个身体的姿势保持不变，就像绑在漂浮物上扔到河水中的一个木头小孩。他的这种本领给我留下了深刻的印象，而且百思不得其解。后来，当我们得知巴比特是美国空军的驾驶员后，我才知道，巴比特骑在骆驼上，就像坐在飞机驾驶舱里感觉一样，他不是骑着骆驼，而是开着骆驼牌轰炸机，降落在高密东北乡首镇暮色沉重的大街上。

殿后的司马亭，虽是荣耀的司马家族中的一员，但他垂头丧气，打不起精神，他乘坐的骆驼也是灰溜溜的，瘸了一条腿。

鲁立人抖擞起精神，走到司马库的骆驼前，傲慢地敬了一个尘土弥漫的礼，大声说："司马支队长，欢迎贵军来我军根据地做客，在这个举国欢庆的日子里。"

司马库笑得前仰后合，几乎从骆驼上歪下来。他拍打着驼峰上那撮毛，对着两侧的骡兵和他身前身后的众人说：“你们听到他在喷什么粪？根据地？做客？土骆驼，这里是老子的家，是老子的血地，我娘生我时流的血就在这大街上！你们这些臭虫，吸饱了我们高密东北乡的血，是时候了，你们该滚蛋了！滚回你们的兔子窝，把老子的家让出来。”

他激烈地演说着，言辞铿锵，声情并茂，每说一句话，他的手掌就用力地拍打一下驼峰。他每拍一下驼峰，骆驼的脖子就激灵一下。他每拍一下驼峰，士兵们就吼叫一声。他每拍一下驼峰，鲁立人的脸色就苍白一分。终于，饱受刺激的骆驼身体一缩，牙龇嘴咧，一股腐臭的粥样物，从它的硕大的鼻孔里喷出来，涂在鲁立人灰白的脸上。

“我抗议！”鲁立人抹去脸上的污物，气急败坏地大叫着，“我强烈抗议，我要向最高当局控告你！”

“在这里，”司马库说，“老子就是最高当局。现在我宣布，限你们在半小时内，从大栏镇撤出去，半个小时后，我就要开杀戒了！”

鲁立人冷冷地说：“总有一天你要吞下自酿的苦酒。”

司马库不理鲁立人，高声向他的部下发布命令：“礼送友军出境。”

马队和骡队，排成严整的队形，从东西两边挤过来。爆炸大队的士兵们，被挤进了我家胡同。我家胡同的两侧，间隔几米就立着一个手提盒子炮的便衣，还有一些便衣居高临下地站在屋脊上。

半个小时后，爆炸大队的大部分队员，水淋淋地爬上了蛟龙河对岸。凄凉的月光照耀着他们的脸，小部分爆炸大队的队员，趁着过河时的混乱，钻进河堤上的灌木丛，或是漂在河水中顺流而下，在无人处悄悄爬上岸，拧干衣服，连夜逃跑回家乡。

爆炸大队几百号人，落汤鸡般站在河堤上，他们互相看着，有的人流了眼泪，有的人暗暗欢喜。鲁立人看着自己被彻底缴械的队伍，猛回头朝着河水扑去，他想沉河自杀，被部下紧紧拉住。他站在河堤上，默想片刻，忽然抬起头，对着河对岸人群嘈杂的大栏镇怒吼着："司马库，司马库，你等着瞧吧，早晚有一天老子们要杀回来！高密东北乡是我们的，不是你们的！现在暂时是你们的，但将来归根结底是我们的！"

就让鲁立人带着他的队伍去舔舐伤口吧，我必须回头来解决自己的问题。在跳河还是跳井的问题上，我最终选择了跳河。因为我听说沿着河水漂流，便可进入大海，鸟仙大显神通那年，河里曾航行过几十艘双桅杆的大帆船。

我目睹了爆炸大队士兵在冷月冰辉照耀着的蛟龙河上往对岸争渡的情景。呼哧呼哧，连滚带爬，半河骚乱，一河浪花。司马支队的人毫不吝惜子弹，他们的汤姆枪和盒子炮把大量的子弹倾泻在河水中，打得河中像开了锅一样。如果他们要消灭爆炸大队，足可以杀得人芽儿不剩。但他们施行恐吓战术，仅仅打死打伤了爆炸大队十几个人。几年之后，当爆炸大队改编成一个独立团杀回来时，司马支队那些被枪毙的士兵和军官，无不生出悔不当初之感。

我慢慢地向河水深处走，恢复了平静的河面上跳跃着万千光点。水草缠绕着我的脚，小鱼儿用温暖的嘴巴啄着我的膝盖。我又试探着往前走了几步，河水淹没了我的肚脐。我感到肠胃一阵绞动，难忍的饥饿感攫住了我。于是母亲的可亲可敬优美无比的乳房突然出现在我的脑海里。但母亲已在乳头上涂抹了辣椒油，母亲已一再提醒我：你七岁了，必须断奶了。我为什么要活到七岁呢？我为什么不在七岁前死去呢？我感到泪水流到嘴里。那就让我死去吧，我不想让那些污秽的食物玷污了我的口腔和肠胃。我大着胆又往前走了几步，水猛然淹到了我的肩膀，我的身体感到了河底暗流的冲击，我努力站稳脚跟，与水的力量抗衡。一个团团旋转的旋涡在我面前，吸引着我往前走，我感到恐怖。我感到脚底下的泥沙正在被水底的激流不断淘空，我的身体在不由自主地下陷、前移，向那可怕的旋涡中心移动。我努力后退着，并大声喊叫起来。

这时我听到了上官鲁氏凄凉的喊叫声：“金童——金童——我的亲儿啊，你在哪里……”

伴随着母亲呼叫的，有我的六姐上官念弟、大姐上官来弟，还有一个既熟悉又陌生的尖细嗓门，我猜到了，她是我的满手金戒指的二姐上官招弟。

我号叫一声，身体往前一扑，旋涡立即吞没了我。

等我醒来时，第一眼便看到母亲的一只秀挺的乳房，乳头像一只慈爱的眼睛，温柔地注视着我。另外一只乳头在我嘴里，它主动地撩拨着我的舌尖，摩擦着我的牙床，甘美的乳汁小溪般注入了我的口腔。我嗅到了母亲乳房上有一股浓郁的香气，后来才得知母亲用二姐上官招弟孝敬她的玫瑰香皂洗净了乳头上的辣椒油，并在乳沟里洒上了法国巴黎生产的香水。

屋子里灯火通明，高高的银蜡烛台上插着十几根通红的蜡烛。我看到母亲周围坐着立着许多人，二姐夫司马库正在向母亲展示他的宝贝：一个按一下便喷出火苗的打火机。司马少爷远远地看着他的爹，神情淡漠，毫无亲近之感。

母亲叹息道：“我该把他还给你们了，可怜的孩子，至今还没个名字呢。”

司马库说：“有库就有粮，就叫他司马粮吧。”

母亲说：“听到了没有，你叫司马粮了。”

司马粮冷漠地扫了一眼司马库。

司马库道：“好小子，跟我小时一模一样。老岳母，感谢您为司马家护住了这条根，从今往后，您就等着享福吧，高密东北乡是咱们的天下了。”

母亲不置可否地摇摇头，对二姐招弟说：“你要真有孝心，就给我囤下几担谷子吧，我是饿怕了。”

第二天晚上，司马库组织了盛大的庆典，一是庆贺抗战胜利；二是庆贺他重返家园。他们把一马车鞭炮连接成十挂鞭炮，缠绕在八棵大槐树上，又砸碎了二十几口生铁锅，挖出了爆炸大队埋藏在地下的火药，制成了一个大花炮。那些鞭炮响了足足半夜，把八棵槐树上的绿叶和细枝炸得干干净净。那个大花炮喷出的灿烂的烟花，照绿了半个天空。他们杀了几十口猪，宰了十几头牛，挖出了十几缸陈酒。肉煮熟了，用大盆盛着，放在大街当中的桌子上。肉上插着几把刺刀，任何人都可以前来割食，你割下一只猪耳朵扔给桌子旁边的狗也没人干涉。酒缸摆在肉桌旁，缸沿上挂着铁瓢，谁愿喝谁就喝，你用酒洗澡也没人反对。这一天是村中馋鬼的好日子，章家的大儿子章钱儿吃喝过多，撑死在大街上，当人们为他收尸时，酒和肉便从他的嘴巴和鼻孔里喷出来。

第三卷

第十九章

爆炸大队被赶出村镇十几天后的一个傍晚，五姐上官盼弟把一个用旧军装包着的婴孩塞到母亲怀里。她说："娘，给您。"

上官盼弟浑身湿漉漉的，单薄的衣服紧贴在身上，肥大的乳房高高地挺着，诱惑着我的眼睛。她的头发里散出热烘烘的酒糟的味儿。她的枣子般的乳头在布衬衣里蠕动着。我多么想扑上去咬咬那奶头、摸摸那乳房啊，但是我不敢。上官盼弟脾气暴躁，动不动就用耳光子扇人，她可不像大姐那样良善。宁愿挨耳光，我也要摸摸你！我躲在梨树下，牙咬着下唇，下定了决心。

"站住！"母亲大声喊道，"你给我回来！"

上官盼弟瞪着大眼盯着母亲，愤怒地说："娘，都是一样的女儿，你能给她们养，就能给我养！"

"我欠了你们的？"母亲恼怒地吼叫着，"你们生出来就往我这儿送，连狗都不如！"

"娘，"上官盼弟说，"我们走运时，您没少跟着沾光。现在我们走背字，连我们的孩子也不吃香了是不是？娘，一碗水要端平！"

大姐的笑声从黑暗中发出，听着让人背冷。她冷冷地说："五妹，告诉姓蒋的，总有一天我要杀了他！"

"大姐，"上官盼弟说，"你不要高兴得太早！你那个汉奸丈夫沙月亮死有余辜，我劝你夹紧尾巴，不要张狂，否则，谁也救不了你。"

"别吵了！"母亲高叫一声，沉重地坐在地上。

晚出的大红月亮爬上屋脊，照耀着上官家院里的女人们。她们的脸上，仿佛涂了一层血。母亲悲伤地摇着头，抽泣着说：“我这辈子造了孽，养下你们这些讨债鬼……你们都给我滚，滚得远远的，永远不要让我再见到你们！”

来弟像一个蓝色的幽灵，闪进了西厢房。她在厢房里喋喋不休地诉说着，好像面对着沙月亮。从沼泽地里神游归来的领弟，手里提着一串嘎嘎咕咕的活青蛙，从南边的院墙上轻巧地翻进来。“瞧瞧吧！瞧瞧吧！”母亲念叨着，“疯的疯，傻的傻，这日子还有什么过头！”

母亲把五姐的孩子放在地上，双手按着地，艰难地爬起来，转身走进屋子。孩子在地上呱呱地哭着，她连头也不回。她对着站在门边看热闹的司马粮的屁股踢了一脚，在沙枣花头顶上扇了一巴掌。“你们这些讨债的，为什么不死？都死去吧！”骂完，她便进入居室，响亮地关上房门。我们听到屋子里的东西发出了被打击的声响。而最后一声沉闷的、像歪倒了一麻袋粮食般的响声。我猜想到，那是气得发了疯的上官鲁氏发泄完毕后仰面朝天躺在了炕上。我没有看到她躺在炕上的样子，但她躺在炕上的样子就在我的眼前。她的双臂伸展开，两只肿胀的、骨节突出、皮肤皲裂的手，左边那只，碰着上官领弟那两个极有可能都是哑巴的孩子，右边那只，触及上官招弟那两个疯疯癫癫的漂亮女孩。月光照着她苍白的嘴唇。她的双乳疲惫地坍塌在肋骨上。在她的身边，靠着司马家女儿那儿，原本是我的位置，但现在被上官鲁氏摆成“大”字形的身体占据了。

院子里，那条被踩得比两边的地方还要低矮的甬路上，上官盼弟用破旧的灰军装包着的那个女婴愈发响亮地鸣叫着，没有人理她。生她的上官盼弟绕过她，对着上官鲁氏的窗户蛮横地说：

“你必须给我好好养着她，我和鲁立人迟早要杀回来。”

上官鲁氏捶着炕席吼叫：“我给你养？我把你的私孩子给你扔到河里喂王八，扔到井里喂蛤蟆，扔到粪里喂苍蝇！”

“随你的便，”上官盼弟说，“反正她是我生的，而我是你生的，追根刨底，还是追到你身上！”

说完这句话，上官盼弟浑身肉颤着，弯腰看了看甬路上的孩子，趺趺撞撞地往大门跑去。在跑过西厢房通向过堂的门口时，她跌了一跤，摔得似乎很重。她哼哼唧唧地爬起来，双手捂着受了伤的乳房，对着西厢房骂了一声：“骚货！你等着吧！”来弟在厢房里哧哧地笑着。她啐了一口唾沫，气昂昂地走了。

第二天早晨，我们发现，母亲正在训练那只白色的奶羊，给仰躺在簸箕里的上官盼弟的女儿喂奶。

一九四六年春天的那些早晨，上官鲁氏家的情景纷乱多彩。太阳尚未出山前，薄而透明的晨曦在院子里游荡。这时，村庄还在沉睡，燕子还在窝里说梦话，蟋蟀还在灶后的热土里弹琴，牛还在槽边反刍……母亲从炕上坐起来了，她痛苦地哼哼着，揉着酸痛的手指，摸索着披上褂子，困难地屈起僵硬的胳膊系上腋下的扣子，然后，她打了一个哈欠，搓搓脸，睁开眼，蹭下炕。用脚寻找鞋，找到鞋，她下炕，身子摇摇晃晃，弯下腰，提起鞋后跟，在条凳上坐一下，巡视一下炕上的一窝孩子，然后她出门去，在院子里，用水瓢从水缸里往盆里盛水。哗，一瓢，哗，两瓢，每次都是四瓢，偶尔也舀五瓢。然后她端着盆，去羊棚里饮羊。

五个奶羊，三只黑色，两只白色，都生着狭长的脸，镰刀状的角，下巴上垂着长长的胡须。它们的头聚拢在一起，五只嘴巴，吱吱地吸着盆中水。母亲抄起扫帚，把羊屎蛋子扫在一起。把羊屎清扫到圈里去。从胡同里取来新土，垫在羊栏里，用梳子给它们梳毛。回到缸边取水。逐个地清洗着它们的奶头，用白毛巾揩擦干净。山羊们舒服地哼哼着。这时，太阳出山，红光和紫光，驱赶着轻薄的晨曦。母亲回屋，刷锅，往锅里加水，大声喊叫：“念弟，念弟，该起来了。”往锅里加小米和绿豆，最后加上一把黄豆，盖上锅盖。弯腰，嚓嚓沙沙，往灶里塞草。刺啦，划着洋火，硫黄味，上官吕氏在草堆里翻着白眼。“老东西呀，你咋还不死？活着干什么呀！”母亲感叹着。噼噼啪啪，豆秸在燃烧，香气扑鼻，啪！一个残余的豆粒爆裂在火中。“念弟！起来了没有？”司马粮迷迷糊糊地从东间屋里出来，走到院子里，寻找厕所。烟囱里冒出青烟。念弟在院子里，水桶响，她要去河中担水。咩——山羊叫。哇——鲁胜利哭。司马凤司马凰哼唧。鸟仙两子哦呀呀。鸟仙懒洋洋走出家门。来弟站在窗前梳头。胡同里群马嘶鸣，是司马库的骑兵中队去河中饮马。群骡走过，是骡兵中队饮骡归来。车铃叮当，自行车中队练车技。“你来烧火。”母亲命令司马粮。“金童呀，起来吧！起来去河里洗洗脸。”母亲把五个躺椅状的柳条筐搬到院子里。母亲把五个孩子搬运到柳条筐里，让他们仰躺着。母亲命令沙枣花：“放开奶羊去。”沙枣花迈动着细腿，蓬着头发，睡眼惺忪地走进羊栏。奶羊对她友好地晃角，伸出舌头舔她膝盖上的灰垢。舔得她痒痒。她用小拳头擂羊头，稚嫩地骂：“短尾巴鬼。”她摘下联结着奶羊脖圈的缰绳环扣，拍一下羊耳，说：“去吧，你是鲁胜利的。”鲁胜利的奶羊愉快地摇着翘尾巴，腿蹄麻利，到了鲁胜利的篓子边。她四肢朝天，焦急地吱哇着。奶羊劈开后腿，倒退几步，让晃晃荡荡的奶口袋悬在鲁胜利脸上。羊奶头寻找孩子嘴，孩子嘴寻找羊奶头，动作准确熟练，配合默契。羊奶头那么长那么大，鲁胜利像凶猛的黑鱼，一口把它吞没。大哑二哑的羊，司马凤司马凰的羊，一个跟着一个来到各自主人的身边，都用同样的动作向孩子的嘴靠近，都表现出同样的熟练和默契。金色的阳光照耀着动人的哺乳场面。奶羊们弓着腰，眯着眼，下巴上的胡子微微颤抖。“锅开了，姥姥。”司马粮说。“再烧会儿。”母亲在院子里洗脸。火飞快地舔着锅底，这是经爆炸大队一排五班的伙夫老张改造过的锅灶。司马粮只穿一条裤子，赤着臂膊。他很瘦，目光忧郁。念弟挑水回来，水桶随着扁担颤悠，她的辫子已经齐腰，辫梢用时兴的塑料绳捆扎。羊们齐齐地给孩子换了奶头。“吃饭吧。”母亲说。沙枣花放下桌子，司马粮摆上筷子和碗。母亲盛粥，一碗两碗三碗四碗五碗六碗七碗。沙枣花和玉女摆好小板凳。念弟喂上官吕氏喝粥。呼噜吸溜。来弟和领弟拿着自己的碗进来。各盛各的粥。母亲看也不看，但嘟哝："吃饭时一个也不疯。"她们端着粥在院子里喝。念弟说："听说独立纵队要打回来了。""吃饭吧。"母亲打断她的话。我双膝跪在母亲胸前吃奶。母亲别别扭扭地侧着脸喝粥。"娘，你也太惯他了，他吃奶要吃到娶媳妇吗？"念弟说。"吃奶吃到娶媳妇也是有的，"母亲说，"西胡同宝财他爹就吃到娶媳妇。"我换了一个奶头。"金童，我也豁出去了，我等着你吃够那一天。"母亲历经磨难，奶水依然旺盛。"实在不行也给他弄只奶羊嘛！"念弟说。念弟，我恨你。"吃完饭，都去放羊，剜些野蒜回来，中午好下饭。"母亲吩咐完，早晨就算结束了。

鲁胜利在草地上一蹭一蹭地前进，她的屁股蹂躏着如毡的绿草地。她的目标是她的白奶羊。白奶羊挑三拣四地吃着嫩草尖儿，被露水洗净了的长脸上有一种贵族小姐的傲慢神情。时代喧嚣，草地宁静。星星点点、五颜六色的小花朵使草地美丽。它们的芳香令人沉醉。我们已经跑累了，现在我们都趴在上官念弟周围。司马粮嘴里嚼着一棵草，嚼出了一些绿色的汁液挂在腮上。他的眼睛里黄澄澄的，有一种浑浊的光。他的表情和嚼草的动作使他变成了一只特大号的蚂蚱，蚂蚱也嚼草，蚂蚱嚼草时嘴角也流出绿水。沙枣花在观察一只大蚂蚁，它站在一棵茅草的尖梢上，正在为找不到出路而搔首踌躇。我的鼻子触在一簇金黄色的小花上，花的香气熏得我鼻孔发痒，想打喷嚏，果然就打了一个响亮的喷嚏。仰面朝天躺在我们中间的六姐念弟被我吓了一跳。她睁开眼，不满地斜视着我，嘴唇撅了一下，鼻子皱了一下，然后又闭上了眼。看样子她被太阳光晒得很惑，很舒坦。她的额头有点凸，光滑明亮，一丝丝皱纹也没有。她的睫毛繁密，上唇上有一层茸毛。她的下巴生动地翘上来。她的耳朵是上官家女人特有的耳朵，肥大但不失灵秀。她穿着一件二姐招弟送给她的白府绸褂子，是最时髦的对襟鸳鸯扣，那根鳗鲡般的独辫子躺在她的胸前。接下来要说的当然是她的乳房了，它们体积不大，看样子就知道它们硬硬的，没有发酵，没有膨胀，所以它们能在主人仰躺着时保持坚挺的形状。对襟褂子的缝隙里，闪烁着它们洁白的光彩，我想用一根草缨儿去撩拨它们，但是我不敢。上官念弟一直与我作对，她对我至今吃奶深恶痛绝，如果我去撩拨她，等于摸老虎屁股。我的思想斗争很激烈。吃草的继续吃草，看蚂蚁的继续看蚂蚁，蹭的继续往前蹭，白奶羊像贵族，黑奶羊像寡妇，它们食欲不佳，菜太多了人不知该吃什么菜，草太多了羊不知该吃什么草。阿嚏！羊原来也会打喷嚏，而且十分响亮。它们的奶口袋已经沉甸甸的了。天将近正午了。我拔了一根狗尾巴草，下定了摸老虎屁股的决心。没人注意我。我悄悄地把草缨儿往前伸，接近那被乳房撑起来的褂子的缝隙了。我听到耳朵里嗡嗡响着，感到心像兔子一样撞着胸膛。草缨触到了白色的皮肤。她没有反应。难道她睡着了吗？睡着了为什么没有鼾声？我捻动草茎，让草缨儿兴奋地转动了一下。她抬起手，搔了搔胸脯，没有睁眼。她一定傻乎乎地认为是蚂蚁在那里爬动。我让草缨深入进去，转动草茎。她对着自己的胸脯拍了一巴掌。她的手把我的草缨按住了，并把它取出来。她看看草缨，折身坐起，红着脸看看我，我咧开嘴对她笑。“小坏种，”她骂道，“都是娘把你惯坏了！”她把我按在草地上，对准我的屁股扇了两巴掌。“娘惯你，我可不惯你！”她横眉立目地说，“你这辈子，就吊死在奶头上吧！”

受惊的司马粮吐出嚼得稀烂的草丝儿。沙枣花放弃了对蚂蚁的观察。他们莫名其妙地看看我，又用同样的眼神看看上官念弟。我哭了两声，纯粹是一种形式，因为我自觉占了很大便宜。她站起来了，骄傲地把头一甩，大辫子便从胸前跳到脑后。鲁胜利已蹭到她的羊身旁，她的羊却在躲避她。她有一次几乎抓到了奶头，她的羊厌烦地转身用角抵了她一下。她歪倒了。她发出了几声羊叫般的咩咩声，不知是不是哭泣。司马粮跳起来，嗷嗷叫着，尽着最大的努力往前跑，惊起十几只红翅蚂蚱和几只土黄色的小鸟。沙枣花迈着细腿去采集那种高高秀出草尖的拳头般大的绒毛球般的紫花朵，采了一朵又一朵。我也很尴尬地站起来，跟在上官念弟背后，用拳头捅着她的屁股，一边捅一边虚张声势地哼唧着：“哼，你打我，你敢打我……”她的屁股上的肉硬邦邦的，硌得我的指头都有些痛。她似乎是忍无可忍了，转身弯腰，对着我龇牙、咧嘴、瞪眼睛，并发出狼一样的号叫声。我吓了一跳，猛然觉悟到人的脸和狗的脸就像一枚铜钱的两面。她抓着我的额头用力往后一推，便将我摆平在草地上。

念弟抓住了白奶羊的双角。白奶羊不甚激烈地反抗着。鲁胜利飞快地蹭到奶羊肚皮下，仰躺着，有些吃力地翘起头，叼住了奶头。她的双脚也跷起来，一下一下蹭着奶羊的肚皮。上官念弟抚摸着奶羊的耳朵，奶羊温驯地摇着尾巴。我腹中饥饿。忧愁弥漫在我的心头。我很清楚，完全靠母乳生活的日子不会维持很久了。在这之前，必须找到一种食品。我马上就想起那些弯弯曲曲像蛔虫一样的面条，难忍的恶心立即从喉咙深处爬上来。我干呕了两声。上官念弟抬起头来怀疑地打量着我。“你怎么啦？”她用烦透了我的腔调问。我对着她摆摆手，示意我无法回答她。我又干呕了几声。她松开羊头，说：“金童，你长大了是个什么样子呢？”

我一时解不开她话里包含的意思。她说：“我看你该试着吃羊奶。”我看着贪婪地吸食羊乳的鲁胜利，心眼儿有些活动。“你想把娘毁了吗？”她抓着我的肩膀摇晃着说，“你知道奶汁是什么变的？奶汁是血，你在吸娘的血！听姐的话，吸羊奶吧。”

我望着她，勉强地点了点头。

她抓住了大哑的黑奶羊，对我说：“来呀，快过来。”她抚着羊的脊背，使它安静下来。“来呀。”她的眼睛里是亲切的鼓励。我迟疑着，往前迈了一步，又迈了一步。“来呀，钻到羊肚皮下，学她的样子.”

我躺在草地上，脚跟蹬地，使脊背往前滑行。“大哑，大哑，往后退几步。”念弟说着，往后推着黑羊。我看到高密东北乡的天空蓝得耀眼，有一些金子般的小鸟在银光闪烁的大气中飞行、滑翔，发出悦耳的鸣叫。但很快我的视线便被挡住了，黑山羊粉红色的奶袋子悬在我的脸上。两只大虫子般的奶头哆嗦着在寻找我的嘴，它们碰到了我的嘴唇，碰到我的嘴唇后它们哆嗦得更加严重，它们要启开我的唇。它们摩擦着我的嘴唇使我的嘴唇麻酥酥的，好像有微弱的电流在刺激我，我沉浸在一种类似幸福的感觉中。原先我以为山羊的奶头是柔软的、没有弹性、如同棉絮，在嘴里一咂就会一塌糊涂，现在我才知道它们竟然是硬而柔韧的，具有优良的弹性，并不比母亲的乳头逊色。在摩擦中，我感到有一股温热的东西濡湿了我的唇，这液体有些膻，但膻中有香，是遍布草地的那种酥油草混合着小黄花的香味。我的意志软弱下来，紧咬着的牙关松动了，我的双唇一张开，山羊的奶头便猛地钻进了我的口腔。它在我口腔里兴奋地抖动，一股股奶汁强劲地射出，有的射在我的口腔壁上，有的直接射入我的咽喉……我憋得快要喘不过气来了，我吐出它，但另一只奶头随即钻进来，它比前一只更加生猛……

山羊抖着尾巴，轻松地离开了我。我的眼里涌出了泪水。满嘴的膻气，我想呕吐；满嘴草香与野花香，我不想呕吐。六姐拉起我，抱着我转了一圈。我看到她的脸因为兴奋出现了一片雀斑，她的眼睛像刚从水底捞上来的黑石子儿，异样光洁异样亮。她激动地说："傻弟弟，你有救了……"

"娘，娘，"六姐兴奋地喊着，"金童能吃羊奶了！金童吃羊奶了！"

屋子里传出噼噼啪啪的声响。

母亲把沾着一些闪烁着金属光泽的血迹的擀面杖扔在锅沿上。她张着嘴巴，呼呼地喘息着，胸脯剧烈地起伏。

上官吕氏躺在灶旁的草堆上，她的脑袋裂开了一条缝，好像一颗被砸破的核桃。

八姐玉女蜷缩在锅灶口，她的耳朵像被黄鼠狼咬掉一块，缺口边沿不齐，渗出一串串的血珠。那些血珠儿染红了她的腮和脖子。她嗷嗷地哭着，失明的双眼里流出很多泪水。

“娘，你把奶奶打死了！”六姐惊叫着。

母亲伸出几个指头触了触上官吕氏头颅上的裂口，然后就像被电击了一样，一屁股坐在了地上。

第二十章

我们作为特邀代表，爬上草地东南部边缘的卧牛岭，观看支队司令司马库和美国青年巴比特的飞行表演。那天刮着东南风，阳光很好。爬山时，我与上官来弟同乘一匹骡子。上官招弟与司马粮同乘一匹骡子。我坐在上官来弟胸前，她的双手搂着我的胸膛。上官招弟坐在司马粮前边，司马粮只能抓住她腋下的衣服，而无法去搂她的高高挺出、孕育着司马家后代的肚子。我们的队伍沿着牛尾巴，渐渐爬到牛脊梁，牛脊梁上长着一些叶片锋利的菅草和一些开着黄色花朵的蒲公英。骡子驮着我们，走得相当轻松。

司马库和巴比特骑着马超过了我们，两个人脸上都洋溢着兴奋的表情。司马库握起一只拳头，对着我们晃了晃。山顶上，有一簇黄色的人对着山下大声吆喝着。司马库挥起短短的小鞭子，对着杂种马的屁股抽两鞭，小马便一蹿一蹿地往岭上跑去。巴比特的马紧追着司马库的马。巴比特骑马跟他骑骆驼的姿势一样，无论怎么摇晃，上身总是保持正直。他的两条腿太长，马蹬几乎垂到地面，马在他胯下显得既可怜又滑稽，但它跑得很快。

“我们也快点。”二姐说。她用脚后跟磕了一下骡肚子。她是观礼代表的首领，堂堂司令夫人，谁人敢不尊敬！跟在我们骡子后边的那些民众代表、地方名流，虽然气喘吁吁也没有一句怨言。我和来弟的骡子紧随着招弟和司马粮的骡子，来弟藏在黑裙里的乳头蹭着我的背，使我重温驴槽里的游戏，我感到很幸福。

到达山顶，风力大了许多，那面白色的试风旗，被风吹得啵啵作响，旗上的红绿丝绦，在风中飞舞，宛如锦鸡的长尾。十几个士兵，正从两匹骆驼的背上往下卸东西。骆驼们愁眉苦脸，它们弯曲的尾巴和后腿的关节上，残留着拉稀的痕迹。高密东北乡草甸子里的肥美嫩草，胖了司马库支队的骡马，胖了老百姓的牛羊，却苦了那十几匹骆驼，它们不服水土，瘦得屁股像锥子，腿像劈柴，原本坚硬挺拔的驼峰，像瘪了的口袋，歪歪斜斜，几乎要倒下去。

士兵们展开一块巨大的地毯，铺在地上。司马库命令："把太太扶下来。"士兵们跑上来，扶下大肚子上官招弟，抱下大公子司马粮，又扶下大姨子上官来弟，再抱下小舅子上官金童和小姨子上官玉女。我们是贵宾，坐在地毯上。其余的人，站在我们身后。鸟仙在人群里躲躲闪闪，二姐对她招手，她把脸藏在司马亭的背后。司马亭害牙痛，用手捂着肿起的腮帮子。

我们坐的位置，相当于牛的脑门，前边是牛的脸。这头牛故意把嘴往胸前扎，牛脸便成了海拔五百米的悬崖峭壁。风从头上掠过，吹向村庄的方向。村子上空笼罩着一些如烟似雾的薄云，我寻找着我们的家，却找到了司马库家方方正正的七进大院。教堂的钟楼、木结构的瞭望台，都变得小巧玲珑。平原、河流、湖泊、草甸子，草甸子上镶嵌着几十个圆镜子般的池塘。有一群像羊那么大的马，有一群像狗那么大的骡子，这两群是司马支队的牲口。有六只像兔子那么大的奶羊，那是我家的羊群。羊群中那只最大最白的，是我的羊，是母亲向二姐提出申请，二姐委派二姐夫的军需副官，军需副官派人去沂蒙山区买来的。在我的羊旁边，站着一个小女孩，她的头像个小皮球。但我知道她不是小女孩而是大姑娘，她的头也比小皮球大得多。她是六姐念弟。今天她放羊放得可真够远，她把羊赶到这么远的地方并不是为了羊，而是为了她自己也能看飞行表演。

司马库和巴比特早已从马背上跳下来，那两匹小马自由地在牛头上漫步，寻找着开紫色花朵的野苜蓿。巴比特走到悬崖的边上，俯身往下望了望，好像在目测高度。他的孩童般的脸上有庄严的表情。他低头看罢悬崖又仰起脸来望了望天。碧空万里，没有什么好挑剔的。他眯着眼，举起一只手，好像在测试风的力量。我认为他的行动是多余的，风把旗子抖得那么响，风把我们的衣服都鼓了起来，风把老鹰刮得侧歪着翅膀像一片旋转的枯叶，你还举手干什么？他进行上述活动时，司马库亦步亦趋地跟随着他，并煞有介事地模仿着他的动作。司马库的脸也绷得很紧，但我感到他也在装模作样。

“好了，”巴比特生硬地说，“可以开始了。”

“好了，”司马库生硬地说，“可以开始了。”

士兵们抬过两个包裹，抖开其中一个。是一片大得似乎无边无角洁白的丝绸。丝绸下拖着一些白色的绳子。

巴比特指挥着士兵，用那些白绳子把司马库的屁股和胸膛捆绑起来。捆绑完毕后，他拉了拉绳子，似乎在检查是否结实。然后他把那些白绸子布抖开，让士兵们扯着边角。风猛烈地吹来，那块长方形的白绸呼啦啦响着鼓了起来，士兵们松手，白布鼓成一面弧形的帆，绷直了所有的绳子，拖着司马库。司马库想站起来，但站不起来。他像一头小毛驴子在地上打着滚儿。巴比特跑到他的身后，抓着他背后的绳子，生硬地叫着：“抓住，抓住控制绳。”司马库却猛然觉醒般地大骂着：“操你祖宗——巴比特——你这是谋杀——”

二姐从地毯上爬起来，向司马库追去。她刚跑了两三步，司马库就从悬崖边缘上滚了下去。他的叫骂声也停止了。巴比特大声吼叫：“拉左手的绳子，拉，笨蛋！”

我们都到了悬崖边，连八姐也跟了过来，她懵懵懂懂往前走，被大姐一把拉住。那片白绸，真正成了一片洁白的云，歪歪斜斜、忽忽悠悠地向前飞去。司马库悬在云下，身体扭动着，像一条钓钩上的鱼。

巴比特对着他吼："稳住，稳住，笨蛋，注意着地动作！"

那片白云顺着风飘走了，一边飘一边降低高度，最后，落在了很远的草地上，变成一片耀眼的白，覆盖着绿草。

我们早就张开了嘴巴，屏住了呼吸，眼睛追随着那片白，直到落地，才闭嘴喘气。但二姐的哭声又使我们陡然紧张起来。二姐为什么哭？二姐哭绝不是因为高兴，而是因为悲哀，我马上想到：支队司令员摔死了。于是众人的眼光更专注地盯着那片白，盼望着出现奇迹。果然奇迹出现了：那片白动了，高起来了，一个黑东西，从白里钻出来，站起来了。他对着我们挥舞双臂，兴奋的声音传上崖巅，我们齐声欢呼。

巴比特满脸通红，鼻子尖发亮，好像涂了一层油。他把自己捆起来，把那个白布包裹背在了脊梁上，然后他站起来，活动活动胳膊腿，慢慢地往后退，往后退，我们都注视着，他却目中无人，双眼盯着前方。他退回来有十几米远，终于定住了。他闭着眼，嘴唇抖着。念咒吧？念完了咒，他睁开眼，撩起长腿，飞快地往前跑，跑到我们身边，他的身体猛地弹出去，挺得笔直，箭矢般地下落。一瞬间我产生过这样的错觉：不是他下落，而是悬崖在上升，而是草地在上升。

突然间，一朵洁白的花，第一次见到这么大的花朵，在草地上和蓝天下盛开了。我们为这朵大白花欢呼。它往前飘，吊着巴比特，稳稳当当，像吊着一个铁秤砣。很快，铁秤砣落了地，正落在我家那群羊当中，羊像兔子四散奔逃，秤砣移动了很短的距离，那朵大白花，像一个巨大的鱼泡，突然瘪了，把秤砣覆盖了，同时也把牧羊女上官念弟覆盖了。

六姐惊叫一声，眼前一片花花的白。在羊群四散奔逃时，她看到吊在白云下的巴比特粉红色的脸上满是笑容。天神下凡！她想。她仰着脸呆呆地望着快速下落的巴比特，心中充满了对他的敬仰和热爱。

人群都到了悬崖边，探头往下观看。“今儿个开了眼界了。”棺材铺掌柜黄天福说。“天神，小老儿活了七十岁，总算看到了天神下凡！”教过私塾的秦二先生捋着下巴上的山羊胡须，感叹不已地说，“司马司令从小就不凡，他跟着我念书时，我就知道他必成大器。”在秦二先生和黄掌柜周围，镇子上的头面人物，都在用不同的腔调、类似的语言赞美着司马库，赞叹着刚刚目睹过的奇迹。“你们想象不到，他是多么样的与众不同，”秦二先生用高声压倒众人的议论，显示出他与飞行家司马库的特殊关系，“他在我的夜壶里，装上了两只蛤蟆！还有，他能篡改圣人的书，圣人曰：‘人之初，性本善。性相近，习相远。苟不教，性乃迁。’他怎么说呢？你们是猜不到的，他说，‘人之初，胡扯淡。狗不教，猫不念。烟袋锅子炒鸡蛋。先生吃，学生看。’哈哈哈……”秦二先生大笑着，骄傲地看着周围的人。

这时，一个尖细的声音在人群外响起来。这声音有点像狗崽子追逐奶头的哼哼声，更有点像多年前我们在河道里看到过的那些追逐着帆船的海鸥的鸣叫。秦二先生收回了他的笑声，撤销了他脸上那骄傲的笑容。我们的目光被那个奇异的发声体吸引。发出怪声的是三姐领弟，但现在她作为三姐的特征已经很少，现在，她发出令人脊梁发冷的怪声时是她完全进入了鸟仙状态的时候，她鼻子弯曲了，她的眼珠变黄了，她的脖子缩进了腔子，她的头发变成了羽毛，她的双臂变成了翅膀。她舞动着翅膀，沿着逐渐倾斜的山坡，鸣叫着，旁若无人，扑向悬崖。司马亭伸手扯了她一把，没有扯住，撕下一块布。等到我们清醒过来时，她已在悬崖下翱翔——我宁愿说她是翱翔，而不愿说她坠落。悬崖下的草地上，腾起一股细小的绿色烟雾。

二姐率先哭了。她的哭声让我很不舒服，鸟仙飞下悬崖，是十分平常的事情，哭什么呢？随即，一向被我认为鬼鬼祟祟、玩世不恭的大姐也哭了。甚至连什么也看不见的八姐也莫名其妙、非常敏感又非常随和地哭了起来。八姐事后对我说她听到三姐落地时发出了清脆的声音，好像摔碎了一块玻璃。兴高采烈的人群都发了呆，脸上结了一层冰霜，眼里蒙上了烟雾。二姐招呼士兵们牵过骡子，她不用别人帮忙，抱住骡子粗短的脖颈，奋勇地爬上骡背。她用脚尖踢着骡肚子，骡子便颠颠地跑起来。司马粮跟着骡子跑了两步，被一个士兵拉住，士兵叉着他的胳膊，把他放在他爹司马库方才骑过的那匹马的背上。

我们像一群败兵，踉踉跄跄地下了卧牛岭。此刻，巴比特和上官念弟在那片白云的遮掩下忙乎什么呢？在骑骡下山的路上，我绞尽脑汁想象着上官念弟和巴比特在降落伞里的情景。我仿佛看到，他正跪在她的身边，手里捏着一棵狗尾巴草，用毛茸茸的草穗子，撩拨着她的乳房，像我不久前做过的那样。而她平躺着，闭着眼睛，舒服地哼哼着，像一条被人搔着痒的小狗，瞧啊，她的腿跷起来了，她的尾巴嚓嚓地扫着草地，她向冒失鬼巴比特大献殷勤！而不久前，因为我用草缨撩了她，她几乎打烂了我的屁股。想到此我心中充满了愤怒，也不完全是愤怒，还有一些黄色的情绪，像一簇簇火苗子，燎伤了我的心。“母狗！”我骂了一声，同时把双手猛地往里一凑，好像我卡住了她的脖子。上官来弟在骡上扭转脸，问：“你怎么啦？”因为匆忙下山，士兵们把我放在了她的身后。我紧紧地搂着上官来弟冰凉的腰，把脸贴在她瘦削的脊梁上，嘴里嘟哝着：“巴比特，巴比特，美国鬼子巴比特，他把六姐盖住了。”

我们绕了一个漫长的圈子才转到悬崖下。司马库和巴比特早已把身上的绳索解下来，他们俩垂着头站着，在他们面前，是悬崖下生长得特别繁茂的绿草。绿草丛中，镶嵌着我的三姐。她仰面朝天躺着，身体陷在泥土里，在她的周围，溅起一些黑色的泥土，和一些连根拔出的青草。鸟的表情已完全地从她脸上消逝了。她微微睁着眼，脸上是宁静动人、笑嘻嘻的表情。两道凉森森的光线从她的眼睛里射出来，锐利地刺穿了我的胸膛，扎着我的心。她的脸色是苍白的，额头和嘴唇上仿佛涂了一层白垩。几缕丝线一样的血，从她的鼻孔里、耳朵里和眼角上渗出来。几只红色的大蚂蚁在她的脸上惊惶不安地爬动着。这里是牧人很少到的地方，草疯花狂，蜂蝶猖獗，一股甜滋滋的腐败的味道，灌满了我们的胸膛。前边十几米，就是那壁立的赭色的悬崖，悬崖的根部凹陷进去，汪着一潭黑色的水，石壁上的水珠滴落潭中，发出叮叮咚咚的响声。

二姐磕磕绊绊地扑上去，跪在三姐的身边。她喊着："三妹，三妹，三妹呀……"二姐把手伸到三姐的脖颈下，好像要扶她起来，但三姐的脖子软得像橡皮筋一样，拉得很长。她的头挂在二姐的臂弯里，好像一只死鹅的脑袋。二姐立即把三姐的头放回了原位，她攥着三姐的手，那手也软绵绵地成了橡皮。二姐哇哇地哭起来，哭着喊叫："三妹呀三妹，你就这样走了啊……"

大姐没有哭，也没有喊，她跪在三姐身边，抬起头来，望着围观的人。她的目光没有焦点，散漫而短浅。我听到她叹了一口气，看到她随便地往后一伸手，揪下了一朵鸡蛋那么大的紫红色绒球花儿。她用那朵庄重柔软的花，擦拭着三姐鼻孔里渗出的血，擦拭完鼻孔擦拭眼角，擦拭完眼角擦拭耳朵。把流血的窍孔擦拭完了，她便把那个紫花球儿举到自己面前，用尖尖的鼻子，翻来覆去地嗅，嗅着嗅着，我看到她的脸上现出了古怪的莫须有的笑容，她的眼睛里闪烁出了只有陶醉在某种境界里的人才能有的光彩。我模模糊糊地感觉到，鸟仙的超凡脱俗的精神，正在通过那紫红色绒球花儿，转移到上官来弟身上。

最让我关心的六姐，分拨开围观的人群，慢腾腾地走到三姐的尸首旁边，她没有下跪，也没有哭叫，只是默默地低着头，双手拧着辫子梢儿，脸上一阵红一阵白，好像一个做了错事的小姑娘。但她已是个体态丰满的大姑娘了，她的头发黑油油的，屁股高高地翘着，好像在尾骨那儿，高擎着一根华丽的红毛尾巴。她穿着一件二姐招弟送给她的白绸旗袍，旗袍的下摆开衩很高，闪出了修长大腿的一线。她打着赤脚，小腿上留着一些被茅草锋利的叶片划出的红道道，旗袍的后面，留着揉烂了的青草和野花污染的痕迹，红的斑斑点点，绿的如皴如染……我的思绪跳跃着又钻进了那片轻柔地覆盖着她与巴比特的云里，狗尾草……毛茸茸的尾巴……我的眼睛，像两只吸血的虻虫，叮在了她的胸脯上。上官念弟高高的乳房，樱桃样的乳头，被白绸旗袍夸张地突出了。我的嘴巴里蓄满了酸溜溜的口水。就从那一时刻开始，只要看见了俊美的乳房，我的嘴巴里就蓄满口水，我渴望着捧住它们，吮吸它们，我渴望着跪在全世界的美丽乳房面前，做它们最忠实的儿子……就在那突出的地方，白绸记录下一片污渍，像是狗的涎水。我心中如刀绞般痛苦，我等于目睹了美国佬巴比特咬我六姐乳头的栩栩如生、活灵活现的画面。那个狗崽子湛蓝的眼睛仰望着六姐的下巴，而六姐的双手却温存地抚摸着他金灿灿的大脑袋。就是这双手曾经那么凶狠地打过我的屁股，而我不过是轻轻地撩拨她，而他却在咬着她。这种邪恶的痛苦使我对于三姐的死相当麻木。二姐的哭泣让我感到心烦意乱。而八姐的哭声却像天籁的声音，让人缅怀起三姐生前的传奇经历。

巴比特往前走了几步，我更近地看到他那双鲜嫩得令我极度不快的红唇和他红扑扑的、被一层白色的茸毛覆盖的脸。他的白睫毛、大鼻子、长脖子都让我不愉快。他摊开双手，仿佛要送给我们什么东西似的，对着我们说：“太遗憾了，太遗憾了，这是我想象不到的……”他怪腔怪调地说了一些我们听不明白的洋文，又说了几句我们听得懂的汉语：“她是幻想症，她幻想自己是鸟，但她不是鸟……”

旁观的人开始议论，我猜到他们议论的内容一定与鸟仙与鸟儿韩有关，也许还牵扯上几句哑巴孙不言，或者还涉及到那两个孩子，我不想逐句去听，也无法逐句听，我耳边嗡嗡响，飞舞着几只土蜂，岩壁上有它们巨大的土巢，土巢下蹲着一只野狸子，野狸子面前摆着一只土拨鼠。土拨鼠前肢格外发达，身体肥胖，眼睛细小紧凑在一起。郭福子，村里的神汉，会扶乩，能捉鬼，长着两只紧靠鼻梁的滴溜溜转动的小眼睛，外号“土拨鼠”。他从人群里出来，说：“舅姥爷，人已经死了，哭是哭不活的，大热的天，紧着抬回去吧，盛殓起来，让她入土为安吧！”他根据哪条裙带称呼司马库为“舅姥爷”？我不知道，我也不知道谁知道。司马库点点头，搓搓手，说：“妈的，真是扫兴。”

“土拨鼠”站在我二姐背后，转着小眼，仿佛满心悲痛地说：“大老姨奶奶，人已经死了，还是顾活人，您双着身，哭坏了身子，那可了不得。再说了，三老姨奶奶是人吗？她压根儿就不是人，她原本是百鸟仙子，因为啄了西王母的蟠桃，被贬到人间的。现在，她的期限到了，自然是要回归仙位了。你们说，大家伙都大眼小眼地看着的，她从悬崖上往下落时，如同凌空展翅，飘飘落地，肉身凡胎，哪有这般潇洒美丽……”“土拨鼠”天上人间地说着，把我二姐拉起来。二姐断断续续地说：“三妹，你死得好惨啊……”

“行啦，行啦，”司马库不耐烦地对二姐挥挥手，说，“别哭了，像她这样的，活着受罪，死了成仙。”

二姐道：“都怨你，搞什么飞人试验！”

司马库道：“我不是飞起来了吗？这种大事，你们妇道人家不懂。马参谋，安排几个人，把她抬回去，买棺木盛殓。刘副官，收伞，上山，我跟巴顾问再飞一次。”

“土拨鼠”把二姐扶起来，很威风地对着人群说：“大家都来帮帮忙。”

大姐还跪在那儿嗅花，沾着三姐血味儿的花。“土拨鼠”说：“大老姨奶奶，您也别伤心了，三老姨奶奶归了位，大家都该高兴……”

“土拨鼠”话没说完，大姐便抬起头，神秘地微笑着，盯着“土拨鼠”。“土拨鼠”咕噜了几句，没敢再说，匆匆钻进了人堆。

上官来弟举着紫红色的花球儿，笑着站起来，跨过鸟仙的尸首，盯着巴比特，扭动着腰肢在晃荡荡的黑袍里。她的体态动作是那么焦灼，被尿逼着一样。她扭扭捏捏地走了几步，扔掉花球儿，扑到巴比特身上，搂着他的脖子，身体紧贴到他身上，嘴里呢呢喃喃的，像高烧呓语："……死了呀……熬死了……"

巴比特好不容易才从她怀里挣脱出来。他满脸是汗，洋文和土语混杂着往外冒："……不要……我爱的不是你……"

大姐像条红了眼的狗，满口的淫言浪语，挺着胸脯，往巴比特身上扑。巴比特笨拙地躲闪着她的攻击，三躲两躲，竟然躲到了六姐背后，六姐成了他的屏障。六姐并不愿意成为他的屏障。六姐像一只要甩掉自己尾巴上被恶作剧的男孩拴上了铃铛的小狗，不停地转着圈。大姐跟着六姐转。巴比特弓着腰，跟着六姐的屁股转。她们转呀转呀，转得我头晕目眩。我的眼前晃动着撅起的屁股、进攻的胸膛、光滑的后脑勺子、流汗的脸、笨拙的腿……眼花缭乱，心里犹如一团乱麻。大姐的吆喝、六姐的叫喊、巴比特的喘息、观众的暧昧眼神。士兵们脸上油滑的笑容，咧开的嘴，颤抖的下巴。排着一字纵队，由我的羊带头，拖着蓄满奶汁的奶袋子，懒洋洋地自行回家的羊群。亮晶晶的马群和骡群。惊叫着的鸟，在我们头上盘旋，野草丛中肯定有它们的卵或是幼鸟。倒霉的草。被踩断脖子的野花。放荡的季节。二姐终于扯住了大姐的黑袍子。大姐拼命往前挣着，两只手伸向巴比特。她的嘴里嚷出了更加令人脸红的下流话。那件黑袍撕裂了，闪出了肩膀和脊背。二姐纵身上前，打了大姐一个耳光。大姐停止了挣扎，嘴角上挂着一些白色的泡沫，眼睛直呆呆的。二姐连续不断地扇着大姐的脸，一掌比一掌有力。一股黑色的鼻血从大姐的鼻孔里蹿出来，她的头像葵花的盘子垂在胸前，随即她的身体也往前栽倒了。

二姐疲倦地坐在草地上，大声地喘息着，好久。她的喘息声变成了哭声。她的双手有节奏地拍打着膝盖，好像为自己的哭声打拍子。

司马库脸上是盖不住的兴奋表情。他的眼睛盯着大姐裸露的脊背，呼哧呼哧喘着粗气。他的双手不停地搓着裤子，仿佛他的手上沾上了永远擦不掉的东西。

第二十一章

黄昏时分，婚礼后的盛宴在粉刷一新的教堂里开始。房梁上悬挂着十几个灼目的灯泡，照耀得大厅里亮过白昼。在教堂前边的小院里，一台机器隆隆地响着，神秘的电流就由机器里发出，通过电线，流进灯泡，放出强光，照亮黑暗，吸引飞蛾，飞蛾一碰上它，就被烫死，垂直掉下来，落在司马支队的军官们和大栏镇乡绅们的头上。司马库身着军服，脸上放着光彩，从主宾席上站起来。他清了清喉咙，高声说："诸位兄弟，各位乡绅，今天，我们在这里大摆酒宴，祝贺尊贵的朋友巴比特和鄙人的小姨子上官念弟结婚，这是件天大的喜事，请大家鼓掌。"众人热烈鼓掌。在司马库旁边的座位上，坐着身穿白制服、胸前口袋里插着一朵小红花、满面笑容的美国青年巴比特。他的黄头发上抹了一层花生油，溜光光，好像被狗舌头舔过一样。在巴比特身边，坐着上官念弟，她穿了一条白裙子，两只乳房的上半部分从裙子的开领处露出来。我嘴里口水很多，但八姐的嘴唇干得像葱皮一样。白天举行婚礼时，我和司马粮捧着长长地拖在她身后的裙裾，像捧着山鸡的长尾。她头上插着两朵沉甸甸的月季花，脸上涂脂抹粉，脂粉掩不住她的得意。幸福的上官念弟，你太不像话，鸟仙尸骨未寒，你就与美国人举行婚礼！我心里不痛快，尽管巴比特赠给我一把塑料柄的锋利小刀，但我就是不痛快。电灯可真是坏东西，照透了她的白裙子，使那两只红头白乳房清晰可见，变成了公共的目标。我知道，男人们都在盯着它们，连司马库都在斜眼盯着它们。它们却浑然不觉，还在那儿摇头摆尾呢。我想骂人，骂谁呢？骂巴比特这个坏种，今天夜里，它们就被你独霸了。我的黏湿的手，在口袋里，紧紧地攥着锋利的小刀子。如果我冲上去，用小刀子，划破她的裙子，然后，贴着底盘，把它们利落地旋下来，那会出现什么情景呢？司马库还顾得上演说吗？巴比特还顾得上激动吗？上官念弟还顾得上幸福吗？我将把它们珍藏起来，藏在什么地方？藏在草垛里？不行，黄鼠狼会吃掉它们；藏在墙洞里，老鼠会拖走它们；藏在树杈上，猫头鹰会叼走它们……有人轻轻地戳戳我的腰。戳我的人是司马粮。他穿着一身白色小礼服，脖子上系着一个黑蝴蝶结。他的装束跟我的装束一模一样。他说："小舅，坐下，就你一个人站着。"我沉重地坐在板凳上，回忆着我是什么时候、为什么站起来的。沙枣花穿得也很漂亮，在婚礼上，她捧着一大束野花，献给上官念弟。现在趁着人们的耳朵听司马库演讲、人们的眼睛直盯上官念弟的乳房、人们的鼻孔嗅着酒肉的芳香、人们的思想飘飘荡荡的机会，她伸出一只小爪子，像偷食的小猫，对着盘子伸过去，她抓到一块肉，然后装作抹鼻涕，把肉塞进嘴里。

司马库的演讲继续进行，他端着一杯酒，是专门从大泽山买来的葡萄酒浆，在玻璃杯子里放着红光，举着杯子老半天了他也不嫌胳膊累得慌。他说："巴比特先生是从天而降，天上掉下个巴比特。他的飞行表演，诸位都亲眼目睹了，他让电灯发光，就在我的头顶上——"他指着房梁上的电灯泡，众人的眼睛暂时离开上官念弟那令人酥软的、销魂的、蔓延着某种感召的乳房，随着他手指的引导，去注视刺目的光明。"这就是电，是从雷神爷那里偷来的。我们游击支队，自从有了巴比特，可以说是一路顺风，巴比特是福将，他一肚子学问，浑身绝技，待会儿，他还将让诸位大开眼——"他侧身指了指原先是马洛亚牧师讲道、后来是爆炸大队唐女兵讲抗日的讲演，讲台后边的墙上，挂着一块洁白的布。我感到眼前发黑，电灯光扎眼，不敢久久注视。"对于这样的天才，我们说啥也不放。抗战胜利了，巴比特先生想回国，这是万万不行的，我们要用最大的热情留住他，这也就是我力主把我的比天仙还要俊的小姨子嫁给他的原因。下边，我提议，为了巴比特先生和上官念弟小姐的幸福，大家举起杯来，干——”

众人呼啦啦地站起来，端起酒杯，碰得叮当响，干——都一仰脖，干了。

上官念弟伸出那只戴着金戒指的手，端起一杯酒，与巴比特手中的酒杯相碰，然后又与司马库、上官招弟手中的酒杯相碰。上官招弟刚刚生产，身体还没有复原，她脸色苍白，颊上有两片病态的潮红。

司马库说：“新郎新娘要喝出点花样来，喝个交杯酒。”在他亲自指导下，巴比特和上官念弟双臂连环，别别扭扭地喝了交杯酒，群众一片欢腾。紧接着大呼小叫，觥筹交错，筷子翻飞，几十张嘴一起咀嚼，声音不雅，嘴唇上、腮帮子上一片油汪汪。

我们这一桌，有我、司马粮、沙枣花、八姐，还有几个不知来自何处的小妖精。除了我之外，他们都在吃。我不吃，观察他们。沙枣花带头扔掉筷子，动了手，她左手抓着一条鸡腿，右手攥着一只猪蹄，轮番啃咬。为了集中精力，我发现，桌子上的小孩们，啃食时都闭着眼，仿佛学习八姐，八姐两颊如火，唇如彤云，八姐比新娘还要漂亮。但当小孩们到盘里取食时，都圆睁着眼。看着他们抢食动物尸体，我为他们悲哀。

六姐嫁给巴比特，母亲反对。六姐道：“娘，你打死了奶奶的事，我可是替你保着密。”母亲一下子便软了，沉默了。母亲的沉默使她的表情像秋叶凋零，她对六姐的婚事一下子撒手不管，倒让六姐也不安了好几天。此刻宴会进入自然状态，桌与桌之间的食客，不再打交道，每桌自成中心，猜拳斗酒。酒源源不断，菜一道跟着一道，穿着白色号服的堂倌，胳膊上能托一溜盘子，一路小跑，高声唱着菜名：“来喽——红烧狮子头——来喽——铁扒鹌鹑——来喽——蘑菇炖小鸡……”

我们桌上，是一群净盘将军。来喽，玻璃肘子肉——一条明晃晃的猪腿，落在桌子中央，几只油亮的手，一齐伸过去。烫，都像毒蛇一样咝咝地吸气。但没人愿意罢休，又把手伸过去，抠下一块肉皮，掉在桌上再捡起来，扔到嘴里，胡乱嚼嚼，一抻脖子，咕噜咽下去，咧嘴皱眉头，眼睛里挤出细小的眼泪。顷刻间皮尽肉净，盆子里只剩下几根银晃晃的白骨。抢到白骨的，低着头努力啃骨头关节上的结缔组织。抢不到的目光发绿，舔着食指。他们的肚子像皮球般膨胀起来，细长的腿，可怜地垂在板凳下。他们的肚子里冒着绿色的气泡，发出像狸猫打呼噜一样的声响。来喽——松鼠鳜鱼——一个腹大腿短、满脸横肉的堂倌，穿着洁白的燕尾服，托着一只木盘，木盘里放着一只白瓷盘，白瓷盘里躺着一条焦黄的大鱼。十几个堂倌，一个高似一个，都穿着同样的白燕尾服，都托着同样的木盘、瓷盘，同样的焦黄大鱼。那个排在队伍最后的堂倌，好像一根电线杆。他把盛着鱼的盘子放在我们的桌上，对着我扮了一个鬼脸。我感到这人有些面熟。歪着嘴，闭一眼睁一眼，鼻子上布满皱纹，这鬼脸我在什么地方见过呢？是在爆炸大队为上官盼弟和鲁立人举行的结婚宴会上？

松鼠鳜鱼，满身金黄的伤疤，伤疤上挂着一层酸溜溜甜丝丝的橘红色的糖浆。灰白的眼珠隐藏在一片青翠的葱叶下，三角形的尾巴悲惨地跳出盘外，好像还在微微颤动。油腻的小爪子又试探着伸出了，我不忍心看到他们瓜分松鼠鳜鱼尸体的情景，侧过脸去。巴比特和上官念弟，从主桌那儿站起来，每人捏着一个盛着红葡萄酒的高脚玻璃杯，没拿杯子的胳膊勾在一起。他俩文质彬彬地、扭扭捏捏地对着我们的宴桌走来。同桌的目光都盯着松鼠鳜鱼，可怜的鱼，已经被揭掉了半边尸体，一条青蓝色的鱼刺露了出来。一只小爪子扯着那根鱼刺一抖，鱼的下半边尸体转眼便被扯碎。每个孩子的面前，都放着一团不成形状的、冒着热气的鱼肉，他们像贪婪的小兽，总是把大量的食物拖到洞边，然后悠然进食。鱼盘里，只剩一个肥大臃肿的鱼头，一个清秀单薄的鱼尾，中间有一根鱼刺相连。雪白的桌布一塌糊涂，只有我面前的桌布，保持着泛蓝的洁白，一只盛着红酒的杯子，端正地放在洁白的中央。

“亲爱的小朋友们，”巴比特把酒杯举到我们面前，亲切地说，“让我们共同干杯！”

他的太太也把杯子举到我们面前，她的手指有的弯曲有的挺直，好似一朵兰花，金戒指在兰花瓣上闪烁。她的露出来的乳房边缘，泛着白瓷一样的冷光。我的心扑扑通通地狂跳着。

嘴里塞满鱼肉的同桌们手忙脚乱地站起来，他们的腮帮子上、鼻尖上，甚至额头上都沾着明晃晃的油。我身边的司马粮，匆匆把嘴里的鱼肉咽下去，并撩起桌布垂在桌下的部分，大大咧咧地擦手擦嘴。我的双手白嫩细腻，我的礼服一尘不染，我的头发金光灿灿，我的肠胃从没消化过动物的尸首，我的牙齿从没咀嚼过植物的纤维。一片油腻的小爪子，笨拙地举着酒杯，与巴比特夫妇手中的杯子碰撞。只有我，立在桌前，痴迷地盯着上官念弟的乳房。我的双手捏着桌子的边沿，极力克制着想扑到六姐胸前去吃奶的念头。

巴比特惊讶地看着我，问：“你，为什么不吃不喝？你什么也没吃？一点儿也没吃？”

上官念弟短暂地放下了架子，恢复了一些属于我的六姐的神情，她用那只空闲的手，摩挲着我的脖子，对崭新的夫婿说：“我弟弟是半个神仙，他不食人间烟火。”

六姐身上浓烈的芳香熏得我心神狂荡，我的手背叛了我的意志，抓住了她的胸脯。她的绸衣是那么滑溜。六姐惊叫一声，把杯中酒泼到我的脸上。

六姐的脸涨得通红。她把被我弄乱了的裙领往上扯了扯，低声骂道：“浑蛋！”

红色的酒在我脸上流淌，我的眼前拉开了一道红色的透明帘幕。上官念弟的双乳像两个充足了气的红气球，与其说在我眼前，不如说在我脑子里嘭嘭有声地碰撞着。

巴比特用他的大手拍着我的脑袋，挤眉弄眼地说：“小伙子，母亲的乳房属于你，但姐姐的乳房属于我。希望我们能成为好朋友。”

我躲闪开他的大手，仇视地盯着他的既滑稽又丑陋的脸。我心中的痛苦难以用语言形容。六姐的乳房，光滑柔润，是用玉石雕成的，绝代的好宝贝，今夜就要落在这个粉脸上生着细毛的美国人手里，任他抓，随他摸，由着他揉搓。六姐的乳房，洁白如粉团，内含两包蜜，搜遍天涯海角难得的佳肴，今夜就要掉进牙齿雪白的美国人嘴里，供他啃，让他嘬，被他吸干汁液变成两张苍白的皮。而最让我悲愤难忍的是，这一切，竟是六姐自愿的。上官念弟，我用草缨撩你一下，你就扇我两巴掌；我用手摸你一下，你就泼我一脸酒。可是，巴比特摸你咬你，你竟然愉快地承受。这世界太不公道了。你们这些下贱的货，为什么不理解我的苦心？这世界上，没有人比我更懂乳房更爱乳房更知道呵护乳房了，可我的好心被你们当成了驴肝肺。我委屈地哭了。

巴比特对着我耸耸肩膀，扮一个鬼脸儿，挽着上官念弟的胳膊，走到另外的酒桌上敬酒去了。堂倌端上来一盆汤，汤里漂浮着黄色的鸡蛋花子和一些死人毛发一样的东西。同桌的伙伴们，学了邻桌大人们的样子，用白色的汤匙，舀汤，当然是尽量舀稠的，盆中的汤被他们搅得浪花飞溅。他们把汤匙放在嘴边，嗤嗤地吹着，一点点地喝。司马粮捅我，说：“小舅，你喝点吧，都是好东西，不比羊奶差。”“不，”我说，“我不喝。”“那你就坐下吧，他们都在看你呢。”他又说。我挑战般地把目光投向四周，没人看我，司马粮谎报军情。我看到每张桌子中央，都升腾起白色的水蒸气，升到电灯附近，被加温成雾，然后消失。每张桌上都杯盘狼藉，宾客的脸，都变得模糊不清，教堂里酒气熏人。巴比特夫妇已经回到主桌，坐在他们原来的位置上。我看到上官念弟把嘴巴附在上官招弟耳朵上，说了几句悄悄话。她们在说什么呢？说的话是不是与我有关呢？上官招弟点点头，上官念弟便把嘴从她的耳边离开，恢复了庄严的坐姿。她捏着一把汤匙，舀了一点汤，送到嘴边，用嘴唇沾了沾，然后优雅地喝下去。上官念弟结识巴比特不过一个多月，竟然就像换了个人似的，装模作样的家伙，一个月前，你不是呼呼噜噜喝黏粥吗？一个月前你不还大声地吐痰擤鼻涕吗？她让我反感，又让我敬佩，怎么会变得如此快呢？我思索着，得不到答案。堂倌端上了主食，有水饺，有毁了我食欲的蛔虫样的面条，还有一些花花绿绿的糕点。我实在懒得去描述众人的吃相了，我心烦、肚饿，母亲，还有我的羊已经等急了吧？要问我为什么还不走，因为司马库宣布过，饭后，巴比特将再一次向人们显示西方的物质和文化文明。我知道他要放电影，一种据说用电催出来的活灵活现的人影子。这是二姐邀请母亲出席喜宴时说的。母亲却说，二十年前，她就见过那东西，是德国人前来放的，为了推销他们的化肥，一种白色粉末，据说施到地里可让粮食增产，但没人相信。庄稼一朵花，全凭粪当家。德国人免费赠送的化肥，被老百姓填到池塘里，当年夏天，池塘里的荷花长疯了，荷叶大如磨盘，又肥又厚，但荷花却很少。老百姓庆幸没有上当，德国人想来害我们，什么化肥，是只长叶子不开花当然更不能结果实的毒药。

喜宴终于结束，堂倌们抬着大箩筐跑进来，风卷残云般收拾着桌上的杯盘，噼里啪啦，往筐里扔。扔进去还是杯盘，抬出去却全是碎片。十几个精干的士兵跑步进来帮忙，他们每人抽起一张桌布，兜着跑出去。堂倌们又跑进来，飞快地换上新桌布，然后端上来葡萄和黄瓜，西瓜和鸭梨，还有像地瓜油一样颜色、散发着怪味道的什么巴西咖啡，一壶又一壶，数不清的壶；一杯又一杯，数不清的杯。打着饱嗝的宾客重新坐定，尖着嘴巴，试试探探、犹犹豫豫，像喝中药一样喝什么巴西咖啡。

士兵们抬进来一张方桌，方桌上安着一架机器，机器上蒙着一块红布。

司马库拍拍巴掌，高声宣布："电影晚会马上开始，弟兄们，欢迎巴比特先生为我们献技。"

巴比特在热烈的掌声里站起，对着众人鞠了一躬。然后，他走到那方桌前，掀起红布，显出了那架神奇机器的狰狞面貌。

巴比持的手指在那些发亮的大轮小轮上活动着，机器的肚子里发出隆隆的响声。一道利剑般的白光，突然射在教堂的西山墙上。人们一阵欢呼，随即是一片拉凳子的声音。众人都追着白光转了身。那道白光起初照在刚刚从土里挖掘出来、重新钉在十字架上的枣木耶稣的脸上。这个神圣的偶像已经面目全非，眼睛的部位生出一棵黄色的小灵芝。巴比特是虔诚的基督教徒，坚持要在教堂举行婚礼。白天，基督用生长着灵芝的眼睛注视着他与上官念弟喜结良缘；晚上，他用电的灵光照射着基督的眼睛，使那棵灵芝上冒出了白烟。白光下移，从耶稣的脸到耶稣的胸，从胸到腹，从腹到那被中国木匠处理成一片荷叶的阴处又下移至脚尖。白光终于射到那块挂在灰色山墙上的长方形的、镶着宽宽的黑边的白布上。白光抖动着缩进白布的黑框里，又抖了一下，溢出一些，最后完全稳住。这时，我听到机器里发出雨水从房檐上快速流下的哗哗声。“关灯！”巴比特大声喊。

啪嗒一声响，房梁上的电灯全部熄灭。我们突然沉浸在黑暗中。但那道从巴比特的魔怪机器里射出的白光却变得更加白、更加亮。一群群的小虫子在白光中飞舞着，一只白蛾子在白光中莽撞地飞行，白布上立刻显出那白蛾的被放大了许多倍的清晰的大影子。我听到黑暗中一片欢呼，也不由得随着嗷了一声。我果然看到电的影子了。这时，一个人的头突然出现在白炽的光柱里。那是司马库的头。他的两片耳轮被白光穿透，能看到血在他的耳朵里循环。他的头转动着，脸对着光的源头，光把他的脸挤扁了，他的脸白得像一张透明的纸。白布上映出他的巨大的单薄的头。黑暗中又是一阵欢呼，我参与了欢呼。

“坐下！坐下！”巴比特恼怒地喊叫着。这时一只纤纤的白手在光里闪动一下，司马库的大头沉没了。山墙上响起了噼噼啪啪的声音，白布上跳动着一些黑斑点，好像在放枪。音乐声从悬挂在白布旁边的黑匣子里漏出，有点像胡琴声，有点像唢呐声，但都不是，乐声扁扁的，像从漏勺里挤出的扁平的、连绵不断的绿豆粉条。

一些白色的、弯弯曲曲的字体，出现在白布上，一行一行的，或大或小的，从下往上流动。我们欢呼。常言道：水往低处流。可这些洋文，竟然具备了与水相反的特性，从低处往高处流。它们流出白布，消失在黑暗的山墙上，明天，如果刨倒教堂山墙，能不能把那些钻到墙里去的洋文抠出来呢？我胡思乱想着，白布上出现了一条河，河水哗哗流淌，河边有树，树上有鸟，鸟在跳跃，鸣叫。我们张着嘴，都呆了，忘记了欢呼。后来出现了一个背着枪的、敞开着宽阔的胸膛、胸膛上长着毛的男人。他嘴里叼着烟，那烟头儿竟然冒烟，他鼻孔里竟然也冒出烟来，天老爷，奇了。一只狗熊从树林里钻出来，向着那男人扑去。教堂里响起女人的尖叫声和拉动枪栓的响声。一个人又突然出现在光柱里，又是司马库，他握着左轮子手枪，想射杀狗熊，但狗熊却在他背上破碎了。

“坐下，坐下，”巴比特大叫着，“蠢货，这是电影！”

司马库坐下后，那只狗熊已经躺在白布上死了，它的胸脯上，淌着绿油油的血，猎人坐在死熊旁边往枪里压子弹。

“狗娘养的，好枪法！”司马库大叫着。

白布上的猎人抬起头来，咕噜了一句我听不懂的话，然后轻蔑地笑笑。他甩枪上肩，把食指塞进嘴里，吹了一个响亮的呼哨。哨声在教堂里回荡。一辆马车沿着河边的土路奔驰而来。拉车的马骄傲蛮横，但显得有点傻。车上的挽具好熟悉，似乎在哪里见过。车辕上站着一个女人，长发飘飘，但看不出颜色。她大大的脸盘，凸出的额头，美极了的眼睛，睫毛弯曲，像猫的胡子一样黑，一样硬。那嘴，大极了，嘴唇黑亮。我感到她很浪荡。她的乳房猖狂地跳动，宛若两只被夹住尾巴的白兔子。她的乳房肥胖臃肿，超过了上官家所有的乳房。她赶着马车，对着我飞驰而来，让我心中滚烫，嘴唇发痒，双手出汗。我猛地站了起来，但随即便被一只强有力的手按住脑袋，逼坐在板凳上。回头看，那人大张着嘴，脸是陌生的。他的身后挤满了人，还有许多人，塞住了大门口。有的人几乎挂在教堂的门楣上。外边的大街上吵吵嚷嚷，许多人还在往里挤呢。

那女人停住马车，从车辕上跳下。她撩起裙子，闪烁着雪白的大腿，吆喝着，肯定是喊那个男人，喊着，奔跑。果然是喊他，他不理死狗熊了，扔了枪，迎着那女人跑。女人的脸，眼睛，嘴，白牙，起伏的胸脯。男人的脸，浓眉毛，鹰眼，油亮的络腮胡子，把眉毛和额角断开的一道亮疤。又是女人的脸。又是男人的脸。女人的甩掉鞋的脚。男人笨重的脚。然后，女人就扑到男人怀里。她的乳房被挤扁了。她的大嘴在男人脸上一阵乱啄。男人的嘴堵住女人的嘴。然后，你的嘴在外边我的嘴在里边，我的嘴在里边你的嘴便在外边，互相喂着。哼哼唧唧的声音，是那女人发出的。还有他们的手，搂脖子搂腰不算，还你摸我我摸你，最后，俩人一起歪倒在茸茸的草地上打起滚来，时而男的在上边，时而女的在上边。翻来滚去，滚了有一里路，后来不滚了。男人毛茸茸的大手伸进了女人的衣裙内，抓住了一只肥乳。我心中疼痛难忍，辛辣的泪水喷出眼眶。

一道白光，白布上啥都没有了，一盏电灯啪嗒亮了，在魔怪机器旁。众人都喘着粗气。教堂里挤满了人，连我们面前的桌子上，都坐着一些光屁股的小孩。巴比特在机器旁的灯光里，像神仙一样。机器的轮子还在转动，转动，最后，啪嗒一声响，终于不转了。

司马库跳起来，大笑着："奶奶的，不过瘾，不过瘾，再放！"

第二十二章

第四天晚上，放电影的地点挪到了司马家广阔的打谷场上。司马支队的全体官兵和司令的家眷，坐在金子的位置上，村镇里的头面人物，坐在银子的位置上，一般的百姓，站在铜和铁的位置上。高高挂起的白布后边，是一个荷花和浮萍的池塘，池塘的后边，站着或坐着一些老弱病残，他们从反面欣赏电影，也欣赏着看电影的人。

这是个载入了高密东北乡史册的日子，回想起来，那天的一切都不寻常。那天中午的天气闷热，太阳发黑，河中鱼翻肚皮，天上鸟儿倒栽葱。在打谷场上埋木杆挂幕布的一个活泼小兵发了绞肠痧，痛得遍地打滚，嘴里呕吐出绿色的汁液，这不正常。几十条黄花紫皮蛇排着队在大街上爬行，这不正常。沼泽地里的白鹳降落在村头的皂角树上，一群接着一群，压断了细小的树枝，满树白羽，扇动的翅膀，蛇一样的脖子，僵直的长腿，这不正常。村中以力大著称的张大胆把打谷场上的十几个碌碡统统扔到池塘里，这不正常。半下午的时候，来了一些风尘仆仆的外地人，他们坐在蛟龙河大堤上吃着纸一样的煎饼，啃着红萝卜，问他们哪里来，他们回答安阳来，问他们来干什么，他们说来看电影，问他们如何得知这里放电影，他们说好事传千里比风还要快，这也不正常。母亲破例地说了一个关于傻女婿的笑话给我们听，这也不正常。傍晚的时候，那满天的火烧云五彩缤纷、变幻多端，这也不正常。蛟龙河里的流水像血一样，这也不正常。黄昏时蚊虫集成大群，像一团乌云在打谷场上浮游也不正常。池塘里几朵迟开的白荷花在火红晚霞的辉映下仿佛天上的灵物，这也不正常。我的奶羊的奶汁里有股血腥味更不正常。

吸过晚奶之后，我跟司马粮向打谷场飞跑，电影迷住了我们的心。我们迎着夕阳奔跑，晚霞扑面而来。扛着板凳、牵着孩子的妇女，拄着拐棍的老人，都成了我们穿插超越的目标。瞎子徐仙儿，有一副沙哑动人的嗓门，以歌唱乞讨为生，他用长长的竹竿探着路，在我们前边斜着膀子疾走。香油店的女掌柜、独奶子老金问他：“瞎子，急得像风一样，干啥去？”瞎子说：“我瞎，你也瞎吗？”常年披一件蓑衣、靠打鱼为生的杜白脸老头，提着一个蒲草编成的墩子，插言道：“瞎子，你看啥电影？”瞎子大怒，骂道：“白脸，我看你是白腚！你敢说我瞎？我是一闭眼看破了人间风情。”他猛地抡起竹竿，带着一阵风响，险些打折杜白脸的鹭鸶腿。老杜上前，欲用草墩子抡瞎子，去长白山挖人参被狗熊舔去半边脸的方半球劝解道：“老杜，你跟瞎子打架，不失你的身份？算了吧，都是乡亲，吃亏赚便宜，赚便宜吃亏，都是碗碰碟子碟子碰碗的事儿。到了长白山，别说碰上个同村的，就是遇到个同县的，也亲得不行哪！”形形色色的人，都向司马家打谷场汇集。听吧，在各家的饭桌上，都在议论着司马库的业绩；在女人们的闲聊中，上官家的女儿是中心话题。我们身轻如燕，精神愉快，但愿这电影永远地放下去。

巴比特的机器前边，有我和司马粮的位置。我们就座之后，西天的火焰尚未完全熄灭，阴森森的晚风，刮来一些腥咸的气味。我们前边空着一块用白石灰圈出来的空地。福生堂的狗腿子聋汉国，手持着一根梧桐杆子，驱逐着不断地被挤进圈内的乡民。他嘴里喷着酒气，牙齿上沾着韭菜，瞪着螳螂眼，毫不客气地一杆子打掉了磕头虫的妹妹斜眼花头上的红绒花。斜眼花跟在村里驻过的每支部队的每个财粮副官都有过皮肉之情，现在她身上正穿着司马支队的财粮副官王百和送她的绸子内衣，她嘴里正散发着王副官的烟味。她大骂着，弯腰捡红绒花时顺便抓起了一把沙土，对准聋汉国的螳螂眼，扬了过去。沙土迷了聋汉国的眼，他扔掉梧桐杆子，呸呸地吐着嘴里的沙土，双手揉着眼，骂着：“斜眼花，你这个卖×的破鞋，我日你娘的闺女，我日磕头虫的妹子。”卖炉包的快嘴赵六低声说：“聋汉国，你绕那么多弯子干什么？你直截了当地日斜眼花不就得了！”赵六话音未落，一个槐木小板凳便砸在了他的肩膀上。他哎哟一声，慌忙转身。砍他的人是斜眼花的哥哥磕头虫。磕头虫面黄肌瘦，留着一个头缝笔直的中分头，两边头发纷披，头正中那条缝像一个细长的刀疤。他上身穿着一件烟色绸褂，哆哆嗦嗦。满头生发油，眼皮紧着眨巴。他与亲妹妹斜眼花有染，是司马粮悄悄地对我说的。司马粮从哪里知道了这样的机密？“小舅，俺爹说明天就要枪毙财粮王副官。”司马粮低声对我说。“磕头虫呢？磕头虫毙不毙？”我也低声地问司马粮。磕头虫曾骂过我小杂种，我跟他有仇。司马粮道：“我去跟爹说说，毙了这个灰孙子。”“对，毙了这个灰孙子！”我解恨地说。聋汉国双眼流泪，看不清楚，挥起胳膊乱抡。赵六夺过磕头虫再次劈下来的小板凳，嗖地扔到半空中。“操你妹妹！”他直截了当地说。磕头虫鹰爪一样的弯曲手指抓住了赵六的喉头，赵六揪住了磕头虫的头发。两个人撕扯到给司马支队留出的空地里，难解难分。斜眼花跳进来，想帮她的哥哥，但好几次却将拳头错打在磕头虫的背上。斜眼花终于找准了机会，像只花蝙蝠飞到赵六身后，然后，伸手到赵六双腿之间，揪住了他的睾丸。会拳脚功夫的关流星大声喝彩：“好！好一个叶底摘桃！”赵六哀鸣着松了手，腰像虾米一样弓起来，身体紧缩，脸色在渐渐沉重的暮色里黄成了金子。斜眼花用力一攥，发狠地说：“不是要操吗？老娘等着你！”赵六彻底瘫软在地上，成了一坨抽搐的肉。泪眼模糊的聋汉国摸起他的梧桐杆子，像出大殡仪仗中的开路先锋显道神一样，不分青红皂白，不管皇亲国戚，一顿胡抡，抡着谁谁倒霉，碰着谁谁遭殃。杆飞棍舞，老婆哭孩子叫，外边的人图看热闹瞎起哄往里挤，里边的人为逃命往外钻，一时间人声如潮，人成了团，挤成了堆，你踩我，我按你。我特别注意到斜眼花屁股上挨了一杆子，打得她一个箭步钻到了人堆里，几只打抱不平的手和几只浑水摸鱼的手在她的身上乱抠乱摸，弄得她吱吱哟哟……

啪！一声枪响。放枪的是司马库。他披着黑披风，身后跟着护兵，跟着巴比特和上官招弟、上官念弟，怒冲冲走来。“安静！”一个护兵喊，“再这样闹下去就不演了。”

人群乱纷纷地安静了。司马库带着他的人就座。天空变成了紫色，黑暗即将降临。有一钩瘦月，放着明媚的光，在西南方向，瘦月怀抱里，有一颗光芒四射的星斗。

骑马中队、骑骡中队、便衣队都来了，排着两行队伍，抱着枪或是背着枪，左顾右盼着女人。一群浪狗，络绎入场。乌云吞没星月，黑暗笼罩大地。树上虫声凄凉，河中水声澎湃。“发电！”司马库在我的左前方下令。他打着火机，点烟，点罢烟用很大的动作摇灭打火机。

发电机在回回女人家的废墟那儿。几个黑影在摇动，一只电筒发光。终于，机器响起来，起初的响声忽高忽低，很快便均匀了。一盏电灯在我们脑后亮了。“哦哦！”激动的观众吼叫。我看到前边的人都回过头来望着灯光，一大片眼睛绿光闪烁。

就像第一天晚上一样，一道白光寻找白布，飞蛾和蜢虫在光柱中莽撞飞行，白布展示它们的巨大身影，士兵和百姓惊叹。跟第一天晚上不一样的地方更多：司马库没有跳起来让光柱透视他的耳朵。四周的黑暗更加深厚，那白光愈加灿烂。空气潮湿，田野里的气息迎面扑来。风的声音缠绵在树上。夜鸟的声音纠集在天上。鱼的声音破碎在河水中。还有河堤下边的毛驴的喷鼻声，那是远道而来的外乡人的平凡坐骑。狗的声音在村子深处。闪电的光彩碧绿，在西南方向低垂的天幕上。沉闷的雷声在闪电消逝的地方。满载着炮弹的火车在胶济铁路上疾驰，清晰的钢铁巨轮碾轧铁轨声与流水般的电影机器声友好相处。特别的不同之处是，我对白布上映出的画面兴趣大减。下午，司马粮神秘地告诉我：“小舅，俺爹从青岛买来了新片子，里边全是光腚洗澡的女人。”“骗人。”我说。“真的，小杜说的，便衣队陈队长骑摩托去取，马上就回来。”结果还是老片子。司马粮骗我。我拧了他的腿。“没骗你，也许先放这盘旧的，再放那盘新的。等着吧。”我知道狗熊中弹后的情形，也知道猎人和女人在地上打滚的情形，只要我闭上眼睛，那些画面就流畅地在我脑海里滑过。于是，我有了更多的眼力来暗中窥测我面前的人和我周围的情况。

上官招弟因为产后身体虚弱，披着一件绿呢子雪花大衣，坐在特为她搬来的赭红色太师椅上。她的左边，是司马库司令。司令也坐着太师椅。他的披风，展开在椅背上。他的左边，坐着上官念弟，她坐着一把轻巧的藤椅，穿着白色的裙子，不是那件有长尾巴的，这是一件高领的、紧贴着皮肉的。起初，他们的上身都挺得很直，脖子都很硬，司马库的大头偶尔歪向右侧，与上官招弟低语。当那猎人在白布上吸烟时，上官招弟的脖子便疲倦了，腰也疲倦了，她的身体下滑，脑袋靠在椅背上，我模模糊糊地看到她头上的珠翠的白光，模模糊糊地嗅到她衣服上的樟脑味儿，清晰地听到她不太均匀的鼻息声。当那个大乳女人跳下车奔跑时，司马库的身体扭动，上官招弟昏昏欲睡。上官念弟的身体还是那么端正。司马库的左臂在动，慢慢地动，黑糊糊的，像一条狗尾巴。他的手，我看到了，他的手悄悄地按在了上官念弟的大腿上。上官念弟的身体还是那么端正，好像被摸的不是她。我心里不痛快，说怒不是怒，说怕不是怕。我喉咙干燥，想咳嗽。一道枝杈般的绿色闪电在沼泽地上空快速地撕破了一大片败絮般的灰云。司马库的手跟闪电一样快，嗖地便收回了。他像羊一样地咳嗽了一声，身体晃了晃，扭过头，对着放映机的方向望了望，我也回头望了望，巴比特这个傻瓜的脸对着机器旁边的一个射出白光的小孔，往里张望着。

那女人和那男人在白布上搂抱起来了，亲嘴了，司马库的大兵们呼哧呼哧地喘粗气，司马库的手粗鲁地伸到上官念弟双腿之间。上官念弟的左手慢慢地抬起来，抬起到脑后，仿佛是摸了一下头发，但我看到她不是摸头发，而是拔了一根簪子，然后她的左手就垂下去了。她的身体依然端正，好像她在聚精会神地看电影。司马库的肩膀抖了一下，吸了一口气，不知他吸的是凉气还是热气。他的左手，慢慢地收回。他又像羊一样咳嗽了一声，咳得虚假。

我松了一口气，眼睛望着白布，但却看不清白布上的画面。我的双手湿漉漉的，全是汗水。这桩黑暗中发生的秘密，要不要告诉母亲呢？不，不能告诉她。昨天的秘密，我没告诉她，但她猜到了。

碧绿的闪电，像抖落的铁水，不断地照亮鸟儿韩的伙伴们占据的大沙梁子，那些树，那些土墙草屋。闪电水淋淋地抖动，把光芒淋在黑色的树木和黄色的房舍上。雷声隆隆，像抖动着一张生锈的大铁皮。女人和男人，在河边草地上打滚，我却想起了昨晚的情景。

昨晚上，母亲被司马库和二姐说服，到教堂看电影。也是放到这草地上打滚的时刻，司马库悄悄地溜走了。我尾随着他。他贴着墙边走，不像司令，像个地道的毛贼，他原先一定当过贼。他跳进了我家院子，从低矮的南墙跳进去，这是三姐夫孙不言的行动路线，鸟仙也熟谙此道。我不跳墙，我有我的通道。母亲在大门上挂着一把锁，钥匙放在门边的砖缝里，我闭着眼便能摸到钥匙，但我不需要。大门下边有一个洞，是早年为狗准备的，那还是上官吕氏的时代。狗没了，洞留着。我可以钻进去，司马粮和沙枣花也能钻进去。好了，我已经站在大门里边了，这是穿堂，是西厢房的一个组成部分。往前走两步，便是通往厢房的门。厢房里一切照旧，磨，驴槽，上官来弟的草铺。她在草地上犯糊涂，得了花痴。为防止她冲出去破坏巴比特的婚礼，司马库将她的一只手用绳子捆起来，拴在窗棂上，三天了，还没解。我想，二姐夫是想解放大姐，让她也去开开眼界吧？但后果呢？

司马库高大的身材在朦胧的星光下更显高大。他摸进来了，他没发现我，我隐身在大门旮旯里。他进了厢房，我听到咣当一声响，他的腿碰倒了一只铁皮桶，那是我们为上官来弟预备的便桶。黑暗中，来弟哧哧地笑。一点火亮起，格外的亮，照见卧在草铺上的上官来弟，她披头散发，牙齿雪白，那件黑袍已遮不住皮肉。吓人，简直一个女鬼。司马库伸手摸她的脸，她一点都不怕。火机熄灭。羊在棚里弹蹄子。司马库的笑声。妹夫大姨子，一半腚沟子，司马库说，你不是浪死了吗？我来了……来弟尖声叫喊，是疯狂的，冲破房顶的，基本上还是草地上的那些话，浪死了呀，熬死了呀……司马库说："他大姨，你浪我是船，你旱我是雨，我是你的大救星。"两个人滚在一起，像在水里一样，像掏黄鳝窝一样。上官来弟的叫声比当年鸟仙的叫声还要尖锐……我悄悄地从狗洞爬回胡同，满身都是冷汗……

教堂里的电影将近结束时，司马库悄悄地回来了。人们见是司令，给他让开路。他从我身边路过时，顺便摸了一下我的头，我嗅到他的手上散发着上官来弟乳房的气味。他回到他的座位上，低声对二姐说了一句话，二姐好像笑了一声。这时电灯亮了。人们都愣了片刻，好像有些不知所措。司马库站起来，大声说："明晚到打谷场上放，本司令要为地方造福，引进西方文明。"人们苏醒了，喧闹声压倒了机器声。后来，当外人基本走光时，司马库对母亲说："老太太，怎么样？没白来吧？下一步，我要在高密东北乡盖一座电影院。巴比特这小伙子，啥都能干，您有这样的女婿，还得谢我。"二姐道："别说了，送娘回去吧。"母亲说："夹住尾巴吧，贤婿，人欢没好事，狗欢抢屎吃！"

母亲从来弟的什么地方发现了夜晚发生的秘密，我猜不出来。第二天上午，司马库和二姐来送粮。放下粮袋他们要走时。母亲说："他二姐夫，你留步，我有几句话对你说。"二姐道："什么话还怕人听？"母亲说："走你的。"母亲把司马库带到屋里，说："你打算把她怎么办？"司马库说："把谁怎么办？"母亲说："你别装憨！"司马库说："我没装憨。"母亲说："两条路你选。"司马库问："两条什么路？"母亲说："听着，第一条路，娶了她，为大还是为小还是不分大小，你跟二妮儿去商量；第二条路，杀了她！"司马库双手搓裤子，但这次搓裤子与他上次在草地上搓裤子时的心情大不一样。母亲说："三天之后，两条路你必须选出一条来，你走吧。"

六姐稳稳坐着，好像啥事也没发生。我听着司马库学羊咳嗽，心中既兴奋又有些悲哀。正前方的白布上，男人和女人紧挨着躺在树下，女人枕着男人的胳膊。女人望着树上累累的果实，男人却心事重重地咬着一根草。女人双手撑地，坐起来，偏转身，对着男人的脸，乳房的上半球从敞开的裙领露出来，双乳之间形成一条紫色的隧道，像河边浅水中的黄鳝窝。我已经第四次看到了这个窝。我渴望能钻到那窝里去。但她移动了位置，窝没了。她摇晃着那男人，大声吵嚷着。男人闭着眼，嘴巴里继续嚼着草。后来那女人啪啪地打着男人的脸，咧着大嘴呜呜地哭。她的哭声跟中国女人的哭声差不多。那男人睁开眼，把嘴里嚼烂的草吐到女人脸上。风猛烈摇晃着白布上的树，树上的果子碰撞着。树叶哗啦啦地响，从河堤那边传来。不知是白布上的风吹响了河堤上的树，还是河道里的风吹响了白布上的树。又一道闪电抖下一片绿光，紧接着一声闷雷。风声渐紧，人群有些骚乱。白炽的光柱里穿过一些亮晶晶的白点。下雨了，有人嚷叫。男人正在往马车那边走，女人赤着脚，衣裙凌乱地拽着他的胳膊。司马库突然站起来，说："不放了，不放了，别淋坏机器！"他挡住了光柱。群众吵嚷。司马库坐下。白布上水花四溅。男人和女人跳进河里。又一道闪电，籁籁籁籁持续了那么长的时间，把电影机的白光都照得黯淡了。十几颗黑溜溜的东西飞了进来，仿佛闪电屙出的硬屎。一阵猛烈的爆炸在司马支队的队伍里发生了。巨大的声响、绿与黄的闪光、刺鼻的火药味几乎是同时发生的。我不知道什么时候已坐在一个人的肚皮上，我感到有一些热烘烘的东西淋到了我的头上。我摸了一下脸，脸上黏糊糊的，我嗅到了浓烈的血腥味。随即是各种各样的怪叫，丧失了理智、瞎了眼睛的人群。白色的光柱里有晃动的脊背、血迹斑斑的头颅、惊恐的脸。那两个在美国的河流里泼水嬉闹的男女，被分割得支离破碎。闪电。闷雷。绿血。横飞的皮肉。美国电影。手榴弹。枪口里喷吐出的金色火蛇。弟兄们，不要乱。又是一阵爆炸。娘呀。儿呀。一条活着的死胳膊。脚上绊着肠子。比银圆还大的雨点儿。烫眼的光。神秘的夜。乡亲们，趴下，不要动！司马支队的官兵们，不要动，缴枪不杀！缴枪不杀！喊话声从四面八方逼进来，逼进来……

第二十三章

爆炸的声浪还没消失，无数闪亮的火把便从四面八方逼上来，独立纵队十七团的士兵们披着黑色的蓑衣，端着上起刺刀的步枪，整齐地喊着号子，坚定不移地往前推进。举火把的都是些头上蒙着白毛巾的老百姓，其中大半是留着二刀毛的妇女。他们高举着火把为十七团的士兵照着明。那些火把都是用破棉絮和烂布条扎成，蘸上了煤油，火势凶猛。司马支队里爆响了一阵枪声，十七团的十几个士兵像一捆捆谷个子，跌倒了，但立刻又有更多的士兵补上了缺口。又是几十颗手榴弹飞进来，炸得天崩地裂。司马库大叫："投降吧，弟兄们。"于是，枪支便横着竖着，扔到了被火把照亮的空地上。

司马库双手沾满鲜血，抱着上官招弟，大声地呼唤着："招弟，招弟，我的好老婆，你醒醒啊……"

一只颤抖的手抓住了我的胳膊，我抬头，借着火光，看到上官念弟苍白的脸，她也卧在地上，身上压着几具残缺不全的尸首。"金童……金童……"她艰难地说，"你活着吗？"我鼻子酸痛，眼泪涌出，哽咽着说："六姐，我活着，你呢，你活着吗？"她把双手伸给我，央求道："好弟弟，帮帮我，拉我的手。"我的手是绿油油的，她的手也是绿油油的。我抓着她的手，像抓着泥鳅一样，稍一用力便滑脱了。这时，人群都倒伏在地，没人敢再站起，白炽的光柱直射幕布，那一对美国男女的恩恩怨怨正进入最高潮，女的对着鼾睡中的男人高高地举起了钢刀。美国青年巴比特在电影机旁焦灼地呼叫着："念弟，念弟，你在哪里？""我在这里，巴比特，帮帮我，巴比特——"六姐对着她的巴比特举起一只手。她嘴里呼噜呼噜响着，脸上有鼻涕也有眼泪。巴比特晃动着瘦长的身体，往念弟这边挣扎，他走得十分困难，好像在淤泥中跋涉的马。

“站住！”有人大声吼叫着，对天放了一枪，“不许乱动。”

巴比特像被刀拦腰斩断了似的猛地伏在了地上。

司马粮不知从哪里钻出来，他的左耳上破了一个洞，黏稠的血糊在了他的腮上、头发上、脖子上。他把我拖起来，用僵硬的手，熟练地摸遍我的四肢。“小舅，你好好的，胳膊在，腿也在。”他说。他弯着腰，掀起了压在六姐身上的尸首，把六姐扶起来。六姐那件高领白裙上血迹斑斑。

冒着乱箭般的急雨，我们被赶进了风磨房，这是镇上最高大的建筑物，如今变成了临时囚牢。现在回想起来，当时我们有很多机会逃跑。因为急雨很快把十七团的民夫队手中的火把浇灭。十七团的士兵同样被冰凉的雨鞭打得睁不开眼睛，他们跌跌撞撞，自身难顾。在队伍前边，只有两道黄色的手电光芒引导。但竟然没有人逃跑。俘虏者和被俘虏者同样狼狈。临近风磨房破烂的大门时，十七团的士兵比我们还要踊跃地冲了进去。

风磨房在急雨中打哆嗦，借着闪电的蓝光我看到，屋顶铁皮的接缝处，水像瀑布一样漏下来。探出去的铁皮屋檐，一道明亮的激流奔涌而下，门前的泄水沟里，灰白的水一直漫到了街道上。从打谷场至风磨房的艰难跋涉中，我与六姐和司马粮失散了。我的面前，是一个披黑雨衣的十七团士兵，他有两片遮不住牙齿的短唇，黄色的牙齿和紫色的牙床暴露无遗。他的灰白的眼珠子蒙着一层云雾。闪电灭亡之后，他在黑暗中打着响亮的喷嚏，一股烟草混合着萝卜的气味，喷在了我的脸上。我的鼻子又酸又痒。黑暗中，喷嚏声响成一片。我想寻找六姐和司马粮，但我不敢喊叫，只能借着短暂的闪电，在震撼灵魂的雷声里，嗅着燃烧硫黄一样的雷电的气味，抓紧时间寻找。我看到，在小个子士兵背后，是磕头虫面黄肌瘦的脸。他像一个从坟墓里钻出来的窈窕活鬼。黄脸变紫，头发像两块毡片，绸褂子粘在身上，脖子更长，喉结像一颗鸡蛋，胸膛上肋骨凸现。他的眼睛像墓地里的磷火。

临近黎明时，雨势减小，铁皮屋顶上混乱的轰鸣被有空隙的噼啪声代替，闪电少了些，颜色也由可怕的蓝光和绿光变成了温暖的黄光和白光。雷声渐远，风从东北方向吹来，屋顶上的铁皮哐哐地响着，铁皮裂缝处，积水哗哗地泻下来。寒风刺骨，浑身僵硬，人们不分敌我，挤在一起。女人和孩子在暗中啼哭。我感到大腿间那些鸡儿蛋儿，紧紧收缩上去，牵扯得小肠痛疼。小肠又牵扯着胃，满腹冰冷，凝成一团冰。如果这时候有人想离开风磨房，没有人会阻拦，但没人离开。

后来，大门外有人来了。我在麻木不仁的状态中，背倚着不知道是谁的屁股，那人同样也倚着我。门外响起吧唧吧唧的蹚水声，接着出现了几团飘飘摇摇的黄光。几个全身裹在雨衣里，只露着脸的人站在大门口，对屋里喊："十七团的人，赶快出来站队，归还建制。"喊话的人嗓音沙哑，但这沙哑并非他的本来声音，他的声音原本是洪亮的、富有煽动性的。我一眼就认出了，那藏在雨衣帽子里的，是原爆炸大队队长兼政委鲁立人的脸。关于他率部升级进了独立纵队的消息，早在春天里就传进过我的耳朵，现在终于出现在眼前。

"快点，"鲁立人说，"各连都已号好了房子，同志们立即回去烫脚喝姜汤。"

十七团的士兵拥拥挤挤地撤出风磨房。他们在流水泛光的街道上排成几队，几个干部模样的人，举着风雨灯，杂七杂八地喊着："三连的跟我走！""七连的跟我来！""团直的跟我走！"

士兵们跟着马灯踢踢踏踏地走了。十几个披着大蓑衣的士兵抱着汤姆枪过来。带班的举手报告："报告团长，警卫连一排前来看守俘虏。"鲁立人举手还礼，道："严格看守，不让一个人跑掉，天亮后清点俘虏。如果我没猜错的话，"他笑着对黑暗中的磨房说，"我的老朋友司马库也在里边。"

“操你老祖宗！”司马库在一盘大石磨的背后大骂起来，“鲁立人你这个卑鄙小人，老子在这里！”

鲁立人笑道：“天亮后咱们再见！”

鲁立人匆匆地走了。那个大个子警卫排长站在灯光里，对着磨房里说：“我知道，有的人身上还藏着短枪，我在明处，你在暗处，你一枪就能打倒我。但我劝你不要动开枪的念头，因为你一开枪，只能打倒我一个，可是——他对着身后怀抱汤姆枪的十几个士兵挥挥手——我们十几梭子打进去，倒下的就不止你一个了。我们优待俘虏，天亮就甄别，愿意参加我们的队伍我们欢迎，不愿意参加的，发路费回家。”

磨房里没人吭声，只有哗哗的水声。排长指挥士兵，拉上了腐烂变形的大门。马灯的黄光，从大门上的窟窿里射进来，照在几张浮肿的脸上。

十七团士兵撤出后，磨房里有了间隙。我摸索着，向着刚才司马库发声的地方挤去。我碰到了几条打着哆嗦的滚烫的腿，听到了很多抑扬顿挫的呻吟。这座庞大的风磨房，是司马库与他的哥哥司马亭的杰作，磨房建成后，没有磨出一袋面，风车的叶片一夜之间被狂风吹得纷纷断裂，只剩了些粗大木杆子挑着残缺的叶片一年四季嘎啦啦地响。磨房里宽敞得可以演跑马戏，十二盘小山一样的大石磨顽固不化地蹲在砖石基座上。前天下午我和司马粮还来此观察过，司马粮说他要建议父亲把风磨房改造成电影院。当我们踏进磨房时，我不由得打了一个寒战。空旷的磨房里有一群凶恶的老鼠吱吱地尖叫着向我们冲过来，冲到距我们两步远时，它们停住了。一只白毛红眼睛的大老鼠蹲在最前边，抬起两只精美得像用玉石雕成的前爪，捋着雪白的胡须。它的小眼睛星星一样闪烁着，在它的身后，几十只黑色的老鼠列成半圆的队形，鼠视眈眈，随时准备冲锋陷阵。我惊恐地倒退，头皮炸、炸、炸，脊梁沟阵阵发凉。司马粮挡在我前边——其实他的个头仅仅齐着我的下巴——弯下腰，后来又蹲下，直盯着那只白毛老鼠。

白毛老鼠也不示弱，放下捋胡须的前爪，像犬科动物一样坐着，那小嘴小胡子微微地颤抖着。司马粮与老鼠僵持着。老鼠们，尤其是那只白毛老鼠在想什么呢？司马粮这个一直让我不愉快、但渐渐地与我亲近起来的小男孩又在想什么呢？他与老鼠仅仅是在斗眼吗？他与它是不是在进行着一场精神的较量？就像针尖对着麦芒，谁是针尖？谁是麦芒？我仿佛听到白毛老鼠说：这是我们的地盘，你们不得侵入！我听到司马粮说：这是我们司马家的磨房，是我大伯和我爹修建的，我来这里是回了自己的家，我是这里的主人。白毛老鼠说：强者为王，弱者为贼。司马粮说：千斤鼠抵不住八斤猫。白毛老鼠说：你是人，不是猫。司马粮说：我的前世就是一只猫，一只八斤重的老公猫。白毛老鼠说：你怎样才能让我相信你前世是猫？司马粮双手撑地，目眦皆裂，龇牙咧嘴，喵呜——喵呜——老公猫狞厉的叫声在磨房里回荡。喵呜——喵呜——喵——白毛老鼠惊慌失措，四爪落地，刚想逃跑，司马粮像猫一样敏捷地扑上去，一把便攥住了那只白毛老鼠。白老鼠没来得及咬他，就被他活活地攥死了。其余的老鼠四散奔逃。我学着司马粮，模仿着猫叫，追赶着老鼠，老鼠转眼间便逃匿得无影无踪。司马粮笑着，回头看我一眼，天哪！他的眼睛真像猫眼，在昏暗中放着绿幽幽贼晶晶的光芒。他把那只白毛老鼠扔到一盘大磨的磨眼里。我们俩每人把住一个磨盘上的木把儿，拼出吃奶的力气往前推，石磨岿然不动，我们只好罢休。我们巡视大磨房，从这盘磨到那盘磨，一个磨一个磨地转磨。都是好磨，司马粮说：“小舅，咱们合伙开磨房如何？”我不知道如何回答他。除了乳房和乳汁，别的东西对我又有什么用处呢？那个下午是辉煌的，阳光透过铁皮缝与木格百叶窗，洒在铺着青砖的地面上。地面上有老鼠屎，老鼠屎里肯定还混有蝙蝠屎，因为房梁上倒悬着一串红翅小蝙蝠，一只像斗笠那般大的老蝙蝠在高高的房梁间滑行，它的叫声与它的身体相配，声音尖锐而悠长，使我不寒而栗。每盘石磨的中央，都凿了一个圆洞，圆洞里栽进去一根笔直的、碗口粗的杉木，杉木从铁皮屋顶上穿出去，杉木的顶端，便是那些巨大的装着叶片的风轮。按照司马库和司马亭的设想：只要有风，叶片必转，叶片转风轮也转，风轮转杉木杆子随着转，杉木杆子一转石磨自然也随着转。但事实却粉碎了司马兄弟的奇思妙想。我绕过石磨去寻找司马粮，看到几只老鼠沿着杉木杆子飞快地爬上爬下，磨顶上蹲着一个人，眼睛放光，我知道他是司马粮。他伸出冰凉的小爪子拉住了我的手。在他的帮助下，我踩着磨边上的木把儿，爬上磨盘顶。磨顶上湿漉漉的，磨眼儿里汪着灰白的水。

“小舅，你还记得那只白老鼠吗？”他神秘地问我。我在黑暗中点着头。“它在这里，”他低声说，“我想剥了它的皮，让姥姥缝个护耳。”一道疲乏无力的闪电在遥远的南方抖擞着，磨房里展开一层稀薄的光芒。我看到他手里握着那只死老鼠。它身上湿漉漉的，细长的尾巴令人恶心地下垂着。“扔了它。”我厌恶地说。“为什么？为什么要我扔了它？”他不满地问。“恶心，难道你不恶心吗？”我说。他沉默着。我听到死老鼠掉到磨眼里的声响。“小舅，你说，他们会把我们怎么样？”他忧虑地问。是啊，他们会把我们怎么样呢？门外，哨兵们换岗了，街上，哗啦啦一片水响。换岗的士兵像马一样打着响鼻，一个兵说；“真冷，这哪里像八月里的气候！是不是要结冰了？”“扯淡！”另一个兵说。

“小舅，你想家吗？”司马粮问。一阵难忍的鼻酸。热乎乎的炕头，母亲的温暖怀抱，大哑二哑的夜游，灶台上的蟋蟀，甘美的羊奶，母亲嘎巴嘎巴响着的骨节和沉重的咳嗽，大姐在院子里的痴笑，夜猫子柔软的羽毛，家蛇在囤后捉老鼠……家，叫我如何不想你。我费力地抽着堵塞的鼻孔。“小舅，咱俩跑吧。”他说。“门口有兵，怎么跑？”我小声问。他抓着我的胳膊，说：“你看这杉木杆子。”他把我的手拉到直通屋顶的杉木杆子上。杉木杆子水淋淋的。他说：“我们顺杆爬上去，顶开铁皮，就钻出去了。”我忧虑地说：“爬上去怎么办？”“跳下去呀！”他说，“跳下去我们就可以回家了。”我想象着站在生满铁锈、哐哐作响的铁皮屋顶上的情景，腿肚子不由得哆嗦起来。“那么高……”我嗫嚅着，“跳下去会把腿摔断的。”他说：“没事，小舅，我保你没事，春天里我就从这屋顶上跳下去过，屋檐下是一片丁香树，树枝软得像弹簧一样。”我望着杉木柱子与屋顶铁皮的结合处，那里透下了一圈灰色的光线，明亮的水沿着杉木，一片片地渗下来。“小舅，天就要亮了，上吧。”他焦急地催促我。我无可奈何地点了点头。

“我先上去，把铁皮顶开。”他老练地拍拍我的肩膀，说，“让我踩一下。”他双手抱住水滑的柱子，身体往上一耸，双脚便踩在了我的肩膀上。“站起来，”他催促我，“站起来呀！”我双手扶着杉木柱子，哆哆嗦嗦地站起来。几只伏在柱子上的老鼠唧唧叫着跃到地上。我感到他的双脚在我肩上一用力，身体就像壁虎完全贴到杉木柱子上了。借着那线微光，我看到他的双腿一屈一伸地往上蹭着，尽管蹭一蹭，滑一滑，但他的身体终究是逐渐升高，终于顶着房顶了。

他用拳头捣着铁皮，发出咔啦啦的巨响，积水从铁皮缝隙里洒下来。雨水漏在我的脸上，流到我的嘴里，水中有一股腥咸的铁锈味，还有一些铁皮碎屑。他在黑暗中粗重地喘息着，并发出拼命使力气的声音。铁皮嘎嘎地响了一声，随即便有瀑布般的积水泻下来，我双手急忙搂住杉木柱子才没被冲下磨台。司马粮用脑袋顶着铁皮，扩大洞口。铁皮在黑暗中弯曲，终于断裂。一个不规则的三角形天窗开出来了，灰白色的天光泄漏进来。在那灰白天上，挂着几颗没有光彩的星星。“小舅，”他从高高的梁柱上往下说，“我先上去看看，然后下来救你。”他的身体往上耸着，脑袋从天窗上探出去。“有人上房！”门外的士兵大声喊叫着。然后便是几道火舌照亮黑暗，子弹打得铁皮啪啪响。司马粮搂着柱子，刺溜溜地滑下来，险些把我的头砸扁。他撸了一把脸上的雨水，呸呸地吐着嘴里的铁屑，打着下巴骨说：“冻死了，冻死了。”

黎明前最黑暗的时刻过去了，磨房里渐渐明亮起来。我和司马粮紧紧地搂在一起，我感到他的心脏紧贴着我的肋骨，像发烧的麻雀一样急速跳动。我绝望地哭着。他用圆滑溜的脑门轻轻地碰着我的下巴，说："小舅，别哭，他们不敢伤害你，你五姐夫是他们的大官。"

现在能看清磨房里的情景了。十二盘大磨闪着青色的威严光芒，我和司马粮占据着一盘。司马粮的大伯司马亭占据着一盘，他鼻子尖上挂着水珠，对着我们挤眉弄眼。其余的磨顶上，蹲着一些湿老鼠。它们挤在一起，小眼睛黑又亮，尾巴像大蚯蚓。它们既可怜又可憎。地面上汪着水。屋顶上还在往下滴水。司马支队的官兵大多数互相依靠着站立，他们的绿军装紧贴着皮肉，变成了黑色。他们的眼神和脸上的表情，与磨盘上的老鼠惊人地相似。被裹挟进来的老百姓，大多数聚拢在一起，只有少数混杂在司马支队里，好像玉米田里的谷子。老百姓男女混杂，男多女少，有几个孩子，在他们母亲的怀抱里，像病猫一样哼哼着。妇女们都坐在地上。男人们有的蹲着，有的靠着墙站着。磨房的内壁曾经刷过石灰，石灰受潮，沾在了男人们的背上，改变了他们的颜色。从人群里，我发现了斜眼花。她舒着双腿，坐在泥水中。她的背倚在另一个女人的背上。她的头歪在自己的肩膀上，脖子好像折断了。独奶子老金坐在一个男人的屁股上，那男人是谁呢？他趴在地上，脸歪在水里，一绺花白的胡子漂起来，胡子周围，有一些黑色的血块子，像蝌蚪一样在浊水中摇摆。老金只发育了右边一只乳房，左边的胸脯平坦如砥，这样就使她的独乳更显挺拔，好像平原上一座孤独的山峰。她的乳头又硬又大，高高地挑着单薄的衣衫。她的外号叫"香油壶"，传说她的乳房兴奋起来，乳头上能挂住一只香油壶。几十年后，当我有缘伏在她的一丝不挂的身体上时，才发现她左边的乳房退化得几乎没有一点痕迹，只有一个黄豆那么大的乳头，像颗美人痣，标示着它的存在。她坐在死人的臀上，双手神经质地撸着脸，撸一下就把手放在膝盖上擦一擦，好像她刚从蜘蛛洞里钻出来，脸上沾满了透明的蛛丝儿。其他的人各有姿态，有哭的，有笑的，有闭着眼睛啰唆的。有不间断地摇晃着脖子的，像水里的蛇，像岸边的鹤。那是个身材相当优美的女人，是虾酱贩子耿大乐的妻子，娘家是北海人。这女人长脖子小头，头小得与身体不成比例。有人说她是蛇变的，她的脖子和头的确七分像蛇。她的头和脖子从一群耷拉着脑袋的女人堆里昂起来，在潮湿阴冷、光线黯淡的大磨房里，那摇摇晃晃、颤颤悠悠的样子，证明了她确曾是蛇，现在又变回去了，我不敢去看她的身体，惊恐地跳开眼，她的影子继续在我脑子里晃动。

一条柠檬色的大蛇从一根杉木柱子上旋转而下。它的扁平的头颅像个盛饭的铲子，嘴里不时吐出紫色的灵活多变的舌头。它的头一接触到磨顶，便柔软地折成一个直角，然后流畅地往前滑动，逼近磨盘中央的老鼠，老鼠们翘起前爪，嘴里发出吱吱的声响。蛇头往前滑的同时，盘旋在杉木柱上的像镢柄那么粗的蛇体也在流畅地旋转着下滑，仿佛不是蛇体在盘旋，而是那根风磨的柱子在旋转。蛇头在磨盘中央猛然昂起，足有一尺高，蛇头后仰，像一只并拢的手，蛇的颈子收缩变扁、变宽，绷出了一片密网一样的花纹，紫色的舌头吐得更加频繁，更加可怕，从它的头上，发出一种令人胆寒的嗞嗞声。老鼠们吱吱地数着铜钱，身体都缩小了一倍。一只老鼠，直立起来，举着两只前爪，仿佛捧着一本书的样子，挪动着后腿，猛地跳起来。是老鼠自己跳进了蛇的大张成钝角的嘴里。然后，蛇嘴闭住，半只老鼠在蛇嘴的外边，还滑稽地抖动着僵直的长尾。

司马库坐在一根废弃的杉木上，低垂着毛发蓬乱的脑袋。二姐躺在他的膝盖上。她的脑袋在司马库的臂弯里后仰着，脖子上的皮肤绷得很紧。她的脸雪白，嘴大张着，形成一个黑洞。二姐死了。巴比特紧靠着司马库坐着。他的孩童般的脸上，满是苍老的神情。六姐的上半身侧歪着伏在巴比特的膝盖上，她的身体不停地颤抖，巴比特用被雨水泡胀的大手，抚摸着她的肩膀。在那扇腐朽大门的背后，一个瘦人正在自寻短见。他的裤子褪到腚下，灰白的裤衩上沾满污泥。他试图把布腰带拴到门框上，但门框太高，他一耸一耸地往上蹿，蹿得软弱无力，不像样子。从那发达的后脑勺子上，我认出了他是谁。他是司马粮的大伯司马亭。终于他累了，把裤子提起，腰带束好，回过头，羞涩地对着众人笑笑，不避泥水坐下，呜呜咽咽地哭起来。

晨风从田野里刮来，像一只水淋淋的黑猫，黑猫嘴里叼着银光闪闪的鲫鱼，在铁皮屋顶上冷傲地徜徉。血红的太阳从积满雨水的洼地里爬出来，浑身是水，疲惫不堪。洪水暴发，蛟龙河浪涛滚滚，澎湃的水声在冷静的早晨显得格外喧哗。我们坐在磨顶上，目光与射进来的云雾般的红光相遇，被急雨洗涤了一夜的窗玻璃一尘不染，将没被房屋和树木遮挡住的八月的原野展现在我的视野里。磨房前的大街上，雨水冲走了所有的浮土，暴露出坚硬的栗色土层。街面泛着漆一样的光辉，有两条没死利索的青脊大鲤鱼搁浅在街面上，它们的尾巴还在垂死地颤抖着。两个穿着灰军装的男人，一个高一个矮，高的瘦矮的胖，抬着竹篓子，踉踉跄跄地沿着大街走来，竹篓里盛着十几条大鱼，有鲤鱼，有草鱼，还有一条银灰色的鳗鲡。他们兴奋地发现了街上的鲤鱼，抬着篓子跑过来，他们跑得十分别扭，像拴在一起的鹤与鸭。大鲤鱼！矮胖子说。两条！高瘦子说。他们捡鱼时，我看到了他们脸的大概轮廓，确信他们是六姐与巴比特结婚宴席上的两个堂倌，独立纵队的内应。磨房外站岗的士兵，斜眼看着捡鱼的人。带哨的排长打着哈欠，踱过去，道：“胖刘瘦侯，你们这叫裤裆里摸卵，旱地上拾鱼。”瘦侯说：“马排长哟，您辛苦。”“辛苦谈不上，肚子饿得慌。”马排长说。胖刘道：“回去熬鱼汤，打了这么大的胜仗，得犒劳犒劳三军。”马排长道：“这么几条鱼，别说犒劳三军啦，够你们伙夫头子吃就不错了。”瘦侯说：“您大小也是个干部，干部嘛，说话要有证据，批评要注意政治，可不能信口开河。”“开个玩笑，何必当真呢！”马排长说，“瘦侯，几个月不见，你的口才见长嘛！”

在他们的吵嚷声中，母亲披着红彤彤的霞光，沿着大街，步伐缓慢、沉重，但却异常坚定地走了过来。“娘——”我哭叫着，从石磨上扑下来。我想飞扑进母亲的怀抱，却重重地跌在石磨下的烂泥里。

等我醒过来时，看到六姐激动的脸。司马库、司马亭、巴比特、司马粮都站在我的身边。“娘来了，”我对六姐说，“我亲眼看到娘来了。”我挣脱六姐的胳膊，往门口跑，头撞在一个人的肩膀上，晃晃身子，继续跑，费劲儿地分拨着人的密林。破烂的大门挡住了我的出路，我擂打着门板，喊叫着：“娘——娘——”

一个卫兵把汤姆枪黑洞洞的枪口伸进门窟窿晃了晃，威严地说：“别吵，等开过早饭就放你们。”

母亲听到了我的呼唤，加快了步伐。她蹚过路边的水沟，径直地对着磨房大门走过来。马排长拦住她，说：“大婶，请止步！”

母亲抬起胳膊，隔开马排长，一句话也不说，继续往前闯。她的脸被红光笼罩，像涂了一层血，嘴巴因为愤怒变歪了。

哨兵们匆忙往里靠拢，排成一字横队，像一堵黑色的墙壁。

“站住！老娘儿们！”马排长捏住母亲的肩膀，使她不能前进。母亲身体前倾，竭力想挣脱肩膀上那只手。“你是什么人？你想干什么？”马排长恼怒地问。他胳膊一用力，母亲连连倒退几步，几乎跌倒。

“娘啊！”我在破门里哭喊着。

母亲双眼发蓝，歪斜的嘴巴突然张开，喉咙里发出咔咔的响声。她不顾一切地向门扑来。

马排长用力一推，母亲便跌在路边的水沟里。水花四溅。母亲在水沟里打了一个滚，匆匆爬起来。水淹到她的肚腹。她吧唧吧唧地蹚着水，爬上水沟。母亲浑身湿透，头发上沾着一些脏水泡沫。她的一只鞋丢了，赤着残废的小脚，一瘸一颠地往前冲。

“站住！”马排长拉动枪栓，胸前的汤姆枪口对着母亲的胸膛，怒冲冲地说，“你想劫狱吗？”

母亲仇视地盯着马排长的脸，说：“你让开！”

“你到底要干什么？”马排长问。

母亲大叫着："我要找我的孩子！"

我大声哭叫。在我的身边，司马粮大叫着："姥姥！"六姐高叫着："娘——！"

被我们的哭声感染，磨房里的女人们号啕大哭起来。女人的哭声里，混合着男人擤鼻涕的声音和士兵们的咒骂声。

哨兵们紧张地背转身，枪口对着腐烂的大门。

"不许吵！"马排长大喊，"待会儿就会放你们。"

"大婶，"马排长用和蔼的态度说，"您先回去吧，只要您的孩子没干过坏事，我们一定会释放他的。"

"我的孩子……"母亲呻唤着，绕过马排长，往大门口跑来。

马排长一跳，挡在她的面前，严厉地说："大婶，我警告您，如果您再前进一步，就别怪我不客气了。"

母亲定定地望着马排长，轻轻地问："你有娘吗？你是人养的吗？"母亲抬手抽了马排长一个耳光子，摇摇摆摆地往前走。门口的哨兵为她闪开了通向大门的道路。

马排长捂着脸，大声命令："拦住她！"

哨兵们呆呆地站着，好像没听到他的话。

母亲站在了大门前。我从大门的破洞里伸出手，摇晃着，喊叫着。

母亲拉着门上的铁插销，我听到她粗浊的喘息声。

插销哗啦啦响着。一梭子弹从门板上方穿进来，清脆的枪声震耳欲聋，腐烂的木屑落在我们头上。

"老婆子，不许动！再动我就打死你！"马排长吼着，又对天打了一梭子弹。

母亲拔开了铁插销，撞开了大门。我往前一扑，脑袋扎在了她怀里。司马粮和六姐也扑上来。

这时，磨房里有人大喊："弟兄们，冲出去吧，待会儿就没命了！"

司马支队的士兵潮水般涌出来。我们被男人们坚硬的身体撞到一边，跌倒了我，母亲伏在我的身上。

磨房里混乱不堪，哭声、吼声、惨叫声混成一片。十七团的哨兵被冲撞得东歪西倒。司马支队的士兵抢夺他们的枪支，子弹打得玻璃噼里啪啦响。马排长跌进水沟，他在水中打了一梭子，十几个司马支队的士兵像木头人一样僵硬地跌倒。几个司马支队的士兵扑向马排长，把他压在水沟里。沟里一片拳脚，水声响亮。

十七团的大队人马沿着大街跑步前来。他们边跑边呐喊开枪。司马支队的士兵四散奔逃，无情的子弹追击着他们。

我们在乱中靠近了磨房的墙壁，背靠着墙，往外推着挤向我们的人。

一个十七团的老兵单膝跪在一棵杨树下，双手托枪，单眼吊线，他的枪身一跳，便有一个司马支队的士兵栽倒在地。枪声噼噼啪啪，滚热的弹壳跳到水里，水里冒出一串串气泡。那个老兵又瞄上了一个，那是司马支队的一个黑大个子，他已往南跑出了几百米，正在一片豆地里像袋鼠一样跳跃着，奔向与豆地相接的高粱地。老兵不慌不忙，轻轻一扣扳机，叭勾一声，那奔跑的人便一头栽倒了。老兵拉了一下枪栓，一粒弹壳翻着筋斗弹出来。

在杂乱的人群中，巴比特引人注目，他像羊群中一头傻乎乎的骡子，羊群咩咩叫，拥拥挤挤。他睁着大眼，撩起长腿，沉重的蹄子吧唧吧唧踩着地上的乱泥，跟着羊群跑。凶狠的哑巴孙不言，像黑虎一样，挥舞着嗖嗖溜溜的缅刀，率着十几个挥舞着大刀片子的敢死队员，呼啸着，迎头堵住了羊群。它们躲避不迭，便有几颗头被劈破。惨叫声响彻原野。群羊折回头，失去了方向感，哪里方便往哪里钻。巴比特愣了愣，有一个四处张望的短暂时刻。哑巴扑上来，巴比特猛醒，跃起蹄子朝这边飞跑。他嘴里吐着白沫，大声喘息。树下的老兵瞄上了他。

“老曹！不要开枪！”人群里蹦出了鲁立人，他大喊着：“同志们，不要射击那个美国人。”

十七团的士兵像拉网一样往里合拢。俘虏们还在做着短距离奔跑，就像网中鱼儿的蹦跳。拥拥挤挤地渐渐被拢在磨房前这段坚实的街道上。

哑巴冲进俘虏群，对准巴比特的肩膀打了一拳。巴比特身不由己地转了一个圈，再次面对哑巴。他大声咋呼着，完全是洋文，不知是骂人还是抗议。哑巴举起缅刀，刀光闪闪。巴比特抬起胳膊，好像要遮挡那刀的寒光。

“巴比特——！”六姐从母亲身边跳起来，跌跌撞撞往前扑去，但只跑了几步，便跌倒了。她的左脚从右腿下伸出来，身体歪在烂泥里。

“拦住孙不言！”鲁立人大声发布命令。哑巴身后的敢死队员拧住了他的胳膊。他暴躁地叫唤着，把扯着他的胳膊的敢死队员甩得像稻草人。鲁立人跳过水沟，站在路边，高高地举起一只手，招呼着：“孙不言，注意俘虏政策！”孙不言看到了鲁立人，停止了挣扎。敢死队员放开他的胳膊。他把缅刀缠到腰里，伸出铁钳般的手指，抓着巴比特的衣服，把他从俘虏群里拖出来，一直拖到鲁立人面前。巴比特对鲁立人说洋文。鲁立人简短地说了几句洋文，并把手掌往虚空里劈了几下，巴比特便安静了。六姐对着巴比特伸出一只求援的手，呻吟着：“巴比特……”

巴比特跳过水沟，把六姐拖起来。六姐的左腿像死了一样。巴比特抱着她的腰吃力地提拔她，肮脏不堪的裙子像皱巴巴的葱皮一样褪上去，白里透青的腰臀却像鳗鱼一样滑下来。她搂住了巴比特的脖子，巴比特架住她的腋窝，这对夫妻终于站起来。巴比特忧悒的蓝眼睛看到了母亲，于是他便架着伤脚的六姐，艰难地移过来。他用中国话说：“妈妈……”他的嘴唇哆嗦着，几颗大泪珠子从深眼窝里流出来。

路边的水沟里浪花翻腾，马排长推开压在他身上的司马支队士兵的尸首，宛若一只特大的蛤蟆，缓慢地爬上来。他的雨衣上沾着水、血、泥巴，像癞蛤蟆身上的斑点。双腿弯曲着他站起来了，抖抖颤颤既可怕又可怜，马虎看像个狗熊，仔细看像个英雄。他的一只眼珠被抠了出来，像一只闪着瓷光的玻璃球儿悬挂在鼻梁一侧，嘴里脱落了两颗门牙，铁青的下巴上滴着血水。

一个女兵背着药箱冲上来，扶住了前仰后合的马排长。“上官队长，这里有重伤员！”女兵喊叫着，她的单薄的身躯被马排长沉重的身体压得像一棵小柳树一样弯曲着。

这时，胖大的上官盼弟带着两个抬担架的民夫，从大街上跑过来。一顶小小的军帽扣在她的头上，帽檐下的脸又宽又厚，只有她的从二刀毛中挑出来的耳朵，还没丧失上官家的清秀风格。

她毫不迟疑地摘下了马排长的眼球，并随手扔到一边。那只眼球在泥土上骨碌碌转动着，最后定住，仇视地盯着我们。“上官队长，告诉鲁团长……”马排长从担架上折起身，指着母亲，说，“那个老婆子，打开了大门……”

上官盼弟用纱布缠住马排长的头，缠了一圈又一圈，一直缠得他无法张嘴。

上官盼弟站在我们面前，含糊地叫了一声娘。

母亲说：“我不是你的娘。”

上官盼弟说：“我说过的，‘十年河东，十年河西，出水再看脚上泥！’”

母亲说：“我看到了，我什么都看到了。”

上官盼弟说：“家里发生的一切我都知道。娘，你没亏待我的女儿，我会替你开脱的。”

母亲说：“你不用替我开脱，我早就活够了。”

上官盼弟说：“我们把天下夺回来了！”

母亲仰望着乱云奔腾的天空，呢喃着：“主啊，您睁开眼睛看看吧，看看这个世界吧……”

上官盼弟走上前来，冷淡地摸了摸我的头。我嗅到她的手指上有一股令人不快的药水味儿。她没有摸司马粮的头，我猜想司马粮绝不允许她摸他的头。他的小兽般的牙齿错得咯咯响，如果她胆敢摸他的头，他一定会咬断她的手指。她脸上挂着嘲弄的笑容，对六姐说："好样的，美帝国主义正在向我们的敌人提供飞机大炮，帮助我们的敌人屠杀解放区人民！"

六姐搂着巴比特，说："五姐，放了我们吧，你们已经炸死了二姐，难道还要杀我们？"

这时，司马库托着上官招弟的尸首，从风磨房里狂笑着走出来。适才他的士兵蜂拥而出时，他竟然呆在磨房里没有动弹。一向整洁漂亮、连每个纽扣都擦得放光的司马库一夜之间改变了模样，他的脸像被雨水泡胀又晒干的豆粒，布满了白色的皱纹，眼睛黯淡无光，粗糙的大头上，竟然已是斑驳白发。他托着流干了血的二姐，跪在母亲面前。

母亲的嘴巴歪得更厉害了，她的下颌骨剧烈地抖动着，使她连一句完整的话也说不出来。泪水溢出她的眼。她伸出手，摸了一下二姐的额头。她用手托着自己的下巴，困难地说："招弟，我的儿，人是你们自己选的，路是你们自己走的，娘管不了你们，也救不了你们，你们都……听天由命吧……"

司马库放下二姐的尸首，迎着被十几个卫兵簇拥着正向风磨房这边走来的鲁立人走过去。这两个人在相距两步远时停住了脚，四只眼睛对视，仿佛击剑斗刀，锋刃相碰，火花迸溅。几个回合斗罢，不分胜负。鲁立人干笑三声："哈哈！哈哈！哈哈哈！"司马库冷笑三声："嘿嘿！嘿嘿！嘿嘿嘿！"

"司马兄别来无恙！"鲁立人说，"距离司马兄驱我出境不过一年，想不到同样的命运落在了您头上。"

司马库说："六月债，还得快。不过，鲁兄的利息也算得太高了。"

鲁立人道：“对于尊夫人的不幸遇难，鲁某也深感悲痛，但这是没有办法的事，革命好比割毒疮，总要伤害一些好皮肉，但我们并不能怕伤皮肉就不割毒疮，这个道理，希望您能理解。”

司马库道：“甭费唾沫了，给我个痛快的吧！”

鲁立人道：“我们不想这么简单地处决你。”

司马库道：“那就对不起了，我只好自己动手了。”

他从衣兜里摸出一支精致的镀银小枪，拉了一下枪栓。他回头对母亲说：“老岳母，我替您老人家报仇了。”

他把枪举起，对准了太阳穴。

鲁立人大笑道：“终究是个懦夫！自杀吧，你这个可怜虫！”

司马库握枪的手颤抖着。

司马粮大叫：“爹！”

司马库回头看一眼儿子，握枪的手慢慢地垂下来。他自我解嘲地笑笑，把手中的枪扔向鲁立人，说：“接住。”

鲁立人接住枪，在手里掂掂，说：“这是女人的玩意儿。”他轻蔑地把枪扔给身后的人，然后，跺着被水泡胀、沾着泥巴的破皮鞋，说：“其实，把枪一缴，我就无权处置你了，我们的上级机关，会为你选择一条道路，或者上天堂，或者下地狱。”

司马库摇摇头，道：“鲁团座，你说的不对，天堂和地狱里都没给我留席位，我的席位在天堂和地狱之间，到头来，你会跟我一样。”

鲁立人对身边的人说：“把他们押走。”

卫兵上来，用枪指着司马库和巴比特，说：“走！”

“走吧，”司马库招呼着巴比特，说，“他们可以杀我一百次，但绝不会动你一根毫毛。”

巴比特搀扶着六姐，走到司马库身边。

鲁立人说：“巴比特夫人可以留下。”

六姐说：“鲁团长，看在我帮助母亲抚养鲁胜利的分上，你成全我们夫妻吧。”

鲁立人扶了扶断腿的眼镜，对母亲说：“你最好劝劝她。”

母亲坚决地摇摇头，蹲下，对我和司马粮说：“孩子，帮帮我吧。”

我和司马粮拖起上官招弟的尸首，扶到母亲背上。

母亲背着二姐，赤着脚，走在回家的泥泞道路上。我和司马粮一左一右，用力往上托着上官招弟僵硬的大腿，为了减轻母亲的负担。母亲残废的小脚在潮湿的泥地上留下的深深的脚印，几个月后还清晰可辨。

第二十四章

蛟龙河洪水暴涨，坐在我家炕沿上，透过后窗，就能看到黄色的浊水平着堤坝，滚滚东去。河堤上站着一群独立纵队的士兵，他们面对着河水，大声议论着什么。

母亲在院子里支着鏊子烙饼，沙枣花帮她烧火。柴草返潮，火焰焦黄，黑烟稠密，阳光暧昧。

司马粮带着一身苦涩的槐树味儿进屋，低声对我说：“他们要把我爹和六姨夫、六姨押送到军区去。三姨夫他们正在捆扎木筏，准备渡河。”

“粮儿，”母亲在院子里说，“你带着小舅和小姨到河堤上去，拦住他们，跟他们说，我要给他们送行。”

河水浑浊、湍急，水面上漂浮着庄稼秸秆、红薯藤蔓、牲畜尸首，还有在中流翻滚着的大树。被司马库烧断了三块桥石的蛟龙桥早已被洪水淹没，只有翻卷的巨流和震耳的喧哗表示着它的存在，两岸河堤上的灌木全被淹没，偶尔露出几根挑着绿叶的枝条。水面宽阔，成群的蓝灰色海鸥追逐着浪花飞行，并不时从水中叼上来几条小鱼。对面的堤岸好像一条隐约的黑绳子，在远处耀眼的水波中跳跃。水面距离堤顶只有几寸的距离，有的地方，黄色的水舌挑逗地舔着堤顶，形成一些小小的水流，淙淙有声地流淌到堤外的漫坡上。

我们走上河堤时，哑巴孙不言正挺着他那发达的生殖器对着河水撒尿，金色酒浆一样的液体打在水面上，发出叮叮咚咚的响声。看到我们来了，他友好地笑笑，从裤兜里摸出一只用子弹壳做成的哨子，吹出了一些婉转的鸟声，有画眉的低唱，有黄鹂的浅吟，有百灵的哀鸣。鸟声迷人，他那生着几颗疣瘊的脸柔和了许多。他吹够了，甩甩哨子里的口水，把哨子托到我的面前，嘴里啊哦一声，意思很明显，他想把哨子送给我。我往后退了一步，胆怯地看着他。孙不言，你挥舞缅刀杀人时的嘴脸我永远不会忘记，魔鬼！他又把手往前送了送，嘴里啊哦啊哦，脸上显出激动不安的样子。我后退，他逼进。司马粮在我身后悄悄说："小舅，不能要他的，'哑巴吹哨，魔鬼必到'，这是他去墓地里召唤鬼魂时使用的工具。""啊哦！"孙不言恼怒地叫着，把那铜哨子硬拍到我的手里，然后他便走到正在扎制木筏的人群那儿，不再理睬我们。司马粮把哨子从我手里挖过去，举起来，对着阳光仔细地望着，好像要从里边发现什么秘密。他说："小舅，我属猫，不在十二属之列，什么鬼也治不了我，这哨子，我替你保存着吧。"说完，他就把哨子放进自己的裤兜里。他只穿着一条长及膝盖的绿布裤头，裤头上，有他自己用粗大的针脚缝上的很多裤兜，有明的，有暗的，裤兜布五颜六色。他的裤兜里装着很多稀奇古怪的东西，有能在月光下变换颜色的石头子儿，有可以切开瓦块的小锯条，有各式各样的杏核，还有一对麻雀的脚爪，两个青蛙的头盖骨，还有几颗牙齿，有他自己脱落的，有八姐脱落的，有我脱落的。我脱落的牙齿都被母亲站在院子里抛到房后边，但全被他捡了回来。要在我家房后那片乱草丛生、布满狗屎的空地上找到一颗童牙，该是多么不易啊！但司马粮告诉我：“如果你存心要找一件东西，它自己就会跳出来的。”现在，他的收藏里又增加了一个魔哨，它藏匿在他的裤头里，无影无踪。

十几个十七团的士兵，沿着胡同，像蚂蚁一样，往河堤上搬运着一根根沉重的松木。大街上噼里啪啦响，司马亭的瞭望台正在遭劫。孙不言是这伙士兵的首领，他指挥着他们，把松木杆子用粗大的铁锔子联结起来。村里手艺最高的木匠尊龙大爷担当着他们的技术指导。哑巴正对尊龙大爷发脾气，像一头暴怒的大猩猩，狂叫着，嘴里喷出一群群唾沫星星。尊龙大爷笔直立正，双手恭顺地下垂，右手捏着一枚铁锔子，左手攥着一把斧头。他的两个布满疤痕的膝盖紧紧地挤在一起，两条青筋凸现的小腿像木棍一样直，两只大脚上套着一双木头鞋。

这时，一个骑自行车背驳壳枪的卫兵，沿着胡同蹿过来。他支好车子，弓着腰爬上河堤。他的一只脚陷到堤半腰的老鼠洞里，拔出脚来时，从那个脚窟窿里，涌出了浑浊的水。司马粮告诉我：“看吧，就要决口了。”那卫兵也大叫着：“危险，这里有个洞。”十七团的士兵一阵慌乱，都停了手中的活儿，胆怯地看着那个冒水的洞。哑巴的脸上出现了少见的慌乱表情。他看看河面，河水浩浩荡荡，高过村子里最高的房脊。他抽下腰里的缅刀扔在河堤上，匆匆脱下上衣和裤子，只穿着一条像用铁皮剪成的坚硬短裤。然后他对着士兵们高声咋呼着。士兵们像一群木鸡，痴呆呆地望着他。一个生着粗眉毛的士兵提高嗓门问：“你要我们干什么？要我们下河吗？”哑巴冲到他面前，抓住他的领口往下一扯，几颗黑色的塑料纽扣便挣脱了。哑巴在情急之中，竟然喊出了一个清晰的字眼：“脱！”

尊龙大爷看看堤上的窟窿和河水中的旋涡说：“老总们，这是个地老鼠钻成的透眼，里边的窟窿比水缸还要大了。你们的头要大家脱衣服，他要下去堵漏。老总们脱吧，再拖延一会儿，就没救了。”

尊龙大爷把那件补丁夹袄脱下来，扔在哑巴面前。士兵们急忙脱衣服，有一个小兵只脱了褂子，还穿着那条裤子。哑巴愤怒地再次吼出那个清楚字眼：“脱！”狗急了跳墙，猫急了上树，兔子急了咬人，哑巴急了说话。“脱！脱！脱！”他不停地吼着，好像突击队在巩固战果。小兵可怜巴巴地说：“班长，我没穿裤衩哦！”哑巴捡起缅刀，放在小兵脖子上，用刀背蹭了两下，小兵面如土色，哭咧咧地说：“哑爷爷，我脱，我脱还不成吗？”他弯腰，匆匆忙忙解开裹腿，把裤子脱下来，露出了白色的臀部和初生毛羽的小公鸡，他羞涩地捂着它。哑巴刚要逼迫卫兵脱衣，那人却跑下河堤，骗腿上了自行车，身体左右摇晃了几下，车子便箭一般蹿出去，他一路喊叫着：“决口啦——决口啦——”

哑巴把衣服堆在一起，用绑腿布层层捆扎，尊龙大爷推倒堤下一架扁豆，把藤蔓和篱笆踩成一个团。几个士兵帮着他把藤蔓拖上河堤。哑巴抱起衣服团，正要往河里跳。尊龙大爷指指水面上那个旋涡，然后从他的家什箱里，摸出了一个扁平的绿玻璃瓶子，拔出塞子，酒香扑鼻。哑巴接过酒瓶，一仰脖灌了。他伸出大拇指，对尊龙大爷晃晃，大声说：“脱！”这个“脱”字与“好”字同义，堤上的人都给予了正确理解，哑巴抱起衣裳包，纵身跃入河水。河水晃荡着，沿着堤边往外溢。堤外那个漏水的窟窿已变得像马脖子那么粗，水势凶狠，凌空蹿出去，然后直泻进胡同里，胡同里淌成小河，浑浊的水头已经爬到我家门口。与高悬在村后的蛟龙河相比较，村子里的房屋就像用黄泥捏成的玩具。哑巴一入水便没了影子。他潜下去的地方翻滚着泡沫和杂草，狡猾的海鸥贴着河边飞翔，它们的黑豆般的小眼睛警觉地盯着哑巴入水的地方，好像在企盼着什么。我清楚地看到了它们鲜红的嘴巴和蜷曲在白色肚皮下的黑色脚爪。我们都紧张地盯着水面，一颗黑油油的西瓜在水面上打了一个滚，立即消失了，但很快又在前边的河面上出现。一只枯瘦的黑蛙用标准的蛙泳从河心的浊浪里挣扎出来，斜刺里向岸边泅渡。在近堤处平静的水面上，它的双腿蹬出一些漂亮的波纹。十七团的士兵紧张地绷着脸上的皮肤，脑袋往前探着。由于他们都赤着背，脖子显长，看起来就像一排引颈等待砍头的囚犯。他们的裤头都像哑巴的裤头一样，宛若铁皮剪成。那个被剥成光腚猴子的小兵，双手捂着累累果实，也往河里看。尊龙大爷则盯着堤外的出水口。司马粮趁着这机会，捡起了哑巴那柄杀人如切瓜的缅刀，用大拇指，偷偷地试着刀刃的锋利。“好！堵住了！”尊龙大爷高声喊。

那个虎狼般凶猛的出水口水势减缓，水流量大大减少。哗啦啦的水声变成了淙淙的水声。哑巴从河水中猛地蹿起来，好像一条大黑鱼出水，盘旋在他头上的海鸥惊叫着飞向高空。他用大手揩去脸上的水，呸呸地往外吐着泥沙。尊龙大爷招呼着士兵，把那一大团藤蔓掀到河里。哑巴揪住藤蔓，双手按着它，让它快速下沉。他身子往上一耸，双腿也踩了上去。他又一次潜入水中。这次潜下去的时间很短，他就冒出头来换了一口气。尊龙大爷递给他一根长长的树枝，想把他拖上来。他摆摆手，再次潜下去。

村子里响起了紧急的锣声。锣声未毕，又吹起了冲锋号。一队队扛着枪的士兵沿着各条胡同冲上了堤坝。鲁立人和他的卫队从我们的胡同里冲上来，一上堤他就大喊：“险情在哪儿？”

哑巴从水里冒出头，刚冒出头又沉下去，看起来他已筋疲力尽。尊龙大爷立即递过树枝，把他拖到堤边。众人一齐伸手，把他扯到岸上。他腿一软就坐在河堤上。

尊龙大爷对鲁立人说：“长官，多亏了孙老总，要不是他，村里人就喂王八了。”

鲁立人说：“老百姓喂了王八，我们也得喂鳖。”

他走到哑巴面前，跷起大拇指表扬他。哑巴一身鸡皮疙瘩，嘴上挂着一层泥巴，憨憨地对着鲁立人笑了。

鲁立人下令部队挖土加固增高河堤。造木筏的工作继续进行，中午时一定要将俘虏渡过河去，军区的押俘队将到对岸接应。没有衣服的士兵回去休息。这些士兵越受表扬越来劲，竟要赤身完成任务，鲁立人令勤务兵跑步回团部拿条裤子，为光腚小兵救急。鲁立人笑嘻嘻地对小兵说："没扎全毛的个绒毛鸭子，羞羞答答干什么？"鲁立人在连珠炮般下达命令的同时，还插着空问了我一句："妈妈好吗？鲁胜利淘气不？"司马粮扯扯我的手，我不理解他的意思，他便自己对鲁立人说："姥姥要来为我爹他们送行，让您等等她。"

尊龙大爷热情高涨，只用了半点钟，就把那只方圆十几米的木筏钉成了。没有桨，他向鲁立人建议，可用铁锹代替，用扬场的木锨更好。于是鲁立人又下达了一个命令。

"你回去告诉姥姥，"鲁立人严肃地对司马粮说，"我可以满足她的要求。"他抬腕看看表，说："你们可以走了。"但是我们没走，因为我们看到，母亲挎着一个蒙着白包袱皮的竹篮子，提着一把红泥茶壶，已经走出了家门。她的身后，跟随着沙枣花，她双手抱着一捆碧绿的大葱。大葱后边，是司马库的双生女儿司马凤和司马凰，凤凰后边，是哑巴和三姐的双生子大哑和二哑。双哑后边，是刚刚能走路的鲁胜利，鲁胜利后边，是脸上涂满脂粉的上官来弟。这支队伍行进缓慢，双生女眼睛盯着扁豆的藤蔓和杂生在扁豆里的牵牛花藤蔓，她们在搜寻蜻蜓蝴蝶以及透明的蝉蜕。双生子的眼睛却盯着胡同两边的树干，槐树干柳树干以及桑树的浅黄色树干，那上边有可能吸附着他们的可口佳肴——蜗牛。鲁胜利则专找水洼行走，她的脚踏得水洼唧唧响时，天真无邪的笑声便在胡同里传播。上官来弟行走时的端正姿态使我知道她脸上表情庄重，尽管我们站在河堤上只能看到她花花绿绿的脸而暂时看不清她的眉眼。

鲁立人从卫兵脖子上摘下望远镜，扣在眼睛上，向对岸张望。一个站在他身边的小干部焦急地问："来了没有？"

鲁立人继续张望着说："没有，连个人影也没有，只有一只乌鸦在啄马粪。"

"会不会发生意外呢？"小干部忧虑地问。

"不会的，"鲁立人说，"军区押俘队个个都是神枪手，没有人敢拦挡他们。"

小干部说："那倒是，我去军区集训时，押俘队给我们做过表演，我最服气的是他们手指钻砖头的硬功。你说，那样硬一块砖，就用根指头，刺刺地就钻出一个洞，用钢钻子也钻不了那么快。他们要是想杀人，什么都不用，手指一戳就是一个窟窿。团长，听说有一批干部要就地转业组织县区政府……"

"来了，"鲁立人说，"告诉通信班，给他们打信号。"

一个神气活现的小个子兵，举起一支奇怪的粗筒子短枪，对着河道上空开了一枪，一颗黄色的火球，飞到不甚高的空中略微停顿一下，便画出一道拖着白烟的弧线，簌簌地响着，落在了河道中央。火球下落时，几只海鸥仄棱着翅膀想去搏击它，但稍一试探，便尖叫着躲开了。

对面河堤上，站着一群黑色的小人，水的银光反射着，游动着，使我感到他们是站在水面上而不是站在河堤上。

"换信号。"鲁立人说。

小个子兵从怀里摸出一面红旗，绑在尊龙大爷扔掉的那根柳木枝上。他对着河招展红旗。对面河堤传过来呼喊声。

"好了！"鲁立人把望远镜挂在脖子上，向适才与他谈话的小干部下达了命令："钱参谋，跑步回去，通知杜参谋长，速把俘虏押来。"钱参谋答应着跑下河堤。

鲁立人跳到木筏上，使劲儿跺着脚，检查木筏的牢固程度，他问尊龙大爷："不会划到河中时散架吧？"

尊龙大爷说："放心吧长官，民国十年秋，村里人用筏子摆渡过赵参议员，那筏子也是我钉的。"

鲁立人说："今天摆渡的是重要人犯，一点错都不能出。"

"您尽管放心，要是筏子中流散了架，您把我的十根手指剁掉九根。"

鲁立人说："那倒不必要，真要出了事，剁掉我十根手指也没用。"

母亲带着她的队伍爬上河堤。鲁立人迎上前去，客气地说："姥姥，您先靠边等着，他们一会儿就到。"他弯下腰去亲近鲁胜利，她却被吓哭了。鲁立人尴尬地扶扶用麻绳挂在耳朵上的眼镜，说："这孩子，连亲爹都不认识了。"母亲叹息道："他五姐夫，你们这样折腾过来折腾过去，啥时算个头呢？"鲁立人胸有成竹地说："放心吧，老人家，多则三年，少则两年，您就可以过太平日子啦。"母亲说："我一个妇道人家，本不该多嘴，你能不能放了他们？怎么着他们也是你的姐夫妹夫小姨子。"鲁立人笑道："老岳母，我没有这个权力，谁让您招了这么些不安生的女婿呢？"说完，他笑了。他的笑缓解了河堤上的严肃气氛。母亲说："你跟你的长官说说，饶了他们吧。"鲁立人说："种瓜者得瓜，种豆者得豆，种下了蒺藜就不要怕扎手。老岳母，不要操这些闲心啦。"

卫队押解着司马库、巴比特和上官念弟沿着胡同走过来。司马库的双手被绳子反捆在背后，巴比特的双手用柔软的绑腿捆在胸前，上官念弟没被捆绑。路过我家时，司马库径直对着大门走去，一个卫兵上前阻拦，被司马库啐了一口，他大叫："闪开，我要进去跟家人告个别。"鲁立人把手掌拢在嘴边成卷筒状，对着胡同大喊："司马司令，免进吧，她们都在这里。"司马库好像没听到鲁立人的话，仄着膀子，硬闯进去，巴比特和上官念弟随着进去了。他们在我家院子里磨蹭了很久。鲁立人不停地看表。对面的河堤上，押俘队不断地摇晃着一面小红旗，往这边打信号；这边的通信兵，摇晃着一面大红旗，给对面回信号。他摇旗的动作有很多变化，表现出训练有素的样子。

司马库一行终于从我家走了出来，并很快爬上了河堤。鲁立人下令：“落筏！”十几个士兵便把那沉重的木筏推到河里。河水剧烈地晃荡。木筏沉入水中，慢慢地浮起，靠岸处缓慢的水流冲得筏子打了横。几个士兵，紧紧地扯住拴在筏子边上的绑腿带，防止木筏被水冲走。

鲁立人说：“司马司令，巴比特先生，我军仁至义尽，顾念人伦之情，故破例允许你们的家属为你们饯行，希望你们能快点。”

司马库、巴比特、上官念弟对着我们走过来。司马库满面笑容。巴比特忧心忡忡。上官念弟神情沉重，像一个无畏的殉道者。鲁立人低声说：“六妹，你可以留下。”上官念弟摇摇头，表示了她从夫而去的坚决态度。

母亲揭开盖竹篮的包袱皮，沙枣花递过一棵剥好的大葱。母亲把大葱折成两段，卷在一张白面饼里，然后又从篮子里端出一碗大酱，递给司马粮，说：“粮儿，端着。”司马粮接过酱碗，怔怔地望着母亲。母亲说：“别盯我，看着你爹！”司马粮的目光便飞到了司马库的脸上。司马库低头看着他的黑鲅鱼一样结实的儿子，那张似乎永远不会忧愁的长方形黑脸上竟然蒙上了漫漫的愁云。他的肩膀下意识地动了一下，也许是想抬臂抚摸自己的儿子吧？司马粮咧咧嘴，低声说：“爹……”司马库的黄眼珠子快速旋转，把泪水逼进鼻腔和咽喉。他抬起腿，踢踢司马粮的屁股，说：“小子，记着吧，司马家历代祖宗没有一个是死在炕上的，你也一样。”司马粮问：“爹，他们会枪毙你吗？”司马库侧目望望浑浊的河水，说：“你爹吃亏就吃在心慈手软上。你小子记着，要做恶人就得铁石心肠，杀人不眨眼。要做善人走路也要低着头，别踩死蚂蚁。最不要做的是蝙蝠，说鸟不是鸟，说兽不是兽。你记住了吗？”司马粮咬着嘴唇，庄严地点了头。

母亲把卷好了大葱的单饼递给上官来弟，上官来弟接过大饼，呆呆地望着母亲。母亲说：“你喂他吃！”上官来弟似乎有些羞涩，三天前那个漆黑夜晚里的纵情狂欢她肯定不会忘记，这幸福的羞涩便是明证。母亲看看她，又看看司马库。母亲的眼睛像一只牵线的金梭，把上官来弟和司马库的目光连续在一起。他和她用眼睛交流着千言万语。上官来弟脱下了她的黑袍子，穿着一件紫红色的夹袄，一条滚着花边的紫红色裤子，一双紫红色绣花鞋，身腰窈窕，面容清癯，司马库治好了她的癫狂，但又使她陷入了相思，她依然算得上个美人，熟谙风情，富有魅力的小寡妇。司马库盯着她说：“他大姨，你多加保重吧。”上官来弟说了一句莫名其妙的话：“你是金刚钻，他是朽木头。”她走到他面前，把大饼伸到司马粮高高托举起的碗里，蘸上黄色的酱，为了防止酱液流下，她的手腕灵活地挽了几个花。她把蘸着黄酱的大饼送到司马库嘴边。司马库的头像马头一样往上扬了一下，然后，低下头，张大嘴巴，狠狠地咬了一口。他困难地咀嚼着，大葱在他口腔里咯吱咯吱响，食物把他的腮帮子撑得很高很圆。他的眼里淌出两滴大泪珠子。他伸着脖子咽下饼，吸着鼻子说：“好辣的葱！”

母亲把卷好大葱的面饼递给我一张，递给八姐一张，说：“金童，喂你六姐夫；玉女，喂你六姐。”我学着上官来弟的样子，从司马粮的酱碗里蘸上黄酱，举到巴比特嘴边。巴比特的嘴巴难看地咧着，用牙尖咬了一点点饼，大量的泪水从他的蓝眼睛里涌出来。他弯下腰，把他的沾着黄酱的嘴唇贴到我的额头上，响亮地吻了几下。然后他又走到母亲面前，我猜到他想拥抱母亲，但被绑的双手无法分开，他只能弓着腰像羊吃树叶一样，用嘴唇触了触母亲的额头。他说：“妈妈，我忘不了你。”

八姐摸索着走到司马粮面前，伸出饼去蘸酱。司马粮帮助了她。

八姐双手捧着饼，仰着脸，额如蟹壳，目如深潭古井，鼻挺嘴阔，双唇娇嫩如玫瑰花瓣。一直受我欺负的八姐真正是可怜的羔羊。她嘤嘤地说：“六姐，六姐，你吃吧……”

六姐泪如涌泉，抱起八姐，哽咽道：“我苦命的妹妹啊……”

司马库吃完了一张饼。

鲁立人始终侧着脸望着河堤对面，这时，他转过脸来，说：“行了，请上筏吧！”

司马库说：“不行，我还没吃饱。古时候官府处斩犯人，也得让犯人尽吃一饱，你们十七团号称仁义之师，一顿单饼卷大葱总得让我吃够吧？何况这饼还是咱们的老岳母擀的。”

鲁立人看看表，说：“那好，你老兄就放开肚皮吃吧，我们先把巴比特先生渡过去。”

哑巴和六个士兵提着木锨，小心翼翼地跳上木筏，木筏摇晃着，歪斜着，吃水线加深了许多，水从筏面上漫过去。两个扯着绑腿带的士兵身体往后仰着，拽住不驯服的木筏。鲁立人担心地问尊龙大爷：“老人家，再上去两个人行吗？”尊龙大爷道：“悬，我看让划桨的下来两个。”鲁立人下令：“韩二秃、潘永旺，你们两个下来。”韩和潘拄着木锨跳下木筏。木筏摇晃着，筏上的士兵站脚不稳，险些跌入河中。赤着身体只穿一条裤衩的哑巴愤怒地吼着：“脱！脱！脱！”从这一天开始，他再也不喊“啊哦”了。

“行了吗？”鲁立人问尊龙大爷。尊龙大爷道：“行了。”他从一个士兵手里要过一把木锨，说，“贵军仁义，让俺老汉佩服，民国十年俺摆渡过参议员，如果鲁长官不嫌弃的话，老汉愿意效驴马之劳。”

鲁立人激动地说：“老大爷，这正是我想求您而不好意思开口的。这木筏有您掌舵，我就放心了。谁有酒？”

勤务兵跑上来，递给鲁立人一个磕碰得凹凹凸凸的铁壶。他拧开螺丝塞子，鼻尖凑上壶嘴，嗅了嗅，道："正宗高粱烧。老大爷，我代表军区首长敬您一杯！"他双手捧着酒壶递给尊龙大爷。尊龙大爷也很激动，搓搓手上的泥巴，接过酒壶，咕嘟咕嘟灌了十几口，然后把壶还给鲁立人。他用手背抹抹嘴，脸红到脖子，脖子红到胸脯。"鲁长官，喝了您这壶酒，俺老汉就跟您心贴着心啦。"鲁立人笑着说："岂止是心贴着心？咱们肝贴着肝，肺贴着肺，肚肠连着肚肠。"尊龙大爷的眼泪噼里啪啦掉下来。他纵身一跃，稳稳地站在了筏子尾部。筏子轻轻地抖了抖。鲁立人满意地点点头。

鲁立人走到巴比特面前，看着他被绑的双手，抱歉地笑笑，说："委屈您了，巴比特先生，军区于司令和宋主任指名要您，您会受到礼遇的。"巴比特举起双手说："有这样的礼遇吗？"鲁立人很坦然地说："这也是礼遇的一种，希望您不要在意。请吧，巴先生。"

巴比特望了我们一眼，用目光向我们告别，然后，迈着很大的步伐，跨到木筏上。木筏剧烈摇摆，他在筏中摇晃着。尊龙大爷用木锨头顶住了他的屁股。

上官念弟笨拙地模仿着巴比特，吻了我的额头，又吻八姐的额头。她抬起葱管般的细手，耕了耕八姐柔软的亚麻色头发，叹息道："好妹妹，老天爷保佑你有个好命吧！"然后，她对着母亲和母亲身后的一群孩子点点头，转身向木筏走去。鲁立人又一次劝她："六妹，你没有必要跟他去。"上官念弟也用平和的口吻说："五姐夫，俗话说'秤杆不离秤砣，老汉不离老婆'，您跟五姐，不也是形影不离吗？""我真心为你好，"鲁立人说，"绝不勉强，我成全你，请上筏吧！"

两个卫兵架着上官念弟的胳膊，把她搀上木筏，巴比特伸出捆在一起的双臂，充当了她固定身体的扶手。

木筏吃水很深，高低不平的筏面有的地方完全被淹没，有的地方露出一寸高。尊龙大爷对鲁立人说："鲁长官，最好能让贵客坐下，划桨的兄弟也最好能坐下。”鲁立人说：“坐下，坐下，巴比特先生，为了您的安全，请您坐下。”

巴比特坐在筏上，实际上等于坐在水里。上官念弟坐在他的对面，实际上也是坐在水里。

哑巴和五个士兵分坐两边，只有尊龙大爷一个人稳稳地站在筏尾。

对岸还在挥舞小红旗。鲁立人对通信兵说：“发信号，让他们注意接应。”

通信兵摸出那只粗筒子枪，向着河面上空，连打了三颗信号弹。对面的小红旗停止摇摆，一些黑色的小人儿在银色的水线上飞快地跑动着。

鲁立人看看表说：“放筏！”

堤顶上那两个拽绑腿带子的士兵松了劲儿。尊龙大爷用木锨头顶着河堤，两边的士兵们别别扭扭地用木锨拨着水，木筏慢慢地离开岸边缓水，倾斜着往下游漂去。岸上的那两个士兵像放风筝一样，迅速地放松着联结在一起的几十根绑腿带子。

岸上的人都紧张地盯着木筏，鲁立人摘下眼镜，用衣襟一角匆匆地擦着。摘了眼镜的鲁立人目光迷茫，显得满脸傻气。他的眼睛周围是两个白圈，像沼泽地里那种吃泥鳅的鸟。他把代替眼镜腿的麻绳挂在耳朵上。他的耳朵根已被那麻绳磨烂了。木筏在河水中打了横，缺乏弄水经验的士兵横一木锨竖一木锨地劈砸着水面，浊浪冲上木筏，筏上的人衣服都湿了。双手被绑的巴比特惊恐地大叫着，六姐紧紧地抓着他的手。尊龙大爷在筏后摇晃着，喊叫着：“老总们，老总们，别乱，别乱，动作一致，要紧的是动作一致啊！”鲁立人摸出枪，对天连放了两响，筏上的士兵都抬起头来。鲁立人大叫：“听尊龙大爷的号子，不许乱！”尊龙大爷说：“老总们，别乱，听我的号，一、二、一、二、一、二，您着劲划呀，一、二……”

木筏进入中流，飞快地往下游冲去。巴比特和六姐趴在了木筏上，浪花从他们背上漫过去。岸上的两个牵绑腿带的士兵大叫着：“团长，绑腿到头了。”木筏已滑下去一百米远。绑腿带子绷得像钢丝一样，两个士兵把带子挽在胳膊上，带子勒进了他们的皮肉。他们的身体往后仰着，几乎要躺倒了，脚后跟溜溜地往前滑，眼见着就要滑下河去。筏子在河中倾斜起来，筏上的士兵怪叫着。“快点往前跑！”鲁立人大声命令那两个牵绑腿带子的士兵，“往前跑呀，浑蛋！”他们俩踉踉跄跄地往前跑去，河堤上的士兵纷纷让开了道路。牵扯木筏的绑腿带子松了，木筏在湍急的中流飞快地往下游漂流。尊龙大爷喊着号子，筏上的士兵弓着腰，动作一致地划着水，筏子在往下漂流的过程中一点点往对岸靠拢。

方才，木筏在河中出现险情，所有的目光都投向河面时，司马粮放下酱碗，低声说：“爹，你转身！”司马库转过身，咀嚼着大饼，观看河中的情况。司马粮跑到司马库身后，掏出一把骨头柄小刀——那是巴比特送给我的礼物——噌噌地割着绳子。他割的部位都在内侧，而且并不完全割断。他割绳时，母亲大声祈祷着：“主啊，开恩吧，保佑我的女儿女婿平安过河吧，大慈大悲的主啊……”我听到司马粮说：“爹，您轻轻一挣就会断。”然后，他转出来，手一闪，小刀便消逝在裤子里。他重新举起那个酱碗。上官来弟继续喂司马库吃饼。在河的下游几百米处，木筏渐渐逼近了对岸。

鲁立人走过来，用嘲讽的目光扫了司马库一眼，说：“司马兄真是好胃口啊！”

司马库呜呜啦啦地说：“老岳母亲手擀饼，他大姨亲手喂饭，怎么能不吃呢？这样的饭，这样的吃法，一辈子不会有第二次了！他大姨，再给我蘸上点酱。”

上官来弟把饼中央的大葱往外顶了顶，从司马粮的碗里蘸上黄酱，送到司马库嘴边，他夸张地咬了一大口，津津有味地咀嚼着。

鲁立人鄙夷地摇摇头，转到我们堆里，好像要寻找什么东西。母亲把鲁胜利抱起来，硬塞到他怀里。鲁胜利哭着往外挣扎，鲁立人狼狈地退后。

鲁立人对司马库说："司马兄，其实我很羡慕你，但我学不了你。"

司马库咽下一口饼，说："鲁团座，你这是骂我。不管用什么手段，你胜了，你就是王；我败了，我就是寇。现在，你是刀我是肉，是切是剁都随您了，您还拿我取什么笑呢！"

鲁立人道："不是取笑。你不会明白我话里的意思，算了，说正经的吧，到了军区，我想你还是有戴罪立功的机会，如果一味地抗拒，结局大概就不妙了。"

司马库说："我这一辈子，吃也吃了，玩也玩了，死了也值了。不过，这身后的一子二女，就全靠老兄照应了。"

鲁立人说："你尽管放心吧，如果不打仗，咱们俩还是正儿八经的亲戚呢！"

司马库说："鲁团座，您是大知识分子，你说这亲戚，听起来怪神圣的，可仔细一想，所谓亲戚，都建立在男人和女人睡觉的关系上。"

司马库大笑起来。但我看到，他大笑时胳膊却一动不动。

牵绑腿带子的士兵跑回来。对岸，划船的士兵和押俘队的人一起拖着那木筏往河的上游走。走到很远的地方，他们又开始往这边划。他们返回来的速度很快，士兵们划桨的动作愈来愈协调，岸上这两个牵绑腿的士兵配合得也十分得力。筏子箭一般越过中流，并快速地向岸边靠拢。

鲁立人道："司马兄，抓紧时间吃啊。"

司马库打着饱嗝说："吃饱了。老岳母，谢谢你！他大姨，小姨玉女，谢谢你们！儿子，捧了半天酱碗，谢谢你！凤，凰，好好听姥姥和大姨的话，有什么难处，去找你们五姨，她现在正走红运，而你们的老爹正走背字。小舅子，好好长吧，你二姐生前最喜欢你，她常跟我说，金童会有大出息，你可不要辜负她的期望啊！”

他的话说得我的鼻子酸溜溜的。

木筏靠了岸，筏中央坐着一个浑身透着精干劲儿的押俘队小头目。他轻捷地从木筏上跳下来，举手向鲁立人敬礼，鲁立人客气地还礼，然后两人热烈握手，看起来他们是好朋友。那人说：“老鲁，这一仗打得漂亮，于司令非常高兴，宋政委也知道了。”他打开腰上的牛皮挎包，递给鲁立人一封信。鲁立人接了信，把一支银色小手枪顺手扔进他的挎包，说：“战利品，带回去送给小兰玩吧。”“我代表她谢谢你。”那人说。鲁立人对着那人伸出手，说：“拿来！”那人一愣，说：“要什么？”鲁立人说：“押走了我的俘虏，总要给个回执吧？”那人从挎包里摸出纸笔，匆匆写了一张纸条，递给鲁立人道：“你老兄，真够精的！”鲁立人笑道：“孙猴子再精也斗不过如来佛！”那人道：“那我就是孙猴子啦？”鲁立人说：“我是。”两人击了一下掌，然后哈哈大笑。那人低声说：“老鲁，听说你缴获了一部电影放映机？军区可是知道了。”鲁立人道：“你们耳朵真长。请转告军区首长，待洪水退后，我们派专人送去。”

司马库低声嘟哝着：“妈的，老虎打食喂狗熊！”

押俘队小头目不悦地问：“你说什么？”

司马库说：“没说什么。”

那人道：“如果我没猜错，您就是大名鼎鼎的司马库！”

司马库道：“正是。”

那人道：“司马司令，这一路上我们一定小心侍候，希望您能与我们配合，我们不希望抬着您的尸首回去。”

司马库笑道：“不敢，你们押俘队都是些百步穿杨的好手，我不愿给你们当活靶子。”

那人道："果然是条爽快汉子！好吧，鲁团长，就这样，司马司令，请上木筏。"

司马库小心翼翼地走上木筏，又小心翼翼地在木筏中央坐定。

押俘队小头目与鲁立人握了一下手，转身跳上木筏。他坐在筏子后头，面对着司马库，手捂着腰间的枪。司马库道："您甭那么小心，我双臂被绑，跳下河也得淹死。您靠我坐近些，筏子晃时也好拉我一把。"

那人不理司马库，低声命令筏上的战士："划吧，快点。"

我们一家，聚拢在一起，心里藏着一个秘密，焦急地等待着结局。

木筏离岸，顺利地向前漂流。两个扯着绑腿带子的战士，飞快地沿河堤奔跑，一边跑，一边松着缠在胳膊上的带子。

木筏漂到中流，水势如箭，边缘上激起簇簇浪花。尊龙大爷哑着嗓子喊号，士兵们弓着腰划水，海鸥跟着他们低飞。在最激流处，木筏突然大幅度地晃动起来，尊龙大爷一个后仰啪嚓跌入河水。押俘队的小头目战战兢兢地站起来，刚要掏枪，突然间绷开绳子、解放了双臂的司马库像猛虎一样蹿起来，扑到那人身上，两人一起跌入了水势湍急、波浪滔滔的中流。哑巴与划筏的战士们一阵忙乱，然后便接二连三地掉到河水中。岸上的牵绳士兵也松了手，木筏像一条黑色的大鱼，随着起伏的波涛，势不可挡地往下游冲去。

这一连串的变化几乎是同时发生的，等到鲁立人和岸上的士兵们反应过来时，木筏上已经空无一人。"击毙他！"鲁立人斩钉截铁地下了命令。

浑浊的中流里，偶尔露出一个头，但士兵们拿不准那是不是司马库的头，踌躇着不敢开枪。河里共落下九个人，每个露出的头颅，只有九分之一的可能是司马库之头，何况河心流水如脱缰烈马，即便见头露出即开枪，命中率也很低。

司马库跑定了。他是蛟龙河边长大的人，熟谙水性，能潜入水中五分钟不露头。何况他吃了一肚子大饼大葱蘸大酱，肚里有食身上热。

鲁立人脸色铁青，黑眼里射出阴森森的光，逐个扫视着我们。司马粮端着酱碗，装出十分胆怯的样子依偎在母亲腿边。

母亲一声不吭，抱起鲁胜利，管自走下河堤。我们紧紧跟随着母亲。

几天后我们听说，落入河水中的，只有哑巴和尊龙大爷挣扎着上了岸，其他的人下落不明，真正是活不见人，死不见尸，但几乎所有的人都明白，司马库跑了，他绝对不会被淹死，其他的人则必死无疑，包括那个咋咋呼呼的押俘队小头目。

其实我们更加担心的还是六姐上官念弟和她的美国夫婿巴比特。在那些河中洪水澎湃的日子里，每天夜里，母亲就在院子里一边转圈一边叹息。母亲长长的叹息声甚至盖住了河水的咆哮。母亲尽管生了八个女儿，但来弟疯了；招弟和领弟死了；想弟卖身进了火坑，差不多也等于死了；盼弟跟着鲁立人在枪林弹雨里钻来钻去，说死也就是一眨眼的事；求弟卖给了白俄，跟死了也没有多少区别；只有一个玉女天天跟在母亲身边，但可惜她是个瞎子，也许正因为她是瞎子，才能在母亲身边待得住。如果念弟再有个三长两短，那上官家的这八仙女，就真正七零八落了。母亲在叹息的间隙里，大声地祈祷着：

“老天爷爷，主上帝，圣母玛丽亚，南海观世音菩萨，保佑我的念弟吧，保佑我的孩子们吧，把天上地下所有的灾难和病痛都降临到我的头上吧，只要我的孩子们平安无事……”

但过了一个月后，一个关于六姐和巴比特的消息从洪水消退的蛟龙河对岸传来：在大泽山深处的一个隐秘的山洞里，发生了一次剧烈的爆炸。当爆炸的硝烟散尽，人们钻进洞去，发现洞里有三具拥抱在一起的尸体。死者乃一男两女，男的是一个满头金发的外国青年。尽管没有人敢肯定地说死者中就有我们的六姐，但母亲听到了这个消息后，苦笑一声道："这都是我造的孽啊……"然后她就放声大哭起来。

第二十五章

在高密东北乡最美丽的深秋季节里，泛滥成灾的洪水终于消退。满坡的高粱红得发了黑，遍地的芦苇白得发了黄。清晨的太阳照亮了被第一层淡薄的白霜覆盖着的广漠原野，十七团的大队人马静悄悄地开拔了。他们牵着成群的骡马，蹦蹦跳跳地越过了残破不全的蛟龙河桥，消失在河北的大堤外边，再也见不到踪影。

十七团大队人马撤走后，原十七团团长鲁立人就地转业，当上了新成立的高东县县长兼县大队队长，上官盼弟被任命为大栏区区长，哑巴被任命为区小队队长。哑巴率着区小队，将司马库家的桌椅板凳、坛坛罐罐分送到村中百姓家，但白天分下去的东西，晚上便全部送回到司马家大门口。哑巴带着人，把一张雕花大木床抬到我家院子里。母亲说："我不要，不要，抬回去！"哑巴却说："脱！脱！"母亲对正在缝补袜子的上官盼弟区长说："盼弟，你给我把那床弄回去。"盼弟区长说："娘，这是时代潮流，你不要抗拒！"母亲说："盼弟，司马库是你的二姐夫，他的儿子和女儿都在我这儿养着，等他回来，他会怎么想！"母亲的话让上官盼弟陷入沉思。她放下破袜子，背上短枪，匆匆跑出门。跟踪而去的司马粮回来对我们说："五姨跑到县政府去了。"司马粮还说，一乘双人小轿，抬来了一个大人物，十八个背着长短枪的士兵护卫着他。鲁县长见了他，就像学生见了老师一样恭敬。据说，这个人是最有名望的土改专家，曾经在潍北地区提出过“打死一个富农，胜过打死一只野兔”的口号。

哑巴带着一些人，把那张大床抬了回去。

母亲松了一口气。

司马粮说：“姥姥，咱跑吧，我觉着要出大事。”

母亲说：“是福不是祸，是祸躲不过，粮儿，放心吧，就算天老爷带着天兵天将下了凡，也不会把咱们这些孤儿寡妇怎么样。”

大人物始终未露面，司马家大门口站着双枪门岗，背着盒子炮的县区干部穿梭般出入。那天我们放羊归来时，正碰着哑巴的区小队和几个县、区干部押解着棺材铺掌柜黄天福、卖炉包的赵六、开油坊的许宝、香油店掌柜金独奶子、私塾先生秦二等一干人在大街上行走。被押的人一个个缩肩弓背，神情不安。赵六拧着脖子说：“弟兄们，这是为了啥？你们欠我的包子钱一笔勾销行不行？”一个撇着五莲山口音、嘴里镶着铜牙的干部抬手便扇了赵六一巴掌，厉声骂道：“妈拉个巴子！谁欠你的包子钱？你的钱是哪儿来的？”被押解的人再也不敢说话，都灰溜溜地低了头。

夜里，冻雨窸窣。一条人影翻过我家墙头。母亲低沉地问道：“谁？”那人急行几步，跪在我家甬路上，说：“弟妹，救命吧！”母亲说：“是大掌柜的？”司马亭道：“是我，弟妹，救救我吧，明天他们要开大会枪毙我，看在我们多年乡亲的分上，救我一条狗命吧！”母亲沉吟几声，拉开房门。司马亭闪身进来。他的身体在黑暗中哆嗦着，说：“弟妹，弄点东西给我吃吧，我快要饿死了。”母亲递给他一个饼子，他接过去狼吞虎咽。母亲叹息着。司马亭说：“都怨老二，和鲁立人结下了怨仇，其实，我们还是要紧的亲戚呢。”母亲道：“别说了，啥也别说了，你就躲在这里吧，孬好我也是他的丈母娘。”

神秘的大人物终于露面了，他坐在席棚中央，左手把玩着一块紫红色的砚台，右手玩弄着一支毛笔。在他面前的桌子上，摆着一块雕刻着龙凤图案的大砚台。大人物尖溜溜的下巴，瘦长的鼻梁，戴一副黑边眼镜，两只黑色的小眼睛，在镜片后闪烁着。他那玩笔砚的手指又细又长，白森森的，像章鱼的腕足。

这天，高密东北乡十八个村镇最穷的人代表，黑压压一片，站满了司马家半个打谷场。人群周围，三步一岗，五步一哨，岗哨都由县大队和区小队队员担任。大人物的十八个保镖，站在台子上，一个个面孔如铁，杀气逼人，好像传说中的十八罗汉。台下鸦雀无声，孩子们懂点人事的便不敢哭泣。不懂人事的刚一哭泣便被奶子堵住嘴。我们围绕着母亲而坐。与周围惶惶不安的村民相比，母亲表现出惊人的镇静。她专心致志地在裸露的小腿上搓着纳鞋底用的细麻绳，洁白的麻丝儿在她腿肚子一侧秃噜秃噜地旋转着，在她的腿肚的另一侧，随着她手掌的搓动，结构均匀的麻绳源源不断地被制造出来。这天刮着阴冷的东北风，蛟龙河里冰凉潮湿的水汽袭上来，使坐在场上的百姓嘴唇青紫。

大会正式开始前，场外一阵骚乱。哑巴和区小队的几个队员把黄天福、赵六等十几个人押到了场外边。被押的人都被五花大绑，脖子后边插着纸牌，纸牌上写着黑字，黑字上画着红叉。百姓们见到那些人，都慌忙低了头，连一个敢议论的也没有。

大人物稳稳当当地坐着，他那两只黑眼睛一遍一遍地扫视着台下的百姓。人们把头扎在双腿之间，生怕被大人物看到自己的脸。在大人物的威严下，母亲竟然大搓麻绳，显得格外引人注目，我分明感到，大人物阴鸷的眼睛在母亲的脸上做了长时间的停留。

鲁立人头上缠着一条红带子，唾沫横飞地发表了一通演说。他得了头痛病，吃药无效，只好用缠红带子的方式来减轻痛苦。他讲完话，到大人物身边请示。大人物慢吞吞地站起来。鲁立人说：“欢迎张京同志给我们作指示。”他带头鼓掌，百姓们愣愣地望着台上，不解其意。

大人物清清嗓子，慢条斯理地，把每个字都抻得很长。他的话像长长的纸条在阴凉的东北风中飞舞着。几十年当中，每当我看到那写满种种咒语、挂在死者灵前用白纸剪成的招魂幡时，便想起大人物的那次讲话。

大人物讲完话，鲁立人随即发布命令，让哑巴和区小队的队员，还有几个屁股上挂着盒子炮的干部，把十几个捆绑得像粽子一样的人押上了土台子。他们把台子站满了，挡住了百姓观看大人物的视线。鲁立人下令：“跪下！”这些人，识趣者立即下跪；不识趣者被踢着腿弯子下跪。

台下的群众低着头，用眼睛的余光瞟着左右的人，有大着胆瞥一眼台上的，但一看到那些跪着的人们鼻子尖上拖着的长长的清鼻涕，便迅速地低了头。

这时，一个瘦人从台下的人群中战战兢兢地站起来，用嘶哑的嗓子颤抖着说：“区长……我……我有冤枉啊……”

“好！”上官盼弟兴奋地大叫着，“有冤枉不怕，上台来说，我们给你做主！”

群众的目光一起扫向那瘦人。瘦人就是磕头虫。他那件烟色绸褂已经破烂不堪，一只袖子基本脱落，露着半个漆黑的肩膀。那个原先路线笔直的大分头乱糟糟的，仿佛一个老鸹窝。他在阴风中哆嗦着，灰白的目光胆怯地四处张望。

“上来说嘛！”鲁立人道。

“事儿不大，”磕头虫道，“我在下边说说就行啦。”

“上来！”上官盼弟道，“你是叫张德成吧？我记得你娘挎着篮子要过饭，苦大仇深嘛，上来说。”

磕头虫罗圈着腿，从人群中弯弯勾勾地绕到台前。土台子约有一米高，他往上跳了一下，胸前沾上一片黄土。台上一个身高马大的士兵弯下腰，抓住他一只胳膊，猛地往上一提，磕头虫双腿蜷曲，吱吱哟哟地叫着上了台子。士兵把他掷在台上，他的双腿像踩着钢丝弹簧一样，身体上下耸动，好久才站稳。他抬头望望台下，猛然发现了那数不清的含义复杂的目光。他双腿打着颤，扭扭捏捏，结结巴巴，啰唆了半天也没说清一句话，侧身就要往台下出溜。身高体胖、气力不让男儿的上官盼弟抓住了他的肩头，用力地往后一扳，扳了他一个趔趄。他可怜地咧着嘴，说："区长，放了我吧，权当我是一个屁，您放了我吧。"上官盼弟气汹汹地问："张德成，你到底怕什么？"张德成说："我光棍一个，躺下一条，站着一根，没有什么好怕的。"上官盼弟道："既然啥都不怕，为什么不说了？"张德成道："没什么大事，算了吧。"上官盼弟道："你以为这是闹着玩吗？"张德成道："区长别生气，我说还不行吗？我今日豁出去了还不行吗？"

磕头虫走到秦二先生面前，说："二先生，您也算是个有学问的人，您说说，我跟您上学那阵子，不就是打了一次瞌睡吗？可您用戒尺把我的手打得像小蛤蟆，还给我起了一个外号，您当时是怎么说的，还记得吗？""回答他的问题！"上官盼弟大声说。秦二先生仰起脸，翘着下巴上的山羊胡须，嘤嘤地说："年代久远，记不得了。"

"您当然记不得了，可我还牢牢地记着！"磕头虫情绪渐渐激昂起来，话语也开始连贯，"老爷子，您当时说，'什么张德成，我看你是磕头虫'。就这么一句话，我这辈子就成了磕头虫了。老爷们叫我磕头虫，老娘们叫我磕头虫。连抹鼻涕的孩子也叫我磕头虫。就因为背上了这么个臭外号，我三十八岁的人了，连个老婆也讨不上哇！您想想，谁家的闺女愿意嫁给个磕头虫？我惨哪，我这辈子倒霉就倒在这个外号上……"磕头虫动了感情，竟然鼻涕一把泪两行。那个镶铜牙的县府干部揪住秦二先生花白的头发，使他的脸仰起来。

“说！”县府干部厉声问，“张德成揭发的是不是事实？！”“是，是。”秦二先生的胡子像山羊尾巴一样抖动着，连声答应。县府干部把他的头往前一推，秦二先生的嘴巴便啃到了泥巴。“继续揭发！”县府干部说。

磕头虫用手背沾沾眼睛，用拇指和食指捏着鼻尖用力一甩，一坨冻鼻涕像鸟屎一样飞到席棚上。大人物厌恶地皱皱眉头，掏出洁白的手绢擦拭眼镜片。他冷静得像一块黑石头。磕头虫说：“秦二，您是势利眼，司马库上学那会儿，往您夜壶里装蛤蟆，爬到房脊上编快板骂您，您打他了吗？骂他了吗？给他起外号了吗？没有没有全没有！”

“好极了！”上官盼弟兴奋地说，“张德成揭露出了一个尖锐的问题，为什么秦二不敢惩治司马库？因为司马库家有钱，司马库家的钱是哪里来的？他不种麦子吃白馍，他不养蚕穿绫罗，他不酿酒天天醉，乡亲们，是我们的血汗养活了这些地主老财。我们分他家的地，分他家的浮财，实际是取回我们自己的东西！”

大人物轻轻地鼓了几下掌，表示对上官盼弟慷慨陈词的赞许。台上的县、区干部，武装队员都跟着鼓掌。

磕头虫接着说：“就说这司马库，他一个人娶了四个老婆，我连一个老婆也没有，这公平吗？”

大人物皱起了眉头。

鲁立人道：“张德成，不说这些了。”

“不，”磕头虫说，“这才诉到我的苦根上，我磕头虫也是个男人是不是？两腿之间也郎当着那玩意儿……”

鲁立人站在磕头虫前，挡住了他的表演。鲁立人用很高的嗓门，盖住磕头虫的吵嚷，他说：“乡亲们，张德成的话虽然粗鲁一些，但却揭示出了一个道理。为什么有的人可以娶四个五个甚至更多的老婆，而像张德成这样的小伙子，却连一个老婆也娶不上呢？”

台下议论纷纷，许多目光投到了母亲身上。母亲脸色发青，眼睛里无恨无怨，平静如两湖秋水。

上官盼弟推推磕头虫，说："你可以下去了。"

磕头虫往前走了两步，正欲下台，又想起了什么似的返回去，他拧着炉包赵六的耳朵，打了一个耳光，骂道："狗日的，你也有今天，忘了你仗着司马库的势力欺负人的时候了？"

赵六一拧脖子，对着磕头虫的小腹撞了一头。磕头虫哀鸣着，打了几个滚，翻下土台子去了。

哑巴冲上来，踢翻了赵六，并用一只大脚踩着他的脖子。赵六的脸可怕地扭曲了。他呼呼地喘着粗气，发疯般叫唤着："我不屈服！我不屈服啊！你们灭绝良心，伤天害理啊……"

鲁立人弓着腰询问大人物。大人物把手中的红砚台重重地拍在桌子上。

鲁立人摸出一张纸条，念道："查富农赵六，一贯靠剥削为生。日伪期间，他曾为伪军提供过大量食品。司马库统治时代，他也多次为匪兵送包子。土改以来，他散布大量谣言，公然与人民政权对抗，似此死硬顽固分子，不杀不足以平息民愤。我代表高东县人民政府，宣判赵六死刑，立即执行！"

两个区小队队员拖起赵六，像拖着一条死狗。他们把赵六拖到那个残荷败草的池塘边缘。两个队员往旁边一闪身，哑巴对着赵六的后脑勺子便开了一枪。赵六以十分迅速的动作，一头扎进了池塘。哑巴提着冒烟的匣枪，重新回到土台子上。

台子上跪着的人，一个个磕头如捣蒜，都吓得屁滚尿流。

"饶命吧，饶命啊……"香油铺女掌柜金独乳膝行至鲁立人面前，双手搂住他的腿，哭着说，"鲁县长，饶命吧，我愿把全部的香油、全部的芝麻、全部的家产，连个鸡食钵子都不剩，全部分给乡亲们，只求您饶我这条小命，我再也不做这剥削人的生意啦……"鲁立人想把腿从她的怀抱里挣出来，但她死死搂住不放。几个县府干部上来，掰开了她十指连环入了扣的双手，解放了鲁县长。她又膝行着往大人物身边爬去。鲁立人果断地说：“弄定她。”哑巴抡起匣子枪，在她太阳穴上敲了一下。她顿时翻了白眼，躺在土台上，那只高耸的独乳直指阴霾的天空。

“谁还有苦水？”上官盼弟对着台下吆喝着。

台下一个人放声大哭。哭者是瞎子徐仙儿。他拄着一根金黄色的竹竿站起来。

“把他扶上台来！”上官盼弟喊。

没人扶瞎子。瞎子哭着，用竹竿探路，摸索着往台上走。他的竹竿到处，人们纷纷避闪。两个干部跳下台，把他拉到台上。

徐仙儿双手拄着竹竿，因为恨极，他把竹竿连连往台上戳，松软的土台子上，被他戳出了一片窟窿。

“说吧，徐大叔。”上官盼弟道。

徐仙儿说：“长官，你们真能替俺报仇？”

上官盼弟说：“您尽管放心。我们刚才不是替张德成报了仇吗？”

徐仙儿道：“我说，我说。司马库这个狗杂种，他逼死了我老婆，气死了俺娘，他欠着俺两条人命啊……”

泪水从瞎子的眼睛里涌出来。

“慢慢说，大叔。”鲁立人说。

“民国十五年，俺娘花了二十块大洋钱替俺娶了一个媳妇，是西乡一个花子婆的女儿，俺娘卖了牛，卖了猪，粜了两石麦子，才凑齐了二十块大洋。都说俺媳妇俊，可这个俊字招来了祸殃。那时候司马库也就是十六七岁吧，他这么小就不学好，仗着家里有钱有势，他有事没事就往俺家跑，在俺家唱戏拉胡琴，后来又领着俺老婆去听戏，听戏回来，他就把俺老婆霸占了……后来俺老婆喝了大烟土，俺娘气得上了吊……司马库欠了俺两条人命啊！求政府给俺做主啊……”

瞎子跪在了台子上。

一个区干部去拉他。他说："不给俺报仇俺就不起来了……"

"大叔，"鲁立人说，"司马库逃不脱法网，一旦逮住他，我们立即给您申冤。"

瞎子说："司马库是满天飞的鹞子，你们逮不住他，俺求政府，一命抵一命，把他的儿子和女儿枪毙了吧。县长，俺知道您跟司马库沾亲带故，您要真是青天大老爷，就准了俺的状，您要是徇私情，俺徐瞎子回去就上吊，免得司马库回来折腾俺。"

鲁立人张口结舌，支吾道："大叔，冤有头、债有主，一人做事一人当。司马库害死人，只能司马库偿命，孩子是无罪的。"

徐瞎子用竹竿戳着台子，说："乡亲们，都听到了吧？千万别上当啊，司马库跑了，司马亭也藏了，他的儿女一转眼就长大，鲁县长和他是连襟，是亲向三分啊，乡亲们，俺徐瞎子活着一根竹竿，死去一堆狗食，你们可不能跟我比呀，乡亲们，别上了人家的当啊……"

上官盼弟恼怒地说："瞎子，你这是胡搅蛮缠！"

徐瞎子说："盼弟姑娘，你们上官家可真叫行。日本鬼子时代，有你沙月亮大姐夫得势；国民党时代，有你二姐夫司马库横行；现在是你和鲁立人做官。你们上官家是砍不倒的旗杆翻不了的船啊。将来美国人占了中国，您家还有个洋女婿……"

司马粮小脸儿煞白，紧紧地抓住母亲的手。司马凤和司马凰把脸藏在母亲的腋窝里。沙枣花哭了。鲁胜利哭了。八姐玉女是最后才哭的。

她们的哭声把台上台下的目光全部吸引了过来。那个阴森森的大人物也在注视着我们。

徐仙儿虽然瞎，但他却准确无误地对着大人物下了跪。他哭嚎着："长官，替俺瞎子做主啊！"他一边哭号一边叩头，额头上沾满了黄土。

鲁立人用求援的目光看着大人物，大人物的目光冷酷地盯着他。

大人物的目光像剥皮刀一样锋利，鲁立人的脸上冒出了汗水。汗水濡湿了他额头上那条红带子，看起来好像脑袋刚刚受了重伤。他失去了从容和潇洒，一会儿低下头注视着自己的脚尖，一会儿抬头望望台下的人群，他再也没有勇气与大人物对视。

上官盼弟也失去了区长的威仪，她的大脸盘赤红，厚厚的下唇像发热病一样打着战。她像个撒泼的村妇一样骂起来："徐瞎子，你这是成心捣乱，俺家什么地方得罪过你？你那个骚老婆，勾引了司马库，在麦子地里胡弄，被人抓住，她无脸见人，才吞了鸦片。我还听说，你成夜咬她，像狗一样，你老婆把被你咬伤的胸脯给多少人看过，你知不知道？害死你老婆的，是你！司马库有罪，但头号罪犯是你！要说枪毙，我看先得把你毙了！"

"大长官，"徐瞎子说，"您听到了吧，杀倒秫黍闪出狼来了。"

鲁立人急忙替上官盼弟圆场。他试图把徐仙儿扯起来，但徐仙儿像一摊糖稀，一扯一根线，一松一个蛋。鲁立人说："大叔，您要求枪毙司马库是对的，但要枪毙司马库的儿女是不对的，孩子没有罪。"

徐仙儿反驳道："赵六有什么罪？赵六不就是卖几个炉包吗？赵六不就是跟张德成有点私仇吗？你们还不是说枪毙就拉下去枪毙了！县长老爷，不毙司马库的后代，我不服气啊！"

台下的人小声议论："赵六的姑姑是徐仙儿的娘，他们是表兄弟。"

鲁立人脸上挂着极不自然的笑容，畏畏缩缩地走到大人物身边，尴尬地说着什么。大人物摩挲着光滑的石砚，干瘦的脸上，露出了一股杀气。大人物用白眼盯着鲁立人，冷冷地说："难道这么点小事，还要我替你处理？"

鲁立人掏出手绢揩揩额上的汗，双手绕到脑后紧了紧红布带子，蜡黄着脸，走到台前，高声宣布："我们的政府是人民大众的政府，是执行人民意愿的，现在，我请求大家，凡是同意枪毙司马库子女的，举起手来！”

上官盼弟怒冲冲地质问鲁立人：“你疯了吗？”

台下的百姓都深沉地垂着头，没人举手，也没人出声。

鲁立人用目光请教大人物。

大人物脸上挂着一丝冷笑，他对鲁立人说：“你再问一下台下，有没有同意不枪毙司马库子女的。”

鲁立人道：“同意不枪毙司马库子女的请举手。”

群众依然深沉地低着头，不举手，也不出声。

母亲慢慢地站起来，说：“徐仙儿，实在要抵命，就把我枪毙了吧。但你娘不是上吊死的，她死于血崩，她的病根还是闹土匪那阵子落下的。你娘的后事还是俺婆婆帮忙料理的。”

大人物站起来，转身往台后走去。

鲁立人慌忙追上去。

在土台子后边的空地上，大人物低沉地、快速地说着话，他的细长柔软的白手不时地举起，一下接一下地往下劈着，好像一把白亮的刀，砍着一种看不见的东西。

大人物的保镖们簇拥着大人物，呼呼隆隆地走了。

鲁立人站在那儿，低着头，像一根木头。他站在那儿好久，才苏醒过来，拖着两条看起来很沉的腿，无精打采地回到县长应该站立的位置上。他用一种疯狂的目光盯着我们，眼珠子好久不转。他那样子真可怜。他终于张开嘴，眼里射出赌徒下大注时的凶光，说：

“我宣布，判处司马库之子司马粮死刑，立即执行！判处司马库之女司马凤、司马凰死刑，立即执行！”

母亲身体摇晃了一下，但马上立稳。她说：“我看你们哪个敢！”

母亲揽着司马凤和司马凰。司马粮机警地趴在地上，慢慢地往后爬去。百姓们的身体好像不经意地摇晃着，遮挡着爬行中的司马粮。

“孙不言！”鲁立人大吼着，“为什么不执行我的命令？！”

上官盼弟骂道：“你昏了头，下这样的命令？”

“我没有昏头，我非常清醒。”鲁立人用拳头捶打着脑袋说。

哑巴犹犹豫豫地下了台。他身后跟着两个区小队队员。

司马粮爬出人群，猛地跳起来，从两个岗哨之间，飞快地蹿上河堤。

“跑了，跑了！”台上的队员喊着。

站岗的士兵从肩上摘下枪，拉大栓，上子弹，然后对着空中放了几枪。司马粮早已消逝在河堤上的灌木丛中。

哑巴带着队员，跨越了一个个黑的脊背，走到了我们面前。他的儿子大哑和二哑用孤独、傲慢的目光仰望着他。他伸出铁打的前爪时，母亲把一口唾沫吐到他脸上。他缩回前爪去擦脸，擦完了脸又伸爪，母亲又啐他一口，但这次力道不够足，唾沫落在他的胸脯上。他扭回脖子，望着土台子上的人。鲁立人背着手，在台子上踱步。上官盼弟蹲在台子上，双手捂着脸。县区干部和武装队员们都泥巴着脸，宛若庙堂里的偶像。哑巴坚硬的下颚习惯地抖着，嘴里说：“脱，脱，脱……”

母亲挺起胸膛，尖厉地嘶叫着：“畜生！你先杀了我吧……”

母亲对着哑巴扑上去，伸手在他脸上抓了一把。

哑巴摸了一下脸，把手指放在眼前，呆呆地看着，好像要辨认手指上沾着什么东西。看了一会儿，又把手指放到狮鼻下嗅嗅，好像要嗅出手指上的味道。嗅了一会儿，又伸出肥厚的舌尖舔了一下手指，好像要品尝手指上的滋味。过了一会儿，他嗷嗷地叫着，推了母亲一掌，母亲轻飘飘地跌在我们面前。我们哭着扑到母亲身上。

哑巴把我们一个个提起来，扔到一边。我落在一个女人的脊梁上，沙枣花落在我的肚子上。鲁胜利落在一个老头脊梁上。八姐落在一位大娘的肩上。大哑吊在他爹的胳膊下，他爹使劲抖搂也抖搂不掉他。他咬住了他爹的手脖子。二哑抱住他爹的腿，啃着他爹生硬的膝盖。哑巴飞起一脚，二哑翻着跟头，砸在一个中年汉子头上。哑巴一甩胳膊，大哑嘴里叼着一块皮肉，扑扑棱棱地飞到一个老太太怀里。

哑巴左手提拎着司马凤，右手提拎着司马凰，高抬腿，深落脚，像在泥潭里行走。走到土台子前，他扬起左臂，扔上去司马凤；扬起右臂，扔上去司马凰。司马凤高叫着姥姥往台下扑，司马凰也高叫着姥姥往台下扑，都被台下的哑巴接住。哑巴再次把她们扔了上去。母亲爬起来，跌跌撞撞地往台前跑，刚跑了两步，就跌倒了。

鲁立人停止踱步，悲凉地说：“穷苦的老少爷们，你们说，我鲁立人还是不是个人？枪毙这两个孩子我心里是什么滋味？我心里痛啊，这毕竟是两个孩子，何况她们还跟我沾亲带故。但正因为她们是我的亲戚，我才不得不流着泪宣判她们的死刑。老少爷们，从麻木的状态中苏醒过来吧，枪毙了司马库的子女，我们就没退路了。我们枪毙的看起来是两个孩子，其实不是孩子，我们枪毙的是一种反动落后的社会制度，枪毙的是两个符号！老少爷们，起来吧，不革命就是反革命，没有中间道路可走！”——他因高声叫喊引发了一阵剧烈的咳嗽，咳得脸发了白，眼睛里涌出了泪水。一个县府干部上去为他捶背，他摆手拒绝。他总算理顺了呼吸，佝偻着背，吐出一些白色的泡沫，像痨病鬼一样喘息着说：“执行吧……”

哑巴蹦上台，挟起那两个女孩，大踏步地走到池塘边。他放下女孩，往后倒退了十几步。两个女孩互相搂抱着，狭长的小脸上像涂了一层黄金粉。那四只小眼睛，惊恐地望着哑巴。哑巴掏出盒子枪，沉重地举起来，他的手腕鲜血淋漓。他的手在颤抖，那只盒子枪好像有二十斤重，举得非常吃力。他终于把枪举起来，“吧”地放了一枪。举枪的手往上一跳，枪口喷出一股蓝烟，他的胳膊随即软弱地耷拉下去。子弹从女孩的头顶上飞过去，钻到了池塘前的土地上，拱起了一片泥土。

有一个女人，像一条风帆倾斜的船，飞快地沿着河堤下被黄草夹峙的便道滑过来。她一边奔跑一边鸣叫，像一只赶来护雏的母鸡。从她在河堤下一出现，我便认出了她是大姐。她是作为精神不正常的女人免于参加斗争大会的。作为汉奸沙月亮的未亡人，她就该当枪毙；如果人们知道了她跟司马库的一夜风流，她就该当被枪毙两次。我为自投罗网的大姐深深地担着忧。大姐径直扑向池塘，挡在了两个女孩的前面。“杀我吧，杀我吧，”大姐疯狂地喊叫着，“我跟司马库睡过觉了，我就是她们的娘！”

哑巴又抖动着他的下颌骨，来表现他内心涌起的波澜。他举起枪，阴沉地说：“脱——脱——脱——”

大姐毫不犹豫地解开衣扣，袒露出她的精美绝伦的双乳。哑巴的眼睛猛地直了。他的下巴抖得好像要掉在地上，掉在地上跌成碎片，大的如大瓦片，小的如小瓦片，失去了下巴的哑巴模样骇人欲绝。他用手托着下巴唯恐失去下巴，口是心非地说：“脱——脱——脱——”大姐顺从地把褂子脱下来，裸露出上半身。她的脸是黑的，但她的身体是白的，白得闪着瓷光。在那个阴霾的上午里，大姐光着背与哑巴较劲。哑巴的腿曲曲折折地往前走，走到大姐脚前，这个生铁般的男人，竟像被阳光晒化的雪人一样，哗啦啦四分五裂，胳膊一处腿一处，肠子遍地爬如臃肿的蛇，一个紫红的心脏在他的双手里跳跃。好不容易这些迸散的零部件又归了位。哑巴跪在大姐面前，双手搂着她的屁股，他的大头，伏在她的肚皮上。

面对着这突然的变化，鲁立人等人目瞪口呆，都仿佛口里含着热年糕，都好像手里捧着刺猬。众人都偷觑着池塘边的情景，无法知道他们的心情。

“孙不言！”鲁立人疲软地喊了一声，但坚挺的孙不言不予理睬。

上官盼弟跳下台子，跑到池塘边，捡起地上的褂子，披在大姐身上，她想拉开大姐，但大姐的下半身已与哑巴的身体联结在一起，盼弟如何拉得开？盼弟倒攥着手枪，给了哑巴的肩膀一下子。哑巴抬起脸，双眼里竟然全是泪水。

后来发生的事情至今是个谜，谜底有十几种，哪个是真哪个是假，谁也说不清——正当上官盼弟面对着哑巴的满眼泪水发呆时，正当司马凤司马凰互相搀扶着站起来用惊恐的眼睛寻找着姥姥时，正当母亲苏醒过来呻唤着往池塘边跑去时，正当瞎子徐仙儿良心发现地说："县长，不要杀她们了，俺娘不是吊死的，俺老婆死了不全怨司马库"时，正当两条野狗在回回女人家的废墟里厮咬时，正当我甜蜜而忧伤地回忆起我与上官来弟在驴槽里的暧昧游戏，口腔里满是她那沾着灰垢、有弹性的乳头味道时，正当个别人在猜测着那个大人物的来历与去向时——就看到有两骑从东南方向像旋风一般刮来。两匹马一匹白如雪，一匹黑如炭。白马上的骑手身穿黑衣，脸的下半部用黑布蒙住，头上戴着一顶黑帽子。黑马上的骑手身穿白衣，脸的下半部用白布蒙住，头上戴着一顶白帽子。这两个人手持双枪，骑术精良，在马上双腿绷得笔直，上身前倾。临近池塘时，他们对空各打了一梭子弹，吓得那些县、区干部和持枪的队员倒伏在地。他们策马绕着池塘旋转，马的身体在奔跑中倾斜起来，弯成优美的弧形。就在马匹围绕着池塘倾斜奔跑的过程中，他们各开了一枪，然后策马而去。马的尾巴飘扬，如烟似雾。他们一转眼工夫便消失了，真是来如春风去如秋风，似真似幻，仿佛一个梦境。他们走了，人们才慢慢地回过神来。人们看到：倒伏在池塘边上的司马凤和司马凰的脑袋上各中了一枪，子弹从她们的额头正中钻进去，从后脑勺上钻出来，位置不差分毫，令人惊叹不止。

第二十六章

撤退的第一天，高密东北乡十八处村镇的老百姓牵驴抱鸡、扶老携幼，闹嚷嚷地、心神不宁地聚集在蛟龙河北岸的盐碱荒滩上。地上覆盖着一层白茫茫的碱硝，像经年不化的冰霜。耐碱的菅草、茅草、芦荻全都枯黄着叶片，挑着绒绒的穗子，在寒风中摇摆、颤抖。喜欢热闹的乌鸦在人们头上低飞、观察，并像诗人一样发出震耳欲聋的“啊！哇！”之声。被降职为副县长的鲁立人站在前清举人单挺高大坟墓前的石供桌上，声嘶力竭地发表了动员撤退的演讲。他的演讲的主题词是：在已经开始的严寒冬天里，高密东北乡将成为一个大战场，不撤退，等于死！乌鸦落满了黑松树，还落在了坟墓前的石人石马上。它们“啊”，它们“哇”，渲染着鲁立人的演讲气氛，助长了老百姓的恐怖心理，极大地坚定了老百姓跟随县、区政府逃亡的决心。

一声枪响，撤退开始了。黑压压的人群吵吵嚷嚷散开。一时间驴嘶牛鸣，鸡飞狗跳，老婆哭孩子叫。一位精干的青年干部骑在一匹小白马上，举着一面垂头丧气的红旗，在那条崎岖不平的向东北方向无穷延伸的碱土路上来回奔波，并不时挥舞旗帜，指示着人们前进的方向。首先上路的是驮着县府文件的骡队，几十匹骡子，在几个小兵的驱赶下，无精打采地往前走。骡队的末尾是一匹司马库时代遗留下来的骆驼，它披着一身肮脏的土黄色长毛，驮着两个铁皮盒子。它在高密东北乡待久了，正在由骆驼向牛变化。紧跟着骆驼的，是抬着县府印刷机器和县大队修械所车床的民夫队，几十个民夫，都是些黑色的汉子，都穿着单衣，肩膀上套着荷叶状的垫布。从他们摇摇摆摆的步伐和咧嘴皱眉的神态上，可以知道那些机器是何等的沉重。民夫队后边，便是老百姓的杂乱队伍了。

鲁立人、上官盼弟等县、区干部骑着骡子或马，在路边的盐碱地里来来回回地跑着，竭力想造成一个有秩序撤退的局面。但狭窄的道路拥挤不堪，路外狭窄的碱地又相当好走，老百姓便离开了道路，散成宽漫的队形，踩着吱吱作响的地皮，往东北方向涌去。撤退从一开始便成了乱七八糟的逃亡。

我们一家，被裹挟在汹涌的人流里，时而是在路上走，时而是在路下行，后来也就分不清究竟是在路上还是路下。母亲脖子上挂着麻襻，推着一辆木轮车，两只车把距离太宽，她的双臂不得不尽量伸展。车子两边绑着两个长方形的大篓子，左边篓子里盛着鲁胜利和我们家的棉被、衣物；右边篓子里盛着大哑和二哑。我与沙枣花分在车子两边，各自手把着一个篓子，跟车行走。盲目的八姐扯着母亲的衣襟，跌跌撞撞地尾在后边。时而清醒时而糊涂的上官来弟在车子前边，肩上搭着一根绳子，弓着腰，往前探着头，像头任劳任怨的牛，拉着我们家的车。车轮发出吱吱呀呀的刺耳声响。车上的三个孩子脑袋转动，看着四面八方的热闹风景。我脚踩盐碱地皮，听着脚底下碎裂的声音，嗅着一股股蹿上来的碱味，起初很觉有趣，但走出几里路，便觉腿酸头重，浑身无力，汗水从腋窝流出。我的那只健壮如小毛驴的白色奶山羊恭恭敬敬地跟随在我的身后，它精通人性，不需要缰绳羁绊。

那天刮着遒劲、短促的小北风，风头锐利，割着我们的耳朵。莽莽荒原中腾起一团团的白色烟尘。这些烟尘是碱、盐、硝的混合物，刮进眼里眼流泪，沾到皮上皮痛楚，吃进嘴里不是好滋味。人们顶着风前进，都眯缝着眼。抬机器的民夫们汗透衣服，沾着碱土，一律成了白人。母亲也成了白人，眉毛是白的，头发也是白的。进入低洼的湿地后，我们的车轮转动艰难，大姐在车前苦苦挣扎，绳子深深地勒进她的肩膀。她的喘息声就像垂死的哮喘病人一样令人心惊和不忍。母亲呢？母亲与其说在推车，还不如说是在受着耶稣一样的酷刑。她的忧郁的眼睛里流着连绵不断的泪，泪水在她脸上与汗水一起，冲出了一条条紫色的小沟渠。八姐挂在母亲身后，像一个翻滚的沉重包袱，在我们身后，留下一条深深的车辙印。但这道车辙印很快便被后边的车子、牲畜蹄子和人脚糟蹋得模糊不清。我们的前后左右，都是逃难的人。许多熟悉的脸和不熟悉的脸都变得乌七八糟。大家都很艰难，人艰难，马艰难，驴艰难；比较舒服的，是老太太怀里的母鸡，还有我的奶羊。它蹄轻脚快，在行进中还有暇啃吃一些芦苇的枯叶。

太阳把碱地照得泛出苦涩的白光，刺得人不敢睁眼。白光在大地上游走，仿佛一摊摊烂银。荒原茫茫，好像前边就是传说中的北海。

中午时，人们像被传染了一样，在没接到任何号令的情况下，一窝随着一窝地坐下来。没有水，喉咙里冒着烟，舌头像被卤过，咸涩板结，运转不灵活。鼻孔里喷出的气灼热，但脊梁和肚子却冰凉，汗湿的衣服被北风吹透，变成僵硬的铁皮。母亲坐在一只车把上，从篓子里拿出几个被风吹裂的馍，掰成几半，分给我们。大姐只咬了一口，干裂的嘴唇便绷开一条血口，几颗血珠子迸出来，沾在馍上。车上那三个小东西灰脸瓦爪，七分像庙里的小鬼，三分像人。他们低垂着脑袋，拒绝进食。八姐用细密的白牙，一圈一圈地啃着灰色的干馍。母亲叹道："这都是你们的好爹好娘想出的好主意。"沙枣花哼唧着："姥姥，我们回家吧……"母亲举目望望满坡的人，只叹息，不回答。母亲看着我，说："金童，从今天起，换个吃法吧。"她从包袱里拿出一个印着红色五角星的搪瓷缸子，走到羊腚后，蹲下，用手捋去羊奶子上的尘土。羊不驯服，母亲让我抱住羊头。我抱着它的冰凉的头，看着母亲挤它的奶头。稀薄的乳汁淅淅沥沥地滴到缸子里。羊一定不舒服，它已习惯了让我躺在它的胯下直接吮吸它的奶头。它的头在我怀里晃动着，弓起的脊背像蛇一样扭动。母亲重复着那句可怕的话："金童，你何时才能吃东西呢？"——在过去的岁月里，我尝试过进食，但无论吃下多么精美的食物，都让我的胃奇痛难忍，疼痛过后便是呕吐，一直呕出黄色的胃液才罢休……我惭愧地望着母亲，进行着严厉的自我批评，因为这个怪癖，我给母亲，同时也给我自己，增添了数不尽的麻烦。司马粮曾许愿为我想法治好这怪癖，可是自从那天他逃跑后，便再也没露面。他狡猾又可爱的小脸在我面前晃动着。司马凤和司马凰额头正中那钢蓝色的枪眼里射出瘆人的光芒。我想起她们俩并排着躺在一口柳木小棺材里的情景。母亲用红纸片贴住了那两个枪眼，使枪眼变成了两颗夺目的美人痣。——母亲挤了半缸子奶汁，站起来，找出当年唐女兵为沙枣花喂乳的奶瓶，拧开盖子，把奶汁倒进去。母亲把奶瓶递过来，用充满歉疚的眼睛殷切地望着我。我犹豫着接过奶瓶，为了不辜负母亲的期望，为了我自己的自由和幸福，果断地把那个蛋黄色的乳胶奶头塞进嘴里。没有生命的乳胶奶头当然无法跟母亲的奶头——那是爱、那是诗、那是无限高远的天空和翻滚着金黄色麦浪的丰厚大地——相比，也无法跟奶山羊的硕大的、臃肿的、布满了雀斑的奶头——那是骚动的生命、是澎湃的激情——相比。它是个死东西，虽说也是光滑的，但却不是润泽的，它的可怕在于它没有任何味道。我的口腔黏膜上产生了又冷又腻的感觉。为了母亲也为了我自己，我强忍住厌恶咬了一下它，它积极地发出一声低语，一股带着碱土腥味的奶液不顺畅地流出来，涂在我的舌床和口腔壁上。我又吸了一口，并默念着：这是为母亲的，再吸一口，这是为上官金童的。继续吮吸，连连吞咽，为了上官来弟，为了上官招弟，为了上官念弟，为了上官领弟，为了上官想弟，为上官家的所有爱过我、疼过我、帮助过我的亲人们，也为了与我们上官家没有任何血缘关系的机灵小鬼司马粮，我屏住呼吸，用一种工具，把维持生命的液体吸进了体内。我把奶瓶还给母亲时母亲已是满脸泪水，上官来弟高兴地笑了。沙枣花说："小舅舅长大了。"我克制着喉咙的痉挛和胃部的隐痛，装出满不在乎的样子，往前走了几步，像个男子汉，顺着风撒尿，并振奋精神，把金黄的液体，撒到尽量高尽量远的地方。我看到蛟龙河大堤就在不远处躺着，村中教堂的尖顶和范小四家那棵钻天的白杨树依稀可辨，我们艰难跋涉了整整一个上午，原来只走出这么一点可怜的距离。

被降职成区妇救会主任的上官盼弟骑着一匹瞎了左眼、右臀上打着阿拉伯数码烙印的老马从西边赶过来。她的马古怪地歪着脖子，笨拙地移动着破旧的蹄子，发出扑哧扑哧的响声，跑到了我们身边。她的马是黑色的，原本是雄性，后来被切除了睾丸，变成了嗓音尖细、性情乖戾的马太监。它的四条腿和肚皮上，沾着一层白色碱土。被汗浸透的皮革鞍具，放出酸溜溜的气味。这匹马在大多数的时间里是温驯的，温驯到能够容忍淘气的孩子拔它尾巴上的长毛。但是这个家伙一旦发邪便干出不同一般的事。去年夏天——那还是司马库的时代——它一口咬破了马贩子冯贵的女儿冯兰枝的头，那小姑娘好不容易活过来，额头上和后脑勺上留下了几个可怕的疤痕。这样的马是应该杀掉的，但据说它有过战功而被赦免。它站在我家的车子前，用独眼斜视着我的羊，我的羊机警地避开它，退到一片盐碱最厚的地方，舔食着地上的白色粉末。她从马背上还算利索地跳下来，尽管她的肚子又凸起来了。我盯着她的肚子看，试图看到她腹中婴儿的模样，但我的眼力不够，能看到的仅是她灰布军装上一些暗红色的污迹。"娘，不要在这里停顿，我们已在前边的村子里烧好了热水，午饭应该到那里去吃。"上官盼弟说。母亲说："盼弟，跟你说一声，我们不想跟着你们撤退了。"上官盼弟着急地说："娘，绝对不行，敌人这一次反扑回来可不同以往，渤海区一天内就杀了三千人，杀红眼的还乡团，连自己的娘都杀。"母亲说："我就不信还有杀亲娘的人。"上官盼弟道："娘，无论说什么我也不会让你们回去，往回走是自投罗网，死路一条。您不为自己想，也得为这些孩子想想。”她从挎包里摸出一个小瓶子，拧开瓶盖，倒出几个白色的小药片。她将药片交给母亲，说：“这是维他命片，一片能顶一棵大白菜两个鸡蛋，娘，实在走乏了累极了，您就吃一片，也分给孩子们吃一片。走出盐碱地，前边就是好路，北海的老乡会热情地接待我们的。娘，赶快走，不能在这儿坐。”她揪着马鬃，踩着马蹬，爬到马背上，匆匆向前跑去，边跑边喊着：“乡亲们，起来往前走啊，前边就是王家丘，又有热水又有油，萝卜咸菜大蒜头，都给大家准备好了……”

在她的鼓动下，人们站起来，继续前行。

母亲把五姐送她的药片用手巾包起，装在贴身的口袋里，然后搭上车襻，扶起车子，说：“走吧，孩子们。”

撤退的队伍拉得越来越长，前望不见头，后望不见尾。我们到了王家丘。但王家丘既没热水也没油，更没有萝卜咸菜大蒜头。县政府的骡队在我们进村前已经走了，场院上凌乱的干草和马粪是他们留下的痕迹。百姓们在场院里点起几堆火，烘烤着干粮。有几个男孩用尖树枝挖掘着野地上的胡蒜。我们离开王家丘时，看到哑巴率着十几个区小队的队员迎面而来，重新进入王家丘。他没有下马，只是从怀里摸出了两个烧得半熟的红薯和一个红皮萝卜，扔进了我们的车篓。那个红皮大萝卜险些砸破他儿子二哑的头。我特别注意到他对着大姐龇牙一笑，很像豺狼虎豹。按说大姐是与他订过婚的，那天在杀人的池塘边他与大姐表演的惊人戏剧让在场的人没齿难忘。区小队员都大背着枪，哑巴腰里插着短枪，脖子上挂着两颗黑色的地雷。

太阳落山时，我们拖着长长的影子，挪到了一个小小的村庄。村子里一片喧闹，家家户户的烟囱里，都冒着浓稠的白烟。街道上躺满疲乏的百姓，宛若凌乱交错的圆木。一些相当活跃的灰衣干部，在百姓们之间蹦来蹦去。村头上的水井边，取水的人挤成一团。不但人往里挤，连牲畜也往里挤，新鲜的井水味道令人振奋，我的羊响亮地哧着鼻子。上官来弟拿着一个大碗——那个据说是秘色青瓷的稀世珍宝，往井台上挤。有好几次她几乎挤进去了，但又被人挤出来。一个给县政府烧饭的老伙夫认出了我们，他提来一桶水。沙枣花与上官来弟最先扑上去，她们俩跪在桶前，都急着往桶里伸嘴，结果碰了个响头。母亲不满地斥责大姐："让孩子先喝！"大姐一愣，沙枣花的嘴已经扎到水里。她像牛犊一样滋滋地吸水，两只肮脏的小手把着桶边，这是她与牛犊的区别。"行了，孩子，少喝点，喝多了肚子痛。"母亲劝说着，扯着她的肩头，使她脱离了水桶。她余渴未消地舔着嘴唇，井水在她的胃里咣咣当当地响着。大姐尽力喝了一饱，直腰站起时，她的肚子鼓起了许多。母亲用碗舀水，喂了大哑二哑和沙枣花。然后八姐抽着鼻子，循着水的味道找到了水捅，跪下，她把头扎到桶里。母亲问我："金童，你喝点不？"我摇头拒绝。母亲舀了一碗水。我松开了羊，它早就想冲上去，但被抱住了脖子。我的羊从桶里喝水是最自然最得劲的。这家伙白天吃了一肚子碱土，口渴得紧急，汲水时不抬头，桶里的水迅速下降，它的肚子渐渐膨胀。老伙夫感慨万端，但只叹气不说话。母亲对他的恩德表示感谢。老伙夫叹气更甚。"娘，你们怎么这么晚才到！"上官盼弟不满地批评母亲，母亲没作任何辩解。我们跟随着她，推着车子领着羊，拐弯抹角，在人的细小缝隙里绕来绕去，听了无数的咒骂和抱怨，终于进了一个土墙柴门的小院落。盼弟帮母亲把车上的孩子拎下来。她要我们把车子和羊放在院外。院子外的树木上，拴着十几匹骡马，没有草料筐箩也没有草料，骡马啃吃着树皮。我们把车子放在胡同里，羊却跟随着我进了院子。盼弟看了我一眼，没说什么，她自然知道羊就是我的命。

正房里灯火通明，一个黑色的大影子在灯下晃动。县府干部正在大声争吵着什么。鲁立人沙哑的声音掺杂在里边。院子里，几个小兵抱着枪站着，没有一个站直了的，他们脚痛。天上繁星点点，夜色深沉。盼弟把我们带进厢房。墙壁上挂着一盏昏昏欲灭的灯，灯光黯淡，鬼影憧憧。一个穿着寿衣的老太婆平躺在开着盖子的棺材里。见我们进来，她睁开眼，说："好心人，帮俺把棺材盖上吧，俺要占住俺的屋……"母亲说："老婶子，您这是咋啦？"老女人说："今日是我的好日子，好心人，行行好，帮俺抬上盖子吧。"盼弟说："娘，将就着住吧，总比睡在街上强。"

这一夜，我们睡得很不安宁。正房里的争吵半夜方止。他们刚停止争吵街上便响起枪声，枪声造成的骚乱平息不久，村子中央又燃起一把大火。火光宛如波波抖动的红绸，照亮了我们的脸，也照亮了舒适地躺在棺材里的老太婆。天亮的时候，老太婆依然不动，母亲唤她一声，没见睁眼，伸手一把脉，果然死了。母亲说："这是个半仙哪！"母亲和大姐把棺材盖子盖上。

后来的几天更加艰苦。抵达大泽山边缘时，母亲和大姐的脚已经磨破了皮肉。大哑和二哑得了咳嗽症。鲁胜利发烧拉稀，母亲想起五姐所赠灵药，便往她嘴里塞了一片。只有可怜的八姐没病没灾。我们已经两天没有看到盼弟的影子了，县、区干部也一个见不到。看见过哑巴一次，他背着一个受伤的区小队员从后边跑上来。那人被炸断一条腿，鲜血沿着空荡荡的破烂裤管淅淅沥沥地落在地上。那人在哑巴背上哭者："队长行行好吧，给我个痛快的吧，痛死我啦，亲娘哟……"

大概是逃难出来的第五天吧，我们望见了北面的白色大山，山上有一簇簇树木，山顶上似乎有座小庙。在我家房后的蛟龙河堤上，只要是晴天，能望到这座山，但那时它是黛青色的。山近在眼前，山的形象，山的清凉气味，使我们意识到已经远离了家乡。我们走在一条宽阔的沙石大道上，迎面有一支马队驰来，马上的士兵与十七团的穿着打扮一样。部队与我们背道而驰，说明我们的家乡真的成了战场。马队过后是步兵，步兵过后是骡子拉着的大炮。炮口里插着花束，炮兵骑在炮筒上扬扬得意。炮兵过后是担架队，担架队过后是一溜两行的小车队，小车上推着面袋子和米袋子，还有一些草料口袋。逃难出来的高密东北乡村民都胆怯地靠在路边，给大军让路。

步兵队里，跳出来几个背驳壳枪的，向路边的人询问着情况。剃头匠王超推着一辆时髦的胶轮小车逃难，一路潇洒，胶轮轻盈，在这路上却碰上了让他烦心的事。粮草队里一辆木轮车断了车轴，推车的中年男人把车子歪倒，把那断轴抽出来，翻来覆去地看着，弄得双手都是黑色的车轴油。拉车的是一个十五岁左右的少年，头上生着疮，嘴角溃烂，身上穿一件没有纽扣的衬衫，腰里扎着一根草绳子。他问："爹，怎么啦？"他爹愁眉苦脸地说："断了车轴了，孩子。"爷儿俩合力，把高大沉重、箍着铁皮的车轮拖出来。"怎么办，爹？"少年问。他爹走到路边，在粗糙的杨树皮上，擦着手上的车轴油。"没法子办。"他爹说。这时，一个背着驳壳枪、穿一件旧单军装、头上戴着一顶狗皮帽子的独臂干部，从前面的小车队里斜着身跑过来。

"王金！王金！"独臂人气呼呼地吼着，"为什么掉队？嗯？为什么掉队？你是不是想给咱钢铁连丢脸？！"

"指导员，"王金愁眉苦脸地说，"指导员，车轴断了……"

"早不断晚不断，上战场你才断？不是早就让你们检查车辆吗？！"指导员越说越有气，他抬起那只格外发达的胳膊，对着王金的脸抡了一下子。

王金哎哟了一声，一低头，鼻孔里滴出血来。

"你凭什么打俺爹！"少年大胆地质问指导员。

指导员怔了一下，道："是我不经意碰了他一下，算我的不对。但耽误了粮期，我把你们爷俩一起毙了！"

少年道："谁愿意断车轴？俺家穷，这小车还是借俺姑家的。"

王金从袄袖子里撕出一些烂棉花，堵住了流血的鼻孔，嘟哝道："指导员，您总得讲理吧？"

“什么叫理？”指导员黑虎着脸说，“把粮食运上前线就是理，运不上前线就不是理！你们少给我啰嗦，就是扛，今天也得把这二百四十斤小米子给我扛到陶官镇！”

王金道：“指导员，您平日里老说实事求是，这二百四十斤小米……孩子又小……求求您了……”

指导员抬头看太阳，低头看怀表，放眼看四周，一眼就看到了我家的木轮车，第二眼便看到了王超的胶皮轱辘小车。

王超有剃头的手艺，手头小钱活泛，又是光棍汉，挣了钱就割猪头肉吃。他营养良好，方头大耳，皮肤滋润，一看就不是个庄稼人。他的胶轮小车上，一边装着他的剃头箱，另一边载着一条花被子，被子外边还绑着一张狗皮。那小推车用刺槐木制成，涂了一层桐油，槐木放着金黄光芒，不但好看，而且还有一股清香可闻。临行前他把皮轱辘充足了气，走在坚硬的沙石路上，小车轻松地蹦高，车上载物又轻，人又身体壮，怀里揣酒瓶，走几里路就襻在肩上手撒车把，拧开瓶塞抿几口烧酒，腿轻脚快唱小曲儿，悠悠悠的，完全是一个难民队里的贵族。

指导员黑眼珠子咕噜噜旋转，微笑着走到路边来。他友善地问：“你们是哪里来的？”

没人回答他。因为他问话时眼睛盯着一棵杨树干，树干上留着那汉子刚抹上的黑色车轴油。银灰色的杨树，一棵挨着一棵，枝条都往上拢着长，有直插云天之势。但他的目光迅速地射在了王超脸上，他脸上友善的微笑陡然消失，换成了一副像山一样威严、像庙一样阴森的面孔。“你是什么成分？”他目光紧盯着王超那张油光光的大脸，突然发问。

王超晕头转向，张口结舌。

“看你这样子，”指导员咬钉嚼铁地说，“不是地主，也是富农，不是富农，也是小店主，反正你绝对不是个靠出卖劳动力为生的人，而是个吃剥削饭的寄生虫！”

“长官，”王超说，“冤枉啊，我是个剃头匠，靠手艺混饭吃，家中只有破屋两间，土地没有，老婆孩子也没有，一人吃饱，全家不饿，吃了今日，不管明日。俺那儿刚刚划完成分，区里给俺划了个小手工业者，相当于中农，是基本力量呢！”

“胡说！”独臂人道，“凭着我这双眼睛，你巧嘴的鹦鹉难说过潼关！你的车子，我们征用了！”他回身招呼王金父子：“快点，把小米卸下来，装到这辆车上。”

“长官，”王超道，“这小车是花了俺半辈子积蓄啊，你不能剥削穷人啊。”

独臂人怒冲冲地说：“为了胜利，老子的一条胳膊都贡献了，你这辆车子值几个钱？前方将士在等待粮食，你难道敢抗拒吗？”

王超道：“长官，您跟俺不是一个区，也不是一个县，凭什么征俺的车子？”

独臂人道：“什么区、县，都是为了支援前线。”

王超道：“不行，俺不愿意。”

独臂人单膝跪地，掏出钢笔，用嘴咬开笔帽，又掏出一块巴掌大的纸，按在膝盖上，歪歪斜斜地画了几个字，问：“你叫什么名字？是哪个县哪个区的？”

王超一一回答。

独臂人道：“你们的县长鲁立人是我的老战友，这样就好了，等打完这一仗，你把这张纸条给他，他就会赔你一辆车子。”

王超指指我们，说：“长官，这位是鲁县长的丈母娘，这是她的一家人！”

独臂人说：“大娘，您作个证，就说情况紧急，渤海区支前指挥部民工团八连指导员郭保福借用你村王超小推车一辆，请他代为处理后事。”

“好极了！”独臂人把那张纸条拍到王超手里，然后怒斥王金，“还磨蹭什么？不按时送到军粮，你爷儿俩要吃鞭子，我郭保福要吃枪子！”

郭保福指着王超的鼻子，说：“快把你的东西卸下来！”

王超道：“长官，您让俺怎么办？”

“如果你不放心，可以跟我们一起走，我们民夫连里不缺你一个人的伙食，”指导员说，“等仗打完了，你就把车子推走。”

“长官，”王超哭咧咧地说，“俺刚从那里逃出来啊……”

“非要我掏出枪来崩了你是不是？”指导员愤怒地说，“我们为了革命不怕流血牺牲，用你辆小车还这么多啰唆！”

王超可怜巴巴地对母亲说：“大嫂，您可要给我作证啊！”

母亲点了点头。

王金父子将木轮车上的粮食转装到王超的胶皮轱辘小车上，欢天喜地地推走了。

独臂人客气地对母亲点点头，便大踏步地追赶他的队伍去了。

王超一屁股坐在被子上，毛猴着脸，自言自语地念叨着：“我怎么这么倒霉？别人碰不上的事为什么偏被我碰上了？我招谁惹谁了？”泪水沿着他肥厚的腮帮子流下来。

我们终于撤到了大山的跟前，宽广的沙石大路分散成十几条羊肠小道，蜿蜒曲折到山上。晚上，成群结队的难民，操着各样的口音，在黄昏的阴冷空气里，传播着互相冲突的消息。这一夜，大家都瑟缩在山脚下的灌木丛中苦熬。从南边和北边，传来闷雷般的轰鸣。一道道炮弹出膛的弧光划破墨色的夜空。半夜时分，空气阴冷潮湿，蛇一样的阴风，从山的缝隙里爬出来，摇得脱尽叶片的灌木枝条簌簌抖，卷得树下的枯叶刷刷响。狐狸在洞穴中悲鸣。狼在山谷里嗥叫。生病的孩子像猫一样呻吟。老人像打锣一样咳嗽。这一夜可真是难熬，天明时有几十具尸首抛在山沟里，有孩子，有老人，也有壮年人。我们一家之所以没冻死，是因为我们占据了一丛挂满金黄色叶片的奇特灌木，所有的树木都脱光了叶子，唯有它不落叶。树下还有厚厚的枯草。我们紧紧搂抱在一起，把那条唯一的被子顶在头上。我的羊紧贴着我的脊梁而卧，它的身体是我挡风的墙。最艰难的时刻是后半夜，遥远的南方炮声隆隆，加深了灌木丛中的寂静，人的呻吟声锯割心弦，使人浑身震颤，耳朵里出现旋律，像熟悉的茂腔调儿。那其实是一个女人在悲泣。万籁俱寂中的声响渗入岩石，极冷极湿，阴云与头上的冰凉的棉被粘连在一起了。下雨了，冻雨，雨点落在棉被上，落在黄叶婆娑的灌木上，落在山坡上，落在难民们头上，落在嗥叫着的山狼丰厚的黄毛上。雨在下落过程中便凝固成冰碴儿，落下时便随即成了冰。

我突然想起多年前樊三大爷高举着火把把我们从死亡中引导出来的那个夜晚。他高举着火把，像红色的马驹一样，在暗夜中跳跃着。那一夜，我沉浸在乳汁的温暖海洋里，搂抱着巨大的乳房几乎飞进天国。现在，可怕的迷幻又开始了，像有一道金黄光线洞穿了夜幕，像巴比特的电影机的光柱，成群的小冰豆子像银甲虫，在这光柱里飞舞。一个长发飘拂的女人，披着云霞的红衣，红衣上镶嵌着千万颗珍珠，闪，闪，长长短短地闪烁着光芒。她的脸一会儿像来弟，一会儿像鸟仙，一会儿像独乳老金，突然又变成了那个俄国女人。她柔媚地笑着，眼神是那么娇，那么飘，那么妖，那么媚，勾得人心血奔流，细小的泪珠迸出眼窝，挂在弯成弧线的睫毛上。她的洁白的牙齿轻轻咬着一点唇，猩红，后来又咬遍我的手指，咬遍我的脚趾。她的细腰，她的樱桃般的肚脐，都隐约可见。顺着肚脐往上看，我顿时热泪盈眶，大声地呜咽起来，那两只像用纯金打就、镶嵌着两颗红宝石的乳房，朦胧在粉红色的轻纱里。她的声音从高处传下来，礼拜吧，上官家的男孩，这就是你的上帝！上帝原来是两只乳房。上帝能变幻，变幻无穷，你醉心什么，他就变幻成什么给你看，要不怎么能叫上帝呢！我够不到你，你太高了，于是她便降落下来，对着我仰起的脸，撩开了轻纱，轻纱如水，在她周围流淌。她的身体飘浮不定，那对乳房，我的上帝，有时擦着我的额头，有时滑过我的腮，但总也碰不到我的嘴。我几次跃起，宛若蹿出水面捕食的鱼，大张着嘴巴，但却总是落空，总是啄不准。我懊恼极了，焦灼极了，是幸福的懊恼，充满希望的焦灼。她的脸上，是狡猾妩媚的微笑，但我不反感这狡猾，这狡猾是蜂蜜，是乳房一样的紫红色花苞，是花苞形状的带着露水的草莓，是草莓一样沾着蜂蜜的乳头。她一个笑靥便让我沉醉，她嫣然一笑便感动得我跪在地上。你不要这样飘浮不定，我祈求你让我咬住你，我愿跟随你飞行，飞到九霄云外，去看喜鹊搭成的天桥，为了你我愿意弯曲我的嘴，狰狞我的脸，让身上生出羽毛，让双臂变成翅膀，让双脚变成趾爪，我们上官家的孩子，跟鸟有着特别的亲近感情。那你就生长你的羽毛吧，她说。于是我便体验到了生长羽毛的奇痛和高烧……

金童，金童！母亲在呼唤我。母亲把我从幻觉中唤醒。她和大姐，在黑暗中，搓着我的四肢，把我从生与死的中间地带拽了回来。

天蒙蒙亮时，灌木林中一片哭声。人们面对着亲人僵硬的尸体，用哭泣表达了心中的哀痛。仰仗着树上的黄叶和那床破被子，我们一家七口的心脏都在跳动。母亲把盼弟送她的药片分给每人一片。我不要，母亲便把那片药片塞在我的羊嘴里。它吃完药片，便吃灌木上的叶子。灌木叶子和灌木的枝条上，挂上了一层透明的冰甲。布满巨大卵石的山谷里，一切都挂上了冰甲。没有风，冻雨继续下，枝条咔啦啦地抖动，山路上光可鉴人。

一个牵着毛驴的难民——驴背上驮着一个女人的尸首——试图沿着一条小路上山。但他的驴四蹄打滑，一跤跌倒，爬起来又是一跤。他想帮助驴，一用劲儿他也跌倒。驴和人都跌得狼狈不堪，女人的尸首也从驴背上颠下来，滑到山沟里去。一只金钱豹子在山谷里，嘴里叼着一个小孩子，头重脚轻地跳跃着，从这块卵石，蹦向那块卵石，它在连续不断地跳跃中求平稳。一个披头散发的女人，哭号着追赶豹子。她在结着冰的大卵石上连滚带爬，生死不怕，跌倒了爬起来，爬起来又跌倒，下巴碰碎了，门牙碰掉了，后脑勺上渗出黑血，指甲盖扒裂了，脚脖子扭伤了，胳膊脱臼了，五脏六腑颠成一团，但她还是追赶，追得那豹子喘息不迭。最后，她拽住了豹子的尾巴。

人们陷入困难境地，一动就跌跤，不动就冻死。谁也不愿在这里冻死，于是便在跌跤中开始失去目标地撤退。山顶上的小庙已变成寒光闪闪的白色，山腰之上的树木，也变白了。在那个高度上，冻雨已经变成了雪。人们不敢上山，只能在山脚下迂回。我们在山脚下一棵橡树上，看到了剃头匠王超的尸首，他用裤腰带把自己悬挂在一根低垂的树杈上，树杈弯得像弓一样，随时都有断裂的可能。他的脚尖已经触着地面，裤子褪到了膝盖以下，那件大夹袄遮掩着他的臀，使他不至于太难看。我只看了一眼那张青紫的大脸上吐出口外的破布一样的舌头，便急忙扭转头，从此，他的临终遗容便经常变成我梦中的情景。无人去理睬他。有几个相貌憨厚的人，在争夺着他的那条花被子和那张狗皮。夺来夺去，便撕咬在一起。一个大个子突然哭叫起来，他的一只招风耳朵，被一个模样像耗子的小个子咬掉了。小个子吐出耳轮，吐到手心里，拿着看了看，扔还给大个子，然后抱起沉重的被子和狗皮，脚尖聪明地点着地，快速跳跃，防止滑跌。他跳到一个老人身边，老人抡起一根支车子的叉棍，在小个子头上擂了一下，小个子便像一口袋粮食，歪倒在地上。老人背靠一棵树，手持叉棍，护卫着被子。有几个不知死的鬼，妄想上来抢被子，但都被老人轻轻一击，便跌倒在地。老人穿着一件棉袍子，腰里扎着一根粗布带子，带子上别着烟锅和烟袋。他有一下巴白胡子，胡子上结着冰碴儿。不怕死的就来吧！老人用刺耳的声音吆喝着，脸随即变得狭长，眼睛也变绿了。人们慌忙避开。

母亲作出了一个果断的决定：调头向西南，回家去！

她驾起车子，歪歪扭扭地走，被雨淋湿后的车轴响得格外刺耳，吱吱哟，吱吱哟，每转一圈便吱吱哟一次。我们起了模范作用，许多的人，都不声不响地，跟随着我们——有的很快超过了我们——踏上了回乡之路。

地上的冰壳在木轮的碾轧下破碎、爆起。天上又落下冰来修补。后来不纯然落冰了，冰点里混杂着一些打得耳朵梢和脸皮生痛的霰粒儿。茫茫原野里一片嘈杂之声。我们保持着来时的方式，母亲推车，大姐拉车。大姐的鞋后跟裂开，凄惨地露出她的冻裂的脚后跟，她的拉车动作像扭秧歌一样。一旦母亲把小车歪倒，大姐就必倒无疑。绳子扯得她连翻好几个跟头。后来，她一边拉车，一边呼噜呼噜地哭。我和沙枣花也哭。母亲没有哭，她双眼发蓝，牙咬嘴唇，集中精力，既小心翼翼又大胆果敢，把她的两只小脚变成了两个小镢头，抓着地，步步踏实，往前走。八姐默默地跟着母亲，她拽住母亲衣角的那只手，像一只淌水的烂茄子。

我的羊真是好羊，它寸步不离地跟在我的身后。它也频频跌跤，但每次跌倒都飞快地爬起来。为了保护它没有毛绒覆盖的乳房，母亲别出心裁，用那条白色的大包袱兜住了它的乳。包袱在它的背上打了两个结。为了保温，母亲还往包袱里塞进了两张兔子皮。兔子皮让人联想起疯狂恋爱的沙月亮时代。奶山羊眼睛里，盈满感激的泪水。它鼻子里发出哼唧之声，这是它的话语。它的耳朵上冻起了冻疮，四个蹄子粉红色，如同冰雕玉琢。自从对它的乳房实施了保暖措施后，它成为一只幸福的羊。包袱皮和兔子皮在保暖的同时还起到了奶罩的托提作用。这是一个创造，后来我成为乳罩专家时，设计了一种专为高寒地区妇女使用的兔皮乳罩，灵感概源于此。

我们归家的步伐匆匆，估计是正午时分，便回到了那条白杨夹峙的宽阔沙石路上。太阳虽未穿透云层，但明亮了天地。沙石路是一条闪光的琉璃路。后来冰雹被大雪花代替，路上、树上、路两边的原野上，很快便白了。路上经常碰到僵尸，人的尸首和牲畜的尸首，偶尔，还能碰到死麻雀，死喜鹊，死野鸡。唯独没有死乌鸦，它们在白雪映衬下羽毛黑得像蓝靛，非常有光泽。它们啄击僵尸，嘴巴酸痛，便哇哇乱叫。

好运气接踵而来。先是在一匹死马身边我们捡得半麻袋铡碎的谷草，谷草里还搅拌着豆瓣与麸皮。我的羊尽力吃了一饱。剩下的草料放在大哑和二哑脚上，能替他们遮风挡雪。羊吃罢草料，舔了一些雪。它对我点点头，我心领神会。继续向前走，沙枣花说她嗅到了一股烧焦麦子的香味儿。母亲鼓励她循味而去，在路外的一间看坟茔的小房里，我们从一个死兵的身上得到了两只饱满的干粮袋，袋里装满炒面。见死人多了，便没有了恐惧之心。这一夜我们索性就在这看坟茔的屋子里过夜。

母亲和大姐把那个年轻的死兵拖出去。他是自杀的。他把枪抱在怀里，枪口含在嘴巴里，用从破袜子里伸出的脚趾压住扳机。子弹把他的天灵盖都揭了。老鼠啃光了他的耳朵，吃了他的鼻子，还把他的手指啃出了白骨，像剥了皮的柳树细枝。母亲和大姐往外拖他时，成群的老鼠红着眼睛跟出去。为了感谢他的炒面，母亲拖着疲乏的身体，跪在地上，用他腰间的刺刀，在冰凉的地上，挖了一个浅浅的坑，把他的头部埋住了。扒开这点土对于洞穴之王老鼠们来说简直是小意思，但母亲的心得到了安慰。

小屋仅仅能容得下我们一家人和我的羊。我们用车子堵住门口。母亲抱着那杆沾着士兵脑浆的大枪坐在最外边。黑夜降临前，一拨拨的人想挤进看茔屋子，这些人里不乏强盗、流氓，但都被母亲怀里的大枪吓退。有个嘴大、眼很毒的男人欺负母亲说："会放吗？"说着便要往里挤。母亲抱着枪，戳那人。她不会放枪。上官来弟夺过大枪，一拉大栓，退去一粒弹壳；一推大栓，上了一颗顶门火。她把大栓往旁边一按，对着那男人头上，呼通就是一枪。一道火线嗖儿一声钻到天上去了。上官来弟熟练的射击动作使我马上想起了她跟随沙月亮转战南北的光荣历史。那大嘴男人像狗一样爬着逃走了。母亲感激地看着上官来弟，起身往里挪，把门卫的位置让了。

这一夜我睡得香甜，一直到红太阳照耀白雪世界时才醒来。我真想跪下求母亲，不要离开这鬼住的屋，不要离开屋前这一片巍峨的坟茔，不要离开这一片顶着冰雪帽子的黑松林。不要离开吧，这乐土，这福地，但母亲推着小车，率领着我们重新上路。那杆青色的大枪，横在鲁胜利身边，上边用破被子遮盖着。

路上覆着半尺厚的雪，车轮和我们的脚，在雪里嘎嘎吱吱地响。跌跤的现象大大减少，前进的速度加快。白太阳照得雪光刺眼，人显得格外黑，不管你穿什么颜色的衣裳都是黑的。也许是篓子里的大枪和来弟的枪法壮了母亲的胆，这一天她生出了一些霸蛮之气。中午时，一个从南边溃退下来的散兵企图搜查我们的车辆时，母亲竟响亮地抽了那个伪装胳膊负伤的家伙一个耳光，连他的帽子都给扇掉了。那个兵顾不上捡帽子就跑了。母亲捡起那顶半新的灰布帽子，顺手扣在了我的羊头上。我的羊神气活现地戴着军帽，溜溜地奔跑，我们身边那些饥寒交迫的难民看着它，都咧开黑色的嘴，用最后的力气发出比哭还难听的笑声。

清晨时我喝足了羊奶，精神充足，思维活跃，感觉敏锐。我发现了扔在路边的县政府的印刷机器和铁皮箱子装着的文件，民夫哪里去了？不知道。骡队哪里去了？不知道。

道路上很快热闹起来。一队队的担架，抬着呻吟不绝的伤兵从南边撤下来了。抬担架的民夫们满脸汗水，喘息如牛，脚步都不利索，拖拖沓沓地踢着雪。一些穿白衣戴白帽的女人跟着担架踉踉跄跄地奔跑。一个抬担架的青年民夫跌了一个屁股墩儿，担架倾斜，伤员惨叫着掉在地上。伤员的头缠满绷带，只露着两个黑鼻孔和一张青色的嘴。一个面容修长的女兵背着牛皮箱子跑上来。我一眼就认出了，她是姓唐的女兵，是盼弟的战友。她粗野地斥骂着民夫，温柔地劝慰着伤兵。她的眼角上、额头上，已经爬满了深刻的皱纹，那个水灵灵的女兵，如今已经成了干枯的老娘儿们。她根本就没看我们一眼，母亲也似乎没认出她。

担架队络绎不绝，好像永远没有尽头。我们尽量地靠近路边，生怕妨碍了他们前进。后来，他们终于过完了，覆盖着冰雪的洁白道路，被踩得一塌糊涂，融化的雪变成污浊的水和泥，没融化的雪上，滴了一片片鲜血，血把雪烫得像溃烂的肌肤，触目惊心。心紧缩成一团，鼻腔里全是融雪的味道和人血的味道。还有汗的酸与臭。我们战战兢兢地上了路，连因为戴上了军帽而趾高气扬过一阵子的奶山羊也觳觫起来，那模样活像一个被吓破了苦胆的新兵。逃难的人在路上徘徊踌躇，进退两难，毫无疑问，前边就是大战场，顺着路西南行，就等于奔赴战场，进入枪林和弹雨，而枪子是不长眼的，炮弹是不讲客气的，所有的兵都是老虎下山不吃素食。人们用眼神互相探询着，谁也不会给对方答案。母亲不看任何人，推着车子，坚决地往前走。我回头看到，那些难民，有的折回头往东北，有的则尾随着我们而来。

第二十七章

在亲眼目睹大战场面的头天晚上，我们竟然宿在了撤退第一夜宿过的地方。还是那个小院落，还是那个小厢房，还是那副盛着老太太的棺材。不同的是，小村里的房屋几乎全部倒塌了，那三间住过鲁立人和县府官员的正房也成了一堆破砖烂瓦。我们进村时是傍晚，夕阳如血。街上密匝匝地摆着残缺不全的尸首。有二十几具比较完整的尸首摆在一块空地上，排列得十分整齐，好像有一根线串着他们。这里的空气焦燥，有几棵树像被雷电劈了，枝干成了焦炭。哐啷！拉车的大姐踢着了一顶被打穿的钢盔。我趺了一跤，因为我踩转了遍地的黄铜弹壳。弹壳还是热的。燃烧胶皮的味道又浓又烈，火药的味道刺鼻子。一根黑色的炮管从一堆乱砖头中孤傲地伸出去，直指向已有寒星颤抖的黄昏的天空。村子里一片死寂，我们一家，像行走在传说中的地狱里。连日来，跟随着我们返乡的难民愈来愈少，最后终于全部消失，只余下我们。母亲执拗地把我们带了回来，明天，我们就要穿过蛟龙河北岸的盐碱荒原，越过蛟龙河，回到那个叫做家的地方，回家，家。

在满目的废墟中，只有那两间小厢房孤立着，好像是为了我们而存在。我们扒开堵住门口的断梁残檩，推开门，一眼看到那口棺材，才知道经过了十几个日夜后，又回到了第一夜的地方。母亲言简意赅地说：

“天意！”

这天夜里发生的事与第二天的事情相比，轻飘飘如一根鸟毛，但这根鸟毛有着神秘的色彩，使我无法忘记。不去说夜里隆隆的炮声了吧？明天的炮更多。也不去提那些亮着彩灯在夜空中飞行的双翅膀飞艇了，明天会看得更清。单说这棺材。在司马库统治高密东北乡的时代，我和司马粮，以村中最显赫的儿子和最威风的小舅子的身份，拜访过黄天福的棺材铺。棺材铺前店后厂，在混乱的年代里生意格外兴隆。十几个木匠，在宽敞的后院工棚里，噼噼啪啪地对着木头开战。工棚中常年笼着一堆火，烘烤着板材。松油的气味、熬化鳔胶的气味、锯条与木头剧烈摩擦的气味，馨香扑鼻，由鼻入脑，让我浮想联翩。粗大的圆木，破解成板材，烘干定型，刨子推刨，嚓啦啦啦，嚓啦啦啦，卷曲的刨花盛开在地上。黄天福殷勤地陪我们参观，先参观工厂，让我们了解了制作棺材的每一道工序。然后带我们参观成品。有供穷人使用的柳木薄皮棺，有供没结婚即死去的大闺女使用的长方形齐头棺，有供未成年儿童使用的板皮匣子，有供中等富裕人家使用的二寸板杨木棺，最名贵、最沉重、最坚固的是用四块巨大的柏木制成的、挂着黄缎里子的“四独棺”。三姐鸟仙使用的就是“四独棺”。那是一个朱红色的庞然大物，高高翘起的棺首宛若一艘乘风破浪的大船头。凭着丰富的有关棺材的知识，我知道了老太太的棺材是二寸板杨木棺，而且很可能是黄记棺材铺的产品。棺材的盖子，在木匠们的术语里叫做“材天”，材天和棺材的接合部，要求严丝合缝，连根针尖也不允许插进去。铁匠的功夫在淬火上，木匠的功夫在合缝上。这老太太的棺材很可能是黄记棺材铺的学徒制作，“材天”与棺体，闪开一条大缝子，别说针尖，连小耗子都能钻进去。

那个自动地跳进棺材的老太太，是否还躺在里边呢？我们借着远方炮弹出膛时的闪光，禁不住地都把目光投向那道缝隙，生怕出现奇迹，但又盼望着出现奇迹。许多关于死人起尸成野鬼的传说，越是不敢想，越是从记忆库里有声有色地闪出来，连一个细节也不漏过。母亲说：“睡吧，不要胡思乱想，什么都不要想。”她似乎猜到了我们的心思。她把那杆大枪放在“材天”上，说：“娘活了半辈子，琢磨出了几个道理：天堂再好，比不上家中的三间破屋；孤魂野鬼，怕的是正直的人。孩子们，睡吧，明晚这时候，咱就睡在自家的炕头上了。”

我在黑暗中大睁着眼睛，没有一丝一毫的睡意。母亲搂着鲁胜利，倚靠在墙壁上，打着不均匀的呼噜，在呼噜中间，穿插着痛苦的呻吟。八姐睡梦中也拽着母亲的衣角，她有梦中磨牙的习惯，咯咯吱吱，仿佛耗子啃箱底。大姐躺在一堆乱草上，头枕着两块砖头，沙枣花和大哑、二哑，都把脑袋扎在她的腋窝里，像一窝猫。我的头紧挨着奶羊的脖子，听着草在它喉咙里滚动的声音。厢屋的门破了几个大窟窿，与这个季节颇不相称的热乎乎的风，从门洞里灌进来。断壁残垣，散发着刚出窑的新砖的气息。一个黑糊糊的大东西，身上闪烁着星光，在废墟里走动着，踩得瓦砾哗啦响。我不敢叫醒母亲，她实在是太劳累了。我也不愿叫醒大姐，因为她也非常劳累。我只好揪着我的羊胡子，把它揪醒，希望它能给我壮胆，但是它睁了一下眼，立即又把眼睛闭上了。那个庞然大物还在废墟上折腾着，并且呼哧呼哧地喘粗气。村子里突起哭不像哭、笑不像笑的怪声，然后是杂沓的脚步声，铁器碰撞的声音，皮鞭呼啸的声音，烧红的铁器烙在皮肤上的声音，伴随着声音的，是脚臭与尘土的气味、红色铁锈的气味、猩红血浆的气味、烧煳皮肉的气味。一只红眼睛的小老鼠在棺材盖子上跑。它像顽童一样沿着那支枪柄弯曲的大枪跑。可怕的事情跟随着小老鼠的尾巴发生了：棺材里传出来细微的声响，仿佛那个死老太太用她枯干的手摸索着寿衣的花边，继而是悠长的叹息和梦呓般的絮叨："憋死俺啦……杀千刀的……憋死俺啦……"然后是拳打脚踢棺材盖子的嘭嘭声。这声音那么大，那么沉重，但母亲竟然听不到，她照旧在呼噜中呻吟；大姐也听不到，她睡觉时无声无息，好像一根黑木头；孩子们在睡梦中吧嗒着嘴，仿佛在咀嚼着什么好东西。我想拽羊胡子，但双手麻木，无论用多大力气也举不起来。我想喊叫，但喉咙被一双看不见的手扼住了。我只好在万分恐怖中，看着听着棺材里的鬼变。慢慢地，在吱吱嘎嘎的声响里，棺材盖子被顶了起来，两只绿光闪烁的手，撑着棺材盖子，那两条因肥大的衣袖褪下而露出来的黑胳膊，像铁棍一样坚硬。棺材盖越起越高，那鬼也慢慢地翘起脖子和头，猛然地坐了起来。棺材盖子滑到棺材的小头，与棺材形成一个夹角，仿佛一个庞大的鼠夹子。她坐在棺材里，脸上也是绿光闪烁。根本不是那个脸如核桃皮的老太太，而是一个模样酷似跳崖跌死的三姐鸟仙的少妇。她的衣服由无数片鳞片——抑或是羽毛——连缀而成，银光夺目，放出冷气，叮叮咚咚地响着。她坐着休息了一会儿，就用双手扶持着棺材的两边，慢慢地站立起来。她举腿迈出棺材时，借助她衣服的光辉，我看到她修长的小腿上布满了伤痕。她的腿是典型的起尸女鬼的腿，因为起尸女鬼都极善奔跑，而没有这样的修长结实的小腿是跑不快的。她果然有十根长长的像鹰爪一样的指甲，像传说中的起尸鬼一样；她的脸狰狞可怖，牙白如雪，锋利似锥。她走出棺材了。她弯着腰，逐个打量着睡梦中的人，好像要辨别她要找的亲人或者仇敌。她的双眼射出两道绿光，射到母亲脸上时，便聚成两个葡萄大的圆点，上下左右地移动。她走到我身边了。我赶紧闭上眼睛。从她那件奇特衣裙里散出的味道，是揉烂了葡萄藤蔓的味道，酸溜溜的，甜丝丝的，说不上好闻难闻。她嘴里的潮湿的冷气喷到了我的险上，我感到周身凉透了，一点热气儿都没有了，像一条冻成了冰棍的鱼。她的手指把我从头到脚、然后又从脚到头地抚摸着，那些尖利的指甲划着我的皮肤，造成的感觉无法表述。我猜想着，接下来她就该豁开我的胸膛，摘出我的心肝，像吃脆梨一样，咔哧咔哧地咬着吃了。吃完了我的心肝，她就会咬断我脖子上最粗的血管，贴上她的像水蛭一样的嘴，把我身上的血全部吸干净，使我变成一个枯干的人，像马粪纸糊成的，划一根洋火便能点着。我不能等死。于是我感到我猛地跳了起来，手脚突然获得了解放，浑身都是力气。我把那女鬼推到一边，还对着她的鼻子捣了一拳，连她鼻子上的脆骨断裂的声音我都听到了，并且牢牢记住了。我撞开门，跑了出去，沿着街道，踩着那些尸首，飞一样奔跑。在我身后，她大声叫骂着追赶上来。她的指尖不时地搔着我的肩膀和脊背。我不敢回头，回头就会被她咬住喉咙，只有快跑，快，再快些，我的脚几乎不点地了，迎面扑来的风灌得我快要窒息了，沙子打疼了我的脸。但她的指爪仍然在搔着我。我突然想起了关于起尸鬼的故事中，那个小男孩制胜的秘诀：对着大树跑，然后急转弯。因为起尸鬼是不会转弯的。一棵枣树在月牙下，像个蓬头的巨人，我对着它飞奔过去，几乎要碰到树干时，我突然将身子一歪，急转到一侧，我看到，那起尸女鬼猛地抱住了枣树，她的手指，吱吱响着，插进了坚硬如铁的树干里……

我筋疲力尽地摸回来，街上流淌的鲜血把我的脚湿透了。成群结队的像小猪崽那么大的吸血蜘蛛在废墟上爬动着，它们几乎拖不动沉重的肚子，黏稠的、混合着人血的粉红丝线从它们屁眼里不自觉地流淌出来，把爬行过的地方弄得无法落脚，无法落脚也得落脚，那些胶水状的东西，粘在脚底板上，拉着长长的丝儿，缠绕在脚脖子上，缠绕在小腿上，使我的双腿，变成了两支很大的棉花糖……

天亮后，我急于向母亲诉说夜间的事，但母亲显得很焦躁，根本不容我张口。她匆匆忙忙地把孩子和行李搬上车，当然没忘了那支大枪。我寻找着那些蜘蛛，但一个也找不到。我知道它们都钻到废墟里去了，只要搬动破砖烂瓦，就会发现它们。它们屙在烂砖碎坯上的粉红色的丝线犹在，在冬天的朝阳下，它们的名字是美丽。我捡起一根牛骨头，挑起一缕粉红的蛛丝。我把牛骨头当成绕线的轴子，不停地纠缠，变成一大团透明、黏稠的、像鳔胶一样的东西。我拖着它一直走出村庄，在我的身后出现了一条粉红色的丝绸之路。

道路上忽然人如穿梭，都是穿军装的兵，不穿军装的腰里也扎着牛皮带，屁股上挂着木柄手榴弹。路上散着一些绿屁股子弹壳，路边的沟渠里，有肚子破裂淌出花花肠子的死马，还有一堆堆的炮弹壳。母亲突然抓起了那支大枪，扔到路边结着白冰的水沟里。一个挑着两个沉重木匣子的男人惊讶地看着我们。他放下担子，下沟去捡起了那支枪。这时我看到了那棵孤独的枣树，树犹在，起尸鬼不在了，树皮上有一些破烂处，那就是她的利爪抓出来的。她极有可能重归了荆棘丛去做她的逍遥野鬼，她被收尸回家的可能性等于零，因为村子里外，处处都能见到死尸。

临近王家丘子村时，热气像潮水涌来，好像那村庄是一座冶铁的大炉子。村子上空烟雾腾腾，村头的树上挂着一层黑色的灰，一群群苍蝇不合时宜地从村子里飞出来，从死马的肚肠，飞向死人的脸膛。

为了避免麻烦，母亲率我们从村前的小路绕过去。小路被车轮轧翻了，我们的车子行走困难。母亲支起车子，从车把上摘下油壶，用一根鹅毛蘸着油，往车轴和轴碗的缝隙里滴注。她的手肿胀得像高粱面饼子一样。“到小树林那边，我们就歇息。”给车轴加好油后，母亲说。鲁胜利、大哑和二哑，这三个乘客，多日来养成了一声不吭的习惯，他们知道坐车是可鄙的，是不劳而获，没脸吭气。注过油的车轴响声流利，能传出很远。路边地里，立着一些枝叶枯干、七倒八断的高粱。高粱的黑穗子上生长过芽苗，有的还苍老地擎着，有的贴在地皮上。

走近小树林，我们才发现，这里隐藏着一个炮兵阵地。几十根粗壮的炮筒子，像老鳖伸出的脖子。炮筒上绑着树枝，炮的胶皮大轮子，深深地陷在地里。炮的后边，是一大排木箱子，有的箱子撬开了，露出一个紧挨着一个、显得分外娇贵的黄铜壳大炮弹。炮兵们头上戴着用松树枝扎成的帽子，蹲在树林边缘上，用搪瓷缸子喝水，也有几个站着喝的。士兵们后边，垒起一个土灶，灶上架着一口铸着铁耳朵的大锅。锅里煮着马肉，为什么说是马肉呢？因为有一条带着蹄子的马腿从锅里伸出来，斜指着天，马足腕处的距毛很长，像山羊的胡须，马蹄上月牙形的蹄铁闪闪发光。一个伙夫，把一根松木塞到灶膛里。炊烟如树，直钻到天上去。锅里水声沸腾，冲击得那条可怜的马腿颤抖不止。

一个干部模样的人跑过来，善意地劝我们回去。母亲用冷傲的态度拒绝了他。母亲说：“老总，如果您硬逼着俺们回去，俺们也只能回去，另外绕一条路。”“难道你们不怕死吗？”那人无奈地说，“不怕被炮弹炸碎吗？我们这些重炮弹，能把大松树拦腰斩断。”“到了这个地步，”母亲说，“不是我们怕死，而是死怕我们了。”

那人闪到一边，说："我拦住你们，是因为我爱管闲事，好了，你们走吧。"

我们终于行走在白色盐碱荒原的边缘上了。在与荒原相接的起伏不定的沙丘上，蝗虫一样的士兵改变了灰白色沙丘的颜色，有一些像兔子一样的小马，拖着滚滚的烟尘，在两座沙丘之间，飞快地跑动着。大概有几百根炊烟，在沙丘之间笔直地竖起，升到被阳光照耀得灿烂夺目的高空，才扩散成絮状，缓慢地连成一片。而我们面前的白色荒原，像一个银色的海，只能望进去一箭远，便被刺人的亮色挡住了视线。我们别无选择，只有跟着母亲前行。更准确地说是跟着上官来弟前行。在这次刻骨铭心的旅行中，上官来弟如一头任劳任怨的毛驴一直拉着车子，并且她还能用沉重的大枪熟练地发射子弹，保卫了我们的宿营地。我感到她可亲可敬，她过去的一切，无论是装疯还是卖傻，都是她英雄浪漫曲里不可缺少的响亮的音符。

我们渐渐深入了荒原，那条被踩翻的路泥泞不堪，比路外的碱地还要难走。我们走在碱地上，尚未融完的雪一片一片的，像瘌痢头一样，而那些稀疏的枯黄菅草，就形同瘌痢头上的毛发。尽管好像危机四伏，但百灵鸟儿照样在晴空里鸣叫，一群群草黄色的野兔子，摆开一条弧形的散兵线，发出"哇哇"的叫声，向一只白毛老狐狸发起了进攻，兔子们一定是苦大仇深，进攻时勇往直前。一群面目清秀的野羊，跟在兔子们后边，跑跑停停，搞不清是助战呢还是看热闹。

有一个东西在草棵间放光彩，沙枣花跑上去捡起，隔着车子递给我看。是一个铁皮罐头盒子，盒里有几条油炸成金黄色的小鱼。我还给她。她抠出小鱼，递给母亲一条。母亲说："我不吃，你吃了吧。"沙枣花尖着嘴吃小鱼，像猫一样。坐在篓子里的大哑，伸出了一只肮脏的手，对着沙枣花说："嗷！"二哑跟着说："嗷！"一只肮脏的手也伸出来。他们两个，都是一样的方形冬瓜头，眼睛生长得靠上，使额头显得极短，鼻子塌平，人中漫长，嘴巴宽阔，上唇短而上翻，显露着焦黄的牙齿。沙枣花先是看了看母亲，好像要征求母亲的意见。母亲的目光却散漫地望着远方。沙枣花拣出两条小鱼，分给大哑和二哑。铁皮盒子空了，只余下几点残渣和几滴金黄色的油。她伸出长长的舌头舔着盒底的油。这时，母亲说："歇歇吧，再走一会儿，就能望到教堂了。"

我仰面朝天躺在碱土上。母亲和大姐脱下鞋子，放在车把和车梁上磕碰着，倒出鞋旮旯里的碱土。她们的脚后跟像烂红薯。鸟儿们突然惊慌地俯冲下来，难道空中有老鹰？不是老鹰，是两架双层翅膀的黑色的大飞艇，从东南方向嗡嗡地飞过来了。它们发出的声音像开动了一千架纺车。它们起初飞得很慢、很高，到了我们头上后，迅速地降低了高度，加快了速度。它们笨头笨脑的，像两头扎上了翅膀的牛犊子，头前飞速地、嗡嗡地转动着的螺旋桨，像一群围着牛头的马蜂。它们肥大的肚皮几乎贴着我们的车梁滑过去，玻璃窗后边那个套着风镜的人好像多年的老朋友一样，对着我古怪地笑。我感到他的脸很熟，但不及细看，他的脸和他的笑便电一般快捷地闪过去了。他飞过去了，一股激烈的旋风夹带着白色的尘土骤然翻起，那些草梗啦、沙粒啦、兔子屎啦，像密集的子弹打在我们身上。沙枣花手里的罐头盒子不翼而飞。我吐着嘴里的泥土，慌张地跳起来。另一架飞艇，沿着头架飞艇的轨迹，更加蛮横地俯冲下来，从它的肚皮底下，喷吐出两道长长的火舌。子弹钻在我们周围的泥土里，发出扑哧扑哧的闷响，成群的泥块儿，疾速地迸溅起来。飞艇拖着三缕黑烟一抖翅膀便到了沙梁上空。那些从翅膀底下吐出的火舌断断续续的，声音像狗叫，沙梁上腾起一簇簇黄色的尘雾。它们在空中玩弄着燕子点水的把戏，莽莽撞撞地扎下来，又冒冒失失地拉上去，拉上去时，窗玻璃银光闪烁，机翅膀上却闪烁着钢蓝色的光芒。沙梁上一片混乱，那些土黄色的士兵在尘雾中蹦跳着，喊叫着。一道道黄色的火舌射向空中，枪声连成一片，像刮风一样。两架飞艇，像受惊的大鸟，歪斜着翅膀向空中钻，它们的声音像疯子唱歌。其中一架飞艇钻着钻着便钻不动了，肚子里蹿出一股浓黑的烟，拖曳着，咕嘟咕嘟的，摇摇晃晃的，打着旋磨儿，一头扎到了荒原里。它的头像犁铧，翻起了一大片泥土，翅膀呼扇着，呼扇了一小会儿，便有一大团火，从它的肚子里，刺啦啦地爆开，成了一个大火球，与此同时，一声巨响，把野兔子都震起来了。另一架飞艇，在很高的地方转了一圈，呜呜地哭着，飞走了。

这时我们才看到，大哑的半个脑袋没有了，二哑的肚子上，有一个拳头大的窟窿。他还没有死，还朝着我们翻白眼。母亲抓起一把碱土，按到那个窟窿上，但红色的汁液和灰白的肠子，像泥鳅一样吱吱有声地钻出来。母亲抓起一把又一把的碱土，往那窟窿上堵，却总是堵不住。二哑的肠子，淌了半篓子。我的羊两条前腿跪在地上，嗷嗷地怪叫着，肚子剧烈地收缩，脊背弓起，一团乱草从它嘴里呕出来。

在它的带动下，我与大姐也弓着腰呕吐。母亲垂着两只沾满血泥的手，呆呆地望着那些肠子，她的嘴翕动着，突然张开，喷出一股猩红的液体，然后她就号哭起来。

后来，从小树林的炮兵阵地那边，黑老鸹般的炮弹，一批紧跟着一批，飞向我们村庄的方向，蓝色的光芒，把树林那儿的天空映成了紫丁香的颜色，太阳灰蒙蒙的，黯然失色。一排炮过去，荒原里就像滚过一阵雷，然后便是炮弹的呼啸，然后就是敲破锣似的弹头爆炸声和一柱柱的白烟腾起，在我们村庄那儿。几排炮过后，从蛟龙河对岸，有更大的炮弹回敬过来，炮弹有的落在小树林里，有的落在荒原上。你来我往的炮弹，像串亲戚一样。灼热的气浪在荒原上涌动。打过一个时辰，小树林里起了大火，炮声没了。我们村子那边，却还有炮弹往这边发射，并且越打越远。沙梁后边，突然又蓝了一片天，成群的大炮弹，吹着口哨，砸在我们村那儿，这个炮群比小树林里那个炮群要大得多，炮弹也厉害。我不是说小树林炮群发射的炮弹像黑老鸹一样吗？沙梁后藏着的炮群发射的炮弹就像一群齐头齐脑的小黑猪，它们嗬嗬地叫着，迈动着小短腿，扭动着小尾巴，你追我赶地落到我们村里去。落地后它们可就不是小黑猪了，是大黑豹，黑老虎，黑野猪，锯齿獠牙，碰到什么咬什么。大炮对射着，飞艇又来了，这会儿一来就是十二架，两架一拨，并着膀飞。这次它们飞得很高，一边飞一边往下下蛋，荒原上出现了很多大窟窿。后来呢？一群坦克从我们村子那边踉踉跄跄地开出来了。当时我不知道那抻着长脖子跑起来嘎啦嘎啦的家伙叫坦克。它们排成横队，在盐碱荒原上撒野。坦克后边，跟着一队队弓着腰的、头戴铁帽子的士兵。他们一边小跑一边对天放枪。吧吧。吧吧吧。吧吧吧吧吧吧吧。毫无目标，乱放一气。我们跑到一个炮弹坑里去，有的趴着，有的坐着。我们脸色平静，好像并不害怕。

坦克肚皮下成串的铁轮子飞快地转动着，铁的履带一环紧追着另一环，嘎嘎啦啦往前跑。沟沟坎坎它都不在乎，脖子一挺就过去了。它们一边疯跑一边咳嗽、打喷嚏、吐痰，横行霸道不讲理。吐够了痰它就吐火球，吐一个火球它的长脖子就往后缩一下。荒原上那些深沟被它打几个转儿就碾平了，有一些土色的小人儿被它碾到泥里去。它们跑过去的地方，地像犁了一遍似的，满目都是新土。它们跑到沙梁跟前了，成群的子弹打得它们啪啪地响，没事儿，枪子儿奈何不了它们。但它们身后那些兵却一片片地栽倒。沙梁上跃出一些人，抱着点燃的高粱秸子，扔到坦克的肚子上，它们被烧得蹦高。有的人打着滚滚到它们前边，轰隆几声，几个坦克死了，几个坦克受了伤。沙梁上的兵像皮球，成群结队地滚出来，与那些戴铁帽子的兵打成一堆儿。吱吱哟哟地叫，呜里哇啦地吼，拳打的，脚踢的，卡脖子的，捏蛋子的，咬指头的，揪耳朵的，抠眼睛的，白刀子进去红刀子出来的。什么法子都使出来了。一个小兵打不过一个大兵，小兵悄悄抓起一把沙子，说："大哥，论起来咱俩还沾亲呢，俺堂哥的媳妇是您的妹子，你别用枪托子擂我好不好？"大兵说："算了，饶了你吧，我还到你家喝过一次酒，你家那把锡酒壶做得有机巧，那叫鸳鸯壶。”小兵突然扬起手，把沙子打在大兵脸上。大兵眼被迷住了，小兵偷偷地转到大兵脑后，一手榴弹就把大兵的脑袋砸得葫芦大开瓢。

那天的景儿太多了，长十只眼也看不过来，生十张嘴也说不过来。戴铁帽子的一拨跟着一拨往上冲，死人叠成了墙，还是冲不过去。后来又弄来了喷火机，一喷一溜火，把沙梁都烧成了玻璃。飞艇又来了，往下扔大饼、肉包子，还扔花花绿绿的钞票。折腾到黑天落日头，双方都累了，就坐下歇息。歇息了一会，接着打，打得天地都红了，冻土都化了，死野兔子一片一片的，都是给活活吓死的。

这一夜四面八方都放枪放炮，照明弹一群群地往天上飞，照得眼都睁不开。

天亮时，一群群的铁帽子兵举手投了降。

一九四八年元旦早晨，我们一家五口，还有我的羊，小心翼翼地越过冰封的蛟龙河，爬上了蛟龙河大堤，我和沙枣花帮着大姐才把那辆木轮车拉上堤。我们站在堤上，望着河里被炮弹炸得破破烂烂的冰面，看着从大窟窿里涌上来的河水，听着冰块坼裂的嘎巴声，庆幸没掉到河水里去。太阳照耀着河北的大战场，那里硝烟未散，喊话声、欢呼声、零星的枪声使荒原生机勃勃。一片片的铁帽子，宛若毒蘑菇。我想起了大哑和二哑，他们兄弟俩被母亲放在一个炮弹坑里，上边连一点土也没覆盖。回头看看我们的村庄吧，我们的村庄并没成为废墟——这真是奇迹——教堂还立着，风磨房还立着，司马库家那一片瓦房倒了一半。最重要的是，我们家的房子还立着，只是在正屋房脊上，被一发臭炮弹砸了一个大窟窿。我们进入家院，互相打量着，像陌生人一样。打量了一阵子，便搂抱在一起，在母亲的领导下，放声恸哭。

突然响起来的司马粮的珍贵的哭声把我们的哭声止住了。我们看到了，他像野狸子一样蹲在杏树上，身上披着一张小狗皮。母亲对着他伸出了手。那家伙从树上蹦下来，像一股黑烟，射进了母亲的怀抱。

第四卷

第二十八章

和平年代的第一场大雪遮盖了死人的尸骨，饥饿的野鸽子在雪地上蹒跚，它们不愉快的叫声，宛如寡妇们含义模糊的抽泣。雪后的早晨，天空好像一块透明的冰。东方红，太阳升，天地间便展开了万丈金琉璃。雪遮掩大地，人走出房屋，喷吐着粉红色的雾，踩着洁白的雪，牵着牛羊，背着货物，沿着村东的茫茫原野，往南走，翻过盛产螃蟹和蛤蚌的墨水河，到那片方圆约有五十亩的莫名其妙的高地上，去赶高密东北乡奇妙的“雪集”——雪上的集市、雪中的交易、雪的祭祀和庆典。

这是一个必须将千言万语压在心头、一开口说话便要招灾致祸的仪式。在“雪集”上，你只能用眼睛看，用鼻子嗅，用手触摸，用心思体会揣摸，但是你不能说话。至于说话究竟会带来什么样的后果，没有人问，也没有人说，仿佛大家都知道，大家都心照不宣。

高密东北乡劫后余生的人们——多半是妇女和儿童，都换上了过年的衣裳，踩着雪向高地前进。冰冷的雪味针尖一样扎入鼻孔，女人们都用肥大的棉衣袖口掩住鼻孔和嘴巴，看起来好像是为了防止雪味侵入，我认为其实是怕话语溢出。茫茫雪原上一片“嘎吱”声，人遵守不说话的规则，但牲畜们随便叫唤。羊咩咩，牛哞哞，在大战中幸存下来的老马咴咴。疯狗们用硬邦邦的爪子敲打着死尸，像狼一样望日狂吠。村中唯一的一条没疯的盲狗跟随着它的主人门圣武老道士在雪中羞羞答答地行走。高地上有一座青砖垒成的塔，塔前有三间草屋，草屋的主人就是门圣武。他已经一百二十岁了，练了“辟谷”的神功，据说已经十年没吃粮食了，据说他像树上的蝉一样，依靠着露水生存。

门老道在村民们心目中，是个半人半仙的高士。他行踪诡秘，步履轻捷，头秃得像灯泡，白胡子茂密得像灌木丛。他的嘴唇像小骡驹的嘴唇，牙齿闪烁着珍珠的光芒。他红鼻子红脸，白眉毛像鸟翅一样长。他每年进村一次，冬至节那天。他担负着一项特殊的任务，为一年一度的“雪集”——准确说应叫“雪节”选择一位“雪公子”。“雪公子”在“雪集”上要履行一项神圣职责，并能得到物质性的酬劳，所以，村里人都巴望着自家的孩子入选。

今年的“雪公子”是我——上官金童。门老道跑遍高密东北乡十八处村镇，最终选定了我，这说明我非同一般。为此母亲流出了兴奋的眼泪。我偶尔上街，女人们都用崇敬的目光看着我。“‘雪公子’，‘雪公子’，什么时候下雪呀？”她们甜蜜地问我。“我也不知道。我怎么能知道什么时候下雪？”“‘雪公子’不知道什么时候下雪？噢，天机不可泄露呀！”

大家都盼着下雪，最盼着下雪的当然是我。前天傍晚，天上彤云密布，昨天下午开始降雪，开始是小雪，后来是大雪，鹅毛大雪，绒球大雪。一团团的雪，纷纷扬扬，遮天蔽日。因为下雪，天黑得格外早。沼泽地里，狐狸鸣叫，大街小巷里，冤魂游荡，哭叫连天。沉甸甸的雪，一团团砸在窗户纸上。白色的野兽，蹲在窗台上，用粗大的尾巴，敲打着窗棂。这一夜我激动不安，看到了许多难辨真假的奇景。说出来就感到平淡，索性就闭嘴不说。

天刚麻麻亮，母亲就烧水为我洗脸、洗手。给我洗手时母亲说好好洗洗这个小狗爪子。她还用剪刀仔细修剪了我的指甲。最后，在我额头正中，按上她一个红指印，好像一个商标。母亲开大门，发现门老道已在门外守候。他送来一件白色的袍子、一顶白色的帽子。袍子和帽子都用白绸子制成，光滑明亮，摸上去令指头肚儿愉快。他还送我一柄白色的拂尘，用白马的尾巴制成。他亲手把我装扮起来，让我在院子里踏着雪走了几步。

“善哉！”他说，“这才是真正的‘雪公子’。”

我扬扬得意，母亲和大姐也欢喜。沙枣花崇拜地仰望着我。八姐的微笑最美丽，好像苦菜花儿香。司马粮冷冷地笑着。

两个男人用一个左侧描龙、右侧绘凤的抬斗抬着我。走在前边的，是职业轿夫王太平；跟在后边的，是王太平的哥哥王公平，他也是职业轿夫。这兄弟二人，讲话都有些口吃。前几年为了逃避兵役，王太平自己剁掉了食指；王公平用巴豆涂抹睾丸，伪装小肠疝气。他们的骗局被揭穿，村主任杜宝船，用步枪指着他们，给他们指出两条路：一条是就地枪决；一条是出常备夫，上火线，抬担架，背伤兵，运弹药。他们期期艾艾，说不出一句完整话。他们的爹，修建教堂时从脚手架上掉下来跌瘸腿的泥瓦匠王大海，帮他们选择了第二条道路。专业轿夫抬担架，抬得稳，走得快，得到好评，兄弟二人都立了功。常备夫复员时，担架团团长陆千里给他们写了亲笔信，证明他们的功绩。同他们一起出夫的杜宝船的弟弟杜金船，突发急病死了。兄弟二人从一千五百里外，把杜金船的尸首抬回来。一路上受尽了千辛万苦，抬到杜宝船家。兄弟俩口吃说不清楚，每人挨了杜宝船两个耳光。杜宝船说他们谋害了杜金船。兄弟二人拿出立功证明和团长的信。杜宝船夺过信和证明，哧，哧，哧，全给撕成条条，然后抬手一扬，说：“逃兵永远是逃兵。”他们心里，有说不出的苦。他们久经磨炼的肩膀像铁一样坚硬，他们的腿脚训练有素。坐在他们的抬斗里，好像坐在顺流直下的轻舟上，雪的原野，翻滚着光的波浪。狗的叫声，带着青铜的声音。

墨水河上，也有一座石桥，桥桩是松木的，是木头支撑的石桥。桥上，站着沙梁子村的妇女主任高长缨，她留着二刀毛，头上别一个塑料蝴蝶发卡，翻唇，露着紫红的牙床。她有一张橘子皮一样毛孔粗大的大红脸，下巴上长着胡子。她用热辣辣的目光盯着我看。我知道她现在守寡，她的丈夫被坦克轧成了肉饼。小桥摇摇晃晃，桥面的条石咯噔咯噔响。我过了石桥，回头看到，雪原上留下了一行行的脚印。还有那么多的人吃力地往这边走。我看到了母亲和大姐，还有我们家的孩子，还有我的羊。母亲忘没忘给它戴上奶罩呢？如果忘了，它就要吃苦了，积雪没人膝，它的奶头一定要蹭着雪走了，从我家到高地，近十里路程，它如何受得了呢？

轿夫兄弟抬着我爬上高地，早到的人们，都用抖擞的目光欢迎我。男人、女人、孩子，都紧紧地闭着嘴，能说话硬不说话。大人脸上的神情是庄严，孩子们脸上的神情是恶作剧。

在门圣武老道引导下，轿夫兄弟把我抬到高地中央一个四方形的、用土坯垒成的平台上。平台上摆着两条长板凳，板凳前放着一个香炉，炉里插着三炷香。他们把抬斗放在板凳上，让我悬空而坐。无声的寒冷像黑猫一样咬我的脚趾，像白猫一样咬我的耳朵。燃烧线香的声音，听起来像蚯蚓的鸣叫，一截截弯曲的香灰折落在香炉中，发出房屋被烧塌时的轰鸣。香烟的味道像毛毛虫一样从左边鼻孔爬进去，从右边的鼻孔爬出来。平台下有一个青铜的化纸炉，门老道在化纸炉里烧化了一摞纸钱。火焰像金蝴蝶，拍打着沾着金粉末的翅膀；纸灰像黑蝴蝶，轻飘飘地飞起来，飞累了便落在白雪上，很快便死了。门老道跪拜了“雪公子”的圣坛，便用目光命令王氏兄弟，让他们把我抬起来。门老道交给我一根木棍，棍上缠着金纸。棍头上，套着一个锡箔碾成的碗儿，这是“雪公子”的权杖。我挥动这根脆弱的木棍，顷刻间就会大雪飞扬吗？选定我做“雪公子”后，门老道便告诉过我，“雪集”的创始人，是他的师父陈老道。陈老道受太上老君的嘱托创始“雪集”，功德圆满，已羽化成仙。成了仙后，住在一座高耸入云的大山上，吃松子，喝泉水，从松树飞到柏树，从柏树飞进山洞。门老道详细向我讲解过“雪公子”的任务：第一步坐坛受祭——刚刚结束；第二步巡视雪集——正在进行中。

这是“雪公子”最神气的时刻，十几个穿黑红号衣的男人，手里什么也没拿，但却摆出举着喇叭、唢呐、大号、铜锣的样子。鼓嘟着腮帮子，仿佛在卖力地吹奏。那敲大锣的，左臂举得与肩膀同高，右手表现成紧攥锣槌状，每走三步就敲一下，好像真有锣声咣咣，并嗡嗡地传向远方。王氏兄弟双腿像弹簧，颤颤悠悠。“雪集”上的百姓，都暂停无声交易，直腰、瞪眼、垂手而立，看“雪公子”游行。那些熟悉的脸和不熟悉的脸，被白雪映衬得颜色浓重，红得如重枣，黑得如煤球，黄得似蜂蜡，绿得如韭菜。我把手中的权杖，对着人群挥舞。人群顿时骚乱不安，下垂的手都挥动起来，嘴巴张开作呐喊状，但谁也不敢、也不愿喊出声来。门老道交给我的神圣职责之一就是，有胆敢出声者，就用权杖头上的锡碗儿，罩住他或是她的嘴巴，然后往外一拔，就能把那人的舌头拔出来。

在做着无声呐喊的人群里，我发现了母亲、大姐和八姐，还有沙枣花、司马粮之流。我的羊不但戴上了乳罩，而且还戴上了口罩。口罩用一块白布缝成，呈圆锥状，套住了它的嘴巴，有一根白带子，套到它的耳朵后边。“雪公子”家不但人遵守不出声的规定，连羊也不例外。我对着亲人挥动权杖，她们举起胳膊，向我致意。鬼精灵司马粮，把双手拢成筒状，放在两只眼睛上，模仿着望远镜望我。沙枣花脸色鲜艳，像深海里的一条鱼。

“雪集”上的货物形形色色，各类货物分开，形成自己的市。我在无声仪仗队的引领下，进入了草鞋市。这里全是卖草鞋的，用捶软的蒲草编成的鞋，高密东北乡人全靠这草鞋过冬天。五个儿子被打死四个、剩下一个被罚了劳役的胡天贵，拄着一根柳木棍子，下巴上结着冰，头上包着一块白布，身上披着一条破麻袋，弯着腰，伸出两根黑色的指头，跟村里编草鞋的巧手匠人裘黄伞讲价钱，裘伸出三根指头，把胡天贵的两根手指压下去。胡天贵执拗地把两根手指翻上来，裘又把三根手指翻上来，翻来覆去三五次，裘抽回手，做出一个无奈的痛苦表情，从拴成一串的草鞋里，解下一双颜色发绿、用蒲草的顶梢部位编成的劣质草鞋。胡天贵的嘴开合着，无声地表达着他的愤怒。他拍胸脯，指天，点地，不知道他是什么意思但什么意思都有。他用棍子拨拉着草鞋堆，选定了一双颜色蜡黄、帮底厚实、用蒲草根部编成的优质草鞋。裘黄伞拨开胡天贵的柳木棍子，伸出四个指头，坚定不移地举在胡天贵面前。胡天贵又是指天，又是点地，让身上那件破麻袋晃晃荡荡。他自己弯腰解下选中的草鞋，捏了捏，腿一挪，脚上那双底帮分家的破胶皮鞋便留在他的脚前。他拄着棍子，哆哆嗦嗦的黑脚钻到了草鞋里。然后他从裤子的补丁里摸出张揉皱的纸票，扔在裘黄伞面前。裘黄伞满面怒容，无声地骂着，跺了跺脚，但最终还是把那破纸票捡起来，伸展开，捏着一个角，晃动着，给周围的人看。周围的人有的同情地摇头，有的糊糊涂涂地嬉笑。胡天贵拄着棍子，一步挪一寸，噔噔地往前走，他的双腿，像木棍一样僵直。我对嘴巴与手指一样灵巧的裘黄伞没有丝毫好感，我私心里盼望着他能被愤怒冲昏头脑，脱口说出一句话，然后我就可以使用我的短暂的权威，用权杖把他那条长长的舌头拔出来。他绝顶聪明，好像洞察了我的内心。他把那张粉红的纸票塞到一双显然是早就预备好的、挂在扁担上的草鞋里。他摘下那双草鞋，我看到鞋旮旯里塞满了花花绿绿的零钱。他用手逐一地指点着他周围那些正用巴结的目光望着我的草鞋匠，又指指草鞋里的零钱，然后，恭恭敬敬地把那双草鞋扔过来。草鞋打着我的肚子，弹落到我的脚边。几张纸票跳出来，纸票上有几群肥胖的绵羊，呆呆地立着，好像等待着被剪毛，或是被宰杀。再往前走，又有几双盛着零钱的草鞋扔上来。

饭市里，赵六的未亡人方梅花，正用一个平底锅，紧张地煎着包子。她的儿子和女儿，围着一条被子，坐在一张麦秸草编成的席子上。四只小眼骨碌碌地转动。她的炉前，摆着几张破桌子，六个卖苇席的大汉子，蹲在桌边，就着大蒜瓣儿，“咔嚓咔嚓”地吃包子。包子两面煎成金黄色的嘎渣儿。滚烫，咬一口便冒出一股红色的油，烫得那些人满嘴里吸溜吸溜响。旁边的炉包主儿、烧饼主儿，守着摊子，没有食客，便寂寞地敲打锅沿，并把嫉妒的目光，投到赵寡妇的摊子前。

我的抬斗路过，赵寡妇将一张纸票贴在一个包子上，瞄了瞄我的脸，轻松地掷过来。我急忙低头，那包子便打在了王公平的胸脯上。寡妇满脸歉意，用一块油布揩着手。她的灰白的脸上，有两个深陷的眼窝，眼窝周围，镶着紫色的眼圈。

一个又瘦又高的男人，从卖活鸡的摊子上，斜刺里走过来，母鸡惊恐地鸣叫着，卖鸡的老太太对着他频频点头。他走路的姿势奇特，硬棍一样，身体有节奏地往上耸，每一步都像要在地上生根。他是“活难教”的门徒张天赐，人送外号“天老爷”。他从事着一种古怪的行业：引领死人还乡。他有邪法子，能让死人行走。高密东北乡人客死他乡，就请他去领回来。外地人有死在高密东北乡的，也请他送回去。一个能让死人乖乖行走，越过千山万水的人，谁人敢不敬畏？他身上永远散发着一种古怪的气味，最凶猛的狗见了他，也要把狂妄的尾巴夹在腿间，灰溜溜地逃跑。他坐在寡妇锅前的板凳上，伸出了两根手指。寡妇与他打手势，很快弄明白他要吃两炉五十个，而不是吃两个或是二十个。寡妇匆忙地为他准备包子，因为这个大肚子食客的到来，她的脸上焕发了光彩，而她旁边的摊主儿，眼睛里放出了绿光。我企盼着他们开口，但嫉妒也难以撬开他们的嘴。

张天赐静静地坐着，眼睛盯着寡妇操作。他的双手平静地顺在膝盖上，腰里悬下来一个黑色的布袋。布袋里装着什么，谁也不知道。深秋里他揽了一起大活儿，把一个客死在高密东北乡艾丘村的贩卖扑灰年画的关东商人吆回去。关东商人的儿子跟他谈了价钱，给他留了地址，便先头回去，准备迎接。此一路翻山越岭，大家都估摸着张天赐回不来了。但是他回来了，看样子刚刚回来。那黑布袋里装的是钱吧？他脚蹬着一双破烂不堪的麻耳草鞋，露出了他的像小地瓜一样肥大肿胀的脚趾，还有他的像牛拐骨那么大的踝关节。

磕头虫的妹妹斜眼花抱着一棵雪白的大白菜，从抬斗一侧路过。她那风情万种的黑眼睛斜瞟着我。她揽住大白菜的手冻得通红。她路过赵寡妇的锅前时，赵寡妇的手突然剧烈地颤抖起来。她们是仇人相见，分外眼红。但连这样的杀夫之仇也未能让赵寡妇违背“雪集”不说话的契约。但我看到她被怒火烧沸了的血液在加速循环。愤怒不误做生意，这就是赵寡妇的长处。她把一炉热气腾腾的包子铲到一个白色的大瓷盘里，端到张天赐面前。张天赐伸出手。赵寡妇有些茫然。但她马上就明白。她用油腻的巴掌拍着额头，表示对自己疏漏的谴责。她从一个罐子里，精选了两头肥大的紫皮蒜，放在张天赐手里，并用一只小黑碗，盛了一碗芝麻辣椒油，作为特别的奉献，放在张天赐面前。卖苇席的男人们不满地看看她，用青色的目光批评着她巴结张天赐的态度。张天赐心安理得慢条斯理地剥着大蒜，等待着包子的冷却。他耐心地把白净的蒜瓣儿按照大小次序，排列在饭桌上，摆成一个单列纵队。他还不时地调整某两瓣大小相仿的蒜瓣的位置，一直把它们调整到尽量合理的程度。后来，当我乘坐的抬斗转到白菜市上时，我远远地看到，奇人张天赐开始吃包子了。他吃包子的速度快得惊人，与其说是吃，不如说他在往一个大口坛子里装。

……

我巡视“雪集”的任务完成了。无声的乐队把我引导到塔前。王氏兄弟落下抬斗，把我架出来。我感到双腿酸麻，脚疼得不敢沾地。抬斗里有十几双草鞋，还有一些肮脏的纸票，这些奉献给“雪公子”的钱财，都归我所有，是我扮演“雪公子”的酬劳。

现在回想起来，“雪集”其实是女人的节日，雪像被子遮盖大地，让大地滋润，孕育生机，雪是生育之水，是冬天的象征更是春天的信息，雪来了，生机蓬勃的春天就跨上了骏马奔驰了。

塔下有一间小小的静室，静室里没供奉任何神仙，其实供奉的就是室外的塔。静室里烧着气味淡雅的线香。香炉前有一个大木盆，盆里是满盈的、没污染的白雪。盆后有一个方凳，这是“雪公子”的座位。我坐上去，马上就想起了“雪公子”的最后一项最令我激动的职责了。门老道掀起那道把静室与外边朦胧地隔开的白纱门帘，走进来。他用一块白绸子，蒙住了我的脸。遵照他事先的嘱咐，我知道在履行职责的时候不能掀开这块白绸。我听到，他轻手轻脚走出去了。静室内只余下我的呼吸声、心跳声和线香燃烧的声音，室外，人们踩雪的声音也隐隐约约地传来。

一个轻俏的女人走进来了。透过脸上的白绸，我模糊地看到她的身影长大。她身上有一股燃烧猪鬃的味道。这不太可能是大栏村的女人，极有可能是沙梁子村的女人，那个村里，有一家制作毛刷子的手工业作坊。不管是哪里来的女人，“雪公子”都应该一视同仁。我立即把双手插到面前的雪盆里，让圣洁的雪洗去我手上的污秽。然后我把手举起来，往前伸去。按照规矩，那些祈求来年生子的女人，那些祈求奶水旺盛、乳房健康的女人应该撩起衣襟，用她们的乳房来迎合“雪公子”的双手。果然，两团温暖的、柔软的肉，触在了我冰凉的手里。我感到一阵眩晕，幸福的暖流通过我的双手，迅速传遍我全身。我听到面前的女人发出无法遏止的喘息声。那两只乳房像热鸽子在我手里稍作停留便飞走了。

第一对乳房还没摸够就飞走了，我有些失望，更充满希望，把手伸进雪里，让它们恢复干净和圣洁。我有些焦灼地等待着第二对乳房。第二对乳房迎上来了，这次可不能让你们轻易飞走。我用僵硬的手，一下子就抓住了它们。它们小巧玲珑，说软不软说硬也不硬，像刚出笼的小馒头，我看不到它们但我知道它们很白，很光滑。它们的头儿很小，像两颗小蘑菇。我抓着它们，心里默念着最美好的祝愿。捏一下，祝你一胎生三个胖孩子。捏两下，祝你的奶水旺盛像喷泉。捏三下，祝你的奶汁味道甜美如甘露。她低声地呻吟着，猛地挣脱了。我怅然若失，情绪受到沉重打击，心里感到羞愧难当。为了惩罚自己，我把双手深深地插到雪里，我的手指触到了光滑的盆底，直到双手和半截胳膊麻木了，失去知觉了，我才把它们抽出来。“雪公子”举着纯洁的双手，为高密东北乡的女人祝福。我的情绪沮丧，两只晃晃荡荡的袋状乳房碰到我的手。我摸了它们，它们像不驯服的母鸡一样咯咯地叫着，皮肤上起了一层细疙瘩。我用手指夹了一下那两只疲倦的大奶头，便缩回了手。这个女人嘴巴里呼出的铁锈味喷到我蒙着面纱的脸上。“雪公子”一视同仁，祝你实现愿望，想生儿子就生儿子，想生女儿就生女儿，想要多少奶汁，就有多少奶汁。你的乳房可以永远健康，但想恢复青春，“雪公子”却无能为力。

第四对乳房像性情暴戾的鹌鹑，羽毛黄褐，嘴巴坚硬，脖子粗短有力。它们坚硬的喙连连啄击着我的掌心。

第五对乳房里，好像藏着两窝马蜂，我的手一摸上去，那里边就响起嗡嗡嘤嘤之声，因为马蜂的冲撞，乳房的表面变得灼热滚烫，我的手麻酥酥的，把很多美好的祝愿献给它们。

那天我抚摸了大概有一百二十对乳房，若干的关于乳房的感觉和印象层层叠叠，像一本书，可以一页页翻阅。但这些清晰的印象最后都被一只独角兽给搅乱了。这家伙像一头犀牛，乱拱乱戳，在我的记忆库里搞了一次地震，也像一头野牛，冲进了菜园子。

当时，我伸出因为肿胀感觉变得迟钝的双手，完全是为了履行“雪公子”的职责而等待下一对。乳房没来，我就听到了极为熟悉的哧哧的笑声。红脸膛、红嘴唇、黑豆眼……独乳老金，这个年轻风流的女人的脸突然浮现在我的脑海里。

我的左手摸到了她肥大的右乳，右手却摸了个空，于是我确凿地知道独乳老金来了。这个开香油铺的风流女寡妇险些在斗争会上被枪毙，后来，她嫁给了村里最穷的人——房无一间、地无一垄的叫花子个眼方金，变成了赤贫农的妻子。她丈夫一只眼，她一只乳，真是天生的一对。老金其实不老，关于她的独特的性爱方式，在村里的男人口里流传，我似懂非懂地听到过多次。我左手握着她，她抬起左手，把我的右手也引导过去。我双手捧着她的格外发达的独乳，感受着它沉甸甸的分量。她指挥着我的手摸遍了她乳房的每一寸皮肤。它是一座孤独的山峰，横生在她右胸上，上半部是舒缓的山坡，下半部是略微下垂的半球体。它是我摸过的乳房里温度最高的，像生疸的公鸡一样，灼热，哧哧地冒火星。它是那么滑溜，如果不是灼热它会更滑溜。在下垂的半球体的顶端，先是有一块倒扣酒盅状的突出，突出部的突出就是那微微上翘的乳头了。它时而硬时而软，像一颗橡皮子弹，几滴凉凉的汁液沾在我的手上。我突然想起村里那个去遥远的南方贩卖过丝绸的小个子石宾在草鞋窨子里说过的话，他说老金是个浪得像木瓜，一动就流白水的女人。木瓜像老金的乳房吗？我至今未见过木瓜，我凭感觉知道木瓜太丑陋又太魅人了。“雪公子”履行的神圣职责渐渐被金独乳引入歧途。我的手像海绵，汲取着她独乳上的温暖，而她仿佛也在我的抚摸下获得了极大的满足。她像小猪一样哼哼着，猛地把我的头揽到她的怀里，她的燃烧的乳房烫着我的脸。我听到她低声喃喃着：“亲儿……我的亲儿啊……”“雪集”的规矩被破坏了。

一句话说出来就是祸。

在门老道门前的空地上，停着一辆草绿色的吉普车，从车上跳下四个身穿黄军装、胸脯上佩戴白布标记的公安兵。他们动作敏捷，像豹子一样蹿进门老道的房子。几分钟后，手腕上戴着银色手铐的门老道被推推搡搡地押出来。他悲哀地看看我，一句话也没说，顺从地钻进了吉普车。

三个月后，反动道会门头子，暗藏的、经常站在高坡上打信号弹的特务门圣武被枪毙在县城断魂桥边。他的盲狗在雪地上追逐吉普车时被车上的神枪手打碎了头盖骨。

第二十九章

我打了一个响亮的喷嚏，从睡梦中醒来。金黄的油灯光芒涂满油亮的墙壁。母亲坐在灯下，抚摸着一张金灿灿的黄鼠狼皮。她的膝盖上搁着一把青色的大剪刀。黄鼠狼蓬松的华尾在她手中跳跃着。炕前的板凳上，坐着一个身穿土黄色棉军装、满面灰垢、状如猿猴的人。

他用残缺的手指，苦恼地搔着花白的头颅。

“是金童吧？”他小心翼翼地问我，那两只漆黑的眼睛里射出可怜巴巴的亲切光芒。母亲说：“金童，他是你司马……大哥呀……”

原来是司马亭。几年不见，他竟然变成了这样一副模样。想当年站在松木搭成的瞭望台上生龙活虎的大栏镇镇长司马亭哪里去了？他的红彤彤的像小胡萝卜一样的手指哪里去了？

神秘的骑马人打破司马凤和司马凰脑袋的时候，司马亭从我家西厢房的驴槽里一个鲤鱼打挺蹦起来。尖锐的枪声像针一样扎着他的耳膜。他在磨道里像一匹焦躁的毛驴，嗒嗒地奔跑着，转了一圈又一圈。潮水般的马蹄声从胡同里漫过去。他想：跑吧，不能躲在这里等死。他顶着一脑袋麦糠翻过我家低矮的南墙，落脚在一摊臭狗屎上，跌了一个四仰八叉。这时他听到胡同里一阵喧哗。他急忙爬行到一个陈年的草垛后藏了身。在草垛的洞里，趴着一只正在产卵、冠子憋得通红的母鸡。紧接着响起沉重的、蛮横的砸门声。随即有几个脸蒙黑布的彪形大汉转到墙边，他们穿着千层底布鞋的大脚把墙边的枯萎的野草踩成细末，他们手里都提着乌黑的匣子枪。行动威猛，肆无忌惮，翻墙时犹如黑色的燕子，看样子很像大人物身边那些阴冷的保镖。他不理解他们为什么要遮掩住面孔，后来得到司马凤、司马凰的死讯时，他混沌的脑子里才闪开了一条细细的缝隙，似乎明白了许多事情。他们蹿进了院子。司马亭顾头不顾腚地钻进草垛，等待着结局。

“老二是老二，我是我。”司马亭对灯下的母亲说，“弟妹，咱们各论各的。”

母亲说：“那就叫大伯吧。金童，这是你司马亭大伯。”

在沉入梦乡之前，我看到司马亭从口袋里摸出一个金光闪闪的勋章，递给母亲。我听到他瓮声瓮气、羞羞答答地说："弟妹，我已经将功折了罪。"

司马亭从草垛里钻出来，趁着迷蒙的夜色，逃出了村庄。半个月后，他被拉进了担架队，与一个黑脸的青年合抬一副担架。

我听到他絮絮叨叨地诉说着他的传奇经历，好像一个为了掩盖自己的错误编造谎言的少年。母亲的头颅在灯影里晃动着，脸上像涂了一层黄金；母亲棱角分明的大嘴微微地向上撅着，形成了嘲讽地微笑着的神情。"我说的都是真的，"司马亭委屈地说，"我知道你不相信，这大勋章，不是我自己造的吧？这是用脑袋换来的。"

响起了剪刀剪破黄鼠狼皮的声音，母亲说："司马大哥，谁说是假的了？"

司马亭与黑脸青年抬着那个胸膛中弹的团长跌跌撞撞地在野地里奔跑。飞机闪烁着碧绿的光在空中飞行。炮弹和子弹拖着明亮的尾巴划破夜空，交织成一片密集的、变化多端的火网。炮弹爆炸的镁光像绿色的闪电一样打着哆嗦，照亮了他们脚下崎岖的田埂和收割后的、冻得僵硬的稻田。抬着担架的民夫散乱在稻田里，腿忙脚乱，不辨方向，胡乱奔跑。伤兵们的凄惨叫声在寒冷的暗夜里此起彼伏。带队的干部是一个留着"二刀毛"的女人，她拿着一只蒙着红绸的手电筒，站在田埂上大声地喊叫着："别乱跑！别乱跑！保护伤员……"她的嗓音嘶哑，像用粗糙的鞋底摩擦干燥的沙砾。炸弹的镁光照绿了她的脸。她脖子上围着一条脏污的毛巾，腰里束着一条皮腰带，腰带上悬挂着两颗木柄手榴弹和一只搪瓷缸子。这是个生龙活虎的女人，白天时，她穿着那件酱红色上衣，率领着担架连，在火线上飞来飞去。她像只不合时宜的花蝴蝶在火线上飞来飞去。成千上万发炸弹爆炸时掀起的灼热的气浪把冰封三尺的严冬变成了阳春，白天时司马亭看到在被热血烫融了的积雪旁边盛开了一朵金黄的蒲公英花朵。壕沟里热气腾腾，士兵们围在一起吃饭，雪白的馒头，鹅黄的大葱，咔嚓咔嚓，吃得欢畅。香甜的味道让饥肠辘辘的司马亭馋涎欲滴。民夫们坐在折叠起来的担架上，从干粮袋里抓出冻成冰碴的高粱米饭团子，愁眉若结、大口小口地吃着。他看到在前边的战壕里，蝴蝶一样的民夫连女连长正与一个腰挂手枪的干部谈笑着。那个干部好生面熟。女连长与干部说笑着，沿着泥土清香的战壕走了过来。

女连长说："同志们，吕团长看望大家来了！"

民夫们拘谨地站起来。司马亭盯着团长枣红色脸膛上那两道浓密的眉毛，艰难地回忆着这个人的来历。

团长很客气地说："坐下，坐下，都坐下吧！"

民夫们坐下，继续吃高粱米饭团子。

团长说："谢谢你们啦，老乡们！你们辛苦了！"

民夫们大多漠然，只有几个骨干分子喊了几声："首长辛苦！"

司马亭还是记不起在哪里见过这个团长。

团长关切地注视着民夫们粗劣的吃食和一双双磨破的鞋，他的紫檀木般坚硬的脸上显出了几丝蛛网般的柔情。他大声招呼着："通讯员！"一个伶俐的小战士沿着战壕像野兔一样跑过来。

"告诉老田，把剩下的馒头挑过来。"团长下了命令。

通讯员飞跑而去。

伙夫把一筐馒头背过来。

团长说："乡亲们，忍一忍吧，等到革命胜利后，让你们天天吃馒头！"

团长亲自分发馒头，每人一个，外带半根大葱。当他把一个热气尚未散尽的馒头递到司马亭手上时，两个人的四只眼睛猛地碰撞出火花。司马亭惊喜地想起来了，这个枣红脸的吕团长，正是几年前的司马库支队骑骡中队的中队副吕七。吕七也认出了司马亭。他抬起手，抓住司马亭的肩膀，用力地捏了捏，低声说："大掌柜的，你也来了。"司马亭鼻子有点发酸，刚想对吕说点什么，吕七却转身面对着民夫们，大声说："乡亲们，谢谢你们，没有你们的支持，我们是不可能胜利的！”

总攻开始时，司马亭和他的搭档趴在第二道壕沟里，听着头顶的天空上鸟群般飞掠过去的炮弹发出的尖厉的呼啸和远处天崩地裂般的爆炸声。嘹亮的军号吹罢，士兵们呐喊着拥了上去。女连长站直了身体，大声吆喝着：“起来，起来，上去抢救伤员！”

她爬上壕沟，挥舞着手里的手榴弹。飞蝗般的子弹打得她身后的泥土冒起一簇簇细小的白烟。她脸色煞白，但无所畏惧。民夫们战战兢兢地从齐胸深的壕沟里站起来，都本能地弓着腰。一个小个子民夫笨拙地爬上壕沟，一梭子弹打在他周围的冻土上，他一个滚跌下壕沟，哭叫着：“连长……连长……我挂彩了……”

女连长跳下来，问道：“哪里挂了彩？”

小个子民夫说：“裤裆里……裤裆里热乎乎的……”

女连长拖起他，皱着美丽的眉头，抽搐着鼻子，轻蔑地说：“软骨头，你拉在裤裆里了！”

她用手榴弹捣了小个子民夫一下，大声说：“同志们，上啊，你们都是大老爷们，难道还比不上我一个女人？！”

民夫们在她的激励下，乱纷纷地爬上壕沟。

司马亭站起来，看到他的搭档卧在沟里浑身抽搐。“伙计，你怎么啦？”他问道，那人不回答。司马亭俯下身去，翻转那人的身体，看到他脸色青紫，紧咬牙关，嘴巴里呼呼地响着，吐出一些白色的泡沫。

“司马亭，你还磨蹭什么？怕死吗？”女连长横眉立目地说。

“连长……”司马亭为难地说，“他八成犯了羊痫风……”

“妈的，早不犯晚不犯，偏选这个时候犯！”女连长粗野地骂着跳下壕沟。她踢了犯病的小伙子一脚，他不动。她用手榴弹敲敲他的膝盖，他依然不动。她急得团团转，宛如一只关在笼子里的美丽的豹子。她从壕沟的边沿上撕了一把干草，塞到小伙子嘴里，赌气般地说：“吃吧，吃吧，犯羊痫风，是想吃草了吧？你吃呀！”她用手榴弹的木柄往小伙子嘴里捣草。小伙子呻吟几声，睁开了羊一样的白眼。“哟，这法子还真灵！”女连长得意地说，“许宝，快起来，冲上去，伤号撤下来了！”

那个名叫许宝的小伙子痛苦万端地扶着沟壁站起来。他的身体还在痉挛，脸上的肌肉像受伤的虫子一样抽搐着。攀爬壕沟时他的四肢显得疲软无力。司马亭把担架拖上壕沟，又回头把许宝拖上来。许宝感激地对司马亭笑了笑，他的古怪的笑貌像利刃般戳痛了司马亭的心。

他们抬着担架，跟随着哈着腰的女连长，踉踉跄跄地往前跑。地上的积雪已经被踩成烂泥，成堆的弹壳在烂泥里刺啦啦地响着。子弹横飞，炮弹在前方炸起一柱柱的白烟。巨大的爆炸声震得脚下的地皮嗦嗦抖动。士兵们跟随着红旗，像潮水般地往前涌去。前方，在那道高高的土围墙后边，机枪像野狗一样狂叫着。一道道的火舌扇面般展开，冲锋的士兵像野草般一片片地折断了。围墙后的火焰喷射器喷吐出一股股遍地打滚的火龙，冲锋的士兵在火焰中手舞足蹈，并发出令人毛骨悚然的号叫。有的士兵从火龙中跳出去，趴在地上哭叫着抓耳挠腮乱打滚；有的士兵被困在火龙里，疯子般跳跃着，他们的脸因为疼痛和恐惧歪曲得奇形怪状，转眼间即瘫在火里。刺鼻的恶臭在硝烟滚滚的原野上弥散开来，熏得冲锋的士兵和紧随在后的民夫们翻肠搅肚。在司马亭的狭窄的视野里，士兵们像腐朽的棍子一样一片片地、轻飘飘地倒下了。与他搭档的羊痫风许宝一头栽倒，并把司马亭也拽倒在地。他的门牙刚刚啃到泥土就听到一串灼热的弹头呼啸而过，把后边几个民夫打倒在地。火焰喷射器扑簌簌响着，把一摊摊、一溜溜黏稠的、湿漉漉的火焰喷射出来。圆溜溜的、冒着白烟的手雷遍地打滚，东一个西一个爆炸，轰隆！轰隆！豆粒般大的弹片把空气炸得千疮百孔。娘啊，今日是活不出去了！羊痫风小伙手捂着头，屁股高高地撅起来，他的棉裤被弹片崩破，十几个拳头大的窟窿里，吐出了脏污的黑色棉絮。那些冲锋的士兵真是好样的，嗷嗷地叫着，弓着腰，放着枪，踩着同伴的尸首和烫化了冰雪的鲜血，在号声的催促下，在那些被打得破破烂烂的旗帜的引导下，冲到了围墙下，然后生死不顾地爬墙，踩着梯子，攀着绳子，一个个哀号着的身体从空中跌下去，跌在坚硬的冻结着蓝冰的壕沟里，抽搐，打滚，盲目地爬行。女连长趴在离司马亭不远的地方，双手插进泥土里。她的屁股上冒着一缕缕白烟。棉裤着火了，她在地上打滚，抓着泥土往棉裤的火窟窿里塞。士兵们爬上了围墙，震耳欲聋的呐喊，枪声像爆豆连成一片。女连长站起来，往前跑了几步，猛地跌倒，跌得四仰八叉，一定很痛，像被子弹打中似的。她跳起来又跑，身子弯着，像一棵成熟的谷子。她从死尸堆里拖回了一个人，拖得很是费劲，像蚂蚁拖着一条大虫子，拖到司马亭和许宝的担架旁边。是吕团长，吕七。他的胸膛上崩开几个血窟窿，冒血，冒气泡，能望见灰白的肺叶在里边翕动着。

“快抬下去！”女连长命令。

许宝有点傻，痴呆呆地望着女连长。女连长怒吼一声：“浑蛋！”

司马亭慌忙展开担架，把吕团长抬上去。吕团长灰色的眼睛里射出充满歉意的光芒，望着司马亭，很快便疲倦地闭上了。

他们抬着担架往后跑。子弹在头上啾啾叫，像小鸟一样。司马亭下意识地弓着腰，跑得别扭。跑了几步，索性挺直了腰，撩开大步。该死该活鸟朝上，他想。胆子顿时大了许多，腿脚也利索了。

在包扎所里，卫生员匆匆给吕团长包扎了一下，还让他们抬着，往后方医院送。这时太阳已落到西边，地平线上边那块天像紫玫瑰花瓣的颜色，又浓又稠。一棵孤独的大桑树立在旷野上，枝条上溅满了血，树干上油沥沥的，好像吓出了一层汗。

在女连长包着红绸的手电筒的指挥下，民夫们抬着担架渐渐聚拢在稻田里。飞机飞过去了。紫色的天幕上，金色的星斗在炸弹爆炸的镁光里打着哆嗦。战斗还在继续。民夫们又饿又累，司马亭毕竟是上了年纪的人，又碰上了羊痫风搭档，更觉疲乏。他站着时感觉不到自己的腿在哪里。他身上的汗白天就流光了。在稻田里挣扎时身上流了一层黏稠的油，然后他就感到自己的内脏变得像枯萎的葫芦瓤子一样。吕团长铁汉子，咬紧了牙关不吱声。司马亭总感到担架上抬着个死尸，死人的气味不时地在他的鼻孔边缭绕。

女连长略微整顿了一下队伍，然后便下令前进。她说同志们不能歇脚，一歇就起不来了。他们跟着女连长过河。河上的冰被炸弹炸开了。许宝一脚踩空，掉进冰窟窿，司马亭也趴下了。许宝像存心自杀一样解脱了担架的羁绊，钻进冰窟窿消逝了。吕团长被跌痛了，牙关咬不住，呻吟起来。女连长抬起担架前头，与司马亭搭档。迷迷糊糊地到达后方医院，卸下伤员，民夫们便歪歪斜斜地躺在了地上。女连长说："同志们，别躺呀！"话没说完，她自己也瘫在地上了。

在后来的一个战役里，司马亭被炮弹皮子削去了右手的三根指头，但他还是忍着痛，把一个断腿的排长背了下来。

清晨我醒来时，首先嗅到了刺鼻的烟臭味，然后便看到背倚墙壁睡去的母亲，她的疲倦的嘴角上挂着一线透明的涎水。司马亭蹲在炕前的凳子上打盹，宛若一只蹲在架上的老鹰。炕前的地面上，是一片发黄的烟蒂。

后来成为我的班主任的纪琼枝从县里下来，在大栏镇发动寡妇改嫁运动。她率领着几个野马一样的女干部把全镇的寡妇集中到一起开会，宣讲寡妇改嫁的意义。在她们的积极动员和具体的安排下，村子里的寡妇们基本上都有了主。

在这场运动中，上官家的寡妇成了障碍。大姐上官来弟无人敢要，因为那些光棍汉们都知道来弟是汉奸沙月亮的妻子，是在逃反革命司马库用过的女人，也是和革命军人孙不言有过婚约的女人。这三个男人，别说活着的惹不起，死了的也惹不起。母亲的年龄也在纪琼枝划定的改嫁范围内，但母亲坚决不嫁。那个前来劝嫁的女干部罗红霞一进我家门就被母亲骂了出去。母亲说："滚！我比你娘还大哩！"

奇怪的是当纪琼枝前来劝嫁时，母亲竟和颜悦色地问："闺女，你要把我嫁给谁？"

母亲对待纪琼枝的态度和对待罗红霞的态度有天壤之别，时间仅仅隔了几个小时。

纪琼枝说："大婶，太年轻的不般配，与您年纪差不多的，只有司马亭了。他虽然历史上有过污点，但后来立了功，功罪相抵。何况你们两家关系非同一般。"

母亲苦笑道："闺女，他弟弟是我的女婿！"

纪琼枝道："那有什么关系？你与他并没有血缘关系。"

四十五个寡妇的集体婚礼在颓败的教堂里进行。我恨，但我还是参加了这婚礼。母亲站在寡妇队伍里，浮肿的脸上似乎泛起了红晕。司马亭站在男人队里，不断地用残手搔头，不知是为了炫功还是借此来掩饰窘态。

纪琼枝代表政府赠送给这些新组合成的夫妻毛巾和肥皂。镇长发给他们结婚证书。母亲接着毛巾和证书，满脸通红，像个羞涩的小姑娘。

我心中燃烧着邪恶的火焰。我满脸滚烫，替母亲害臊。教堂的山墙上，当年悬挂过枣木耶稣的地方，如今悬挂着灰尘。当年马洛亚牧师为我洗礼的讲台上，站着一群不知羞耻的男女。他们畏畏缩缩，目光躲躲闪闪，小偷似的。母亲头发花白了，竟要跟自己女婿的哥哥结婚。不，已经结婚。结婚的真正意义是，司马亭就要公开地和母亲睡在一个被窝里了。母亲肥大的乳房就要被司马亭占有了，就像司马库、巴比特、沙月亮、孙不言占有我姐姐们的乳房一样。想到此我感到乱箭钻心，恼怒的泪水夺眶而出。一个女工作干部用一只黄瓢端着一些枯萎的月季花瓣撒向那些手足无措的新人。花瓣如肮脏的雨，如干枯的飞禽羽毛，乱纷纷地降落在母亲灰白的、用榆树皮水涂抹得光溜溜的头发上。

我像失魂落魄的狗，蹿出教堂。在苍老的大街上，我真切地看到了身披黑袍的马洛亚牧师慢吞吞地徜徉着。他的脸上沾满泥土，头发里生长着嫩黄的麦芽儿。他的双眼宛如两颗冰凉的紫葡萄，闪烁着忧伤的光泽。我大声地把母亲已经和司马亭结婚的消息通报给他。我看到他的脸痛苦地抽搐着，他的身体和他的黑袍像泡酥的瓦片一样顷刻间破碎了，化成一股团团旋转的、腐臭的黑烟。

大姐在院子里弯曲着雪白的脖子洗她的浓密的黑发。她弯着腰时那两只粉红色的美乳愉快地唱着歌，像两只黄鹂委婉地鸣啭。她直起腰时，一串清明水珠从双乳间流淌下去。她举起一只胳膊绾住脑后的头发眯缝着眼看我，腮上挂着冷笑。知道吗？她要和司马亭结婚！我对她说。她冷冷一笑，不理我。母亲牵着上官玉女的手，头发上还沾着耻辱的花瓣，走进家门。司马亭灰溜溜地跟随在后。大姐端起那盆洗头水泼了出去。水在空中展开，明晃晃一大片。母亲长叹一声，没说什么。司马亭从怀里摸出他那枚勋章，递给我，是想讨好还是想表功？我严肃地盯着他的脸。他的脸上挂着虚伪的笑容。他的目光躲闪着我，为了掩饰窘态而低声咳嗽。我抓起他的勋章，用力甩出去，那沉甸甸的东西拖着金黄的飘带越过屋脊像小鸟一样飞走了。母亲恼怒地说："去，捡回来！"

我赌气地说："不，偏不！"

司马亭说："算了，算了，留着也没用。"

母亲扇了我一巴掌。

我故意地仰面跌倒，像毛驴一样遍地打滚。

母亲用脚踢我，我刻毒地骂道："不要脸，不要脸！"

母亲怔住了，沉重的大头悲哀地垂着。突然间她号啕大哭起来。她哭着进了屋。司马亭叹息着，蹲在梨树下抽烟。

抽了几支烟后司马亭站起来，对我说："大侄子，去劝劝你娘吧，别让她哭了。"

他从怀里摸出那张结婚证，撕成纸条儿，扔在地上。他弓着腰走出了我家院子，从背后看去，他已经像个风烛残年的老人了。

第三十章

水晶石磨成的老花眼镜，是司马库耀武扬威的年代里赠送给他的蒙师秦二先生的生日礼物。现在他戴着这反革命的礼物，坐在青砖垒成的讲台上，双手捧着一本国文课本，拖着战战兢兢的长调，为我们高密东北乡年龄差距很大的第一批一年级学生授课。那眼镜沉重地滑落到他的弯曲的鼻梁中段，一滴绿油油的鼻涕水，悬挂在他的鼻尖上，永远保持着将落未落的状态。大羊大——他唱道。尽管时令是炎热的六月，但他却戴着红缨黑缎子瓜皮小帽，穿着黑色的夹长袍。大羊大啊——我们模仿着先生的腔调，大声地叫唤着。小羊小——先生悲凉地领读。天气闷热，教室里又黑又潮湿，我们赤脚光臂，身上满是油汗，但衣冠楚楚的先生脸色灰白，嘴唇发青，好像冻得够戗。小羊小啊——我们响亮地跟读。教室里弥漫着一股尿臊味，像个很久没有打扫的羊圈。大羊小羊山上跑——大羊小羊山上跑啊——大羊跑，小羊叫——大羊跑啊小羊叫啊——根据我对羊的丰富知识，我知道拖着长奶子的大羊是不可能跑的，它走路都很不方便，怎么可能跑呢？小羊叫是完全可能的，跑也是完全可能的，在荒草甸子上，大羊安安静静吃草，小羊则又跑又叫。我很想举手向老先生请教，但我不敢。老先生面前放着一把戒尺，专门用来打手心。大羊吃得多——大羊吃得多啊——小羊吃得少——小羊吃得少啊——这句很对，大羊当然比小羊吃得多，小羊当然比大羊吃得少。大羊大——小羊小——羊吃完了草，又从头转回来了。老先生不知疲倦地领读着，课堂上却渐渐乱了套。十八岁的雇农儿子巫云雨，身高体壮。像儿马一样的他已经要了卖豆腐的寡妇兰水莲做老婆，兰水莲比他大八岁，肚子已经鼓起来了，马上就要生小孩了。他马上就要当爹了。即将当爹的巫云雨从腰里摸出一支生锈的手枪，偷偷地瞄着秦二先生瓜皮帽上的红绒球儿。大羊跑——大羊——吧！——哈哈哈哈跑啊——先生抬起头，瞪着两只灰白的老羊眼，从水晶石眼镜的上方往下看。他老眼昏花，什么也看不见。先生继续念书。小羊叫——吧！巫云雨用嘴巴又放了一枪，老先生帽上的红绒球儿晃动着。哄堂大笑。先生抓起戒尺，敲了一下桌子，像法官一样喊："肃静。"诵读继续进行。十七岁的贫农儿子郭秋生弯着腰离了座位，悄悄地爬上讲台，站在老先生身后，用像耗子一样发达的门牙咬住下唇，双手做出一下下撸着老先生脑袋的动作，好像迫击炮手在装填炮弹，而老先生干瘦的脑袋则是一根迫击炮筒，连续地发射着炮弹。课堂上一片混乱，学生们笑得前仰后合，大个子徐连合连连捶击桌子，矮胖子方书斋把手中的书本撕碎，扬到空中，灰白的纸片像蝴蝶一样飞舞。

老先生连连地敲击桌子，也无法平息课堂上的骚乱。他的目光从眼镜上方往下探望着，想找出骚乱的原因。郭秋生猖狂地做着那剧烈地侮辱着秦二先生的动作，那些超过十五岁的男生，如痴如狂地怪叫着。郭秋生的手，碰到了老先生的耳朵，老先生急回头，抓住了他的手。

背书！先生威严地说。

郭秋生垂着手立在讲台上，他的身体伪装着老实，但他的脸却连连扮着怪相。他把上下唇撅起来，把嘴巴变成一个突出的肚脐。他把一只眼闭住，让嘴巴歪到腮帮子上去。他咬紧牙关，让耳轮呼扇。

背书！先生暴怒地说。

郭秋生背道："大娘大，小娘小，大娘追着小娘跑啊……"

在发疯般的笑声里，秦二先生手按着桌子站起来。他的白胡子打着哆嗦，嘴里叨唠着："竖子！竖子不可教也！"

秦二先生摸起戒尺，扯过郭秋生一只手，按在桌子上。竖子！

啪！他的戒尺凶狠地抽到郭秋生的手心上。郭秋生干巴巴地叫了一声。先生看了一眼郭秋生，再次高高举起戒尺的胳膊不由得僵在空中，郭秋生的脸上突然浮起一种好勇斗狠的流氓无产者表情，那双黑得发蓝的眼睛，闪烁着仇恨的、挑战的光芒。先生浑浊的目光铩羽败退，高悬的胳膊和戒尺，软弱无力地垂挂下来。他喃喃着，摘下眼镜，放进铁皮眼镜盒，用一块蓝布包好，揣进怀里，他把那根打过司马库那样的混世魔王的戒尺也插进怀里。然后，摘下瓜皮帽，对着郭秋生鞠了一躬，又对着课堂上的学生鞠了一躬，用令人既同情又厌恶的酸溜溜的腔调说：

“各位大爷，秦二冥顽不化，螳臂当车，不自量力，实属该死而不死，老而不死是为贼。多有得罪，请大爷们多多包涵！”

然后他拱手抱拳在肚脐前，上下晃动了几下，便弓着虾米腰，迈着轻飘飘的小碎步，走出了教室。从教室外边，传来了他拖泥带水的咳嗽声。

第一堂课就这样结束了。

第二堂课是音乐课。

音乐，县城派来的女教师纪琼枝用一根教鞭指着黑板上她刚刚用粉笔写上的两个白色大字，用高亢嘹亮的嗓门说，这一节我们上音乐课。没有教材，教材在这里，这里，这里——她指指自己的脑袋、胸膛和肚子。她转身面对黑板，一边板书一边说，音乐包括很多内容，吹笛子啦，拉胡琴啦，哼小曲儿，唱小戏儿等等等等，都是音乐，你们现在不明白，将来也许会明白。唱歌就是歌唱但又不完全是歌唱，唱歌是一项重要的音乐活动也可以说是我们偏僻乡村小学音乐课的重要内容。我们今天学唱一支歌。她刷刷地板书着。从面向着田野的窗户，我看到被剥夺了上学权利的反革命的儿子司马粮和汉奸的女儿沙枣花牵着羊，怔怔地向这边张望着。他们站在一片淹没了他们膝盖的绿草里，他们身后，是十几棵茎秆粗壮、叶片肥大、开着灿烂黄花的向日葵。向日葵黄色的大脸盘那么忧郁，我的心情更忧郁。我侧目望着黑暗中那些闪烁的眼睛，眼泪盈了眶。我打量着用粗大的柳木棍子权充窗棂的窗户，幻觉中感到我变成了只画眉鸟儿飞了出去，浑身沐浴着六月下午的金黄阳光，落在了葵花布满蚜虫和瓢虫的头颅上。我们今天学唱的这首歌，名字叫做《妇女解放歌》，音乐教师弯下腰，匆匆写着延伸到黑板下沿的最后几句歌词。她的臀部像圆溜溜的马臀一样撅起来。一支尾部插着羽毛，头上粘着一团粘蝉用的桃树脂的木杆箭，歪歪斜斜从我的身边飞过，射中了音乐教师的屁股。教室里响起邪恶的笑声。在我身后座位上的弓箭手丁金钩炫耀地举起他的竹片弓晃了晃，连忙藏起来。音乐教师拔下屁股上的箭，看看，笑笑，把它往教桌上一甩，它便摇摇晃晃地立住了。箭法还不错，她平静地说着，放下教鞭，脱下一件洗得发白的军装上衣，搭在教桌上。脱下军装便焕然一新地显出了她的白色对襟短袖大翻领衬衫。衬衫的下摆扎在裤腰里，腰里束一条宽宽的老牛皮腰带，因为久经岁月，那腰带又黑又亮。她腰细，胸高，臀肥，下穿肥大的、洗得发了白的军裤，脚蹬一双最时髦的白色回力球鞋。她这一身打扮，真是干净利索，为了更利索，她当着我们的面又把腰带煞进去一扣。微微一笑，她妩媚得像白狐狸；闪电一般敛起笑容，她残忍得像白狐狸。你们刚刚气走了秦二先生，英雄啊！她嘲讽着，从教桌上拔起那支箭，用三根手指捻动着，说，了不起的神箭手，是李广啊还是花荣？敢不敢站出来报个名号？她的美丽的黑眼睛冷冷地扫视下来。没人站起来。她抓起教鞭，“啪！”抽响了教桌。我警告你们，她说，在我的课堂上，把你们这套小流氓的把戏找块棉花包包，回家让你娘好好搁起来——老师，俺娘死啦！巫云雨大喊着——谁的娘死啦？她问，站起来。巫云雨站起来，装出一副满不在乎的样子。走到前边来，她说，过来，让我好好看看你。巫云雨戴着他那顶为了遮掩斑秃，一年四季不下头，据说连夜里睡觉、下河洗澡也不摘的油腻得像蟒皮一样的单帽，气昂昂地走到讲台前。你叫什么名字？她笑着，用温暖的声音问。巫云雨像英雄一样报了名字。同学们，她说，我姓纪，名琼枝。从小就没了爹娘，在垃圾堆里长到七岁，跟着一个马戏团跑江湖，见识了形形色色的地痞流氓，学会了飞车、走索、吞剑、吐火，后来改行驯兽，先驯狗，又驯猴，再驯狗熊，最后驯老虎。我能让狗钻圈，猴爬杆，狗熊骑车虎打滚。十七岁时，我参加了革命队伍，白刀子进去红刀子出来跟敌人干过。二十岁，我就读华东军政大学，学会了打球画画唱歌跳舞。二十五岁，我与公安局侦察科长马胜利结婚，他精通擒拿格斗，与我能打个平手。哼哼，你们以为我在瞎吹？她举手拢了一下头上的“二刀毛”。她的脸色是黝黑的、健康的、革命的，她的朝气蓬勃的乳房耀武扬威地顶开了衬衫的开气。她的鼻子英气勃勃，嘴唇单薄凌厉，牙齿白得像石灰。我纪琼枝连老虎都不怕，她轻蔑地盯着巫云雨，用草木灰一样的口吻说，难道我还怕你？她说出轻蔑话语的同时，伸出长长的教鞭，灵巧地伸进巫云雨的帽檐，手腕一抖，像从鏊子上揭饼一样，嘎嘎有声地，揭掉巫云雨的蟒皮帽子。这一切都在一秒钟内完成。巫云雨双手捂住腐烂土豆一样的脑袋，骄横的表情不翼而飞，蠢笨的表情挂在脸上。他捂着头抬起脸，去寻找他的遮丑布。她高高地举起教鞭，手腕灵活多变地抖动着，让巫云雨的帽子在空中滴溜溜地旋转，转得那么巧，转得那么俏，转得巫云雨灵魂出了窍。她手腕一抖，那帽子便飞到空中，然后又准确地落回教鞭尖头上，继续旋转。我感到眼花缭乱。她又把帽子向空中抛起。在帽子旋转着下降的过程中，她挥起教鞭，轻轻一抽，便把那丑陋的、散发着恶臭的东西打落在巫云雨脚前。戴上你的破帽子，滚到你的座位上去，她厌恶地说，我吃过的盐比你吃过的面还多，我走过的桥比你走过的路还多。然后她从桌上拔起那支箭，目光射到讲台下，冷冷地说：“你，就是你！把弓送过来！”丁金钩惊慌地站起来，走到讲台前，把那张弓，乖乖地放在讲桌上。回去！她说。她拿起那张弓，拉了拉，说，竹片太软，弦也差劲儿！弓弦要用牛筋才好。她把那支羽毛箭搭在马尾拧成的弦上，轻轻地一拉，瞄着丁金钩的头。丁金钩刺溜一声便钻到桌子底下去了。一只苍蝇在窗户射进来的光明里嗡嗡地飞行着，纪琼枝把那苍蝇瞄个亲切，马尾嗖嗖一响，苍蝇便被射落。还有不服气的吗？她问。教室里鸦雀无声。她甜蜜地一笑，下巴上出现一群迷人的肉涡。她说：现在正式上课，我先把歌词念一遍：

旧社会，好比是，黑咯隆咚的枯井万丈深，井底下压着咱们的老百姓，妇女在最底层，最呀么最底层。

新社会，好比是，亮咯隆咚的日头放光明，金光照着咱庄稼人，妇女解放翻了身，翻呀么翻了身。

第三十一章

我在纪琼枝的音乐课上，表现出了出众的记忆力和良好的音乐素质。尽管《妇女解放歌》刚唱到“妇女在最底层”的时候，母亲就捧着用白毛巾包着的那只盛着羊奶的奶瓶站在柳木棍子窗棂外，一遍又一遍地低声呼唤着我：

“金童，吃奶！金童，吃奶！”

母亲的呼唤和羊奶的味道严重地分散了我的注意力，但临近下课时，能够完整、准确地唱出《妇女解放歌》的，也只有我一个。纪琼枝对四十个学生中的唯一，给予了慷慨的表彰。她询问了我的名字，并让我第二次站起，再次把《妇女解放歌》演唱了一遍。纪琼枝刚刚宣布下课，母亲便把奶瓶从窗棂间递了进来。我犹豫着。母亲却说：

“儿呀，快吃奶，你这么有出息，娘真为你高兴。”

课堂上响起窃笑声。

“接着呀，孩子，这还有什么不好意思的？”母亲说。

纪琼枝焕发着清新的牙粉味道走到我的身边，她潇洒地拄着教鞭，友好地对窗外说：“大婶，是您啊，以后上课的时候，请不要来打扰。”她说话的声音让母亲一怔。母亲的眼睛努力往里张望着，恭敬地说：“先生，这是俺的独生儿子，从小就惯成了毛病，不能吃东西，小时靠吃我的奶活，现在靠吃羊奶活。晌午头羊奶下得少，他没吃饱，俺怕他顶不到黑……”母亲啰唆着。纪琼枝笑了，盯着我，说：“接住吧，别让你娘捧着啦。”我脸上发烧，接进奶瓶。纪琼枝对母亲说：“这样怎么能行呢？要让他吃饭，将来他大了，上中学上大学，难道还要牵着一头奶羊？”我想她的眼前出现了一个高大的学生牵着奶羊走进教室的情景，于是她并无恶意地、爽朗地笑了。“他多大了呀？”她问。“十三岁，属兔子的，”母亲说，“俺也愁得慌，可他吃什么就呕什么，肚子还痛，痛得冒汗珠子呀，怪吓人的……”我不高兴地说：“行了，娘！别说了，娘！我不喝了！娘！”我把奶瓶递出窗去。纪琼枝用手指弹弹我的耳朵，说：“上官同学，别这样。这习惯，要逐渐改。喝吧。”我转脸看着那些在幽暗中闪烁的眼睛，感到耻辱无比。纪琼枝说：“你们都记住，不要拿别人的弱点开心。”说完她便走了。

我面向墙壁，用最快的速度，吸干了奶瓶里的羊奶。然后把奶瓶递出去，说：“娘，你再也不要来了。”

课间休息时，一向猖狂作乱的巫云雨和丁金钩变得规规矩矩，坐在板凳上发呆。肥胖的方书斋解下裤腰带，踏着桌子，把腰带搭上梁头，表演着上吊的游戏。他模仿着寡妇尖细的嗓音，呜呜地哭着，诉着：“二狗二狗好狠心呀！两手一撒归了西呀！撇下了小奴家夜夜守空房啊，心里边好像有一只虫子钻呀，还不如上了吊一命归黄泉啊……”

哭着诉着，他的肥嘟嘟的猪崽脸上，竟然真的挂上了两行泪水，鼻涕也二龙吐须，漫过了嘴唇。“我不活了，”他嚎着，踮起脚尖，把脑袋钻进裤腰带挽成的套子里。他双手把着套儿，身体往上耸跳着，跳一下叫一声，“我不活了呀！”再跳一下又喊一声，“我活够了呀！”教室里一片古怪的笑声。余恨未消的巫云雨双手按着桌子，像马一样尥起后腿，把桌子蹬翻，方书斋肥胖的身体突然悬了空。他尖声号叫着，双手死死揪住绳套，两条小短腿胡乱蹬踹着，蹬踹着，越蹬踹越慢，越慢，他的脸发了紫，嘴吐白沫，发出噗噜噗噜的垂死挣扎的声音。“吊死人啦！”几个年龄较小的学生惊恐地喊叫着冲出教室，在院子里跺着脚继续喊叫：“吊死人啦！方书斋上吊了！”方书斋的双臂软绵绵地下垂，胡乱蹬踹的双腿不蹬踹了，肥胖的身体猛然地拉长了。一条响屁，像蛇一样从他的裤腿里爬出来。院子里，学生们没有目标地跑动，从教师办公室里，蹿出了音乐教师纪琼枝，和几个不知道名字、更不知道他们将要教什么的男人。“谁死了？谁死了？”他们大声问询着向教室跑来。校园里尚未来得及清除的建筑垃圾磕绊着他们的脚。一群既兴奋又惊慌的小学生在他们前边奔跑着，因为频繁回头他们被磕绊得趔趔趄趄。纪琼枝跳跃着，宛若一头母鹿，几秒钟的工夫，她便跑进了教室。突然由阳光明亮的院子进入昏暗的教室，她的脸上出现了迷茫的表情。“在哪儿？”她喊着。方书斋的身体像一只被宰杀的猪的尸体，沉重地落在地上，那根黑布条子拧成的腰带断了。

纪琼枝蹲在方书斋面前，拽着他的胳膊把他翻得仰脸向上。我看到她皱着眉头，嘴唇撅起，堵住了鼻孔。方书斋臭气逼人。她伸出手指试了试他的鼻孔，又用指甲掐住了他的人中。她脸上出现了凶狠的表情。方书斋的胳膊举起来，拨拉了一下她的手。她皱着眉头站起来，踢了方书斋一脚，说：“站起来！”

“是谁蹬倒了桌子？！”她站在讲台上，声色俱厉地问。“我没看到。”“我没看到。”“我也没看到。”“那么，谁看到了？或者，是谁蹬倒的？敢不敢英雄一次？！”大家都死死地垂着头。方书斋呜呜地哭着。“你给我闭嘴！”她拍着桌子说，“想死，实在是太容易了，待会儿我教给你几种死法。我就不相信，会没有一个人看到那个蹬倒桌子的人。上官金童，你是个诚实的孩子，你来说。”我垂着头。“把头抬起来，看着我，”她说，“我知道你害怕，有我给你做主，你不要怕。”我抬起头，望着她那张革命的脸上美丽的眼睛，清新的牙粉味道从记忆中漾起，我沉浸在一种秋风的感觉里。“我相信你有这个勇气，敢于揭发坏人坏事，是新中国少年必须具备的品质。”她朗朗地说着。我微微往左一侧脸，但随即便碰上了巫云雨威胁的目光，我的头又一次深深地垂下了。

“巫云雨，站起来吧。”她平静地说着。“不是我！”巫云雨大叫着。她微笑着，说：“你急什么？嚷什么？”“反正不是我……”巫云雨用指甲抠着桌子，低声嘟哝着。她说：“巫云雨，好汉做事好汉当嘛！”巫云雨抠桌子的手指停住，头慢慢地抬起来，脸上渐渐狠起来。他把书本扔在地上，用蓝包袱皮，包起石板和石笔，夹在腋下，轻蔑地说：“是我蹬倒的又怎么样？这个王八蛋学，老子不上了！老子本来就不愿上，是你们动员老子来上的！”他傲慢地向门口走去，他的身体那么高，骨节那么大，完全是一个粗野而蛮横的男人的形象和做派。纪琼枝站在门口，挡住了他的去路。“闪开，”他说，“你敢把老子怎么样？！”纪琼枝甜美地笑着说：“我要让你这种下贱坯子知道，”她飞起右脚，踢中了巫云雨的膝盖，“坏蛋做了恶”，巫云雨“哎哟”一声跪在地上，“是要受到惩罚的！”巫云雨把腋下的石板对着纪琼枝撇过去。石板击中了她的胸脯。她抱着受伤的乳房呻吟了一声。巫云雨站起来，外强中干地说：“你以为我怕你？俺家三代雇农，姑家姨家姥姥家，都是贫农，俺娘是在要饭的路上生了我！”纪琼枝揉了揉乳房，说：“真不愿让你这条癞皮狗弄脏了我的手，”她双手交错，按得手指的关节吧吧响，“别说你家三代雇农，就算你家是三十代的雇农，我也要教训你！”她说着，闪电般捅出一拳，打在了巫云雨腮帮子上。

巫云雨怪叫一声，身体不由自主地摇晃着，第二下更沉重的打击落在了他的肋骨上，紧接着又是一脚，踢中了他的踝骨。他瘫在地上，像个小孩子一样哭起来。纪琼枝卡着他的脖子把他提拎起来，微笑着看着那丑陋的脸，然后拧着他交换了位置，用屈起的膝盖顶了一下他的小腹，手掌往外一推，巫云雨便仰面朝天跌在一堆烂砖头上。“我宣布，”纪琼枝说，“你已经被开除了。”

第三十二章

他们每人握着一根柔软的桑树枝条，在学校通往村庄的小路上拦住了我。太阳光线斜射过来，他们的脸上都闪烁着蜡一样的黄光。巫云雨的蟒皮帽子和肿了半边的脸，郭秋生毒辣的眼，丁金钩黑木耳一样的耳朵，还有村里以奸猾著名的魏羊角黑色的牙齿，上述一切都在黄昏的温柔光线里放着各自的光彩。小路两边是流淌着脏水的沟渠，几只羽毛凌乱的鸭子在脏水里呷呷地叫着。我贴着小路的倾斜的边缘，试图从他们身边绕过去，魏羊角伸出桑枝拦住我。“你要干什么？”我胆怯地问着。“干什么？小杂种，”两片眼白像夜蛾子一样在斗鸡眼里扑棱扑棱闪动着，他说，“我们今天要教训教训你这个红毛鬼子留下的小杂种！”“我没惹你们呀。”我委屈地说着。巫云雨手中的桑条抽在了我的屁股上。一道灼热的痛疼在我屁股上飞蹿着。四根桑条交叉着抽在我的脖子上、背上、屁股上、腿上。我大声号哭起来。魏羊角摸出一把很大的骨头柄刀子，在我脸前晃动着，威胁道：“闭嘴！再哭就割你的舌头，剜你的眼，旋你的鼻子！”刀刃上游走着寒冷的光芒，我恐怖地闭住了嘴。

他们用膝盖顶着我的屁股，用桑条抽着我的腿肚子，像四条狼，驱赶着一只羊，往田野的深处走去。路两边沟渠里的水无声地流淌着，沟渠里发散着因为黄昏逼近而愈加浓重的腐臭气味，一串串细小的气泡从水底升腾起来。我几次回头央求着："大哥，放了我吧……"但央求来的是密集的枝条抽打。我几次号哭，但招来的是魏羊角的威胁。我唯一的选择便是不出声地忍受着他们的打击，走向他们要我去的地方。

越过一架用庄稼秸秆搭成的草桥，在一片茂盛的野蓖麻前，他们命令我停下来。我的屁股已经湿漉漉的，不知是血还是尿。他们的身上披着血红的阳光，排着一列横队。那四根桑条的顶端已经破烂，显出黑色的绿。野蓖麻肥厚的叶子大得像团扇一样，拖着大肚子的蝈蝈在叶片上凄凉地叫着。辛辣的蓖麻花气味让我热泪滚滚。魏羊角讨好地问巫云雨："大哥，你说吧，咱们怎么收拾这个小子？"巫云雨摸着肿胀的腮帮子，哼唧着："我看，杀了这个小子！""不行，不行，"郭秋生说，"他姐夫是副县长，他姐姐也是个官，杀了他我们也活不成。"魏羊角道："杀了他，把死尸拖到墨水河里去，几天后就冲到东洋大海里喂了王八，鬼都不知道。"丁金钩说："我可不参加杀人，他姐夫司马库那个杀人魔王不定什么时候就会钻出来。杀了他小舅子，只怕咱家里连人芽儿也剩不下一根儿。"

他们讨论我的前途和命运时，我竟然像一个无关紧要的旁听者一样，没有恐怖，也没想到逃跑。我沉浸在一种迷醉的状态中。我甚至有暇远眺，看到东南方向那血海一样的草地和金黄色的卧牛岭，还有正南方向那无边的墨绿色稼禾。长龙一样蜿蜒东去的墨水河大堤在高的稼禾后隐没在矮的稼禾后显出，一群群白鸟在看不见的河水上方像纸片一样飞扬。若干的往事一幕幕地在我的脑海里闪过，我突然感到在这个世界上已经生活了一百年。"你们杀了我吧，杀了我吧，我活够了。"

惊讶的目光在他们眼睛里闪烁。他们互相打量着，然后又一齐看着我，好像没听明白我的话。

"你们杀了我吧！"我坚定地说着，呼噜呼噜地哭起来。黏稠的泪水流进嘴里，腥咸得像鱼血一样。我的恳请让他们很为难。他们又一次互相打量，用眼睛交流看法。我得寸进尺地、夸张地说：“求求你们了，老爷爷们，给我个痛快吧，你们怎么杀我也行，只是要快，让我少受点罪。”

“你以为我们不敢杀你吗？”巫云雨用他的粗硬的手指捏住我的下巴，直逼着我的眼睛说。

我说：“你们敢，你们当然敢，我只求你们能快点。”

巫云雨说：“伙计们，今日被这个小子黏糊上了，看来是非杀了他不可了。一不做，二不休，索性给他个利索的。”

郭秋生道：“要杀你杀吧，我不干啦。”

“你小子，要当叛徒？”巫云雨揪住他的胳膊，摇晃着说，“咱们是一条绳上的四个蚂蚱，谁也别想跑。你要跑，我就把你欺负王家傻丫头的事儿抖搂出来。”

魏羊角说：“好了，二位大哥，别争吵了，不就是杀个人吗？实话跟你们说吧，小石桥村那个老太太就是我杀的，我跟她没仇没怨，就是想试试这把刀子的钢火。原来我以为杀个人有多么费劲儿呢，其实，简单得很，我用这把刀子，往她软肋下一捅，刀子像扎在豆腐上一样，嗤，连柄都进去了。我刚拔出刀子她就死了，连哼都没哼一声。”他把刀子的刃子，在裤子上来回蹭着，说，“看我的。”他挺着刀子，对准我的肚子扎过来。我甜蜜地闭上眼睛，仿佛看到，绿色的血从我的肚子里喷溅出来，喷到他们脸上。他们跑到水边，双手撩着水，洗着脸上的血。他们撩起的水，像透明的暗红色糖稀，不但洗不净他们的脸，反而使他们的脸肮脏不堪。随着血的喷出，我的肠子也飞快地游动出来，沿着草地，一直游走到沟渠里去，又从沟渠里顺流而下。然后是母亲啼哭着跳下沟渠，把我的肠子捞起来，一圈一圈地往胳膊上绕着，一直绕到我的面前，母亲被我的肠子压得喘着粗气，双眼悲哀地望着我。“孩子，你这是怎么啦？”“娘，他们把我杀了。”母亲的眼泪啪嗒啪嗒地洒在我的脸上，她跪下，把那些肠子，一节一节地往我的肚子里塞着，肠子很不老实，刚塞进去就钻出来，母亲气恼地哭着，但她终于把肠子全部塞了进去，然后，她从头上拔下针和线，像缝棉衣一样，缝着我的肚皮。我的肚子一阵奇痛，猛地睁开眼睛。适才看到的一切，显然全是梦幻。真实的情形是：我被他们踢翻在地，他们各自掏出根红苗正的生殖器，对着我的脸撒尿。潮湿的大地团团旋转，我感到自己的身体像浸在水里一样。

“小舅——小舅——！”

“小舅——小舅——！”

司马粮和沙枣花一高一低的呼唤声从蓖麻丛后边响起。我刚想张口回应嘴里便灌满了尿液。他们急匆匆地收起喷水机器，提起裤子，一闪身便钻进蓖麻丛中。

司马粮和沙枣花像金童玉女，站在草桥附近喊叫。他们的喊叫声悠长地在原野上回荡着，使我满心酸楚，喉咙堵塞。我挣扎着爬起来，身体还没站直，便往前栽倒了。我听到了沙枣花兴奋的尖叫声：“在那边！”

他们架着我的胳膊把我扶起来。我的身体像不倒翁一样摇晃着。沙枣花看着我的脸，嘴一撇，哇啦一声哭起来。司马粮伸手摸摸我的屁股，我痛苦地尖叫着。他看着手掌上红红绿绿的血和青草的、桑条的汁液，牙齿错得咯咯响。“小舅，是谁把你打成这个样子！”“他们……”我说。司马粮问：“他们是谁？”“巫云雨、魏羊角、丁金钩，还有郭秋生。”司马粮道：“小舅，咱们先回家，姥姥快要急疯了。姓巫的姓魏的姓丁的姓郭的！你们这四个王八蛋好好听着，你们躲过了今天，躲不过明天；躲过了初一，躲不过十五！你们伤我小舅一根汗毛，我就让你们家竖一根旗杆！”

司马粮喊声未了，巫、魏、丁、郭四位便大笑着从蓖麻丛中跳了出来。“他妈的，”巫云雨道，“哪里来的小子，说大话也不怕闪断舌头！”他们捡起那打成鞭子一样的桑条，狗一样蹿跳着，冲上前来。“枣花，你扶着小舅！”司马粮喊着，推开我，对着那四个身材比他高大许多的“好汉”冲了上去。他的生死不惧的冲锋精神让四条好汉吃了一惊，没等他们手中的桑条抽下来，司马粮坚硬的脑袋便撞在了魏羊角的小腹上。这个满嘴脏话的凶残家伙弓着腰跌倒，然后立即把身体团在一起，像受了打击的刺猬一样。巫、郭、丁手中的桑条带着嗖嗖的风声劈下来，司马粮用胳膊护着脑袋，转身便跑。他们紧紧追赶。显然，富有反抗精神的司马粮调动起了这三个土流氓的积极性。比起像绵羊一样懦弱的上官金童，小狼一样的司马粮有趣多了。他们兴奋地嗷嗷叫着，在暮气四合的草地上展开追逐战。如果司马粮是小狼，那么巫、郭、丁便是那身体硕大、凶狠，但显得笨头笨脑的土种狗。魏羊角是狼和土狗杂交出来的动物，所以他成了司马粮第一个打击的重点。打翻了魏羊角，就等于敲掉了狗群的首脑。司马粮奔跑的速度忽快忽慢，并用上了对付起尸鬼的战术，不断地急转弯，把他们一次又一次地甩掉。有好几次，他们因为急刹脚而跌倒，没膝的草像波浪一样在他们脚下开合着。一群群拳头大的小野兔惊叫着从窝里逃出来，有一只躲闪不及，被巫云雨的大脚踩破了肚子。司马粮并不完全是奔跑，他在奔跑中还发起一些反冲锋。他用急转弯拉开了一个好汉子的距离后，便对着其中一个发起闪电般的冲击。他抓起泥巴砸在丁金钩脸上，他咬破了巫云雨的手脖子，他还使用了斜眼花的战术，握住郭秋生的双腿间的鸡零狗碎用力攥了一下子。三条好汉子都受了伤，司马粮头上也挨了很多打击。他们的速度减慢了。司马粮侧着身子往草桥边撤退。三个好汉子团簇在一起，嘴里吐着泡沫，像破旧的风箱一样喘息着，警惕地追随着司马粮。魏羊角缓过气来了。他像发威的猫，弓着脊梁，慢慢地爬起来。他的双手四处摸索着，那把肥大的骨头柄刀子在草丛里冷冷地躺着。“操你妈！还乡团留下的野种，老子非宰了你不可！”他一边摸索一边低声骂着，斗鸡眼里的白蛾子产卵般抖颤着。沙枣花机智地、像小鹿一样跳过去，把刀子抢在手里，双手攥着刀柄，退到我的身边。魏羊角站起来，伸出一只手，威吓道：“汉奸留下的野种，把刀子还我！”沙枣花沉默不语，用屁股撞着我，连连往后退缩。她的双眼一眨也不眨地盯看魏羊角那只生满胼胝的蹄爪。他几次往前扑，但临近刀锋时又急忙缩了回去。这时，司马粮已经撤退到草桥上。巫云雨大叫着："你妈拉个巴子魏羊角，快过来，打死还乡团的野种！快点过来！"魏羊角狠狠地说："待会儿再收拾你个小毛丫儿！"魏羊角想拔一棵野蓖麻做武器，但蓖麻根系肥大，拔不出来，他只好折了一根蓖麻枝子，呼呼啦啦地挥舞着，冲向草桥。

沙枣花紧紧地护卫着我，走上摇荡的草桥，沟水从狭窄的桥下流过，显示出了水流的速度，一群群的小鲤鱼，从湍急的水流中跃起来，有的跃过了草桥，有的落在桥上，愤怒地蹦跳着，流畅的身体，在跃起时弯曲得像弓。我感到双腿之间黏糊糊的，脊背、屁股、腿肚子、脖子等等饱受打击的地方像燃烧的火。我心里有一种又甜又腥的铁锈味儿，每走一步，身体便不由自主地摇晃，嘴里便不由自主地呻吟。我的胳膊搭在沙枣花瘦削的肩上。我想直起身体，减轻她的负担，但是不能够。

司马粮在通往村庄的道路上不紧不忙地跑着。后边的追兵逼紧时，他便跑快些；追兵跑慢他也慢跑。他始终保持着既让追兵兴奋但又让他们摸不着的距离。道路两边的庄稼地里团团雾气升起，被夕阳染成暗红色，蛤蟆的沉闷叫声满了沟渠。魏羊角跟巫云雨低声说了几句什么，他们便兵分了三路。魏羊角和丁金钩趟过沟渠，闪到两边的庄稼地里。巫云雨和郭秋生放慢了追击的速度。他们大声喊叫："司马粮，司马粮，逃跑的不是好汉，有种的住下，好好打一仗！"

"哥，快跑呀！"沙枣花大喊着，"别上他们的当！"

"小丫头片子，"巫云雨回过头来，晃动着拳头，道，"我砸死你！"

沙枣花英勇地挡在我的面前，攥着刀子，说："来吧，我不怕你们！"

巫云雨向我们逼过来，沙枣花用屁股拱着我后退。司马粮转身走过来，大叫着："秃疮头，你敢动她一指头，我就把你那个卖豆腐的臭老婆毒死！”

“哥呀，快跑啊！”沙枣花大叫着，“魏狗子和丁狗子抄你的后路去了。”

司马粮站住了，他陷入了进退两难的境地。也许他是故意停住脚步。他停住，巫云雨和郭秋生也停住了。魏羊角和丁金钩从庄稼地里钻出来，趟过渠水，爬上道路，他们的腿上，沾满了青紫色的淤泥。他们小心翼翼地像围捕凶猛的小兽一样往前进逼。司马粮稳稳地站着，还悠闲地——也许是故作悠闲地抬起胳膊擦了擦额头上的汗珠。这时，从村子的方向，隐隐约约地传来了母亲的呼唤声。司马粮跳下水渠，沿着一片高粱和一片玉米之间狭窄的小路，飞快地往前钻去。魏羊角兴奋地喊叫：“好啦，伙计们，追吧！”他们像鸭子一样，拽拉拽拉下了沟，然后又拖泥带水地跟踪而去。两边伸展过来的高粱叶片和玉米叶片，掩没了小径。我们只听到叶片的哗啦声和他们狗一样的叫声。“小舅，你在这儿等着姥姥，我去帮帮粮哥。”“枣花，”我说，“我怕。”“小舅，别怕，姥姥马上就来。姥姥——”她大声喊着，说，“他们会把粮哥杀死的，你喊吧。”“娘——我在这里呀，娘——我在这里——”

沙枣花勇敢地跳下沟，沟里的水淹到她的胸口，她扑棱着，搅起绿色的浪花，我真担心她被淹死，但她举着那把刀子，爬上了彼岸。她的又细又长的小腿，在深深的淤泥里吃力地拔着。她的鞋子陷在淤泥里了。她钻进了隧道般的小路，身影一闪便不见了。

母亲像一头护犊的老母牛，身体大幅度晃动着，哼哧哼哧地跑过来。她的头发像金丝，脸上抹了一层温暖的黄色。“娘——”我叫了一声，残存的泪水全部流出，我感到快要站立不住了，往前踉跄了几步，扑到母亲热汗淋漓的怀里。

母亲哭着问：“我的儿，是谁把你打成了这样？”

“巫云雨，还有魏羊角……”我哭着说。

“这些强盗啊！”母亲愤怒地吼叫着，问我，“他们哪里去了？”

“他们，追赶司马粮和枣花去了！”我指指那条小路。

一团团的雾气从那条小路里涌出来，神秘莫测的路的深处，有动物的鸣叫，还有很远的打斗声和沙枣花尖锐的叫声。

母亲往村子的方向望了望。那里已经被浓重的雾霭弥漫，家犬的吠叫，仿佛从水底传上来。母亲拖着我，不顾一切地下了沟。沟里温暖的像车轴油一样的水，猛地从裤管里灌上来。母亲身体胖大，双脚又小，在淤泥中跋涉格外艰难。她拽住沟渠边的野草，好不容易挣扎上来。

母亲拽着我的手，钻进了小路。我们必须弯着腰，如果我们抬直腰，锋利的叶片便会割破我们的脸，甚至割瞎我们的眼睛。小路的两边，镶着茂盛的野草，疯狂的蒺藜爬满路径，蒺藜的硬刺扎着我的脚。我悲伤地哼唧着。被水泡过的伤口奇痛难挨，好几次我就要瘫在地上了，但都被母亲强有力的胳膊拉起来。光线黯淡，幽深得望不见尽头的庄稼里活动着许多奇形怪状的小动物，它们的眼睛是碧绿的，它们的舌头是鲜红的，它们尖尖的鼻子里发出咻咻的声音。我恍惚感觉到正在进入传说中的阴曹地府，而紧紧地抓着我的手、喘息如牛、不顾一切往前冲撞的人，难道真是我的母亲吗？是不是变幻成母亲的样子来捉我下地狱的鬼怪？我试图把那只被捏痛了的手挣扎出来，但我的挣扎导致的后果是她更加用力地抓住我。

可怕的小路总算开朗起来。路的南边还是无尽头的黑森林一样的高粱地，路的北边出现了一片闲置的荒地。夕阳即将沉没，荒地里的蟋蟀在大合唱。一个废弃的烧砖瓦的窑场，以它的火红色，热烈地欢迎着我们的到来。在窑场的几排砖坯后，司马粮带着沙枣花正与那四个小恶棍打着机动灵活的游击战。敌对的阵营各自占据着一排土坯做屏障，然后向对方抛着砖坯。司马粮和沙枣花明显地占着劣势，他们毕竟人小力薄，胳膊细软，而巫云雨这边，四个人兴奋地投掷着，成群的断砖碎瓦飞过去，打得司马粮和沙枣花不敢抬头。

母亲大喊着：“住手！你们这些欺负人的畜生。”

沉醉在战斗中的四个恶棍对母亲的怒骂不管不顾，他们继续抛着砖瓦，并绕过土坯墙，逐渐地向司马粮和沙枣花的阵地包抄。司马粮扯着沙枣花，弯着腰往废窑那边疾跑，一块瓦坯砸在沙枣花头上，她“哇”了一声，显得有些晕头转向的样子。她手里还攥着那柄大刀子。

司马粮捡起两块断砖，跳到坯墙外，对着敌手抛过去，他们轻松地一跳便躲过了。母亲把我藏在高粱地里，挥舞着两条胳膊，像扭秧歌一样冲上去。她的鞋也陷在淤泥里了。她的小脚可怜地挪动着，脚后跟在潮湿的泥地上捣出了一连串的圆窝窝。

司马粮和沙枣花在砖坯墙的尽头显了形，他们俩手拉着手，跌跌撞撞地往砖窑那边跑去。通红的大月亮已经悄悄地升起来，司马粮和沙枣花紫色的身影倾斜着躺在地上。那四个浑蛋的身影更长。他们腿脚如簧，飞快地奔跑，把母亲远远地甩在后边。司马粮被沙枣花累赘着，无法施展他的速度。在废砖窑前边那块寸草不生、光溜溜的干净空地上，魏羊角一砖头便把司马粮拍倒了。沙枣花挺着刀子向魏羊角刺去，魏羊角一闪，她刺空，巫云雨一脚把她踢倒。

母亲大叫着：“住手！”

那四个人都像步行的秃鹫端着翅膀一样端着胳膊，八只脚连续不断地踢着司马粮和沙枣花。沙枣花嘶哑地哭叫着，司马粮一声不吭。他们俩的身体在地上翻滚着。月光下，那四个家伙好像在跳着奇怪的舞蹈。

母亲跌倒了，但她顽强地爬起来。她的手死死地抓住了魏羊角的肩膀。这个最阴毒、最狡诈的家伙，把两个曲起的胳膊肘子猛地往后捣去——正捣在母亲的双乳上——母亲大叫了一声，后退着，一屁股坐在地上。我扑在地上，让脸贴着泥土。我感到黑色的血从我眼窝里沁出来。

他们继续踢着司马粮，凶狠程度早已远远超出了打架斗殴的界限。司马粮和沙枣花危在旦夕。这时，一个身体特别高大、满头乱发、满腮胡须、满脸煤灰，浑身上下黑透了的人从废砖窑里钻出来。他的腰背不甚灵活，腿也有些僵硬。他从窑沟里笨拙地爬上来，提着铁锤一样的大拳头，只一下子，便将巫云雨的肩胛骨砸断了。这个“英雄”哀号着坐在了地上，其余三个好汉停住脚。魏羊角惊叫一声：“司马库！”他刚要转身逃跑，就听到司马库怒吼了一声，好像平地里起了一个炸雷，把他们全都震住了。司马库抡起铁拳，第一拳打得丁金钩眼珠迸裂，第二拳打得郭秋生呕出了胆汁，第三拳还未举起，魏羊角便跪在了地上，磕头如捣蒜，嘴里连声求饶：“老爷，老爷，饶了我吧，我是被他们逼着来的，我不来他们就揍我，把我的牙都打出血来了，老爷，饶了我吧……”司马库犹豫着，踢了他一脚。魏羊角就势往后翻滚，然后像兔子一样逃跑了。很快，在通往村庄的道路上，传来了他狗叫一样的喊声：“抓司马库啊——还乡团头子司马库回来了——抓司马库啊——”

司马库把司马粮和沙枣花拉起来，又把母亲拉起来。

母亲哆嗦着问：“你……你是人还是鬼？”

“老岳母哇——”司马库哭了半声，随即收腔。

司马粮大叫：“爹，真的是你吗？”

司马库道：“我的儿，你是好样的！”

“老岳母，家里还有什么人？”司马库问。

“你啥都不要问了！”母亲焦急地说着，“快跑吧！”

焦急的铜锣声和尖厉的枪声从村子里传来。

司马库抓起巫云雨，一字一顿地说：“小畜生，跟村里那些土鳖们说，谁要敢欺负我司马库的亲人，我就杀他家个鸡犬不留！你记住我的话没有？”

“记住了，记住了……”巫云雨连声答应着。

司马库一松手，他就瘫在了地上。

“快跑吧！祖宗……”母亲用巴掌拍打着地面，着急地催促着。

司马粮哭着说：“爹，我跟你走……”

司马库说："好儿子，还是跟着姥姥吧。"

司马粮说："爹，求求你，带上我吧……"

母亲道："粮儿，别缠着你爹啦，快让他走！"

司马库跪在母亲面前，磕了一个头，凄凉地说："娘！孩子就托付给您了！俺司马库欠您的债，这辈子还不了，就等我下辈子还吧！"

母亲哭着说："我没把凤儿和凰儿看好，你不要记恨我……"

司马库道："不怨您，我已经给她们报了仇。"

母亲说："走吧，走吧，远走高飞吧，什么仇，什么怨，越报越深啊……"

司马库爬起来，跑进土窑。等他从土窑里钻出来时，身上多了一件大蓑衣，怀里多了一挺轻机关枪，他的腰里，缠着一圈又一圈银光闪闪的子弹。他一闪身，便钻进了高粱地。高粱棵子哗啦哗啦响着。母亲喊着：

"你听我一句话，远走高飞，不要滥杀人！"

高粱地平静了。月光如水，洋洋洒洒落下。浪潮般的人声，从村子里涌出来。

在魏羊角的带领下，村里的民兵和区里的公安员，打着灯笼，点着火把，扛着步枪、红缨枪，乱纷纷地跑到了土窑前。他们作张作势地包围了土窑。装着一条塑料腿的杨公安员趴在一堆砖坯后，用一个铁皮喇叭筒子往窑里喊话："司马库！投降吧！你跑不了啦！"

喊了半天，窑里也没有动静。杨公安员掏出盒子枪，瞄着砖窑黑洞洞的窟窿打了两枪。子弹打在窑壁上，产生了嗡嗡的回音。

"拿手榴弹来！"杨公安员对身后喊。一个民兵贴着地皮像蜥蜴一样爬过来，从腰里拔出两颗木柄手榴弹，送给杨公安员。杨公安员拧开弹盖，拉出弦，挂在指头上，然后一欠身，将手榴弹扔进窑里。扔完手榴弹他急忙伏下身，等待着爆炸。终于爆炸了。他又扔过去一颗手榴弹，又爆炸了。爆炸的声波渐渐远去，窑里更加寂静。杨公安员又用铁皮喇叭喊话："司马库，缴枪不杀！我们优待俘虏！……"回答他的喊话的，只有蟋蟀的低吟和远处水沟里青蛙的高唱。

杨公安员壮着胆子站起来，一手捏着手电筒，一手握着盒子枪，对后边喊道："跟我上！"两个胆大的民兵，一个端着步枪，一个端着红缨枪，弯着腰跟在杨公安员背后。杨公安员每走一步，塑料假肢就嘎吱一声，同时他的身体也歪扭一下。他们就这样平安无事地走进了旧窑洞。一会儿工夫，他们就从窑里钻出来。

"魏羊角！"杨公安员大吼着，"人呢？"

魏羊角说："我对天发誓，司马库就是从这窑里钻出来的，不信，不信你问他们！"

"是不是司马库？"杨公安员逼视着巫云雨、郭秋生——丁金钩已经昏死在地上了——不高兴地问，"你们是不是看错了？"

巫云雨胆怯地望望高粱地，支吾道："好像是……"

"就他一个人吗？"杨公安员逼问。

"就他一个……"

"带武器没有？"

"好像……抱着一挺机枪……浑身上下都缠着子弹……"

巫云雨一语未了，杨公安员与几十个民兵像被拦腰斩断的野草一样，七折八断地趴在了地上。

第三十三章

阶级教育展览在教堂里进行。长长的学生队伍刚刚到达大门口，就像接到了命令，放开喉咙哭起来。几百个学生——大栏小学已扩建成高密东北乡中心小学——的哭声，把一条街都震动了。新来的校长站在教堂大门的石阶上，撇着外乡口音，大声地劝说着：“同学们，同学们，克制，克制啊！”他摸出一块灰色的手绢，沾了沾眼睛，并响亮地擤了擤鼻子。

停止哭泣的学生队伍，在老师的带领下，鱼贯进入教堂，一排排站定。学生们密集在用石灰画出的方框里，沿着墙壁，闪开了一圈空地。墙上挂满了一幅幅用五彩的墨水画成的图画，每张图画下都配有文字解说。

四个女解说人，每人拄着一根教杆，站在四个墙角上。

第一位女解说人是我们的音乐教师纪琼枝，她因为殴打学生受了严重处分。她的脸色发黄，神色沮丧，原先美丽而活泼的大眼睛变得死气沉沉。新近调来的区长背着枪，站在马洛亚牧师的讲经台上。纪琼枝用教鞭指点着图片，用标准的京腔，朗读着图片下的文字。

前十几幅图画，介绍了高密东北乡的自然环境、历史沿革和解放前的社情。然后便在一张画上，出现了一团纠缠在一起的、吐着红信子的毒蛇。毒蛇的头上，都标着名字，其中一条头颅特别发达的毒蛇上方，写着司马库和司马亭的父亲的名字。“在这些吸血毒蛇的残酷压榨下，”纪琼枝麻木而流畅地读着，“高密东北乡人民生活在水深火热当中，过着牛马不如的生活。”她的教鞭指向一张图画，画上画着一个脸像骆驼一样的老太婆，挎着一个破篮子，拖着一根要饭棍，一个瘦得像小猴一样的女孩拽着她的破烂的衣角，几片从画面左上方拖着几道断断续续的黑色线条飘落下来的黑色树叶表示着寒风凛冽。“有多少人家背井离乡，逃荒要饭，被地主家的恶狗咬得腿上鲜血淋漓。”纪琼枝说着，教鞭自然地移到另一张画面上：两扇开了一条缝的黑漆大门，门上方画着金字匾额，匾额上写着三个大字：福生堂。门缝中，伸出一颗戴红缨瓜皮小帽的脑袋，这当然是个作威作福的地主崽子。奇怪的是，这地主崽子竟被画得面若粉团、目若朗星，一点也不可恨，倒有九分可爱。一条特大的黄狗，正在咬着一个男孩的腿。这时，一个女学生抽泣起来，她是沙口子村来的学生，十七八岁的大姑娘了，现在就读二年级。学生们都好奇地望着她，想探究她啼哭的原因。有一个人在学生队里振臂高呼口号。纪琼枝的解说被打断。她拄着教鞭，耐心地等待着。那个带头喊口号的人，用可怕的嗓门，带头号哭起来。他的眼里没有泪，白眼球上布满血丝。我侧目观察着旁边的同学，他们都大哭了，哭声如潮，一浪高过一浪。校长站在一个很显眼的位置上，用手绢捂住整个的脸，右手攥成拳头，捶打着胸脯。我左边的张中光，雀斑脸上抹着一道道发亮的口水，他用双手轮番拍打着胸脯，不知道是表示愤怒还是悲痛。他家划定的成分是雇农，但在解放前的大栏集上，我经常看到这个雇农的儿子，跟着他的靠赌博为生的爹，双手捧着用新鲜荷叶包着的红烧猪头肉，走一步咬一口，弄得两个腮帮子连同额头上，都是明晃晃的猪油。那张吃够了肥猪肉的嘴，极大地咧开着，哈喇子挂在他的下巴上。我右边的一个丰满的女孩，双手拇指外侧，各生着一根又黄又嫩的像新鲜姜芽儿一样的枝指。她的名字，似乎叫杜筝筝，但我们都称她为杜六六。她双手捂着脸，发出咕咕的像鸽哨一样的哭声，那两根宠物般的小枝指，在她手上像肥猪崽的小尾巴一样拨浪着，两道漆黑的阴森森的光线，从她的指缝里射出来。当然，我看到，更多的同学们，都是真正的泪流满面。大家都很珍惜脸上的泪水，没有一个人舍得擦去。我实在挤不出眼泪，而且搞不明白，几幅画技拙劣的水粉画，难道真的能刺痛同学们的心？为了不过分显眼——因为我发现杜六六阴森森的目光一遍遍在我脸上扫荡，我知道她跟我有深深的仇怨。我跟她在课堂上同坐一条板凳，端着油灯上夜学的晚上，她的生着枝指的手，曾经悄悄地抚摸我的大腿，但她的嘴里却叽里呱啦地念着课文。当时我惊慌地站起来，破坏了课堂纪律，受到老师的批评，我便说出了实情。这毫无疑问是浑蛋的行径，男孩绝不应该拒绝女孩的抚摸，即使拒绝，也不应该当众揭发，这是我在几十年后才认识到的道理，甚至我还有些后悔，为什么不……但当时，她那两只肉虫子一样蠢蠢欲动的枝指，实在太让我恐怖太让我反感了。我的揭发让她无地自容，幸亏是晚自习课，油灯昏暗，每人面前共有西瓜般大一块黄光。她的头低垂着，在后边的那些大男生的淫猥的笑声里，她嗫嚅着："我不是故意的，我想摸他的橡皮用一下……"我浑蛋透顶地说："不，她是故意的，她拧痛了我。""上官金童！住嘴吧！"除了教音乐还兼教我们国文的纪琼枝严厉地制止了我。从此，我就成了杜筝筝的仇敌，有一次我从书包里摸出一条死壁虎，我怀疑就是她塞进去的。今天，在如此严肃的场合里，只有我一个人脸上既没有口水更没有泪水，问题是多么严重。如果杜筝筝要报仇……后果不堪设想。我抬起双手，捂住了脸，嘴半张，试图发出伪装的哭声，但我无论如何也哭不出来。

纪琼枝猛烈地提高了嗓音，压倒了所有的哭声："反动的地主阶级，过着花天酒地的生活。司马库一个人就娶了四个老婆！"她的教鞭，不耐烦地敲打着一幅画面，那上边，被画成狼头熊身的司马库，伸出长长的、生长着黑毛的臂膊，搂着四个妖精：左边两个人首蛇身，右边两个屁股后拖着黄色的蓬松尾巴。在她们身后，还有一群小妖。这些小妖，显然都是司马库繁殖的后代，我心目中的少年英雄司马粮也在其中，哪一个是司马粮呢？是那个额角上生着两片三角形的猫耳的猫精，还是那个尖尖嘴巴、穿着小红袄、举着两只细小爪子的老鼠精？我感到杜筝筝阴凉的目光又一次扫过来。"司马库的四姨太太上官招弟，"纪琼枝的教鞭指向一个拖着狐狸尾巴的女人，用一种高亢但是毫无感情色彩的声音说，"吃够了山珍海味，最后专门要吃黄腿小公鸡腿上那层黄皮，为了满足她的奢欲，司马库家被宰杀的黄腿小公鸡堆积如山！"造谣啊！什么时候我二姐吃过公鸡腿上的黄皮子？我二姐是根本不吃鸡的。司马家的公鸡尸体更没有堆积如山！他们对二姐的侮辱使我心里充满了愤怒和委屈，含义复杂的泪水奔涌而出。我毫不吝惜地擦掉它们，但它们持续不断地冒出来。

纪琼枝把负责的部分解说完毕，便退到一边，疲倦地喘息着。接下来由一个刚刚从省城调来的姓蔡的女老师继续讲说。她细眉单眼，嗓音清脆，未曾开言，眼睛里已汪着泪水。这一部分有一个喷吐着怒火的标题：还乡团的滔天罪行。她恪尽职责，像教读生字一样，用教杆的圆头，一个挨着一个，把标题点了一遍。第一幅画面：一团黑云在右上方，黑云里隐约着一钩弯月，左上方还是黑色的树叶拖着几缕黑线，但这里表示着秋风而不是冬风。在乌云弯月下，在肃杀秋风里，高密东北乡的万恶之首司马库，身穿军上衣，斜挎武装带，张着大嘴露出锯齿獠牙，耷拉着一条滴着鲜血的红舌头，从肥大的衣袖里伸出来的左爪子攥着一把杀缺了口的、滴着血的牛耳尖刀，右边的爪子，握着一支匣枪，枪口前有几簇画技拙劣的火花，说明匣枪正在发射着子弹。他竟然没穿裤子，军装的下摆一直垂到粗大的拖到地面的狼尾巴上。他的下肢画得很矫健，但过分粗大，与上肢不协调，不像两条狼腿，像两条牛腿，不过爪子还是犬科动物的爪子。在他身后，紧跟着一群凶残、丑陋的动物，一条脖子扬起、喷射着红色毒液的眼镜蛇——“这是沙梁子村的反动富农常希路，”蔡老师用教鞭点着眼镜蛇的头说，“这一个，”她指着一条野狗，“是沙口子村的恶霸地主杜金元。”杜金元倒拖着一根当然沾满鲜血的狼牙棒，在他的旁边，是王家丘的兵痞胡日奎，他基本保持着人的体形，但那张狭长的脸，却更像一头骡子。两县屯的反动富农马青云，活脱脱是一头笨重的熊。总之，是一群凶残的动物，在司马库的带领下，手持利器，杀气腾腾地向高密东北乡扑来。

“还乡团进行了疯狂的阶级报复，他们在短短的十天时间内，用各种难以想象、令人发指的残酷手段，杀害了一千三百八十八人。”她用教鞭向那一大片表现还乡团杀人场面的画面指了指。学生们掀起了一个号哭的大高潮。那些画面，像一部展开放大了的酷刑辞典，图文并茂，色彩艳丽，触目惊心。开首几幅，表现了传统的杀人方法，譬如刀斩，譬如枪毙。后边渐入创新境界。“这是活埋，”蔡老师指点着画面说，“顾名思义，所谓活埋，就是把人活活埋掉。”一个很大的土坑里，站着几十个面如土色的人，坑上，又是司马库，在指挥着还乡团匪徒往坑里填土。“据幸存下来的贫农老大娘郭马氏揭发，”蔡老师读着下面的说明文字，“还乡团匪徒埋人埋累了，就让被捉的革命干部和基本群众自己为自己挖坑，然后互相埋掉。土埋到胸口时，人就喘不动气了，胸膛像要炸开一样，血都逼到了头上，这时，还乡团匪徒对准人头开一枪，鲜血和脑浆，便能蹿出一米多高。”画面上，一颗露出地面的人头上，确实蹿出了一股喷泉一样的血液，一直升腾到画面的顶端，才像樱桃珠儿般散开、下落——蔡老师脸色苍白，她好像有些头晕，学生们的哭声，震得房脊都在哆嗦，但这时，我的眼睛里没有了眼泪。按照画面上标出的时间，司马库率领还乡团在高密东北乡疯狂大屠杀的时候，我正跟随着母亲与革命干部、积极分子一起，往东北沿海地区撤退。司马库，司马库，他真的会这般凶残吗？——蔡老师确实头晕了，她的头靠在画面上的埋人坑里，一个小小的还乡团扬起一锨泥土，似乎要把她埋掉。她的脸上布满了透明的汗珠。她的身体渐渐下滑，那张用图钉按在墙上的画片子，被她的脑袋拖下来。她坐在了墙根前，画片子蒙住了她的头，墙上的灰白色泥土，刷刷拉拉地落在了画片上。

这突发的事件，压制了学生们的号哭。几个区干部跑上来，把蔡老师抬了出去。区长，一个脸上有半边痣的、五官端正的中年人，手压着屁股后边的匣枪木套子，非常严肃地说：“同学们，同志们，下边，我们请沙梁子村贫农老大娘郭马氏给我们报告她亲身的经历。请郭大娘！”他对着几个年轻的区干部说。

大家都望着那扇由教堂通向马洛亚牧师住处的破败小门，仿佛在等待着一位名角的出场。安静，安静，安静突然被打破，一道悠长的哭声，从前院里传过来。两个区干部，用屁股顶开门，搀扶着郭马氏走了进来。郭马氏一头灰发，用衣袖捂着嘴，仰着脸，哭得痛不欲生。大家跟着她，哭了足有五分钟。她擦擦脸，抻抻衣襟，说：

“孩子们，别哭了，死人是哭不活的，活人呢，还得活下去。”

学生们止住哭声，一齐望着她。我感到她的话听起来简单但含意深长。她显得有些拘谨，慌乱地说：“说什么呢？过去的事了，不说也罢。”她竟然转身要走，沙梁子村的妇女主任高红缨跑过来拉住她，说：“大娘，不是说好了吗？怎么临时又变卦？！”高红缨明显的不高兴了。区长和颜悦色地说：“大娘，您就把还乡团埋人的事说说吧，让孩子们受受教育，别忘了过去，‘忘记过去，就意味着背叛’，这可是列宁同志说的。”

“既然列宁同志也让俺说，那俺就说说吧。”郭马氏长叹一声，道，“那天晚上，是个大满月儿，在月光下绣花都行。这么亮的晚上，真是少见，小时候听老人说，早往年闹长毛的时候，也出过这种白月儿。我睡不踏实，总觉着要出大事，索性不睡了，想去找西胡同福胜他娘借个鞋样子，顺便拉拉给福胜说媳妇的事儿，俺娘家有个侄女儿，到了找婆家的年龄了。俺刚一出门，就看到小狮子提着一把耀眼的大刀，押着进财的媳妇、进财的娘，还有进财的两个孩子。大孩是个小子，七八岁了；小孩是个女儿，两岁多点。大的跟着他奶奶，吓得嗷嗷地哭；小的在进财媳妇怀里抱着，也吓得嗷嗷哭。进财耷拉着一只胳膊，肩膀上被砍了一刀，红肉白肉地翻出来，吓死人啦。小狮子身后，还跟着三个大汉子，模样儿都有点熟，都提着刀，虎着脸。我刚想躲，晚啦，被小狮子那个杂种看到了。论起来我跟她娘还是拐弯抹角的表姐妹呢。他说：‘那不是俺大姨吗？’我说：‘狮子，啥时回来的？’他说：‘昨晚上。’我问：‘这是干啥？’他说：‘不干啥，给这家人家安排个睡觉的地方。’我当然知道这话不是好话，就说：‘狮子，都是邻墙隔家，有什么样的冤仇还用得着这样？’他说：‘是没有冤仇，俺爹跟他也没冤没仇，俺爹跟他爹还是拜把子兄弟呢。可他照样把俺爹吊到树上，让俺爹往外拿金子。’进财的娘说：‘大侄子，你兄弟一时糊涂，看在老辈的情分上，您就饶了他吧，俺老婆子跪下给您磕头了。’进财说：‘娘，不要下跪，不要求他！’小狮子说：‘行，进财，你还有点男人味，不愧是民兵队长。’进财说：‘你蹦跶不了几天了。’小狮子说：‘你说得对，我估摸着也就能蹦跶十天半个月的。但对付你一家，今晚上就足够了。’我倚老卖老，说：‘小狮子，你把进财家放了吧，要不我就不认你这个外甥啦！’他把眼一瞪，说：‘谁他妈的是你的外甥，少来套近乎。那年，我不小心踩死你家一只小鸡，你就用棍子打破了我的头。’我说：‘狮子，你真不是个人种啊。’他回头问那三条大汉子：‘伙计们，今日个杀了多少了？’一个大汉子说：‘把这一家全算上，正好九十九口。’小狮子说：‘八竿子拨拉不着的个表姨，委屈你给我凑个整数吧。’我一听就毛了，这个杂种要杀我！我转身往家跑，但哪里跑得过他们。小狮子这个东西，真是六亲不认，他怀疑老婆跟人家好，就把拉开弦的手榴弹埋在锅灶里。那天偏偏他娘早起扒灰，一下子把手榴弹扒了出来。我把这事儿忘了，还多嘴多舌，吃了大亏。他们把进财一家，还有我，押到沙梁子跟前。一个大汉子用铁锹挖埋人坑。沙地，挖起来省劲，一会儿工夫就挖成了。头上的月亮，白得耀眼，地上不管什么都看得清清楚楚，小草啦，小花啦，蚂蚁啦，鼻涕虫啦，不管什么都看得清清楚楚，清清楚楚。小狮子到沙坑前看看，说：‘伙计，再挖深点，进财这个驴日的个子高。’挖坑的汉子又往下挖，沙土湿漉漉地给扬上来。小狮子说：‘进财，你还有什么话说？’进财道：‘狮子，我不想求你。我把你爹折腾死了。我不杀他，别人也要杀他。’小狮子说：‘我爹省吃俭用，跟你爹一道贩鱼贩虾，赚了点钱，置了几亩地。你爹运气不好，钱被人偷了。你说，俺爹有啥罪？’进财说：‘置地，置地就是罪！’小狮子道：‘进财，你说良心话，谁不想置地？你爹想不想置？你想不想置？’进财说：‘你别问我了，问我我也答不上。坑挖好了没有？’那个大汉子说：‘挖好了。’进财二话没说就跳了下去。沙坑齐着他的脖子。他说：‘狮子，我要喊几句口号。’小狮子说：‘喊吧，咱俩是光屁股时的朋友，对你特别优待，你想喊什么就喊什么吧。’进财想了想，举起那条没受伤的胳膊，大声地吆喝：‘共产党万岁！共产党万岁！！共产党万万岁！！！’喊了三声他就不喊了。小狮子问：

‘不喊了？’进财道：‘不喊了。’小狮子说：‘再喊几声吧，你的嗓门可真够响亮。’进财道：‘行了，不喊了，喊三声就足够了。’小狮子推了一把进财的娘，说：‘那好。大婶子，你也下去吧！’进财的娘扑通一声下了跪，给小狮子磕头。小狮子从大汉手里夺过铁锨，一锨就把她拍到沙坑里去了。那些大汉子们，把进财的老婆孩子也推了下去。孩子们吱吱哇哇地哭着，老婆也哭。进财生气地说：‘别哭，都闭上嘴，别给我丢脸。’他的老婆孩子都不哭了。一个大汉子指着我问小狮子：‘小队长，这个怎么办？是不是也推下去？’没等小狮子回答，进财就在坑里喊：‘小狮子，说好了我们家一个坑，你别推下外人来！’小狮子说：‘放心吧，进财，我懂你的心思。把这个老东西——’他对那个大汉子说，‘伙计，吃点累，另挖个坑，埋了她。’

“几个大汉子分成两拨，一个为我挖沙坑，一个往进财家的沙坑里填土。进财的女儿哭着说：‘娘呀，沙子迷眼……’进财的老婆便把大襟撩起来，蒙住了女孩的头。进财的儿子挣扎着往上爬，被大汉用铁锨铲下去了。那男孩呜呜地哭。进财的娘坐在坑里，沙土很快就把她埋住了。她呼哧呼哧地喘着，骂着：‘共产党啊共产党，俺娘们死在你手里了！’小狮子说：‘死到临头了，总算明白过来了，进财，你只要连喊三声‘打倒共产党’，我就给你家留下个人芽儿，将来，也有个人来给你上坟烧纸。’进财的娘和进财的老婆一齐求进财：‘进财呀进财，快喊，快喊呀。’进财一脸沙土，两个眼瞪得像铃铛一样，可真算一条咬钢嚼铁的好汉子，他说：‘不，我不喊。’‘行，有骨气。’小狮子佩服地说着，从一条大汉手里夺过铁锨，铲起沙子，刷刷地往坑里扬。进财的娘没有动静了。沙土埋没了进财老婆的脖子，沙土早埋了进财的女儿，进财的儿子露了个头顶，两只手从沙土里伸出来，还在瞎扒拉。进财老婆的鼻子、耳朵里都蹿出了黑血，那个嘴，像个黑窟窿，还在嗷嗷地叫，惨，惨，太惨了。小狮子停下锨，问进财：‘怎么样？’进财像老牛一样喘着，头胀得像个笆斗一样。他回答说：‘狮子，挺好的……’小狮子说：‘进财，看在咱俩发小的面子上，我再给你个机会，你喊一句‘国民党万岁’，我立马就把你挖出来。’进财瞪着眼，呜呜噜噜地说：‘共产党万岁……’小狮子恼了，铲起沙土，呼呼腾腾地往坑里扔。坑平了，进财的老婆和儿子都没了，但沙土还在动，他们还没死利索呢。进财的大头，吓人地露出来。他已经不能说话了，鼻孔里、眼里都出了血，头上的血管子鼓得像肥蚕一样。小狮子站在沙坑上跳，把那些松软的沙土踩结实。他蹲在进财的头前，问：‘伙计，现在怎么样？’进财已经不能回答了。小狮子屈起手指，弹弹进财的头，问那几个大汉子：‘伙计们，吃不吃活人脑子？’大汉子们都说：‘谁吃那玩意儿，恶心死了。’小狮子说：‘有吃的，陈支队长就吃。用酱油和姜丝儿一拌，像豆腐脑儿一样。’那个挖沙坑的大个子从坑里爬上来，说：‘小队长，挖好了！’小狮子走到坑边看看，对我说：‘瓜蔓子姨，过来看看我给你的这穴宝地怎么样？’我说：‘狮子呀狮子，你发发善心，饶了我这条老命吧。’小狮子说：‘这么大年纪了，活着干什么？再说，放了你，就得另找个人杀，反正今天要凑够一百个。’我说：‘狮子，那就用刀劈了我吧，活埋，太受罪了。’小狮子这个杂种说：‘活着多受点罪，死后上天堂。’这个鳖蛋一脚就把我踢到沙坑里。这时，一伙人吆吆喝喝从沙梁子后边转过来。领头的是福生堂二掌柜的司马库，我侍候过他的三姨太太，心里想：救星来了！司马库穿着大马靴子，晃晃荡荡走过来。几年不见，二掌柜可是老多了。他问：‘那边是谁？’小狮子说：‘我，小狮子！’‘你在干什么？’‘埋人！’‘埋谁了？’‘沙梁子村民兵队长进财一家子。’司马库近了前，说：‘那个坑里是谁？’‘二掌柜的，救命吧！’我喊着，‘我侍候过三姨太太，是郭罗锅屋里的。’‘是你呀，’司马库说，‘你怎么犯在他手里？’‘我多说了话了。二掌柜，开恩吧！’司马库对小狮子说：‘放了她吧。’小狮子说：‘大队长，放了她我们就凑不够一百了。’司马库说：‘别凑数，该杀的就杀，不该杀的别杀。’一个大汉伸下锨，让我拽着锨头，把我拖上来。说一千道一万，司马库还是个讲理的人，要不是司马库，我就被小狮子那个杂种给活埋了。”

区干部们连推带拉地把郭马氏弄走了。

脸色苍白的蔡老师提着教鞭重新回到她的位置上，继续讲解酷刑词条，尽管她眼泪汪汪，说话的声音还是那样凄婉悲凉，但学生们的哭声却消失了。我看到周围那些刚才还在捶胸顿足的人，现在满脸都是疲倦和不耐烦。那些散发着血腥味的图片，像浸泡多日又晒干的烙饼一样，枯燥无味。与郭马氏富有权威的现身说法相比，图片和讲解显得那样虚假、缺乏感情色彩。

我脑子里晃动着郭马氏亲历过的那轮白得刺眼的月亮，还有进财的笆斗一样的大头，还有那一定是机警凶狠、像猞猁一样的小狮子。这些形象是活灵活现的，而画面上的形象是——只能是浸泡多日又晒干的死面烙饼。

第三十四章

他们把我从学校里抓出来。

街上已经站满了人，分明是专门等候看我。两个满头黄土的民兵立即走上来，用绳子捆住了我。绳子很长，在我身上缠绕了十几圈后，还余着很长的一段，那个肩着枪的民兵像牵牲口一样牵我走。后边那个民兵用大枪筒子顶着我的屁股。街上的人眼珠子直呆呆地看着我。从大街的另一头，拖拖沓沓拥来一群人。我很快就看清了，被绑成一串的是我的母亲、大姐、司马粮、沙枣花。上官玉女和鲁胜利没被捆绑，她们顽强地往母亲身上扑，但每次都被膀大腰圆的民兵推到一边去。在区政府——福生堂——大门口，我与家人汇合。我望着他们，他们也望着我。我感到已经无话可说，他们的感觉肯定跟我一样。

我们在民兵的押解下，穿过重重深院，一直走到尽头，他们把我们关进最南边的一栋房子里，向南的窗户已被捣毁，断棂残纸，一个不规则的大洞，好像要故意向外边展示屋里的情景。我看到缩在墙角的司马亭，他满脸青紫，门牙显然是被打掉了。他悲凉地望着我们。窗外是最后一重小院和高高的围墙。围墙被拆除了一段，好像是特意开出的一个方便门。墙外，几个武装民兵来来回回地走动着，从庄稼地里吹来的南风翻揭着他们的衣襟。东南和西南墙角的炮楼上，传下来民兵们拉动枪栓的声音。

当天晚上，区干部在房子里挂上了四盏汽灯，摆上了一张桌子、六把椅子，还搬来了一些皮鞭、棍棒、藤条、铁索、麻绳、水桶、扫帚，还抬来了一张用粗大木料做成、上面沾满了猪血的杀猪床子，还有捅猪的长刀、剥皮的短刀、挂肉的铁钩子、接血的水桶。好像他们要把这房子变成屠场。

杨公安员在一群民兵的簇拥下进入房间，他的塑料腿嘎嘎吱吱响着。他的肥胖的腮帮子沉甸甸地下垂着。他的胳肢窝里长满了肥肉，使双臂永远地撑出去，好像挂在脖子上的牛锁头。他坐在桌子后边，慢条斯理地进行着审讯前的准备工作。他从屁股后边拽出烧蓝磨尽的盒子炮，拉栓上膛，摆在桌子上；从一个民兵手里要过喊话使用的铁皮喇叭筒，放在盒子炮旁边；从腰里解下烟包和烟锅，放在铁皮喇叭筒旁边；最后，他一弯腰摘下了那条塑料腿，连同鞋袜，放在桌子的角上。这半条腿在汽灯的白光照耀下，呈现出令人恐怖的肉红色。它的顶端，散乱着几根皮带子。从腿肚子到脚脖子，光溜溜的，腿肚子上有一些黑色的划痕。脚脖子往下，是一只破袜子和一只破皮鞋。它蹲在桌上，像杨公安员的一个忠心耿耿的护卫。

其余的区干部分坐在杨公安员两边，一本正经地掏出纸笔准备记录。民兵们把大枪竖在墙角上，都挽起袖子，拿起皮鞭棍棒之类，像公堂衙役一样分列成两队，嘴里发出呜呜的呼啸。

自投罗网的鲁胜利抱着母亲的腿哭起来。八姐长长的睫毛上挑着泪珠，嘴角上却挂着迷人的微笑。无论在何等艰难困窘的情况下，八姐都是迷人的。我为童年时霸占母乳的行为深感后悔。母亲板着脸，望着雪亮的汽灯。

杨公安员装上一锅烟，捏起一根白头火柴，在粗糙的桌面一擦，哧啦一声响，火头燃起，他叼着烟袋，嘴唇吧唧吧唧响着。吸着了烟，他扔了火柴梗儿，用拇指压压烟锅里的火头，吱吱地吸了几口，两股白烟，从他的鼻孔里钻出。他把烟锅里的残灰，放在板凳腿上磕掉。他放下烟袋，拿起铁皮话筒，罩在嘴上，让铁皮喇叭的大口对着窗户上的大洞，好像窗户外边站着无数的听众，而他要对他们演讲。他用粗大的嗓门说："上官鲁氏、上官来弟、上官金童、司马粮、沙枣花，知道为什么把你们抓来吗？！"

我们的目光都在寻找母亲的脸，母亲的脸对着汽灯。她的脸肿胀得透明。她的嘴唇动了几下，但没说什么。她只是摇了摇头。

杨公安员说："摇头并不能说明什么问题。经过群众的积极揭发和认真调查，我们已经掌握了大量证据。以上官鲁氏为首的上官家庭，长期窝藏高密东北乡血债累累的头号反革命分子、人民的公敌司马库，并且，在最近的夜晚里，上官家庭中的一个成员，破坏了阶级教育展览馆，并在教堂内的黑板上，书写了大量的反动标语。根据这些罪状，我们完全可以把你们全家执行枪决，但考虑到有关政策，我们给你们留下一个最后的机会，希望你们能向政府交代恶匪司马库的藏身地点，使这条恶狼及早地落入法网。第二个希望是要你们交代破坏阶级教育展览馆、书写反动标语的罪行，尽管我们知道这些事是谁干的，但只要坦白，还是可以从宽处理的。你们听明白了吗？"

我们保持着沉默。

杨公安员抓起匣枪，用枪管激烈地敲着桌子，嘴巴仍然没有脱离喇叭筒子，喇叭筒子依然面对着窗户上的大洞，吼叫着：“上官鲁氏，你听明白了没有？”

母亲沉稳地说：“冤枉。”

我们一齐说：“冤枉。”

杨公安员说：“冤枉？我们决不会冤枉一个好人，也决不会放过一个坏人。把他们全部吊起来。”

我们挣扎着，哭号着，除了拖延了一些时间之外，最终结果还是被反剪着胳膊，高高地吊在司马库家粗大牢固的松木屋梁上。母亲吊在最南端，然后是上官来弟，然后是司马粮，然后是我。我后边是沙枣花。这群职业民兵，都是些捆人吊人的行家里手。他们预先已在房梁上安装了五个定滑轮，所以拉起来毫不费力。我感到手腕刺痛尚可忍受，肩关节的钝痛确实难挨。我们都必然地脑袋前倾，脖子伸长到最大限度，双腿无法不伸直，脚背无法不绷直，脚尖无法不垂直向地。我无法不哀鸣。司马粮没有哀鸣。上官来弟在呻吟。沙枣花无声无息。母亲肥胖的身体把那根新麻绳子坠得像钢丝一样紧，汗水最多最早地从她身上涌出，她的杂乱的头发里蒸发着雪白的雾气。鲁胜利和上官玉女抱着母亲的腿摇撼着。民兵像拎小鸡一样把她们拎开。她们又扑上去又被拎开。民兵问：“杨公安，要不要把她们也吊起来？”杨公安员坚决地说：“不行，我们是讲究政策的。”

鲁胜利无意中拽掉了母亲一只鞋子。汗水便最终汇集到那根脚拇指上，一线串珠般地往下滴落。

“你们说不说？”杨公安员道，“只要交代，立即就放下你们。”

母亲用力地把头昂起，喘息着说：“把我的孩子放下来……一切由我担承……”

杨公安员对着窗外大叫：“用刑，给我狠狠地打！”

民兵抓起皮鞭、棍棒，大声吆喝着，颇有节制地抽打着我们。我大声叫唤着，大姐和母亲也在叫唤，沙枣花没有动静，她大概昏过去了。杨公安员和区干部夸张地拍桌子，叫骂。几个民兵把司马亭抬到杀猪床子上，用乌黑的铁棒打着他的屁股。一棒下去，一声哀鸣。“老二，你这个浑蛋，快出来服罪吧！你们不能这样打我，我立过功劳呀……”民兵沉默地挥动着铁棒，仿佛打着一堆烂肉。一个区干部用皮鞭抽打着一个牛皮水袋，一个民兵用藤条抽打着一条麻袋。吱吱哇哇，大呼小叫，真真假假，房间里一团混乱，鞭影、棍影在格外明亮的汽灯光里飞舞着……

大约有一节课的时间，民兵们解开拴在窗棂上的绳子，母亲的身体刷地落下来，软瘫在地。民兵们又解开一条绳子，大姐也落下来。我们依次被放下来。民兵提来一桶凉水。用水瓢舀着，往我们脸上泼。我们清醒了，但周身的关节都失去了知觉。

杨公安员大声吆喝着：“今晚上先给你们个下马威，好好想想吧，说，还是不说，说了，前罪尽免，送你们回家，不说，难受的还在后头。”

杨公安员套上他的假肢，揣好烟袋挎上枪，吩咐民兵们好好看守，然后便在区干部的护卫下，摇摇摆摆，一路响着走了。

几个民兵关上门，躲在墙角上，抱着枪吸烟。我们向母亲靠拢。都低声哭着，说不出一句话。母亲用肿胀的手，逐个地抚摸着我们。司马亭痛苦地哼哼着。

一个民兵说：“嗨，说了吧，说了吧，杨公安员能让石头人招供，你们皮肉的身体，能挺过今天，还能挺过明天？”

另一个民兵说：“司马库要真是条汉子，就出来自首算了。现在有青纱帐，还能藏住，一入冬，可就无处躲藏了。”

“您这个女婿，也真是邪乎，上个月底，县公安局一个中队把他围在了白马湖芦苇荡里，最后又让他跑了，他打了一梭子，就毁了七个人，中队长的腿也被打断了。”

民兵们好像在暗示着我们，但究竟暗示什么又很难说清。但我们毕竟又得了司马库的信息，自从在废砖窑现形后，他便如石沉大海一样。我们企望着他能远走高飞，可他仍然在高密东北乡瞎折腾，给我们带来麻烦。白马湖在两县屯南，离大栏镇顶多二十里路。那里实际上是墨水河最为膨大的一段，河水注入洼地便成了湖，湖中芦苇茂密，野鸭成群。

第三十五章

第二天上午，上官盼弟从县城骑马赶来。她本来是满腔怒火，要跟区里的人算账。但当她从区长屋里出来时，怒火已经消退。在区长的陪伴下，她来看我们。我们已经半年没见她了，也不知道她在县里干什么差事。与半年前相比，她瘦了。她胸前衣服上的干结的奶渍，说明她正在哺乳期。我们都用冷冷的目光看着她。母亲说："盼弟，娘究竟犯了什么罪？"盼弟看看那冷眼望着窗外高墙的区长，眼睛里泪汪汪的，她说："娘……忍一忍吧……相信政府吧……政府绝不会冤枉好人……"

就在盼弟吞吞吐吐地劝慰着我们时，在白马湖外丁翰林家那一片苍松遮日的墓地里，沙口子村的崔凤仙，一个顶着狐狸仙位的寡妇，用一块黑色的卵石，有节奏地敲击着表彰着丁翰林嘉言懿行的青石墓碑。清脆的敲石声，与啄木鸟啄树洞的"笃笃"声混在一起，灰喜鹊张开扇状的白尾巴，在林木间滑翔。崔凤仙敲了一会墓碑便坐在供桌上等待。她薄施脂粉，衣衫整洁，胳膊上挎着一个蒙着花手巾的竹篮，很像个串亲戚的小媳妇。司马库从墓碑后转出来。崔凤仙身体一耸，说："死鬼，吓死我了。"司马库说："怕什么，狐狸精还怕鬼？”崔凤仙嗔道：“都这样了，你还有心耍贫嘴！”“什么样？很好的样，从来都没这么好过，”司马库说，“这些土鳖孙，要想捉住我？哈哈，做梦吧！”他拍拍怀里的机枪、腰间的德国造大镜面匣枪，还有护身的勃朗宁手枪，说，“俺那个老丈母娘竟让我逃离高密东北乡，我为什么要逃离？这里是我的家，这里埋着我家亲人的尸骨，这里的一草一木一山一水都亲我，这里好耍好玩，这里还有你这个烈火一样的狐狸精，你说我怎么能离开？”远处的芦苇荡中有一群野鸭子惊飞，崔凤仙伸手掩住司马库的嘴。司马库拨拉开她的手说：“没事，八路在那里被我教训了一下，那些野鸭子是被吃死尸的老鹰吓飞的。”崔凤仙拖着司马库向墓地深处走去，说：“有要紧事告诉你。”

他们分拨开一丛茂密的荆棘，钻进了一个巨大的坟墓。棘刺扎伤了崔凤仙的手，她哎哟了一声。司马库卸下枪，点亮了挂在墓穴洞壁上的油灯，回头抓住崔凤仙的手，关切地说：“扎破了？我看看。”崔凤仙挣扎着说：“没事，没事。”但司马库已经叼住了她的手指，贪婪地吮吸着。崔凤仙呻吟着，说：“你这个吸血鬼哟……”司马库吐出她的手指，嘴唇堵住了她的嘴，那两只蛮横的大手，粗野地抓住了她的乳房。崔凤仙兴奋地扭动着，手中的竹篮落地，篮中的红皮熟鸡蛋在青砖铺就的地面上滚动。司马库抱起崔凤仙，把她安放在四独棺材那宽广的材天上……

司马库赤裸着躺在材天上，微睁着眼睛，他的舌头舔着久未修剪的梢儿焦黄的胡须。崔凤仙用细软的手捏着司马库粗大的手指关节，突然又把滚烫的脸贴在司马库瘦骨嶙峋、散发着野兽气息的胸脯上。她一点点地咬着司马库的皮肉，用绝望的腔调说：“你这个害人精，得势的时候不来找我，倒霉背运了，你倒缠上我……我知道，跟了你的女人，都不会有好下场，可我就管不住自己，你在前头一摇尾巴，我就像母狗一样，跟着你跑了……你说，死鬼，你用了什么邪法子，让女人不顾一切跟着你跑，明明知道前边是火坑，还睁着大眼往下跳？”

司马库有些伤感，但还是微笑着，把女人的手按在自己强有力地跳动着的胸脯上，说：“靠这个，心，真心，我对女人真心。”

崔凤仙摇摇头，说：“你总共一颗心，要分成几份儿？”

“不管分成几份，每一份都是真的。另外，还靠这个。”他浪荡地笑着，把女人的手拖到下边去。崔凤仙挣脱了，拧着他的嘴唇，道：“拿你这种怪物有什么法子呢？被人家追得睡死人屋了，还闹妖闹鬼的。”

司马库笑道：“越这样越要闹，女人是好东西，是宝中之宝，贵中之贵。”他说着又去摸索双乳，女人道：“老祖宗，不行了，家里出大事了。”司马库摸着她问：“啥大事？”崔凤仙说：“你丈母娘，你大姨子小姨子，还有你儿子，你小舅子，你大姨子五姨子的女儿，还有你哥，都被抓起来了，关在你家院子里，每天夜里吊在房梁上，鞭抽、棍打……惨啊，只怕用不了两天，他们就完了……”

司马库的大手僵在崔凤仙胸前，他从棺材顶上跳下来，抱起枪，弯着腰就要住外钻。崔凤仙拦腰搂住他，求道：“你这样去不是找死吗？”

他冷静下来，坐在棺材旁边吞了一颗熟鸡蛋。荆棘丛中射进来的阳光照耀着他鼓起的腮帮子和他的斑白的鬓角。鸡蛋黄儿噎住了他的喉咙，他吭吭地咳嗽着，脸涨得青紫。崔凤仙捶着他的背，捋着他的脖子，好一顿折腾，才弄得顺畅。崔凤仙满脸是汗，喘息道：“亲爹，吓死俺啦！”两滴很大的眼泪从司马库腮上滚下来。他猛地跳起，脑袋几乎顶着墓穴穹隆。仇恨的火焰在他眼睛里燃烧着。“王八蛋，我要剥你们的皮！”他怒吼着。

“好人，千万不能去，”崔凤仙抱住他，劝道，“杨瘸子分明是在设钩钓你呢，连我一个长头发的妇道人家，也能看出其中的奸诈。你想想，你单枪匹马，一进去还不中了埋伏？”

“你说我该怎么办？”

“听你丈母娘的话，远走高飞。只要你不嫌我累赘，我愿跟着你，走烂了脚底板也不后悔！”

司马库抓住她的手，感动地说：“我司马库真是有福气，我碰上的女人，个个都这么好，都掏心掏肝地陪我闯荡，人活一辈子，还图什么呢？但是，我不能再害你们了。凤仙，你走吧，再也不要来找我。听到我的死信后，千万别难过，我知足了，我这一辈子值了……”

崔凤仙眼睛里含着泪，连连点头。她从头上摘下一把弯曲的牛角梳子，一点点地梳通了司马库纠结成一团的黑白参半的乱发，梳下了很多草子、小螺壳和小甲虫，然后她用潮湿的嘴唇亲了亲他的皱纹深刻的额头，平静地说：“我等着你。”她拾起篮子，弓着腰爬上砖阶，分开棘丛，钻出坟墓。司马库坐着没动，直到她的背影消逝了很久，他的眼睛还望着在耀眼的光线里轻轻摇摆的荆棘枝条。

第二天早晨，司马库把枪支弹药留在坟墓里，钻了出来。他走到白马湖边，把自己洗得干干净净，然后，像一个观赏风景的旅游者，沿着湖边，东张西望着，一会儿和芦苇丛中的鸟儿对话，一会儿与路边的小兔赛跑。他沿着沼泽地边缘，采摘了好几束红白相间的野花，放在鼻子下贪婪地嗅着。然后他绕大弯到了草地边缘，远眺着霞光下金光闪闪的卧牛岭。他在墨水河石桥上蹦了蹦，似乎要试验小桥的牢固程度。小桥摇摇晃晃，呻吟不绝。他恶作剧地拨弄着裆中之物，低头观赏，赞叹不已，然后把焦灼的尿液撒入河中。伴随着尿珠落水的叮咚声，他顿喉高叫：“啊——啊——啊呀呀——”悠长亢亮的声音在辽阔的原野上回荡。河堤上，一个斜眼睛的牧童打了一个响鞭，唤起了司马库的注意。他回眸看小牧童，小牧童也看他，两人对视，渐渐地都笑绽一脸花朵。司马库笑嘻嘻地说：“你这个小孩我认得，两条腿是梨木的，两只胳膊是杏木的，我跟你娘用泥巴捏了你的小鸡鸡！”牧童大怒，骂道：“操你老妈！”这一声痛骂让司马库心潮翻卷，眼睛潮湿，感慨不已。牧童扬鞭赶羊而去，迎着一轮夕阳。夕阳紫红脸膛，倚看疏林。牧童拖着长长的影子，用清脆如磬的童嗓子，高唱着：“一九三七年，鬼子进了中原。先占了卢沟桥，又占了山海关，火车道修到了俺们济南。鬼子他放大炮，八路军拉大栓，瞄了一个准儿——嘎勾——打死个日本官，他两腿一伸就上了西天……”一曲未罢，司马库已是热泪盈眶。他捂着热辣辣的眼窝蹲在了石桥上……

后来他在河边洗去脸上的泪痕，掸净身上的尘土，沿着缀满五色花朵的河堤，慢慢地行走。黄昏时野鸟鸣声凄凉，丰富的色彩胡涂乱抹，或浓或淡的野花香气让司马库迷醉，或苦或辣的野草气味使司马库清醒。天地悠悠，万古一眨眼，他思之怆然。河堤顶端灰白的脚路上，有很多蚂蚱在产卵，它们柔软的肚子深深地钻进坚硬的泥土中，上身直竖着，痛苦又幸福。司马库蹲下，拔出一个蚂炸，看着蚂蚱长长地当啷着的、脱节的肚子，他随即想起了自己的童年时光，随即又想起了自己的初恋，那个修眉白脸的女人，是父亲司马瓮的相好。他最欢喜将脆骨鼻子挤在她的胸前揉搓……

村子就在眼前，烟岚腾起，人味浓厚。他掐了一朵野菊花，触鼻嗅着，排除私心杂念，拴住心猿意马，大模大样地对着自家南墙上新拆出的豁口走来。暗藏在豁口里的民兵跳出来，拉响枪栓，吼道：“站住！不要往前走了！”司马库冷冷地说：“这是我的家！”

哨兵一怔，放了一枪，狂叫着：“司马库来了——司马库来了——”

司马库看着拖枪逃跑的民兵，低声嘟哝着：“跑什么呀，真是的。”

他嗅着黄花前行，嘴里哼着牧童唱过的抗日小调。他想尽量表演得潇洒，却一脚踩空，狼狈地跌进豁口前专为捕获他而挖的陷阱。一群昼夜埋伏着的县公安局士兵从墙外的庄稼地里钻出来，几十只黑洞洞的枪口指住了陷阱中的司马库。陷阱底的竹签子刺透了他的脚。他痛苦地咧着嘴，骂道：“伙计们，不够意思！我来自首，你们还用野猪坑来对付我。”

公安局侦察科长把司马库拉上来，并麻利地用手铐套住了他的手腕。

司马库大声说：“把上官家的人放了，一人做事一人当！”

第三十六章

为了满足高密东北乡老百姓的强烈要求，公审司马库的大会就在他与巴比特第一次露天放电影的地方召开。那里原本是他家的打谷场，场上还留着一个几乎颓平的土台子，这是鲁立人领导着群众闹土改时的遗迹。为了迎接司马库的到来，区干部带着背枪的民兵挑灯夜战，挖动了数百个土方，把土台子筑得与蛟龙河大堤同样高，台前和台侧挖出了一条深沟，沟里渗满了漂着油花子的绿水。区干部还从区长特支费里报销了一笔相当于一千斤小米的巨款，去三十里外的窝铺大集，买来了两马车篾条细密、颜色金黄的苇席，在土台子上扎起了大席棚，棚上贴满了五颜六色的纸块，纸块上写着时而咬牙切齿时而兴高采烈的话语。剩余的苇席，铺在了土台的表面，并沿着台边的陡峭土壁，像黄金瀑布一样悬挂下来。区长陪伴着县长视察了公审大会的场地，他们站在戏楼一样的台子上，踩着油滑舒适的席地，望见了蛟龙河中滚滚东去的灰蓝色波浪，从河里扑上来的冷风灌满了他们的衣服，使他们的裤腿和衣袖像一节节肥大的猪肠。县长揉揉通红的鼻尖，大声地问站在他侧后的区长："这是谁的杰作？"

区长搞不清县长的话是嘲讽呢还是夸奖，便含含糊糊地说："我参与了设计，但主要由他带人搞的。"他指了指那位站在自己侧后方的区委宣传干事。

县长瞟了一眼满面喜色的宣传干事，点了点头，用很低的但让身后的人都听得清清楚楚的声音说："这哪像召开公审大会，简直是要搞登基大典！"

这时，杨公安员歪斜着身体走上来，用很不标准的动作向县长敬礼。县长上上下下地打量着杨公安员，说："为了你设计擒获司马库，县里已经决定给你记一大功。但因为你在实施计谋时伤害了上官家的人，还要给你记一大过。"

"只要能把司马库这个杀人魔王擒获归案，"杨公安员激昂地说，"别说给我记一大过，就是把我这条好腿砍掉都成！"公审大会定于腊月初八上午召开，好看热闹的百姓后半夜时便从四乡八疃披着寒星戴着冷月往土台前汇聚。黎明时分，台前空地上已站满了黑压压的人群，蛟龙河大堤上也排开了人的栅栏。羞怯的红日初出，照耀着人们结满霜花的眉毛和胡须，人嘴里冒着粉红色的白雾。人们忘了这是个喝腊八粥的早晨，但我家没忘。母亲用伪装的热情试图感染我们，但由于司马粮的哭泣我们情绪低落。八姐像个小大人，摸索着，用一块从荒滩上捡来的罕见的海绵，擦拭着司马粮泉水一样的眼泪。他的哭是无声的，但无声胜过有声。大姐跟在忙忙碌碌的母亲身后，一遍又一遍地问：

"娘，他死了，我是不是要殉节？"

母亲训斥她："疯话，即便是明媒正娶的，也用不着殉节。"

大姐问到第十二遍时，母亲忍无可忍地用尖刻的态度说：

"来弟，还要脸不要？你跟他，不过是妹夫偷了一次大姨子，见不得人的事！"

大姐愣住了，说："娘，你变了。"

母亲说："我变了，也没变。这十几年里，上官家的人，像韭菜一样，一茬茬地死，一茬茬地发，有生就有死，死容易，活难，越难越要活，越不怕死越要挣扎着活。我要看到我的后代儿孙浮上水来那一天，你们都要给我争气！"

她用含着泪水但也喷射着火焰的眼睛扫了我们一遍。最后，她把目光定在我脸上，好像我身上寄托着她最大的希望。我感到极度的惶恐和不安，除了能较快地背诵课文和较正确地演唱妇女解放歌，我几乎再也没什么优点，我爱哭、胆小、懦弱，像一只被阉割过的绵羊。

母亲说："都收拾收拾，去送送这个人吧，他是浑蛋，也是条好汉。这样的人，从前的岁月里，隔上十年八年就会出一个，今后，怕是要绝种了。"

我们一家站在河堤上，周围的人，躲躲闪闪地离开。很多目光偷偷地看着我们。司马粮还想往前挤，母亲拉住他的胳膊，说："行啦，粮儿，远远地望望就行了，近了要分他的心神。"

太阳升起两竿子高时，几辆汽车小心翼翼地开过蛟龙河桥，从河堤的豁口处爬上来。车上站满头戴钢盔的士兵，他们都抱着冲锋枪，面孔严肃，如临大敌。车开到席棚西侧停下，士兵们一对一对地跳下来。跳下来的士兵便飞跑着散开，布成了严密的封锁线。最后，从驾驶棚里钻出两个兵，打开了车后的挡板，身材高大的司马库戴着亮晶晶的手铐，被车上的士兵推下来。落地时他跌了一跤，但即刻被几个一定是特选的身材魁梧的士兵架起来。司马库一瘸一拐地随着他们，肿胀的双脚流着脓血，在地上留下一些臭烘烘的脚印。他们转到席棚里，然后登上审判台。据很多从未见过司马库的外乡百姓后来说，他们心目中的杀人魔王司马库，是一个青面獠牙、半人半兽的怪物，当他们见到真正的司马库时，不由得感到失望。这个被剃成光头的高个子中年人，两只凄凉的大眼里没有一丝丝凶气。他的样子显得朴实而憨厚，使没见过司马库的百姓产生了深深的疑惑，甚至怀疑公安局捉错了人。

公审大会飞快地进行下去。法官历数了司马库的罪行，最后宣判了他的死刑。几个士兵推着司马库下了台。席棚暂时挡住了他们，但很快就在台子东侧出现了。司马库晃晃荡荡地走着，使架着他的胳膊的士兵腿忙脚乱。在那个著名的杀人池塘边，他们站住了。司马库转过身，面对着河堤。他也许看到了我们，也许没有看到。司马粮高叫了一声"爹"，他的嘴巴便被母亲捂住了。母亲对着他的耳朵，哄着他：

"粮儿，听话，别吵，也别闹。姥姥知道你心里难过，但重要的是不要搅乱你爹的心，让他无牵无挂地干完他最后的事情。”

母亲的话像神奇的咒语，顷刻间把疯狗一样的司马粮，变成了一只温驯的羊羔。

两个粗大魁梧的士兵，抓着司马库的肩膀，吃力地让他的身体转了半圈，让他面对着杀人池塘。池塘里那些积蓄了三十年的雨水像柠檬油一样，水面上照出了他憔悴的面容和腮帮子上那道新刻的刀痕。背对着行刑的队员，面对着池塘，数不清的女人的脸在池塘水面上浮现出来，数不清的女人气味从池塘里漾上来，他突然产生了脆弱的感觉，平静的心里掀起了汹涌的波浪。他倔强地转回身，用让监刑的县公安局司法科长和杀人不眨眼的职业枪手吃了一惊的尖嗓子吼叫：

“我不能让你们从我的背后开枪！”

面对着行刑枪手们特有的那种木讷表情，他感到腮上的刀痕一阵灼痛，脸面受损，令极爱面子的司马库十分懊恼，昨天的事情涌上心头。

执法官向他下达了死刑通知书，他愉快地接受了。执法官问他还有什么请求时，他摸了摸刺猬毛一样的胡须，说：“希望能请个剃头匠来帮我拾掇拾掇。”执法官说：“我回去向领导汇报。”

剃头匠提着一个小木箱，畏畏缩缩地进了死刑犯囚房。他毛手毛脚地刮光了司马库的头发，然后刮他的胡须。刚刮了一半就在他腮上拉出了一个血口子。司马库吼叫一声，吓得剃头匠跳到门外，站在持枪的两个看守后边。

“这个家伙的头发比猪鬃还要硬，”剃头匠把崩裂了刃口的剃刀举到看守们面前，说，“刀子都崩了。他的胡子更硬，像钢丝刷子。这家伙还一个劲儿地往胡子根上运气。”

剃头匠收拾起家什就要走。司马库骂道：“狗日的，这算怎么回事？你让我带着半边毛胡子去见我的乡亲？”

“死囚犯，”剃头匠骂道，“你那胡子已经够硬了，可你还往上运气。”

司马库哭笑不得地说：“孙子，不会浮水埋怨鸡巴挂水草，我根本不知道什么叫运气。”

“你呼哧呼哧的，不是运气是干什么？”剃头匠聪明地说，“我耳朵又不聋。”

“浑蛋！”司马库说，“那是痛得我喘粗气。”

看守说：“师傅，没有你这样干活的。吃点累，给人家刮完。”

剃头匠道：“我刮不了，你们另请高明吧。”

司马库叹息道：“妈的，世界上竟然有这种货色。伙计们，给我开开铐子，我自己刮了吧。”

看守坚决地说：“不行！你要是借此机会行凶、逃跑、自杀，我们可担不起责任。”

司马库骂道：“操你们的妈，把当官的叫来。”他用手铐把铁窗砸得哐哐响。

一个女公安干部跑过来，问：“司马库，你闹什么？”

司马库说：“伙计，看看我的胡子，刮了一半，嫌硬，不给刮了，有这样的道理吗？”

“没有这样的道理，”她一掌拍在剃头匠肩膀上，说，“为什么不给他刮完？”

“胡子太硬，他还往胡子上运气……”

“日你祖宗，你还说我运气！”

剃头匠举起伤损的剃刀辩解着。

司马库说：“伙计，敢不敢汉子一次，开铐，我自己刮，这可是我这辈子最后的要求了。”

那个女公安干部，参加过捉获司马库的行动，她犹豫了一下，果断地对看守说：“给他开铐子。”

看守胆战心惊地打开了司马库的手铐，急忙退到一边去。司马库揉揉肿胀的手腕，伸出了手。女公安从剃头匠手里要过刀子，递给司马库。

司马库接住刀子，感激地望着女公安浓眉下那两只黑葡萄一样的眼睛，问：“你难道不怕我行凶、逃跑、自杀？”

女公安笑着说：“那样你就不是司马库了！”

司马库感叹道：“想不到最理解我的，还是一个女人！”

女公安轻蔑地笑笑。

司马库色迷迷地盯着女公安坚硬的红唇，又往下关注她把土黄色制服高高挺起的胸脯，道：“大妹子，你的奶子不小啊！”

女公安咬着牙根，羞恼地骂道：“贼，你死到临头了，还想三想四！”

司马库严肃地说：“大妹子，我这辈子日了那么多女人，只可惜至今还没日过一个女共党。”

女公安愤怒地扇了司马库一个耳光，响声清脆，震落了房梁上的灰挂，他却嬉皮笑脸，没事人似的说：“我一个小姨子就是女共党，立场坚决，奶膀肥大……”

女公安满脸赤红，啐了司马库一脸唾沫，低声骂道：“骚狗，当心老娘阉了你！”

司马亭悲愤的喊叫声把司马库从苦涩的回忆中惊醒，他看到，几个虎头虎脑的民兵，架着他的哥哥，从人圈外挤进来。“冤枉啊——冤枉——我是有功之臣，我跟他早就脱离了兄弟关系……”司马亭哭诉着，但没人理睬。司马库惋叹一声，心中浮起一丝歉疚之情。这个哥哥其实是个忠厚的好哥哥，虽然嘴巴刁怪，但关键时刻还是向着弟弟。司马库想起多年前跟随着哥哥进城的情景。那时司马库还是个半大孩子，跟着哥哥去收账。路过胭脂胡同时，一群涂脂抹粉的娘儿们把哥哥掳去了。哥哥出来时，钱褡子空空荡荡。哥哥说：“兄弟，回去跟爹说，路上遭了强盗。”那一次，是中秋节吧，哥哥喝醉了，去串老婆门子，被人剥光了衣裳，吊在大槐树上。“兄弟，兄弟，快把哥救下来。”他的头上流血。司马库问：“哥，这是怎么啦？”哥哥当时是那么幽默，他幽默地说：“兄弟，兄弟，小头舒坦，大头受罪”……司马亭腿软，站立不住，一位村干部逼问：“司马亭，说吧，福生堂的地下宝库在什么地方？不说就让你一起上路！”“没有宝库，没有宝库啊，土改时都掘地三尺啦！”哥哥凄惨地辩解着。司马库笑道：“哥，别吵吵了。”司马亭骂道：“都是你这浑蛋害了我！”司马库苦笑着摇摇头。一个公安干部手扶着屁股上的枪柄，训斥村干部：“胡闹胡闹！快把人拉走！一点政策观念都没有。”村干部道：“我们顺便搭车，看能不能榨出点油来！”一边说着，一边把司马亭拉走了。

监刑官举起红色的小旗，放开喉咙喊道：“预备——”

枪手们举起枪来，等待着那个字。司马库直视着那些黑洞洞的枪口，脸上浮起冰一样的微笑。这时，一道红光在河堤上闪烁着，女人的气味弥天盖地。司马库大叫道：

“女人是好东西啊——”

随即便是一声沉闷的枪响。司马库的头盖骨像小瓢一样被揭开，红色的血液和白色的脑浆四处飞溅。他的身体僵立了一秒钟，然后便往前栽倒了。

这时，就像一场即将拉下大幕的戏剧又掀起一个小高潮，沙口子村的小寡妇崔凤仙穿着红绸子棉袄绿绸子棉裤，头上插着一大簇金黄色的绢花，从河堤上扑下来，降落到司马库身边。我以为她会伏在司马库尸体上号啕大哭，但她没有，也许是司马库被炸子揭了盖的脑壳吓破了她的胆。她从腰里摸出了一把剪刀，我以为她会把剪刀扎进自己胸膛为司马库殉情而死，但她没有。她在众目睽睽之下，把剪刀戳到了死司马库的胸脯上。然后她捂着脸，号哭着，踉踉跄跄地跑了。

围观的百姓像木桩子一样戳着，司马库那句并不豪壮的临终话语调皮地钻进了人们的内心，像小虫般痒痒地爬动。女人是好东西吗？女人也许是好东西，女人确凿地是好东西，但归根结底女人不是件东西呀。

第五卷

第三十七章

上官金童十八岁生日那天，上官盼弟强行带走了鲁胜利。金童坐在河堤上，闷闷不乐地看着河中飞来飞去的燕子。沙枣花从树丛中钻出来，送给他一面小镜子作为生日礼物。这个黑皮肤小姑娘胸脯已经挺起来了，那两只略微有点斜视的黑眼睛像浸在河水中的卵石，闪烁着痴情的光芒。上官金童说："你应该留着，等司马粮回来时送给他。"沙枣花从腰里摸出一面大镜子，说："这是留给他的。""你从哪里弄来这么多镜子？"金童惊讶地问。"我到供销社里偷的，"她悄悄地说，"我在窝铺集上，认识了一个神偷，她收我做了徒弟。小舅，我还没出徒，等我出徒后，你想要什么我就能给你偷什么。俺师傅把苏联顾问嘴里的金牙、手腕上的金表都偷了。""老天爷！"上官金童说，"这是犯罪的。"沙枣花却说："俺师傅说了，小偷犯罪，大偷不犯罪。小舅，你反正小学毕了业，中学又捞不到上，索性跟我一起学偷吧。"她颇为内行地抓住上官金童的手指，仔细地研究着，说，"你的手指柔软细长，肯定能学出来。""不，我不学，我胆小，"上官金童说，"司马粮胆大心细，他准行，等他回来，让他跟你一起学吧。"沙枣花把大镜子藏在腰里，像个成熟少妇一样念叨着："粮子哥，粮子哥，你什么时候才能回来呢？"

司马粮是五年前失踪的，那是我们埋葬了司马库的第二天晚上，阴冷的东北风吹得墙角的破坛子旧瓶子发出呜呜的悲鸣。我们对着一盏孤灯枯坐。风把油灯吹熄，我们就在黑暗中枯坐。大家都不说话，都在回忆埋葬司马库的情景。没有棺材，我们用苇席把他卷起来，像饼卷大葱一样，卷紧了，外边又捆上了十几道绳子。十几个人把这尸首抬到公墓里，挖了一个深坑埋葬。坟头堆起后，司马粮跪下磕了一个头，没有哭。他那张小脸上出现了一些细小的皱纹。我很想安慰这个好朋友，但想不出一句可以说的话。归来的路上，他悄悄地对我说："小舅，我要走了。""你要到哪里去？"我问。他说："我也不知道。"风把油灯吹熄的时候，我恍惚看到一个黑影溜了出去。我隐约感到司马粮走了，但我没有吱声。司马粮就这样走了。母亲抱着一根竹竿，探遍了村庄周围的枯井和深潭。我知道这是没有意义的劳动，司马粮永远也不会自杀。母亲托人四处去打听，得到的是一些自相矛盾的传说。有人说在一个杂耍班子里见过他，有人说在湖边发现了一具被老鹰啄得面目不清的男孩尸首，有一队从东北回来的民夫，竟说在鸭绿江的铁桥边上见过他，那时，朝鲜半岛战火熊熊，美国的飞机日夜轰炸着江桥……

从沙枣花送我的小镜子里，我第一次详细了解了自己的模样。十八岁的上官金童满头金发，耳朵肥厚白嫩，眉毛是成熟小麦的颜色，焦黄的睫毛，把阴影倒映在湛蓝的眼睛里。鼻子是高挺的，嘴唇是粉红的，皮肤上汗毛很重。其实从八姐的身上我早就猜到了自己非同一般的相貌。我悲哀地认识到，我们的亲生父亲，无论如何也不是上官寿喜，而是像人们背地里议论的那样：我们是那个瑞典籍牧师马洛亚的私生子女，是两个不折不扣的杂种。可怕的自卑感啮咬着我的心灵。我用墨汁染黑了头发，涂黑了脸。眼珠的颜色没法改变，我恨不得剜掉双眼，我想起了吞金自杀的故事，便从来弟的首饰盒里，找了一枚沙月亮时代的金戒指，抻着脖子吞了下去。我躺在炕上等死。八姐坐在炕角摸索着纺线。母亲去合作社里劳动归来，看到我的模样，自然大吃一惊。我以为她会因此而羞愧，但她脸上出现的不是愧色，而是可怕的愤怒，她抓着我的头发把我拖起来，连续扇了我八个耳光，打得我牙床出血，双耳轰鸣，眼睛里迸火星。母亲说：

"一点也不假，你们的亲爹是马牧师，这有什么？你给我把脸洗净，把头洗净，你到大街上挺着胸膛说去：'我爹是瑞典牧师马洛亚，我是贵族的后代，比你们这些土鳖高贵！’”

母亲痛打我时，八姐不动声色继续纺线，好像一切都与她无关。

我哭泣着，蹲在瓦盆前洗脸，墨汁很快把盆里的水染黑了。母亲站在我身后，喋喋不休地骂着，但我知道她骂的已经不是我。后来，她用水瓢舀着清水，哗哗地浇着我的头。她在我后边，抽抽搭搭地哭起来。流水从我的下巴和鼻子上，一股股注入瓦盆，由乌黑渐渐变得清明。母亲用手巾揩着我的头发说：

“儿啊，当年，娘也是没有办法了。但上天造了你，就得硬起腰杆子来，你十八岁了，是个男人啦，司马库千坏万坏，但到底是个好样的男人，你要向他学！”

我点头答应了母亲。但我马上想起了吞金的事儿。我刚想向她坦白，上官来弟气喘吁吁地跑进了家门。她已经成为区火柴厂的女工，腰上系着印有“大栏区星光火柴厂”字样的白围裙。她惊慌地对母亲说：

“娘，他回来了！”

母亲问：“谁？”

“哑巴。”大姐说。

母亲用毛巾擦着手，悲哀地望着枯槁的大姐，说：“闺女，这大概就是命啊！”

哑巴孙不言用他的奇特方式，“走”进了我家院子。几年不见，他也见老了，戴得端端正正的军帽下，露出了斑白的头发。他的黄眼珠子更加阴沉，结实的下颚，像一片生锈的犁铧。他上身穿着簇新的黄布军装，紧紧系着风纪扣，胸前佩戴着一大片金光闪闪的奖章。他的双臂修长发达，肥大的、戴着洁白的棉线手套的双手各按着一个带皮扣子的小板凳。他端坐在一块红色的胶皮垫子上，垫子仿佛是臀部的组成部分。两条肥大的裤腿，在肚腹前系了一个简单的结，他的两条腿，几乎齐着大腿根被截掉了。这就是久别的哑巴重新出现在我们面前的形象。他的两条长臂按着小板凳，尽量往前伸，然后双臂一撑，半截身体便悠到前边，绑着胶皮的屁股闪烁着暗红的光芒。

他悠了五下，稳稳地坐在了离我们三米半远的地方。这样的距离使他不至于过分地仰起脸就能与我们进行目光交流。我洗头洗脸时溅出去的脏水流到他的面前，他双手倒退按地，把身子往后蹭了一下。看着他，我才明白，人的身高，基本上由双腿决定。剩下半截的孙不言，更显示出上半身的粗大威武。这个人虽然只剩下半截，但仍然具有震慑人心的力量。他直着眼看着我们，黑色的脸膛上，有一种相当复杂的表情。他的下颚还是像当年那样剧烈地抖动着，发出低沉而清晰的单音："脱、脱、脱……"两行钻石一样的泪水，从他的金眼睛里流淌出来……

他把双手从小板凳里摘下来，高高举起来，嘴里"脱脱脱"着，模仿着，比量着。我马上想到，从那年往东北转移之后，我们再没见过他，他是在问询大哑二哑的情况呢。母亲用毛巾捂着脸，哭着进了屋。哑巴明白了，他的头垂在了胸前。

母亲拿出了两顶沾着血的瓜皮小帽，递给我，示意我转交给他。我忘记了肚子里的金戒指，走到他面前。他仰脸望着我细竹竿一样的身体，悲哀地摇摇头。我弯下腰——突然觉得不合适，便蹲下，把小帽交给他，然后手指着东北方向。我想起了那次悲惨的旅行，想起哑巴背着一个断腿伤兵撤退的情景，更想起了被遗弃在炮弹坑里的孙氏双哑可怕的尸体。他伸手接过小帽，放在鼻子下嗅了嗅，好像久经训练的猎犬在辨别凶手或者死者的气味。他把这顶小帽放在双腿间，又把另外那顶小帽从我手里夺过去，粗略地嗅了一下，照样放在双腿间。然后，在没接到任何邀请的情况下，他用双手走遍了我家的每个角落，正房和厢房，磨屋和储藏室。他甚至到院子东南角的露天厕所里转了一圈。他甚至把脑袋探到鸡窝里观察了一番。我跟随在他的身后，欣赏着他轻捷而富有创造的运行方式。在大姐和沙枣花栖身的房间里，他进行了上炕表演。他坐着，双眼齐着炕沿，我为他感到悲哀。然而接下来的情景证明我的悲哀很是多余。哑巴双手抓住炕沿，竟然使身体脱离地面慢慢上升，如此巨大的臂力我只在杂耍班子里看过一次。他的头超出炕沿了，他的胳膊嘎巴巴地响着，猛然撑起，便将身体扔到炕上。初上炕时他有些狼狈，但很快便恢复了庄严的坐姿。

哑巴坐在大姐的炕头上，俨然是一个家长，也挺像一位首长。我站在炕前，自我感觉倒像一个误闯他人家庭的外来者。

大姐在母亲屋里哭着，说："娘，把他弄走，我不要他。他有腿的时候我就不想要他，现在他成了半截人我更不要他……"

母亲说："孩子，只怕是请神容易送神难哪。"

大姐说："谁请他啦？"

母亲说："这是娘的错，十六年前，娘把你许配给了他，这个冤家，从那时就结上了。"

母亲倒了一碗热水，递给哑巴。他接过碗，眉目眨动，好像很感动，咕嘟嘟地喝下去。

母亲说："我还以为你死了，没想到你还活着。我没看好那两个孩子，我的痛苦比你重，孩子是你们生的，却是我养的。看样子你成了有功劳的人，政府会给你安排享福的地方吧？十六年前那桩婚事是我封建包办。现在新社会，婚姻自主。你是政府的人，应该开明，就不要缠着俺孤儿寡妇了。再说，来弟没嫁你，但俺的三闺女顶了她。求求你，走吧，到政府给你安排的地方享福去吧……"

哑巴不理睬母亲的话，他用手指豁破窗纸，歪头望着院子里的情景。大姐从不知什么地方找到了一把上官吕氏时代的火钳，双手持着冲了进来。她大骂着："哑种、半截鬼，你滚啊！"她伸出铁钳去夹哑巴。哑巴轻轻地一伸手，就把火钳捏住了。大姐用尽力气也不能把火钳挣出来。在这种力量相差悬殊的角力中，哑巴脸上浮现出傲慢而得意的微笑。大姐很快就松了手，她捂着脸哭道：

"哑巴，你死了这条心吧，我嫁给猪场里的公猪，也不会嫁给你。"

胡同里锣鼓喧天。一群人吵吵嚷嚷地走进了我家大门。为首的是区长，后边是十几个干部，还有一大群手持鲜花的小学生。

区长弯腰进屋，对母亲说："恭喜，恭喜！"

母亲冷冷地说："喜从何来？"

区长道："大婶，喜从天降，您听我慢慢说。"

小学生们在院子里挥舞着鲜花，一遍遍朗声喊着："恭喜恭喜！光荣光荣！恭喜恭喜！光荣光荣！"

区长扳着手指，说："大婶，我们重新复核了土改时的材料，认为把您家划成上中农是不妥当的，您家在遭难之后破落，实际上是赤贫农。现在我们把错划的成分改正过来，您家是贫农了。这是第一喜；我们研究了一九三九年日寇屠杀的材料，认为您的公婆和丈夫均有与日寇抗争的事实，他们是光荣牺牲的，应该恢复他们的历史地位，您家应享受革命难属的待遇，这是第二喜；由于上述两个问题得到纠正和恢复，因此，中学决定招收上官金童入学，耽误的课程，学校将安排专人给他补课，同时，您的外孙女沙枣花也将得到学习的机会，县茂腔剧团招收学员，我们将全力保送她，这是第三喜；这第四喜嘛，自然是志愿军一等功臣、您的女婿孙不言同志荣归故里；第五喜是荣军疗养院破格聘任您的女儿上官来弟为一级护理员，她不必到院上班，工资按月汇来；第六喜是大喜，祝贺人民功臣与结发妻子上官来弟破镜重圆！他们的婚事由区政府一手操办。大婶啊，您这个革命的老妈妈今天可是六喜临门啊！"

母亲像被雷电击中一样，目瞪口呆，手中的碗掉在地上。

区长对着一个干部招招手，那干部从小学生的喧闹浪潮中走过来，他的身后还跟进来一个怀抱花束的女青年。区干部把一个白纸包递给区长，低声说："难属证。"区长接过白纸包，双手捧着，献给母亲说："大婶，这是您家的难属证。"母亲抖颤着把那白纸包接住。女青年走上来，把一束白色的花插在母亲胳膊弯里。区干部把一个红纸包送给区长，说："聘任书。"区长接过红纸包递给大姐，说："大姐，这是您的聘任书。"大姐把沾着黑灰的双手藏在背后，区长腾出一只手，把她的胳膊拉出来，把红纸包放在她手里，说，“这是应该的。”女青年把一束紫红的花插在大姐胳肢窝里。区干部把一个黄纸包递给区长，说：“入学通知书。”区长把黄纸包递给我，说：“小兄弟，你的前途远大，好好学习吧！”女青年把一束金黄的花递到我手里，她递花给我时，妩媚的眼睛特别多情地盯了我一眼。我嗅着金黄花朵温暖的幽香，马上想到了肚子里的金戒指，天哪，早知如此，何必吞金？区干部把一个紫色的纸包递给区长，说：“茂腔剧团的。”区长举着紫色纸包，寻找着沙枣花。沙枣花从门后闪出来，接过紫纸包。区长抓着她的手抖了抖，说：“姑娘，好好学，争取成为名角。”女青年把一束紫色花递给她。她伸手接花时，一枚金光闪闪的徽章掉在地上。区长弯腰捡起徽章，看看上边的花纹和字样，送给炕上的哑巴。哑巴把徽章别在胸前。我惊喜地想到：一个神偷在我们家出现了。区长从区干部手里接过最后一个蓝色的纸包，说：“孙不言同志，这是您与上官来弟同志的结婚证书，区里已经代你们办了登记手续。改天你们在表格上按个手印就行了。”女青年伸长胳膊，把一束蓝色的花，放在哑巴的大手里。

区长说：“大婶啊，您还有什么意见啊？不要客气，我们是一家人嘛！”

母亲为难地望着大姐。大姐怀抱着红花，嘴巴一歪一歪地往右耳方向抽动着，几滴眼泪，从她眼里蹦出来，落在紫红的像扑了一层薄粉的花瓣上。

母亲矛盾地说：“新社会了，要听孩子自己的意见……”

区长问：“上官来弟同志，您还有什么意见？”

大姐看看我们，叹道：“这就是我的命。”

区长说：“太好了！我马上派人来收拾房子，明天晚上举行婚礼！”

上官来弟与哑巴举行婚礼的前夕，我屙出了那枚金戒指。

第三十八章

县医院的十几个医生，组成了一个医疗小组，在苏联医学专家的指导下，运用了巴甫洛夫的学说，终于治好了我的恋乳厌食症。我摆脱了沉重的枷锁进入中学，学业突飞猛进，成为大栏中学初中部最优秀的学生。那些日子是我一生中最黄金的岁月，我有一个最革命的家庭，我有一个最聪明的头脑，我有健康的体魄、令女同学不敢正眼观看的相貌，我有旺盛的食欲，在学生食堂里，用筷子插着一串窝窝头，手里握着一棵粗壮的大葱，一边说笑，一边咔嚓咔嚓地咀嚼吞咽。我半年内跳了两级，成为初三一班的俄语课代表，不用申请团组织就吸收我入了团，并立即担任了团支部宣传委员，主要负责唱歌，用俄语唱俄罗斯民歌，我的嗓音浑厚，有牛奶般的细腻和大葱般的粗犷，每唱一曲就震倒一大片，我是五十年代末大栏中学里灿烂的明星。为苏联专家做过翻译的霍老师，一位面容端正的女子，对我极为欣赏。她多次在课堂上表扬我。她说我有外语天才。为了进一步提高我的俄语水平，她为我牵线，让我跟苏联赤塔市一个九年级女学生通信。她是一个在中国工作过的苏联专家的女儿，名叫娜塔莎。我们交换了照片。在黑白照片上，娜塔莎瞪着有些吃惊的大眼睛、翻卷着茂密的睫毛看着我……

上官金童的心脏一阵剧烈地跳动，他感到热血冲上了头颅，拿着照片的手不由得微微颤抖。娜塔莎丰满的嘴唇微撅起，唇缝里透露出牙齿的银光，温馨的、散发着兰花幽香的气息直扑他的眼睛，一阵甜蜜的感觉使他的鼻子酸溜溜的。他看到娜塔莎亚麻色的秀发长长地披散在光滑的肩膀上。一件开胸很低的如果不是她母亲的便是她姐姐的圆领裙子松垮垮地悬挂在那两只秀挺的乳房上。她的颀长的脖子、胸脯中间的凹陷一览无余。他的眼睛里莫名其妙地涌出了泪水。泪眼模糊中，他清清楚楚地看到娜塔莎双乳的全景。一股甜丝丝的牛奶味道直扑他的心灵，他仿佛听到了来自遥远的北方的呼唤，一望无际的草原、忧郁的白桦树的密林、密林中的小木屋、挂满冰雪的枞树……优美的风景在他的眼前像拉洋片一样闪过去。在这一幕幕的风景中，都站着抱着紫色花朵的少女娜塔莎。上官金童双手捂住眼睛，幸福地哭了。泪水从他的指缝里流下来……

“上官同学，你怎么啦？”一位尖下巴的女同学胆怯地戳了戳他的肩头。

他急忙藏起照片，说：“没什么，没什么。”

这一夜，上官金童一直处在半睡半醒的状态。娜塔莎拖着那件肥大的裙子在他的面前走来走去。他用毫无障碍的俄语向她说了很多甜蜜的话，但她的表情时而高兴，时而恼怒，把他从兴奋的高峰拖向绝望的低谷，然后又用一个富有挑逗性的微笑把他从低谷中拖上来。

天亮时，睡在他下铺的已经是两个男孩的爸爸的赵丰年抗议道：“上官金童，你俄语好，俺知道，可你总得让俺睡觉吧？！”

上官金童脑袋疼痛，好容易摆脱了娜塔莎的倩影，他苦涩地向赵丰年道歉。赵丰年看着他灰白的脸和起泡的嘴唇，吃惊地问：“上官，你是不是病了？”

他痛苦地摇摇头，感到思绪像一辆车，沿着溜滑的山坡，不可遏止地轰轰隆隆滚下去，山坡下开遍紫色花朵的草地上，美丽少女娜塔莎撩起裙子，无声无息地扑上来……

他紧紧地抱住了双层床的柱子，脑袋往柱子上频频地撞着。

赵丰年喊来了教导主任肖金钢，这是个武工队员出身的工农干部，曾经发誓要枪毙穿短裙的霍老师，他认为穿裙子就是腐化堕落。他的生铁脸上那两只阴森森的小眼睛使上官金童沸水般的脑袋暂时冷却，上官金童感到自己正从那个可怕的陷阱里挣脱出来。

“上官金童，你搞什么名堂？！”肖金钢威严地问。

“肖金钢，饼子脸，老子不要你来管！”为了借助肖金钢的威严使自己摆脱娜塔莎，上官金童不顾一切后果激怒了他。

肖金钢对准上官金童的脑袋擂了一拳，骂道：“妈个巴子，竟敢骂老子！霍丽娜教育出来的尖子，我饶不了你！”

早饭时，上官金童面对着玉米粥，感到一阵难忍的恶心，他恐惧地意识到：恋乳厌食症又复发了。他端起粥碗，用残存在一片浑浊中的清醒意识强迫自己喝，但眼睛一触到稀粥，就看到有两只乳房从碗里活生生地升起来，粥碗掉在地上，砸成了碎片。滚烫的粥泼在他的脚上，他竟然毫无知觉。

同学们惊叫着把他扶到卫生室，校医清除了他脚上的热粥，在烫伤处涂上了油膏。他双眼发直，望着墙壁上的生理解剖图。医生把一支温度计插到他嘴里，他的嘴唇翕动着，就像吮吸乳头。校医给他注射了一支镇静剂，让同学们把他扶回宿舍。

他把娜塔莎的照片撕得粉碎，扔到学校后边的河流里。破碎的娜塔莎顺流而下，在一个小漩涡那儿团团旋转着。他看到破碎的娜塔莎在旋转中又圆满起来，像美人鱼一样赤裸裸地蹿出水面，湿漉漉的头发拖到臀部。她忧伤地歪着头，脖子上滚着水珠，她的双手托着乳房，鲜红的乳头像成熟的浆果，熟悉的、忧伤的民歌从河流中袅袅升起来。娜塔莎哀怨地看着上官金童。他听到她清晰地说：“你好狠的心肠！”仿佛有一把刀子扎在上官金童的心脏上，他感到浪潮般的乳房气味把自己淹没了……

跟踪而来的同学，远远地看到上官金童张开双臂扑向河中，还听到他大声吆喝着什么。他们有的跑向河边，有的赶回学校喊人。

上官金童沉下河底，看到娜塔莎像鱼一样在水草间游动着，他呼叫着她，一口水把他呛昏了。

上官金童睁开眼，发现自己已经躺在母亲的炕上。他的脑子里一片空白，耳朵里响着寒风吹过电线时发出的那种声音。他试图坐起来，但被母亲制止了。母亲用奶瓶喂给他一些羊奶。他模模糊糊地记得，那只老山羊已经死掉了，瓶里的羊奶来自何处呢？他感到脑子木木的，很不听使唤，便疲乏地闭上了眼睛。恍惚中，他听到母亲跟大姐说起禳解的事。她们的声音像从瓶子里钻出来的，很细，很远。母亲说："他是中了邪。"大姐说："什么邪？"母亲说："我看是个狐狸作祟。"大姐道："是不是那个寡妇？她生前顶着狐狸仙。"母亲说："仙家也是，单找我们金童，嗨，这才过了几天好日子哟……"大姐说："娘啊，这好日子我可是一天也熬不下去啦……那个半截鬼，快把我作践死啦……他像狗一样……可是他又不行……娘，我要是做出什么事来，您可别骂我……"母亲说："我还能骂你什么呢？"

上官金童躺了两天，脑子渐渐灵活了，娜塔莎的形象又时时刻刻地出现在眼前。他在瓦盆里洗脸，发现她在瓦盆里哭。他用镜子照脸，看到她在镜中笑。他闭上眼睛，就听到她的喘息声，甚至能感到她的柔软的头发垂在自己脸上，她的温暖的手在自己身上胡乱摸索着。上官鲁氏被宝贝儿子的奇怪行为吓得手足无措，像个小孩子一样，嘤嘤地哭着，跟着他转来转去。他的枯黄的脸倒映在水缸里，他说："她在里边！""谁？"上官鲁氏问。"她。""她是谁？""娜塔莎！她不高兴了。"她看到儿子的手伸进了水缸里。水缸里除了水没有任何东西，但儿子却对着水缸神情激动地咕哝着她听不懂的话。上官鲁氏把他拖到一边，用木盖盖住了水缸。但上官金童已经跪在瓦盆边，对着瓦盆中的水神说神道。上官鲁氏把瓦盆里的水泼掉，上官金童却把脸贴在窗玻璃上，撅着嘴唇凑上去，好像要跟自己的影子亲嘴。

母亲抱住上官金童，绝望地哭着："儿啊，儿啊，你这是怎么了呀！娘辛辛苦苦把你拉扯这么大，好不容易熬出了头，没想到你成了这模样啊……"

上官鲁氏脸上挂着亮晶晶的泪珠，上官金童看到娜塔莎在泪珠里跳舞，从这个泪珠跳进那个泪珠。“她在这里！”他痴痴地指着上官鲁氏脸上的泪珠说，“你别跑，娜塔莎。”“她在哪儿？”上官鲁氏问。“泪珠里。”上官金童说。

上官鲁氏慌忙擦掉泪水。上官金童又喊：“她跳到你眼睛里去了。”

上官鲁氏终于明白了，只要能照清人影的东西，就有娜塔莎在里边。她把所有的盛水的器具都加上了盖子，把镜子埋在地里，窗玻璃上贴上黑纸，并避免让他看到眼睛。

上官金童立即从黑色中看到了娜塔莎。他已从千方百计逃避娜塔莎的阶段升级到疯狂追逐娜塔莎，娜塔莎也从无处不在的阶段退步到躲躲闪闪的阶段。他对着幽暗的墙角喊：“娜塔莎，你听我说——”他向墙角扑去，脑袋撞在墙上。娜塔莎钻在柜子下边的老鼠洞里。他把脸贴在老鼠洞口，极力地想钻进去，而且他确实感到自己钻进了老鼠洞，在弯弯曲曲的地道里，他追逐着她，喊着：“娜塔莎，你不要跑，你为什么要跑呢？”娜塔莎从另外的洞口钻出来，消逝了。他四处寻找着，发现娜塔莎把身子拉得像纸一样薄，紧紧地贴在墙上。他扑上去，双手抚摸着墙壁，认为是在抚摸娜塔莎的脸。娜塔莎一弯腰，从他的腋窝下溜走了。娜塔莎钻进了灶膛，抹得满脸都是灰。他跪在灶前，伸手去擦她脸上的灰，他擦不掉娜塔莎脸上的灰，却把自己的脸抹得一道道黑。

母亲磕头下跪，请来了洗手多年的捉鬼大王马山人。

山人穿着黑袍子，披散着头发，赤着脚，脚上染着红颜色，手持桃木剑，嘴里嘟嘟哝哝，不知说些什么。上官金童看到他，想起那些有关他的神奇传说，就像喝了一大口酸醋，不觉精神一振，混乱的脑子里闪开一条缝，娜塔莎的影子暂时避开了。山人一脸紫皮，双眼暴突，长相凶恶。他咽喉发炎，吭吭咳咳地吐着痰，像鸡拉白痢一样。他挥舞着桃木剑跳着古怪的舞蹈。跳一阵子，好像累了，便站在瓦盆旁，念动真言，往盆里喷一口水，然后双手握剑，搅动盆里的水。搅一阵子，盆里的水果然有些发红。然后他又跳起舞来。跳累了，又搅水。盆里的水红得像血一样了。他扔下剑，坐在地上喘气。他把上官金童拖过来，说：“你看看盆里有什么？”上官金童闻到盆里挥发出一股中药的香味。他仔细凝视着盆中平静如镜的红水，水中映出的脸让他吃了一惊。他悲哀地想到，不久前还神采奕奕的上官金童变成了一个面容枯黄、一脸皱纹的丑八怪了。“看到什么了？”山人在旁边催问。娜塔莎沾满污血的脸从盆底慢慢升起来，与他的脸重叠在一起。娜塔莎脱下裙子，指着美丽的乳房上流血的伤口，低声骂道：“上官金童，你好狠的心啊！”“娜塔莎！”上官金童惨叫一声，便把脸浸在瓦盆里。他听到山人对母亲和上官来弟说：“好了，好了，把他抬到屋里去吧！”

上官金童跳起来便与山人拼命。这是他一生中第一次攻击他人。他胆大包天，攻击的是一个跟魔鬼打交道的人。一切为了娜塔莎。他伸出左手揪住了山人下巴上的花白胡子，死劲儿地往下拽着，把山人的嘴拽成一个椭圆形的黑洞。山人腥臭的口水流到他的手上。娜塔莎用手托着伤乳坐在山人舌头上，用赞赏的目光看着他。他受到鼓舞，更加用力地往下拽着，而且把右手也附加上去。山人的身体痛苦地折叠着，像中学地理课本上的狮身人面像。山人用木剑别别扭扭地砍着上官金童的腿。为了娜塔莎，他感觉不到腿痛，痛也不松手，为了山人嘴巴里的娜塔莎。他想到了松手的可怕后果：娜塔莎被山人咀嚼成糊状物，咽到肚子里去被消化掉了。山人的肠胃多么肮脏啊！这个滥施法术害死女人的恶魔！这个驱使可爱的小鬼为他推磨的魔头！他能剪纸成鸽倒还有几分可爱。他还能在一锅水里放上只纸船，然后坐着这船一夜之间到日本，第二天晚上返回来，带回一筐日本产的优质柑橘送给他的岳父品尝。这也有几分可爱。这个法术通天的家伙，你为什么伤害娜塔莎？娜塔莎，赶快逃出来呀！他焦急地呼唤着。娜塔莎坐在山人舌根上，好像聋了耳朵。他感到山人的胡子越来越滑溜。娜塔莎乳房上的鲜血流到山人胡子上。他双手不停地倒换着。血染红了手。山人扔掉桃木剑，腾出双手，揪住了上官金童的耳朵，使劲往两边拉开。上官金童的嘴不由自主地咧开了。他听到母亲和大姐的惊叫声。他死也不能放开山人的胡子。他们俩在院子里转起圈子来了。母亲和大姐也随着他们转起圈子来了。上官金童的脚被什么东西绊了一下，妨碍了倒手的速度。山人利用这机会一口咬住了上官金童的手背。上官金童完全处于了劣势。他的双耳快要被山人连根拔出了，他的手背被山人啃到骨头了。他痛苦地哀号了。他心中的痛苦胜过了皮肉之苦。他眼前一团模糊。他绝望地想到了娜塔莎。娜塔莎被山人吞了，正在被他的胃液腐蚀着。山人的带刺的胃壁无情地揉搓着她。他的眼前由模糊变得像墨斗鱼的肚子一样乌黑了。

外出打酒的孙不言悠进院子。他锐利的、富有军事经验的眼睛很快便分清了敌我、看清了形势。他不慌不忙地摸出酒瓶放在西厢墙根。母亲喊："救救金童吧！"孙不言几下子便悠到山人背后，抡起手中的小板凳，双凳齐下，砍在山人绷得正紧的腿肚子上。山人扑通一声跪在地上。孙不言的小板凳飞扬起来，砍中了山人的双臂，上官金童的双耳得解放。孙不言的两只小板凳来了一个双雷灌耳式，拍在山人的脸上。山人吐出了上官金童的手。山人在地上痛苦地翻滚着。他拄着桃木剑，紧闭着嘴。孙不言吼一声，他就筛糠般哆嗦一阵。上官金童放声大哭，他还要往山人身上扑。他想挖开山人的肚子，救出娜塔莎，但他的身体被母亲和大姐死死抱住，山人绕过虎踞着的孙不言，飞快地逃走了。

上官金童的神志渐渐清楚，但依然不能进食。母亲找到区长，区长马上派人去买来奶羊。上官金童躺在炕上，偶尔也下地闲逛。他的眼睛还是直呆呆的。想起娜塔莎托着流血乳房的形象，泪水就像箭一样从他眼里射出来。他懒得说话，只是偶尔自语几句，见人来了，马上就闭了嘴。

一个阴霾的上午，上官金童仰面躺在炕上。刚刚为娜塔莎的伤乳流过泪，他感到鼻子堵塞，脑袋发昏，浓重的睡意袭来。这时候，一声令人毛骨悚然的尖叫，从来弟和哑巴房中传来，驱散了他的睡意。他侧耳谛听着，累得耳朵嗡嗡响，也没听到别的动静。他刚要闭眼，却又传来一声尖叫，这一声比上一声拖得更长，也更加瘆人。他感到心跳加快，头皮发紧。好奇心驱使他悄悄地爬下炕，踮着脚尖走到西厢房门边，从门缝里往炕上望去。他看到，脱掉衣服后的孙不言，像一只漆黑的大蜘蛛，紧紧地箍住上官来弟细软的腰肢。他的蚂蚱一样发达的嘴巴，喷吐着白沫，一会儿咬着来弟的左乳，一会儿咬着来弟的右乳。来弟的长长的脖子搁在炕沿上，脑袋后仰着，脸像白菜帮子一样白。那两只上官金童在驴槽里见识过的丰乳，像两个发黄的馒头，软塌塌地瘫在肋骨上。她的乳头上流着血。她的胸膛上、胳膊上布满伤痕。原先光滑洁白的来弟，被孙不言整得像一条刮去鳞片的死鱼。她那两条长腿，一无遮掩地在炕上，像连枷一样抡打着……

上官金童呜呜地哭起来。孙不言伸手从炕头上摸起酒瓶，对着门板砸过来。上官金童飞跑着跑到院子里，捡起一块砖头，砸在窗户上。他粗野地骂着："哑巴，你不得好死！"

骂完了这句话，上官金童感到极度疲乏，娜塔莎的鬼影，在他眼前，像青烟一样消散了。

哑巴的铁拳打破窗户，嘭的一声伸出来。上官金童胆怯地倒退着，一直退到梧桐树下。他看到那只铁拳缩了回去，有一股焦黄的尿液，沿着从窗格子伸出的塑料管，滴滴答答地流到窗前尿桶里。他咬着嘴唇往外走去，在厢房的门口，与一个神情古怪的人迎面相撞。那人佝偻着腰，两条长胳膊无力地耷拉着。他剃着光头，眉毛花白，两只黑色的被细密的皱纹包围着的大眼睛里，深藏着一种令人不敢正视的东西。他的脸上，全是大一块小一块的紫色疤痕，两只花花皮的耳朵，不是因为烧伤便是冻伤，萎缩得像猴耳一样。他穿着一身明显不合体的、散发着樟脑味的灰色中山装，两只骨节崎岖、指甲破碎的大手在大腿两侧抖动着。"你找谁？"上官金童认为这人一定是哑巴的战友，所以恶声恶气地问了一句。那人恭敬地给他鞠了一躬，用僵硬的舌头和笨拙的嘴说：

“家……上官领弟……我是她的……鸟儿……韩……”

第三十九章

“……我……我……不说吧……”鸟儿韩双手紧张地摸着主席台上的白桌布，可怜巴巴地抬起头来，望着坐在主席台一侧主持报告会的中学校长丘家福，结结巴巴地说。“说什么……我知不道……”他的咽喉里好像堵着一个很大的异物，每说出一句短语，就像鸟一样抻抻脖子。在短语的间歇里，他发出一些怪异的非人的声音。这是鸟儿韩还乡后的第一场报告会，中小学的全体师生、区委的全体干部，还有各村闻讯而来的百姓，把学校的篮球场站得水泄不通。县报的记者端着照相机，从不同的角度为鸟儿韩拍照。鸟儿韩望望台下的人群，害羞地往后缩着身子，好像要寻找可以依靠的大树和墙壁。他不说话时便紧缩着脖子，耸着肩膀，双手捂在裤裆间。

校长站起来，走到他面前，往茶杯里倒了一些开水，送给他，说：“老韩同志，喝口水，润润喉咙，别紧张，台下，都是你的乡亲和乡亲们的孩子，大家都非常关心你，都为有你这样的名闻世界的乡亲感到骄傲和自豪。同学们，同志们，乡亲们，”校长侧过脸对着听众，激昂地说，“韩顶山同志在日本北海道的荒山密林里，像野人一样生活了十五年。他创造了世界性的奇迹，他的报告，一定会给我们巨大的教育，让我们再次以最最热烈的掌声，欢迎他为我们作报告！”

台下掌声雷动，我们都被校长富有煽动性的讲话激动得热泪盈眶。鸟儿韩伸出一只手，像老鼠试探着鼠夹上的诱饵一样，摸了一下茶杯的把柄，急忙缩回手，又摸了一下，他才哆哆嗦嗦地端起茶杯，皱着眉头喝了一口茶。热茶烫得他扬起下巴，紧紧地闭起眼睛。茶水沿着他的下巴流到他的脖子上。他吭吭地，像老刺猬一样咳了一阵，眯起眼睛，仿佛陷入了沉思冥想。

校长转到他背后，亲切地拍拍他的肩膀，恳求道："说吧，老韩，这是在祖国，在故乡，在亲人的怀抱里啊！"鸟儿韩仰起脸，眼里吧哒吧哒掉出两滴泪，说："说？"校长亲切地鼓励他："说，一定要说！""那就说……"他低下头，双手还捂着裆间，沉默了几分钟，抬起头，抻脖子瞪眼，艰难地说起来。

"……我、打鸟、那天、黄皮子放枪、我跑、他们追、我一弹弓打瞎他眼、他们抓我、绑胳膊、打腿、用枪托子、绳子拴着一串、一串、两串、三串、一百多人、黄皮子问、我说、下庄户的、不像、我看你、是个无业的、游民、啥叫无业游民、小人不明白、啪、打我一耳光、你问我、我问谁去、又打我两耳光、我不服、被绑着、他抽我的弹弓、拉一下皮子、嗖、还说不是无业游民、打、打、打、用鞭子、棍、枪托子、说、是不是无业的、游民、小伙子、好汉不吃眼前亏、认了吧、到了火车站、解开绳子、一个挨一个、往里走、我撒腿就跑、头上枪子儿嗖嗖地响、炸了营、马队迎面圈过来、一刀砍在我头上、几颗人头落了地、白眼珠子往上翻着、满手是血、上了火车、到了青岛、押到码头、小日本、站两边、刺刀逼着、上船、大船、福山丸、跳板一撤、哗、船开了、都哭了、爹呀、娘呀、完了、这一翅子、刮到哪里、不知道、肉包子打狗、一去没回了、海、浪、晃啊晃、呕、吐、饿、死了、拖到甲板、扔下海、鲨鱼、一口吞下腿、两口吃光、一群群鲨鱼跟着、一群群海鸥跟着、到日本了、上岸、坐火车、又坐船、又上岸、到北海道、进山、雪到大腿、冻得脸青、耳朵流黄水、赤着脚、住木板房、不让吃饱、汤、照见人影、赶下煤窑、小鬼子监工、'刺楼刺'、'楼刺楼'、'石高布石高布'、鬼子话、不通、不通就打、风钻、头灯、挖煤、吃橡子面、拉不下来、伙计、不能等死、要跑、死在山上、不给小鬼子挖煤、挖煤炼铁、造枪、造炮、杀中国人、不干、跑、不给鬼子挖煤、死了也不挖了！”

他的话突然具有了感情色彩，听众愣了愣，热烈地鼓起掌来。他吃了一惊，望着台下，又转脸寻找校长，校长对他跷起大拇指。他越来越流畅地说：“小陈跑了，被捉回来，当着大伙的面，被狼狗扒了肚子。鬼子咕噜，翻译说：‘太君说了，谁还敢跑？他就是榜样！’我心里话，操你娘，只要有口气，老子就要跑！”热烈鼓掌。“一个女人，打扫雪的，对我招手，钻进她的板棚，她说：‘大哥，我是在沈阳长大的，对中国有感情。’我不敢说话，怕她是奸细，她说：‘从厕所钻出去，就是山林……’”

就在鲁立人和他的爆炸大队，在大栏镇街上，欢庆胜利那一天，鸟儿韩从厕所里钻出去，进入山后的密林。他发疯一样地跑着，一直跑得筋疲力尽，栽倒在一片桦树林里。林中散发着腐败的树叶味道，有叮咚的水声在腐叶下，像弹琴一样。空气潮湿，雾气腾腾，夕阳光如金色的箭，从林木间连续地射进来。黄鹂的啼叫，惊心动魄，一股血的滋味。面前是绿得发黑的草，草叶间结着红润的果实。他吃了一些浆果，满嘴口水。又吃了一捧白色小蘑菇，肠胃绞痛，呕吐不止。他闻到自己的身体在鬼鬼祟祟的黄昏里，发散着刺鼻的恶臭。他找到一条山溪，洗去了身上的粪便。溪水冰凉彻骨，他打着寒战，听到从矿区的方向，传来隐隐约约的狼狗的叫声。小日本发现了，晚上点名时他们会发现我不在了。他心里浮起一种报仇雪恨后的快感。小舅子们，老子跑出来了。看守矿区的日本兵，越来越少，但狼狗却越来越多，他隐约感觉到，小日本快要完蛋了。不行，还得往深山里走，小日本要完蛋了，被他们抓回去喂狼狗，多冤哪！想起那大头尖屁股的狼狗，他浑身皮紧，那些滴着血的狗嘴，拖着小陈的肠子，像吃粉条一样。他把小日本发的号服脱掉，扔到溪流中。去你娘的吧！衣服鼓胀起来，像黄色的牛尿脬，顺流而下，在岩石边被阻挡，转几圈，又流下去。夕阳如血，山中，桦树和橡树、藤萝和灌木、杉松、马尾松、半崖壁叶片金黄的野葡萄、从山涧里跌跌撞撞流出来的小溪，一切，都被夕阳改变了颜色。他无心欣赏景致，飞快地沿着溪边，跳跃着那些巨大的光滑卵石，向山的深处跑去。半夜时，估摸着狼狗追不上来了，便靠着一棵大树坐下。他感到脚像放在炉火中烧烤着一样，又热又痛。肚子一阵阵发热，热罢又冷。清冷的月光照耀得山林一片银辉，山涧中长满滑腻青苔的卵石，像巨大的鸟蛋，闪着幽幽的青光。溪水声传播得很远，被岩石激起的一簇簇浪花洁白如雪。他栖身在大树紫色的暗影里，被寒冷、饥饿、伤病、恐怖、惆怅等等一大堆倒霉的感觉折磨着。有好几次他甚至想到，这样莽撞地逃窜出来是不是犯了错误，但每当这念头一冒出来，他就痛骂自己，浑蛋，你自由了，你了不起，你再也不用替小日本挖煤了，再也不用受那些嘴唇上刚扎茸毛的小日本的欺负了。他就这样在既痛苦又激奋的心情折磨下迷迷糊糊地睡了一会儿。黎明时，他被自己响亮的梦呓声惊醒了。他做了一个可怕的梦，但刚醒来就把梦中的情景忘得干干净净。他感到浑身都凉透了，心脏像一颗冰冷坚硬的鹅卵石，碰撞得肋骨疼痛难忍。夜露很重，树干上布满了一层淋漓的冷汗。月亮已落到西边的山峦背后，几颗绿色的星辰在苍白的天幕上闪烁着。山谷中雾气蒙蒙，几只黑糊糊的野兽站在溪边用舌头舔水。他闻到了腥膻的味道，并听到震荡山谷的猛兽的呼啸。

天亮了，太阳出来了，山谷里的雾白茫茫的。他冷，走到阳光里晒着，看到身上，一道道的鞭痕，有许多白色的化脓小疮，一片片肿胀的包块，被蚊子和小咬叮的。这哪里还像个人！眼泪差点流出来。晒得皮肤发了痒，但双腿间那一窝东西，命根子，种袋子，冷得硬得像石头，掏上去，小肚子钝痛。他想起古老的说法：男人最怕冷的地方是蛋子，女人最不怕冷的地方是奶子。他揉着蛋子，感到冰在慢慢融化，有一些凉凉的湿气，被揉出来了。他后悔把身上的号衣扔了，怎么说那也是套衣裳，白天能遮挡身体，夜里能避蚊虫。他在树下找了一些熟悉的野菜：苦菜、车前草、锥蒜、扁蓄。这些无毒，他吃了。有很多漂亮的野菜、野果，不认识，不敢吃，怕中毒。在山坡上他发现了一棵野梨树，地下落着一层黄色的小梨子，有一股发了酵的酒糟的味道。他尝试着吃了一颗，酸甜酸甜，跟中国的梨味一样的，高兴极了，放心地吃了一个饱。然后想记住这棵树，转着寻找标记，可四周全是树，连东西南北都分不清。虽说太阳升起的方向是东，但那是中国的定位法。小日本的太阳，是不是也是东升西落呢？他想起太阳旗在火车站前的旗杆上飘扬的情景。回家，他想，跑出来不是本事，也不是目的，回家，高密东北乡，山东省，中国。他的眼前，出现了那个天真少女的影子，她的清秀的长脸儿，高高的鼻子，白皙的丰满耳朵。想到她，他的心像沉浸在酸甜的秋梨汁里。他模模糊糊地感觉到，日本的北海道地方，应该和中国的长白山连在一起，只要一直往西北方向走，就能进入中国。他想，小日本小日本，弹丸小国，我豁出去三个月，把你走到头。他甚至想，只要我走快些，也许能赶上回家过年。娘死了，回家第一件事，就是把上官家的女儿娶过来，好好过日子。他打定主意，决定去找回昨天黄昏时扔掉的衣服。他小心翼翼地往回走，生怕狼狗从林子里扑出来。中午时，他感到应该到了那地方了，可眼前的景色却与昨晚看到的大不一样。昨天他没发现竹子，今天却看到，山谷里有黑皮肤的蓬头散发的大树，有直钻到阳光里去的白桦。有一丛丛红色的白色的、紫色的花树，真是鲜花烂漫，时浓时淡的花香满山谷。那么多鸟，蹲在树枝上，好奇地打量着他。有他能叫出名字的，有些叫不出名字，都生着华丽多彩的羽毛。他想要有把弹弓就好了。

整整一天，他都没转出这条山谷。那条小溪像个调皮的孩子跟他捉着迷藏。狼狗没有出现。衣服也没找到。中午的时候，他从一棵躺在水边的腐烂树干上，掰下一片白色的木耳，试探着尝了尝，木耳脆生生的，有一股淡淡的辛辣味道。他放心大胆地把满树干上那些层层叠叠的木耳全部吃光。傍晚的时候，他感到腹痛，肚子胀得像鼓一样，一敲嘭嘭响。然后他就呕吐，腹泻，眼前的东西都变得又粗又大。他举起手，看到手指都像水萝卜。在溪流的平缓处，他在水面上看到自己肿胀的脸，两只大眼肿成一条细缝，脸上所有的皱纹都消失了。他疲乏又绝望，钻到一丛灌木下，躺了下来。这一夜他神昏谵语，眼前晃动着许多像大树一样的巨人，还经常地感到一只只色彩斑斓的老虎围着这丛灌木转圈子。天亮时，他觉得心里痛快了一点，肚子也消下去了，脸也不肿了。在溪水中他的脸吓了他一大跳。一夜上吐下泻，使他瘦脱了形。

大概度过七个或者是八个夜晚后的早晨，他遇上了两个熟悉的劳工。当时他趴在溪边，正把头扎在水面，学着野兽的样子喝水，就听到从溪边一棵大橡树上，传下来一声轻轻的问询："是鸟儿韩大哥吗？"

他跳起来，躲到灌木丛里。久违了的人声把他吓了个半死。这时，他又听到了来自橡树梢头的问讯，但这次是一个沙哑的成年男子的声音："是鸟儿韩吧？""是我，是我呀！"他狂叫着从灌木丛中钻出来。"是邓大哥吧？我听出来了，还有小毕，我总算找到你们……"他跑到橡树下，仰着脸往上望，猝然冒出的泪水，沿着他的眼角流向耳朵。树上的老邓和小毕，解开把自己捆在树杈上的腰带，沿着长满青苔的树干，笨拙地滑下来。三个人紧紧地搂抱在一起，哭着，叫着，欢笑着。

三个人拉开一点距离，鸟儿韩的目光在老邓和小毕的脸上来回跳动着，老邓和小毕的目光却始终盯着鸟儿韩。

他们终于安静下来，交流着分别后的情况。老邓在长白山伐过木，有山林经验。根据大树干上青苔的分布情况，老邓确定了方位。半个月后，当山上的树叶被秋霜染红了的时候，他们站在一个低矮的林木稀疏的山坡上，望见了波浪滔天的大海，灰白的海浪永不疲倦地撞击着岸边一块褐色的礁石，潮水像羊群一样追逐着冲上平缓的沙滩。

“……海边上，嗯，泊着十几条船。一些人，嗯，净是些老头儿，嗯，老婆子，妇女，嗯，小孩子，在那儿晒鱼，嗯，晒海带，嗯，也挺苦的，嗯，哼着哭丧歌儿，呜儿哇儿，嗯，哇儿呜儿，老邓说，嗯，过了海就是烟台，嗯，烟台离咱们老家，嗯，很近了，嗯，心里乐，嗯，想哭，嗯，远望着海那边，嗯，有一片青山，嗯，老邓说，那就是中国的，嗯，在山上猫到天黑，嗯，海滩上人走光了，嗯，小毕急着要下山，嗯，我说等会儿，嗯，一会儿，嗯，一个人，头上戴着瓦斯灯，嗯，在海滩上，嗯，走了一圈，嗯，我说行了，嗯，下去吧，嗯，一个多月净吃草，嗯，见了鱼干，嗯，比猫还馋，嗯，顾不上说话，嗯，吃了几条鱼，嗯，小毕说鱼还有刺呢，又吃了一些海带，嗯，肚子里那个滋味呢实在难受，嗯，就像煮小豆腐一样，嗯，绞着痛，嗯，小毕说，嗯，大哥，我的肠子怕是被鱼刺扎破了，嗯，晒鱼的铁丝上搭着一件胶布围裙，嗯，我抽下来扎在腰上，嗯，又找到一件，嗯，女人的褂子，穿上紧巴巴的，嗯，光身子一个多月了，嗯，穿上衣裳像个人啦，嗯，跳上一条小船，嗯，推，拖，弄到海里，嗯，身上湿透了，嗯，船不老实，嗯，像条大鱼，嗯，你拖我拉爬上去，嗯，不知道怎么让船走，嗯，你一桨，我一桨，嗯，小船耍脾气，团团转，嗯，不行，这样划不到中国去，嗯，老邓说，兄弟，这样不行，回去吧，我说，不回去，就是淹死，嗯，死尸也要漂回，嗯，漂回中国！”

船经不起折腾，翻了，他们在齐胸深的海水里挣扎着，被潮水冲上海滩。海上涛声澎湃，像有千军万马在厮杀，奔腾，繁星满天，水面上飞舞着绿色的磷光。鸟儿韩冻得说不出话。小毕低声啜泣着。老邓说：“弟兄们，天无绝人之路，重要的是不要灰心。”鸟儿韩问：“大哥，你最大，你说吧，怎么办？”老邓说：“咱是些旱鸭子，没有使船经验。莽撞出海，死路一条。好不容易逃出来，不能轻易死，这样吧，咱先上山歇一天，明晚，捉个日本渔民，让他送我们回去。”

第二天晚上，他们埋伏在路边，手里拿着棍子石头。等啊等啊，终于看到那个头戴瓦斯灯的人来了。鸟儿韩猛地扑上去，拦腰抱住那个人，将他摔在地上。那人怪叫一声，昏了。老邓摘下头灯一照，晦气，原来是面色枯黄的女人。小毕举起石头，说："砸死她吧，要不她会去报信的。"老邓说："算了，小鬼子不仁，咱不能不义。杀女人，要遭天打五雷轰。"

他们扔下那女人，急匆匆转移。突然看到海滩上有一点灯火，有灯火就有人。三个人，不用提醒，都屏住呼吸，往前爬。鸟儿韩听到油布围裙摩擦着海滩上的沙砾，嚓啦啦地响。灯光从一间木板房里泻出来，房子两边，堆放着一些养殖海带的玻璃水漂子，还有一些破旧的橡胶轮胎。鸟儿韩脸贴在简易的板皮子门上，从宽大的缝隙里，看到一个花白胡子的老头，蹲在一个小铁锅边，正在吃大米饭。米饭的香气刺激得他的胃部一阵痉挛，怒火冲上脑袋。操你祖宗，你们把我们抓来，让我们吃草吃树叶子，你们却吃大米饭。鸟儿韩刚想冲进门去，手腕子却被老邓捏住了。

老邓拖着他们，离开小屋，在一个安静处，三个人头碰头趴下。鸟儿韩说："大哥，咋不冲进去？"老邓说："兄弟，别急，让这老人吃完了饭吧。""你可真是好心肠。"小毕嘟哝着。老邓说："兄弟，咱们能不能回到中国，全仗着这个老人了。我看这也是个苦人。咱进去，千万不要动蛮的，要和颜悦色地求他，他要答应了，咱就有救了，他要不答应，那时再来武的。我怕你们一进去就狠起来，所以把你们先拖出来。"鸟儿韩说："邓大哥，没什么好说的，我们听你吩咐。"

他们进入板屋，还是把那老人吓得够呛。他殷勤地为他们倒了茶。鸟儿韩看着老人被海风吹得像树皮一样粗糙的脸，心软得不行。老邓说："好大爷啊，俺是中国劳工，求您老人家使船把我们送回去吧。"老人痴呆呆地看着他们，连连鞠躬。老邓说："您把我们送回去，我们砸了锅卖了铁，典了老婆卖了孩子，也要凑足盘缠把您送回来。您要不愿回来，我们就把您当爹养着，有我们吃的，就有您吃的，谁要胆敢反悔，说话不算数，谁就不是人养的！”

老头儿扑通一声跪在地上，嘴里咕噜着他们听不懂的话，连连磕头，鼻涕两道泪两行。鸟儿韩有些心烦，动他一下，他就像杀猪一样号叫着，爬起来就往外跑。鸟儿韩一把揪住他，他回头就咬了鸟儿韩一口。鸟儿韩怒从心头起，找到一把菜刀，按在老头脖子上，威胁道：“别号，号就杀了你！”老头儿不敢号叫，眼睛紧急地眨巴着。鸟儿韩说：“邓大哥，到了这步田地，讲不得二十四孝了。把这老东西弄上船，用刀逼着，不怕他不干。”

三个人从小屋里找到柴刀火棍，用绳子绑着老头，拖拖拉拉出了屋，往海滩上走。海风呼啸，海上一团漆黑。刚拐过山角，就看到前边一片火把通明。一群人吵嚷着冲过来。老头子挣脱绳子，大声叫唤着往前跑。老邓说：“弟兄们，逃命吧！”

他们跑到山上，沮丧得要命，谁也不说话，坐到天明，不知该干什么。鸟儿韩说：“为什么非要走海路？我就不相信日本没有和中国相连的陆地。难道那成千上万、蝗虫一样的日本兵，都是坐船到中国？”小毕说：“那要多少船？不可能有那么多船。”鸟儿韩说：“咱转着海边走，总有碰到路的一天，绕点弯就绕点弯吧，今年走不到，明年继续走，豁出去了，早晚有走回中国的那一天。”老邓说：“也只有如此了，我在长白山伐木时，听说小日本跟朝鲜连着，咱先到朝鲜，再回中国，死在朝鲜，也强似死在日本。”

三个人正商量着，就听到山下人声鼎沸，狗叫，锣响，坏了，日本人搜山了。他们慢慢住山头撤。老邓说：“兄弟们，咱千万别拆了伙，单个奔，就被他们收拾了。”

他们到底被冲散了。鸟儿韩蹲在一堆竹子里，看到有一个穿着破烂的男式制服上衣的黄脸女人，双手端着一杆猎枪，战战兢兢地搜索过来，她的左右，是一些拿着柴刀木棍的老人，一个脸色苍白的男孩，跟在女人背后，用一柄铁铲子，敲打着一个破铜盆。几条瘦狗，在他们前头有气无力地叫着。可能是为了壮胆，搜山的老人、妇女、儿童，都虚张声势地喊叫着，间或还放一枪。那条黑白间杂的瘦狗，对着鸟儿韩藏身的竹丛，尾巴夹在双腿间，一边倒退一边狂吠。瘦狗丧心病狂的状态，引起了黄脸女人的注意。她端平猎枪，对着竹丛，怪叫着。她的从粗大的袖管里褪出来的像蜡棒一样的手脖子，剧烈地哆嗦着。鸟儿韩从竹丛中蹿出来，高举起切菜刀，对着那妇女，当然也对着黑洞洞的枪口，猛地扑了上去。那个黄脸妇女像遭了突然打击的狗，声音转调儿，扔下猎枪便跑。鸟儿韩的菜刀紧擦着她头顶的草帽子劈下去。帽子被劈破，露出干枯的头发。女人哀鸣着跌倒了。鸟儿韩斜刺里冲下山坡，几下子便蹦到了被金黄的树冠遮掩得密不透风的山谷里。日本人的吼叫、狗的狂吠，把一面山坡吵翻了。

老邓和小毕被日本人抓住了——正所谓因祸得福——日本投降后第二年，他们被当做战俘引渡回中国。而在围剿中突围逃跑的鸟儿韩，却注定要在北海道荒山密林中，苦苦煎熬十三年，直到那个大胆的猎户把他当做冬眠的狗熊，从雪窝子里掏出为止。

在最后一个大雪弥漫的冬季来临之时，鸟儿韩的头发已长得有一米多长。头几年里，他还用那把破菜刀隔一段时间切削一次头发，但那把菜刀，终于被磨成一块废铁，失去了任何使用价值，头发便自由地生长起来。从海边劫掠来的油布围裙和女人上衣早已成了条条缕缕，挂在那些生长着尖刺的灌木枝条上。现在他身上用柔软的藤萝捆扎着一些从山外稻田里弄来的稻草和化肥包装纸，一走动就嚓嚓啦啦响，宛若一只恐龙时代的怪物。他像野兽一样，在山林中划出了自己的势力范围，这里的一群灰狼，对他敬而远之，他也不敢招惹它们。他知道这群狼是由一对老狼繁殖的。在第二个冬季里，那对新婚不久的狼曾试图把他吃掉，他也想剥掉它们的暖融融的皮做洞中的铺垫。起初，他与它们远远地打量着，狼对他有所畏惧，但食肉类野兽那种不屈不挠的耐心使它们长久地坐在他栖身的山洞前的溪流旁，一个夜晚接着一个夜晚。狼扬起脖子，对着天边的冷月发出凄厉的嗥叫，连天上的星星都在这可怕的嗥叫声中颤抖。后来，他感到实在忍无可忍了，便一次吃了本该两次吃的海带，又多吃了一条刺猬腿，然后，他集中精神消化食物，并用发僵的生出尖利指甲的手，揉搓着腿上的关节，作好出击前的准备。他唯一的武器是那把当时还能勉强使用的破菜刀，还有一根带尖的用来挖掘植物根茎的木棒。他把这两件武器全带上，推开了堵住洞口的石块，钻了出去。狼看到山洞口钻出了一个它们从没见过的动物。他身材高大，周身生着嚓嚓响的黄色鳞片，头上的毛发像一股汹涌的黑烟，双眼放出绿色的光芒。他号叫着对着狼逼近。在离狼几步远时，他看到那只公狼宽阔的大嘴里，锯齿一样的白牙闪着寒光，狼的狭长的嘴唇，像胶皮垫圈一样发亮。他犹豫地站住了脚。既不敢前进也不敢撤退，他清楚撤退的后果。就这样僵持着，狼号叫，他跟着号叫，而且号叫得更加悠长，更加凄厉。狼龇牙，他也龇牙，并且附加上用刀背敲击木棍的动作。狼在月光下追逐着尾巴梢儿跳起神秘的舞蹈，他也抖动着身上的纸片子，装出欢天喜地的样子跳跃着，而且确实是越跳越欢天喜地。他从狼的眼睛里，发现了友好和缓和。

他在第九次报告中——这时他的舌头因为强化训练已变得灵活无比——讲到此处，竟灵感突发，展开了人与狼的长篇对话："狼说——是那头女狼而不是那头男狼，"他特别强调道，"女人总是心软嘴甜——韩大哥，咱们交朋友吧。"他撇撇嘴，道："那就交吧，但我告诉你们，我连日本鬼子都不怕，难道还会怕你们？公狼说：'俺要真跟你拼命，你也未必能赢！看看吧，你的牙齿都松动了，牙龈也烂了，化了脓了。'公狼说着，把溪边一根胳膊粗的棍子，一口咬断了。我心惊胆战，道：'我有刀！'我挥舞着那把破刀，砍下一块树皮。母狼说：'男人们，就是喜欢打架斗殴。'公狼说：'算了，我知道你也不善，咱谁也不惹谁，大家做邻居吧。'奶奶的，我巴不得和解，但心里怯了，嘴巴不能软。我说：'好吧，那就做邻居吧。'我装出不太情愿的样子说……"他的人狼对话让台下的听众憋不住地笑，他便愈加得意地讲起来，直到主持人劝他不说狼了他才把话题往下延伸。

久居山林的鸟儿韩与狼达成了某种默契后和平共处，上官金童认为是可信的。因为在他自己与动物的交往中，就多次为动物超出人的想象力的智慧惊叹不已。譬如那只充当他的奶妈多年的羊就差点与他对话。

鸟儿韩清楚地知道那群狼的血缘关系，知道它们的年龄、辈分，甚至爱好。除了这群狼，在这条山谷里，还有一只神经质的公熊，它什么都吃，草根、树叶、野果子、小动物，它还能极其灵巧地从山溪中捕捉到银光闪闪的大鱼。它吃鱼时根本不吐刺，咔嚓咔嚓，像啃萝卜一样。有一个春天里，它从山下拖上了一条穿着胶皮鞋的女人腿，没吃完就扔到山溪里。这头熊吃饱了没事干，就拔小树消耗体力，它栖身的那片领地里，到处都是被它连根拔出的小树。终于有一天，鸟儿韩在第二十次报告中说，他与这头有神经病的熊展开了一场恶斗，他体力不支，被熊打翻在地。熊坐在他身上，颠动着沉重的屁股，拍打着胸脯，呵呵地狂笑着，欢庆胜利。他被颠得骨头都要断了，绝望中他灵机一动，伸出手去搔它的睾丸，这一下把那家伙搔恣儿了，它顺从地跷起一条腿。他一边搔着，一边从腰里抽下一根细绳，在牙齿的帮助下，挽了一个绳扣，套在熊睾丸的根部，绳子的另一头，拴在一棵小树上。他继续搔着，慢慢往外拖身体。他打了一个滚，爬起来就跑，那公熊猛地往前一扑。睾丸一阵奇痛，这地方的痛跟别的地方的痛可大不一样，他说，男人们都知道，无赖的女人也知道。抓住这儿，就等于攥住了男人的命根。那熊一下就昏了过去——他这段经历，让几位闯过关东的人很不以为然，他们在关东时就听说过这故事，只不过在关东的人熊斗争故事里，主人公是年轻漂亮的女人，而那狗熊，还应该有一些调戏妇女的行为。鸟儿韩正走着红，他们只好把疑问咽到肚子里。

按照他第一次报告时的说法，最后一个冬季，他是在一个面对着大海的山坡上度过的。他说，十几年来，他越冬的地点一年年往外挪，一直挪到这里。他在山坡上挖了一个土洞子，洞口正对着山沟里一个小村庄。他在洞子里储存了两捆海带、一捆干鱼，还有十几斤土豆。每当清晨和傍晚，他坐在洞子里，双手捧着蛋子，望着山村里那些袅袅上升的炊烟，沉浸在一种痴迷状态中，若干往事，在他的脑海里闪现着。但往事都以碎片的形式出现，他无法完整地回忆起一件事，包括一个人的脸。一切都像浮在动荡不安的水面上，瞬息万变，难以捕捉。大雪封山之后，村里的人很少出来。街上走过一条狗，也会留下一行黑色的鲜明脚印。家家的烟囱里，昼夜不停地冒着烟。乌鸦在村外的树林里，一天到晚聒噪。海滩上有几条破船，靠近沙滩的地方，结着白色的冰，灰浪一天两次冲上滩头，冲刷着那些冰。就这样他整整地蹲了一个冬天，饿急了就嚼条干海带，渴急了就从洞口挖点雪吃。一会儿睡，一会儿醒。拉了屎就用手抓着扔到洞外。一个冬天只拉过十几次大便。春天到了，雪水开始融化，头上的土层里渗下水来。他往外扔大便时，看到村中那些小木屋已经露出了斑驳的棕色屋顶，大海的颜色也发了绿，但背阴的山坡上还是一片雪白。

有一天，他估摸着应该是正午时分，突然听到洞外有咯吱咯吱的踩雪声。响声围着洞子转，最后转到头顶上。他在洞中缩成一团，双手不捂蛋子了，紧攥住一把破铁锹头，麻木地等待着，昏沉沉的意识里，闪烁着往事的碎片，使他很难集中精力，手中的铁锹头，一次又一次地滑脱。头顶上咕咚咕咚响着，泥土簌簌下落。一道雪亮的光线突然射进来。他本能地蜷缩起身体，注视着那道光线。上边又咕咚了几下，泥土、雪粉，哗啦啦地流下来。慢慢地，一根圆溜溜的猎枪枪管，探头探脑地从那洞中伸下来。然后就猛烈地放了一枪，弹丸打在地上，溅起一大团泥巴。呛鼻的硝烟弥漫全洞。他把脸埋在双膝间，憋着不咳嗽。那人放了一枪后，在洞顶上肆无忌惮地走着，吆喝着。突然，他看到，那人的一条穿着乌拉、绑着兽皮的腿，从洞顶漏下来。他不顾一切地扑上去，抡起铁锹头，砍那条腿。猎人在洞上，鬼一样号着，那条腿也缩了回去。他听到猎人连滚带爬地逃走了。雪水和泥巴，哗啦啦地灌进洞来。他想，这人回去，肯定要叫人来的。得离开这洞，不能让他们捉了活的。他极力克服着脑袋的混乱，艰苦地进行着简单的思想。要逃出去。他推开了堵在洞口的木板，拿了一束海带，还带着一块小篷布——是秋天时从日本人打稻机上揭下来的——爬出了洞口。他刚刚站起来，就感到一阵凉风猛地把身体吹透了，强烈的光线像刀子一样剜着眼睛。他像根腐朽的圆木栽到地上。他挣扎着爬起来，刚一迈步，糊里糊涂地又栽倒了。他悲伤地意识到：完了，我已经不会走路了。他不敢睁眼，一睁眼就感到辛辣的光线刺得眼睛疼痛难忍。求生的本能促使他顺着倾斜的山坡爬下去。他还依稀记得，在山坡的右前方，有一片低矮的小树林子。他感到爬行了很久很久了，应该到树林了。但他睁开眼睛才知道刚刚离开洞口不远。

傍晚的时候，他终于爬到了小树林子。这时他的眼睛已经比较习惯了光线，尽管还是刺痛、流泪。他扶着一棵小松树，慢慢地站起来，望着自己栖身的洞穴就在前边一百米处。雪地上留着他爬行时留下的痕迹。山下的村子里鸡鸣狗叫，炊烟缕缕，一派和平景象。低头看看自己，满身破纸，裸露的膝盖和肚皮磨破了，渗出了黑血，腐烂的脚趾散着恶臭。他心中涌起了陌生的仇恨情绪，仿佛有一个声音在高高的空中喊叫着："鸟儿韩，鸟儿韩，你是好汉，不能被小日本捉住。"

他从这棵树扑向那棵树，又从那棵树扑向另一棵树，用这种方式，他进入了树林深处。这天夜里，又降了一场大雪。他蹲在一棵小树下，听着黑暗中大海的咆哮和从深山里传出来的狼嗥，又陷入麻木状态。大雪把他掩埋了，也掩埋了他头天下午留下的痕迹。

第二天早晨，他看到初升的太阳把雪地照耀得一片碧绿。吵吵闹闹的人声，还有几只狗的叫声，在山坡那边他的洞穴附近响起来。他一动也不动，安静地听着那些仿佛从水里传上来的朦胧模糊的声音。

渐渐地，眼前有一团火升起来，火苗子像柔软的红绸，无声无息地抖动着。火的中央，站着一个身穿白裙、目光像鸟一样孤独的少女。他披着厚厚的积雪站起来，向那少女扑过去……

嗅觉灵敏的猎狗把猎人们引导过来，鸟儿韩双臂撑地，昂起头，望着面前那些黑洞洞的枪口。他想骂一句，发出的却是一阵狼嗥。那些猎人都惊恐地看着他，狗也畏畏缩缩地不敢靠前。

有一个猎人过来了，拉着他的胳膊。他感到心肺猛烈地炸开了，拼出最后的力气，他把那人搂住了，并用无力的牙齿咬住了那人的脸。然后他就倒了，那人也倒了。他再也没有反抗，听凭着人们把他的扣了环的手指一根根掰开。他恍惚觉着，人们拖着他，像拖着一具野兽的僵尸，飘飘悠悠地进了那个山村。

在一个卖杂物的小铺子里，他被一种无法言述的痛苦折磨得清醒了。他听到面前的铁皮烟囱里，火焰呼呼地响着，针尖一样的热，扎着他的全身。他赤身裸体，自觉像一只被剥了皮的蛤蟆一样难受。他挣扎着、号叫着，要逃离炉火。猎人猛然醒悟，把他拖到院子里，放在一间储藏杂物的、没有生火的空屋里。那间杂货铺的女主人，给了他很多照料。嘴巴里第一次被喂进一勺温热的糖水时，他的眼泪哗哗地流了出来。

三天之后，猎户们用毯子裹着他，把他抬到一个地方。那里有一些穿戴体面的人，用哇啦哇啦的日语向他提问。他舌头僵硬，什么也说不出来。后来，他说："他们拿出、一块小黑板、嗯，粉笔、让我写字、嗯，写什么呢、嗯，我的指头、像鹰爪一样、嗯，捏住粉笔、嗯，手脖子酸、连粉笔也拿不住了、嗯，写什么呢？我想、脑袋里一锅粥、呼哧呼哧的、嗯，想啊、想、嗯，两个字、嗯，出来了、出来了、嗯，中国、对了、中国、嗯，我在黑板上、写了两个字、歪歪扭扭的、嗯，那么大的两个字、嗯，两个大字、嗯，中国！"

第四十章

两个月后，在高密县巡回演讲了五十场的鸟儿韩重新返回了我们家。鸟儿韩掀起的热潮渐渐平息，人们开始对他越说越丰富、越说越传奇的经历提出了疑问：可能吗？怎么会有那样多的奇事？不就是在山里待了十五年吗？

鸟儿韩回答道：“操你妈，站着说话不腰痛，十五年，嘴唇一碰就过去了，老子却要一年一年一月一月一天一天一分钟一分钟地熬！你们有种，去待上五年试试吧！”

十五年确实不好熬，可那么多的事，与狗熊打仗、与狼对话……可能吗？

鸟儿韩愤愤地说：“操你妈，我没跟狗熊打仗，也没跟狼说话，那你们说说看，我在日本的深山密林里，十五年里都干了些什么？”

两个月前他第一次踏进我们家门时，就让我大吃了一惊。我模模糊糊地回忆着有关鸟仙的一些往事，但只忆起她跟哑巴的一些风流事，以及她从悬崖上纵身跳下的情景，丝毫也记不起她还有一个这样古怪的未婚夫。我往旁边闪了闪，放他进了院子，那时，用一条白布单子缠着腰、赤着上身的上官来弟逃到院子里。哑巴用拳头把窗户砸成一个大窟窿，把半截身子探出来，嘴里喊着：“脱！脱！”上官来弟大哭着跌倒了，她的下身的血把白布单子都染红了。她就这样一丝不挂地、痛苦万端地呈现在鸟儿韩面前。当她发现了院子里的生人时，急忙把布单子裹在身上，血顺着她的小腿流在地上。

母亲赶着羊、牵着八姐回来了，她看到了大姐的丑相，似乎没有过分吃惊，但当她看到鸟儿韩时，却一屁股就蹾在了地上。

后来母亲对我说，她当时就知道，讨债的回来了，十五年前我们吃过的那些鸟，连本带利要一起偿还。上官家牺牲了大女儿换来的荣华富贵，随着鸟儿韩的归来即将结束。尽管如此，母亲还是用最丰盛的饭菜，隆重地接待了鸟儿韩。这只从天而降的怪鸟，坐在我家院子里，双手习惯地捧着裤裆间的东西，呆呆地看着正在灶上忙碌的母亲和上官来弟。来弟被鸟儿韩的奇特经历激动着，暂时忘记了哑巴带给她的痛苦。哑巴悠到院子里，挑衅地看着鸟儿韩。

在饭桌上，鸟儿韩笨拙地拿着筷子，无论如何也夹不住那块鸡肉。母亲抽出他的筷子，示意他用手抓着吃。他抬起头望着母亲，问："她……我的……媳妇呢……"母亲仇恨地看了看哑巴，他正在贪婪地啃着那只鸡头。母亲说："她……出远门了……"

母亲的善良使她无法拒绝鸟儿韩在我家住宿的要求，何况还有区长和县民政局长的说词："他已经无家可归，对这样一个从地狱里逃出来的人，他的一切要求，都应该得到满足，何况……"母亲打断县民政局长的话，说："不用多说了。来几个人帮着把东厢房拾掇拾掇吧！"

就这样，传奇英雄鸟儿韩，便寄居在我家那两间被鸟仙充当过仙室的东厢房里。母亲从积满灰尘的梁头上，拿下那张被虫子蛀得千疮百孔的鸟仙图，挂在厢房的北壁上，演讲归来的鸟儿韩一看到这张图画，便说："我知道是谁害了我的老婆，我早晚要报仇。"

大姐和鸟儿韩的奇异爱情，像沼泽地里的罂粟花，虽然有毒，但却开得疯狂而艳丽。那天中午，哑巴悠出去到供销社打酒了。大姐蹲在桃树下洗一件内裤，母亲坐在炕上，用公鸡毛绑一把鸡毛掸子。她听到大门声响，看到恢复了捕鸟旧业的鸟儿韩，用食指挑着一只羽毛美丽的小鸟，腿脚轻快地走了进来。他站在桃树下，怔怔地望着来弟的脖子。那只小鸟，痴情地鸣叫着，翅膀和脖子上的羽毛，在鸣叫中抖动。鸟的叫声千回百转，撩拨着女人最敏感的感情的触须。母亲感到心中充满深刻的内疚，这只鸟，简直就是鸟儿韩痛苦的化身。她看到来弟慢慢地抬起头，望着那只小鸟血一样艳丽的胸脯，和那两只芝麻粒大小的、漆黑的、令人心碎的眼睛。母亲看到来弟满脸潮红，眼睛里水汪汪的，她知道，那件最让她担心的事情，在这只痴情小鸟的鸣叫中，已经悄悄地拉开了帷幕。她没有力量制止，因为她知道，上官家的女儿一旦萌发了对男人的感情，套上八匹马也难拉回转。她绝望地闭上了眼睛。

上官来弟心中万分感动，她带着两手肥皂泡沫，慢慢地站了起来。那只身体只有核桃大的小鸟，能发出如此缠绵多情，持续不止的鸣叫，令她惊讶不已。更重要的是，她感到小鸟正在向她传送着神秘的信息，一种朦胧的像水面上月光下的紫红的睡莲花一样的亢奋而又可怕的诱惑。她努力想避开这诱惑。她站起来时是想避到屋子里去的，但她的双脚却像生了根，而且她的手也不由自主地伸向那只小鸟。鸟儿韩手腕一抖，小鸟便飞到了来弟脑袋上。她感到鸟的纤细的小爪子，正深入到她的头皮里去，而鸟的叫声，却直接地钻进了她的脑子里。她的眼睛正对着鸟儿韩慈祥的忧悒的父亲一样的美丽的大眼睛，一股强烈的委屈的感情陡然把她淹没了。鸟儿韩对着她点点头，转身往东厢房走去。那只小鸟从她的头顶上飞起来，追随着鸟儿韩，进入了东厢房。

她怔了一会儿，听到母亲在炕上无奈地呼唤着她。她没有回头，不知羞耻地大哭着，冲进东厢房。鸟儿韩早已张开搂抱过狗熊的有力臂膀迎接着她。她的泪水把鸟儿韩的胸脯喷湿了。她认为有足够的权力捶打他，他承受着她的捶打，并用那两只大手，不停地抚摸着她瘦削的肩膀和凹陷进去的脊梁沟。在这个过程中，小鸟蹲在鸟仙图像前的供桌上，兴奋地啼叫着。它那只小嘴里，似乎往外唾着血的小星星。

来弟坦然地脱光了衣服，指点着身上被哑巴虐待过的累累伤痕，哭着抱怨："鸟儿韩，鸟儿韩，你看吧！他把我妹妹折腾死了，现在他又来折腾我，我也完了，我被他折腾得连一点劲儿也没有了。"然后，她就趴在他的被子上，呜呜地哭起来。

鸟儿韩第一次如此仔细地观看着女人的身体。他惊讶地想到，女人，这个因为自己倒霉的经历而无福欣赏的灵物，竟比他半生中所看到的美好的东西更为美好。他被来弟修长的双腿、浑圆的屁股、那两只被被子挤扁了的乳房、那缩进去的纤纤细腰上自然的凹陷，还有那比她的脸要娇嫩、白皙许多的闪烁着玉一样的滋润光泽的皮肤——尽管那上边伤痕累累——感动得热泪盈眶。被苦难生活压抑了十五年的青春激情像野火一样慢慢地燃烧起来。他双膝一软，跪在了来弟的身体前，用滚烫的抖颤的嘴巴，吻着她的脚踝骨下边那块光滑的皮肤。

上官来弟感到，有一道蓝色的电火，从脚踝骨那儿，飞蹿着爬升，并在瞬息间流遍了全身，她全身的皮肤都绷紧了，绷紧了，突然又堤坝决口般地松弛下来。她陡然翻了一个身，把两腿分开，折起身体，搂住了鸟儿韩的脖子。她具有丰富经验的嘴巴，引导着还是童男子的鸟儿韩。在狂吻的间隙里，她喘息着说："让那个哑杂种、让那个半截鬼死了去吧，烂了去吧，让乌鸦啄瞎他的眼睛吧……"

在他们一阵接着一阵的狂叫声中，母亲仓皇地关上了大门，并在院子里敲打着一只破得不能再破的铁锅，借以掩盖他们的叫声。胡同里来来往往着寻找破铜烂铁的小学生和中学生，家家户户的铁锅、铁铲、菜刀，连门上的铁钌铞儿，女人指头上的顶针、牛鼻子上的铁环，都被搜集去炼了钢铁，我们家因为有著名的战斗英雄孙不言和传奇英雄鸟儿韩，才使家里的铁器保存下来。母亲巴望着来弟和鸟儿韩的造爱尽快结束，因为对饱受哑巴折磨的来弟的同情和内疚，因为对饱受苦难的鸟儿韩的同情和对十五年前那些肉味鲜美的鸟儿的感激，同时也出于对三女儿上官领弟的怀念和敬畏，母亲自觉地担当了来弟和鸟儿韩非法恋爱的保护人。虽然她预感到这件事情必将引出不可收拾的结局，但她还是想尽量地帮他们打掩护，让结局晚一些到来。但事实上，对于鸟儿韩这样的男人来说，当他领略了女人的激情和柔情之后，没有什么力量能够约束住他。这是一个在山林中像野兽一样生活了十五年的男人，这是一个在生与死的秋千上悠荡了十五年的男人，半截哑巴在他的心目中连一根木桩子都不如。对于来弟这样一个经历过沙月亮、司马库、孙不言三个截然不同的男人的女人，对于她这样一个经历过炮火硝烟、荣华富贵、司马库式的登峰造极的性狂欢和孙不言式的卑鄙透顶的性虐待的女人来说，鸟儿韩使她得到全面的满足。鸟儿韩感恩戴德的抚摸使她得到父爱的满足，鸟儿韩对性的懵懂无知使她得到了居高临下的性爱导师的满足，鸟儿韩初尝禁果的贪婪和疯狂使她得到了性欲望的满足也得到了对哑巴报复的满足。所以她与鸟儿韩的每次欢爱都始终热泪盈眶、泣不成声，没有丝毫的淫荡，充满人生的庄严和悲怆。他们两人在性爱过程中，都感到千言万语涌上心头……

哑巴脖子上挂着酒瓶在人群川流的大街上，飞快地跃进着。路上尘土飞扬，一群民工，推着褐色铁矿石从东往西走；而另一群民工，推着同样颜色的铁矿石却从西往东走。哑巴在两队民工中跃进着，跃进跃进大跃进。民工们都尊敬地看着他胸前那一片金光闪闪的军功章，并停止前进，为他让开道路。这使他得到极大的满足。他虽然只齐着人群的大腿，但精神上却高大无比。从此，他把白天的大部分时间，都消磨在这条大街上。他从大街的东头，跃进到大街的西头，喝几口酒，提提精神，再从大街的西头，跃进到大街的东头。就在他来回跃进的时候，上官来弟和鸟儿韩，也在地上和炕上，不断地跃进着。哑巴满身尘土，手下的小板凳腿磨短了一寸，腚下的胶皮，也磨出了一个大洞。村子里的树全被砍光了，原野里浓烟滚滚。上官金童跟随着消灭麻雀的战斗队，高举着绑上红布条的竹竿，敲打着铜锣，把高密东北乡的麻雀，从这个村庄赶到那个村庄，使它们没有时间觅食，落脚，最后都像石块一样掉在大街上。上官金童的相思病在多种因素的刺激下痊愈了，恋乳厌食症也随之痊愈。但他的威信大大降低，他所亲近的俄语教师霍丽娜也被划成右派，送到离大栏镇五里路的蛟龙河农场劳动改造。他在大街上看到了哑巴，哑巴也看到了他。

两个人打了一个手势，便各忙各的去了。

这个喧闹的遍地火光的狂欢季节很快结束了。狂欢过后的高密东北乡，进入了一个新的凄凉时代。在一个秋雨潇潇的上午，一个重炮连，用十二辆大卡车拖着十二门榴弹大炮，从东南方向的狭窄土路上，哞哧哞哧地开进了大栏镇。他们开进村庄时，哑巴正在湿漉漉的街道上孤独地跳跃着。在不久前的跃进岁月里，他耗尽了精力。现在他精神委靡，目光阴沉。因为大量饮酒，那半截结实的身体也变得臃肿起来。炮兵连的出现，使他的精神一振。他不合时宜地从街边悠到街中央，挡住了卡车的去路。卡车一辆接着一辆停下来。车上的士兵都在秋雨中眨巴着眼睛，望着车前这个拦挡车辆的怪人。卡车驾驶室里，跳出一个腰挂短枪的小军官，他愤怒地骂着："浑蛋，你是不是活够了？"——确实够悬的，因为道路打滑，哑巴身体又矮，卡车轮子又高，他几乎是从司机视线的死角里跃进了街心。司机感到眼前蹿起一个黄影子，便一脚踩住了车闸，尽管如此，卡车粗大的保险杠，还是撞在了哑巴的方正的大头上。他的头没有出血，但很快鼓起了一个鸡蛋大的紫包。小军官还想骂几句，但哑巴的猛禽般的目光使他的心脏紧缩起来，随即他便看到了哑巴破烂的军装前胸上那一片功劳牌子。他双腿并拢，弯着腰敬了一个礼，大声说："首长，对不起，请原谅！"

哑巴的精神获得了很大的满足。他退到路边，让开了道路。卡车拖着重炮缓缓驶过去。车上的士兵，都对着他举手敬礼，他也举起手来，让指尖戳着软塌塌的帽檐儿，向士兵们还礼。卡车过去了，街道被轧得稀烂。东北风飕飕地刮着，白色的秋雨倾斜着落下来，街道上笼罩着一层冰凉的雾气。几只劫后余生的麻雀，在雨的缝隙里疾飞过去。几条浑身湿淋淋的狗，夹着尾巴站在大街一侧宣传席棚下，对哑巴行着注目礼。

炮队的路过，标志着狂欢季节的最后终结。哑巴垂头丧气地回了家。他像往常一样举起小板凳敲门时，门却自动地打开了。并且，他突然听到了异常清楚的嘎嘎吱吱的门声。他原本生活在一个几乎静寂的世界里，所以鸟儿韩和来弟的奸情能比较长期地瞒住了他。当然，在过去的几个月里，他把白天的大部分时间都消磨在街道上、炼铁炉旁，回到家便累得像死狗一样沉沉睡去，天一亮又跃出大门，他无暇顾及来弟，这也是鸟儿韩与来弟的奸情持续数月不被他发现的重要原因。

哑巴耳朵的复聪，只能归结到卡车保险杠的撞击上，也许那一撞，把堵住他耳朵的异物撞出来了。门的嘎吱声吓了他一跳，随即他便惊喜地听到了干硬的秋雨落在树叶上的噼啪声，还有上官鲁氏在炕上打呼噜的声音——母亲失职了，她忘记了关大门——更令他惊异的，是从东厢房里发出的上官来弟的半是痛苦半是幸福的呻吟声。

他像猎犬一样抽动着鼻子，闻到了上官来弟身上那股像蛤蜊肉一样的气味。然后他便飞一样地向东厢房跃过去。院子里的积水透过胶皮上的窟窿，冰凉地浸湿了他的屁股，他感到肛门像针扎着一样疼痛起来。

东厢房的门肆无忌惮地敞开着，屋子里点着一支蜡烛，鸟仙的眼睛在画上冷冷地闪烁着。他一眼就看到了鸟儿韩那两条长着黑毛的修长、健壮、令他嫉妒的双腿。鸟儿韩的屁股不停地耸动着，在他的前边，上官来弟高高地翘着臀部，她的双乳在胸前悬垂着、晃荡着，她的被散乱的黑发缠绕着的头颅在鸟儿韩的枕头上滚动着，她的手痉挛地抓着褥子，那些强烈地刺激着他的神经的呻吟声，从散乱的黑发中甩出来，甩出来……他感到碧绿的火焰“嗡”的一声把他面前的一切都照亮了。他发出了一声受伤野兽般的嗥叫。他把手中的小板凳甩过去。板凳从鸟儿韩的肩膀上方滑过去，碰到墙壁，跌落在上官来弟腮边。他又把另一只小板凳甩过去。这一次击中了鸟儿韩的屁股。鸟儿韩转过身，恼怒地盯着在秋雨中瑟瑟发抖的哑巴。鸟儿韩脸上显出自豪的微笑。上官来弟的身体一下子便趴平了。她趴在炕上喘息着，并随手拉过被子遮住了身体。“哑杂种，你看到就看到吧！”她从被子里挺起身子，对着哑巴骂着。哑巴双手按地，像一只巨大的青蛙，第一下跳进门槛，第二下便跳到了鸟儿韩脚前。他把结实的大头猛地往前一顶，鸟儿韩便双手捂着方才还耀武扬威的器官，哀号着弯下腰去。黄色的汗珠一秒钟内便密密麻麻地出现在他的脸上。哑巴更加凶猛地扑上去。他那两只特别发达的长臂像章鱼的腕足一样搭在鸟儿韩的肩膀上，同时，那两只长满厚茧、铁一样坚硬、凝聚着他全身力道的大手，牢牢地扼住了鸟儿韩的咽喉。鸟儿韩的身体软绵绵地侧歪了，他的嘴巴可怕地张开着，双眼往上翻着，显出的全是白眼珠子。

从惊慌失措中清醒过来的上官来弟，捞起枕边那只小板凳，赤身裸体地跳下炕。她先用板凳砍着哑巴挺直的双臂，就像砍在松木上一样毫无反应。继而她又砸着他的脑袋，好像砸着一颗熟透了的西瓜，发出扑哧扑哧的声响。后来她又扔掉小板凳，从门上抽下一根沉重的柞木门闩，抡圆了，猛地砸在哑巴的头上。她听到哑巴哼一声，但身体还保持着那姿势。她又打了他一门闩，哑巴的身体，从鸟儿韩脖子上掉下来，像个缸一样立了片刻，便猛然往前栽去。鸟儿韩的身体软绵绵地压在了他的身上。

厢房里的打斗声把母亲从睡梦中惊醒。她趿拉着鞋跑到门口，打斗已经结束，结局基本明朗。她悲苦地看着一丝不挂的上官来弟，身体软绵绵地倚靠在门框上。上官来弟扔掉那根沾满鲜血的门闩，痴呆呆地走到院子里，灰白的雨箭斜射着她的身体，一串串眼泪般的水珠从她身体上飞快地滚下去。她的很丑的脚啪唧啪唧地踩在浑浊的水汪里。她蹲在水盆边，哗啦哗啦地洗着手。

母亲挣扎着站直身体，把鸟儿韩从哑巴身上拉起来。她用肩膀顶着他的腋窝，把他掀到炕上。她掀开被，厌恶地盖住了他的身体。母亲听到鸟儿韩痛苦地呻吟了一声，于是她知道，这个传奇英雄活过来了。她弯下腰去，像扶麻袋一样扶起哑巴，却看到，有两股墨汁一样黑的液体，从他的鼻孔里流出来。她伸出手指试了试他的鼻孔，随即便松了手。哑巴的尸首稳稳当当地坐着，再也没有歪倒。

她把指尖上的血擦在墙上，便懵懵懂懂地回到了自己的炕上，和衣躺下。哑巴生前的事迹，一桩桩一件件浮现在她的眼前，想到年幼时的哑巴带领着他的弟弟们骑在墙头上称王称霸的情景，她忍不住笑出了声。院子里，上官来弟用那块泡涨了的肥皂，一遍又一遍地洗手，肥皂泡沫满院子流淌。下午，鸟儿韩一手捂着咽喉，一手捂着裤裆，从东厢房里走出来。他抱起像冰一样凉的上官来弟。来弟搂住他的脖子，傻乎乎地笑起来。

后来，一个唇红齿白的小军官，提着一大盒用红纸蒙顶的礼品，在区委秘书的陪伴下，进入上官家的院子。他们在院子里喊了几声，见没人回答，区委秘书便带着小军官，径直钻进了母亲的房间。

“大娘，”区委秘书说，“这是榴炮连宋连长，前来慰问孙不言同志！”

宋连长满面愧色地说：“大娘，实在对不起，我们的车，把孙不言同志的头撞伤了。”

母亲猛然坐起来，问：“你说什么？”

宋连长道：“我们的车——道路太滑——把孙不言同志的头撞起了一个大包……”

母亲大声哭着说：“他回家后，嚷了一阵，就死了……”

小军官的脸吓得煞白。他几乎是哭着说：“大娘啊，大娘……我们踩了刹车，但是路太滑了……”

法医前来验尸的时候，上官来弟挎着一个小包袱，穿戴得整整齐齐，对母亲说：“娘，我要走了，该怎么着就怎么着，不能冤枉人家那些当兵的。”

母亲说：“你跟法官们说，古来就有的规矩，双身女人，要等分娩了才……”

上官来弟说：“我明白，我一辈子没像现在这样明白过。”

母亲说：“你的孩子，我会好好抚养。”

上官来弟说：“娘，我没有什么牵挂了。”

她走到院子里，对着东厢房说："不用验了，他是被我打死的，我先用小板凳砍他，又用门闩砸他，当时，他正卡着鸟儿韩的脖子。"

鸟儿韩手里提着一串死鸟，走进院子，他说："这是干什么？不就死了个半截子废物嘛！是我打死的。"

公安人员把上官来弟和鸟儿韩铐走了。

五个月后，一位女公安送来一个瘦得像病猫一样的男孩，并转告母亲，上官来弟第二天上午将被枪决，家属可以去收尸，如果不收尸，就送到医院解剖。女公安还告诉母亲，鸟儿韩被判处无期徒刑，不久即将押赴服刑地，服刑地点在塔里木盆地，距离高密东北乡有万里之遥，起解前，家属可以去探视一次。

上官金童因为撞伤了学校的小树，已被开除学籍。沙枣花因为有偷盗行为，被茂腔剧团开除回家。

母亲说："我们要去收尸。"

沙枣花说："姥姥，算了，别去了。"

母亲摇摇头，说："她犯的是一枪之罪，没犯千刀万剐的罪。"

枪毙上官来弟那天，观众足有一万人。一辆囚车把她拉到断魂桥边，车上，同案犯鸟儿韩陪着游街。为了防止罪犯胡说八道，执法人员用一种特制的刑具，封住了他们的嘴巴。

上官来弟被枪毙后不久，上官家又接到一张报告鸟儿韩死讯的通知书。他在被押赴服刑地旅途中，企图跳车逃跑，被火车轮子轧成了两半。

第四十一章

为了开垦高密东北乡那上万亩荒草甸子，大栏镇的青年男女，统统被吸收为国营蛟龙河农场的农业职工。分配工作那天，场部办公室主任问我："你，有什么特长？"因为饥饿，我的耳朵里嗡嗡响，没听清他的话。他撅了一下嘴唇，露出一颗镶在嘴巴中央的不锈钢牙齿。提高了嗓门他又一次问："有什么特长？"我想起了刚才在路上，看到了挑着一担大粪的霍丽娜老师，她曾夸奖我有俄语天才。于是我说："我俄语很好。""俄语？"办公室主任冷笑着，炫耀着那颗钢牙，嘲讽道，"好到什么程度？能给赫鲁晓夫和米高扬当翻译吗？能翻译中苏会谈公报吗？小伙子，我们这里，留苏学生都在挑大粪，你的俄语能好过他们吗？"等待分配的青工们发出哧哧的冷笑。"我问你在家里干过什么？干什么干得最好？""我在家放过羊，放羊放得最好。""对，"主任冷笑着说，"这才叫特长，什么俄语呀，法语呀，英语日语意大利语，统统的没用。"他匆匆写了一张条子，递给我，说："到畜牧队去报到，找马队长，让她分配你具体工作。"

路上，一个老职工告诉我，马队长名叫马瑞莲，是农场场长李杜的老婆，响当当的第一夫人。我拿着条子，背着铺盖去报到时，她正在种畜场指挥着一场破天荒的杂交试验。种畜场的院子里，拴着一头发情的母牛、一头发情的母驴、一只发情的绵羊、一头发情的母猪、一只发情的家兔。配种站的五个工作人员——两男三女——都穿着雪白的大褂、捂着遮住鼻子嘴巴的大口罩，戴着乳胶手套的手里，都端着一具授精器，好像五个严阵以待的冲锋队员。马瑞莲留着一个半男半女的大分头，头发粗得像马鬃一样，一张红彤彤的大圆脸，长长的细眯的双眼，肥大的红鼻子，丰满的大嘴，脖子粗短，胸脯宽阔，沉甸甸的乳房宛若两座坟墓——浑蛋！上官金童暗骂了一句，什么马瑞莲，这不是上官盼弟嘛！因为我们上官家臭名远扬，她竟然改换了名字。由此类推，那李杜，就是鲁立人，他曾叫蒋立人，也许在蒋立人之前，还叫过X立人、Y立人。这一对改名换姓的夫妻，被贬到这偏远之地，看来也是一对倒霉蛋——她穿着一件俄罗斯花布短袖衬衣，一条像豆腐皮一样皱皱巴巴哆哆嗦嗦的黑色凡尔丁裤子，脚蹬一双高腰回力球鞋。她指头缝里夹着一支跃进牌香烟，缕缕青烟缭绕着胡萝卜一样的手指。她抽了一口烟，问："场报记者来了没有？""来了，"一个戴着近视眼镜、面容枯黄的中年人从拴马桩后闪出来，哈着腰说，"来啦。"他手里拿着拧开帽的自来水笔和打开的笔记本，笔尖按在纸上，随时准备记录。马队长响亮地笑着，用那只胖嘟嘟的手，拍了拍中年人的肩膀，说："主编亲自出马啦！"中年人道："马队长这儿，是出头条新闻的地方，别人来，我不放心。""老于，很有积极性嘛！"马瑞莲赞扬着，又一次用她的手，拍了那主编的肩头，主编小脸煞白，像怕冷一样，紧紧地缩着脖子。后来我才知道，这个编辑着八开对折油印小报姓于名正的中年人，曾经是省委机关报的社长兼总编辑，一个大名鼎鼎的右派。"今天，"马瑞莲说，"我真要给你一个头条新闻。"她深情地望了文质彬彬的于正一眼，把手中的烟卷儿滋滋地吸到烧痛嘴唇的程度，然后"啪"的一声吐出去，让烟纸和残余的烟丝分离——她这一手绝活，会把捡烟头的人气死——她喷吐着最后一口青烟，问配种员们："都准备好了吗？"配种员们举起配种器，无声地回答着她的问题。血液涌上她的脸，她搓着手，激动不安地拍了拍巴掌，然后又掏出一条手绢擦了擦手上的汗水。"马精，谁是马精？"她大声地问。那个端着马的精液的配种员往前跨了一步，声音在口罩里显得窝窝囊囊："我是，我是马精。"马瑞莲指指那头牛，说："你去给它，那头母牛，把马精授进去。"

配种员迟疑着，他看看马瑞莲，又看看身后那四位同行，好像要说什么话。马瑞莲道："还站着干什么？干这种事儿，趁热打铁才能成功！"配种员眼里流露出恶作剧的神情，他大声说："马队长，我遵命！"配种员捧着装有马精液的授精器，飞快地跑到母牛背后。当那配种员把器具插入母牛的产道时，马瑞莲的嘴巴半张着，呼呼地喘着粗气，好像那一管子马精不是授给母牛而是授给了她。然后，她干净利索地下达了一连串的命令。她命令牛的精子去包围绵羊的卵子。她让绵羊的精子和家兔的卵子结合。在她的指挥下，驴的精液射进了猪的子宫，猪的精液则冤冤相报般地射进了驴的生殖器官。

场报主编的脸灰溜溜的，嘴巴咧着，很难说他是想放声大哭还是想放声大笑。一个女配种员，端着绵羊精液的那一位，她的睫毛弯曲着，眼睛不大，但黑亮无比，几乎没有多少眼白。她拒绝执行马瑞莲的命令，把配种器扔在搪瓷托盘里，摘下手套，拉下口罩，露出她的汗毛很重的上唇、白皙的鼻子和线条优美的下巴，愤怒地说："简直是恶作剧！"她讲一口标准的普通话，声音清脆悦耳。

"放肆！"马瑞莲双手拍出一声脆响，流沙一样的目光撒到女配种员的脸上，她阴沉沉地说："如果我没记错的话，你戴的，"她用手作了一个摘帽子的姿势，"不是'手提帽'，你是极右派，是属于永久性的、永远摘不掉帽子的右派，对不对？！"女配种员的脖子像经了严霜的草茎，脑袋无力地垂在胸前，她回答道："您说得对，我是极右派，永久性的。但是，我想，这是两码事，科学和政治，是两码事，政治可以翻云覆雨，可以朝秦暮楚，可以把白的说成黑的黑的说成白的，但科学却是严肃的。""住嘴！"马瑞莲像一台疯狂的锅驼机，空咚空咚跳动着，喊叫，"我决不允许你在我的种畜场里，继续放毒。你也配谈政治？你知道政治姓什么？你知道政治吃什么？政治工作是一切工作的生命线！脱离了政治的科学就不是科学，在无产阶级的辞典里，从来就没有超阶级的科学。资产阶级有资产阶级的科学，无产阶级有无产阶级的科学。""如果无产阶级的科学，"女配种员孤注一掷地、大声地打断马瑞莲的话，“如果无产阶级的科学硬要逼着绵羊和家兔交配并期望着产生新的物种，那么我说，这无产阶级的科学就是一堆臭狗屎！”

“乔其莎，你太狂妄了！”马瑞莲牙齿打着战说，“你抬头看看这天，你低头看看这地，你应该知道天高地厚！你竟敢说无产阶级的科学是臭狗屎，反动透顶啊！单凭这一句话，就可以把你关进监狱，甚至枪毙！看你这么年轻、漂亮，”上官盼弟变成的马瑞莲降低了调门说，“我放你一马，但是，你必须给我把授精任务完成！否则，我可不管你是什么医学院校花还是农学院的校草，那匹蹄子比脸盆还大的种马我都制服了，我就不信制服不了你！”

场报主编规劝道：“小乔，听马队长的吧，这毕竟是科学实验嘛，人家天津郊区，把棉花嫁接到梧桐上，水稻嫁接到芦苇上，都获得了成功，《人民日报》白纸黑字登着呢！这是一个破除迷信、解放思想的时代，是一个创造人间奇迹的时代，既然马和驴交配能生出骡子，谁又能担保绵羊和家兔交配不会产生新的畜类呢？听话，去吧。”

医学院校花、极右派学生乔其莎脸涨得通红，委屈的泪水在眼眶里打着转，她执拗地说：“不，我不，这违背基本常识！”

场报主编道：“小乔，你好糊涂啊！”

“不糊涂就打不成极右派了！”场报主编对乔其莎的关切显然引起了马瑞莲的不满，她冷冷地顶了他一句。

场报主编立刻垂下头，不吱声了。

一个男配种员走上来，说：“马队长，我替她做吧。甭说是把绵羊的精液射进家兔的子宫，就是把李杜场长的精液射进母猪的子宫，我也丝毫不为难。”

配种员们怪笑起来，场报主编伪装咳嗽才避免了笑出声音。马瑞莲恼羞成怒，骂道：“浑蛋，邓加荣，你太过分了！”

那个邓加荣，拉下口罩，显出一张无法无天的马脸，冷冷地说：

“马队长，本人既没有手提帽也没有永久帽。本人三代矿工，根红苗正，你可别用吓唬小乔的一套来吓唬我。”

邓加荣说完，扬长而去。马瑞莲把满肚皮鸟气全撒在乔其莎身上：“你，干不干？不干的话，这个月的粮票我可要全部扣发了。”

乔其莎憋着，憋着，终于憋不住了，眼泪连串成行地滚出，嘴巴里也发出了哭声。她裸手拿起配种器，跌跌撞撞地跑到发情母兔前——那兔子颜色青紫，脖子上拴着一根红绳——按住了它，它扑扑棱棱地挣扎着。

这时，上官盼弟变成的马瑞莲终于看到了我，冷漠地问：“你来干什么？”我把场部办公室主任的条子递过去。她看看条子，说：“到养鸡场去吧，那儿正缺一个干重活的壮工。”她不再理我，对主编说：“老于，回去发稿吧，稿子嘛，留有余地吧。”主编哈腰道：“到时请您看小样。”她又对乔其莎说：“乔其莎，根据你的请求，同意你调离配种站。你收拾收拾，去养鸡场报到。”最后，她对我说：“你怎么还不走？”我说：“我不知道去鸡场的路。”她抬手看看腕上的表，说：“走吧，我正要去鸡场办事，顺便把你带过去。”

远远望得见鸡场用石灰刷得雪白的墙壁时，她停下了。这是紧靠废旧枪炮场的通向鸡场的泥泞小路，路边的小沟里，汪着一些暗红色的污水。在那片用铁丝网拦起来的空地上，狂长的野蒿子淹没了破烂坦克的履带。坦克的红锈斑斑的炮筒子凄凉地指向蓝天。牵牛花的嫩绿色的藤蔓，缠绕着一门高射炮断了半截的炮管。一只蜻蜓立在高射机枪的枪筒上。老鼠在坦克的炮塔里跑动。麻雀在加农炮粗大的炮筒里安家落户、生儿育女，它们叼着翠绿色的虫子飞进炮筒。一个头上扎着红绸蝴蝶结的女孩坐在炮车的老化成焦炭状的橡胶轮胎上，呆呆地看着两个男孩在用鹅卵石敲打着坦克驾驶舱里的零件……马瑞莲把目光从荒凉的枪炮场上收回来，脸上的表情与方才在配种站颐指气使的样子判若两人。“家里……都好吗？”她问我。

我扭转脸，看着在高射炮口上点点颤颤的仿佛蝴蝶触须的牵牛花藤蔓，心中充满怒火。你连姓名都改了，还问这个干什么？我心里想着。

“本来，你的前途是无限光明的，”她说，“我们也为你高兴。可是，来弟把一切都毁了。当然，也不能完全怪她，母亲糊涂……”

“如果您没有别的吩咐，”我说，“我就去鸡场报到了。”

“嗬，几年不见，长脾气啦！”她说，“这倒让我感到几分欣慰，上官金童二十岁了，应该把裤裆缝死、把奶头抛掉了。”

我背起铺盖，朝着鸡场走去。

“站住，”她说，“你不要对我们误会，这几年我们也不顺，就是这样吹，人家还嫌我们右倾。我们也是没有办法，‘鸟儿韩披纸袋——没有办法’。”她熟练地引用了一句流传在高密东北乡的歇后语。她摸出那张条子，从悬挂在胸前的钢笔套里，摸出钢笔，在纸条上潦草地画上几个字。她把纸条递给我，说：“去找龙场长，把条子给她。”我接过条子，说：“您还有什么话，就一次说完吧。”她犹豫了一下，说：“你知道，我和老鲁，混到今天这个份上，是多么的不容易。所以，请你不要给我们添麻烦了。暗地里，我会帮助你，在公开的场合……”

“你不要说了，”我说，“你既然连姓名都改了，就与我们上官家没有任何关系了。我根本就不认识您，所以，求您也不要给我什么‘暗地里的帮助’。”

“太好了！”她说，“方便时告诉母亲吧，鲁胜利她很好。”

我再也没有理睬她。沿着那道生锈的、连牛都能钻进去吃草的象征性的铁丝网隔断了的战争岁月的残骸，我大步地向雪白的鸡场走去。我对自己方才的表现非常满意，自我感觉很好，好像打了一个漂亮的胜仗。见鬼去吧，马瑞莲和李杜们，见鬼去吧，像鳖脖一样抻着的锈炮筒。什么迫击炮的底盘、重机枪的护板、轰炸机的翅膀，统统见鬼去吧。从一棵像树一样高大的灰菜那儿，我拐了一个弯，看到了两排红瓦房之间用白色渔网笼罩的空地里，有上千只白色的鸡懒洋洋地移动着，在高高的支架上，一只肉冠子紫红的大公鸡，像妻妾成群的帝王一样，骄横跋扈地鸣叫着。母鸡们“咕咕咕咕”的叫声，吵得人心烦意乱。

我把那张马瑞莲签过字的条子，交给了那个缺了一条胳膊的龙场长。从她那张冷酷的脸上，我猜到这个女人绝不是一般人物。她看了条子，说：“小伙子，你来得正好。你每天的任务是：上午，把所有的鸡粪送到养猪场里去，然后从猪场的粗饲料加工组那儿，把我们需要的粗饲料拉回来。下午，你跟马上就要来的乔其莎把当天产的鸡蛋送到场部，然后去粮食仓库把第二天的精饲料领回来。听明白了没有？”“明白了。”我盯着她那只空空荡荡的衣袖，回答了她的问话。她发现了我的注意，冷冷地说：“在我这儿干活，只有两条原则，一是不偷懒，二是不嘴馋。”

这一夜月光很好，在紧挨着鸡舍的仓库里，我躺在一堆破旧纸盒上，听着母鸡们的呻吟，久久难以入睡。隔壁便是那十几位养鸡女工的宿舍。她们打呼噜的声音透过薄薄的板壁传过来。呼噜中还夹杂着咋咋呼呼的梦呓。月光从窗玻璃上、从裂开的门缝里，冷淡地倾泻进来，照着地上那些纸盒上的字样：鸡瘟疫苗、防潮避光、玻璃器皿、小心轻放、不得挤压、请勿倒置。月光悄悄地移动着，我听到从初夏的原野里，传来了东方红牌拖拉机的轰鸣，那是机耕队的拖拉机手们正在加班耕耘着处女地……昨天，母亲抱着鸟儿韩和上官来弟遗下的孩子送我到村头。她说：“金童，还是那句老话，越是苦，越要咬着牙活下去，马洛亚牧师说，厚厚一本《圣经》，翻来覆去说的就是这个。你不要挂念我，娘是曲蟮命，有土就能活。”我说：“娘，我要省下口粮，送回来给您吃。”娘说：“千万别，你们只要能填饱肚子，娘自然就饱了。”在蛟龙河堤上，我说：“娘，枣花已经习上了那一行……”母亲无奈地说：“金童，几十年了，上官家的女孩子，哪一个听过别人的劝说？”

后半夜的时候，鸡舍里群鸡噪叫。我急忙爬起来，脸贴到窗玻璃上，看到破渔网下，雪白的鸡群像浪潮一样翻腾着。在流水般明澈的月光里，有一只绿油油的大狐狸，正在鸡群中跳跃着。它的身体在跳跃中像一匹连续不断地舒展开的绿色绸缎。隔壁的女人们咋咋呼呼地喊叫起来。很快地她们便半掩着衣服跳到屋外。冲在最前边的，是那独臂的龙场长，她手里握着一支乌黑的“鸡腿匣子”。狐狸叼着一只肥胖的大母鸡，一蹿一蹿地沿着墙边奔跑。母鸡的腿划着地面，龙场长对着狐狸开了一枪，一团火光从枪口中喷出。狐狸猛地站住，母鸡落在地上。“打中了！”一个女工嚷叫着。但狐狸亮晶晶的眼睛对着女工们扫过来。月光把它的狭长的脸照得清清楚楚，它的脸上出现了嘲讽的冷笑。女工们都被它的笑容震住了。龙场长举着手枪的胳膊无力地下垂了。但是她挣扎着又放了一枪。子弹打在离狐狸很远、离女工们却很近的沙土地上。狐狸叼起鸡，不慌不忙地从钢筋焊成的栅栏门上钻了出去。

女工们都呆呆地站着，目送狐狸。它像一股绿色的轻烟，消逝在那片废旧兵器陈列场里。那里边野草茂盛，磷火在月光下闪烁，正是狐狸的天国。

第二天上午，我感到眼皮沉重，拉着满满一车鸡粪往养猪场那边走去。刚刚拐到枪炮场旁边的小路上，就听到后边有人叫停。回头看，见那个女右派乔其莎，轻快地跑过来。她冷淡地说：“场长让我帮你拉车。”我说：“你在后边推吧，我在前边拉。”小路狭窄，双轮车的轮子经常陷在路上松软的泥土里。每逢这种情况，我便掉转身体，双手紧握车把，后仰着身体，把沉重的车子拖上来。她也非常卖力地推着。每当车子挣扎上来，我转过身去之前，她便望我一眼。她的黑得怪异的眼、长长的白鼻子、唇上的汗毛、线条优美的下巴和那种充满暗示的神情，逼着我把她与昨天晚上那只偷鸡的狐狸联系在一起。我头脑中有一块黑暗的区域正在被她的眼神照亮。从鸡场到猪场，有五里多路。中间要经过蔬菜专业队的化粪池。霍老师挑着粪桶过来了。霍丽娜细弱的腰在沉重的粪桶的压迫下，仿佛随时都会折断。在猪场，教过我音乐课的纪琼枝纪老师，负责接受我们拉去的鲜鸡粪，她把这些酸溜溜臭烘烘的东西掺到猪饲料里。

饲料加工组里有一个能用当时最先进的俯卧式跳过一米八横竿的运动健将，自然也是右派。他对乔其莎表示着特别的关怀，对我也十分友好。这是一个乐天的右派，与那些愁眉苦脸的右派形成鲜明的对照。他脖子上围着一条白毛巾，眼上罩着一副风镜，在尘烟弥漫的粉碎机边愉快地忙碌着。饲料加工组的小组长也是个宝贝。他名叫郭文豪，但却一个字也不识。尽管他一字不识，但却出口成章，他编的快板在蛟龙河农场广为流传。那天我们第一次去拉红薯蔓粉碎的粗饲料时他就随口念了一段：

“说的是畜牧队长马瑞莲，那颗脑袋不平凡，在配种站里搞实验，让羊和兔子结姻缘。气恼了小乔配种员，对着她的肚子打一拳，马配毛驴生骡子，羊配兔子不沾弦。如果说兔子和羊结了婚，公猪能娶马瑞莲。马瑞莲奶子一挺生了气，找到李杜提意见。李杜场长胸怀宽，劝说老婆马瑞莲，算了吧算了吧，这些右派不简单，小乔念过医学院，于正省城做主编，马鸣留学美利坚，章杰能编大辞典，就说右派王梅赞，那个头号大笨蛋，还是个健将运动员……”

郭文豪说：“老右！”王梅赞便双腿并拢，道：“老右在。”郭文豪说：“给小乔姑娘装上饲料。”王梅赞道：“郭组长放心。”

王梅赞往我们车上装饲料，在轰鸣的粉碎机声中，郭文豪问我：“你是不是上官家的？”我说：“是，是上官家的那个杂种。”郭文豪说：“杂种出好汉。你们上官家可真够邪乎的，沙月亮，司马库，鸟儿韩，孙不言，巴比特。了不得，了不得……”

我们拉着饲料回鸡场时，乔其莎突然问我：“你叫什么名字？”

“上官金童，”我说，“你问这个干什么？”

“随便问问，”她说，“干活时总要打招呼吧。你有几个姐姐？”

“八个，不，七个。”

“那一个呢？”

“那一个叛变了，”我不高兴地说，“你不要问了。”

那只公狐狸，每天夜里都来骚扰鸡场，而且每隔一夜就大模大样叼走一只母鸡。它不叼鸡的夜晚并不是它叼不走，而是它不想叼。这样它的活动便有了两种性质，叼鸡的夜晚是为了食物，不叼鸡的夜，则纯属骚扰。它把鸡场的女人们搞得神思恍惚，夜夜不得安宁。龙场长对它发射了足有二十发子弹，但每次射击都伤不着它一根毛。一个女工说：“这狐狸成了精了，会念避弹咒。”

“屁，”那个绰号“野骡子”的大个子姑娘激烈地反对道，“一个臊狐狸，能成什么精？”

“要是它没成精，像龙场长这样的当过武工队神枪手的，怎么老是放空枪？”那女工反驳着。

“我看龙场长是手下留情，那只狐狸，可是个公的！”“野骡子”淫猥地笑着，说，“每到夜深人静时，也许就有一个绿油油的漂亮小伙子，钻到龙场长的被窝里！”

龙场长站在拦鸡网下，静静地听着女工们的议论。她把玩着那把老旧的“鸡腿匣子”，脸上显出沉思冥想的表情。女工们放浪的笑声把她从沉思中唤醒，她用枪筒戳戳头上的浅灰色工作帽帽檐，大踏步冲进鸡舍内，绕过一道道的产蛋笼，站在了正在伸手从铁笼里往外捡鸡蛋的“野骡子”面前。“你刚才说什么啦？”她目光炯炯地逼视着“野骡子”。“没说什么，我没说什么。”“野骡子”握着一个红皮大鸡蛋，坦然地说。“我听到你说了！”她用“鸡腿匣子”敲着铁笼，怒气冲冲地说。“野骡子”挑衅地问：“你听到我说什么啦？”龙场长脸红得像鸡蛋，她愤愤地说：“我绝不会饶过你。”龙场长怒冲冲地走了。“野骡子”追着她的背影道：“心中无闲事，不怕鬼叫门！臊狐狸，别看她一本正经的样子，浪着呢，那天晚上……哼，当我没看见？”“‘骡子’，”一个老成的女工劝道，“少说两句吧，一天六两面，哪来这么多劲儿？”“六两面，六两面，我操他爹的六两面！”“野骡子”从头上拔下一个发卡，熟练地在鸡蛋两头各钻了一个小孔，然后张嘴嘬住鸡蛋的小头，一阵好吸，把鸡蛋吸成了空壳。她把看起来完好无损的蛋壳放到鸡蛋堆里，说：“你们谁要告状就告去吧，反正，俺爹给我从东北找了一个婆家，下个月就走，那儿，土豆子堆得像山一样。你，要去告状吗？”她对着窗户外边弯着腰清扫鸡屎的上官金童说，“你一告就准，你这样的香喷喷的童子鸡，瘸胳膊最喜欢，她是老牛牙不好，专拣嫩草啃呢！”上官金童被“野骡子”骂得满头雾水，端着一锨鸡屎问她：“你要吃鸡屎吗？”

下午，他们拉着四箱鸡蛋走到鸡场与蔬菜专业队化粪池中间时，乔其莎说：“金童，停一下。”上官金童小心地停住脚，把车子放下，回头看着她。她说：“你看到了没有？她们都在偷喝生鸡蛋，连龙场长也在偷喝。你看到‘野骡子’了吧，满身都是劲儿，鸡场的女人都营养过剩。”金童说：“可这鸡蛋是过了磅的。”乔其莎说：“我们不能守着鸡蛋活活饿死。我快要饿疯了。”她拿起两个鸡蛋，钻进了铁丝网内，消失在一辆破坦克的背后。一会儿工夫，她拿着那两个看起来完好如初的鸡蛋走出来。她把这两个鸡蛋埋在蛋箱中央。上官金童忧虑地说：“乔其莎，你这是猫盖屎，场部保管一过磅就现了原形了。”她笑着说：“你把我看成笨蛋了！”她又拿起两个鸡蛋，对我招招手，说：“跟我来。”

上官金童跟随着乔其莎钻进了铁丝网。高大的蒿草飞扬着白色的花粉，挥发出一种令人头昏的闷香。她蹲在坦克旁边，从坦克的履带和铁轮的间隙里，掏出了一个油纸包，包里是乔其莎的全套作案工具：一个小钻子，一支粗大的注射器，一块染成了跟蛋皮色相仿的胶布，还有一把小剪刀。她用钻子在鸡蛋顶端钻出一个小小的洞眼，然后把注射器的针头插进去，慢慢地把鸡蛋的内容抽出来。她拔下针头，命令上官金童：“张嘴。”乔其莎把鸡蛋的汁液射进了上官金童的咽喉。他稀里糊涂地便成了她的同案犯。然后，她从坦克下边一只盛着清水的钢盔里，抽了一管水，注射进蛋壳，又用剪刀剪下一点胶布，贴住了那个针眼。乔其莎动作麻利准确。上官金童问：“你在医学院专门学过这一行？”“对，偷蛋专业！”她微笑着说。

在场部过磅时，鸡蛋的重量不但没减，反而还涨出了一两。

他们的偷蛋把戏持续了半个月，便被无情地戳穿了。那已是盛夏的季节，阴雨连绵，母鸡进入换羽期，产蛋量锐减。他们拖着一箱半鸡蛋，到达老地点，停车，钻进湿漉漉的铁丝网。成熟的野蒿结着一串串种子，武器场上，飘荡着如烟如雾的水汽。锈铁散发着浓郁的血腥味。一只青蛙蹲在坦克的传导轮上。青蛙黏腻的翠绿皮肤让上官金童心里生出一些不祥的感觉。乔其莎把鸡蛋汁液注射进他的口腔时，他感到恶心，他捏着喉咙说：“今天的蛋，又腥又冷。”她说：“用不了两天，连这又腥又冷的也没有了，我们的戏，到谢幕的时候了。”“是的，”金童说，“母鸡到了换毛季节了。”“你是个傻男孩，”她说，“或者，你有什么预感，对于我。”“对你？”金童摇摇头，说，“对你我会有什么预感呢？”她说：“算了，你们家已经够热闹了，我就不添乱了吧。”上官金童问：“你的话总是云山雾罩，遮遮掩掩。”她说：“你为什么不问问我的身世？”上官金童说：“我又不娶你做老婆，为什么要问你的身世？”她愣了一下，笑道：“果然是上官家的儿子，出语便透着邪性！难道非要娶我，才可以问我的身世？”金童道：“是的，我想应该是的。我听霍丽娜老师说，随便问一个女人的身世，是极端不礼貌的。”“你说那个挑大粪的？”“她俄语好极了。”金童道。乔其莎冷笑道：“听说你是她的高足？”金童道：“算是吧。”乔其莎炫耀般地用上官金童应接不暇的纯正俄语说了一大段话。她用黑眼睛盯着他，问：“你听懂了吗？”上官金童道：“好像……您好像讲了一个关于小女孩的很悲惨的童话……”乔其莎道：“霍丽娜的高足，也不过如此，三脚猫，布老虎，纸灯笼，花枕头！”她拿着那四只水蛋，失望地往外走去。上官金童不服气地说：“我跟她学了一年半不到，你对我要求太高了！”“我才懒得要求你呢！”她在蒿草中转过身，草上的露水打湿了她的衣服，显出了她那两只被六十八只鸡蛋营养得繁荣昌盛的乳房——与她的瘦骨伶仃的身体不相匹配的丰满乳房——上官金童心里立即充满了甜蜜而惆怅的感觉，与眼前这个美貌右派似曾相识的感觉像蚂蚁一样排着长长的队伍爬进他的脑海，他不由自主地对着她伸出了手，但她灵巧地弯下腰，钻到铁丝网外边去了。他听到铁丝网外传来龙场长冷酷的笑声。

龙场长拿着一个水蛋，翻天覆地地看着。上官金童双腿打着哆嗦，看着她的手。乔其莎则傲慢地望着那些对着阴沉沉的天空做着无声呐喊的山炮、野炮、高射炮的炮筒，牛毛细雨在她的苍白的额头上汇成透明的水珠，扑簌簌地滚到她的鼻翼沟里。上官金童从她的眼睛里，发现了上官家女人们所共有的那种面对困境时近乎冷漠的镇静。他基本上明白了眼前这个女人的来历，也明白了在长达数月的交往中她反复盘问上官家情景的原因。

龙场长嘲讽着：“简直是天才！不愧是高材生。”她猛地挥起那只孤单的长臂，将那颗水蛋不偏不斜地砸在乔其莎的额头上。蛋壳破碎，乔其莎晃晃脑袋，满脸都是污水。龙场长说：“走吧，到场部去吧，你们将会得到应有的惩罚。”乔其莎说：“这件事与上官金童无关，他不过是在无奈的情况下，没有及时揭露我罢了，就像我没有及时揭露别的那些不但偷吃鸡蛋、而且偷吃母鸡的人。”

两天后，乔其莎被扣掉半个月的粮票，发配到蔬菜组挑大粪，与霍丽娜为伍。这两个精通俄语的女人，常常无缘无故地，挥舞手中的粪勺，用俄语对骂。上官金童继续留在鸡场工作。鸡场的母鸡死亡过半，十几个女工调到大田作业班。昔日热热闹闹的鸡场里，只剩下龙场长带着上官金童，看守着那几百只羽毛脱尽、裸露出青色屁股的老鸡。狐狸继续来骚扰鸡场，与狐狸斗争，便成为龙场长和上官金童的主要任务。

在一个乌云不时吞没月亮的夏夜里，那只公狐又来了。它大模大样地叼着一只光腚母鸡，沿着既定的路线钻出栅栏门。龙场长照例放了两枪，这简直变成了欢送狐狸的礼炮。在醉人的硝烟味道中，他陪着她傻乎乎地站着。稻田里的清风蛙鸣阵阵袭来，月光从云缝中漏出来，像油一样涂在他们身上。他听到龙场长哼了一声，侧目过去便看到她的脸可怕地拉长了，她的牙齿闪烁着令人胆寒的白光。他甚至看到，有一条粗大的尾巴，正在把龙场长肥大的裤裆像气球一样撑起来。龙场长是条狐狸！他的脑袋可怕地清晰了。她是一条母狐狸，是那条公狐狸的同伙。这就是她永远射不中那条狐狸的原因。“野骡子”所说的那个经常在朦胧月色下钻进她的宿舍去的小伙子，就是公狐狸变的。他嗅着腥臊的狐狸气味，看到她手提着还在冒烟的枪，对着自己逼过来。他扔掉木棒，号叫着跑回自己的木板房，并牢牢地用肩膀顶住板门。他听到她进了隔壁的宿舍。那间女工宿舍里只有她一个人。月光一道，照在用旧箱板钉成的板壁上。她在隔壁，用尖利的爪子搔着木板，并且低低地嘟哝着。突然，她把板壁砸开了一个大洞。一丝不挂的龙场长钻了过来。现在她是人的形象。那只齐根断去的胳膊留下了一个可怕的、像扎紧的布袋口一样的疤痕。她的双乳，仿佛两个铁秤砣，坚硬地挺着。她倾斜着身子，扑到上官金童的面前，跪倒了，用那只胳膊，揽着他的腿，满脸泪水，像一个可怜的老太婆一样嘟哝着，“上官金童……上官金童……可怜可怜我……我是个不幸的女人……”

上官金童把双腿挣扎出来，但她的强有力的手，抓住他的腰带，并用力挣断了它。她粗鲁地剥下了他的裤子。他弯腰想提起裤子时，脖子却又被她的胳膊钩住。她的双腿也盘在了他身上。两个人滚在一起，在滚动中，她将他的衣服一件件撕下来。后来她在他太阳穴上轻轻击了一拳，上官金童就像一条大白鱼，翻着白眼平躺在地上。龙场长用她的嘴巴咬遍了上官金童的每一寸皮肤，也没能把他从恐惧中挣脱出来。她恼羞成怒，跑到隔壁拿来“鸡腿匣子”，当着他的面，把枪夹在腿弯里，将两粒黄灿灿的子弹压进弹槽。然后，她用枪指着他的小腹，说："两条道路摆在你的面前。要么挺起来，要么让我打掉它。"她的目光凶狠，透露出天不怕地也不怕的神情。那两只生铁铸成的乳房，在她胸脯上暴跳如雷。上官金童又一次看到她的脸拉长了，笤帚一样的大尾巴从她的屁股上慢慢地长出来，长出来，猛然触到了地面。他软绵绵地瘫在地上，冷汗把他的被子都溻透了。

在那些阴雨连绵的日子里，龙场长不分昼夜地、交替使用着软硬两种手段，试图把上官金童变成男人，但直到她把自己煎熬到吐血为止，也没能达到目的。在开枪自杀前的几分钟里，她用胳膊抹掉下巴上的血，悲凉地说："龙青萍啊龙青萍，你三十九岁了还是个处女，别人只知道你是个女英雄，不知道你是个女人，你这一辈子，算是白活了呀……"她剧烈地咳了几声，双肩高耸起来，黑脸上泛了白，"哇"的一声，喷出一口血。上官金童背靠在门上，吓得魂飞魄散。两行泪水从龙青萍的眼里流出来。她怨恨地望了他一眼，拖着光滑的膝盖，膝行到地铺前，抓起了那把"鸡腿匣子"枪，把枪口抵在了太阳穴上。就在这最后的时刻，上官金童却看到了一个女人的充满诱惑的姿势。她举着单臂，露出毛茸茸的腋窝，腰肢纤细，爆炸开的明亮的屁股稳稳地坐在脚后跟上。一团金黄的火焰在他的面前猎猎作响着燃烧开来，冰一样寒冷的下腹，顿时被热血充盈了。这时，绝望到极点的龙青萍扣了扳机——如果她在扣扳机前回眸一瞥，悲剧便会成为喜剧——上官金童看到她的鬓发里冒出一缕焦黄的烟雾，同时听到一声沉闷的枪响。她的身体颤抖了一下，便歪倒在被子上。上官金童扑上前去，翻过她的身体，看到她的太阳穴上炸开一个乌黑的洞眼，不规则的边缘上，沾着一些蓝色的钢铁粉末，一股黑色的血从她的耳朵里流出来，沾湿了他的手。她的双目圆睁，哀怨之情溢出眼眶。胸前的皮肤还在颤抖着，好像微风吹过池塘，平静的水面上漾起了细小的波纹……

上官金童怀着深深的内疚，紧紧地抱着她，在她的身体还没丧失感觉之前，满足了她的愿望。他筋疲力尽地离开她的身体后，她的双眼迸出几颗火花，随即熄灭了，眼皮也慢慢合拢。

上官金童面对着龙场长的尸体，感到脑袋里一片灰白。室外大雨倾盆，他看到灰白的刺眼的雨水，一层层地漫了进来，把她的身体和自己的身体逐渐地淹没了。

第四十二章

上官金童被拘押在鸡场办公室里接受审讯。他的赤裸的双腿浸泡在雨水中。房檐下流水如瀑，院子里雨箭横飞，房顶上一片轰鸣。从他与龙青萍交欢那一刻起，大雨一直倾泻，偶尔减弱一会儿，但随之而来的是更猛烈的倾泻。

房间里积水已有半米多深，场部保卫科长身着黑雨衣，蹲在一把椅子上。审讯已经持续了两天两夜，案情却毫无进展。他一支接着一支吸烟，水面上漂浮着一片泡涨了的烟头，屋子里弥漫着烟焦油的气味。他揉揉熬得通红的眼睛，疲倦地打了一个哈欠。受到他的传染，负责记录的保卫干事也打了一个哈欠。保卫科长从水汪汪的桌子上，拖过泡涨的记录本，看着本子上那几十个洇透了的大字。他揪住上官金童的耳朵，凶狠地逼问："说，是不是你强奸后又杀了她？"上官金童咧着嘴，有声无泪地哭着，重复着那句话："我没杀她，也没强奸她……"

保卫科长心烦意乱地说："你不说也不要紧，待会儿县公安局的法医带着狼狗就要来了，你现在说了，还可以算作投案自首。"

"我没杀她，也没强奸她……"上官金童困倦地重复着。

保卫科长摸出一个烟盒，捏扁，扔到水里。他擦着眼上的眵，对保卫干事说："小孙，再去场部要个电话给县公安局，让他们快来。"

他抽搐着鼻翼，说："我闻到尸臭味了，他们再不来，什么也检不出来了。"

保卫干事说："科长，您熬糊涂了吧？前天电话就不通了，这么大的雨水，那些木头电线杆，早就冲断了。"

"他妈的，"保卫科长跳下椅子，掀起雨衣帽子，趟着浑浊的雨水，走到办公室门口，试探着往外伸头。房檐的雨帘响亮地打击着他的明亮的脊背。他跑到上官金童和龙场长的风流场那儿，推开门进去。院子里，清水与浊水交错着流淌，几只死鸡，在水面上漂着，几只活着的鸡，蹲在墙边的砖垛上，紧缩着脖子，流着鼻涕，痛苦地叽叽着。上官金童头痛欲裂，牙齿不住地碰撞。他的脑子里，什么都没有，只活动着龙场长赤裸裸的身体。他凭着一时的冲动与她的尚未完全死去的身体交合之后，便陷在深深的悔恨中，对这个女人，他现在充满了仇恨和厌恶。他想努力摆脱她，但她就像当年的娜塔莎一样，牢牢地粘在他的意识里。不同的是，娜塔莎是个美好的倩影，龙场长却是个丑恶的鬼影。他从被人们拖到这里那一刻起，就打定主意隐瞒那最后的不光彩的细节。我没强奸她，也没杀她，是她逼着我，我不行，她就开枪自杀。这就是他在这熬鹰般的突击审讯中的全部口供。保卫科长跑回来，抖着脖子上的水，说："妈的，泡涨了，像煺了毛的猪一样，恶心死了。"他说着，便用手指捏住了喉咙。

远处，场部食堂那根红砖垒成的冒着黑烟的高大烟囱猛然歪倒了，并顺势砸塌了房顶上镶着百叶窗的食堂，一大片银灰色的水花飞溅起来，随之传来沉闷的水响。

"毁了，砸了锅了，"保卫干事惊愕地说，"还审讯他娘的屁，饭都没得吃了。"

食堂倒塌之后，南边的原野便一览无余了。触目惊心的是似乎延伸到天边的水世界。蛟龙河大堤弯曲在水面上，堤内的水，比堤外的水高出许多。暴雨下得很不均匀，天空中好像飞快地移动着一把巨大的喷壶。壶到处，水箭斜飞，一片喧闹，一片水花，一片沸腾，一片水雾，什么也模糊。壶不到处，则有一片比较光明，映照着散漫流淌的洪水。蛟龙河农场，是低洼的高密东北乡地区最为低洼的地方，三个县的雨水都往这里汇集。随着食堂的倒塌，土墙瓦顶的、蛟龙河农场的建筑物接二连三地瘫痪在水中。只有那栋由右派分子梁八栋设计建筑的高大粮仓还屹立在一片废墟中。只有鸡场的几栋用扒坟墓得来的砖头建造的鸡舍还勉强支撑着。房子里的水已经齐着窗台了。几条方凳在水面上漂浮起来。水淹到上官金童的肚脐，腚下的椅子把他顶了起来。

农场住宅区里一片哭声，成群的人在水里挣扎着。有人大声喊叫："往河堤上转移啊！往河堤上转移！"

保卫干事踢开窗户跳出去。保卫科长骂了一句，回头对上官金童说："跟我走。"

他跟着保卫科长到了院子里。身材矮小的科长，用双臂划着水，哗啦哗啦往前走。上官金童一回头，看到房顶上蹲着一群鸡，鸡旁蹲着那只罪行累累的公狐狸。龙青萍的尸首从屋子里漂出来，跟随在他的身后。他走得快她也跟得快。他拐弯她也跟着拐弯。上官金童被龙青萍的尸首追得屁滚尿流。终于，她的乱发被枪炮场边的铁丝网挂住了，上官金童才得到解脱。高射炮筒子从浑水中伸出来。坦克车只露着炮塔和炮筒，活像一只只巨大的鳖，在伸出脖子看水。他们刚刚挣扎到机耕队附近，鸡场的房屋也坍塌了。

机耕队的车场上，两台从苏联进口的红色康拜因上，挤满了人，有的人还想往上挤，但结果是使机上的人一片片地滑下来。

一股水把保卫科长冲跑了。上官金童在洪水的帮助下获得自由。他与一群右派汇合在一起。右派们手拉着手，向蛟龙河大堤前进。领头的是跳高健将王梅赞。断后的是土木工程师梁八栋。中间有霍丽娜、纪琼枝、乔其莎，还有许多叫不出名字的人。金童四肢并用，游进了右派的队伍。乔其莎伸手拉住了他。因为水湿，女人们单薄的衣服贴在肉上，个个都像赤身裸体。金童恶习难改地在非常短暂的时间里把霍丽娜的、纪琼枝的、乔其莎的三对形态各异的乳房看了一遍。这三对乳房尽管都因为主人的狼狈不堪而显得无精打采，但依然是美妙而温馨的、圣洁而冷艳的、自由而浪漫的，与龙青萍那没开化的铁乳房属于两大族类，它们令上官金童猛地重返了充满梦幻的童年时代，龙青萍的鬼影退却了，他感到自己像一只蝴蝶，从龙青萍黑色的尸身里爬了出来，在阳光下晒干了翅膀，然后翩翩飞舞在散发着奇异芳香的乳房之间。

上官金童盼望着这艰难的水中跋涉永无尽头，但蛟龙河大堤粉碎了他的梦想。农场的人们抱着肩膀站在河堤上。平槽的洪水流速缓慢，水面上烟雾迷蒙，没有燕子也没有海鸥。西南方向的大栏镇被白色的雨雾笼罩着，四面都是杂乱的水声。

当那栋红瓦大粮仓也坍塌在水中时，蛟龙河农场便成了一片汪洋。河堤上，响起了一片哭声，“左”派哭，右派也哭。难得一见的李杜场长摇晃着鲁立人的花白头颅，用嘶哑的喉咙喊叫着：“同志们，不要哭，要坚强，只要我们团结一致，就没有战胜不了的困难……”突然，他捂着胸膛软在了河堤上。场部那个办公室主任拉了他一把，他反而趴在泥地上。“有懂医的吗？医生，医生快过来！”办公室主任吆喝着。

乔其莎和一个男右派跑上去。他们摸了他的脉搏，翻了他的眼皮，掐了他的人中和合谷，但都无济于事。男右派冷漠地说：“完了，心肌梗死。”

马瑞莲放开上官盼弟的喉咙恸哭起来。

黑夜降临了，人们在河堤上瑟缩着，空中有一架闪烁着绿灯的飞艇飞过，燃起了一线希望，但那飞艇像流星一样滑了过去，再也没有回来。半夜时，大雨终于停止，无数的青蛙举行震耳欲聋的大合唱。天上显出了几颗摇摇欲坠的星辰。在青蛙喘息时，河上的风吹响了露在水面的树梢。有一人纵身跃进河水中，好像大鱼在水里翻了一个身。没人呼救，也没人理睬。待了一会儿又跳下去一个。这次人们的反应更冷淡。

在闪烁的星光中，乔其莎和霍丽娜走到上官金童面前。“我想用一种间接的方式跟你谈谈我的身世。”乔其莎说。接下来，她用俄语对霍丽娜说了几分钟。霍丽娜用没有感情色彩的腔调，翻译着乔其莎的话：“我四岁的时候，被卖给一个白俄女人。白俄女人出于何种目的要买一个中国女孩做养女，谁也不知道。”乔其莎又说了一通俄语，霍丽娜继续翻译：“后来，白俄女人酗酒而死，我流落街头，被一个火车站站长收养。这家对我很好，待我如同亲生。他家境富裕，供我上学。”乔其莎说俄语，霍丽娜继续翻译：“解放后，我考进医学院。大鸣大放时我说，穷人中也有恶棍，富人中也有圣徒。我成了右派。我应该是你的七姐。”

乔其莎伸出手，握了握霍丽娜的手，表示感谢。她握住上官金童的手把他拖到一边，压低了嗓门道：“你的事我听说了。我是学医的，你老实告诉我，在她自杀前，你与她发生过性关系吗？”“之后，在她自杀后。”上官金童嗫嚅着。“你真够卑鄙的，”她说，“保卫科长是个笨蛋。这场洪水，救了你的小命，你明白吗？”上官金童懵懵懂懂地点着头。“我看到了，她的尸体已经漂走了，你的罪证已消灭，你咬住牙关，否认和她有过性关系——如果这场洪水不把我们淹死的话。”号称是我七姐的人麻木地说。

正像乔其莎预见的一样，洪水帮了上官金童的大忙。当县公安局的侦察科长和法医乘坐着橡皮艇从蛟龙河上游顺流下来时，逃难的人有半数饿昏在大堤上。没昏的人蹲在水边，像马一样吃着被雨水浸泡得发黄发臭的水草。橡皮艇靠岸，侦察科长和法医跳下来，活着的人蜂拥上去，企图从他们那里得到食物，但他们亮出了身份证和手枪，说是奉命前来调查奸杀女英雄案件的。人们厌恶地骂起来。那个黑眉虎眼的侦察科长满大堤寻找领导人，人们指着平躺在堤坝上的连灰制服的扣子都撑开了的鲁立人说："那就是领导人。"侦察科长捂着鼻子、绕过鲁立人腐败变质、吸引着成群苍蝇的尸首，继续往前寻找，这次他指名要找那个电话报案的场部保卫科长，保卫科长早在三天前就抱着一块木板漂向了蛟龙河入海口。侦察科长在纪琼枝面前停住了脚，二人冷冷地对视了一下，交流着离婚后的复杂心态。她说："现在死个人不跟死条狗差不多吗？还调查什么？"侦察科长望着浸泡在堤外浑水中的牲畜死尸和人尸，说："这是两码事。"他们找到上官金童，运用各种心理战法，在河堤上展开审讯。上官金童咬紧牙关，保住了最后的秘密。

几天后，一丝不苟的侦察科长带着法医，趟着没膝深的泥浆，终于在铁丝网上找到了龙青萍，法医用照相机刚为她拍了一张照，她的身体便像一颗定时炸弹一样爆炸了。她身上的皮肉化成黏稠的糖浆一样的液体，污染了足有半亩水面。挂在铁丝网上的，是一架像用刀子刮削过的尸骨。法医把她的留有枪眼的头骨小心翼翼地取下来，捧在手里反复观看，得出了模棱两可的结论：枪口是抵在太阳穴上发射的子弹。有可能是自杀，当然也不排除他杀的可能性。

当他们要带走上官金童时，右派们把他们包围了。纪琼枝仗着她跟侦察科长的特殊关系，说："睁开眼睛看看这个孩子！他像个强奸杀人犯吗？那个女人，是一个可怕的恶鬼，而这个男孩，是我教出来的学生。"

侦察科长已被饥饿和臭气折磨得恨不得跳河自杀，他厌烦地说："结案。龙青萍是自杀不是他杀。"他带着法医，跳上橡皮艇，想往上游划，但橡皮艇却自动地调了一个头，飞快地往下游漂去。

第四十三章

饿殍遍野的一九六〇年春天，蛟龙河农场右派队里的右派们，都变成了具有反刍习性的食草动物。每人每天定量供给一两半粮食，再加上仓库保管员、食堂管理员、场部要员们的层层克扣，到了右派嘴边的，只是一碗能照清面孔的稀粥。但即便如此，右派们还是重新修建房屋，并在驻军榴弹炮团的帮助下，在去年秋天的淤泥里，播种了数万亩春小麦。为了防止人们偷食，麦种里拌上了剧毒的农药。那药确实厉害，播种后的麦田里，蝼蛄、蚯蚓，还有各种连右派生物学专家方化文都叫不出名字的小虫，密密麻麻地盖住了地皮。那些吃了虫尸的鸟，脖子一歪就死，那些吃了鸟尸的野兽，蹦一个高就死。

春小麦长到膝盖高的时候，各种各样的野菜、野草也长起来了。右派们一边锄地一边揪起野菜，塞进嘴里，咯咯吱吱地吃。田间休息的时候，人们都坐在沟畔，把胃里的草回上来细嚼。人们嘴里流着绿色的汁液，脸色都肿胀得透明。

农场里没得浮肿病的人，只有十个。新来的场长小老杜没有浮肿，仓库保管员国子兰没有浮肿，他们肯定偷食马料。公安特派员魏国英没有浮肿，他的狼狗，国家定量供应给肉食。还有一个名叫周天宝的没有浮肿，这人小时自制土炸弹炸掉了三根手指，后来又被炸膛的土枪崩瞎了一只眼睛。他担任着全场的警戒任务，白天睡觉，晚上背着一支捷克步枪，像游魂一样在场内的每个角落里转悠。他栖身的那间铁皮小屋，在废旧武器场的边角上。常常在深更半夜里，从他的小屋里散出煮肉的香气。这香气把人们勾引得辗转反侧难以入睡。郭文豪乘着夜色潜行到他的小屋旁边，刚要往里观望，就挨了重重的一枪托。黑暗中周天宝的独眼像灯泡一样闪着光。“妈的，反革命，偷看什么？”他粗蛮地骂着，用枪筒子戳着郭文豪的脊梁。郭文豪嬉皮笑脸地说：“天宝，煮的什么肉？分点给咱尝尝。”周天宝瓮声瓮气地说：“你敢吃吗？”郭文豪道：“四条腿的，我不敢吃板凳，两条腿的，我不敢吃人。”周天宝笑道：“我煮的就是人肉！”郭文豪转身便跑了。

周天宝吃人肉的消息，迅速地流传开来。一时间人心惶惶，人们睡觉都睁着眼睛，生怕被周天宝拉出去吃掉。为此，小老杜场长专门开会辟谣，他说经过详细调查证明，周天宝煮食的，是从枪炮场的破坦克里捉到的老鼠。小老杜号召人们，尤其是右派们，放下知识分子的臭架子，学习周天宝，广开食源，度过灾荒年，省下粮食，支援世界上那些比我们还苦的穷人。农业大学的右派学生王思远提议用腐烂木料栽培蘑菇，得到小老杜的批准。半个月后，他的蘑菇却引起了一次中毒事件，有一百多人上吐下泻，有八十人神经错乱，满嘴胡言乱语。公安局以为是投毒事件，卫生部门确定为食物中毒。为此小老杜场长受了处分，王思远由右派变成极右派。由于抢救及时，中毒者都转危为安，但唯有霍丽娜因中毒太深救治无效死亡。后来传出的小道消息说：霍丽娜与食堂里掌勺的张麻子关系暧昧，她每每在他的勺子头上占到便宜，有人说亲眼看到在一个星期天的电影晚会上，当灯光熄灭时，霍丽娜跟着张麻子钻到草垛后。

霍丽娜死了，上官金童心如刀绞。他坚决地不相信出生于名门贵族、留学过俄罗斯的霍丽娜会为了一勺菜汤委身给猥琐得不堪入目的张麻子。但后来发生的乔其莎事件，却旁证了霍丽娜事件的可能性。当女人们饿得乳房紧贴在肋条上，连例假都消失了的时候，自尊心和贞操观便不存在了。上官金童不幸地目睹了事件的全过程。

春天里，场里从鲁西南购进一批种牛，后来因为没有足够的母牛可供交配，场里便决定将其中的四头阉割，催肥成肉牛。马瑞莲还是畜牧队长，但因为李杜的死亡，她的威风大减。所以当邓加荣将那八个巨大的牛睾丸全部提走时，她只能瞪着眼生闷气。邓加荣煎炒牛睾丸的香味从配种站的院里飘出来，马瑞莲馋涎欲滴，吩咐陈三去要。

邓加荣提出要用马料交换。无奈，马瑞莲只好让陈三用一斤干豆饼换回一只牛睾丸。上官金童负担起夜里遛牛的任务。为了不让被阉的牛趴下挤开伤口，必须不停地牵着它们走。那天晚饭后，暮色苍茫，在农场的东干渠上，上官金童把公牛们赶进柳林，拴在柳树上。连续遛牛五夜，他感到双腿里像灌了铅一样沉重。他坐在一棵柳树下，背倚树干，眼皮黏滞，蒙蒙胧胧即将入睡。这时，他嗅到了一股震荡灵魂的、甜丝丝的、香喷喷的新蒸熟的、热烘烘的馒头的气味。他的眼睛大幅度地睁开了。他看到，那个炊事员张麻子，用一根细铁丝挑着一个白生生的馒头，在柳林中绕来绕去。张麻子倒退着行走，并且把那馒头摇晃着，像诱饵一样。其实就是诱饵。在他的前边三五步外，跟随着医学院校花乔其莎。她的双眼，贪婪地盯着那个馒头。夕阳照着她水肿的脸，像抹了一层狗血。她步履艰难，喘气粗重。好几次她的手指就要够着那馒头了，但张麻子一缩胳膊就让她扑了空。张麻子油滑地笑着。她像被骗的小狗一样委屈地哼哼着。有几次她甚至作出要转身离去的样子，但终究抵挡不住馒头的诱惑又转回身来如醉如痴地追随。在每天六两粮食的时代还能拒绝把绵羊的精液注入母兔体内的乔其莎在每天一两粮食的时代里既不相信政治也不相信科学，她凭着动物的本能追逐着馒头，至于举着馒头的人是谁已经毫无意义。就这样她跟着馒头进入了柳林深处。上官金童上午休息时主动帮助陈三铡草得到了三两豆饼的奖赏，所以他还有克制自己的能力，否则很难说他不参与追逐馒头的行列。女人们例假消失、乳房贴肋的时代，农场里的男人们的睾丸都像两粒硬邦邦的鹅卵石，悬挂在透明的皮囊里，丧失了收缩的功能。但炊事员张麻子保持着这功能。据后来的材料揭发，张麻子在饥饿的一九六〇年里，以食物为钓饵，几乎把全场的女右派诱奸了一遍，乔其莎是他最后进攻的堡垒。右派中最年轻最漂亮最不驯服的女人竟如其他女人一样容易上手。在如血的夕阳辉映下，上官金童目睹了他的七姐被奸污的情景。

涝雨成灾的年头是垂柳树的好年代，黑色的树干上生满了红色的气根，好像某种海洋生物的触须，斩断了便会流出鲜血。巨大的树冠好像暴怒的疯狂的女人，披散着满头乱发。柔软的、富有弹性的柳枝条上缀满鹅黄色、但现在是粉红色、水分充足的叶片。上官金童感到，柳树的嫩枝和嫩叶一定有着鲜美的味道，当前边的事情进行时，他的嘴巴里便塞满了柳枝柳叶。张麻子终于把馒头扔在地上。乔其莎扑上去把馒头抓住，往嘴里塞时，她的腰都没顾得直起来。张麻子转到她的屁股后边，掀起她的裙子，把她的肮脏的粉红色裤衩一褪便到了脚脖子，并非常熟练地把她的一条腿从裤衩里拿出来。他劈开了她的腿，然后，掀起她的无形的尾巴，便把他的从裤缝里挺出来的没被一九六〇年的饥饿变成废物的器官插进去了。她像偷食的狗一样，即便屁股上受到沉重的打击也要强忍着痛苦把食物吞下去，并尽量地多吞几口。何况，也许，那痛苦与吞食馒头的愉悦相比显得那么微不足道。所以任凭着张麻子发疯一样地冲撞着她的臀部，她的前身也不由地随着抖动，但她吞咽馒头的行为一直在最紧张地进行着。她的眼睛里盈着泪水，是被馒头噎出的生理性泪水，不带任何的情感色彩。她吃完馒头后也许感觉到来自身后的痛苦了，她直起腰，并歪回头。馒头噎得她咽喉胀痛，她像填过的鸭一样抻着脖子。张麻子为了不脱出，一手揽着她的腰，一手从裤兜掏出一个挤扁了的馒头，扔到她的面前。她前行，弯腰，他在后边挺着腰随着。她抓起馒头时，他一手揽着她的胯骨，一手按下她的肩，这时她的嘴吞食，她的身体其他部分无条件地服从他的摆布来换取嘴巴吞咽时的无干扰……

上官金童拼命咀嚼着柳叶子和柳枝，感到这是被遗憾地遗忘了的美食。他感到它们是甜的，但后来他尝到柳叶和柳枝是苦涩的、无法下咽的，人们不吃它们是有道理的。他拼命咀嚼着甘甜的柳枝和柳叶，眼睛里满含着泪水。他朦胧着泪眼看到前边的事情已经结束，张麻子已经溜走，乔其莎呆呆地四处张望着，后来，脑袋碰撞着悬垂在夕阳里的柳枝，她也走了。

上官金童双手搂住柳树，把发昏的脑袋，顶在粗糙的树皮上。

漫长的春季即将结束，农场的春小麦即将成熟，好像已经到达了饥饿岁月的最后关头。为了恢复体力，迎接繁忙的麦收，上级分配下来一批豆饼，每人分得四两。就像多吃了毒蘑死去的霍丽娜一样，乔其莎也因为多吃了豆饼而死。

上官金童看到死去的乔其莎的肚皮像个大水罐。分配豆饼时，人们排成长队。张麻子和另一个炊事员掌秤。乔其莎端着一个饭盒排在上官金童前边。他看到乔其莎领得一份豆饼，还看到张麻子对她挤眼。豆饼的香气使他无暇多顾。人们都像狼一样，为了秤杆的高低和炊事员打架。上官金童模糊地感觉到，乔其莎将受到张麻子的惠顾。他心中感到痛苦。场里明令，四两豆饼是两天的吃食，但人们在被窝里就把它吃光了，连一点渣子也不剩。这一夜，人们都跑到井边喝凉水。干豆饼在胃中胀开，上官金童感到了遗忘许久的胀饱感。不断地嗝气，不断地放屁，上下两头排出的气体都是同样的豆腥气。第二天早晨，人们排队上厕所，干豆饼把饥饿的人们撑坏了。

人们不知道乔其莎吃了多少豆饼，张麻子知道，但他永远不会说。上官金童也不愿往不幸死去的七姐身上泼污水，他想，用不了多久，大家都要被撑死或被饿死，既然如此，一切都不必去想了。

由于死因明确，连案也没报。天气炎热，尸体不能久存，场里下令，迅速掩埋。没有棺材，更没有仪式。女右派们把她的几件比较漂亮的衣服找出来，想给她换上，但面对着她的大肚子和从嘴里溢出来的恶臭的泡沫，都望之却步。男右派们找了一块机耕队用过的破篷布，把她卷起来，两头用铁丝捆住，抬到一辆平板车上，拖到枪炮场西边的茅草地里，挖了一个坑，埋了她，堆起一个坟头，与霍丽娜的坟头紧挨着。在她俩的坟头后，是埋葬着龙青萍尸骨的坟头。她的留着弹洞的头骨，被法医带走了。

第四十四章

傍晚时分，上官金童跨进了离开一年的家门。他看到，上官来弟和鸟儿韩留下的那个男孩，悬挂在梧桐树下一个吊篮里。吊篮的顶上，用油布和破烂塑料纸，搭成了一个遮阳挡雨的天棚，那个男孩，手扶吊篮的边沿，笔挺地站着。他虽然黑瘦，但却是那个年代里少见的健康儿童。“你是谁呀？”上官金童放下铺盖卷，问道。男孩眨巴着黑豆一样的小眼，好奇地望着上官金童。“你不认识我吗？”他说，“我是你的舅舅。”“姥姥……咬咬……”男孩口齿不清地说着，口水流在尖尖的下巴上。

他坐在门槛上，等待着母亲的归来。自从被调往农场后，这是他第一次回家，而且再也不必回去。他想起农场那即将收获的万亩春小麦，心里感到愤怒。春小麦收获后，农场职工便能吃上饱饭，就在这时候，他与十几个青年，被无情地削减了。但十几天后，他的愤怒便显得没有丝毫意义，因为正当农机队的右派们把那两台红色康拜因开到麦田边沿上准备大显身手时，一场无情的冰雹，把成熟的小麦打进了烂泥。

男孩马上就不理睬坐在门槛上的他了。几只翠绿色的鹦鹉，从梧桐树上飞下来，绕着吊篮飞舞。男孩眼里光彩四射，追随着鹦鹉转动。鹦鹉们一点也不惧怕他，有的落在吊篮的边缘上，有的落在他的肩膀上，并用弯曲的嘴巴，去摩擦他的耳朵。鹦鹉们嗓音沙哑地鸣叫着，男孩嘴巴里也发出一些鸟叫一样的声音。

上官金童糊糊涂涂地坐着，眼睛似睁非睁。他想起适才坐船过河时，摆渡人黄老万那诧异的目光。蛟龙河石桥被去年的洪水彻底冲垮，为了沟通两岸的联系，人民公社便特设了这条渡船。与他一同上船的，有一个年轻的士兵，他很爱说话，撇着一口南方腔调。他对黄老万展示着手中的电报纸，催促着："大伯，大伯，快开船吧，你看，电报催我今天中午十二点前返回部队，这可是非常时期，军令如山倒！"面对着这个火烧火燎的士兵，黄老万冷得像石头一样。他像一只鱼鹰，耸着肩膀坐在船头，双眼望着湍急的河水。后来又来了两个进城办事归来的公社干部。他们跳上船，坐在两边的船舷上，催促道："老黄，开吧！我们还要回去传达会议精神呢！"老黄闷声闷气地说："等一会，等她一会儿。"

她抱着一把琵琶跳上船，坐在上官金童对面。她的脸上，涂抹着胭脂和白粉，但也遮不住面皮的枯黄。两个公社干部放肆地打量着她。其中一个用居高临下的口气问："你是哪村的？"

她抬起头，直盯着问话的干部，那两只从上船后就一直低垂着的黯淡的黑眼睛里，突然射出了仇视的野性光芒，上官金童的心不由得颤抖了一下，他感觉到这个看起来十分苍老了的女人眼睛里，有一种征服一切男人但决不被男人所征服的力量。她面部的肌肉松弛，从衣领里露出来的脖子上布满了皱纹，但上官金童看到她纤细手指上的指甲却平整光滑，这说明她的年龄并不像她的脸和脖子所显示的那样苍老。女人瞪了公社干部一眼，双手紧抱琵琶，好像抱着婴儿。

黄老万站在船尾，用长长的竹篙撑着河底，使这条小船离了河边的浅水。他一把一把地倒着竹篙，船头劈开河水，激起雪浪花。船像一条大鱼，斜着前进。河面上燕子翻飞，河中水草的腥冷气息蓬勃上升。大家都在沉默中。那个喜欢说话的公社干部耐不住寂寞，问上官金童："你是上官家那个……吧？"上官金童冷漠地望着他，知道他到了嘴边没说出的是什么字眼，于是，他用那种用惯了的方式，说："是，上官金童，杂种。"公社干部被他的坦率和敢于自轻自贱的精神弄得有些尴尬，那种拿工资吃公家饭的人所特有的傲慢态度受到了打击，这使他的心里不太平衡，便带着明显的影射，大谈起阶级斗争。“听说过没有？”他对那个心急如火的士兵说，“黄岛的民兵和驻军，又歼灭了一股窜犯大陆的美蒋特务。他们带着电台、毒药、定时炸弹，企图登陆，往水井里投毒，那毒药厉害极了，像虱子那么大一点点，就能毒死两匹马。他们还要破坏桥梁、炸断铁路，使火车出轨。他们的定时炸弹是美国制造的，高浓缩，袖珍型，只有核桃那么大，但爆炸的力量相当于一吨ＴＮＴ！但这些家伙一上岸就陷入了天罗地网！”那个年轻的士兵激动地搓着手，恨不得插翅飞回军营去。公社干部故意不看上官金童，两眼望着黄老万手中流着水珠的竹篙，说：“据说，这些美蒋特务多半是高密东北乡人，都是司马库的部下，这帮双手沾满人民鲜血的家伙，在那边接受了美国顾问的训练。黄老万，黄老万，你能猜出那个美国顾问是谁吗？猜不出吧？按说你应该见过这个美国佬，他就是在高密东北乡跟随司马库作威作福、放过电影的巴比特！听说，他那个骚老婆上官念弟还给那些窜犯大陆的特务们摆酒饯行，还送给他们每人一双绣花鞋垫……”

抱琵琶的女人偷偷地打量着上官金童。他感受到了她的探询的目光，并且看到，她的手指在琵琶流畅圆润的共鸣箱上颤抖着。

公社干部喋喋不休地说：“小伙子，你们当兵的，立功的机会到了，只要能捉到个把特务，这辈子就成了人上人了。”

年轻士兵拿出电报纸炫耀着，说：“我就猜到要有大行动了，所以，把婚期推迟了连夜往回赶。”

“昨天晚上，卧牛岭上，打了三颗绿色信号弹，”公社干部说，“有人说那是飞鼠发光，敌情观念太淡薄了。”他对身边的公社干部说，“小许，你听说第二中学那个体育老师的事了没有？”小许摇摇头。他说：“那家伙，将一本《辞海》中间挖空，把手枪藏在里边。她的微型电台，你们简直猜不出她藏在什么地方！——她把电台藏在乳房里，乳头就是电极，头发就是天线，所以公安局搜捕了好久都没找到。这帮特务，什么办法都能想出来，所以，把敌人都说成贪生怕死是不对的，切开乳房、塞进去个电台，多遭罪呀……”

小船靠岸后，士兵跑步前进。抱琵琶的女人犹豫观望，好像要跟上官金童说话。公社干部严厉地对她说：“你，跟我们到公社去一趟。”

她紧张地说：“为什么？为什么要我去？”

公社干部猛地夺下她怀中的琵琶，摇了摇，听到里边咔嗒咔嗒的响声，他的小脸激动得通红，弯曲的鼻梁像蚯蚓一样扭动着。“电台！”他兴奋得嗓音都发了颤，“不是电台就是手枪！”女人扑上去抢夺琵琶，公社干部灵巧地一撤身，让她扑了空。她愤怒地说：“还给我！”“还给你？”公社干部狡黠地笑着说，“里边藏着什么？”她支支吾吾地说：“是女人用的东西。”“女人用的东西？女人用的东西何必藏在这里边？”他说，“女公民，跟我到公社去吧。”女人的凄苦的脸上，显出泼蛮的神情，她骂道：“你乖乖地还给我，儿子，这种敲山震虎敲竹杠吃白食的把戏，老娘我见得多了！”“你是干什么的？”公社干部有些心虚地问。她说：“你甭管我是干什么的，把琵琶还给我！”公社干部说：“我没权力把它还给你，麻烦你，跟我们去公社一趟吧。”女人骂着：“光天化日之下，动了抢了，日本鬼子也没像你们这样！”公社干部飞快地往公社驻地——司马库家大院——跑去。女人骂着：“强盗，流氓，臭虫！”一边骂着，一边无可奈何地追上去。

上官金童预感到，这个怀抱琵琶的女人，又与上官家存在着某种联系。他的脑子里，飞快地把上官家女儿过了一遍，上官来弟死了。上官招弟死了。上官领弟死了。上官求弟死了。虽然没看到她的尸首，但上官念弟其实也死了。上官盼弟已变成马瑞莲，虽然活着也等于死了。剩下的只有上官想弟和上官玉女。她牙齿焦黄，脑袋笨重，骂人时那张大嘴角可怕地下垂着，眼睛里放出护崽母猫一样的绿光。她只能是上官想弟——那个自卖自身，对上官家作出过巨大牺牲的四姐。那个琵琶里到底藏着什么？

正当他陷在琵琶里不能自拔的时候，瘦得只剩下一副庞大骨架的母亲急匆匆地进了家门。他刚听到插上大门闩的声音，就看到母亲从厢房的过道里像纸壳人一样，僵硬地扑进来。他叫了一声娘，委屈的泪水汹涌地流了出来。母亲似乎吃了一惊，但却没说话。她用手捂着嘴巴，跑到杏树下那个盛满清水的大木盆边，扑地跪下，双手扶住盆沿，脖子抻直，嘴巴张开，哇哇地呕吐着，一股很干燥的豌豆，哗啦啦地倾泻到木盆里，砸出了一盆扑扑簌簌的水声。她歇息了几分钟，抬起头，用满是眼泪的眼睛，看着儿子，说了半句含混不清的话，立即又垂下头去呕吐。后来吐出的豌豆与黏稠的胃液混在一起，一团一团地往木盆里跌落。终于吐完了，她把手伸进盆里，从水中抄起那些豌豆看了一下，脸上显出满意的神情。这时她才走到儿子身边，把儿子高大软弱的身体抱住了。“我的儿，你怎么一去就不回还了呢？只隔着十里路啊！”母亲用责备的口气说着。但她随即就说，“你走后不久，娘就谋到一个差事，公社里办了一个磨房，就是司马家的风磨房，把上边的破风车都拆了，用人推磨，娘托了杜文斗的面子进去了，推一天给半斤红薯干，要不是谋了这差事，你就见不到娘了，连鹦鹉也就见不到了。”

上官金童这才知道，鸟儿韩的儿子名叫鹦鹉。他在吊篮里呜呜哇哇地哭着。“你去抱他出来吧，娘做饭给你们吃。”

母亲把木盆中的豌豆用清水淘洗了几遍，盛在一个碗里。竟然有满满的一碗。母亲感到了他的诧异，就说：“儿啊，娘这是被逼出来的，你不要耻笑娘……娘这辈子，犯了千错万错，还是第一次偷人家的东西……”

他把自己的毛茸茸的大头搁在母亲的肩膀上，痛苦地说：“娘，别说了……这不是偷，还有许多事情，比偷要可耻一百倍……”

母亲从炕洞里拖出一个蒜臼子，把那些豌豆捣成碎面儿，用凉水调和成糊状，递给上官金童一碗，说：“孩子，吃吧，不敢动烟火，一动烟火，干部们就来查，查出来可就了不得了。”

上官金童捧着碗，喉咙发哽。

母亲用一个被咬得坑坑洼洼的小木勺，喂着鹦鹉韩。鹦鹉韩规规矩矩地坐在小凳子上，香甜地吃着。

“嫌脏？”母亲望着儿子，抱歉地问。

上官金童的泪水滴落在碗中，说：“不，娘，不嫌。”

他呼噜呼噜地，只用了几秒钟时间，便把那碗生面粥喝光了。他感到口腔里有一股血腥的味道，他知道那是母亲的胃里和喉咙里呕出来的血。

“娘，你怎么能想出这种办法？”上官金童注视着母亲花白的、在静止的时候微微颤抖的头，痛苦地问。

母亲说：“刚开始，都往袜筒子里装，出门被搜出来，被人家像狗一样地羞辱。后来，大家就吃。有一次回家呕了，呕在院子里，下大雨，没收拾，早晨看到一些豌豆粒，鹦鹉韩捡着吃，娘也吃了几个，娘就开了窍。第一次往外吐，要用筷子搅喉咙，那滋味……现在成习惯了，一低头就倒出来了，娘的胃，现在就是个装粮食的口袋……”

接下来母亲询问他农场里的事情以及他这一年多的经历，他毫无保留向母亲说了，包括他与龙青萍的性爱、上官求弟的死、鲁立人的死、上官盼弟的改名换姓。

母亲长时间地沉默着，一直等到月亮从东边爬出来，把院子和窗户照亮的时候，她才说：“孩子，你没做错事，那个姓龙的姑娘，灵魂得到了安息。她就算是我们上官家的人了，等年景好了，我们把她的尸骨连同你七姐的尸骨都起回来吧。”

母亲把困得东倒西歪的鹦鹉韩抱上了炕，说：“当初上官家人多得像羊圈里的羊一样成群结队，现在，就剩了这么几个了。”

上官金童吭吭哧哧地问：“娘，八姐呢？”

娘长叹一声，羞愧地望着他，好像在祈求谅解。

上官玉女二十多岁时，心理状态还像个小姑娘，胆怯的小姑娘，畏缩的小姑娘。她终生都像蛹一样缩在茧里，生怕给家里人增添麻烦。

在那些沉闷多雨的夏季的傍晚，她悲伤地谛听着母亲呕吐的声音。雷在天边隆隆滚动，风把树叶吹得哗啦啦响，闪电的气味焦香扑鼻，但所有的声音都压不住母亲呕吐的声音，所有的气味都不如母亲呕吐的气味浓烈。那些粮食落入水中的刷啦啦的声响，令她的心阵阵战栗。她盼望着这声音赶快结束，又企盼着这声音长久地持续。她厌恶母亲呕吐时那股胃液混合着血液的气味，又感激着这股难闻的气味。母亲用蒜臼子捣食，砰砰啪啪，好像捣着她的心。母亲把一碗散发着生冷的豆腥气的生面糊糊递给她时，热泪从她盲目中滚出，美丽的大嘴痉挛着，每吃一勺面糊她就滚出一串泪珠。她心中聚集着感激母亲的千言万语，却一个字也说不出来。

去年的七月初七那天早晨，母亲临去磨坊前，上官玉女忽然说："娘，你是啥模样？"她说着，就对母亲伸出了那两只葱白般的手，祈求道，"娘，让我摸摸你。"

母亲叹道："傻闺女哟，都这步田地啦，还有这份闲心……"

母亲把脸凑到八姐的手边，让她的柔若无骨的手指在自己脸上抚摸。母亲嗅到女儿的手指上有一股潮湿腥冷的气味。"玉女，你该洗洗手啦，水缸里有水。"

母亲走后，八姐摸索着下了炕。她听到鹦鹉在树下的吊篮里咿咿呀呀地唱着愉快的歌，树上群鸟唧喳，蜗牛在树干上吐涎，燕子在房檐下筑巢。她嗅着水的清新味道来到水缸边，俯下身子，她的美丽的脸倒映在水面上，就像上官金童从水缸里寻找娜塔莎一样，但她看不到自己的脸。很少有人看到上官家这个女儿的脸。她鼻梁高耸，脸皮白皙，一头柔软的金发，脖子细长，像戏水的天鹅。她感到凉森森的水濡湿了鼻尖，随即淹没了口唇，她把整个脑袋浸入了水中。腥咸的水呛入鼻孔时，她猛地清醒了，然后便抬起头。她的耳朵里嗡嗡地响，鼻子又酸又胀。耳朵眼里啪啪响了两声，是耳膜破裂，随即她听到了树上鹦鹉的噪叫和鹦鹉韩呼唤八姨的声音。她走到树下，抬手摸了摸吊篮中鹦鹉韩沾满鼻涕的脸，一声不响地摸出了家门。

母亲抬起手背拭着腮上的泪，低声道："你八姐是怕拖累我才走的……你八姐是龙王爷的闺女到咱家投胎，现在时限到了，她一定是回她的东海做龙女去了……"

上官金童想安慰母亲，但一时却找不到合适的话语。他大声地咳嗽着，借以掩饰心中的悲痛。

这时，外边传来敲大门的声音，母亲抖了一下，慌忙藏好沾着豌豆粉面的蒜臼子，说："金童，开门去吧，看看是谁。"

上官金童拉开大门，看到那个船上的女人怀抱着一把破琵琶怯生生地站在大门外。她用蚊子嗡嗡一样的细声问："你是金童？"

上官想弟回来了。

第四十五章

五年之后一个冬天的上午，躺在东厢房炕上等待死亡的上官想弟突然爬了起来。因为旧病复发，她的鼻子烂成了一个黑洞洞的窟窿，两只眼睛也瞎了。那满头的黑发几乎脱落干净，只剩下几绺肮脏的铁锈色的乱毛遮盖着枯萎的脑门。她摸索着走到柜子前，踩着方凳，从柜顶上取下那把共鸣箱被砸破的琵琶，然后，继续摸索着，走到院子里。温和的阳光照着这个浑身发霉的女人。她的瞎眼望着太阳，从那两个窟窿里流出一些胶水一样的液体。正在院子里为生产队编织苇席的母亲直起腰，愁苦地说："想弟，我可怜的女儿，你怎么出来啦？”

想弟畏畏缩缩地坐在墙根，两条生满鳞片的腿伸开着，她裸露着肚皮，羞耻与她无关，寒冷也不能侵害她。母亲跑进屋里，拿出一条毯子，盖在了她的腿上。“闺女啊……你这一辈子可真是……”母亲拭着若有若无的眼泪，又去编织苇席。

外边传来小学生的喊叫声，他们喊着“向阶级敌人发起进攻进攻再进攻，把无产阶级文化大革命进行到底”的嘶哑口号，传遍大街小巷，并用彩色粉笔在家家户户的墙壁上绘着幼稚的图画，写着别字成堆的激烈口号。

想弟哧哧地笑起来，她用沉闷的声音说，娘，我和一万个男人睡过觉，我攒了好多钱，都换成了金子、钻石，够你们吃一辈子了。她的手摸索进琵琶的半圆形的、早被公社干部砸破的空洞里，说，都在这里边了。娘，你看，这颗大珍珠，是颗夜明珠，是日本商人送给我的，您把它，缀在帽子上，晚上走夜路，就不用打灯笼了……这是颗猫眼钻，是用了十个戒指跟小红宝换的……这对金镯子，是为我破瓜的熊老太爷送的……她把那些记忆中的宝贝，一件一件往外摸着，一边摸一边说，都拿去吧，娘，不用愁，有这个咱还愁什么，这块绿宝石，少说也能换一千斤白面，这条项链，最不济也值头骡子钱……娘……我从进了火坑那天起，就发了誓，反正，卖一次也是卖，卖一万次也是卖，只要姐妹们都过上好日子，我就豁上这身皮肉了……我走到哪里都抱着这把琵琶……这个脖脖锁，是专为金童打的，让他带上，长命百岁……娘……这些宝贝，您可要藏好了，别让贼偷去，别让贫农团给斗争了……这都是女儿的血汗……娘，你藏好了吗？

母亲老泪纵横，不避污秽，抱住想弟，泣不成声地说：“闺女啊，你把娘的心，揉碎了啊……千苦万苦，最苦的还是我的想弟啊……”

上官金童在街上扫地时，被红卫兵打破了脑袋。他脸上沾着血，站在梧桐树下，听着四姐的诉说，心里感到一阵阵抽痛。他家的大门上，被红卫兵钉上了一串牌子，上面写着：汉奸之家、还乡团巢穴、妓女院等等字样。现在，他听着四姐的临终诉说，竟产生了把那牌子上的“妓”字改成“孝”字或“烈”字的念头。因为四姐的病，他一直疏远着她，这时他感到了深刻的内疚。他走到她的身边，抓住她的一只冰凉的手，说：“四姐……谢谢你给我打的金脖锁……我已经把它……戴上了……”

四姐的瞎眼里，焕发着欣喜的光彩，她说：“戴上了？你不嫌吧？别跟你媳妇说我……让我摸摸……看合适不……”

在最后的时刻，成群的虱子突然纷纷爬离了她的身体，它们感觉到，这个人的血液已经凝固了，吸不动了。

她的脸上，现出丑陋的微笑，她用越来越微弱的声音说：“我的琵琶……让我……弹个曲……给你们听……”

她的手在破烂的琵琶上胡乱摸索一阵，便滑落下去，她的头也随着歪到肩膀上。

母亲哭了几声，便擦着眼睛站起来，说：“闺女，你的罪，总算遭到头了。”

埋葬了上官想弟之后两天，我们刚刚感觉到一点轻松，蛟龙河农场的八个右派，轮着班，用一扇门板，把上官盼弟的尸首抬到了我家大门外。一个随尸前来的、臂戴红袖章的小头目，敲着大门喊：“上官家的，出来接死尸！”

母亲对那小头目说：“她不是我的女儿！”

小头目是机耕队的一个小伙子，与上官金童相识，他递过一张纸说：“这是你姐姐的遗书。我们发扬革命的人道主义精神，把她送了回来，你想象不到她有多么重，可把这些老右压惨了。”

上官金童抱歉地对右派们点点头。他抖开那张纸片，看到上边写着：我是上官盼弟，不是马瑞莲。我参加革命二十多年，到头来落了个如此下场，我死之后，祈求革命群众把我的尸体运回大栏镇，交给我的母亲上官鲁氏。

金童走到门板前，弯下腰，揭开蒙在她脸上的白纸看了看。上官盼弟眼珠突出，半个舌头吐到唇外。他慌忙盖好白纸，扑通跪在小头目和八个右派面前，说："求求你们，把她抬到墓地去吧，我们家，找不到帮忙的人了。"

这时，母亲大声地号哭起来。

上官金童埋好五姐的尸体，拖着铁锹，刚走到胡同口，就被一群红卫兵揪住了。他们把一个尖顶的、用纸壳糊成的圆锥形高帽子，套在了他的头上。他晃了一下脑袋，纸帽子掉在地上。他看到纸帽子上写着自己的名字，名字上用红墨水打了一个叉号，墨汁淋漓，像黑红交融的血。旁边还写着：杀人奸尸犯。红卫兵用棍子在他屁股上抽了一下子，因为穿着棉裤，略有痛感，他夸张地号了一声。红卫兵们把纸帽子拾起来，勒令他像戏剧舞台上的武大郎一样矮下腿，把纸帽子套在他头上。套上后，用力往下砸了砸。一个狮鼻虎眼的红卫兵说："扶住，再掉了，就打断你的腿。"

上官金童双手扶住高帽，摇摇晃晃往前走。他看到，在人民公社的大门口，已经站着一片戴纸帽的人。有浮肿得透明、肚子膨胀的司马亭，有小学的那位校长，有中学的教导主任，还有五六个平日里耀武扬威的公社干部，当年被鲁立人拉到土台上下过跪的那些人也都戴着高帽站在那里。上官金童看到了母亲。母亲旁边是小小的鹦鹉韩，鹦鹉韩旁边是独乳老金。母亲的高帽上写着：老母蝎子上官鲁氏。鹦鹉韩没戴高帽，独乳老金戴着一顶高帽，脖子上还挂着一只破鞋。红卫兵敲锣打鼓，押解着牛鬼蛇神们游街示众。这天是春节前的最后一个集，街上人群如蚁，路两边蹲着一些人，守着草鞋、大白菜、红薯叶等等允许交易的农副产品。百姓们全都穿着黑色的被一个冬天的鼻涕、油灰污染得发了亮的棉袄，上了年纪的男人，多半拦腰扎着一根草绳。人们的装束，跟十五年前赶"雪集"时几乎没有区别。赶过"雪集"的人，在连续三年的大饥荒中死亡过半，活着的也变成了老人。只有个别的人，还能忆起最后一个"雪公子"上官金童的风采。

当时的人们，谁也想不到“雪公子”竟成了“奸尸犯”。牛鬼蛇神们麻木地走着，红卫兵的棍棒“嘭嘭”地打着他们的屁股，打得不甚重，象征性的。锣鼓喧天，口号震耳，百姓们指指点点，大声议论。在行进中，上官金童感到自己的右脚被踩了一下，他没有在意。但又被踩了一下。他一侧脸，看到独乳老金低着头和扬起来的目光，一些散乱的发黄的头发遮掩着她冻红了的耳朵。他听到她低声说：“浑蛋个‘雪公子’，多少活女人等着你呢，你竟然去弄一具死尸！”他佯装听不见，眼睛望着脚前的地面和人们的脚后跟。“游完了街去找我。”他听到老金说。他心中纷乱如麻，对老金的不合时宜的撩拨感到深深的厌恶。

步履艰难的司马亭被砖头绊了一下，摔倒在地。红卫兵用脚踢他的屁股，他毫无反应。一个小个子红卫兵蹦到他的脊梁上，蹦了一个高。我们听到了一声类似气球爆炸的沉闷声响。一股稀薄的黄水，从他的嘴里涌出来。母亲蹲下，扳过他的脸，问道：“他大伯，你这是怎么啦？”司马亭微微睁开灰白的眼，看了一下母亲，便永久地闭上了。红卫兵把司马亭的尸体拖到路边的沟里。队伍继续前进。

上官金童看到一个熟悉的窈窕身影在密集的人群中晃动着。她穿着一件黑色灯芯绒上衣，围着一条咖啡色头巾，脸上蒙着一个白得发青的大口罩，只露着两只睫毛乱忽闪的黑眼睛。沙枣花！他几乎叫出声来。自从大姐被枪毙后她就跑了，一晃七年过去，这期间他听到过一个著名女贼的传说，说她偷了西哈努克夫人的耳环，他认为传说中的女贼就是沙枣花。几年不见，单从身形看，她已是个成熟的大姑娘了。集市上，在黑色的百姓间，掺杂着一些戴口罩、围头巾的人，他们是首批下乡的知识青年，沙枣花比那些知识青年更洋派。她站在供销社饭店门口往这边张望着。她迎着阳光。上官金童看到她的双眼亮得像玻璃一样。她双手斜插在灯芯绒外套的口袋里。显露出来的半截裤子是蓝色灯芯绒的。她的裤子是当时最时髦的“鸡腿裤”，她往饭店旁边的供销社百货门市部移动时被上官金童看到了裤子。饭店门口，冲出一个光着背的老人，他拐弯抹角地逃到了牛鬼蛇神队伍中。后边有两个外地口音的男子追上来。老人的身体冻得乌青，白色的粗布棉裤裤腰高到胸口。他在高帽子队伍中躲闪着，一边躲闪一边把手中的烧饼塞到嘴里。噎得他直翻白眼。两个外地人抓住了他。他哇哇地哭着，把鼻涕和口水抹到手中那个烧饼上，他哭着说："我饿！我饿啊！"两个外地人看着那个掉在地上、沾着鼻涕和口水的烧饼，厌恶地皱起眉头。其中一个，用两个指头捏起烧饼看了看，脸上是一副食之恶心、弃之可惜的神情。旁边看热闹的人劝说："青年人，别吃了，可怜可怜他吧！"那人将烧饼扔在老人面前，说："老东西，真他妈的混账，吃吧，噎死你个老狗！"他摸出皱皱巴巴的手绢，擦着手，与同伙走了。老人跑到墙边蹲下，一点点啃着沾满了自己鼻涕口水的烧饼，细嚼慢咽，享受着美食的味道。

沙枣花的身影在人群中继续晃动着。一个穿着石油工人的扎着绗线的棉工作服、头上戴一顶狗皮帽的男人格外显眼地挤过来。他疤瘌着两只眼，嘴巴上很派地叼着一支烟卷，像螃蟹一样在人群中横行着。人们都用羡慕的眼光看着他。他愈发得意，疤瘌眼里大放光彩。上官金童认出了他。心里感叹，人是衣裳马是鞍，一套棉工作服，一顶狗皮帽子，就让这个村里著名的二流子房石仙变了模样。很少有人见过这种蓝粗布做表的棉工作服，那么厚，棉花在绗线间膨胀着，处处显出暖和来。一个黑猴一样的半大男孩，棉裤裆破了，破烂的棉絮像老绵羊的脏尾巴一样在腚沟里拖拉着，披着一件掉光了扣子的破小袄，袒露着棕色的肚子，头发纠缠成乌蓬蓬的一团，他跟在房石仙的背后，转弯抹角地跟着。人们拥拥挤挤，推推搡搡，用这种方式取暖。那个半大男孩跳了一个高，从后边，把房石仙头上的狗皮帽子摘掉了。他把帽子扣在头上，在人缝里钻着，像一条油滑的狗。人群更拥挤，咋咋呼呼地喊着。房石仙摸着头，傻了半晌，才大叫一声，去追赶那男孩。那男孩跑得并不快，似乎有意识地等着他。他骂着往前扑，不看路，只盯着狗皮帽子上那些闪烁的狗毛。他撞到人身上，被人推回来。他被人们推来搡去，歪歪斜斜，晕头转向。大家都看着这出戏，连那些红卫兵小将们也忘了阶级斗争，把戴高帽的牛鬼蛇神扔在一边不管了，拥挤着到前边去看热闹。男孩跑到人民公社轧钢厂大门口，那里蹲着一些卖炒花生的女孩，卖炒花生是违法行为，她们都保持着警惕，随时准备逃跑。轧钢厂大门口，有一个大池塘，虽是寒冬腊月，池塘里却冒着热气，轧钢厂的暗红色的废水，一股股注入池塘。男孩把狗皮帽子摘下来，扔到池塘中央。百姓们吃了一惊，接着便幸灾乐祸地叫好。狗皮帽子在池塘中央漂着，短时间不会下沉。房石仙跑到池塘边，骂着："小狗崽子，抓到你就剥你的皮！"但那小狗崽子早就钻没了影。房石仙望着华丽的狗皮帽子，疤瘌眼子三眨两眨地，早将两行泪挤了出来。他围着池塘转圈。有人劝他："青年，回家找竿子吧，找竿子挑上来。"有人说："等找回竿子来，十顶狗皮帽子也沉下去了。"那顶帽子，已经开始下沉。有人说："脱衣服下去捞吧，谁捞上来归谁呀！"房石仙一听急了，急忙脱下簇新的石油工人工作服，只剩下一条裤头没脱。他试试探探地往池塘中走去，水很深，淹到他的肩膀。他终于将狗皮帽子捞上来。然而，当人们的目光集中到池塘里时，上官金童看到，那个男孩子，像电一样闪出来，抱起那套棉工作服，跑进了一条小巷。小巷里，有一条修长的影子闪了一下便消逝了。等房石仙托着水淋淋的狗皮帽子爬上岸时，迎接他的，只有两只破鞋，还有两只烂袜子。房石仙转着圈叫着："我的棉衣，我的棉衣呢？"喊叫立刻就转变为痛哭，当房石仙确信棉衣已被人偷走，扔狗皮帽子是个阴谋，自己中了毛贼的奸计时，他便大叫了一声："天哪，我不活了呀！"房石仙抱着狗皮帽子，纵身跳进了池塘。百姓们齐喊救人，但没人肯脱衣下去。寒风刺骨，滴水成冰，尽管池塘里的水是热的，但下去容易上来难。房石仙在池塘里挣扎着。百姓们赞叹着小偷的计谋：高明，高明！

母亲忘了自己正在游街示众了吧？这个生养过一群女儿、有过一群著名女婿的老太婆，竟然抛掉头上的高帽子，颠着两只小脚，往池塘边跑去。她愤怒地谴责着围观者："你们，怎么能见死不救呢？"母亲从卖竹笤帚的摊子上扯过一把笤帚，走到滑溜溜的池塘边，喊着："房家大侄子，房家大侄子，你这是犯什么傻呢？快点，抓住笤帚，我把你拖上来。"

水中的滋味可能很不好受，房石仙不想死了，他拽着笤帚苗儿，像个煺毛的鸡，抖抖索索地爬上来。他的嘴唇青紫，眼珠子也不太会转了，嘴也说不出话来了。母亲脱下自己的大棉袄，披到房石仙身上。他披着母亲的偏襟大棉袄样子滑稽，让人哭也哭不出，笑也笑不出。母亲说："大侄子，穿上鞋，往家跑，快跑，跑出汗来才行，要不你就死定了。"但是他的手指冻僵，穿不上鞋了。几个被母亲感染了的百姓，七手八脚把袜子鞋子套在房石仙脚上，然后架起他来就跑。他的腿像棍子一样不会弯曲，拖拖拉拉的。

母亲只穿着一件白布单褂，冷得抱起膀子来。她目送着被人们拖走的房石仙。群众中许多钦佩的目光望着她。上官金童对母亲的行为不以为然。他想起，就是这个房石仙，去年担任村里看守庄稼的警卫，每天下工时，站在村头，搜查社员们的筐篮和身体。母亲在放工回家的路上，捡了一个红薯，放在草筐里，被房石仙搜出来。他说母亲偷红薯，母亲不服，这浑蛋，竟扇了母亲两个耳光，连鼻子都打破了，血滴在胸襟上，就是这件白布褂子的胸襟上。这样一个游手好闲、倚仗着贫农出身横行村里的人，淹死了又有什么不好呢？他甚至有点恨母亲。在公社屠宰组门口，他看到沙枣花站在一块红漆黄字的语录牌前。他认为，房石仙的倒霉一定与沙枣花有关，那个小男孩，就是她带的徒弟。她能从戒备森严的黄海饭店总统套房里偷走莫尼卡公主的钻戒，当然不是为了那套棉工作服。她是在显示手段，惩罚打过她姥姥的恶人。上官金童改变了对沙枣花的看法。他曾经认为，当窃贼是不光彩的，无论在什么朝代里都是不光彩的，现在他想：沙枣花是对的，偷鸡摸狗的小毛贼当然不光彩，但像沙枣花一样当一个江洋大盗却值得赞许。他有些欣慰地想到，上官家的又一杆猎猎作响的大旗，竖起来了。

红卫兵的小头目对母亲的行为很不满，他举起一件当时相当罕见的适应了革命形势、满足了革命需要的手提式干电池扩音喇叭，模仿着几十年前在高密东北乡搞过土改试点的那个大人物的似乎是病恹恹的腔调，抖抖颤颤地、起起伏伏地喊着：“革命的——同志们——红卫兵——战友们——贫农下中农们——不要被老牌历史反革命分子——上官鲁氏——的假慈悲蒙蔽啊——她企图转移斗争大方向——”

这个红卫兵小头目名叫郭平恩，其实他是个饱受了性格怪僻的父亲郭京城虐待的不幸儿。郭京城把他的老婆打断了腿，还不许她哭一声。人们从他家门前走过，常常听到他家院子里传出棍棒打在皮肉上的扑哧声，还有女人的低声抽泣。曾有个名叫李万年的大好人，试图进去劝架，但他刚刚敲响他家的大门，就有一块石头从院子里掷出来，把李万年的身后砸了一个大坑。这个郭平恩，从他爹那儿继承了凶狠和阴毒，在“文革”中，他已经把朱文老师的肾脏踢坏了。他喊了一阵话，把电喇叭背起来，然后走到上官鲁氏身边，对准她的膝盖踢了一脚，说：“跪下！”上官鲁氏便痛苦地号叫着跪下了。然后他又揪着上官鲁氏的耳朵，说：“站起来！”上官鲁氏刚刚站起来，他又把她一脚踢倒，并把一只脚踩在她的脊背上。他的一系列打人行为，是在用动作解释着“把阶级敌人打翻在地，然后再踏上一只脚”的流行口号。

上官金童看到母亲挨打，心中怒火升腾。他用力把双拳攥紧，向郭平恩冲去。他刚举起拳头，就碰上了郭平恩的阴毒的目光。这个年纪其实很轻的大男孩的嘴角上，有两道深深的皱纹直垂到下巴，使他的嘴脸颇似古老的爬行动物。上官金童紧攥着的拳头不知不觉地松弛了，他心里打着寒战，想努力地质问一句，但郭平恩的手一举起，到了嘴边的质问就变成了一阵哀号：“娘啊……”上官金童跪在母亲面前。母亲把很沉的头抬起来，恼怒地看着儿子，说：“没出息的东西，给我站起来！”

上官金童站了起来。郭平恩指挥着红卫兵棍棒队和锣鼓队，押解着牛鬼蛇神，在集市上重又开始游行。郭平恩试图用电喇叭鼓动老百姓跟他一起喊口号。他那怪腔调经过电喇叭的放大变得像剧毒农药一样，几乎要把满集的人药死。百姓们皱着眉头忍受着，根本没人响应他。

上官金童幻想着：在一个辉煌的日子里，他手持着传说中的龙泉宝剑，把郭平恩、张平团、方耗子、刘狗子、巫云雨、魏羊角、郭秋生……统统地押到那个高高的土台子上，让他们一排排地跪下，然后，他手提着闪烁着蓝色光芒的宝剑，用剑尖抵着……一定是先抵住了巫云雨的咽喉。那个秃疮头，眼里流着泪，结结巴巴地求饶：上官金童……不，不，上官公子，饶命吧，小人家中，还有八十的老母需要抚养……一身白衣、风度潇洒的上官公子、名满天下的剑侠，把剑尖一转，旋掉了巫云雨一只耳朵，那只耳朵随即被一条狗吃掉，那条狗随即又把他的、被狗牙嚼咬得烂糊糊的耳朵吣出来。上官公子说：滚吧，狗都不吃的东西，你这只癞蛤蟆，滚吧！……巫云雨滚到台下去了，下边，轮到魏羊角这个比豺狼还凶狠、比狐狸还狡猾、比兔子还怯懦的坏中坏了。这个能软能硬的家伙，这个硬起来赛过金刚钻、软起来好像一摊屎的家伙，跪在上官公子脚下，磕头好似鸡啄米，小眼眨巴着，好像数铜钱。上官爷爷，上官亲爹……住嘴！做我的孙子，你不配；做我的儿子，你更不配。上官公子是虎狼之躯，怎么可能造出你这种鼻涕虫？用冰一样的剑尖，抵着他的塌鼻梁。还记得否？想当年，你是怎样对待我的吗？上官公子啊，上官大侠，您老人家大人不记小人的过，宰相肚子里跑轮船，不是一般的轮船，是万吨巨轮，乘长风，破巨流，直驶太平洋，您的胸怀，比太平洋还宽广。如此巧嘴滑舌，实在可恶至极。旋下这个贼的舌头，以免他脏话连篇，造谣生事。魏羊角双手捂住嘴巴，吓得脸都蓝了。上官公子，抖抖手腕，龙泉轻吟，犹如月夜箫鸣，竹影横斜，刹那间魏羊角双手齐着腕子断了。剑到处了无障碍，好像切割着空气。他精巧地旋掉了魏羊角的舌头，使他的嘴成了一个冒血的黑洞。下一个，轮到这混账的小子郭平恩了。上官公子一时想不出该旋掉他的哪一部分器官，索性，斩了他吧。高高地举起龙泉宝剑，上官公子说，为了我的母亲——消灭败类。手起剑落，郭平恩的脑袋从后项窝那儿，倾斜着被斩断了。那颗头滚到深深的壕沟里，一群又黑又瘦的鱼儿扑上来，摇摆着尾巴，啄着他脸上的肉。报仇雪恨后，他的眼里沁着泪，插剑入鞘，双拳抱在胸前，对着台下的观众施礼。群众欢呼，一个扎着红绸蝴蝶结的小女孩，抱着一束白色的鲜花跑上台来，献给上官公子。上官公子忽然觉得这女孩有些面熟，细一看，认出了，原来是那个在蛟龙河农场废旧武器场上玩耍过的女孩。她骑在生锈的炮筒上，好像骑着一匹骏马。他抱起了小女孩，忽然又想到，应该去食堂把那个作恶多端的淫棍张麻子惩治一下，他想好了，一定要把这淫棍裤裆里那一套东西旋掉，让他无法再逞强……一转眼他就把张麻子擒住了。王八的蛋，跪下！上官公子蛮武地说，知道为什么找你吗？张麻子说，上官大侠，小人不知道……上官大侠用剑尖指指他的裤裆，说：我是替妇女们报仇来了。张麻子捂住了，像鸟儿韩习惯做的那样。上官大侠一剑便挑开了他的裤子，刚要开旋，竟看到上官求弟从柳树后转出来，护着张麻子，神色严厉地说：金童，你想干什么？上官金童说：七姐，闪开，让我把这头公猪阉了，把他变成中国最后一个太监，替你们报仇！上官求弟珠泪滚滚地说：好兄弟，你根本不懂女人的心……

“回去！”一个红卫兵小将对着上官金童的肚子捅了一拳，骂道，“浑蛋，你想逃跑？！”

上官金童被自己幻想的情景感动得热泪盈眶。挨了一拳之后，幻景消失，愈觉得现实严酷无情，前途一片迷茫。此时，这支以郭平恩为首的红卫兵与巫云雨率领的“金猴造反兵团”发生了冲突。巫云雨与郭平恩，先是口角，吵了一阵，两人都感到仇恨难消，便动手打了起来，这一打，就打出了武斗事件。

先是巫云雨踢了郭平恩一脚，郭平恩回了他一拳。然后两个人便滚在一起。郭平恩撕下了巫云雨视为命根的帽子，把他的秃疮头抓得像个烂土豆，巫云雨拇指伸进郭平恩的嘴角，使出吃奶的劲儿往外撕，把他的嘴角撕开了一个口子。两股红卫兵一见头儿动了手，便打起了群架。一时间棍棒齐下，砖瓦横飞，红卫兵们头破血流，都表现出了宁死不屈的精神。巫云雨的手下干将魏羊角用一杆铁头红缨枪，连捅了两个人，把肠子都戳破了，流出了一些血和糊状物。郭平恩和巫云雨退居二线，指挥战斗。这时，上官金童看到那个酷似沙枣花的蒙脸女青年从郭平恩身边一闪而过，她的一只手似乎在郭平恩的脸上摸了一下。几分钟后，郭平恩鬼哭狼嚎起来，原来他的腮帮子，被利器豁出了一个大口子。他的腮上，好像又开了一个嘴。红血从白肉中渗出，样子很是吓人。郭平恩啥也顾不上了，捂着腮帮子便向公社卫生院跑去。百姓们看到要出人命，都怕沾了血，收拾起摊子，沿着小巷子，悄悄地溜了。

这场战斗，巫云雨的“金猴造反兵团”大获全胜。他收编了郭平恩的“风雷激战斗队”，并把牛鬼蛇神当成战利品全部缴获。郭平恩那个电喇叭，斜挎在巫云雨肩膀上。那两个被魏羊角在混乱中捅出肠子的“风雷激战斗队”队员，一个还没抬到卫生院就断了气，另一个输了两千毫升血才救活。血是从牛鬼蛇神们血管里抽出来的。伤愈出院后，所有的“红卫兵”组织都拒绝接受他，因为他的贫农血统已经发生了变化。两千毫升血，有地主的，有富农的，有历史反革命的，阶级敌人的血在他的血管里流淌。按照巫云雨的说法，汪金枝已是个五毒俱全的阶级异己分子，就像嫁接的水果一样。这个倒霉蛋名叫汪金枝，曾任“风雷激战斗队”的宣传部长。他遭到冷遇后，不甘寂寞，自己成立了一个“独角兽战斗队”，并且照样刻了公章，照样制作了队旗和袖标，还在人民公社的广播站争取到五分钟的时间，开辟了一个《独角兽》栏目，所有的稿子都由他一人采写，稿子的内容五花八门，从“独角兽战斗队”的战斗动态到大栏镇的历史掌故、花边新闻、桃色事件、轶闻趣事，等等。每天早午晚，共广播三次，一到广播时间，各派群众组织的播音员便坐在广播站的长条椅上，排队等候。汪金枝的《独角兽》栏目放在最后垫底，“独角兽”播送完毕，便放《国际歌》，唱完“英特纳雄耐尔就一定要实现”，一次广播就算结束了。

在没有戏曲、没有音乐的年代里，五分钟的《独角兽》节目，成为高密东北乡老百姓的一大乐趣。人们在猪圈旁、在饭桌上、在炕头上，竖直了耳朵等待着。有一天晚上，“独角兽”说：贫下中农们，革命的战友们，据权威人士透露，豁了原“风雷激战斗队”队长郭平恩腮帮子的，就是那个大名鼎鼎的女贼沙枣花。沙贼是曾在高密东北乡横行多年的汉奸头子沙月亮与后来谋杀了一等功臣、被人民政权处决了的罪犯上官来弟的女儿。沙贼少年时在东南崂山遇到一个异人，习了一身好武艺，她能飞檐走壁、含沙射影，掏包割口袋的技巧更是炉火纯青、出神入化。据权威人士透露，沙贼潜回高密东北乡已有三个月之久，她在各村各镇，都设有秘密联络点，并用威逼利诱等手段，网罗了一批小爪牙，替其通风报信，刺探情报。那天在大栏镇集市上摘掉贫农房石仙狗皮帽子的男孩，就是沙贼的帮凶。沙贼一向在大城市流窜作案，罪行累累。她的绰号很多，叫得最响的绰号是“沙燕子”。沙贼此次潜回高密东北乡，意在为她死去的爹娘复仇，豁了郭平恩的腮帮子，是她进行阶级报复的第一步，更加残酷的、更加骇人听闻的惨案还会不间断地发生。据传，沙贼作案的工具是一枚放在铁轨上让火车的钢铁巨轮轧过的铜钱。此铜钱比纸还薄，锋利无比，吹毛寸断，割人皮肉，十分钟后才出血，二十分钟后才觉痛。沙贼的利器夹在指缝里，轻轻一摸，便能切断大动脉，致人非命。沙贼手上功夫非同一般。她跟着师傅练功学艺时，将十枚硬币扔在滚开的油锅里，她伸手至滚油中，将硬币一一捞出，手上皮肤丝毫不被烫伤，其手法之快、技巧之精，于此可略见一斑。革命的战友们，贫下中农们，拿枪的敌人被消灭之后，拿铜钱的敌人依然存在，他们必以十倍的狡猾、百倍的疯狂和我们斗争——过点了，过点了——高密东北乡的高音喇叭里突然传出了这样的话语——马上就完，马上就完——不行不行，“独角兽”不能侵占《国际歌》的时间——晚些结束不就行了——但《国际歌》的旋律，猛然从喇叭里涌了出来。

第二天早晨，高音喇叭里播放了“金猴造反兵团”的长篇文章，对“独角兽”制造的沙枣花神话逐字逐句地进行了批驳，并把一条条的罪状堆在“独角兽”的头上。各派群众组织也通过广播发表联合声明，决定剥夺“独角兽”的广播时间，并勒令“独角兽”领导人在四十八小时内解散组织，销毁图章和一切宣传品。

尽管“金猴造反兵团”否认超级女贼沙枣花的存在，但依然把许多暗探、暗哨布置在上官家周围。一直到第二年春暖花开的清明季节里，县公安局的警车把上官金童逮走时，那些伪装成锔锅的、磨菜刀的、补破鞋的暗探和暗哨才被已荣升为大栏镇革命委员会主任的巫云雨下令撤销。

蛟龙河农场在清理阶级队伍时，发现了乔其莎一本日记。乔其莎的日记里详细记载了上官金童与龙青萍的风流事，于是，县公安局便以杀人的嫌疑犯、确凿的奸尸犯的罪名，逮捕了上官金童，并在未经审讯的情况下，判处了他十五年徒刑，押赴黄河入海处的劳改农场服刑。

第六卷

第四十六章

八十年代的第一个春天，服刑期满的上官金童怀着羞怯、慌乱的心情，坐在汽车站候车大厅的一个不被人注意的角落里，等待着开往高密东北乡首府大栏镇的公共汽车。

天还没完全亮，大厅里的天花板上那十几簇枝形吊灯纯属摆设，只有两盏度数很低的壁灯放着黯淡的黄光。大厅里那十几张黑色的长条椅上，躺着一些霸道的时髦青年，他们打着响亮的呼噜，说着夹缠不清的梦话，有一个在睡梦中还高高地跷着二郎腿，大喇叭口的裤管像用铁皮剪成的一样。晨曦透过雾蒙蒙的玻璃窗，慢慢地使大厅明亮起来。上官金童从他面前那些横躺竖卧着的人们的衣着上，明显地感觉到了一个崭新时代的气息。地上尽管布满痰迹、污纸，甚至还有臊气冲天的尿液，但地面却是用高级的大理石板材铺成。墙壁上尽管伏着一群群肥胖的苍蝇，却贴了花纹明亮的塑胶壁纸。这一切，都让刚刚从劳改农场的黄土屋里钻出来的上官金童感到新鲜、陌生，那惴惴不安的心情更加沉重了。

阳光把浊气逼人的候车大厅照亮时，候车的人们开始活动。一个蓬着头发、满脸粉刺的小伙子从躺椅上坐起来，搔了几下脚丫子，闭着眼睛，摸出一根压扁了的过滤嘴香烟，用塑料壳的气体打火机点燃。他喷出一团烟雾，接着咳出一口黄痰，吐在地上，并趿上鞋子，习惯性地用脚碾了碾。他拍了拍和他并排躺着的一个女人侧着的屁股，那女人扭了几下身体，发出一串撒娇的哼哼声。开车了！小伙子喊道。女人懵懵懂懂地坐起来，用通红的手背揉着眼睛，打了一个长长的哈欠。当她发现受了小伙子欺骗时，便用拳头打了他几下，哼哼着，又躺下去。上官金童看到了这个女人年轻的肥大脸盘，和那脸盘上油汪汪的短鼻子，还有从粉红衬衫缝隙里露出来的打褶的白皙肚皮。然后他又看到，小伙子戴着电子手表的左手肆无忌惮地从女人的衬衫开气里伸了进去，摸着那两个扁平的乳房。一种被时代淘汰了的怅惘，像蚕吃桑叶一样，啃着他的心。他几乎是第一次想到：天哪，我已经四十二岁了。我好像还没来得及长大，就变成了一个中年人。年轻人们的亲昵举动，羞红了他这个旁观者的脸，他把头扭过去了。不饶人的年龄给他的灰暗心情又涂抹上了一层悲凉的色彩。他的思绪像飞奔的车轮一样旋转：在这个人世上，我已经活了四十二年了，可这四十二年里，我都干了些什么呢？逝去的岁月，就像一条被浓雾遮住的通往草原深处的小路，只能模糊地看回去三五米，再往里就是那弥漫的雾气了。大半辈子过去了，而且，过得非常糟糕，非常龌龊，连自己都感到可怜、恶心。后半辈子，从被释放那天起，就算开始了，等待我的，究竟是什么呢？

迎着他的目光的，是候车大厅墙壁上那幅釉彩陶瓷镶贴画。画上，一个肌肉发达、腰际饰着几片绿叶的男子挽着一个裸露上身、头发像马尾一样飘起的女子，在有限的陶瓷空间里向着想象中的无限的空间飞翔，这一对半人半仙的青年男女仰起的脸上那渴求和向往的神态使他感到心中产生了一种伟大的空旷，这种悲怆的空旷感，是他躺在黄河入海处的黄土地上，仰望着纯蓝色的无边天空时多次体验过的。羊群在茫茫草原上吃草，牧羊人上官金童躺在地上，仰望天空，远处，那一排红色小旗，是劳改干部为服刑人员画出的警戒线，几个背枪骑马的干警，在红旗外边的拦海大堤上驰骋着。退役军犬和本地土狗交配生出来的杂种狗，跟在巡逻警察的马后，慵慵懒懒地跑着，并不时对着堤外的灰白色的浪花，发出几声毫无意义的吼叫。

他服刑第十四年的春天里，结识了牧马人赵甲丁。这是个因为毒杀妻子未遂被判刑的人，戴一副银丝边眼镜，文质彬彬，被捕前是政法学院的讲师。他毫不隐瞒地对上官金童讲述他设计毒杀妻子的细节，计划的周密令人叹为观止，但他老婆总是阴差阳错地避开。上官金童也向他讲述了自己的案情。赵甲丁听完上官金童的讲述，感慨地说："老兄，太美好了，这简直是一首诗，可惜的是，法律排斥一切的诗意。不过，如果我当时——算了，全是废话！你的刑判得太重了，当然，十五年熬过了十四年，也就没有申诉的必要了。"

不久前，当劳改队的领导宣布他服刑期满、可以回家时，他竟然有被抛弃的感觉。他的眼里饱含着泪水，恳求道："政府，能不能让我永远待在这里呢？"负责与他谈话的劳教干部用惊讶的目光看着他，为难地摇了摇头说："为什么？为什么呢？"他说："出去后，我真不知道该怎么活下去，我是个无用的人……"劳教干部递给他一支烟，并为他点着火儿。劳教干部拍拍他的肩头说："伙计，出去吧，外边的世界，比这里精彩。"他不会吸烟，硬抽了一口，喉咙被呛了，眼里冒出了泪水。

一个睡眼惺忪的女人，身穿蓝色的制服，戴着大檐帽，左手提着一个铁簸箕，右手拖着一把笤帚，浮皮潦草地扫着地上的烟头和果皮，急匆匆地走过来。她脸上挂着厌烦的表情，不时地用脚踢着或是用笤帚戳着躺在地上的人。"起来！起来！"她大声地喊叫着，用笤帚把地上的尿液洒到人们身上。在她的催促和甩打下，人们爬起来，有的站起来。站起来的都伸展着僵硬的胳膊。那些坐在地上的人，受到了铁簸箕的碰撞和笤帚的抽打，迅速地跳起来。他们刚一跳起来，她就把他们身下垫的破报纸，嚓嚓啦啦地扫到铁簸箕里。尽管上官金童在墙角紧缩着身体，照样也免不了遭到她的训斥。"闪开，你长眼没有？"她说。他用在劳改农场十五年锻炼出的机警，迅速地跳到一边去，看到她不高兴地指着他的帆布旅行包，斥道："谁的？挪开！"他顺从地把那个装着全部家当的旅行包提起来，等到她用笤帚象征性地把那个角落扫了几下之后，重新把包放到原处，再次坐下来。

在他前边的角落里，便是一大堆垃圾，女工作人员把扫起的垃圾倒在大堆上，便转身走了。一群伏在垃圾上休息的苍蝇被她轰起来，嗡嗡地飞行一阵后，重新落下去。这时他看到，在通往停车场的那面墙上，开着十几个小门，小门上方挂着车次牌和到达地。门外，是用粗大铁管焊成的栅栏，有一些人，已经站在栅栏里，等候着剪票。他终于在候车大厅的边角上，找到了通往大栏镇蛟龙河农场去的八三一次公共汽车的检票口。那里已经站着十几个人，有的抽烟，有的说话，有的坐在行李上发呆。他摸出车票看看，票上标着检票时间是七点三十分，但大厅正面墙壁上的电子钟已指着八点十分。他一阵紧张，甚至怀疑要乘坐的那辆车已经开走。他提着破旧的帆布旅行包，排在一个提着黑色皮革包、神色冷漠的男人后边。他悄悄地打量了一下排队的人，感到这些面孔都似曾相识，但却叫不出一个名字。人们似乎都在打量他，用惊讶的、好奇的目光。一时间他手足无措，既想认出一个熟识的乡亲、又怕被人认出的矛盾心情使他手心发黏。他结结巴巴地问前边那个人："同志……这车是开往大栏去的？"那人用劳改队管教干部那样的目光，把他从头至脚看了一遍，看得他像炒锅里的蚂蚁一样局促不安。不但在别人的眼里，他想，就是在自己的眼里，上官金童也像羊群里的骆驼一样，是个十足的怪物。昨天晚上，在脏乱的厕所里，面对着墙上一块水银漶漫的镜子，他看到了自己笨重的大头。头上是说红不红、说黄不黄的卷曲的乱毛，而且，两个额角已经秃了进去。蛤蟆皮一样疙里疙瘩的脸上，刻满了皱纹，大鼻子通红，像刚被揪过一样，褐色的络腮胡子，环绕着两片肿胀的嘴唇。在那人挑剔的目光下他自惭形秽，手心里的汗已经濡湿了手指。那人对着高挑在检票口上方写着几个红漆仿宋体字的铁牌子努了努嘴，等于回答了他的询问。

一辆四轮小车，被一个穿着胸前黑了一大片的白色工作服的胖女人推了过来。她用尖细的像童声期小女孩一样的嗓门喊叫着："包子，包子，韭菜猪肉热包子，刚出锅的韭菜猪肉热包子！"她气色很好，红扑扑的脸上泛着油光，头发烫成了无数个小卷，像他放牧过的澳洲良种绵羊肥膗膗的尾巴。她的手背像刚出炉的小面包，手指像刚从烤箱里拿出来的小香肠。“多少钱一斤？”一个穿夹克衫的小伙子问道。“不论斤，论个。”“多少钱一个？”“两毛五一个。”“给十个。”女人掀开大部分变成黑色的白色盖被，从车旁悬挂的袋子里抽出一块预先裁好的旧报纸，用铁夹子夹了十个包子放上去。小伙子手忙脚乱地从一大把大面额的钞票中寻找零钱。所有的目光都盯在了小伙子手上。“高密东北乡的农民，这两年可真是发了！”那个腋下夹着皮革包的男人，用酸溜溜的口气说。穿夹克衫的小伙子，大口吞咽着包子，呜呜噜噜地说：“老黄，眼馋了吗？眼馋就回去摔了您的铁饭碗，跟着我去贩鱼。”夹皮革包的男人说：“钱是什么？钱是下山的猛虎，我怕被它咬着！”夹克衫嘲讽道：“算了吧，老黄，狗咬人，猫咬人，兔子急了也咬人，可俺没听说过钱咬人。”皮包男人说：“你，太年轻了，跟你说不明白。”夹克衫说：“老黄老黄，不要倚老卖老，也不要打肿脸充胖子，倒了架子就得沾肉，允许农民跑买卖发财，这可是你们那个镇长当众宣读的红头文件。”皮包男人说：“小伙子，别猖狂，共产党不会忘了自己的历史，你小心着点吧！”夹克衫说：“小心什么？”皮包男人一字一顿地说：“二次土改！”夹克衫怔了怔，说：“改去吧，老子挣了钱就吃喝玩乐，叫你们鸟毛也改不着一根，你以为我还会像我爷爷那样傻？拼死拼活挣几个钱，恨不得嘴巴不吃腚眼不屙，攒够了，买了几十亩荒滩薄地，土改时，嘭，划成了地主，被你们拉到桥头上，一枪崩成个血葫芦。我可不是我爷爷，咱，不攒钱，吃，等你们二次土改时，我也是响当当的贫农。”皮包男人说：“金柱子，你爹摘了地主帽才几天？你就抖起来了！”夹克衫说：“黄脸，你是癞蛤蟆挡车——不自量力，回家上吊去吧！国家政策，你挡得住吗？我看你挡不住。”

这时，一个穿着破棉袄、腰里捆着一根红色电线的叫花子，端着一个破瓷碗——瓷碗里盛着十几个硬币和几张肮脏的毛票——哆哆嗦嗦地把碗伸到皮包男人面前，说：“大哥，给几个吧，给几个吧……

买个包子吃……”皮包男人一撤身，恼怒地说：“走开，老子还没吃早饭呢！”叫花子看了一眼上官金童，目光里流露出鄙视，转身到别人面前乞讨去了。上官金童的心沉到悲伤的绝底。上官金童，连叫花子都避你啦！叫花子向夹克衫小伙乞讨，还是那几句话：“大哥，可怜可怜，给几个子儿，买个包子吃……”夹克衫说：“你家是什么成分？”叫花子一愣，说：“贫农，祖宗八代都是贫农……”夹克衫笑着说：“老子专门救济贫农！”他把两个吃剩的包子，连同那块被猪油洇透的破报纸，扔在叫花子的瓷碗里。叫花子抓起包子，塞到嘴里，那块破报纸，粘在他的下巴上。

大厅里骚乱起来，十几个穿蓝制服戴大檐帽的检票员，拿着夹子，从休息间里走出来。他们都是一脸的厌烦，目光冷酷，好像对乘客充满仇恨。人群跟随着他们，拥向检票口。一个提电喇叭的人，站在过道里，大声吼着：“排队，排队。不排队不检票！各位检票员请注意，不排队不检票。”但人们依然在检票口挤成一个蛋。小孩子被挤哭了。一个抱着男孩、背着女孩、拎着两只大公鸡的黑脸女人，大声地骂着一个挤了她的男人，但那男人不理睬，双手把一个盛着电灯泡的纸箱举过头顶，身体扭动着，想挤到前边去。黑脸女人对准他的屁股踢了一脚，那男人连头都没回。

上官金童迷迷糊糊地就被挤到了圈外，原先他身后已有几十个人，但现在他变成最后一个。他心中泛起一点残存的血性，拎起包，往里挤了几下，但他的胸膛立即就被一个坚硬的胳膊肘撞中，痛得他眼冒金花，呻吟着蹲在地上。

广播员一遍遍地吆喝着：“排队，排队，不排队不检票。”负责大栏镇班车检票口的检票员—— 一个牙齿参差不齐的姑娘，用纸板和检票钳子开着路，从票口那里挤出来。她的大檐帽被挤歪了，塞在帽子里的黑发披散出来。她恼恨地跺着脚，喊道：“挤吧，挤吧，挤死两个才好。”

检票员气呼呼地回到休息室里去了。而此时，电子钟的大小指针已重叠在“九”的黑道上。

人们往前拥挤的热情随着检票员的罢工而陡然冷落下来。上官金童站在圈外，心里竟产生了一种幸灾乐祸的愉快感觉。他对那愤然离去的检票员满怀好感，并感到自己是一个被她保护了的弱者。

在别的检票口那儿，通向车场的窄门已经打开，乘客拥拥挤挤地沿着铁栏杆规定出来的狭窄通道向前涌动，好像被堤坝拦截在河道里不驯服的水。

来了一个身材匀称、个头中等、穿着漂亮的年轻人，他手里提着一只鸟笼，笼中盛着一对罕见的白鹦鹉。这个年轻人脸上那两只黑得发亮的眼睛引起了上官金童的注意，尤其是那笼中的白鹦鹉，更使他想起了几十年前从蛟龙河农场初回家院时，那些鹦鹉围着鸟儿韩和上官来弟的儿子上下翻飞的情景。难道真的是他？上官金童偷偷地继续看着他，从他的脸上渐渐显出了来弟疯狂的冷静和鸟儿韩天真的坚毅。上官金童心里充满惊异，随即便是感叹，他长得这么大了呀，那吊篮里的黑小子一转眼间便长成了一个小伙子。接着他又一次想起了自己的年龄，他浸泡在迟暮的感觉里，那怅惘的伟大的空旷感无限地展开了。他觉得自己就像一株在碱土荒原上枯萎了的茅草，悄悄地生，悄悄地长，现在正在悄悄地死去。

手提鹦鹉的小伙子走到检票口附近看了看，人群中许多人与他打招呼。他傲慢地答应着，抬腕看了看那块造型奇特的手表。“鹦鹉韩，鹦鹉韩，你路子广，会说话，去把那位姑奶奶请出来吧！”人群中一个干部模样的人说。鹦鹉韩道：“我不来，她不敢检票。”“吹牛，叫她出来我们才服你！”“你们，谁也别他妈的挤，都给我排好队，挤什么？抢孝帽子是不是？排队，排！”他咋咋呼呼地半真半假地骂着，把人拥挤的疙瘩抻直拉长，队伍一直延伸到躺椅那边。他说：“谁要再往前挤，破坏秩序，我就把谁的娘——明白吗？”他用手指做了一个淫秽的动作，“其实，早上晚上都要上，上不去的坐在车顶行李架上，空气新鲜，眼界开阔。我就愿坐车顶。等着，我去把那个娘儿们弄出来！”

他果然把检票员请了出来。检票员嘟噜着脸，一副余恨未消的样子。鹦鹉韩在她耳边，甜言蜜语着：“干姨，干姨，您怎么能跟他们一般见识呢？这都是些社会渣滓，刁民泼妇下三烂，歪瓜裂枣烂酸梨，死猫烂狗臭虾酱。跟他们斗气，失了您的身份，更重要的是，您要气出鼓胀病，还不把俺那干姨夫给心疼死？”“住嘴吧，你这个臭鹦鹉！”她挥起票夹子在他的肩膀上打了一下，道，“没人会把你当哑巴卖了！”鹦鹉韩扮着鬼脸，道：“干姨，我给您准备了一对俊鸟儿，什么时候给您带来？”“你这个熊玩意儿，”检票员道，“茶壶掉了底儿，光剩下一张嘴儿！俊鸟儿，俊鸟儿，你许愿一年了，我连根鸟毛都没看到！”鹦鹉韩道：“这次是真的，这次让您见到真鸟。”检票员道：“你要真有孝心，也别什么俊鸟儿俊鸟儿的，就把这一对儿白鹦鹉送了我吧！”鹦鹉韩道：“干姨，这对儿不行，这是种鸟，是刚从澳大利亚弄回来的，您要喜欢那还不容易？明年，我鹦鹉韩要不送一对儿白鹦鹉给您，我就不是您养的！”

检票口的窄门一开，人群立即拥挤起来。鹦鹉韩提着鸟笼站在检票员身边，说：“干姨，看吧，要不怎么说中国人素质低呢？都他娘的挤、挤，其实，越挤不是越慢吗？”检票员道：“你们高密东北乡那熊地方，净是些土匪种，野蛮得很。”鹦鹉韩道：“干姨，您可别一网打光满河鱼，好人还是有的嘛，譬如——”他的半截话没说出来就怔住了。他看到，排在队伍后边的上官金童羞羞答答地走过来。

“如果我没有猜错的话，”他说，“您就是我的小舅。”

上官金童羞怯地说：“我也……认出你来了……”

鹦鹉韩热情地抓住上官金童的手，摇晃着，说：“小舅，您总算回来了，姥姥想您想得把眼睛都哭瞎了。”

公共汽车里挤得水泄不通，好几个人的半截身子，从车窗里探出来。鹦鹉韩沿着车后的铁梯，爬到车顶的行李架上。他掀起绳网，安顿好了白鹦鹉，然后探下身子，把上官金童的旅行包接上去。上官金童战战兢兢地爬到车顶上。鹦鹉韩抖开绳网，把上官金童罩起来，并嘱咐道："小舅，您抓紧铁栏杆，其实，不抓也没事，这是老爷车，跑得比老母猪还慢。"

司机叼着烟卷，端着一个大茶缸子，懒懒散散地走过来。他对着车顶喊："鹦鹉韩，你真是个鸟人！告诉你，摔下来跌死我可不负责任！"鹦鹉韩掏出一包烟扔下去，司机顺手接了，看看牌子，装进衣兜，说："拿你这种家伙，天老爷也没办法！"鹦鹉韩道："爷，您就开车吧，求您发善心，路上少抛两次锚！"

司机用力带上车门，从车窗里探出头来，说："这熊车，不定哪天就散了架了，也就是我，换了别人，这车，连车站大院也出不了。"

这时，车场里响起了欢送车辆启动的音乐，磁带久经磨损，嚓啦啦地响着，乐曲声吱吱呀呀，好像几十把刀子在刮着竹子。那个女检票员，例行公事地立正站在月台上，用仇恨的目光送着这辆油漆脱落、咯咯吱吱乱响着的破车。鹦鹉韩对她招手道："干姨，下次我一定把那对儿俊鸟儿给您带来！"女检票员不理他，他低声道："送你一对儿俊鸟？我送你两根狗鸡巴！"

车缓慢地行驶在县城通往高密东北乡的沙石路上，对面不时有汽车和拖拉机开来，小心翼翼地与公共汽车擦肩而过，车轮卷起的沙土像烟雾一样，令上官金童不敢睁眼。"小舅，我听人家说，你是冤枉的。"鹦鹉韩直盯着他的眼睛说。上官金童说："说冤枉就冤枉，说不冤枉就不冤枉。"鹦鹉韩掏出一支烟，递给他。他拒绝了。鹦鹉韩把烟塞进烟盒，用同情的目光看着他那两只粗糙的大手，又抬头看看他的脸，说："吃了不少苦吧？"上官金童道："刚到苦，后来就习惯了。"鹦鹉韩道："您走这十五年里，变化很大，人民公社解散了，地也分到各家各户了，都不缺吃穿了。旧房子都拆了，统一规划。姥姥跟我那熊老婆合不来，她一个人搬到塔里去住了，就是门圣武老人那三间屋，您回来，姥姥就有伴了。"

“她……还好吗？”上官金童犹豫地问。

“身体嘛，还挺硬朗，”鹦鹉韩说，“就是眼睛不行了，但自己照顾自己没问题。小舅，对您没有什么好隐瞒的，我怕老婆，那个臭娘们，根本不讲二十四孝，她一来，姥姥就搬走了。也许，你还认识她，就是贩虾酱的老耿和他那蛇女人生的女儿，根本不是人，是一条美女蛇！小舅，我现在拼着命挣钱，挣够五万元，就打发她滚蛋！”

车在蛟龙河桥头停住了，人们纷纷下车。上官金童在鹦鹉韩的帮助下从车顶上爬下来。他看到，河北岸建起了一大片房屋，紧挨着蛟龙河石拱桥，新建了一座混凝土大桥。桥头附近的空地上，有一些卖水果、香烟和糖果之类的摊子。鹦鹉韩指着堤北的房屋说：“镇政府和学校，都搬出来了，司马家的大院子，被大金牙——就是巫云雨的儿子——承包了，这个驴操的，办了个制造避孕药的工厂，兼造假酒、假老鼠药，人种的事不办一点。您闻闻，”他举起一只手，说，“您闻闻风里是什么味？”上官金童看到，在司马家大宅院那儿，高高地竖起一根铁皮的烟囱，碧绿的烟雾，绞动着喷出来。那股令人作呕的气味，就是绿烟的气味。“姥姥搬走了也好，”鹦鹉韩说，“要不非被这烟毒死不可。现在是‘八仙过海，各显其能’，没有阶级了，不讲斗争了，大家都两眼发红，直奔一个钱字！我在沙梁子那边，承包了二十亩荒地。小舅，我野心勃勃，准备建一个珍稀鸟类饲养场，十年之内，我要让全世界的珍稀鸟类，在我们高密东北乡安家，到了那时候，我有了钱，就不愁有势，我有钱有势之后，办的第一件大事，就是在沙梁子上，为我的爹娘，塑两座最大的像……”鹦鹉韩被他的宏伟蓝图激动得眼冒蓝光，瘦弱的胸脯高高地像骄傲的鸽子一样挺起来。上官金童看到，桥头附近的小摊贩们，都在做买卖的间隙里，用好奇的目光打量着自己和指手画脚的鹦鹉韩。他再次自惭形秽，甚至后悔，在离开劳改农场之前，没到那个风骚女人魏金芝的剃头铺里去刮刮胡子剃剃头。

接下来，鹦鹉韩掏出几张钞票，塞到上官金童手里。他说：“小舅，别嫌少，我现在是创业时期，手头紧张，另外，钱绳子攥在那个臭娘们手里，我不敢也没办法对姥姥尽孝心，她老人家吐着血把我拉扯大，是千千万万个不容易，鹦鹉韩老掉了牙也不敢忘记，等我实现了计划，一定报答她老人家。”上官金童把那几张钞票塞回给鹦鹉韩，道：“鹦鹉，这钱，我不能要……”鹦鹉韩道：“小舅，您嫌少？”上官金童窘急地说：“不，不是……”鹦鹉韩把钞票又塞到金童汗水淋淋的手里，说：“瞧不起您这个没出息的外甥？”金童道：“我还有什么资格瞧不起别人？你了不起，比起你这个百无一用的舅舅，你实在是强多了……”鹦鹉韩道：“小舅，别人不了解您，我了解，上官家的人，都是龙生凤养，虎豹一样的良种，可惜没碰上好年代。小舅，瞧瞧您这相貌，活脱脱一个成吉思汗，早晚要发达，您先回去，跟姥姥亲热几天，然后，就到我的‘东方鸟类中心’来吧，上阵要靠亲兄弟，打仗还是父子兵！别看大金牙现在闹得欢，他是兔子的尾巴，长不了。巫云雨这个土霸王一伸腿，大金牙马上就完蛋。”

鹦鹉韩从水果摊子上买了一串香蕉、十几个柑橘，用红色尼龙网兜装了，递给上官金童，要他带回去给姥姥。然后，两个人在混凝土大桥上分手。上官金童望着清亮的河水，鼻子一阵阵发酸。他在一个避人的地方，放下行李，下了河堤，捧着水，洗了洗脸上的尘土和灰垢。是的，他想，既然回来了，就得抖擞起精神来，干出点名堂来，为了上官家，为了母亲，也为了自己。

他沿着记忆中的方位，来到发生过无数风流故事的上官家的旧址，但出现在他面前的，却是一片工地。一台推土机，正在拱着上官家旧屋的断壁残垣。他想起鹦鹉韩在公共汽车顶上曾说过，高密、平度、胶州三县，各割让出一部分，组成一个新市，新市的中心，必然地便设在了大栏镇，这里，很快就要成为一个繁华的城市。不久，矗立在上官家旧址及旧址周围的，将是一座七层高的大楼，大栏市的政府，将在这栋楼里办公。

街道已经拓宽，原先的黏土路面上，铺上了厚厚的碎石，路旁挖出了几米深的沟渠，沟边上，一群小工，正在滚动着粗大的水泥管子。教堂已被夷为平地，司马家的大门口，挂着“华昌药业有限公司”的大牌子，几台破旧的卡车，停在教堂的遗址上。司马家风磨房的几十扇大磨盘，杂乱地堆放在路边的稀泥里，磨房的遗址上，一座圆柱形的建筑，正拔地而起。在混凝土搅拌机的隆隆声中，在熬沥青的大锅冒出的刺鼻黑烟中，他与一群群的勘测队员，一群群提着啤酒瓶子、喝得醉醺醺的建筑工人擦肩而过，终于从变成了一个大工地的村庄里走出来，走到了那条通往墨水河石桥去的胶泥小路上。

当他走过墨水河小桥、翻过墨水河南堤、望见高地上那座严肃的七层砖塔时，已是苍茫的黄昏时分。砖塔在火红的夕阳下熠熠生辉，塔缝里那些枯草，像燃烧的火苗一样。一群白鸽围绕着砖塔飞行。一缕洁白的、孤独的炊烟从塔前草屋上笔直地升起来。田野里一片寂静，身后建筑工地那儿的机器声显得格外清晰。上官金童感到脑袋像被抽空了一样，热辣辣的泪水流进了嘴里。

他强忍着一阵急似一阵的心跳，向那圣洁的七层宝塔走去。他远远地就看到了，一个白发苍苍的老人，手扶着一根用旧伞柄改成的拐杖，站在塔前，向这边张望着。他感到双腿沉得几乎拖不动了，泪水不可遏止地往外涌。母亲的白发与塔上的枯草一样，猛然间也变成了燃烧的火苗子。他哽咽着喊了一声，便扑到了母亲面前，跪下，脸贴在母亲凸出的大膝盖上。他感到自己像沉入了深深的水底，所有的声音、所有的颜色、所有的物体的形状都不存在了，只有那种从记忆深处猛烈地泛起来的乳汁的味道，占据了他全部的感觉。

第四十七章

回家之后，上官金童生了一场大病。起初只是四肢乏力，骨节酸痛，后来就上吐下泻，吐出的和泻出的都是些像烂鱼肠子一样的东西，散发着扑鼻的恶臭。母亲花光了十几年来收废品、卖破烂的积蓄，请遍了高密东北乡地盘上的医生，又是打针，又是服药，但他的病毫无起色。八月里的一天，他拉着母亲的手，说："娘，我这一辈子，可把您给害苦了，现在好了，我就要死了，您的罪，遭到头了……"

上官鲁氏紧紧地抓住儿子的手，大声说："金童，不许说这些混账话！你才多大呀！娘瞎了一只眼，还能看到前边的好日子哩，太阳亮堂堂的，花朵儿香喷喷的，还得往前奔哪，我的儿……"她鼓足了劲头说着话，但辛酸的泪水已经滴落到儿子瘦得骨节突出的大手上。

"娘，光说好听的也没用，"上官金童道，"刚才我又见到她了，她用一块膏药贴着太阳穴的枪眼，拿着一张紫颜色的纸，上边写着我跟她的名字，她说她把结婚证开出来了，等着我跟她去完婚。"

"闺女，"母亲含着眼泪，对着虚无的空间祷告着，"闺女，你死得凄凉，娘知道，娘早就把你当亲生女儿一样看待了。金童为了你，坐了十五年的牢，闺女，他不欠你的，你就发发善心饶了他吧，也让我这个孤老婆子有个依靠。闺女啊，你通情达理，自古道，生死异路，各奔前程，你就饶了他吧。闺女，我这个瞎老婆子，给您跪下了……"

在母亲的祈祷声中，上官金童看到，在光明的窗户那里，龙青萍赤裸着身体，铁乳房上长满了红锈。她放荡地叉开着的双腿间，生着一簇圆溜溜的白蘑菇，细看时，才知道那不是蘑菇，而是一堆纠缠在一起的小孩子，那些圆溜溜的东西，净是小孩子的脑袋。脑袋虽小，却五官俱全，都顶着几缕柔软的黄毛，高鼻蓝眼，薄薄的耳轮，像泡涨的黄豆褪下来的皮。小孩子们对着他齐声呼唤，声音细弱，但异常清晰。爹！爹！爹爹！他恐怖极了，闭上了眼睛。那些小孩子炸开来，满炕奔跑，最后全部跑到他的身上，脸上，揪耳朵的，抠鼻孔的，扒眼皮的。他们一边折腾着，一边叫着爹。他尽管紧闭着眼睛，但依然清晰地看到，龙青萍用一块砂纸打磨着乳房上的红锈，发出嚓啦嚓啦的声响。她用忧郁的愤怒目光盯着他，手中的动作一刻也不停止，那两只乳房，渐渐地就像刚从旋床上旋出来的钢铁部件一样，闪烁着崭新的清冷的钢铁光辉。光辉聚焦在乳头上，形成两束寒冷的光，直刺他的心脏，他大叫一声，便昏了过去。

等他苏醒过来时，看到窗台上点燃了一支蜡烛，墙壁上还挂着油灯。在摇曳不定的光明里，他看到渐渐降低了的鹦鹉韩的愁苦的脸。“小舅，小舅，您这是怎么啦？”他听到鹦鹉韩的声音在很远的地方响着，他想说点什么，但嘴唇如山搬不动。烛光刺人，他疲乏地闭上了眼睛。

“我敢担保，”他听到鹦鹉韩说，“小舅死不了，我最近研究了一本面相书，像小舅这样的面相，注定了要大富大贵，长命百岁的。”

母亲说：“鹦鹉，姥姥这辈子从来没求过人，这次要求你了。”

“姥姥，瞧您说的，您这等于骂我嘛！”

“鹦鹉，你交结的人多，去弄辆车，把你小舅拉到县医院里住院去吧。”

“姥姥，没这个必要，咱这儿是地级市的架子，医院里的医生，技术水平比县医院的还高，既然连冷大夫都来看了，哪儿也不用去了。冷大夫是协和医学院的高材生，还出过洋吃过洋面包。他说没治就是没治了。”

母亲失望地说："鹦鹉，别花言巧语了，走吧，回去晚了又要挨老婆训了。"

"总有一天，我要挣断这根铁锁链，姥姥，您等着看吧。这是二十元钱，姥姥，小舅想吃什么，您就买点什么给他吃吧。"

"拿上你的钱，"他听到母亲说，"走吧，你小舅什么也不想吃。"

"小舅不吃，还有您哪。姥姥，您把我拉扯成人，不容易。那时候，政治上咱受压迫，经济上一贫如洗，小舅被抓走，姥姥，您背着我讨饭吃，踏遍了高密东北乡一万八千户的门槛。想起这些，我心里就像戳刀子一样，眼泪哗哗地流。咱那时见人矮三分，要不，我也不会和那么个熊东西结婚。您说对不对，姥姥？不过，这种罪恶的日子很快就要结束了，我为建设'东方鸟类中心'申请的贷款，市长已经签了字，姥姥，这事能办成，还多亏了俺表姐，就是鲁胜利呀，她现在是咱大栏市工商银行的行长，年轻有为，说话算数，像铁板上砸钉子一样。对了，我怎么把她给忘了呢？姥姥，您别急，我这就找她，小舅的病，她不帮忙谁帮忙？她是上官家嫡亲的外甥女，也是姥姥从小拉扯大的，我这就去找她。姥姥，俺表姐混的，什么是人上人呢？她就是！出门坐四个轮的，上席吃的，两条腿的是鸽子，四条腿的是王八，八条腿的是河蟹，弯弓腰的是大虾，浑身长刺的是海参，有毒的是山蝎子，无毒的是鳄鱼蛋。什么鸡鸭猪狗，全部被俺表姐的嘴淘汰了。她脖子上那金链子，说句难听的话，真像拴狗链子那么粗。她手指上戴的是铂金钻戒，手脖子上戴的是翡翠玉镯，眼镜是金框架天然水晶镜片，身上穿的是罗马时装，脖子上洒着巴黎香水，那股子香味，闻一鼻子让你终生难忘……"

"鹦鹉，拿上你的钱，走吧！"母亲打断了鹦鹉的话，说，"你也不要去找她，上官家没那么大的福分，攀不上这样的富贵亲戚。"

"姥姥，这就是您的不对了，"鹦鹉韩说，"我用地排子车，也能把俺小舅拉到医院去，但您不知道，现在这年头，一切都要看关系，我送去的病号和表姐送去的病号，差别大了去了。”

“过去也这样，”母亲说，“你小舅的病，就这样了，死生有命，富贵在天，他命大，怎么着都能活；他要命小呢，华佗扁鹊转了世，也救不活他。你快点走，别惹我心烦。”

鹦鹉韩还想啰唆，母亲用拐棍愤怒地戳着地面，说：“鹦鹉，鹦鹉，你发发善心，行行好，拿上你的钱，快些走了吧！”

鹦鹉韩走了。上官金童在昏迷中，听到母亲在房子外边大声地号哭着。夜风吹着塔上的衰草，发出微弱的响声。后来他又听到，母亲在灶下点起火，一会儿工夫，煎熬中药的味道进入他的鼻腔。他感到脑子窄得只剩下一条缝，那些中药的味道，像过筛子一样在这条窄缝里被条分缕析着。啊，这甜丝丝的是茅草根的味道，这苦涩的是败酱草味道，这酸溜溜的是九死还魂草的味道，这咸滋滋的是蒲公英的味道，这辣乎乎的是苍耳子的味道。甜酸苦辣咸，五味俱全，还有马齿苋的味道，扁蓄的味道，半夏和半边莲的味道，桑树皮、牡丹皮和桃树上的风干桃子的味道……母亲仿佛把高密东北乡的中草药全部采来了，放在一个大锅里煎熬着。这混合着生命与泥土的味道，像激越的水龙一样，冲刷着他脑子里的积垢，使他的思路渐渐开阔。他想起了室外那绿草葳蕤、百花烂漫的原野和沼泽地里徜徉着的仙鹤。有一簇金黄色的野菊花，吸引着翅膀上沾着金粉的蜜蜂。他听到了大地沉重的呼吸声，还有成熟的植物种子落地的声音。

母亲端着一盆药汁，用棉花蘸着，擦洗着他的身体。他感到有些难为情，母亲说：“儿啊，你活到一千岁，在我的眼里也是个孩子……”母亲把他的全身擦了一遍，甚至连他脚丫缝里的积垢都擦净了。夜风灌进房子，草药的香味愈加浓重。他感到身体从来没有这样轻松、这样干净过。此刻，他听到，母亲坐在房后边那道由几万只玻璃瓶子砌成的墙，发出了呜呜咽咽的如泣如诉的声音。这些变幻莫测、五彩缤纷、五味杂陈的声音，使他的眼睛里流出泪水。他想起了人类的刚刚能直立行走的祖先，仿佛看到他们用棍棒向猛兽发起攻击，心里充满对祖先的崇敬。他仿佛看到室外灿烂的星空，巨大的星球团团旋转，在天空中形成一个个无边无沿、摇曳着熊熊火焰的漩涡。他听到木星缓慢粗犷的声音，土星沉闷的如同滚雷一样的声音，水星轻快的歌唱，火星明丽的嗓音，金星尖厉刺耳的歌声。五大行星运转时发出的声音与几万只酒瓶子在风中的呼啸混为一体，他沉静地进入梦乡，第一次没被噩梦惊醒，一觉睡到天亮。

第二天早晨，他一睁开眼睛时就嗅到一股新鲜的乳汁的味道。这味道与他吃过的母亲的乳汁、奶山羊的乳汁大不一样。他判断着这味道的源头时，多年前充当“雪公子”替女人摸乳祈福时的感觉在心里发狂地泛滥起来。最让他反复思念着的竟是那天他摸过的最后一个乳房——香油店掌柜老金的独乳。于是，他明白了自己渴望着的就是老金那只独乳和那乳房里旺盛的乳汁。他在心里算了一下，距离担当最后一任“雪公子”的时间，已经过去了整整三十年，而那时的老金，正是一个为了改变成分而委屈下嫁给个眼方金的少妇，粗粗一算，独乳老金也是五十多岁的人了。到了这把年龄的女人，奶子早就像面口袋一样，下垂到腰带上了，怎么可能还保持着优美的形态，并分泌出旺盛的乳汁泥？他绝望地想，感觉正在欺骗自己。

母亲对他的精神好转感到欣慰，她说：“儿啊，你想吃点什么，娘去做。娘已经去村里找老金借了钱，改天，她派车拉走我们房后的酒瓶子抵债。”

“老金她……”上官金童的心脏怦怦乱跳着，问，“她好吗？”

母亲用左眼那残余的视力，困惑地望着儿子那局促不安的神情，她似乎是无可奈何地叹息了一声，说：“她现在，成了方圆百里最大的‘破烂王’了，家里有汽车，雇了五十个人，天天给她熔化废旧塑料和胶皮。钱是有了，只是她那男人不争气，她的名声也不好……娘是万不得已了，才去求她。她倒蛮爽快的……嗨，五十多岁了，竟神使鬼差地，又生出一个儿子来……”

上官金童像挨了一巴掌似的，蹦跃坐起来，一瞬间，他感到自己看到了上帝那仁慈的、通红的大脸。我的感觉没有欺骗我。他幸福地想着，而且分明地感觉到，老金正挺着她的独具只眼的乳房，快速地向这小屋逼近；而那赤裸着身子、用砂纸打磨着生锈乳房的龙青萍正在怅恨不已地退去。他用羞答答的但却是非常坦率的态度说：“娘，她来了后，您能暂时地回避一下吗？”

母亲怔了一下，很干脆地说：“我的儿，你是刚刚把勾命鬼打退了的人，娘还有什么不依你的呢！我这就走。”

他激动不安地躺下了，躺下后他就沉浸在那生机勃勃的味道里。这味道不是从外界袭来，而是从他的记忆深处，猛烈地生发出来。他闭上眼睛，便看到她那明显发了胖但依然不失润泽的脸。那两只黑眼睛还是像当年一样，水汪汪的，风骚地转动着，勾着男人的魂。她走得很急，简直可以用大步流星来形容。那只几乎没被岁月留下刻痕的乳房在花布衬衫里不安分地蹿动着。那只凸出来的暗红色的乳头因为蹿动和摩擦，正像小喷壶一样把蓝白色的乳汁喷射出来，把胸前的衣襟湿了碟子大的一片。渐渐地，从他心里漾出来的精神性的味道和老金乳房里涌出来的物质性的味道，像两只渴望着交尾的粉蝶，一点点地接近着，终于碰撞在一起，并迅速地合二为一。他睁开眼睛，便看到与想象中一模一样的老金已经站在了炕前。

“兄弟，”她把身子探过来，抓住他的枯柴一般的手，泪水浸泡着黑石子般的眼睛，动情地说，“我的好兄弟，你这是怎么啦？”

他的心被温暖的女人的柔情融化了。他仰起脖子，像初生的尚未睁开眼睛的狗崽子一样，用焦灼的嘴唇拱动着她的前胸。她毫不犹豫地撩起衬衫，让那只灌满了浆汁的像金黄色的哈密瓜一样的乳房垂在了他的脸上。他的嘴在寻找乳头，乳头也在寻找他的嘴。当他战栗着含住她、她战栗着进入他的嘴巴时，两个人都像被开水烫了一样，发出了迷狂的呻吟。他感到有十几股细细的但却强劲有力的乳汁的细流射击着口腔，在咽喉处汇合成一股甜蜜的热流，灌注进他的连黏膜都呕出了的胃。同时她也感到，积蓄了几十年的对这想当年像瓷娃娃一样的美貌男孩的病态的迷恋，正源源不断地随着乳汁发泄出去。两个人都流出了眼泪。

他一直把她的乳袋吸干了，才像个孩子一样，叼着乳头，沉沉地睡着了。她温存地抚着他的脸，慢慢地把乳头拔出来。他的嘴翕动着，焦黄的脸上，洇出几片血色来。老金看到上官鲁氏站在门边，悲哀地望着自己。她从上官鲁氏久经风霜的脸上看到的不是谴责和妒忌，而是深深的自责和无限的感激。老金把独乳塞回衬衫，坚决地说："大娘，这是我自己愿意的，也是我终生渴望的，我跟他前生有缘。"

上官鲁氏说："他嫂子，既是前生缘，我就不言谢了。"

老金掏出一卷钞票，说："大娘，那天算错了，您这些瓶子，不止值那么几个钱。"

上官鲁氏说："他嫂子，就怕他方大哥知道后不高兴啊。"

老金说："他只要有酒喝，什么也可以不要。大娘，我现在也忙，每天只能来一次，我不在的时候，您就弄点稀的给他吃吧。"

上官金童在独乳老金的哺育下，迅速地康复了。他像蛇一样，蜕去了一层老皮，显出一层娇嫩的皮肤。连续两个月，他没进一口饭食，完全依靠着老金的乳汁维持生命，尽管他经常处于饥肠辘辘的状态中，但一想到粗粝的食物，眼前便一阵漆黑，肠胃也就跟着痉挛起来。母亲因为他的大病不死而逐渐舒展开的眉头又紧紧地蹙起来。每天上午，他都站在房后那道能发出龙啸虎吟之声的瓶子墙前，像孩子企盼亲娘一样，像热恋中的情人一样，焦灼地、千遍万遍地遥望着那条从热火朝天的新兴城市那边延伸过来的荒原小路。他等得可真叫苦。

有一天，他从凌晨等到黄昏，也没等到老金的踪影。他的腿站麻了，眼也望花了，便坐下了，背倚着那道瓶口迎着风的墙。黄昏的小北风，刮进粗细不等的瓶口，吹奏出凄凉的音乐，绝望的情绪攫住了他的心，他不知不觉地流出了眼泪。

母亲拄着拐杖站在沉沉的暮气里，用哀其不幸、怒其不争的目光轻蔑地盯着他。她什么也没说，只是盯了他一阵子，便用拐棍笃笃地戳着地，转回到屋前去了。

第二天上午，上官金童找了一把镰刀，提着一个筐子，往沟渠那边走去。早饭时他剥皮瞪眼一般吞食了两块煮烂的红薯，现在他的胃绞痛着，喉咙里泛着酸水，他强忍着不呕吐，用鼻子追随着浓郁的薄荷草的味道。他记得供销社采购站收购过薄荷。当然他去割薄荷并不仅仅是为了挣点钱补贴家用，而是要借此摆脱对老金的乳房和乳汁的痴恋。从沟渠的半坡一直蔓延到沟底，都是葳蕤的薄荷，清凉的气息令他的精神一爽，眼睛也似乎明亮了许多。他故意地深呼吸，以求把更多的薄荷气息吸进肺腑。然后他便挥动镰刀割起来。在劳改农场十五年，他学会了割草的技术，他的身后，很快便躺倒了一片叶片泛白、生着短短绒毛的薄荷棵子。

他在沟的半坡上，发现了一个碗口粗的洞。他先是吓了一跳，紧接着却兴奋起来。他猜想这是个野兔的巢穴，他希望能逮住只野兔，为母亲改善一次生活。他把长长的镰柄探到窝里搅动着，听到里边发出扑扑腾腾的跳动声。他知道这不是空巢了。于是他攥紧镰刀守候在洞口。兔子伸头了，慢慢地露出生满长毛的嘴巴。他一镰劈下去，因为兔子的头及时缩回，他劈了个空。等到兔子又一次伸出头时，他感到镰刀的尖儿深深地扎入了它的脑壳中。他把镰刀猛地往外一拖，那只肥胖的野兔子便浑身哆嗦着躺在脚下了。刀尖从兔子的眼眶那儿，深深地扎了进去，一缕像丝线一样的血，沿着雪亮的刀刃渗出来，兔子的玻璃球一样的眼睛狡诈地眯缝着。一阵冰凉的寒意突然袭来，他扔掉镰刀跳到沟畔上，四处张望着，好像要求人帮助的闯了大祸的儿童。

母亲其实早就站在他的身后了。她用苍老的声音问："金童，你在干什么？""娘……"他痛苦地说，"我，杀了一只兔子……啊，它真可怜，我真后悔，我为什么要砍它呢？"

母亲用从没用过的严肃态度说："金童，一转眼间，你四十二岁了，可你还是这样婆婆妈妈、黏黏糊糊的，前几天，娘不说你，现在，娘不得不说了。你要知道，娘不能跟你一辈子，娘死了后，你要自己顶家过日子，这样下去，怎么能行呢？！"

上官金童厌恶地用土搓着溅到手掌上的兔血，母亲的批评让他脸上发烧，心里感到很不痛快。

"你要去闯荡世界，干一点事情，哪怕是小事情。"母亲说。

"娘，"他哀怨地说，"我能干什么呢？"

"我的儿，"母亲说，"你听着，现在，你就像个男子汉一样，把这只兔子拎到墨水河边去，剥了它的皮，开了它的膛，洗净它的肉，煮熟了，孝敬你的娘，她已经半年没沾荤腥。剥皮开膛时，你可能下不去手，你会觉得残酷，可是，你一个大男人吸女人的乳汁不残酷吗？你要知道，乳汁就是女人的血。这种事儿，比杀一只兔子要残酷十倍。这样想，你就能下得去手，你就会觉得高兴，猎人打中猎物，绝不会因为断送了一条性命而难过，他只有高兴，因为他知道，世界上千千万万样的飞禽和走兽，都是耶和华造出来供人享用的，人是万物之主，人是万物之灵。"

上官金童用力地点着头，胸中感到渐渐沉淀出一块坚硬的土地。原先那颗像浮在水面上的葫芦一样的心，似乎有了着落。

母亲继续说："老金为什么不来了，你知道吗？"

他看着母亲的脸，说："是您……"

"是我！"母亲说，"是我去找了她。我不能眼看她把我的儿子毁掉。"

"您……您怎么能这样做……"

母亲不理他的话茬儿，继续说："我对她说，他大嫂，你如果真爱我的儿子，可以跟他去睡觉，但是我不许你再给他奶吃了。"

"是她的乳汁救了我的命！"上官金童尖厉地喊叫起来，"如果不是她的奶，我已经死了、烂了，已经被蛆虫吃光了！"

“我知道。我怎么会忘记是她救了你的命？”母亲用拐棍戳着土地，说，“几十年了，我一直犯糊涂，现在我明白了，与其养活一个一辈子吊在女人奶头上的窝囊废，还不如让他死了！”

“那么，”上官金童担忧地问，“她怎么说？”

“这是个好样的女人，她说：‘大娘，回去告诉大兄弟，就说我老金的炕头上，永远都给他留着一个枕头。’”

“可她是有丈夫的人……”上官金童脸色灰白地说。母亲用挑战的、发狂的声调说：“你给我有点出息吧，你要是我的儿子，就去找她，我已经不需要一个永远长不大的儿子，我要的是像司马库一样、像鸟儿韩一样能给我闯出祸来的儿子，我要一个真正站着撒尿的男人！”

第四十八章

他雄赳赳地跨过墨水河，遵照着母亲的指示，去找独乳老金，开始那种母亲帮他构思出的轰轰烈烈的男子汉生活。但他的勇气，在通往新兴城市的路途上，就像气门嘴出了毛病的轮胎，一点点地泄光了。城中矗立起的镶贴着彩色马赛克的高楼大厦，在阳光下威武雄壮地蹲踞着，建筑工地上，起重机黄色的巨臂吊着沉重的预制件缓慢地移动，汽锤敲打钢铁的声音，一下接着一下震动着他的耳膜，沙梁附近的高高的铁架子上，电焊的弧光比日光还强烈，白色的烟雾缭绕着铁塔，他的眼睛又飘忽不定起来。他根据母亲提供的路线，在当年曾经枪毙过司马库的大湾子附近，找到了老金的废品收购站。他是沿着那条宽阔平坦的柏油马路走向废品收购站的。马路两边，有的楼已经造好，有的楼正在建造。司马库家的大院子已经荡然无存，那个“华昌药业有限公司”自然也随之消失。几台挖土机正在那儿挖掘着深深的底槽沟，而教堂的原址上，矗立着一座七层的方方正正的新楼，楼房的外表刷成了金黄色，像一个满嘴金牙的暴发户。一行比绵羊还大的红字镶嵌在金黄色里，向人们炫耀着中国工商银行大栏市支行的势力和气派。楼前堆放着建筑垃圾的空地上，停着一辆进口高级轿车，轿车是娇艳、富贵的朱红色，漆面亮得能照清人影。他看到有一个身穿黑色毛料西装、高领朱红色毛衣、敞开着的西装胸襟上别着一枚珠光闪烁的胸饰的、高耸的乳房使毛衣出现诱人的褶皱的、头发像一团牛粪干净利落地盘在脑后、额头彻底暴露又光又亮、脸色白皙滋润得像羊脂美玉的、屁股轻巧地撅着、裤线像刀刃一样垂直着、穿双半高跟黑皮鞋的、带着茶色眼镜看不清楚她的眼睛的、嘴唇像刚吃过樱桃的鲜艳欲滴的、气度非凡的女人，挟着一个柔软的皮包，从轿车里钻出来，脚下嗒嗒地响着，冲向了那铝合金的旋转门，闪一下，便像幻梦一样消逝了。

老金的废品收购站，用石膏板圈起了一大片土地，废品分门别类，酒瓶子垒成令人眼花缭乱的长城，碎玻璃堆成光芒四射的小山，旧轮胎摞得重重叠叠，废旧塑料比房脊还高，破铜烂铁里，竟然有一门卸掉了轮子的榴弹大炮。几十个用毛巾捂着嘴巴的雇工，像蚂蚁一样忙碌着，有的在搬运轮胎，有的在分拣钢铁，有的在装车，有的在卸车。墙角上，用旧水车的还带着红色胶皮垫圈的铁链子，拴着一只黑毛大狼狗。这条狗比劳改农场里那些杂种狗要威严七倍。它的毛像打了发蜡一样。它的面前，摆着整只的烧鸡和咬了一半的猪蹄。看大门的人摩挲着一头狗毛似的乱发，双眼混浊，一脸皱纹，细细辨认，竟像原大栏公社武装部长的模样。院子里有一个熔化塑料的炉子，炉膛里燃着旧胶皮，半截铁皮烟囱里，冒着有些古怪气味的黑烟，一团团的颗粒状的烟尘，像灯芯草一样在地上滚动。前来售卖破烂的小商贩簇拥着一台地磅，与司磅的老头儿争争吵吵。他认出了司磅的老头就是原大栏供销社的售货员栾平。一个花白头发的人骑着一辆三轮车进了院，他竟是原邮电支局的局长刘大官，一个神气极了的人物，现在，变成了老金的食堂管理员。他心里越来越怯，独乳老金家大业大，买卖兴隆，简直是一个资本家了。他怀疑自己走错了地方，站在院子里发呆。但这时，在那栋简易的二层楼上，一扇大窗户被推开，独乳老金披着一件粉红色的大浴衣，一手挽着头发，一手对他挥动。“干儿，”他听到老金肆无忌惮地说，“上来！”

他感到院子里所有的人都注意着自己，浑身像撒了一把麦糠似的。他低着头向楼房走去。在众目睽睽之下，他感到自己的腿很不得劲，当然更不得劲的是胳膊，是蜷起来呢还是舒展开？是插在裤兜里呢还是倒背在屁股后？当然，也可以像原蛟龙河农场场长小老杜一样，睡觉时都把双手卡在腰里，但这是绝对不可能的，小老杜手卡双臂胳膊肘子撑开着走路是因他有官职在身，可以用这种方式显摆架子，借以弥补他身矮体瘦的缺陷。上官金童算什么？我简直跟蛟龙河农场那几头阉割过的鲁西大黄牛一模一样，没性，没情，锥子扎在屁股上也顶多扭扭尾巴。是不是可以挥舞着双臂，奔跑着前进呢？不行，那是天真少年的把戏，我已四十二岁，按说是抱孙子的年龄了。他最后决定还是垂着胳膊、塌着肩膀、低着头，用劳改农场十五年中训练出的方式走路，像一条挨了两棍子的狗，夹着尾巴，灰溜溜的，低着头但却要左顾右盼着，走得风快，贴着墙根，活像一个贼。当他到达楼梯口时，他听着老金在楼上咋呼着：“刘大官，刘大官，我的干儿来了，你给加两个菜！”院子里，酸溜溜的小曲不知从哪张嘴冒出来：“孩子要想长得强啊，拜上二十四个浪干娘啊……”

他沿着用木板钉成的简易楼梯，战战兢兢地往上爬。他闻到楼梯上有一股浓郁的花露水的味道，羞怯地一抬头，看到老金叉开腿站在楼梯口，正在望着自己，用脂粉涂白了的大脸上挂着嘲弄人的微笑。他不由得停住了脚，手指甲掐着楼梯的钢管扶手，汗水把手掌的纹路鲜明地印在钢管上。

“上来呀，干儿子！”她收起嘲弄的微笑，殷切地呼唤着。

他硬着头皮又往上爬了几步，手脖子就被一只柔软的手抓住了。楼道里很暗。他的眼睛不习惯。他感到不是跟着她，而是被她的气味牵着，走进了一个妖精的洞穴。

她推开一扇门，把他拉进去。房间里一片光明，地上铺着化纤地毯，墙上贴着壁纸，天花板上垂挂下几个用玻璃彩纸剪成的绣球。房间正中摆着一张办公桌，桌上笔筒里插着几只大毛笔。她笑着说：“都是装样子骗人的，我大字认不了一筐。”

上官金童局促地站着，不敢正眼看她。她突然笑道：“天底下有这种事吗？有吗，没有，这是独一桩。”

他抬头望着她，正碰上她放荡而多情的目光。她说：“儿子，别把眼珠子掉下来砸伤脚背，抬头看着我，抬头你是一只狼，低头便是一只羊！天底下独一桩的奇事，当娘的给儿子拉皮条。这老东西，亏她想得出来。你知道她怎么对我说？‘他大嫂子’，”老金惟妙惟肖地模仿着上官鲁氏的腔调，“‘救人救到底，送人送到家，你喂他奶，只能救着他不死，可你不能喂他一辈子奶吧？’你娘说得对，老金俺也是五十岁的人了。”她拍着掩映在肥大睡衣里的那只独乳，说，“就算我打着滚浪，这宝贝也神气不了几天了。三十年前，你摸它的时候，用前几年流行的话说，那时它正是‘意气风发，斗志昂扬’的好时候，现在，它是‘过时的凤凰不如鸡’了。大兄弟，我是前世欠了你的，你也别管为什么，我也不想为什么，反正，俺这一身白肉，在文火上炖了三十年了，熟得透透的了，你想怎么吃就怎么吃吧！”

上官金童痴迷地望着她的一峰独立的胸脯，贪婪地嗅着乳汁和乳房的味儿，对老金故意亮出来的肥胖的大腿视而不见。这时，院子里，那个司磅的小老头高声喊着：“掌柜的，有卖这个的，”他举着一捆电缆线，“要不要？”老金探身到窗外，不愉快地说：“问什么？收下！”她关上窗户，说：“妈的条腿，有敢卖的，难道我还不敢收？你不要吃惊，这些来卖货的，十个里边有八个是贼，建筑工地上有什么，我就能收到什么。成箱的电焊条，没开包的电器、钢筋、水泥，啥都有。我呢，来者不拒，按废品价收，当成品价卖，转手牟取暴利。我知道，这买卖，迟早要砸锅，所以挣一块，就拿出五毛去喂那些混账王八羔子，剩下的五毛，我可着劲儿花。实不相瞒，那些头头脑脑、体体面面的人物，一大半上过我的炕，我把他们当成什么，你知道吗？”上官金童困惑地摇摇头。“老金这一辈子，”她拍着胸脯说，“就靠着这只独奶子打天下，你那些混账姐夫，什么司马库沙月亮，都叼着我的奶子睡过觉，但我对他们，没动过一点真情，这辈子让我魂牵梦想的，就是你这个狗杂种！你娘说，‘他嫂子，金童这辈子，除了跟那死尸有过那么一次，再没沾过女人，我捉摸着，这就是他的病根’。我说，大娘，您甭说了，老金这辈子，练的就是这一手，把您的儿子交给我吧，他就是块鼻涕，我也能把他炼成钢铁！”

老金挑逗地撩开睡袍，里边竟然赤条条一丝不挂。白的雪白，黑的乌黑。上官金童汗流满面，软绵绵地坐在化纤地毯上。

老金吃吃地笑着说：“吓着你了？干儿，别怕，女人身上，奶子是宝贝，但还有宝中之宝。心急吃不得热豆腐，你起来，我好好拾掇拾掇你。”

她像拖死狗一样把他拖进她的卧室，卧室里大红大绿挂满墙，靠着窗户那半边，垒着一铺大炕，炕前却铺着厚厚的羊毛地毯。她像对待不听话的小男孩一样，生吞活剥了他的衣裳。窗户明亮，院子里人来人往，上官金童学习着鸟儿韩的动作，双手捂在大腿间，蹲在地上，从一面顶天立地的大穿衣镜里，他看到了自己白惨惨的身体，丑陋极了，恶心极了。老金笑得腰都弯了，她的笑声那么年轻，那么放荡，像鸽子一样飞到院子里。她笑着说：“我的亲天老爷人家！这是练的哪家功夫？儿子，我不是老虎，咬不掉你的！”她踢了他一脚，说，“起来起来，洗澡去！”

上官金童进入与卧室相连的卫生间。老金开了灯，指着那粉红色的硬塑浴盆、磨砂水晶吊灯、墙上的凸花瓷砖、意大利咖啡色马桶、日本产电热水器，说：“都是当废品收购的，大栏镇的人，现在一半是贼。这是临时建的，没有热水供应，自己烧热水。”她指着围绕着浴盆的墙上那四个巨大的电热水器，说，“一天二十四小时，我有十二个小时泡在热水里，前半辈子没洗过热水澡，后半辈子要补上。儿子，比起我，你更是穷命鬼，劳改农场里，没有热水澡可洗吧？”她说话的同时拧开了四个电热水器的水管，四个莲蓬头里，同时喷出了温度适宜的水。哗哗的水声像急雨。雾气立刻弥漫了房间。她把他推进浴盆。热水淋着他的身体，他怪叫一声跑出来。老金把他推进去，说，“咬住牙，几分钟就适应了。”他咬牙坚持着，感到全身的血都涌到头上，皮肤像被无数根银针刺着，说痛不是痛，说麻不是麻，一种既痛苦又像幸福的滋味。他全身酥软，像一摊泥巴，沉重地瘫在浴盆里，水箭冲击着他的身体，好像打着一个与己无关的空壳。他看到，在朦胧的雾气里，老金把浴衣一抖，像一头大白猪，钻了进来。她的松软滑腻的身体压在他身上。雾气中散开了香味，她的手攥着一块草香扑鼻的香皂，往他的头上、脸上，全身各处涂抹着。一层层的泡沫，全身的滑腻，他逆来顺受，由着她摆布，当她的乳头擦着他的肌肤时，他幸福得死去活来。两个人在泡沫里折腾着，他身上的泥垢一层层剥去，头发里、胡须里的杂物一把把地被清洗掉，但是他没能像个男人一样拥抱她，他只是很顺从地由着她搓，由着她捏。

她把上官金童那套从劳改农场穿回来的破衣服扔到了窗外。她让他穿上了干净的内衣内裤，穿上了一套显然是早就预备好了的皮尔·卡丹西装，还在他的脖子上半生不熟地系上了一根金利来领带。她为他梳顺了头发，修剪了胡须，头发上涂上南韩发蜡，胡子上洒上了科隆香水，然后把他拖到穿衣镜前，一个身材高大、仪表堂堂的中西合璧的美貌男子站在他对面的镜子里。老金惊叹道：“我的个亲儿，活脱脱一个电影明星！”他的脸陡然红了。慌忙扭转身，他对自己的形象其实也赞叹不止。这哪里还是在蛟龙河农场偷食鸡蛋的上官金童？这哪里还是在劳改农场放牧牛羊的上官金童？

老金把他按在炕前的沙发上，递给他一支烟，他摆手拒绝；倒给他一杯茶，他惶恐地接了。老金斜倚着炕头的一摞被子，毫不客气地劈着腿，把浴衣的下摆夹在大腿之间，她娴熟地抽着烟，吐着一个追着一个的烟圈儿。冲洗掉脸上的脂粉，便显出皱纹来，被廉价化妆品损害了的皮肤上留着一些黑斑。烟雾逼迫她眯起眼睛，这使她的眼睛周围满是皱纹。“你是我碰到的最老实的男人，”她眯着眼说，“也许我已经老成了一个丑八怪？”

他受不了从她眼缝里射出来的扎人的目光，慌忙低下来，双手按着膝盖说：“不，不，你不老，也不丑，你是世间最好看的女人……”

“我原本以为，你娘说的是谎话，”她有些沮丧地说，“没想到全是真的。”她把烟头揿灭在烟灰缸里，折身坐起来，道，“你跟那个女人的事，到底是真还是假？”

他抻了抻被衬衫的硬领和领带弄得很不舒服的脖子，脸上布满细密的汗珠。双手搓着膝盖，他感到自己快要哭出声音来了。

“好了，”她说，“我不过随便问问，你这个大笨蛋。”

午饭时，她竟然邀请了十几个西装革履的头面人物来作陪。她拉着他的手，对那些人说：“看看我这个干儿子，像不像电影明星？”那些人都用聪明的眼睛盯着他看，一个梳着油光光的大背头、手脖上带着一块故意把链子弄得吊儿郎当的名贵劳力士金表的、据老金介绍好像是什么委员会主任的中年男子，眨动着伶俐透顶的眼睛，猥亵地说：“老金，老金，你这是老牛吃嫩草！”

“放你娘的屁！”老金骂道，“我这个干儿子是王母娘娘御座前的金童子，坐怀不乱的真君子，哪像你们这群骚狗，见了女人就像蚊子见了血，宁肯冒着一巴掌被打得稀烂的危险也要上去叮一口！”

“老金，老金，我们就是想叮你，”一个秃头男子说，他说话时腮上的肉不停地抽动着，使得他不得不经常地用手捂住腮帮子，避免嘴巴被抽歪，“你的肉香嘛！如果是一身臭肉，谁还去叮？！”

“老金要学武则天啦，”一个瞪着两只金鱼眼、头发自然卷曲的精壮男子说，“养起小白脸来了。”

“兴你们养二奶三奶，就不兴我……”老金打住话头，骂道，“都给我闭上臭嘴，当心我把你们那点下货给抖搂出来。”

一个眉毛很重、面容清癯的男子，端着一杯酒，走到上官金童面前，说：“上官金童大哥，兄弟敬你一杯，祝你刑满归来。”

上官金童被他揭了老底，感到无地自容，恨不得钻到桌子下边去。

“这是个大冤案！”老金愤愤不平地说，“金童兄弟是个老实人，绝对不会有那种事。”

几个男人交头接耳，低声议论着什么。然后他们站起来，轮番向上官金童敬酒。这是上官金童平生第一次喝酒，几杯灌下去，他就感到天旋地转，眼前这些人的脸，都像金黄色的葵花盘子一样，滴溜溜地旋转。他莫名其妙地感到，应该向眼前这些头面人物澄清一个问题。他端起酒杯站起来，说：“我跟她……干过……她的身体还没凉……她还睁着眼笑着呢……”

“真是个好样儿的男子汉！”他听到一个葵花盘子里传出这样的话，心里感到平静了许多，接着他便伏倒在满桌的鸡鸭鱼肉上。

等他醒过来的时候，看到自己光着身子躺在老金的大炕上，老金也光着身子，倚着被子，端着葡萄酒杯，正在看一盘录像。这是上官金童第一次看到彩色电视——他在劳改农场场部里看过几眼黑白的电视机——黑白电视机已经令他惊叹不止，彩色电视更令他疑为梦境。尤其是出现在那彩色荧光屏上的，竟是光屁股男女在一起恣意狂欢的情景。沉重的犯罪感压低了他的头。他听到老金吃吃地低笑着说：“干儿，别装模作样了，抬起头来，好好看吧，看看人家是怎么弄的。”上官金童抬起头来，又看了几眼，他感到脊梁上凉飕飕的发冷。

老金欠身关了录像，电视荧光屏上一片抖动的白点。她又关了电视，把身边的台灯压低了头，温暖柔和的黄色光线涂满四壁。淡蓝色的窗帘像一道静止的瀑布一直悬垂到炕席上。老金对着他微笑着，并用肥胖的脚丫撩拨着他。

他的喉咙干渴得像一口枯井，上半身如火如荼，下半身却如一潭死水。他的眼睛像着火一样盯着老金那只坐落在肚皮之上的肥大的乳房，它稍微有点偏左，如果不是右侧紧靠着腋窝那儿那只紧贴在皮肤上的、莲子般大小的乳头和乳头周围酒杯口大小的黑晕，标志着她也曾是个双乳的女人，那她简直就是一个医学的特例或物种学上的特例。那只独乳的乳头被男人们抻长了。它兴奋地抖动着，流出一些甜甜的液体，使它像一只挂着一层蜂蜜的亮晶晶的椰枣。与它相比较，其余一切都黯淡无光。他张着嘴拱上去，但老金一翻身避开了他的嘴巴。老金的身体做出淫荡的姿势逗引着他，他心烦得要命，扳着她柔软的肩膀试图翻转她。老金一翻身，独乳犹如惊鸿照影般一闪烁，又被她的身体遮住了。接下来进行的激烈搏斗，一个是为了吃奶，一个是不让他吃奶。两个人都累得气喘吁吁。老金终于筋疲力尽地被他摆平了，他不顾一切地把头扎到她的怀里，深深地把她的乳头吸进口腔，那股贪婪的劲头儿，似乎要把她的整个乳房生吞掉一样。老金的乳头一被他叼住之后，就彻底地缴械投降了，她呻吟着，双手插到他蓬松的头发里，任凭着他把奶袋里的乳汁全部咂吧干净。上官金童吸光了她的乳汁，心满意足地睡着了，心中火烧火燎着的老金使尽了全部的手段，也没能把这个鼾睡的老婴儿弄醒。

第二天早晨，她疲倦地打着哈欠，恼怒地盯着上官金童。老金的保姆把她的孩子抱来，让她喂乳。金童看到那个不满周岁的婴儿，在保姆的怀里，正用仇恨的目光盯着自己。老金揉着乳房，对保姆说：

“抱走吧，去奶牛场订份牛奶给他吃。”

保姆知趣地走了。老金低声骂道：“金童，你这个杂种，把我的奶头咂出血来了。”他抱歉地笑着，目光盯着她手中托着的宝贝，又像着了魔一般，慢慢地蹭上去。老金托着乳房便躲进了里屋。

晚上，老金戴上了一个特制的帆布乳罩，穿上了一件厚厚的棉衣，腰间扎上了一条武术师煞腰运气使用的缀满圆头铜钉的宽腰带，棉衣下摆被她用剪刀剪了，齐着臀部上沿，露出一圈棉花毛儿，她的下身一丝不挂，脚上却穿着一双红色的高跟皮鞋。上官金童一见她这身打扮，就感到有团火在肚子里刮剌剌地燃烧起来，激动得下体像充了气的皮球一样嘭嘭地撞击着肚皮。她刚刚想摆一个发情母兽的姿势，但没等她把臀部翘起来，上官金童就像老虎捕食一样把她按在炕前的地毯上……

两天之后，老金向她的全体雇员介绍了新任的总经理上官金童。他穿着熨帖平整的意大利西装，扎着绣花的鳄鱼牌丝绸领带，披着一件斯普法内最新驼色毛哔叽风衣，头上俏皮地斜戴着一顶梦巴黎咖啡色无檐小帽，双手抹腰，像一只刚从母鸡背上跳下来的大公鸡一样，疲倦地但同时也是骄傲地面对着老金网罗的这批乌合之众。他发表了一个简短的演说，他使用的词汇和讲话的口吻跟劳改农场的管教干部训斥犯人时几乎一样。他感觉到了人们眼睛里那种嫉恨的光芒。

他在老金的带领下，跑遍了大栏市的每个角落，认识了一批与废品收购和出售业务有直接和间接关系的人。他学会了抽洋烟、喝洋酒、搓麻将，还学会了请客送礼偷税漏税，他甚至在聚龙宾馆的宴会厅里当着十几个客人的面，摸了服务小姐白嫩的手。小姐手一哆嗦，砸了一个杯子。他掏出一沓子钞票塞到服务小姐白制服的肚兜里，说：“小意思！”小姐嗲声嗲气地说：“谢谢啦！”

每天夜里，他都像一个不知疲倦的农夫，耕耘着老金肥沃的土地。他的莽撞和缺乏经验，让老金感受到一种特别新鲜的刺激，她的尖叫声经常把那些住在简易房里的困乏的雇工们从睡梦中惊醒。

有一天晚上，一个独眼的老头歪着头走进了老金的卧房。上官金童打了一个寒战，猛地把身前的老金推到炕角上。他手忙脚乱地扯过一条毛毯裹住了身体。他一眼就认出了，站在炕前的独眼老头就是人民公社时期当过生产队保管员的方金，他是老金的法定丈夫。

老金盘腿坐在炕角，恼怒地问："不是刚给了你一千元吗？"

方金坐在炕前的意大利真皮沙发上，吭吭地咳了一阵，把一口黏痰吐在华丽的波斯地毯上。他的独眼里射出能点燃香烟的仇恨光芒。他说："我这次来不是要钱。"

"不要钱你要什么？"老金愤怒地说。

"我要你们的命！"方金从怀里摸出一把刀子，以惊人的、与他的衰老不相匹配的敏捷，从沙发上弹跳起来，蹿到了炕上。

上官金童怪叫一声，滚到了炕角，用毯子紧紧地裹住身体，四肢酥软，浑身不会动了。

他惊恐地看到，方金手中那把寒光闪闪的牛耳尖刀，直逼自己的胸口。

老金一个鲤鱼打挺儿，蹦到方金和上官金童之间，她用胸膛顶住了方金的刀尖，冷冷地说："方金方金，你要不是大嫂养的私孩子，就先把我捅了吧！"

方金龇牙咧嘴地骂道："臭婊子，你这个臭婊子……"他嘴里骂得很凶，但握刀的手腕打起了哆嗦。

老金道："我不是婊子，婊子是靠这赚钱，我不但不赚，还倒贴！老娘是富婆开窑子，图个快活！"

方金狭窄的小脸上滚动着水一样的波纹，下巴上的几根老鼠胡须挂着几滴清鼻涕，他尖厉地叫着："我杀了你！我杀了你！"

他把尖刀刺向老金的乳房。老金豪爽地把胸脯一挺，那把刀子就落在了炕上。

她一脚便把方金踹到了炕下。然后她解下武术师的腰带，脱下毛边短袄，解开帆布乳罩，甩掉脚上的高跟鞋。她放荡地拍着肚皮，拍出一些令上官金童心惊肝颤的声响，她高叫着，声音震动得窗帘布打哆嗦："老棺材瓤子，你能吗？能就爬上来干，不能就别挡老娘的道，不能就滚你妈的蛋！"

方金从炕前爬起来，呜呜地哭着，像个小孩子一样，弯着腰，看一眼老金那一身哆哆嗦嗦的白肉，他痛苦地捶着胸膛，哭着，骂着："婊子，婊子，总有一天，老子要杀了你们……"

方金跑了。

卧室里恢复了安静。从木材加工厂那边，一阵一阵地传过来电锯的嗤嗤声，还有火车进站前的鸣笛声。而这时上官金童听到的，是院子里那道酒瓶子砌成的长城凄凉的呜咽声。老金四仰八叉地横陈在他的面前，他看到那只独乳丑陋地涣散在她的胸脯上，那个黑色的大奶头子，像一个干巴巴的海参。

她冷冷地盯着他，说："这样你能行吗？你不行，我知道。上官金童，你是抹不上墙的狗屎，扶不上树的死猫，你也给我，像那方金一样，滚你妈的蛋！"

第四十九章

除了脑袋略微小一点之外，鹦鹉韩的老婆耿莲莲，其实是一个相当漂亮的女人。她的身材尤其优美。修长的双腿、丰满但不臃肿的屁股、柔软得像弹簧一样的腰肢、瘦削的肩膀、发达的胸脯、挺拔的脖子——她的脑袋之下简直无可挑剔，这一切都是从她那个水蛇母亲那儿遗传来的。一想起她的母亲，上官金童就回忆起内战时期那个难忘的风雨磨房之夜。耿莲莲她母亲那颗小得像个扁平的铲子头一样的脑袋在淅淅沥沥的漏雨里、在雾蒙蒙的晨曦里大幅度地摇摆着，确实是三分像人七分像蛇。

上官金童被独乳老金解雇后，在日渐繁华的大栏市的大街小巷上游荡。他感到无颜去见老母。他把老金发给的安抚金通过邮局汇给母亲，尽管排队汇款时间与跑到塔前房屋的时间相差无几，尽管母亲收到汇款单后还得到这个邮局来领取，尽管邮局当班的职员对他的行为感到大惑不解，但他还是坚持用这种方式把钱寄给了母亲。他游荡到沙梁子区时，发现了市文化局立在沙梁子上的两块碑。一块是纪念被还乡团活埋掉的七十七个死难者，一块是纪念与德国殖民者英勇斗争并光荣牺牲了的上官斗和司马大牙。碑文古奥难懂，看得他头昏眼花。一群大学生模样的青年男女，先围着纪念碑喊喊喳喳议论，然后簇拥在纪念碑周围照相。手捧相机拍摄的是一个姑娘，她穿着一条紧紧地箍着屁股和大腿的灰蓝色裤子，像喇叭花一样绽开的裤腿上沾满白色的沙土。裤子的膝盖那儿，像被疯狗咬了一口似的破了一个边缘参差不齐的窟窿。她上身穿一件金黄色高领大毛衣，这毛衣肥大得没了边，腋下就像黄牛的脖子一样吊儿郎当。乳房还是结结实实的没发酵的死面饽饽，摘下来能砸破狗头。胸前还挂着一枚足有半斤重的毛泽东纪念章。那件金黄色毛衣外边，随随便便地套着一件由大大小小的口袋缀成的摄影背心。她撅着屁股，好像一匹正在拉屎的小马。“ＯＫ！”她说，“都别动，别动！”然后，她提着相机转着圈找人。她看到了正在直勾勾地望着自己的上官金童，当时他还穿着老金为他置办的行头。姑娘咕噜了一句疙疙瘩瘩的洋文。他听不懂，但他飞快地意识到姑娘把自己当成了洋人。他说：“姑娘，说中国话吧，我懂！”姑娘吃了一惊，好像在吃惊着他的带着浓重地方色彩的汉语。一个外国人，不远万里来到中国，竟然能说一嘴高密东北乡土话，这实在是太不容易了！他代替那姑娘思想着，竟连自己也感叹起来，如果真有一个外国人能说出一口高密东北乡土话该有多好！有哇！上官家的六女婿巴比特就是一个。还有，那个比巴比特更高一筹的马洛亚牧师。姑娘笑眯眯地说：“先生，帮我揿一下快门好吗？”

上官金童被面前这个年轻活泼的姑娘感染，竟忘了自己的狼狈处境，他模仿着电视上那些洋人，耸了一下肩膀，扮了一个鬼脸儿，这一切完成得自然而流畅。他接过相机，姑娘对他指点着机器上的按钮。他连声“ＯＫ”，并油然地说了几句俄语。这一着也很高明，姑娘颇感兴趣地盯了他一眼，转身跑到纪念碑前，攀附在她同伙的肩膀上。在取镜框里，他大动刀斧，把姑娘的同伙全部砍去，他让镜头里只留下这姑娘，别的他一概不顾，然后揿了快门，咔嚓！ＯＫ！几分钟后，他就孤零零地站在纪念碑旁，目送着那些年轻人的背影了。空气中留下青春勃发的气味，他贪婪地抽动鼻翼，口中苦涩，宛若咬过青柿子，舌头运转不灵，满肚子都是哀怨。那群青年人在树林子里亲嘴的情景使他不愉快，每人一张嘴，天天咀嚼死猫烂狗，脏不脏呀？他想，亲嘴绝对不如亲乳房，未来的女人，乳房会长在额头上，专供男人亲吻。额头上的乳房，是礼节性的乳房，应该给它涂上最美丽的颜色，在乳头的根部，可以挂上黄金璎珞，丝线流苏。胸部的乳房，也是一只，这是哺乳的器官，兼具审美的功能，可以考虑把母亲在沙月亮时代创造的那种挖洞挂帘式服装大加推广。胸襟上的洞要开得大小适中，要因人而异，因时而变。帘子一定要用轻纱或薄绸，太透则一览无余缺少韵味，太不透则闭关锁国，影响情感交流和气味流通。那洞，一定要缀上花边，各种各样的花边。如果没有这些花边，未来的高密东北乡的胸有独乳的女人就会像连环画里那些古代的士卒和山大王手下的小喽啰一样滑稽。

他手扶着纪念碑，陷入不能自拔的胡思乱想的淤泥中，如果没有他外甥媳妇耿莲莲的拯救，也许他就会像一只死鸟，枯萎在纪念碑的大理石基座上。

耿莲莲骑着一辆草绿色的三轮摩托车，从繁华的市场街疾驰而来。她为什么要在纪念碑这儿停车，上官金童不得而知，他用羡慕的目光欣赏她的身体时，她犹豫地问：“你是上官金童舅舅吗？”

上官金童用羞赧证实着自己的身份。

她说："我是鹦鹉韩的妻子耿莲莲。我知道，他把我糟蹋得不像样子了，好像我是个母老虎。"

上官金童不置可否地点着头。

耿莲莲道："老金炒了您的鱿鱼？这没有什么，小舅，我今天就是专门来聘请您的，聘请您到我们的'东方鸟类中心'工作，工资啦，待遇啦，一切都不需您开口，保您满意。"

上官金童道："我是个废物，我啥也不能干。"

耿莲莲笑道："我们给您安排了一份只有您才能干的工作。"上官金童还想谦虚地说几句什么，但耿莲莲已经拉住了他的手，她说："小舅，走吧，我沿着大街小巷跑了一天，就为了找你。"

她把上官金童按坐在摩托车的偏挂斗里，那里边有只巨大的金刚鹦鹉，腿上拴着铁链条。它仇视地盯着上官金童，弯曲的大嘴张开，发出一声沙哑的怪叫。耿莲莲拍了鹦鹉一把，用两根灵巧的手指一拨，便解放了它的腿。她说："老黄，老黄，飞回去吧，告诉掌柜的，舅舅随后就到。"

那只金刚鹦鹉笨拙地跳到挂斗边缘上，然后又跳到沙地上。它像个小男孩一样摇摇晃晃地往前跑，在跑动中展开僵硬的翅膀，呼扇着。终于，它飞了起来。飞到十几米高时，它折回头，绕着地上的摩托车兜圈子。耿莲莲仰脸喊道："老黄，快回去，别捣蛋，回去喂你开心果儿！"金刚鹦鹉愉快地鸣叫着，擦着林梢，往南飞去了。

耿莲莲的身体耸动，发动着机器。她骗腿儿上车，手在车把上一转，摩托车便趺趺撞撞地跑起来。迎面而来的风吹拂着她的头发，也吹拂着上官金童头上的乱毛。车子沿着一条新修的水泥路，飞快地接近了沼泽地。

"东方鸟类中心"用铁丝网在沼泽地边缘上圈出了足有二百亩土地。大门口修建得富丽堂皇，好像一座大牌坊。门口站着两个斜挎武装带、腰挂玩具手枪的保安队员。耿莲莲的摩托车驶过时，保安队员立正敬礼，他们的动作标准得过了头，看起来显得虚假做作。

一进大门，便是一座用太湖石堆砌成的假山，假山前有一个喷水池，池中立着几只跟真的仙鹤一模一样的但却一动也不动的假仙鹤。那只早已飞回来了的金刚鹦鹉蹲在池边喝水。见到耿莲莲归来，它摇摇摆摆地离开水池，跟在她的身后。

打扮得像个马戏团小丑一样的鹦鹉韩，戴着雪白的手套从一间门口悬挂着串珠门帘的大屋子里跑出来，他说："小舅，总算把你请来了。我早就说过的，只要我混出点模样来，就要开始报恩了。"他挥舞着手中那根银光闪闪的小棒，说，"天大地大，不如姥姥的恩情大。所以，我的第一个报恩对象，便是姥姥。给姥姥送去一麻袋猪肉，姥姥不会高兴。给姥姥送去一根金拐杖，姥姥也未必高兴。但给小舅安排个最好的工作，姥姥一定高兴。""行了，你别啰唆了，"耿莲莲用非常明确的领导对下属的口吻说，"那只鹩哥驯得怎么样了？你可是向我打过包票的！"

"放心吧，夫人！"鹦鹉韩模仿着小丑的动作，一躬到地，说，"我保证让它会唱十首歌曲，还要让它像最优秀的播音员一样，用标准的普通话，向来宾致欢迎词。"

耿莲莲说："小舅，我先带你参观一下吧，然后我们再谈工作。"

上官金童跟随着耿莲莲，参观了孔雀饲养场，上千只孔雀，拖着疲倦不堪的腿，在尼龙网罩起来的沙地上，麻木不仁地蹒跚着。几只白色的雄孔雀，见到耿莲莲，便献媚地开了屏。它们的尾羽稀少，开屏后便显露出青紫的屁股。几个穿高腰胶皮靴子的女工，扯着自来水管子、正在冲洗孔雀宿舍的水泥地面。孔雀场的气味，与当年留在他记忆里的蛟龙河农场养鸡场的气味一样。他偷看了一眼耿莲莲，耿莲莲也正在看他。他尴尬地问："有狐狸吗？"耿莲莲道："沼泽地里有，但它们从没来这里骚扰过。"

"这么多的孔雀，干什么用呢？"上官金童问。

"我们每年都向全国各地的动物园赠送一些，主要的，还是用作肉食。”她说，“根据李时珍的《本草纲目》记载，孔雀肉能舒筋活血，保肝养肺。根据最新研究证明，孔雀肉里含有二十八种人体必需的氨基酸，还有三十多种微量元素，孔雀肉味鲜美，什么鸡肉、鸽肉、鸭肉，都无法跟孔雀肉相比。最重要的是，孔雀肉能滋阴壮阳……”她笑眯眯地盯着上官金童问，“小舅，你跟着老金去赴过那么多宴会，难道竟没吃过我们‘东方鸟类中心’的孔雀肉？这好办，我这里有一个很好的厨师，做的一手绝活就是‘八宝葫芦孔雀’，明天，我就让你尝尝这道美味佳肴。孔雀胆是名贵药品，以前说孔雀胆有剧毒，纯属污蔑，其实，孔雀胆能滋阴壮阳，祛风湿，明眼目。我的眼睛为什么炯炯有神，就因为我每天临睡前喝一杯孔雀胆酒。”一只雄孔雀走到丝网边缘，歪着头，打量着网外的人。它突然把高挑着一簇翎毛的脑袋从网眼里伸出来，啄了一下上官金童的裤腿。耿莲莲伸手抓住雄孔雀的细脖子，并把另一只手，从上边的网眼伸进去，从它的满屁股斑斓多彩的翎毛中，挑选了一根最粗壮的、色彩最绚丽的，捏住根部，猛地拔下来。她一松手，雄孔雀便痛苦地鸣叫着跑开了。它飞到木架上，一会儿抖动着屁股开屏，一会儿弯着脖子，用嘴巴去啄那被拔掉了羽毛的痛处。耿莲莲把那根漂亮的羽毛送给上官金童，说：“在东南亚某些地区，人们把孔雀毛献给最尊贵的朋友。”上官金童仔细地观看着那由一根根扁平的小毛羽构成的美丽的图案，说：“它会不会痛死呢？”耿莲莲道：“怪不得鹦鹉韩说您是菩萨心肠，果然不假。我不是孔雀，不知道它痛还是不痛。但这孔雀翎是我们鸟类中心的一大收入，我们每年都得从活孔雀身上拔翎，只有活拔下来的毛，才有精神。我们不但要拔孔雀翎，还要拔野鸡的翎子，这翎子，只有活着拔下来，才能给京剧演员做行头。”

他跟随着她，又看了鹦鹉饲养场，在一所高大的房子里，层层叠叠着数千只铁笼子，每只笼中就是一个鹦鹉家庭。数万只鹦鹉的鸣叫声，让人心神不宁，仿佛随时就会有大祸降临一样。鹦鹉饲养员穿着蓝工作服，耳朵里堵着棉花。如果不堵棉花，他们的精神就会错乱。

“这是一种具有广阔的市场潜力的观赏鸟，”她说，“当然也可以食用，大栏市的官员们都是些食物冒险家，他们大大地拓宽了人类的食物领域，过去，许多被传统观念认为有毒、不洁、不能吃的东西，都被这批冒险家征服了。过去，人们认为癞蛤蟆不能吃，其实癞蛤蟆肉味鲜美，远远胜过青蛙。市劳动局下属的五一宾馆，上个月就推出一道名菜，‘癞蛤蟆吃到天鹅肉’，菜的主要配料是：新鲜的去皮癞蛤蟆七只，扒去内脏的天鹅一只。将七只癞蛤蟆塞到天鹅肚子里，文火烘烤。这道菜公然违背了国家的动物资源保护法，最近，他们只好用家鹅来代替天鹅。其实，对野生的珍稀鸟类，最好的保护方法是变野生为家养。譬如孔雀，在我们这里，已经跟肉食鸡差不多了。”

他跟着她参观了丹顶鹤饲养场、黑鹳饲养场、火鸡锦鸡饲养场、鸳鸯饲养场……她说，“东方鸟类中心”担负着两个使命：一是搜集世界各地濒临灭绝的珍稀鸟类，用人工饲养法繁殖它们的后代，改变它们“物以稀为贵”的状况；二是为世界各地的人们提供食物，满足他们喜欢猎奇的口腔。她说，你那个外甥，是个鸟类专家，他能根据鸟类的叫声，准确地猜到鸟类的心情。他是精通鸟语的人。他能训练被传统观念认为是嘴笨舌拙的鸟儿说话。乌鸦，笨不笨呢？只会呱呱乱叫，似乎是够笨的了，可是，在他的调教下，一只乌鸦竟能朗诵儿歌。但是他缺乏经济头脑，把“东方鸟类中心”搞得负债累累，我接任总经理后最艰巨的任务就是要扭亏为盈。我的唯一办法是，让一切鸟儿变成盘中的菜肴。买一对鹦鹉观赏，只要饲养方法得当，十年也不会死亡。但吃掉一对鹦鹉，二十四小时内便可消化干净。人的嘴是最广阔的市场，而且随着经济的发达、物质的丰富，人们的嘴早已不满足于一般的食物，鸡鸭鱼肉，早已被人们吃腻。当然，这是一小部分人，这一部分人是吃饭自己不掏钱的。我们的“东方鸟类中心”就是要赚这些人的钱。一对孔雀，价值一千二百元，老百姓吃得起吗？他们吃不起的，但那些人吃得起。我去年到广东考察，发现一个农民，办了一个鳄鱼养殖场，扬子鳄，国家一级保护动物，在他那儿，国家的保护令是他提高鳄鱼售价的砝码。你想吃扬子鳄吗？对不起，这是国家一级保护动物，身价自然不凡。吃得起的，不在乎钱；吃不起的，再便宜他也不要。扬子鳄，按厘米出售，买一条吧，从头量到尾，一百四十厘米，一厘米八十元，对不起，这条扬子鳄，价值一万一千二百元，优惠一下啦，老熟人嘛，赔血本啦，一万元，拿走吧。鳄鱼宴上，净是些手握印把子的人啦，还有他们的情人们啦。很难说这鳄鱼肉就比鲤鱼肉好吃，但鲤鱼人人都能吃，鳄鱼，扬子鳄，就不是人人都能吃到了。等你老了时，可以骄傲地对子孙说，爷爷年轻时，吃过一次扬子鳄，是一个大老板请客。那养鳄鱼的农民，自然是发大了。我想，咱们的思想应该再解放一点，不能仅仅满足于饲养国内的珍稀鸟类，还要饲养地球上能够找到的珍稀鸟类，到两千年的时候，我的计划是，把这片沼泽地，全部圈起来，建成世界上最大的鸟类天堂、鸟的博览馆，到时候我们鸟类中心将成为大栏市最重要的风景，吸引旅游者，吸引投资者，吸引美食家。她说，前途是非常光明的。

“那么，”上官金童问，“我能干点什么呢？”

耿莲莲道：“小舅，我希望您能接受我的聘任，出任‘东方鸟类中心’公关部经理。”

新任的“东方鸟类中心”公关部经理上官金童，被耿莲莲送到桑拿浴中心洗了十天桑拿浴，接受了泰国女郎的按摩，又去美容美发中心做了十次面部按摩和面膜护理。他感到身心通泰，犹如脱胎换骨。耿莲莲不惜血本，为他购买了最时髦的服装，洒了一身夏奈尔香水，并派了一个小姐专门料理他的生活起居。这些挥金如土的消费，令上官金童惴惴不安。耿莲莲不给他分派具体工作，只是一遍又一遍地向他灌输各种鸟类的知识，并陪着他参观“东方鸟类中心”发展蓝图模型展室，使他坚定不移地认为，“东方鸟类中心”的未来，就是大栏市的未来。

夜深人静的时候，上官金童躺在豪华席梦思床上，辗转反侧，难以入睡。他总结了自己的前半生，感到在“东方鸟类中心”享受到的，是做梦也想不到的。这个小头的精明女人，到底要我干什么呢？他摸着胸前和腋下逐渐累积起来的脂肪，朦朦胧胧入睡。他梦到自己长了一身孔雀毛，尾羽展开，像一面华丽的墙壁，千万个彩色的斑点，在羽毛的墙壁上抖动。突然，耿莲莲带着几个面相凶恶的女人，前来拔他的尾羽，说是要将他的尾羽，献给从远方归来的尊贵朋友。他用嘹唳的孔雀语言，对她们提出抗议。耿莲莲说，小舅，不让拔毛，我养你干什么？她的质问无可辩驳。不但适用于孔雀，同样适用于人。于是他只好乖乖地翘起屁股，等待着她们拔毛。他感到屁股上和两条大腿内侧，像有凉飕飕的小风掠过，皮肤绷得紧紧的，钢针也扎不进去。耿莲莲在一个铜盆里，认真地洗着手，用散发着檀香味儿的香皂，洗了一遍又一遍，末了，还让一个穿白大褂的女工，用长嘴大铜壶，倒着水为她冲洗。拔吧，他想说，好外甥媳妇，你别慢条斯理地折磨人了。你知不知道，对于一只被绑在屠床上的羊来说，最大的痛苦，不是那捅进心脏的一刀，而是看着屠夫在一旁磨刀，一边磨，一边用指甲去试刀刃的锋利程度。耿莲莲用带戴乳胶手套的手，拍打着他的屁股，说：放松！放松！小舅，你怎么也学起那杀人恶魔司马库来了？那家伙，临死前还往胡子上运气，让剃头匠崩坏了刀刃子。这种事儿，她这个后起之辈如何能知道呢？司马库崩坏剃头匠刀刃子的事，不过是个传说。关于司马库的传说，多得能拉一汽车。传说枪毙他的时候，子弹打在他的额头上，竟然乱纷纷地反弹回去。那气功练得，真像高密东北乡早年的义和拳大师兄樊金标一样，刀枪不入。后来他看见河堤上的亲儿子司马粮，叫了一声：我的儿啊！县公安局的神枪刽子手趁着这机会，把一梭子弹打进他嘴里，才结束了他的生命。冤枉，外甥媳妇，上官金童说，我没有运气，我是害怕。你怕什么？她轻蔑地说，拔你根毛你都这样，要是骟掉你个蛋子呢？那你还不得先休了克？我的天！上官金童想：怪不得鹦鹉韩叫苦连天，这娘们，是够厉害的，连打个比方都动刀动枪的，当年蛟龙河农场的女兽医小董号称“辣椒手”，但她为畜力运输队那匹小公骡做去势手术时，只切除了四个睾丸她就扔掉柳叶刀逃走了。那匹小公骡生了一嘟噜睾丸，像一窝木瓜似的。剩下的手术只好由老邓完成了。一句歇后语至今还在大栏市的部分民众口里使用着：小董骟骡子——不利不索。耿莲莲握住了他尾巴上那几根最华丽的、像芦苇一样粗的羽毛，猛地往外一拽——上官金童大叫一声，醒了。满头都是冷汗。尾骨那儿，好像在隐隐作痛。这一夜，他再也没能入睡。他倾听着沼泽地里鸟儿们打架的声音，反反复复地回忆着梦中的情景，并运用了在劳改农场跟犯人们学会的圆梦方法，为自己圆梦。

天亮之后，耿莲莲请他去她的办公室共进早餐，享受了这一殊荣的，还有她的丈夫驯鸟大师鹦鹉韩。他一进门，就受到了蹲在金属架上的黑八哥的问候，“你好！你好！”黑八哥抖搂着羽毛，嗲声嗲气地“说”着。他十分怀疑这声音的真实性，转着圈儿寻找发声源。黑八哥却“说”：“上官金童！上官金童！”鸟儿的问候，真令他惊喜无比。他对它点点头，说：“你好！你好！你叫什么名字呢？”黑八哥抖搂着尾巴“说”：“浑蛋！浑蛋！”耿莲莲说：“鹦鹉韩，听听吧，这就是你驯出来的宝鸟！”鹦鹉韩扇了那黑八哥一巴掌，骂道：“浑蛋！”黑八哥昏头涨脑地“说”：“浑蛋！浑蛋！”鹦鹉韩尴尬地对耿莲莲说：“他妈的，这鸟儿，你说怪不怪吧，就跟小孩子一模一样，教他句正经话儿，十遍八遍也学不会，可是骂人的脏话，不用教就会了！”

耿莲莲用新鲜的牛奶和煎得半熟的鸵鸟蛋招待上官金童。她吃得像鸟——很少。上官金童吃得像猪——很多。她喝着香气扑鼻的“雀巢”牌咖啡，说：“小舅，‘养兵千日，用兵一时’，到了您出马公关的时候了。”

上官金童吃了一惊，竟连连打起嗝来。他断断续续地说：“呃，我能、干什么，呃……”

耿莲莲对他的打嗝表示出明显的厌恶，她用灰白的眼睛冷酷地盯着他的嘴巴。因为冷酷，她那两只原本是美丽温柔的灰眼睛，突然间变得极为可怕，令他想起了她的娘，令他想起了沼泽地里那些能囫囵个儿吞掉大雁的蟒蛇。他的嗝逆，被这一吓，立刻就止住了。

“你太能干点什么了！”她的蛇样的眼睛里射出了人眼的温存光辉，因此她的眼睛也就美丽动人了，她说，“小舅，要实现我们构想的宏伟蓝图，主要靠什么？不说你也明白，靠钱。进桑拿浴塘子要钱，请那些温柔的、胸脯发达的泰国女人按摩你的脊梁要钱，刚才你们吃这只鸵鸟蛋，知道要多少钱吗？”她伸出五个指头——五十？五百？——五千元！“一行一动都要钱，‘东方鸟类中心’要发展，更要钱。我们需要的钱，不是十万八万，也不是一百万二百万，而是要千万，万万！这就需要政府支持、银行贷款，银行是政府的，银行行长要听市长的，市长听谁的？”

她微笑着对上官金童说：“小舅，市长听您的！”

上官金童被她一句话吓得又连连打起嗝来。

耿莲莲说：“小舅小舅莫要慌，听我慢慢对您讲，新任大栏市长不是别人，正是您的启蒙老师纪琼枝！据可靠消息讲，她一到任，打听的第一个人就是您。小舅，您想想看，几十年了，她还想着您，这是多么深的情分！”“我去找她，就说，纪老师，我是上官金童，请您给我外甥媳妇的鸟中心贷款一亿元？”上官金童说。耿莲莲放声大笑着站起来，她没大没小地拍着上官金童的肩膀说：“傻舅舅，我的个傻舅舅，您可真是个大老实人！听我慢慢对您说。”

接下来的十几天里，像鹦鹉韩训练鸟儿一样，耿莲莲不分昼夜地训练着上官金童，教会了他许多讨大权在握的独身女人欢心的动作和话语。在纪琼枝生日的前一天，在耿莲莲的卧室里，进行了临战前的彩排，耿莲莲披着一件洁白的睡衣，抽着摩尔香烟，端着高脚葡萄酒杯，床头摆着春药瓶子，足蹬一双绣花拖鞋，扮演纪琼枝纪市长。上官金童穿着笔挺的西装，脖子上和腋窝里洒满了巴黎香水，怀抱着一大束孔雀尾翎，手提着一只刚刚驯出来的鹦鹉，轻轻地推开了包着皮革的卧室门——

一开门他就被纪琼枝的威严派头吓蒙了。她根本没像耿莲莲那样穿着宽松肥大的睡袍，让酥胸半遮半掩。她穿着一件男式旧军装，连风纪扣的领子也扣得紧紧的。她也根本没抽摩尔香烟，没端葡萄酒杯，更没有床头柜上的春药瓶。她根本没坐在卧室里接见他。她叼着一个斯大林式的大烟斗，抽着臭烘烘的莫合烟，用一个像小桶那么大的、搪瓷脱落的、上面残留着蛟龙河农场字样的大缸子咕咕咚咚地灌着茶水，她坐在一张破藤椅上，穿着尼龙袜子的臭脚高高地搁在办公桌上。她正在读一份油印材料，上官金童一进门，她把材料一扔，骂道："浑蛋，这群臭虫！"上官金童吓得双腿打软，差点跪在地上。她收回双腿，趿拉着鞋子，说："上官金童，来来来，不要怕，我不是骂你！"

按照耿莲莲的教导，上官金童应该恭恭敬敬地鞠一躬，然后，用泪汪汪的眼睛，盯着市长的酥胸，盯得时间不能过长，大约十秒钟，过长了显得心术不正，过短了显得不够亲近。然后，就说："亲爱的纪老师，还记得您那个没出息的学生吗？"

但没容他张口纪琼枝就点出了他的名字，并且用那两只英姿不减当年的眼睛从上到下把他打量了一遍，看得他浑身刺痒，恨不得扔下手中的东西逃跑。她抽动着鼻翼，嘲讽地问："耿莲莲给你洒了多少香水？"

她起身推开了一扇窗户，让清冷的晚风灌了进来，远处，高高的铁架上的电焊火花像节日的礼花一样灿烂夺目。她说："坐下吧，我这里可没有什么招待你。要不，喝杯水吧，"她从茶几上拿起一个断了把的茶杯，看了看杯底的污垢，说，"算了吧，太脏了，我也懒得去刷了，老了，年龄不饶人了，跑了一天，双脚胀得像发面馒头一样。"

当她提起自己的年龄，说自己老了的时候，小舅，你千万记住，不要说她老，即便她老得像一根干丝瓜，你也要说——他鹦鹉学舌般地背诵着耿莲莲亲口教给他的话：“老师，您除了稍微地丰满了一点点，其余的，都跟几十年前您教我们唱歌时一模一样。您看上去，顶多也就有二十七八岁，发着狠说，您也超不过三十岁！”

纪琼枝一阵冷笑，说：“这都是耿莲莲教给你的吧？”

他红着脸说：“是。”

纪琼枝道：“上官金童，教的曲唱不得！这套拍马屁的把戏，用在我身上，是百分之一百的无用。什么我还不到三十岁了、徐娘半老、风韵犹存啦，放屁！老不老，我自己还不知道吗？头发，花白了；眼睛，昏花了；牙齿，松动了；皮肤，松弛了；还有许多，那就说不出口了。那些人，当面奉承我，一转眼，嘴里就骂，嘴里不敢骂，心里也在骂：这个老不死的！这个老妖婆子！看在你还坦率这一点上，今天我饶了你，要不，我马上就把你轰出去！坐下坐下，别站着。”

上官金童把那束孔雀翎毛献给纪琼枝，说：“纪老师，这是耿莲莲让我送给您的，她说，献孔雀翎的时候，小舅，您一定要说，老师，在您生日前夕，将这五十五根孔雀翎献给您，祝老师像孔雀一样美丽。”“又是放屁，”纪琼枝说，“雄孔雀才美丽，雌孔雀，比老母鸡还丑。你把这些鸟毛给她带回去。那是什么，是会说话的鹦鹉吧？”她指着用红绸布罩着的鸟笼说，“打开我看看。”上官金童揭开红绸幔子，拍了拍鸟笼，那只睡眼惺忪的鹦鹉，抖了抖翅膀，恼怒地说：“你好！你好！纪老师，你好！”纪琼枝一拍鸟笼，吓得那只鹦鹉上蹿下跳，华丽的羽毛碰撞着铁笼，发出扑棱扑棱的声响。纪琼枝叹息一声，说：“好个屁！一点也不好。”

她装上一斗烟，像个没牙的老头一样，吧嗒吧嗒抽着，说：“鸟儿韩播下的是龙种，收获的却是跳蚤！耿莲莲派你来干什么？”

他结结巴巴地说：“想请您去参观‘东方鸟类中心’。”

“这不是她的真正目的，”纪琼枝端起大茶缸子，灌了一口水，她把缸子沉重地放在桌子上，说，“她的真正目的是贷款！”

第五十章

纪琼枝给了上官金童很大面子。在一个桃花盛开的日子里，她率领着大栏市政府的主要官员，并且特邀了建设银行、工商银行、人民银行、农业银行的行长们去考察“东方鸟类中心”。英姿飒爽的鲁胜利这天打扮得朴素无华，但明眼人还是能够看出，这朴素无华更是一种刻意的化妆，她那些看似朴素的服装，都是价格昂贵的进口名牌。

四十多辆名牌轿车，停在“东方鸟类中心”的大门前。大门口特意挂上了两盏直径三米的大红宫灯，宫灯里装进去一百多只歌喉婉转的云雀。在鹦鹉韩的训练下，云雀们一听到轿车马达的轰鸣便会放声歌唱。被鹦鹉韩精心调教过的云雀把两个大宫灯唱得颤颤悠悠，简直是美妙绝伦，令人流连忘返。大门的穹隆上，鹦鹉韩施展魔法，让金丝燕垒筑了七十多个窝。门旁竖着一块木牌子，上面标着金丝燕的英文名称和中英文对照的简介。文中特别提出，这些雪白透明的燕窝，是著名的滋补品，一只燕窝，价值人民币三千元。这天，在鸟类中心的树丛里，耿莲莲让人秘密安装上了几百只电喇叭，电喇叭里播放着悦耳动听的鸟语磁带。一进大门的假山前，摆着四块大牌子，大牌子上写着四个大字：鸟语花响。起初人们以为“响”字是个别字，但马上就意识到这“响”字实在是用得妙。“东方鸟类中心”一片鸟声，好像那些花朵儿也在振羽歌唱。一群训练有素的野鸡在院子里跳起迎宾舞，它们时而交颈搂抱，时而飞快旋转，一行一动，都准确地合着音乐的节拍。这哪里是群野鸡？这是一群绅士（为了美观，鹦鹉韩只训练雄野鸡），一群具有花花公子派头的绅士。这是真正的翩翩起舞，野鸡身上绚丽多彩的羽毛让参观者眼花缭乱。在耿莲莲和上官金童的引导下，参观者步入了鸟类表演大厅。鹦鹉韩身穿绣着大红花朵的礼服，手持指挥棒严阵以待。贵宾一进门，服务小姐拉下电闸，顿时华灯齐放，迎着门的一根横杆上，二十只虎皮鹦鹉齐声欢叫：欢迎欢迎，热烈欢迎！欢迎欢迎！热烈欢迎！参观者情不自禁地鼓起掌来。紧接着，飞出一群黄雀，它们各叼着一张粉红色的纸笺，落到每个参观者的手上。参观者接到纸笺，打开来看，纸笺上写着：欢迎首长莅临指导请多提宝贵意见！参观者们啧啧称奇。下一个节目，两只穿着小红褂子、戴着小绿帽子的八哥鸟儿，摇摇摆摆地走到舞台上的麦克风边，娇滴滴地说：各位女士，各位先生，你们好！——这只八哥儿说完一句，旁边那只八哥儿就用流利的英语翻译一遍。——欢迎你们光临“东方鸟类中心”请多提宝贵意见——英语翻译。市外贸局精通英语的局长说：标准牛津音——接下来，请欣赏女声独唱《妇女解放歌》，演唱者：鹩哥。一只身穿紫红色连衣裙的鹩哥，伸头探脑地走到麦克风前，对着观众，深深地鞠了一躬，让人们看到了它脑后那两块鲜黄色的肉质垂片。它说：今天，我唱一支历史歌曲，我把这支歌，献给尊敬的纪市长，请大家一起欣赏，希望大家能够喜欢，谢谢！它又深深地鞠了一躬，再次让参观者看到了它脑后的肉质垂片。这时，蹦出了十只金丝雀，它们组成了一个音色优美的小乐队，演奏起歌子的过门。鹩哥身体晃动着，顿喉歌唱：

旧社会，好比是，黑咯隆咚的枯井万丈深，井底下压着咱们老百姓，妇女在最底层，最呀么最底层。

新社会，好比是，亮咯隆咚的日头放光明，金光照着咱庄稼人，妇女解放翻了身，翻呀么翻了身。

参观者热烈鼓掌。耿莲莲和上官金童偷偷观察着纪琼枝的表情。她面孔平静，既不鼓掌，也不叫好。耿莲莲心里发毛，悄悄地戳了一下上官金童，低声问：“老太太是什么意思？”上官金童摇摇头。

耿莲莲清清嗓子，说：“接下来请各位首长到餐厅用餐，我们‘东方鸟类中心’创建不久，财力有限，没什么好吃的，我们准备了一个‘百鸟宴’，请各位品尝。”

两只报幕的八哥儿又跑到麦克风前边，齐声朗诵着：百鸟宴，百鸟宴，珍馐美味数不完。要吃大的有鸵鸟，要吃小的有蜂鸟。绿头鸭，蓝马鸡。丹顶鹤，长尾雉。旗翼夜鹰座山雕。大鸨，朱鹮，蜡嘴雀。鸳鸯，鹈鹕，相思鸟。黄鹂，画眉，啄木鸟。天鹅，鸬鹚，火烈鸟……

没等两只八哥儿报完菜名，纪琼枝抽身而去。她的脸板得像铁一样。她手下的那些干部们，恋恋不舍地，但也无可奈何地跟随着纪琼枝离去了。

纪琼枝刚钻进汽车，耿莲莲便跺着脚骂道：“这个老妖婆子！老不死的东西！”

第二天，市长办公会议的有关内容便原原本本地汇报到耿莲莲的耳朵里。纪琼枝在会上骂道：“什么鸟类中心，简直是个杂耍班子！只要我当一天市长，就不给这个杂耍班子一分钱贷款！”

耿莲莲笑嘻嘻地说：“老东西，咱们骑驴看唱本，走着瞧。”

耿莲莲吩咐上官金童，把上次预备好了的礼品，分送到那天前来参观的每个人家中，纪琼枝当然除外。礼品包括：燕窝一斤，孔雀翎一束。特别重点的客人，如各银行行长，每份礼品里，再加上一斤燕窝。

上官金童为难地说：“外甥媳妇，这种事……我干不了……”

耿莲莲的灰眼睛只用一秒钟便变成了两只蛇眼睛，她冷冷地说：“干不了，只好请小舅另谋高就了。也许，您那位恩师，能帮您找个乌纱帽戴戴。”

鹦鹉韩道：“就让小舅看个大门什么的也行啊。”

耿莲莲怒叱道：“你给我闭嘴！他是你的小舅，可不是我的小舅！我这里不是养老院。”

鹦鹉韩嘟哝着："不要推完磨就杀驴吃嘛！"

耿莲莲把手中的咖啡杯子对准鹦鹉韩的脑袋砸过去。她的眼里射出土黄色的光芒，大嘴猛地咧开，骂道："滚！滚！都给我滚！惹恼了老娘，老娘把你们剁碎了喂老鹰！"

上官金童吓得魂飞魄散，他连连作着揖，说："外甥媳妇，我该死，我该死，我不是人，我不是人，您千万别对外甥生气，我这就走，这就走，我吃了您的，穿了您的，我去捡破烂，卖酒瓶，凑足钱，还您……"

"真有志气！"耿莲莲嘲讽道，"你是个十足的笨蛋，像你这种吊在女人奶头上的东西，活着还不如一条狗！我要是您，早就找棵歪脖树吊死了！马洛亚下的是龙种，收获的竟是一只跳蚤，不，你不如跳蚤，跳蚤一蹦半米高，您哪，顶多是只臭虫，甚至连臭虫都不如，您更像一只饿了三年的白虱子！"

上官金童双手捂着耳朵逃出了"东方鸟类中心"。他跑得非常快。耿莲莲那些比杀猪刀子还要锋利的话戳得他周身都是流血的窟窿。他糊糊涂涂地跑到了一片芦苇地里。去年没收割的芦苇一片枯黄，今年新生出的苇芽已有半尺多高。他钻到了芦苇深处，暂时地与人世隔绝了。枯黄的苇叶在微风中嚓嚓啦啦地响着。潮湿的泥土上，上升着新鲜苇芽的苦涩气味。他感到心痛欲裂，一头栽在苇地上，号啕大哭起来。一边哭，一边抡起沾满泥巴的手，打着自己笨重的大头。他像老娘儿们一样边哭边唠叨着："娘呀，你为什么要生我呀！你养我这块废物干什么呀，你当初为什么不把我按到尿罐里溺死呀，娘呀，我这辈子活得人不像人鬼不像鬼呀，大人欺负我，小孩也欺负我，男人欺负我，女人更欺负我，活人欺负我，死人也欺负我……娘啊，儿活不下去了，儿要先走一步了。天老爷，睁睁眼吧，打一个沉雷劈了我吧！地老妈，裂一道深沟跌死我吧，娘啊，我受够了呀，我被人指着鼻子骂呀……"

他终于哭累了。卧在地上，潮湿的泥地渍得身体很不舒服。他爬了起来，擤擤红肿的鼻子，擦擦脸上的泪痕。大哭一场后，他感到心里通畅了许多。芦苇上吊着一个伯劳鸟的旧巢。芦苇根缝里爬行着一条黄颔蛇。他吃了一惊，庆幸自己刚才趴在地上时，没让它顺着裤腿钻到裤裆里。看到鸟巢他想起了“东方鸟类中心”。看到蛇他想起了耿莲莲。他的心中渐渐升腾起怒火。他一脚踢在鸟巢上。没想到那鸟巢是用马尾拴在芦苇上的，他一脚没踢飞鸟巢，却差点仰面跌倒。他用手撕下鸟巢，扔在地上，双脚跳上去乱踩，一边踩，一边骂：“王八蛋个鸟类中心！王八蛋！我踢了你！我踩碎你！王八蛋！”踩碎了鸟巢，他心中勇气陡增，怒火更盛，弯腰折断一根芦苇，芦苇叶子在手掌上划开一条血口子。他不顾疼痛，高举着芦苇，去追赶那条黄颔蛇。终于看到它了。它在紫红色的苇芽间蜿蜒行进，爬得非常快。他举起芦苇，骂道：“耿莲莲，你这条毒蛇！老子不是好欺负的，老子要了你的命！”他猛地把芦苇抽下去。芦苇似乎打在了蛇身上，也好像没打到蛇身上。但这条粗大的黄蛇，身体迅速地盘起，并猛地昂起了镶黑色花纹的头，它对着他吐着黑色的信子，并发出咝咝的声响，它的两只灰白的眼睛阴毒地盯着他。他浑身发冷，头发竖起来，刚要把芦苇抽下去，就看到它的身子蹿了过来。他叫了一声亲娘，扔掉芦苇，不顾干硬的芦苇叶子割脸割眼，呼呼隆隆地逃出了芦苇地。回头一看，没见那蛇追上来，他才松了一口气。这时，他感到四肢酸软，头昏脑胀，浑身一点力气也没有，肚子饿得咕咕响。远处，“东方鸟类中心”高大的牌坊式大门在阳光中光彩夺目，仙鹤的叫声直冲云霄，往日，这会儿正是开午餐的时候，牛奶的甜味，面包的香味，鹌鹑肉、山鸡肉的鲜味儿……一齐向他袭来，他开始对自己的莽撞举动后悔了。为什么要离开“东方鸟类中心”呢？去送礼又丢你什么面子呢？他扇了自己一巴掌，不痛；又扇了一巴掌，有点痛；狠扇了一巴掌，痛得他蹦了一个高，半边脸火辣辣的。上官金童，你这个死要面子活受罪的大浑蛋！他大声骂着自己。他的脚带着他，不由自主地向“东方鸟类中心”走去。去，大丈夫能伸能屈，给耿莲莲赔个礼，道个歉，认个错，求她收容你。人到了这份上，还要什么脸皮？面子？脸皮、面子是给富人的，不是给你的，骂你是臭虫，你就成了臭虫啦？骂你是虱子，你就成了虱子啦？他深深地自责着，自怨着，自艾着，自己原谅自己，自己心痛自己，自己开导自己，自己说服自己，自己教育自己，不知不觉地，他又站在了“东方鸟类中心”大门口了。

他在“东方鸟类中心”大门口徘徊着，犹豫着，几次想硬着头皮闯进去，但事到临头又退缩了，是嘛，大丈夫一言既出，驷马难追。此处不养爷，必有养爷处。好马不吃回头草。饿死不低头，冻死迎风立。不蒸（争）馒头争口气，咱们人穷志不穷。人生自古谁无死，留取丹心照汗青。想了许多格言警句，他想昂然离去，但刚走几步，又回来了。上官金童进退两难。他盼着能在大门口碰到鹦鹉韩或是耿莲莲。但刚听到鹦鹉韩的喊叫声，他就匆匆忙忙地躲在了树后。就这样他在大门口熬到太阳落山。他仰望着楼上耿莲莲房间里射出的柔和灯光，心中万分惆怅。观望良久，终于无计可施，便拖着两条长腿，一步步挨向繁华市街。

他被食物的味道吸引着，不知不觉地到了风味小吃夜市街，这里原先是关流星拳师设拳场招徒练武的地方，现在变成了食品街，两边的商店还没打烊，五颜六色的霓虹灯在商店的门脸上闪烁着，变化着。一些懒洋洋的售货员，倚在店门口，灵巧地吐着瓜子皮儿，等待着顾客，但进店的顾客寥寥。街上的风景更好。青石板铺成的街道上洒满了水。路两边，临时拉起两排罩着大红灯罩的电灯，亲切而暧昧的红光照得湿漉漉的路面泛着青油油的光，灯罩下的摊主都穿着白制服，戴着高帽子，脸上都油光闪闪。在这条小吃街的入口处，竖着一块高大的牌子，牌子上写着：沉默是黄金。在这里，你的嘴巴只具备吃的功能，而不具备说的功能。如果你能坚持，必将得到奖赏。想不到“雪集”的规矩，竟被移植到小吃街上来。红灯映照，粉红色的蒸汽在街上盘旋缭绕，摊主对着顾客使眼色，做手势，整条街都显得神神秘秘，鬼鬼祟祟。一群群的红男绿女，三三两两的、搂肩搭背的、挤鼻子弄眼的，但都恪守着不说话的规矩，在一种古怪而愉快、既不像恶作剧也不像幽默的气氛中，像鸟儿一样，摇摇晃晃，悠悠荡荡，东叼一口，西叼一口，卖者和买者，都处在庄严的游戏状态中。上官金童一踏入这条失语的街道，心中陡然升起回归家园般的温馨感。他暂时忘记了饥饿和白天所受的屈辱，在沉默的街道上，他感到人和人之间反倒拆除了隔阂的篱笆。至高无上的，是有意识地克制自己，让嘴巴变成一种不招惹是非的、功能单一的器官。他踩着滑溜溜的石板街道往前走。卖油炸活虾的摊主，一个眉眼清秀的小姑娘，正在沸腾的油锅里，为一对搂着腰的青年男女，炸着那种深红色的、有两条发达螯足的小龙虾。在她面前的红色塑料大盆里，深红的龙虾愚蠢地爬动，闪烁着美丽的光泽。小姑娘用会说话的眼睛招呼着他。他看了一眼标价牌，慌忙扭转脸。他的口袋里，只残存着一张一元面值的纸币，连条龙虾腿也买不到。红灯映照下一笼活蛇闪烁着活物的光芒，但它们却像死物一样盘缠着。一张油腻的大桌子上，端坐着四个白衣警察。他们的脸色都很柔和，毫无敌情观念。老板的助手，是一个头上绾着一根蓝手绢的深眼窝高颧骨的姑娘——也许是个少妇，因为她的乳房在大幅度的运动中像两包凉粉似的晃动着，处女的乳房是有坚固的底座的——她在一块木板上宰蛇。蛇在她的手里是活着的死东西。她好像忘记了它们是有毒牙的。她像从笼里往外摸胡萝卜一样随便摸出一条蛇，往木板上一按，啪，一刀剁去蛇头，然后她把蛇颈往钉子尖上一挂，双手扯着蛇皮往后一拽，雪白的蛇身便与蛇皮分离了。那条被剥成光棍的无头蛇还在木板上扭动着。她用麻利得让人看不清楚的动作剖开蛇腹，摘取蛇胆，剔除蛇骨，把整条的蛇肉扔给在大案上操刀的老板—— 一个胖大的黑汉子。他用刀背把那根蛇肉噼噼啪啪一阵乱砸，然后侧着刀锋，顷刻之间便把那条蛇削成一盘跟纸一样透明的肉片。而在他片一条蛇的时间里，那个姑娘已经把五条蛇剥皮去骨开膛破肚。警察们面前的锅子沸腾了，姑娘把一盘盘蛇肉摞在他们面前。四个警察目光相碰，唇边都浮起会意的微笑。他们同时举起厚重的啤酒杯，金黄色的啤酒在杯中冒着一串串气泡。砰！杯子碰响。都仰起脖子干杯，然后夹起蛇肉，往热水中一蘸，随即便填在嘴里。他目光左顾右盼着，走过了卖炸鹌鹑、炸麻雀的摊子，卖猪血豆腐的摊子，卖炸小鱼贴饼子的摊子，卖八宝莲子粥的摊子，卖醉蟹的摊子，卖羊杂碎的摊子，卖驴头肉的摊子，卖红烧牛、羊睾丸的摊子，卖汤圆、馄饨的摊子，卖炸蚂蚱、炸蚯蚓、炸蝉、炸蚕蛹、炸蜜蜂的摊子……天南海北的食物都在这儿汇集，但都在牌子上标着：高密东北乡风味小吃。这种广纳博采的风度让上官金童叹服。十几年前，从没听说过谁敢吃蛇。但现在，据说方半球的儿子与人打赌，竟用白面饼把一条毒蛇和一棵大葱卷在一起，蘸着新鲜豆瓣酱、喝着高粱酒，硬是那么津津有味地、喊里咔嚓地给吃掉了。狭窄的青石街道上人们摩肩擦背，碰碰撞撞，由于都沉默，人们变得特别友善。只有油锅里炸物的哧啦声，只有刀在案板上的噼啪声，只有人嘴咀嚼时的吧嗒声，只有那些被现场宰杀的小鸟的唧唧声。他混迹在这崭新城市的故意装哑巴的食客中，眼睛饱览了美食，鼻子饱嗅了美味，嘴巴却淡得飞出了小鸟。他终于发现，喝一碗用龙嘴大茶壶冲出的茶汤正好需要一元钱。他向那大茶壶靠拢过去。龙嘴大茶壶的热水阀吱吱地鸣叫着。茶汤的味道苦中带香。他突然看到，独乳老金跟一个白脸的中年人正坐在龙嘴大茶壶旁边的摊子上，用竹签子挑着一串油炸田鸡腿，男的把手中的竹签递到女的嘴边让女的咬，女的又把手中的竹签递到男的嘴边让男的咬。这亲昵的情景令上官金童望之却步。他低着头溜到一边，躲在一根电线杆后。电线杆上贴着一层又一层的油印广告，招徕着花柳病患者。一股氨水味儿刺鼻辣眼，他知道这是男人们小便的地方。他在暗处，老金在明处。老金烫了个菜花状的大包头，头发油黑发亮。也许是染的，也许是假发套。黑夜能使老女人变嫩，化妆能让丑女人变美，所以老金在柔和的红灯下面若银盆唇涂脂，独乳高挺，胸衣亭亭如华盖，宛如一个风流少妇。瞧她那个卖弄风骚的肉麻劲儿！老杂毛！老来俏，老不正经，生女为娼，生子为盗。他暗暗地骂着，同时却对那白脸的中年男人满怀着嫉妒。这时，他的腿被一只爪子挠了一下，他还以为是猫呢，低头一看，原来是一个像哑巴孙不言一样用双手行走的残疾少年，少年生着两只黑色的大眼睛，脖子细得像鸵鸟。他伸出一只指头弯曲的小手，可怜巴巴、充满希望地仰望着。上官金童心中一阵酸痛，在这沉默不语的世界里，他的心软得像年糕一样。连这乞讨的残疾少年，竟然也不愿违背夜市的规矩。他感动得非常严重。他感到实在没有理由拒绝这个比自己还要不幸的少年的乞求。略微一犹豫，他就把那张被手攥湿了的钞票送给了少年。少年给他鞠了一个躬，转身，蹭呀蹭呀，蹲到龙嘴大茶壶前。少年捧着碗喝茶汤时，上官金童感到有些后悔，但马上就否定这念头，让一种崇高的感情占据自己的心。老金还坐在那儿，他不敢出去。为消磨时光，也确实有生理需要，他把尿滋到水泥电线杆上，看着绿色的液体沿着电线杆下流。刚撒到一半时，一只坚硬的大手从后边抓住了他的肩头。

这是一个白发苍苍的老太太，严肃的脸说明在她眼里男女性别已经不存在。她胳膊上套着一个红袖标，胸前挂着市卫生局签发的“卫生监督员”证件。手腕上挂着一个磨破了边的皮革包。她指指墙上的一行大字：此处不准大小便！又指指自己胸前的牌子和胳膊上的袖标，然后伸出五个指头晃了晃。她从包里拿出一张发票，递给上官金童。随地小便罚款五元，此票不做报销凭证。上官金童拍拍衣袋，摊开双手。老太太铁面上没有任何通融的表示。他慌忙地给她鞠躬、作揖，并用拳头捶打着脑袋，表示着悔改之意。老太太冷冷地看着他的表演。他以为已经得到了原谅，刚想贴着墙根溜走，老太太堵住了他的去路。无论向哪个方向冲突，老太太总是能轻松裕如地挡在他的面前，并对着他伸出手。他指指衣袋，示意老太太自己搜。老太太摇摇头，表示她不搜，决不搜，但她的手也决不退回。上官金童用力把老太太推开，沿着幽暗的墙根奔跑。后边没人喊叫，但却响起了铁皮哨子的声音。

后半夜的时候，潮湿的东南风像蛇的皮肤。他转来转去，又转回到夜市上。摊主们已经收摊。红灯一盏也不剩，只有几盏昏暗的路灯照着满街的鸟毛和蛇皮。几个清洁工正在清扫。一群小流氓正在打架。他们打架时也严守着沉默的原则。看到他之后，小流氓们停住手，齐齐地望着他。他惊讶地看到，那个打架最英勇的少年，竟然是接受过他施舍的残疾少年。他有两条健康发达的腿，他的坐垫和小板凳不知去向。上官金童心中懊丧，暗骂自己心肠太软上了当，但同时又觉得这少年狡猾得可爱。小流氓交换着眼色，少年挤挤眼，他们一拥而上，把上官金童掀翻在地。他们剥掉了他的西装革履，直剥得剩一条短裤为止。然后，一声响亮的呼哨，他们就像鱼归大海一样，消逝得无影无踪。

赤裸着身体，光着脚，上官金童沿着那些幽暗的小巷寻找那群小流氓。这时，他已经顾不上恪守沉默规则了。他时而大骂，时而号哭。地上的残砖断瓦，硌着他在桑拿浴澡堂泡嫩了的脚；冰冷的夜雾，浸打着他被泰国女郎按摩得娇贵了的皮肤。他深深地体会到，在地狱里生活一辈子的人并不特别感到地狱的痛苦，只有那些在天堂里生活过的人，才能真切地体会地狱的痛苦。他感到自己现在已落在了地狱的最底层，倒霉到了极点。想起桑拿浴澡堂里那种烫皮的灼热，更感到现在的寒冷深入骨髓。他想起与独乳老金纵情狂欢的那些日子，自己也是赤身裸体，但那是幸福的赤裸，现在算什么？身高一米八，在深夜的大街上来回奔走，成了真正的行尸走肉。

因为城市禁狗令的颁布，十几条被主人抛弃了的狗——像法西斯一样凶恶的德国黑贝狼狗、像狮子一样威风的藏獒、抖抖颤颤如一堆猪大肠模样的沙皮狗、披头散发的明星狗——组成了一个土洋结合、中西合璧的狗队，寄居在垃圾堆里，时而撑得放屁蹿稀，时而饿得弓腰拖尾。它们与城市环保局下属的打狗队结下了深仇大恨。上官金童不久前还听说，打狗队队长张华场的小儿子，被几条凶猛的大狗，从幼儿园的数百个儿童中准确无误地拖出来吃掉了。当时，那群孩子正在儿童乐园里玩耍，张华场的儿子，坐在一条旋转的游龙上。一只黑色的狼狗，从高空铁索桥上，像鹰一样飞下来，精确地落在那可怜的男孩的座位上，一口就咬住了他的颈背。几条种类不同的狗，从各自的埋伏地点冲出来，协助着主攻的狼狗，几乎是大模大样地、不慌不忙地、当着像木鸡一样的幼儿园阿姨的面，把打狗队长的公子抬走了。市电视台的著名节目主持人“独角兽”，对这起复杂而恐怖的事件进行了系列报道。最后竟得出了这群狗是由黑社会分子化装而成的奇妙结论。当时，华衣玉食的上官金童对这个事件像眼前流云耳旁风，根本没用脑袋去想。但现在，不由你不想了，伙计。由于“卫生爱市月”比较彻底地清除了垃圾，这群狗正处在弓腰拖尾的饥饿阶段。市打狗队最近装备了从国外进口的带激光瞄准器的连发快枪，这群狗白天躲在下水道里不敢露头，只靠着后半夜出来打点野食，它们把“爱娃家具店”的一件皮沙发都撕着吃了。赤条条一身白肉的上官金童，处在十分危险的境地。他看着那头圆睁双眼、抖搂着满身黑毛的藏獒，想起了在“文化大革命”中就崭露了头角的天才宣传家“独角兽”的报道：据可靠消息透露，那头“藏獒”，其实就是披着狗皮的惯犯臧器。他仔细一看，仿佛真的看到一个披着狗皮的人。他连忙作揖求饶：“臧器大哥，臧器大哥，我跟您远日无仇、近日无怨，我这人一向老实，除了爱盯女人的奶头，别无恶行和劣迹，求您饶了我吧……”

藏獒迈着拳头状的大脚爪，啪哒啪哒往前走着。它上翻着毛茸茸的厚唇，龇出寒光闪闪的白牙，雷鸣一样的声音从它的喉咙里滚出来。在它的身后，有两条像孪生兄弟一样的狼狗，一左一右，护卫着藏獒。狭长的狗脸，阴险毒辣的表情。在它们身后，簇拥着一群乱七八糟的狗东西。一条比猫大不了多少的尖耳朵秃尾巴小狗，像个小女孩一样，“哇哇”地叫着，声音那么清脆，但一点也不悦耳，因为那声音里没有女孩的纯真，却有狗仗狗势的骄横。藏獒颠动着大头狂吠了两声，威猛得可怕。这是一群货真价实的猛兽，比最凶恶的人要可怕十倍。“独角兽”简直是胡说八道。到了这样的关头，上官金童还不忘记批评“独角兽”利用大众媒介进行合法造谣的活动。狗群就要发起进攻了，它们脊梁上的毛都像枯草一样支棱起来了。上官金童弯腰捡起两块黑石头，一步步倒退着。他本想转身撒腿逃跑，但突然想起了鸟儿韩的教导：遇到强兽，最忌惊慌逃跑，两条腿的人，无论如何也跑不过四条腿的畜生。你只能面对猛兽，瞪大你的眼。鸟儿韩说他和黑瞎子搏斗时就与它比赛过眼力，一直把那头熊看得像个大姑娘一样羞怯地低下头。老天呀，我可不敢看那畜生的眼睛，那不是眼，那是两团燎人的磷火，看一眼你就感到双腿上的筋抽搐起来。我可不敢停住不动，因为我的脊背像阳光中的冰凌一样，正在一点点地融化，屁股沟子里和两条大腿之间那些黏糊糊的东西，就是融化掉的脊梁骨啊。他退却着，盼望着脊背能依靠在什么东西上，一堵墙，或是一棵树。

狗群稳稳地往前逼，它们显然非常清楚，面前这个一身白肉的长大家伙，已经临近精神崩溃、身体瘫痪的边缘。他倒退的脚步已经越来越不利落了，他的腿已软得像弹簧一样了，他的上身已经摇摇晃晃了，他手中攥着的黑石头就要滑脱了，腥臊的液体已经吓出来了。退吧，退吧，退到那道台阶，你就会跌倒，那时我们就来消化你。上官金童的眼睛花了。石头从他的手中滑脱了。他感到自己就要彻底地解脱了。想不到上官金童竟落了个葬身狗腹的下场。他疲乏地想了一下母亲，又想了一下老金那敢于压倒一切男人而决不被男人所压倒的独乳，别的连想都懒得想了。跌坐在台阶上之后，他只求狗们把自己吃得干净一点，不要留下一条腿什么的，一点痕迹别留，连血都舔干净，就让上官金童神秘地消失吧……

一只突然蹿出来的黄牛犊做了上官金童的替死鬼。那牛犊是从一家宰杀黄牛的铺子里跑出来的。它胖得油光光的，皮毛像上等的绸缎。它的肉味自然要比上官金童鲜美。有了鲜鱼，谁还吃死鱼？有了小乳鸽，谁吃老公鸡？人狗是一理。肥牛犊一出现，狗们随即就把上官金童抛弃了。他看到，吓傻了的黄牛犊愣头愣脑地蹿到狗群里。藏獒跳起来，一口就咬住了它的脖子。它发出一声低沉的鸣叫，便跌翻了。两条狼狗扑上去，几下子便把它的肚子豁开了。群狗一拥而上，把那小牛几乎抬了起来，它的肢体顷刻之间便被分解了。

几个鬼鬼祟祟的人从黑洞洞的杀牛铺里钻出来。在昏黄的路灯下，点数着油腻、发黑的钞票。上官金童知道这是几个偷牛贼，他们专偷农民的牛，低价卖给城里的杀牛铺子，农民们对他们恨之入骨，抓住后便割掉鼻子惩罚，但总也捉不净。而且，去年，“独角兽”还追踪报道了一起轰动全市的案件，一个偷牛贼，被割掉鼻子后，竟然到法院状告了那两个割他鼻子的农民。结果是：偷牛犯被判三年劳役，割人鼻子的农民也被判了三年劳役。对这种各打三十大板的判法，农民们骂不绝口，几个胆大的，鼓动起几十个被偷过牛的农民，到法院门前静坐示威。静坐了一天一夜，没人理睬。那个带头的王采大，用小斧头，劈破了法院的大牌子。愣头青李成龙，冲进法院大楼，用砖头砸了门庭内那面高三米长六米的巨型大镜子。结果，王采大和李成龙，被当场铐起来，一个月后，各被判处六年徒刑。

那几个点数钞票的偷牛贼中，有两个是没鼻子的。被割过鼻子的偷牛贼格外地凶狠，大白天就敢拖着大刀，公然闯入人家拉牛，有敢拦阻者，没鼻子偷牛贼就说：“来，来，来，老子反正破了相，活着死了都一样，杀一个够本，杀两个赚一个！”天老爷，谁还敢上？偷牛贼都会些拳脚，胳膊上有力气，刀又磨得快，那些大砍刀，都是清朝末年著名的老铁匠上官斗打造的，钢火好，能砍软也能砍硬。一挥刀，能拦腰劈开一头牛。不就是头牛吗？权当二亩棉花被棉铃虫吃光了棉桃，权当买了一吨供销社卖的假化肥，权当被那些个乡镇长们敲诈了一家伙。去报案嘛！天老爷，万万使不得。不报案，只丢了一头牛；一报案，就等于丢了两头牛。乡镇派出所里那些联防队员，一个个原本就是“好孩子”，杀人放火受了招安，他们和那些偷牛的原本就是一条道上的，偷牛贼卖了牛，他们都要抽头。你去报案吧，好，他们恣得就像天上掉下烧鸡来，一个个挤眉弄眼，嘴里甜得像吐蜜一样：“大爷，丢了牛了？这些没鼻子不要脸的家伙，臭流氓，下贱货！药不净的棉铃虫，抓不完的偷牛贼。大爷，您看，一班弟兄们，天天像兔子一样跑公事，瘦得都像扁担钩子一样了，哪有力气捉贼？先把我们弄到饭店里去喂喂吧！喂饱了才有劲儿去给您破案。”去吧，对门就是“五颗金星”小餐厅，那里的砂锅小牛肉刚焖上，闻闻，风把香味都送过来啦。吃，不能光吃，得上十扎生啤吧？奶奶的，兴起来喝生啤，一扎就是八元八角八，还说“发发发发发发发”！发什么？发疯吧！什么“立案费”、“侦查费”、“补助费”、“差旅费”、“夜班费”，都要你付。俺下跪了，这头牛俺不要了行不行？不行！这是堂堂的公安派出所！是让你戏弄着耍的？不告也可以，拿钱吧，撤诉费一千元！所以呀，别说丢一头牛，丢了老婆孩子也千万别去报案，现在，这公安局什么的，真是……提起来他们，咱老百姓的头皮就发麻呀！……上官金童的脑子又混乱不堪了，陈谷子烂芝麻，千年百年的事儿，搅成了一团麻。他见了没鼻子的偷牛贼，本来是想溜掉的，没想到又掉进了联想的泥潭。幸亏有一个偷牛贼，用牛耳尖刀在他面前比划着，瓮声瓮气地说：“你看到什么啦？”上官金童说：“大爷，大爷，我是个睁眼瞎子，啥也看不见，啥也看不见……”偷牛贼说：“滚，穷叫花子。”

上官金童急匆匆地往前跑去。他再也不敢走幽暗的小巷。老天爷，要再被那群恶狗盯上，可没小牛犊来替死啦。向着光明奔吧，大难不死，自有后福。到那热闹地方捡件破衣烂衫遮遮羞，实在没有办法可想，就回到母亲身边去。跟着母亲捡捡破烂，反正已经四十多岁了，这几年跟着老金和耿莲莲也算享尽了人间富贵，死了也不委屈了。

市中心广场，是最光明的地方。正中一座电影院，两边是博物馆和图书馆。都有着高高的台阶，蓝玻璃的墙壁直插到夜空里去，转着圈是大电灯。天哪，又没人在这里做针线活儿，开这么多灯干什么？这要浪费多少电？电影院的大门脸上，画着巨大的海报。比水桶还粗的女人大腿掩映在轻纱旗袍里。比胳膊还粗的手枪枪口喷吐着火焰。鲜血淋漓，珠光宝气。女人的肉，袒露的胸，比篮球还大的乳房，比鞋刷子毛儿还硬还粗的女人睫毛。他平常坐在耿莲莲的轿车里路过这广场时，并没感觉到它有多大。现在，落魄丧魂的上官公子在料峭的春寒里踽踽行走在这广场上时，才感到它宽广得无边无沿。广场是用八角形的水泥块儿砌成，他左脚在前时一步跨三块颇感吃力，右脚在前时一步跨三块十分轻松。他的脚疼痛难忍。抬脚看到脚底有葡萄那么大的血泡数十个，有的已经被磨破，流出透明的汁液。磨破的血泡疼得钻心。地上有几摊牲畜的屎。他吓了一大跳，生怕这是狗屎，他已经到了见狗就心惊肉跳的程度。水泥块上用彩色粉笔画着一个女人的画像，乍一看很面熟，越看越生疏。一阵风刮过来，几只白色的塑料袋随风翻滚。不顾脚痛，他冲上去逮住一只，又去追赶另一只。他一步一个血脚印追着塑料袋跑到了广场边缘。那个塑料袋挂在路边的冬青树上。他一屁股坐下了。尽管冷气直刺肛门，他还是坐下了。他把塑料袋缠在脚上。这时他才发现挂在冬青树枝上的塑料袋有很多。他欣喜若狂，一只一只地拣，一只一只地往脚上缠。直到把两只脚缠得像两个熊掌。当他站起来行走时，脚底下柔软极了，舒服极了，疼痛锐减，他感动得心颤。他的脚嚓啦嚓啦响着，声音传得很远。蛟龙河北岸传来打桩机的巨响，脚下这个地方，改叫桂花区了。此刻是桂花区的人们睡得最深沉的时候。只有在东南方向，那座新建成的本市最豪华的桂花大厦那儿有一些灯光闪烁的窗口，像天上的房间，其余的地方都黑了灯。他最终决定，回到塔前去，到母亲身边，说什么也不再离开，窝囊就窝囊吧，无用就无用吧，在母亲身边，吃不上鸵鸟蛋，洗不成桑拿浴，但也决不会落到赤身裸体跑大街的可怜境地。

街边商店林立。他千不该万不该在这种时候又突然看到一个辉煌的橱窗。橱窗里站着六个时装模特，三男三女。衣服是用天上的彩霞裁成的，女人是用象牙雕成的。那满头的金发或是黑发，那光滑的智慧的额头、高挺的鼻梁、弯曲的睫毛、含情的美目、温馨的红唇，当然，最让他入迷的还是女模特那高高挺起的乳房。他看着看着就觉得女模特活了，她们乳房里的甜蜜气味从玻璃里渗出来，温暖着他的心。他的额头碰在冰冷的玻璃上，才使他暂时清醒。他生怕自己的狂症发作不可收拾，趁着短暂的清醒赶快逃离。他强迫自己逃跑，但跑了一圈，不知不觉又转回了原地。他双手举起来，对着天上黯淡的星辰，祈祷着：老天爷，让我摸摸它们吧，让我摸摸它们，今生今世，再无所求。

他猛烈地扑向女模特们，在一瞬间他感到那些玻璃无声地破碎了。他的手还没触到它们的胸，它们就轻飘飘地东倒西歪了。他的手按在一个坚硬的“乳房”上。一个可怕的感觉在他心头闪过：天哪，没有乳头！

一股热乎乎的腥咸液体流进他的眼睛里，嘴巴里。他感到身体正向着无底的深渊沉下去。

第五十一章

八十年代末，市文化局下属的文物管理所要把古塔所在的高地变成一个大型游乐场。文管所长带着一台红色的推土机和从保安队临时雇来的十几个手持棍棒的保安，还带着市公证处的公证员、市电视台记者、市日报记者，一行人浩浩荡荡，包围了塔前的房屋。文管所长对上官母子念了市法院的判决：“经详查，塔前房屋系原高密东北乡公产，并非上官鲁氏及其子上官金童私有。上官鲁氏家原房产，已作价变卖，款项已由其亲属鹦鹉韩代领。上官鲁氏母子占据塔前公房系违法行为，限其在接本通知后六小时内搬迁，若延误，则按妨碍公务、霸占公产治罪——上官鲁氏，你听明白了吗？”文管所长气汹汹地问。

上官鲁氏稳如磐石，坐在炕上，说：“让你们的推土机从我身上轧过去吧。”

文管所长道：“上官金童，你娘老糊涂了，你劝劝她，识时务者为俊杰，和政府对抗，是没有好下场的！”

因为头撞玻璃、毁人模特，被送进精神病院整治了三年的上官金童，木讷地摇着头。他的额头上有一道明亮的疤痕，眼睛直呆呆的，显得愚蠢透顶。文管所长把手中的移动电话一举，他就扑通一声下了跪，捂着头哀号着：“别电我……别电我……我是精神病……我是精神病……”

文管所长为难地看看公证员，说：“老的老糊涂，小的精神病，怎么办？”

公证员说：“有录音录像为证，强制执行吧！”

文管所长一挥手，十几个保安拥了进来，强行把上官鲁氏和上官金童拖出屋子。上官鲁氏晃动着满头白发，像头老狮子一样挣扎着。上官金童却只管连声求饶：“别电我……别电我呀……我有精神病……”

上官鲁氏挣扎着向那几间草屋爬去，保安们把她的手脚捆绑起来。她气得口吐白沫，昏厥过去。

保安们把屋里的几件破旧家具和几床烂被子扔出来。红色的推土机高举着那密布着钢铁巨齿的大铲子，铁烟筒强劲地吐出一环追着一环的烟圈儿，轰轰隆隆地冲向塔前小屋。上官金童感到那红色的巨物是冲着自己轧过来的，他恐怖地靠在古塔潮湿的基座上，大睁着眼等死。

在这个危急关头，失踪多年的司马粮从天而降。

其实，十几分钟前，我就看到那架草绿色的直升机在大栏市的上空盘旋着。它的大蜻蜓一般的身影从高地上空轻快地滑过去。它越飞越低，有好几次它的下垂的大肚子几乎擦着了古塔圆溜溜的尖顶。它的屁股高高地翘着，头顶那个快速旋转的螺旋桨搅起了一股股的旋风，发出了嗡嗡的、令我的脑子发昏的声响。在耀眼的舷窗那儿，我看到有一颗圆溜溜的大头探出来，往地上张望着。没来得及让我看清眉眼，他就呼啦一下闪过去了。红色的推土机吼叫着，履带哗哗啦啦地响着，像个恐龙时代的怪物高举着它的巨铲触到了塔前的房屋。门圣武老道士穿着黑色道袍的幻影在塔前一闪，接着便消逝了。我忍不住叫喊着："别电我，我有精神病，我有精神病还不行吗？"

草绿色的直升机又盘旋回来，它的身体倾斜着，扇起一股股黄色的烟尘。一个女人的身体从舷窗里伸出来。她的喊叫声在直升机震耳的轰鸣里勉强能够听得到："住手……不许毁坏……古建筑……秦吾金……"

秦吾金，是那个教过司马库也教过我的秦二先生的孙子。他当上了文物所长不搞文物搞开发。他现在正捧着我家那个青瓷大碗仔细观赏着。他的眼睛是那么亮。他腮上的肌肉还在颤抖着，直升机上的呐喊显然使他吃了一惊。他抬头观望时，直升机又飞回来，一股烟尘把他吞没了。

终于，这个草绿色的大家伙在塔前的空地上落下了。它落地后还喀啦喀啦地抖动着，那些扁平的、像老耿挑虾酱时使用的大扁担一样的螺旋桨，还在它头上傻不拉唧地扑棱着。越扑棱越慢，终于不扑棱了，哆嗦了几下，停住了。它瞪着眼趴在那儿。舷窗把它的肚子照亮了。一扇门从它肚子上开了。先是有一个穿皮衣裳的人踏着小梯子蹦下来，接着下来一个穿着橘黄色风衣的女人。她像一块醒目的黄颜色，圆润的屁股在梯子上、在橘黄风衣里撅着。她穿着羊毛裙子，也是黄色的，但跟风衣的黄不一样。风衣黄得鲜亮。裙子黄得黯淡。她的腿肚子绷得很紧。她终于转过脸了。按照我看人的习惯，我先看到了她的遮挡在风衣、薄毛衣里的乳房，是两只很大、很胖的家伙，没穿乳罩，奶头歪着脑袋紧贴着细羊毛高领套衫。这套衫也是黄色，跟羊毛裙黄得基本一致。一个金的大胸坠子暗藏在两只乳房之间。她的脸是长方形的，气派得很，头上是一个螺丝旋纹大分头。头发黑得呀，流油；头发密得呀，根本看不到头皮。我认出了，她是我母亲的外甥、鲁立人和上官盼弟的女儿鲁胜利。她当市工商行行长时，市里流传过一阵子她专吃未足月引产婴儿的谣言。为什么说是谣言呢？因为她新被提拔为大栏市的市长。原市长纪琼枝因患脑血管疾病不幸去世，有人说她是气死的。我有神经病，一点也不假，我永不否认，但什么事我也清楚，鲁胜利靠什么当上了市长我也清楚，但我不告诉你们。她继承了我五姐的体魄但她比我五姐既有风度又有派头，果然是一代更比一代强。她平时走路昂首挺胸，像大洋马一样。一个大脑袋的中年男人从直升机肚子里钻出来。他穿着一身名贵的西装，扎着又大又宽的领带。鲁胜利跟他走在一起，难以施展开她的洋马步伐。

那个大头的中年男人脑门子有点秃了，但却一脸的顽童相。他的双眼神采奕奕，变化莫测，肥大的鼻子下咕嘟着一张美丽而丰满的小嘴，两扇又白又胖的耳朵，大耳朵垂子像火鸡的肉冠子一样沉重又臃肿。我还从来没有见过这样的男人脸，当然也没见过这样的女人脸。这样的大福大贵的面相是注定要做皇帝的，是注定了艳福齐天，要有三宫六院七十二嫔妃陪伴的。我猜到了他是司马粮，但又不太敢相信他就是司马粮。他暂时还没看到我，我也不愿他看到我。看到我他也不敢认我。上官金童现在是个精神病患者，得了“花痴”。他的身后，跟随着一个比鲁胜利还要高大的混血种女人。深深的眼窝血盆大的嘴，那奶子白得如雪，凉得如霜，滑得如绸，一步三哆嗦，奶头却小巧玲珑，像两只尖尖的、咻咻地喘息着的刺猬的小尖嘴儿。

两辆特别长的轿车从新修的墨水河大桥那边咬着尾巴开过来，一辆红的，一辆白的，简直像一公一母。汽车交配，生出一辆小汽车，是什么颜色呢？

鲁胜利不时地对他转过脸去，她那一贯的霸气十足的脸上竟时时露出媚笑。鲁胜利的媚笑比钻石还珍贵，比毒药还可怕。文管所长捧着我家的青瓷大碗，屁颠儿屁颠儿地跑上去。“鲁市长，鲁市长，欢迎您前来视察我们的工作。”鲁胜利问：“你们打算在这干什么？”文管所长说：“我们要以古塔为中心，建一个能够吸引中外游客的大型游乐场。”鲁胜利说：“这事我怎么不知道？”文管所长道：“这还是纪琼枝市长拍板决定的。”鲁胜利道：“凡是纪琼枝决定的，一律要重新研究。这古塔要维护，塔前房屋不许拆除，这里要恢复赶‘雪集’的活动。建游乐场，弄几台破电子游戏机、几个破碰碰车、几张破台球桌，游乐什么？什么游乐？同志，要有大目光，要想法吸引外宾，赚外国人口袋里的钱。我已经号召全市，学习‘东方鸟类中心’的开拓精神，走别人没走过的路，做别人没做过的事。什么是改革？什么是开放？就是要敢想敢做，世界上只有想不到的事，没有做不到的事。‘东方鸟类中心’正在实施一个‘凤凰计划’，他们要用鸵鸟、锦鸡、孔雀混合交配，培育出只存在于传说中的凤凰……”她演说成癖了，说着说着就说热了嘴，就像马儿跑热了蹄子。公证员和那十几个保安队员木呆呆地站着。市电视台的记者，不愧是新近升任为广播电视局局长的“独角兽”的部下，他扛着机器为鲁胜利市长和尊贵的客人摄像。清醒过来的市日报记者也跑前跑后、跪着站着为首长和外商照相。

司马粮终于看到了被捆住手脚、平放在塔前的我母亲。他的身体猛地往高里一抻，好像有一只大手握着他的头发往上提了一下。他的身体倒退了一步。圆溜溜的大头乱晃着，眼睛里滚出了泪水。他慢慢地往下跪，膝盖弯屈到一定程度便快速地跪在地上。他放声大哭着：“姥姥啊，姥姥……”

他哭得很纯，很真，有乱纷纷迸落的泪水为证，有他鼻子尖上的鼻涕为证。上官鲁氏睁开只有微弱视力的眼睛，嘴唇翕动着，说：“你是……粮儿？”

“姥姥，我的亲姥姥，我是司马粮，是吃着您的奶长大的司马粮。”司马粮哭诉着。上官鲁氏身体滚了一下。司马粮站起来，说：“表妹，为什么要把姥姥捆起来呢？”鲁胜利满脸尴尬地说：“表哥，这是我的失职。”她转脸对着秦吾金，咬牙切齿地说：“你们这些浑蛋！”秦吾金的腿在打哆嗦，他还抱着我家的大碗不放。“等着我回去，不，就是现在，”她说，“我宣布，撤销你的文管所长职务，回去写检查吧！”她弯下腰，亲自解开了捆绑上官鲁氏的绳索。有一个绳扣系得特别紧，她把嘴凑上去，咬开了那个绳扣。这情景可真是够感人的。她扶起上官鲁氏，说：“姥姥，我来晚了。”母亲疑惑地望着她，问：“你是谁呀？”鲁胜利说：“姥姥，您不认识我了？我是鲁胜利，是您的外甥呀！”母亲摇头，说：“不像，不像。”她转脸寻找着司马粮，说：“粮儿，让姥姥摸摸你，看看你胖了还是瘦了。”母亲的手，在司马粮的脑袋上摸索着，她说：“是我的粮儿，人哪，千变万变，这头盖骨是变不了的。一生的运命，都在头盖骨上刻着。行，行，这膘还行，我的孩，看起来你混得还不赖，还能吃上饭。”司马粮抽泣着说：“姥姥，能吃上饭，咱们熬出头了，从今往后，您就放心地享福吧。小舅呢？小舅怎么样？”

他向母亲和鲁胜利询问我的时候，我沿着塔转移了。我不否认我有精神病，但我的精神病只有面对着女人的乳房时才发作，其余的时间我是没病装病。因为，我深深地体会到了扮演一个精神病人的乐趣。你想说什么就说什么，你满嘴胡言乱语，别人会一笑置之。精神病人的胡言乱语嘛，谁要当真谁也是精神病人。你想干什么就干什么，你可以在车水马龙的大街上扭秧歌，司机不敢撞你，警察揪住你，不打你也不骂你，他训斥你时你就对着他傻笑，你伸出手去摸他腰间闪光的皮带扣子，你说，摸摸大奶子！弄得那警察哭笑不得。你拦住了市妇联主任的破轿车，抚摩着圆溜溜的车灯，说，摸摸奶子！

摸摸大奶子！你看到妇联主任在车里笑得前仰后合。你跑到市电影院广场前，面对着那些悬挂在空中的大海报，像猴子一样耸跳着，摩挲着十根乌黑的指头，吆喝着：摸摸大奶子！摸摸大奶子！那个著名的影星，以奶子大出了名的影星，在广告牌上微笑。那天，围观我上官金童的人，比坐在黑洞洞的影院里观看电影的人还要多。有男的，有女的，有大人，有小孩。有一个刚刚生了孩子的少妇，她认识我，我也认识她，但我装成神志错乱根本不认识她。她穿着一件比蚊帐还要透明的肥大的裙子，里边只有一条黑胡椒网眼的裤衩。她的皮肤很白，身材好极了，虽然刚生了孩子身材也好极了。生了孩子是狗奶子。她没戴乳罩，结实的丰乳一览无余。她的乳汁是那么丰富。她的孩子是多么幸福。她手提着一个网兜，网兜里装着顶花带刺的小黄瓜。紫又亮的歪把茄子，把上带着毛茸茸的刺儿。还有几个鲜艳欲滴的、畸形的、生着乳头的西红柿。痴子痴子跳一跳，摸摸她的大奶奶！那些脖子上扎着红领巾的、天真纯洁的儿童们拍着手齐声喊叫，逗弄着我。他们是在老师的带领下来观看道德教育影片的。大喇叭里播放着电影插曲：世上只有妈妈好，有妈的孩子是块宝，没妈的孩子是棵草。冰糕冰糕，奶油冰糕。冰棍冰棍，插到嘴里冒热气。砰！气枪射击，打中一枪奖一枪。套圈比赛，扔一次一元。套中什么是什么。有香烟，有泡泡糖，有健力宝，有可口可乐，套中了就赚，套不中就赔。耍猴的。斗鹌鹑的。敲锣卖糖的。摆象棋残局的。正宗越南风味小吃，由自卫还击战英雄沙里豹重金特聘阮氏梅香主厨欢迎品尝余味无穷啊。马氏牛肉丸，边吃边按摩哪！涂着廉价脂粉的土洋妞搔首弄姿招徕顾客。那些地方都要钱，看花痴上官金童表演不要钱。花痴花痴，表演个“老头吃奶”呀！你那时心里酸楚无比，因为你看到那个提着新鲜蔬菜的丰满少妇美丽的大眼睛里流露出处在幸福境地中的年轻女人所特有的、特别容易流露的同情弱者的光芒。你想起在鹦鹉韩家那短暂的发达时光里，曾与这个少妇有过一次桑葚般酸酸甜甜的感情小随笔。她当时在一家自选商场被人揪住。你被她的美丽乳房感动着，便慷慨地挺身而出冒充了她的丈夫替她付了账。你说：我妻子没有自己付账的习惯。你装作不认识她。但你没有再蹦高摸海报上明星奶子的热情了。你羞愧难当地跑了，跑进了一条小巷。但你从巷口钻出来时，她已经在那儿等着你了。小巷很安静。一些孩子的尿布像五彩旗帜在灿烂的阳光里招展着。她低声说：你是真痴呢还是假痴？我欠你一笔债。你摸我的吧，摸一次，我就还清你了。摸吧，可怜的男人，那些牌子上画着的，都是假的。那些明星的，没有几个是真的，都是用海绵、棉花什么的垫高了的。可怜的男人，因为这个竟能疯了？摸吧。她闪到僻静的墙角，左右望望，指指自己的乳房，说：痴子痴子，过来，快点，我成全你一次吧。她的乳房在尿布里掩映着，那么庄严，那么神圣。你双手捂着脸蹲下，痛苦地说：不……她像个大知识分子一样叹息一声，说：噢，原来也是“叶公好龙”。她的神色宁静了。她从网兜里选了一个最大的、生着几个奶头的西红柿塞在我怀里，在尿布的旗帜里扭了几下细腰，便被耀眼的光明吞掉了……我捧着那个富有象征意味的西红柿，久久地沉思着。西红柿为什么要生出乳头呢？山是地的乳头，浪是海的乳头，语言是思想的乳头，花朵是草木的乳头，路灯是街道的乳头，太阳是宇宙的乳头……把一切都归结到乳房上，用乳头把整个物质世界串联起来，这就是精神病患者上官金童最自由也是最偏执的精神。

围着宝塔旋转，就像围着乳房旋转。我与司马粮迎面相撞，是继续伪装精神病呢，还是让他看到我清醒的头脑？毕竟是将近四十年没有见面了，看到我成了精神病他会很难过。对，他一定会很难过，应该把最聪明最智慧的一面显示出来给我的童年挚友。粮儿，司马粮！小舅，金童小舅舅！我们紧紧拥抱在一起。他身上浓烈的香水气味让我昏昏欲醉。然后，他松开了我的腰。我紧盯着他那两只飘忽不定的大眼睛。他也像个很有学问的人那样叹息了一声。我看到，在他的熨烫得平平整整的西服的肩头上，留下了我的鼻涕和眼泪。这时，鲁胜利伸过一只手，好像要跟我相握，但当我的手伸出去时，她的手已经缩回去了。我感到十分尴尬，心中充满了愤怒。妈的，鲁胜利，忘了过去，你！忘了历史，你！忘记了历史就意味着背叛！你这个上官家的叛徒，我代表——我能代表谁呢？我谁也代表不了，连我自己也代表不了。小舅，你好，我一到这里，就四处打听您和姥姥。谎言，彻头彻尾的。鲁胜利你继承了当年的蛟龙河农场畜牧组长上官盼弟的野蛮的想象力——她在上帝的动物园里开妓院，你却要用杂交方法繁殖凤凰——但你却没继承上官盼弟的坦诚。你那两只肥胖的失去了线条的大奶子在精美的羊毛衫里我一眼就看到了，你嫌我手脏不跟我握手，我就要摸摸你的大奶子，尽管你是我外甥女我是你舅舅。女人的乳房是公共财产，就像凤凰公园里那些鲜花一样。攀折花木违反社会公德，但摸一摸总可以吧？摸也不行。我偏要摸，因为我是精神病，精神病刺杀了美国总统都可以不枪毙，精神病人摸一个女人的奶子有什么了不起的？！我管你是什么市长啦行长啦。“摸摸大奶子……”我盯着鲁胜利的胸脯说。“噢呀呀呀！”鲁胜利夸张地惊叫着跳到司马粮背后。她的奶头触到了司马粮的肩头。那两只被男人的手捏得像熟柿子一样的乳房，戳上个小孔就能淌成一张皮，你还装成羞羞答答的处女模样。算了，不理你了。“小舅得了花痴，满大街追女人要摸……”她竟敢对司马粮说我的坏话，我什么时候满大街追女人啦？司马粮带来的那个欧亚混血种女人挺着又冷又滑又爽又白又胖肥而不腻的大奶子大大方方地上来跟我握手。司马粮真够派的，带着像巴比特电影里的女主角一样的宝贝儿荣归故里，耀祖光宗，生子当如司马粮。这个杂种女人不怕冷，只穿着一件薄裙，胸脯故意挺向我，她说：“你好！”她的中国话说得别别扭扭。我说过，我一见了美丽的乳房便魂不守舍，嘴巴失去控制。“摸摸大奶子。”我说。鲁胜利好像十分惋惜地说：“想不到小舅竟成了这等模样。”司马粮笑着说：“好办，小舅的病我包治了。鲁市长，我投资一个亿，在市中心建一座最高的饭店。这古塔的维修费我也出。鹦鹉韩的鸟类中心，我得派人来考察之后，才能决定是否投资。总之吧，你毕竟是上官家的苗裔，你做市长，我一定捧场。但是，像这种绑姥姥的事最好不要再发生了。”鲁胜利说：“我敢担保，姥姥一家将得到最高礼遇。”

大栏市政府与韩国巨商司马粮合资兴建大栏大饭店的签字仪式在桂花大厦会议厅进行。签字仪式结束后，我跟随着他登上第十七层，进入他的总统套房。地面像大镜子一样，照出了我的影子。墙上挂着一幅油画，一个顶着水罐的女人，赤条条一丝不挂，乳头像鲜艳欲滴的红樱桃。司马粮笑道：“小舅，别看那玩意儿，待会儿让你看真的。”他喊道：“曼丽！”那个混血种女人应声而出。他说：“侍候小舅洗澡，换衣服。”我说：“不、粮子、我不。”他说：“小舅，咱们两个，是谁跟谁呀？有苦咱俩同当，有福咱俩共享，你想吃什么，想穿什么，想玩什么，尽管告诉我，跟我不要讲客气，讲客气就是瞧不起我。”

曼丽把我拉进洗澡间，她只穿着一件灯罩一样的短衣，两根细带儿挂着那短衣在肩膀上晃晃荡荡。她妩媚地一笑，用蹩脚的汉语说：“小舅，你想怎么样，都是可以的，对我，这是司马先生说的。”她一件件剥着我的衣裳，就像当年独乳老金剥我的衣服一样。我嘟嘟哝哝地反抗着，但反抗不力，更像积极的配合。我的衣服，像泡湿了的纸，一片片地碎了，被她扔到黑色的塑料袋里。我浑身赤裸着时，又学起了鸟儿韩，双手捧着卵蹲下了。她用手指指那巨大的咖啡色浴盆，说：“请吧，请君入瓮！”她为使用了一个中国成语而显得十分得意，却把我吓得够呛。盛情难却，入瓮就入瓮吧。

她扭动了几个开关，雪白的热水从浴缸的几个部位汹涌地喷出来，水像温柔的拳头打击着我的腰眼和项背，身上积存多年的灰垢一层层褪下来。曼丽戴上一个塑料浴帽，把那件灯罩服扔往身后，在浴缸外亮了一个相，然后纵身跳入浴缸，像闹海的哪吒一样，骑在我身上。她把透明的洗浴液涂遍我的全身。她揉搓着我，把我翻来覆去地洗。终于，我鼓足了勇气，叼住了她的乳头。她格格一笑，戛然止住；又格格一笑，又戛然止住。她像一台等待着发动但因发动者的无能总也发动不起来的柴油机。她很快就发现了我的软弱，那两只兴致勃勃的乳头顿时沮丧得要命。她于是一本正经地、像护理员一样为我擦背、梳头，并帮我披上了一件柔软的大睡袍。

第二天夜里，司马粮一下子请来了七个美貌女郎，用美金剥掉她们的衣服，他说："小舅，嘴馋的人，都是因为没有吃够。你不是天天叫唤要摸奶子吗？我让你摸个够，胖的，瘦的，大的，小的，白的，黑的，黄的，红的，咧嘴的石榴歪嘴的桃，我让你过足奶头瘾，让你阅尽人间春色。"

那些女人，叽叽喳喳的，从这个房间跑到那个房间，像一群活泼的猴子。她们故作羞涩地用胳膊遮掩着胸脯。司马粮怒道："娘儿们，装什么样子？我这位舅舅是乳房专家，是乳罩公司的大老板。你们都给我坦然点，让我舅舅看，让我舅舅摸。"她们排着队，鱼贯而行至我面前。世界上找不到两片完全相同的树叶，世界上也找不到两只完全相同的乳房。七对乳房，七种形态，七种性格，七种颜色，七种味道。我想，既然我的外甥花了钱，我就该好好消费，要不就等于辜负了他一番美意。我根本不去看她们的脸，女人的脸是麻烦多事的地方。看到她们的乳房，我就等于看到了她们的脸；嘬住了她们的乳头，就等于抓住了她们的灵魂。上官金童像一个妇产科的乳房专家，为女人们做着乳房的常规检查。先大致地观看外形，然后用双手抚摸，撩拨，检查对刺激的敏锐程度，摸摸里边有无包块。最后，把鼻子插在乳沟里闻香，用嘴吻一遍，轮流嘬一下。只要一嘬，大多数都呻吟起来，弯下腰。只有极个别的，竟然无动于衷。接下来的十几天里，司马粮每天要雇佣三拨二十一个女人来这里，亮出胸脯，让我检查。大栏市毕竟地方太小，从事这项工作的女人数量比较少。所以到了后几天，前几天已经来过的女人，又改头换面、乔装打扮而来，她们也许能骗过司马粮，但骗不过上官金童。上官金童已经为她们建立了乳房档案。但他不愿揭穿她们，大家都不容易，都过得很艰难。何况，圣人曰：温故而知新。重复是记忆之母。每天喝一种茶叶是享受，重复喝一种茶叶更容易上瘾。摸到最后一天，我的手脖子已经软弱无力，手指头上磨起了血泡。各种各样的乳房，在我脑子里像中药橱一样，分门别类储存着。我把女人的乳房归成七大类。每大类又分成九小类，另外还建立了一些特档：如独乳老金的。如那天摸过的那个里边填充了化学原料的，硬得像石膏，毫无生命感，可怕极了，令我想起龙青萍的铁乳，甚至比不上龙青萍的铁乳。那毕竟还是皮肉，不过长铁了。而这个，算什么，单从外表看雄赳赳气昂昂的，但手指一摸就吓你一跳。邦邦硬，一敲当当响。玻璃器皿，小心轻放，怕风怕雨，易燃易爆。她尴尬得快要哭了。我没有揭穿她。我强忍着对这假乳房的厌恶，照样地摸她的，吻她的，维护了她在同行中的信誉。我知道她非常感激我。不必客气，人不能忘记给他人方便，自己委屈点没什么。行善不得善报，头上老天知道。

司马粮笑眯眯地问："小舅，怎么样啦？奶头瘾过得差不多了吧？大栏市的好货色，也就这些了，要不，你跟我去趟巴黎，我把那些个'波霸'们请来让你摸？"

"够了，够了，"我说，"做梦都想不到的事情，竟然成了现实。我的双手已经起了泡，嘴巴也疲乏了。"

司马粮笑道："我说过，你这病不是病，你是熬的，正常的生理需要，长期得不到满足所致。我想，小舅见了女人，不会那么猴急了吧？女人的那两坨肉，说复杂够复杂，说简单再简单不过，无非是蜂窝的组织，造奶水的机器。这东西，完全袒露了，其实就不美了，对不对小舅？您是专家，我是班门弄斧。"

"你也是专家。"我说。

"我的长项不在摸乳上，"他坦率地说，"我的长项是侍奉女人，和我上过床的女人，一辈子忘不了我。所以，如果真有天堂，我死后肯定是天堂里最尊贵的客人。你想想嘛，我让女人在我这儿得到最纯粹、最高程度的生理享受，我还付给她们最高价码的钱，你想想，我是不是人类历史上最大的善人呢？"

说话间有两个身材修长的姑娘轻车熟路地进入他的卧室，他眨眨眼，说："小舅，等一会儿，我做完善事后，还有重要的事情跟你谈。"

几分钟后，那两个女青年就毫无顾忌地喊叫起来。

第五十二章

生我者亲娘，知我者司马粮。脑子里有几百个精美绝伦的乳房垫底，上官金童耳清目明，反应敏锐，心情舒畅，皮肤滋润，仿佛一下子年轻了几十岁。"怎么样，小舅？"司马粮坐在宽大的真皮沙发上，抽着吕宋岛生产的大雪茄，笑眯眯地问我，"感觉怎么样？"我满怀着感激之情说："感觉好极了，从来没这么好过。"司马粮说："小舅，我要彻底拯救你，走，换衣服，我带你去看一样东西。"加长的"凯迪拉克"牌豪华轿车，把我和司马粮拉到大栏市的繁华商业区。车停在一家新装潢完毕的乳罩商店前。当人们围观像龙舟一样的轿车时，司马粮带着我来到店前。宽大的橱窗，橱窗里摆满模特，大玻璃顶天立地，处处透明。门面上用花体美术字写着"美尔乳罩店""精工制作，世界一流，既是时装，更是艺术"。"小舅，怎么样？"他问。我朦胧地猜到了他的意思，按捺不住心里的激动，说："很好！"他说："那么，你就是这家乳罩店的老板了。"我虽然有所预感，但还是大吃一惊："我不行，我怎么能行呢？"司马粮笑道："小舅，你是乳房专家，乳房专家卖乳罩，是全世界最合适的人选。"

司马粮拉着我进入宽敞的店堂。电动感应门无声地开又无声地关。内部装修尚未结束，四面墙壁，全用大玻璃镶贴，天花板使用的也是能照清人影的金属材料。吊灯、壁灯，都是乳房的造型。几个工人，正在用丝棉揩擦玻璃。包工头殷勤地跑上来，对着我们鞠躬。司马粮说："小舅，有什么不满意的，尽管提出来。"我说："'美尔乳'，不好，太一般。"司马粮说："你是专家，你说吧，叫什么好？""独角兽，"我脱口而出，"独角兽乳罩大世界。"司马粮怔了一下，笑道："小舅，那玩意儿，可都是成双成对的呀！"我说："独角兽好，我喜欢。"司马粮干脆地说："你是老板，你说好就好。赶快派人去重作店牌，不叫'美尔乳'，叫'独角兽'。'独角兽'，'独角兽'，"司马粮笑着说，"有味道，有味道。小舅，你真行啊，这样有风格的店名，用刺刀顶着我我也想不出来。还有什么不满意的，尽快提出来，你是主人，要有当家做主的精神。"

我未进店就感觉到了，橱窗里那些身材窈窕的模特，美丽是一流的，风情是绝顶的，胸前戴的乳罩是精美无比的，可惜，制造模特的浑蛋们，偷工减料，没给她们造上乳头。我指着那些模特，说："这些模特，有奶子没奶头。"司马粮吃了一惊，说："真的？去搬个来我看！"

店里人匆忙搬过一具模特，乳罩真漂亮，金黄色的缎子底，绣着红色的小花，上半边是金丝线的网络，下半边是有弹性的托儿。一针一线都不马虎。戴上这样的乳罩如果穿着衣服上街实在是一种对美的欺侮。司马粮一把揪下那乳罩，果然，那模特的胸脯上，只有两个馒头状的鼓包而已。司马粮怒道："这简直是胡闹，没有奶头，算什么女人？！一律换掉，重新制作。"一个店员毕恭毕敬地说："司马先生，模特……都是这样的……"司马粮说："不行，重新给我做，要做得跟活人一样，该有什么就得有什么！"他一巴掌扇倒了那个只穿着一条金黄色绣花裤衩的模特，骂道，"这他娘的算什么？！"——那个塑料模特轻飘飘地倒在地上——"告诉他们，都给我做成实心的，不但要有奶头，还要会眨巴眼，会笑，会说话。妈的，不就是多花点钱吗？”

“小舅，”钻进“凯迪拉克”后，他捅捅我的胳膊，悄悄地说，“您可真是成精了。”我不好意思地笑了。他说：“如果还忘不了独乳老金，咱就把她买下来放在橱窗里。”“我跟她已经恩尽情断。”司马粮拍了一下额头，说：“啊呀，好！我怎么把这事忘了呢？”他兴奋地在车座上乱颠屁股。他说：“小舅，我有一个好主意！啊哈……”他得意地大笑着，沉浸在他构想出来的美妙情景里。

“独角兽乳罩大世界”正式开业那天，门口摆满了花篮，鲁胜利的花篮与独乳老金的花篮放在大门两侧。耿莲莲的花篮放在最不显眼的位置上。鞭炮免放，司马粮说，这是土老帽儿的把戏，土老帽子才放鞭炮。我们放气球。我们放飞了一万只乳房状的气球。让乳房满天飞，向全人类传达爱的信息。我们还放起了两个巨大的氢气球，氢气球上挂着两条红布大标语，标语用金黄大字，每个字都像磨盘一样大。“抓住乳房就等于抓住女人”在空中轻轻地飘荡着；“抓住女人就等于抓住世界”轻轻飘荡在空中。这是一个逻辑学上的三段论，被省略掉的结论是：“抓住乳房也就等于抓住了世界”。司马粮导演的最精彩的节目还在后头。他重金聘请了正在“伊甸园歌舞厅”跳舞的七个欧洲金发舞女，来当我们的活模特——这就是那天他坐在凯迪拉克里兴奋激动的原因——这七个舞女，都是司马粮的胯下之马，只要给美金，没有她们不干的事情。这是七匹货真价实的大洋马，一律是亚麻色的光滑头发，碧眼高鼻阔嘴，脖子像啤酒瓶颈，胳膊修长柔软，好像没有骨头。大腿丰满。小腿优美。屁股上翘，像喷气式战斗机。肚子平展，像绷紧的钢板。皮肤像凝固的脂油。当然，顶顶重要的是，她们都有自然天成的丰乳。遵照司马粮的指示，七个舞女，穿着七套精美的乳罩和裤衩，颜色分成赤、橙、黄、绿、青、蓝、紫。裤衩小得不能再小，而且是网状的。乳罩造型优美，做工考究，是专门去法国定做的。由于是表演性的，乳罩的尺寸较小。那七个舞女的经纪人曾提出裸体表演，被司马粮坚决回绝。司马粮说，不是我舍不得钱，我们是乳罩店，要推销乳罩，要让人看到戴乳罩之美，弄七个光腚猴子去干什么？砸我们的牌子？再说，大栏市人现在正处在最文明也最野蛮的阶段，有的人坐奔驰，有的人骑毛驴。有的人吃孔雀，有的人喝稀粥。要考虑大栏人的心理承受能力。

七个舞女捧着彩绸，让我和鲁胜利，还有另外几个领导人剪彩。彩球落在瓷盘里。一片掌声。闪光灯闪光。摄像机摄像。一片掌声又一片掌声。活泼的金发舞女把彩球抛向观众，然后便即兴表演劈腿扭胯舞、摇头摆尾舞、抽筋肚皮舞。她们的肉体在“独角兽”门前炫耀着，卖地瓜的小贩和用“摩丝”做成飞机头的时髦青年因为拥挤打起架来。交通堵塞。警察前来开道。混乱中鲁胜利的轿车被人扎破了轮胎。有一个狡猾的少年——这小子大概是“神箭手”丁金钩的后代——躲在人腿缝里对准舞女的屁股射了一支制作精美的羽毛箭。箭镞是用青铜制作的，箭杆是用黄杨木制作的，箭羽使用的是孔雀翎毛。那个舞女带着羽箭继续舞蹈。为此，司马粮奖给她一千美金。眼花缭乱。开业典礼结束，我躲在董事长办公室里三天没有出门。

“可是，女人并不那么驯服，她们的乳房，不会随随便便让你抓住。”在“丽丽咖啡馆”里，市广播电视局局长“独角兽”用小银匙子搅拌着杯子里的雀巢咖啡，慢条斯理地说。他久经风霜的脑袋上，银色的发丝往后梳着，一丝儿也不乱，他的脸很黑但洗得很干净，牙很黄但刷得很干净，手指苍黄但皮肤很嫩。他点燃了一支中华牌高级香烟，斜眼瞥着我，说，“你是不是认为只要有了司马粮这个大富翁撑腰就可以为所欲为？”

“不，我不敢，”上官金童心里憋着火，但还是习惯地做出谦恭的样子，对这个在“文化大革命”中出尽了风头至今依然风头十足的人说，“局长大人，有什么话，您就直说吧。”

“哼哼，”他冷笑着，“司马库——这个双手沾满高密东北乡人民鲜血的反革命——的儿子，仗着有几个臭钱，竟成了大栏市的最贵宾，真是‘有钱能让鬼推磨’啊！上官金童，你，过去是个什么东西？奸尸犯、精神病，现在竟成了董事长！”阶级的仇恨把“独角兽”烧得两眼通红，他的手指把烟卷捏出了焦油，他冷酷地说：“但我今天不是来宣传革命的，我是来争名夺利的。”

我静静地听他说。上官金童受人欺负一辈子了，无所谓。他说，你知道，你也不会忘记，在大栏集上，押着你们母子游街示众那次，我为革命身负重伤——是的，我没有忘记，我没有忘记您的耳光的滋味——我成立了“独角兽战斗队”，并在“大栏镇革命委员会”广播站开过“独角兽”栏目，播放过许多对“文化大革命”有指导意义的文章。五十岁左右的人，谁也不会忘记“独角兽”。三十年来，我一直使用着“独角兽”的笔名，在国家级的报刊发表过八十八篇署名文章，一提起“独角兽”，人们就会想起我。可是，你竟敢把我的名字跟女人的乳罩联系在一起。你跟司马粮的狼子野心，何其毒也。你们这是疯狂的阶级报复，是公然地诋毁公民声誉。我要写文章揭露你们。我要向法院起诉你们。我要双管齐下，运用舆论和法律这两种武器，跟你们进行殊死斗争。

我脑门子一热，说：“随你的便。”

他说：“上官金童，别以为鲁胜利当了市长，你就可以有恃无恐。我姐夫是省委的副部长，比她官还大。她的那些丑事，我全部掌握，‘独角兽’要拱倒她很容易。”

“我与她没有任何关系，你拱倒她好啦。”

“当然啦，”他说，“‘独角兽’也愿意与人为善，我跟你，毕竟是乡亲，是真正的大栏人，只要你们让我过得去——”

“局长大人，有话直说吧。”

“这件事，我们还是可以私了的。”

“你报个价吧。”

他伸出三个指头，说：“我不讹你们，三万元，这对于司马粮来说，是九牛身上三根毛。另外，请转告鲁胜利，让她安排我进市人大当常务副主任，否则，大家都完蛋。”

我感到浑身发冷，站起来，我说：“局长，钱的事，要跟司马粮商量，乳罩店刚开张，一分钱还没赚到呢。官的事，我不懂。我跟鲁胜利说不上话。”

“他妈的，玩这一套？”司马粮笑道，“他也不去打听打听，司马粮是干什么的！小舅，让我来收拾这个灰孙子，我让他掉了牙咽到肚子里去。要说敲竹杠、宰冤大头，我是这一行的祖师爷，哪轮得着他‘独角兽’！”

几天之后，司马粮说：“小舅，安心做买卖，施展你的才能吧。‘独角兽’那小子，我已把他摆平了。你不要问怎么样摆平的，反正从今之后，只许他老老实实，不许他乱说乱动。我们对他实行的是有产阶级的专政。小舅，不要问赚钱还是赔钱，只要玩得痛快，让上官家轰轰烈烈，扬眉吐气。这辈子有我花的就有你花的。造吧！钱是王八蛋，钱是臭狗屎！姥姥那边，我已安排好了，定期会有人送去柴米油盐。我要去做一桩大买卖，一年后回来。我给你装上了电话，有事我会打给你。就是这样，不要问我从哪里来，也不要问我到哪里去。”

“独角兽乳罩大世界”生意兴隆。城市在快速膨胀，又一座大桥飞架在蛟龙河上。原蛟龙河农场旧址上，建起了两座大型棉纺厂，一座化学纤维厂，一所合成纤维厂，那里成了著名的纺织区。我让那七个金发舞女，坐着马车，去纺织区推销乳罩。女人最重要的特征是生着发达的乳房。乳房是人类进化的结果。对乳房的爱护和关心程度，是衡量一个时期内社会文明程度的重要标志。女人要为自己的乳房感到自豪，男人要为女人的乳房感到骄傲。乳房舒服了，女人才会舒服。女人舒服了，男人才会舒服。因此只有把乳房侍候舒服了，人类才会舒服。一个不关心乳房的社会，是野蛮的社会。一个不爱护乳房的社会，是不人道的社会。孩子们，省下零花钱，给妈妈买个乳罩，没有天就没有地，没有妈哪有你？人们，不要忘本，忘记了母亲们的乳房，就意味着丧失了人性。丈夫们，已婚的和未婚的，无论送什么样的礼物，也比不上送一个精美的乳罩更能讨女人欢心。乳房是宝，是世界的本原，是人类真善美无私奉献的集中体现。爱乳房就是爱女人。重复灌输是广告的基本特征。要让爱乳房的语言不绝于耳。要彻底消灭不戴乳罩的不文明行为。小小乳罩用处大，男人女人都离不开它。要让乳罩满天飞。把大栏市建成爱乳市、美乳市、丰乳市。把六月变成爱乳月，把农历七月七变成乳房节，这一天要广招海内外宾客，走出亚洲，冲向世界。在大栏市人民公园进行丰乳大赛，乳罩大展销。丰乳大赛分等级，分年龄段。乳房节期间报纸出专号，刊物发专刊，电视台辟专栏。还要遍请海内外专家围绕着乳房作有关哲学、美学、心理学、医学、社会学、人类学等等方面的专题报告。乳房搭台，经济唱戏。敞开你的胸怀，广招四海宾朋。带着投资来，带着技术来，赶着四轮的马车，载着你的妹妹、你的妻子，都到大栏来。谁英雄谁好汉，敞开胸怀比比看。什么国际蝎子节、国际蚂蚱节、国际豆腐节、国际啤酒节……都比不上我们的国际乳房节，也可以叫国际奶头节。这个节正人君子会认为很下流。但其实很高尚。谁不是吸着奶头长大的？见了美丽的乳房谁不想多看几眼？中国人谈起性来最不坦率，但中国人生小孩最多……明天是“三八妇女节”，“独角兽爱乳中心”——对，改店名，不叫什么“乳罩大世界”了，改，马上改，我们“独角兽爱乳中心”，将献给大栏市的姐妹们一份厚礼，推出最新式的乳罩，有少女型的、少妇型的、母亲型的，为庆祝妇女的节日，一律八折优惠，买一只赠送一双高筒袜，买两只赠送一条裤衩，买十只赠送一只“夏娃牌”丰乳器，此物经医科大学鉴定为信得过产品，用微电流刺激乳房，能使小乳房变大，大乳房变得更大。应该把有关国际乳房节的想法向鲁胜利反映，她是贼大胆、瞎胡闹，能修起摩天楼，也能拆毁摩天楼。只要能捞钱，她敢贩卖原子弹。她在骂声和赞扬声中成长。因为司马粮的大量捐资，市政协准备补选我为政协副主席。关于国际乳房节的想法可做成一个提案，交“提案办”研究。大栏市既无名山，又无名水，只有用奇招怪招提高知名度……

一九九一年三月七日晚上，春雨霏霏，“独角兽乳罩大世界”董事长上官金童心潮澎湃，浮想联翩。他在熄了灯的店堂里幸福地徘徊着，楼上不时传下来女售货员们的说笑声。商店生意兴隆，去纺织区的活人大推销极为成功，他已在大栏市掀起一阵奶头风，女人恨不得像那些金发舞女一样，只戴着乳罩上大街游行。副市长的公子与市茂腔剧团的女演员孟娇娇订婚，一次就购买了精美乳罩七百七十七只。乳罩销售量大增，金钱滚滚而来。店里人手紧张，昨天刚在电视台做了招聘店员广告，今天就有二百多个姑娘前来报名……太让人兴奋了。他把头抵在玻璃上，看着外边的情景，也借此使头脑清醒，刹住疯狂联想的马车。大街两边的商店都已打烊，霓虹灯在银亮的雨丝中闪烁。新开通的八路公共汽车，在沙梁子和八角井之间跑来跑去。百鸟餐厅外是一株法国梧桐，湿漉漉的枝条在昏黄的路灯下轻轻摇摆。去年的梧桐球儿还挂在枝头，今年的新叶已经发育。树下是八路汽车站牌。站牌下站着一个撑着花布雨伞等车的姑娘。天气虽不甚暖和但她已穿上裙子。粉红色的高腰塑料雨鞋闪闪发光。雨珠轻轻地从伞棱上滑下来。一团团如烟如雾的湿气在街上滚动着。新修的柏油马路平整光滑，被雨水淋湿，泛着霓虹灯的光，五颜六色，亮晶晶的，十分美丽。几个骑山地自行车的披头青年弓着腰撅着臀，大幅度地晃动着身体，在马路上追逐。他们对着等车的姑娘吹口哨，说脏话。姑娘把雨伞低垂，遮住了上半身。披头青年呼啸而去。八路汽车拖泥带水地驰来了。在站牌前它似乎犹豫了一下，猛然刹住，车里一阵混乱。一会儿工夫它就开走了。雨水被车轮溅起来，一片片的亮光。那个持雨伞的姑娘随车而去。但八路汽车载走了一个姑娘却卸下了一个少妇。它吐故纳新。刚下车时她显得有些迷惘。在细雨中她茫然四顾。很快她便径直地对着“独角兽乳罩大世界”，对着站在幽暗店堂里的上官金童走来。她穿着一件鸭蛋青色风雨衣，裸着头。似乎是蓝色的头发。蓝色的头发用力地往后梳过去，显出寒光闪闪的额头。她惨白的脸似乎被阴森森的迷雾笼罩着。上官金童断定她是个刚死了男人的寡妇。后来证明他的感觉完全准确。她对着玻璃橱窗走过来时，上官金童感到一阵莫名其妙的恐慌。他感到这个女人阴森森的精神已经穿透了厚厚的玻璃，弥漫在店堂里。她还未逼近玻璃就把店堂变成了灵堂。上官金童想躲，但他就像被癞蛤蟆盯住的虫子，已经动弹不得。这个穿风雨衣的女人目光锐利。你必须承认她的眼睛很美丽，但她的眼睛的确非常骇人。她准确地站在了上官金童对面。按照自然的规律，他在暗处，她在明处，她不应该发现站在不锈钢货架前的他，但毫无疑问她发现了，而且知道他是谁。她的目标非常明确，她适才在车站旁边、梧桐树下的茫然四顾完全是故意做出来的，是个迷惑人的假象。尽管后来她说：是上帝在黑暗中指给我一条道路，让我走到你身边。但上官金童始终认为，一切都是预谋，尤其当他得知这个女人就是广播局长“独角兽”孀居的大女儿时。他坚信“独角兽”也参与了策划。

就像情人约会一样，她站在了他的面前，中间隔着一道泪珠滚滚的玻璃。她对着他微笑着。她的腮上有两道深深的、由酒窝演变成的皱纹。隔着玻璃他就嗅到了她嘴巴里那股酸溜溜的寡妇气味。一种深深的同情心涌上他的心头。这同情心在淅淅沥沥的雨声里，在从玻璃缝里透进来的腥咸的泥土气息中，很快地生根发芽，变化成为同病相怜的感觉。上官金童看着她，竟像看到了久别重逢的熟人，泪水从他眼里涌出来。更多的泪水从她的眼里涌出来，挂在她的惨白的腮上。他感到没有理由不开门了。他开了门。伴随着突然放大了的雨声，伴随着潮湿清冽的空气和浓重的泥土气息，她非常自然地扑到他的怀里。她的嘴主动地凑在了他的嘴上。他的手伸进了她的风雨衣，摸到了那两个像用硬纸壳糊成的乳罩。她头发里和衣领上那股腥冷的泥土气息使上官金童清醒了。他急忙把手从她的乳罩里抽出来，心中后悔莫及。但是，就像吞下金钩的乌龟一样，后悔也晚了。

他没有理由不把她带到自己房间里去。他插上门，想想又感到不合适，急忙去拨开。他给她倒了一杯水。请她坐。她不坐。他慌乱地搓着手。他恨透了自己，恨自己无事生非，恨自己品行不端。如果能剁掉一根手指而免除罪过，让生活回到半小时前，我会毫不犹豫，他想着。但手指是剁不掉，掉了手也无济于事，被你摸过了的、吻过了的姑娘正站在你的房间里掩着脸哭泣，她是真哭，不是假哭，泪水从她的指缝里渗出来，啪哒啪哒地滴落在她被雨水淋湿了的风衣上。天哪，她已经不满足于无声的哭泣。她的肩膀颤动起来，她的手掌里发出了呼噜呼噜的声音，她马上就要放声大哭。上官金童遏制着对这个散发着洞穴皮毛兽味道的女人的厌恶之情，把她按坐在自己的大老板团团转高背真皮红色意大利罗马城制造的沙发上。他又把她拉起来，为她脱下湿漉漉的风衣。脱风衣时你的手总不能继续捂着脸吧？她的脸湿漉漉的，分不清哪是雨水，哪是汗水，哪是鼻涕，哪是眼泪。这时他才发现这是个丑陋的女人，塌鼻子，突嘴巴，下巴尖细，像黄鼠狼一样。刚才隔着玻璃时，为什么她很有风情？是谁欺骗了我？吃惊的还在后边，一脱掉风衣，上官金童暗自叫了一声亲娘，这个皮肤上满是黑痦子的女人，竟然没穿内衣，只戴着两只“独角兽乳罩大世界”卖出去的蓝色乳罩。乳罩上的标价条还没揭掉。她像不好意思，又捂起脸来，天哪，两撮黑色的、梢儿是黄色的腋毛露出来，一股汗酸味从那里放出。上官金童狼狈透顶，急忙用那件风雨衣去遮掩她，她一抖肩膀就让风雨衣滑落下去。他插上门，拉上厚窗帘，把桂花大楼美丽的灯光挡住，把清冷诱人的春雨之夜挡住。他冲了一杯热咖啡给她，说：“姑娘，我该死，我老有少心活该死，您千万别哭，我最怕女人哭，您只要不哭，赶明儿把我送到公安局里去也行，您现在扇我七九六十三个耳光子也行，让我跪下给您叩七九六十三个响头也行，您一哭，我就感到罪孽深重，我求求您了，求求您了……”他拿来干毛巾，笨手笨脚地为她擦脸，她像只小鸟一样仰着脸等他来擦。他想，装孙子吧，装吧，上官金童，你这倒霉蛋，你这记吃不记打的猪。好好哄着，哄走了就去庙里磕头烧香谢菩萨，天老爷，我可不愿再去劳改农场蹲上十五年了。

给她擦罢头脸，劝她喝咖啡。双手端起来，心里想，我摸了你的奶子，你就是我奶奶，我就是你的孙子了。什么“抓住乳房就等于抓住了女人”，屁话，应该改成，“你还没抓住乳房就被女人抓住了”，你往哪里跑？喝吧，喝点，求求您了，好姑娘。她风情万种地盯了上官金童一眼，上官金童却感到万箭钻心，钻上一万个洞眼又养上一万只蚯蚓。她装出哭得头晕眼花的样子在上官金童的扶持下伸出长长的嘴喝了一口咖啡。终于不哭了。上官金童把咖啡递到她手里。她双手捧着咖啡，像一个三岁左右的刚哭过的小女孩一样还欷欷地响着嗓子把鼻子一抽一抽，太做作了，蹲过十五年劳改农场又蹲过三年精神病院的上官金童想，想着想着，他的心有点狠起来。是你扑到我的怀里来的，是你把嘴主动地凑到我的嘴上来的，我唯一的错误是摸了你的乳房，但我做乳罩商店的大老板天天和乳房打交道，什么样的乳房没摸过？这不过是工作需要职业习惯，不存在什么道德问题。想到此他说：姑娘，夜深了，你该走了！他说着，拿起她的风雨衣，想给她披到肩上。她的嘴猛地咧开，手中的咖啡杯沿着她的胸脯，经过肚皮，掉在地上。谁知道是真的如五雷轰顶还是故意表演呢？该把你送到茂腔剧团里去演戏。她“哇”的一声哭起来。哭得那么响，哭得那么亮，在这宁静的雨夜里，偶尔才有一辆夜猫子汽车驶过，然后是更加的宁静，她的哭声那么响亮，显然是要让全市人民群众都听到。他心中充满怒火，但一个火星儿也不敢冒出来。正好桌子上有两块像小炸弹一样的金纸果仁巧克力，他匆忙剥掉一块金纸，把那个黑不溜秋的糖丸子塞到她嘴里，用咬牙切齿的温柔腔调劝说着：姑娘，姑娘，好姑娘，不要哭，吃块糖……她把糖吐出来，巧克力糖丸子像屎壳郎蛋子一样在地上滚，把羊毛地毯都滚脏了。她继续大哭。上官金童急忙又剥开那块巧克力，把糖丸子塞到她嘴里，她当然不会乖乖吃糖，又要往外吐，他伸手去堵，她举起拳头，打着上官金童。上官金童一低头，发现在那副蓝色的乳罩里，她的双乳白白的，在那里边跳动着。他心中的恼怒顿时变质，一股怜惜之情使他软弱下来。他糊糊涂涂地抱住了她冰凉的肩头。然后又是接吻什么的，巧克力黏稠地把两个人的嘴都糊住了。

好久好久过去了。他知道天亮之前不可能把这女人打发走了，何况又抱又吻了，感情又深了一层，责任又大了许多。她眼泪汪汪地说："我真的让你这么讨厌吗？"

"不不，"上官金童说，"我讨厌我自己，姑娘你不了解我，我蹲过牢，进过精神病院，女人沾上我就要倒霉，姑娘，我不想害你……"

"什么都不要说了，"她又捂起了脸，哭了，"我知道我配不上你……但是，我爱你，我老早就偷偷地爱上你了……我不要你负什么责任，我只求你让我在你身边待一会儿就行了，就心满……意足了……"

她就那么赤着背往外走去，在门那儿她短暂地犹豫了一下，然后拉开了门。

上官金童被深深地感动了。他痛骂着自己，你这个卑鄙的家伙，你把人想得太坏了，你怎么能让这样一个纯情的女人，一个遭遇了巨大不幸的小寡妇就这样伤心地走了呢？你有什么了不起？一个五十多岁的老东西，值得人家爱吗？你是冷血的动物？是青蛙还是毒蛇？你就这样让她孤身一人，深更半夜里，冒着冰凉的雨走了吗？她淋了雨会感冒的，她的身体已经不起折腾了。社会治安不好，流氓很多，她这样出去，碰上流氓怎么办？

他冲上去，把在走廊里哭泣的她抱了回来，她顺从地搂着他的脖子，嗅着她头发的油腻气味，他马上又后悔了。但他还是坚持着把她抱到了自己床上。

她用羊一样的眼睛望着他说："我是你的了，我的一切都是你的了。"

她一耸身就把乳房从乳罩里脱了出来。这是两只距离很近的乳房。上官金童警告着自己，不能，决不能。但她已经把挺起的奶头塞进他的嘴里。小可怜儿，她摸着他的头发，如释重负地说。

第五十三章

往结婚登记簿上按手印时，上官金童心里难过极了，但他还是按了。他知道自己不爱这个女人，甚至恨这个女人。他一不知道她的年龄，二不知道她的姓名，三不知道她的身世。走出民政助理的办公室，他才问："你叫什么？"

她愤怒地撅起嘴，把那本通红的结婚证书抖开，说："好好看看，上边写着呢。"

上边写着：汪银枝与上官金童自愿登记结婚，经审查符合中华人民共和国婚姻法……

上官金童问："汪金枝是你什么人？"

她说："是我爹。"

上官金童眼前一黑便晕了过去……我稀里糊涂地上了贼船，但结婚容易离婚难。现在我更加坚定不疑地相信，汪金枝是这个事件的幕后指挥者。该死的"独角兽"，吃了司马粮的哑巴亏，竟想出这样阴毒的招数来惩治我。司马粮，司马粮，你在哪里？

她眼泪汪汪地说："上官金童，你不要把人往坏里想，是我爱上你，与俺爹没有关系。他还骂了我，要跟我断绝父女关系。俺爹说，'闺女，你说，你到底看上了他什么？他是奸尸犯、精神病，劣迹累累，世人皆知。尽管他有富翁外甥市长外甥女，可咱们人穷志不穷……'"她汪着两眼泪说，"金童，没关系的，咱俩去离婚好了，我怎么来的怎么走……"

她的眼泪，点点滴滴，打在我的心上。也许我是多疑了，是啊，有人爱你，你就该知足了。

汪银枝是经营天才。她改变了上官金童的经营战略，在商店后边，办起了乳罩工厂，生产“独角兽”高级乳罩。上官金童被架空，天天坐在电视机旁，一遍又一遍地看着“独角兽”牌乳罩广告：

“独角兽”在胸，天南海北路路通。

“独角兽”在怀，好运自然来。

一个三流电影演员挥舞着乳罩说：

“戴上‘独角兽’，丈夫爱不够；摘下‘独角兽’，天天给气受。”

他厌烦地关上电视机，在房间里来回踱步，厚厚的纯羊毛地毯上，已经被他的脚板磨出了一条灰白的小路。他越走越急，越走越激昂，乱七八糟的思想，像一群被关在铁栅栏里的饥饿的羊。走累了，他又坐下来，用遥控器打开电视。电视里正在播放“独角兽”节目，这是一个为大栏市的巾帼英雄特辟的栏目，鲁胜利、耿莲莲都被这个栏目介绍过。在那熟悉的音乐中，优美动听的旋律，好像命运的敲门声。梆梆梆，梆梆梆梆。本节目由“独角兽乳罩有限公司”协办。“‘独角兽’在胸，大路条条通。”“‘独角兽’是钟情的兽，日夜温暖我心头。”屏幕上推出“独角兽”注册商标，是一种犀牛不像犀牛，奶头不像奶头的怪物。现在大栏市的男女青年以穿“独角兽”牌时装为荣。汪银枝已把它发展成名牌服装系列，早已不仅仅是乳罩和裤衩，从里到外，从背心到外套。从上到下，从帽子到袜子。认准名牌标志，谨防伪冒假劣。金话筒伸到身穿“独角兽”牌服装的“独角兽”总头领汪银枝嘴边。她的嘴涂了一种银光闪闪的口红。她胖了，我瘦了。请问汪总经理，您是怎么想到选用“独角兽”这个奇怪的名字作为店名、厂名乃至所有产品商标的？她微微一笑，很有威仪，一看就知道她是个有文化有思想有金钱有势力的厉害女人。她说，说起来话长了。三十年前，我父亲就开始使用“独角兽”笔名，按照我父亲的解释，“独角兽”是一种灵兽，它的形状有点像犀牛，但又不完全是犀牛。它就是“心有灵犀一点通”里的灵犀。情人之间，爱人之间，密友之间，不都是“心有灵犀一点通”吗？因此，我便用它做了店名，然后进一步地创出了名牌。心有灵犀啊心有灵犀，这是多么令人神往的一种情感世界。我说得其实太多了。对心有灵犀的朋友们，已经没必要再重复了。

你是该住嘴了！上官金童怒骂着，贪天之功，据为己有，我毁了你这“独角兽”！面对着市电视台那个满口虎牙的女主持人，汪银枝侃侃而谈，当然，我的先生在早期创业阶段，做了不少有益的工作，但后来他身患重病，只好休养了。我单枪匹马在战斗，“独角兽”也是特别能战斗的猛兽，我就是发扬着“独角兽”的战斗精神，一个劲儿往前拱——请问汪总经理，您最终要拱出一个什么结果？虎牙小姐提问——三年内拱倒国内名牌，让“独角兽”走向世界；十年内拱倒国际名牌，让“独角兽”独霸世界！汪银枝挺着胸脯，高高的胸脯，里边塞了用弹簧和高级海绵制造的假乳。“独角兽”女老板的假乳像真乳一样。假奶头把薄薄的胸衣撑得像小伞一样，不知迷惑了多少无知的青年——他把手中的遥控器对着屏幕上的汪银枝砸过去。无耻！遥控器碰到电视机硬壳，反弹到地上，屏幕上，她挺着假乳房侃侃而谈——请问汪总经理，近年来，西方的女青年正在掀起一场乳房解放运动，她们认为，乳罩与十七世纪的紧身胸衣一样，是对妇女的戕害，您对这个问题怎么看？——这是无知的表现！汪银枝斩钉截铁地说，那种用帆布和竹片做成、像铠甲一样专横的胸衣，的确是对妇女的戕害，在这一点上欧洲的胸衣可以和中国的裹脚布相媲臭美，但是，胸衣、裹脚布和乳罩，尤其是和我们公司生产的“独角兽”牌的乳罩不能相提并论。乳罩是美的需要也是生理的需要。我们的“独角兽”充分考虑了这两点，最大限度地满足了人们对美的追求和生理的需要。我们的“独角兽”，会使你的乳房更健更美，会使你保持最佳的生理状态和精神状态。在保证让每一只“独角兽”乳罩成为一件精美艺术品的前提下，我们用第一流的设计造型、第一流的工艺、第一流的材料，充分地照顾到了乳房的生理特征，使我们的“独角兽”达到这样的终极关怀：当你的乳房感到寒冷的时候，它是一双温暖地呵护着你的手；当你的乳房感到疲劳的时候，它是一杯宝石般透明的红葡萄酒，也是一杯滚烫的咖啡，或者是一杯热气缭绕、芳香扑鼻的清茶；当你的乳房沮丧的时候，“独角兽”会使你兴奋；当你的乳房兴奋的时候，“独角兽”会让你冷静；当你的乳房悲痛的时候，“独角兽”会让你化悲痛为力量……总之是无微不至的爱护，最终极的关怀，是即将过去的二十世纪的物质文明与精神文明两结合的灿烂花朵。它超前地向人类展示了即将到来的二十一世纪的人类主题精神，这就是对人的关怀对女人的关怀对乳房的关怀。二十世纪是战争和革命的世纪，二十一世纪是乳房和爱情的世纪！这就是我们“独角兽”公司提出的口号，同时这也是我们的企业精神、经营方略……

上官金童抓起一个茶杯，想砸向电视屏幕，但高高举起的胳膊在空中自动地转移了方向，茶杯砸在用软缎布装修了的墙壁上，连响声都几乎没有就完好无损地弹跳到地毯上，只把一些生了霉点的茶叶和暗红色的茶水洒泼在墙上和屏幕上。

一根弯屈的茶叶粘在二十九英寸大彩电的屏幕上，汪银枝的嘴巴和乳头轮番地去亲近这根发霉的茶叶。茶叶像她的胡须。假乳头像鱼儿的嘴。请问汪总经理，您使用的是不是“独角兽”牌乳罩？虎牙记者俏皮地问。汪银枝坦率地回答：当然。她好像是下意识地，其实是故意地用手托了一下她那以假乱真的造型优美、巍然屹立的双乳。这又是不花钱的广告。广告做得好，不如“独角兽”乳罩好，有“独角兽”的大老板汪银枝的奶头为证。请问汪总经理，您的家庭生活幸福吗？虎牙记者问。她坦然说：不太好，我的先生有精神障碍性疾病，但他是一个心地善良的好人。

放屁！他从沙发上蹦起来，对着电视机里的汪银枝大骂着，你这个阴谋家！你当面说好话，背后下毒手！你把我软禁了！摄像机给了汪银枝一个特写镜头，她的脸上浮现出那种阴险的微笑，好像她知道上官金童一定在电视机前观看她一样。

上官金童关掉电视机，倒背着双手，心里燃烧着怒火，像只关在囚笼里的大猩猩一样，在地毯上踱步。精神障碍性疾病，你她妈的才有精神障碍性疾病，你是彻头彻尾、彻里彻外的精神病！你说我不能操，我能！婊子养的，是你不许！你是个假女人，是个石女，是个雌雄同体的蛤蟆精，是个鳖精。你是一盒真材实料的鳖精，中华鳖伴随小天使。我要用滚烫的开水烫你的肚皮！他机械地走着，像个久经训练的职业军人一样，向后转，齐步走。向后转，齐步走。他的脚碾起的羊毛纤尘在房间里飞舞着。他的灵魂已像一只自由的鸽子，在市政府大门前的广场上翱翔。

又是细雨纷纷的春天了，他在细雨中飞行着，一抿翅膀落在了广场边缘的国槐树上，看着精神病人高大胆在演讲。人们围着他，嘻嘻哈哈的，像观看一只表演杂耍的猴子。公民们，纳税人们！他们，那些被人民的血汗喂肥了的臭虫们，骂我是精神病患者。是的，是的，把每一个头脑清醒者送进精神病院，是他们惯用的伎俩。兄弟姐妹们，朋友们，战友们，睁开眼睛看看吧，看看公有的财产是怎么样进入了个人的腰包，看看他们怎么样挥霍人民的血汗，看看吧，他们一件乳罩够我们吃半年，他们一顿便饭，是我们仨月的口粮。到处都是饭店酒楼，到处都是贪污受贿，到处都是营私舞弊。两年乡镇长，十万人民币。乡亲们，我知道你们比我还要清楚，你们的大动脉里被插上了一根又一根吸管。乡亲们，他们的欲望，是永远填不满的海洋！乡亲们啊，睁开蒙着的睡眼，看看可怕的现实吧！细雨淋湿了高大胆苍白的额头，他用一把铁梳子往后梳理着花白的头发，雨水滑溜溜，好像桂花油。春雨贵如油，夏雨遍地流。我没有精神病，我的头脑太清楚了，清楚得连我自己都感到害怕。我知道，我无法冲破他们用金钱和生殖器编织的天罗地网，我的下场将像疯狗一样凄惨，今天我还在这里演讲，明天我就可能死在垃圾场。如果我死了，亲爱的你请不要为我哭泣，漫漫长夜里，不尽的梦境里，我是你的唯一。但是我生命不息，战斗不止。他从怀里掏出一只牛角号，鼓起腮帮子，吹得呜呜响。战斗的号角已吹响，兄弟姐妹们齐心上战场。打鬼子，灭东洋，保卫和平保卫家乡。他吹着号沿着广场边缘行走，马路上车水马龙，人们忙忙碌碌。你在他头上飞翔着，羽毛上沾着亮晶晶的雨水。幸福的儿童在草地上蹒跚学步。退休的老人在雨中放风筝。打倒大栏市贪污腐化的总头目鲁胜利！他挥舞着胳膊喊口号。一条被主人遗弃的小哈巴狗对着他鸣叫。打倒挥霍贷款三亿元的耿莲莲！打倒异想天开的鹦鹉韩！打倒“独角兽”！清除黄色污染，恢复精神文明！打倒花花公子上官金童。高大胆狂吼着。上官金童吃惊匪浅，一抖翅子，噌，蹿到云天外。本想变只鸟儿去寻找知音，哪曾想找到一个仇敌——百感交集的上官金童、精疲力竭的上官金童，在一九九三年春天的一个傍晚，趴在他房间的仿古地毯上，呜呜地哭起来。

当他的眼泪把地毯哭湿了碗口大的一块时，送饭的女仆拧开门进来了。这是个菲律宾女人，她的祖爷爷是高密东北乡闯南洋的丝绸商人。她身上流淌着高密东北乡人与马来人的混血。她皮肤黝黑，目光忧悒，生着热带女人所特有的丰满乳房。她的汉语不太流利，但勉强可以交流。她是汪银枝特派来侍候上官金童的。先生，请用晚餐。她把竹篮放在桌子上，从篮中端出一碗糯米饭，一碗萝卜块炖羊肉，一碗海米炒芹菜，一碗乌鱼酸辣汤。她递给他一双伪象牙筷子，说：“先生，吃吧。”上官金童面对着热气腾腾的饭菜，一点食欲也没有。他瞪着哭肿了的眼睛，怒冲冲地问：“你说，我是什么？”

女佣人吓了一跳，双手垂在髋骨间，说：“先生，我不知道……”“你这个特务！”他把筷子往桌子上一拍，怒道，“你是汪银枝派来监视我的特务，女特务！”

女佣惊恐地说：“先生……先生……我不懂，我不懂……”

“你在这饭菜里下了慢性毒药，你要慢慢地毒死我，让我像只火鸡一样，像只穿山甲一样，慢慢地死掉！”他猛地把盛米饭的碗倒扣在桌子上，并端起那碗乌鱼酸辣汤对着女佣泼过去，“滚，滚！狗特务，我不要再见到你！”

女佣的胸脯上挂着一些黏稠的东西，号哭着，跑掉了。

汪银枝，你这个反革命，人民的敌人，吸血鬼，害人虫，四不清分子，极右派，走资本主义道路的当权派，资产阶级反动学术权威，腐化变质分子，阶级异己分子，四体不勤、五谷不分的寄生虫，被绑在历史耻辱柱上的跳梁小丑，土匪，汉奸，流氓，无赖，暗藏的阶级敌人，保皇派，孔老二的孝子贤孙，封建主义的卫道士，奴隶主义制度的复辟狂，没落的地主阶级的代言人……他把在几十年动荡不安的生活中学到的骂人的政治术语无一遗漏地搜集出来，一顶摞着一顶，扣在汪银枝头上，他仿佛看到，就像流行的漫画上画的那样，她被压得像棵遍体疤眼的小树一样，弯屈着身体，你身上没有疤，但你身上遍布着比疤还可憎的黑痦子。好像七月的夜空，满天繁星。天上布满星，月牙亮晶晶，生产队里开大会，诉苦把冤申。汪银枝，你出来，今晚咱两个见个高低，不是鱼死就是网破，不是你死就是我活！两军相逢勇者胜。砍掉了脑袋碗大的疤！

汪银枝手里提着一串金色的钥匙，推开门，站在了门口。她脸上挂着轻蔑的微笑，说：“我来了，你有什么本事就施展吧！”

上官金童鼓足了勇气说：“我要杀了你！”

汪银枝笑道：“果然出息了！你要有胆量杀人，我倒佩服你啦。”

她毫无惧意地走进来，厌恶地绕过地上的脏物，她转到上官金童身旁，用那串金色的钥匙猛敲了一下他的头颅，骂道：“你这个忘恩负义的畜生。你说，你还有什么不满足的？我给你准备了本市最豪华的房间，专门雇了女佣为你做饭，你衣来伸手，饭来张口，像皇帝一样养尊处优，你还要怎么样？”

上官金童嗫嚅道：“我要……自由……”

汪银枝一愣，接着便大笑起来。她笑够了，严肃地说：“没限制你的自由，你立刻给我滚出去，滚！”

“凭什么要我滚？”上官金童说，“这商店是我的，要滚的该是你，而不是我！”

“呸！”汪银枝道，“如果不是我接手经营，再来一百爿店，也早就倒闭光了，你还好意思说这店是你的。我养了你一年，对得起你了，所以，该还你自由了，请吧，请，这个房间，今晚上另有客人。”

上官金童道：“我是你的法定丈夫，你想赶我走，我偏不走了。”

汪银枝伤感地说：“法定丈夫，丈夫，你也配提这两个字？你履行过丈夫的义务吗？你行吗？”

上官金童道：“只要你按我说的做，我就行。”

“无耻！”汪银枝骂道，“你以为老娘是娼妓？你想怎么摆布就怎么摆布？”她的脸涨得通红，丑恶嘴唇因为愤怒而哆嗦着。她把手中那串沉甸甸的钥匙砸在了上官金童眉骨上。他感到一阵奇痛钻进了脑子，一股热烘烘的液体浸湿了他的眉毛。他伸手摸了一下，看到指头上的鲜血。在这种情况下，如果是武打片，紧接着就是一场激烈的打斗；如果是艺术片，受伤的男主人公将以冷言冷语反抗，然后愤而离家出走。我该怎么办呢？上官金童想，我与汪银枝这场戏是武打的还是艺术的？是武打的艺术片还是艺术的武打片？嗨嗨嗨！嗨！拳脚交加，打得恶人连连倒退，只有招架之功，而无还手之力，还人间以正道，诛武林之败类。恶人倒地而死，少年英雄与美貌女人结伴而去，逍遥江湖。你可真够歹毒的。忍无可忍的男主人公看着手上的血说，你不要以为我不会打人或不敢打人，我是怕，你的臭肉，弄脏了我的手！然后扬长而去，任那女人杀猪一样号哭也不回头……

没等上官金童找到一个合适的角色来扮演，就有两条他熟悉的大汉闯进了门。他们两个，一个穿着警官制服，一个穿着法官制服。穿警官服的是汪银枝的弟弟汪铁枝，穿法官服的是汪银枝的妹夫黄小军。他们一进门就把上官金童搡了起来。“怎么啦姐夫？”警官用公牛一样的肩膀扛了他一家伙，说，“欺负女人不算好汉吧？”法官用屈起的膝盖从背后顶了他一家伙，说："一担挑，大姐对得起你，你这样做太没良心啦！"上官金童刚想辩解，肚子上已挨了小舅子一拳。上官金童捂着肚子蹲下，呕出一口酸水。就像为了显示手段一样，"一担挑"用铁砂掌在上官金童的脖颈上砍了一下子。这法官连襟是部队转业干部，当过十年侦察兵，在部队练过单掌开砖，最高纪录一掌能砍断三块红砖。上官金童感谢他掌下留情，要是他动了真格的，我这脖子不断也要骨折。他想，哭吧，一哭，就可以免打了。哭是软弱的表示，哭是求饶的象征，好汉不打告饶的。但他们还是噼噼啪啪地给了他一顿，尽管他跪在地毯上涕泪交流。

汪银枝哭得很伤心，好像受了莫大的伤害。法官劝慰道："大姐，算了，跟这号人生气不值得，离了算了，没必要为他浪费青春。"警察说："小子，你以为我们老汪家好欺负是怎么的？你那外甥女市长，已经停职检查了，你小子仗势欺人的日子就要结束了。"

后来，警察和法官紧密配合，把上官金童按在地上，让他把那些乌鱼蛋花子、竹笋片儿什么的，统统舔着吃了。掉在地上的米粒儿，也一粒粒舔食了，哪点舔得不干净，他们便拳脚交加。上官金童一边舔一边掉眼泪，他很伤心地想，我跟条狗差不多，我还不如一条狗，狗舔食，是狗自愿，自愿就是乐趣。我舔食，是被逼，不舔就挨打，舔不干净还挨打，没有乐趣，只有屈辱。狗是经常舔食的动物，狗舌头舔食时很自如。我不是舔食动物，舌头笨拙，舔起来很费劲，所以无论从哪个方面比较我都不如一条狗。他特别后悔的是，千不该万不该，不该把这碗汤泼了，这简直是现世报，六月债，还得快，种瓜得瓜，种豆得豆，木匠戴枷，自作自受。

舔食完毕，验收合格，警察和法官架着上官金童出了房间，沿着幽暗的走廊，拐过辉煌的店堂，他们把他抛弃在一堆垃圾旁边。正像"文化大革命"中惯用语——抛入历史的垃圾堆。垃圾堆里有几只生疥癣的小病猫在喵喵地叫着，向上官金童求援。上官金童对它们抱歉地点点头。猫啊，咱们是同病相怜，我顾不上你了。他想起了治疥癣的偏方，是母亲帮人治病时用过的。用麻油和蜂蜜、鸡蛋清和硫黄，好像还有一种什么东西，是什么东西呢？该死，想不起来了。把这五种东西调和成糊状，涂患处，随涂随干，随干随涂，结痂脱落即愈。此方对人有奇效，对猫也应该有效吧？都是哺乳动物嘛。可惜我救不了你们啦，他伤感地想着。已经半年多没去看望母亲啦。我已经被汪银枝软禁了半年。他眺望着那个灯火辉煌的窗户，窗外是醉人的丁香花丛。紫丁香，醉人的紫丁香，在阳光中绽开，在细雨中释放幽香。去年今日，丁香的味道有无？那时汪银枝还是一个结着愁怨的女人，在我的玻璃外徘徊。今年此时，我成了结着愁怨的男人。从那扇窗里，传出了小舅子和连襟的得意的笑声。她在大栏市，结交广泛，行行都有保护神，我斗不过她。其实我何尝跟她斗过。我是一块软豆腐。我是河边垂杨柳，这人折了那人攀。不妥，这是妓女述怀的诗。也没有什么不妥的，革命不分先后，娼妓不分男女。汪银枝藏在屋里的那个红面孔的小伙子，不就是个男妓吗？这臭娘们，不听我的，却听他的。她一丝不挂，竟然戴着两只狐狸皮乳罩，胸前好像长着两只巨大的猴头蘑菇。真是天才，竟能设计出这么刺激的东西。皮毛很长，火红色，柔软无比，像一对猴头蘑菇。这浑蛋纵情恣欲，与小红脸夜夜狂欢。有凭有据，我该去法院起诉。或者，约那个小红脸出来，用剑，或者用手枪，到松林边上，决斗，为了我的声誉，决斗。一手仗剑，一手托着帽子，帽子里盛满玛瑙般的红樱桃，愉快地吃着，吐着白籽儿，表示着对敌手的极度蔑视。

同是雨夜，今夜的雨比去年的雨要寒冷，要凄清。玻璃上珠泪滚滚，去年是她的泪，今年是我的泪。多党执政，轮流坐庄。鹊巢鸠占，反客为主。我不知道从哪里来，更不知道到哪里去。人的一生中，有多少个无家可归之夜。去年因为我怕她独自一人夜游街头，今年才有我独自一人夜游。养虎遗患。不应该可怜那些冻僵了的蛇。处处有陷阱。我从一个陷阱里爬上来随即便蹦进另一个陷阱，一个更比一个深。毒莫毒过妇人心。不对，母亲就是菩萨心。有妈的孩子是个宝。我现在还是宝。活宝，现世宝。到塔前去，与母亲相伴，捡酒瓶卖，粗茶淡饭，自食其力。“酒干倘卖无？”金钱如粪土，生不带来死不带去。乳房也没有什么好留恋的了，贪心不足蛇吞象。爱之过度便成仇，对乳房同样适用。事物发展到极端便向它的反面转化，乳房也是一样。

那天，与汪银枝的小红脸相遇。她用最精美的食物喂养他，喂得他膘肥体壮。我应该摘下铁手套扔给他。我没有铁手套可摘也应攥拳头呀。可是他满脸都是笑容，并且向我伸出了友好的手。你好！他说。你好，我说。接下来我竟然握住了他的手。一个戴着绿帽子的丈夫握住了给自己戴上绿帽子的手。互致问候，表示感谢。仿佛都占了天大的便宜。你这个孱头！他痛骂着自己，在霏霏细雨中。下次碰到他，决不许这样温良恭俭让，应该对准他的脸猛揍一拳，打得他眼冒金花，鼻子嘴里都往外喷血！

不知不觉中，细雨打湿了他的头发。鼻子堵塞，这是感冒的前兆。肚子有点饿了，晚饭应该尽力吃一饱，那么好的乌鱼汤泼了真可惜。其实，汪银枝生气发火也不是全没道理。丈夫无能，妻子只好出轨。不能人道，难免红杏出墙。锦衣玉食，我本当满足。无理取闹，落了个如此下场。也许，事情还没到不可挽救的地步。毕竟她打了我我没有还手。我把乌鱼汤泼了我不对但我跪下舔了也算受到惩罚。熬到天亮去向她道个歉吧。也向那菲籍女佣道歉。现在本该躺在席梦思上打呼噜，活该，让你受点苦，免得胡折腾。

他想起人民电影院门脸下有很长的檐头可以遮蔽风雨，便向那里走去。由于打定了主意明天去向汪银枝赔礼道歉，他感到心里踏实了不少。天上还在下雨，但天边上已露出了明亮的星光。你已经五十四岁，黄土埋到脖颈了，不要再折腾了。汪银枝就算跟一百个男人睡觉，又能损伤你上官金童什么呢？一顶绿帽子和一百顶绿帽子有什么区别？那玩意儿越用越好。八十岁的老夫妻，每天行房事，《参考消息》报道。采阴补阳，她是采阳补阴。玉臂一双千人枕，半点朱唇万口尝。巫山云雨花蕊破，秦楼楚馆金针断。巫云雨，这狗娘养的，代表贫下中农管理学校。他那头癞疮用母亲的药方也许能治好，那味药是什么呢？

在电影院大门前，早就聚集了一群年轻人。他们坐着破报纸，抽着劣等烟，听一个长头发的中年人朗诵诗歌。

我们是会号叫的一代，尽管时时都被扼住咽喉！啊！诗人打着有力的手势朗诵着他自己的诗。我们是要号叫的一代，嘶哑的喉咙镶着青铜，声音里掺杂着古老文明。好啊！那些穿着发亮的廉价皮革衣裳的青年男女号叫起来。男女很难分辨，但这是对一般人而言。上官金童凭着嗅觉便能分清男女。乳房的气味。患有炎症的下体，内裤太紧，缺乏透气性，“独角兽”都是网眼状的，便于皮肤呼吸。老军医专治性病，到处都贴着。他们吸烟，很可能是吸毒。大栏市像一只刚从垃圾堆里钻出来的犰狳，每片鳞甲后都寄生着小虫子。地上摆着易拉罐，罐里盛着啤酒。报纸上是花生豆，还有蒜味红肠。肮脏的戴着粗大的黄铜戒指的手拨弄着吉他，纵情歌唱。我本是一条荒原狼，为何成为都市狗？呜溜呜溜呜溜，原本对着山林吼，如今从垃圾堆里找骨头。呜溜呜溜呜溜溜，不楞冬冬不楞冬。好啊！啪！丰富的泡沫溢出罐子，狠狠地咀嚼着红肠。这种都市民谣并不是新鲜东西，六十年代美国青年传给日本青年，七十年代日本青年传给台湾地区的青年，九十年代的中国大陆青年从哪里学来的呢？好像很有学问的电视专栏主持人对着提示屏念，但他尽量装出随便侃侃而谈的样子。黄鹤一去不复还，待到天黑落日头，啊欧啊欧啊欧。这是破碎的时代，谁来缝合我的伤口？乱糟糟一堆羽毛，是谁给你装成枕头？好！他们疯够了，摇摇晃晃站起来，学着野狼嗥，用易拉罐投掷海报。夜间巡警骑着马冲来，马蹄声碎。从城市边缘的松树林子里，传来杜鹃的夜啼。布谷，布谷，不够，不够，一天一个糠窝头。一九六〇年，真是不平凡，吃着茅草饼，喝着地瓜蔓。要说校园歌曲，这才是最早的。我是一个兵，来自老百姓。我是一张饼，中间卷大葱。我是一个兵，拉屎不擦腚。篡改革命歌曲，家庭出身富农，杜游子倒了大霉。把他爹叫来。老富农，眍眼，山羊胡，手持大棍子，一棍子就把闯祸的儿子擂倒了。你这是干什么？示威吗？领导，这儿子不是俺的，是俺从土地庙里捡来的，俺不要了。不要也不行。开除学籍。杜游子水性真好，一个猛子下去，从河这边钻到河那边。他被他爹一棍子打成了哑巴。二十年没有说话。真有毅力，装哑巴装了二十年。外号杜哑巴。在醴泉街那边，杜哑巴开了个餐馆，就叫"杜哑巴餐馆"，专卖牛肉丸子。用铁棒槌把牛肉砸成糊状，搓成丸子，纤维不断。味道优美，营养丰富，大栏名吃，电视台做过专题报道。母亲说，杜哑巴是个好人，那年沙枣花掉到河里，不是杜哑巴下去救非淹死不可。沙枣花生于一九四二年，算来也有五十一岁了。她到哪里去了呢？也许早就死了。如果她活着，是不是成了贼王呢？老而不死是为贼？谁说过这句话？是文管所长的爷爷，司马库的启蒙老师。纪琼枝，奶子长，抡起来，明晃晃，打得脊梁啪啪响。校园歌曲，最早的。胡说，对她有仇。她的奶子漂亮。她死得好惨，老百姓自发给她送葬，不贪污，好干部，世上没有第二个纪琼枝了。东方鱼肚白了。广场上一汪汪水亮了。大丈夫能伸能屈。磕头不过头点地。我错了。我不是人，我是畜生还不行吗？他啪啪地扇着自己的嘴巴子说。一只从"东方鸟类中心"逃出来的鹩哥站在路灯罩上，缩着脖子，打了一个响亮的喷嚏。

第五十四章

尽管我涕泪交流，尽管我打肿了自己的脸，汪银枝依然冷冷地笑着，毫无宽恕我的表示。这个装模作样、骨头像冰一样凉的女人，穿着我母亲上官鲁氏为了方便我吃奶而创造的那种开窗式女上衣，手指玩弄着那串金钥匙，看着我的表演。她的确有服装设计方面的天才，这是必须承认的。我母亲仅仅是在祖母的大棉袄上挖了两个方便洞而已，但汪银枝却把那两个洞变成了表演的舞台。滚着花边的清式偏襟翠绿色夹袄，前胸上开了两个圆形洞，洞边与那两只水红色“独角兽”牌镂空绣花乳罩连接得天衣无缝。简直是桂林山水，真是强盗一样猖狂的大手笔。是庄严的挑逗，美丽的性感。更重要的是，这服装打破了乳罩的私匿性，打破了乳罩的季节性，它成为炫耀性时装的一个重要组成部分。女人们上街时，必须考虑乳罩的颜色了。换一件服装必须换一副乳罩。一年四季里乳罩都要畅销。乳罩的需求量将大大增加。现在我明白了她制作狐狸皮乳罩并不仅仅是为了挑逗那个小红脸。是商业。是美学，把女人最美的部位不分春夏秋冬地给予特别的关怀和强调。我知道她已经立于不败之地了。

“银枝，一日夫妻百日恩，”我诚恳地说，“给我个改过自新的机会吧。”

“问题是，”她微笑着说，“我们连一日夫妻也没有。”

“那次，”我回忆着一九九一年三月七日晚上的情景，说，“那次就算是了。”

显然，她也在回忆着一九九一年三月七日晚上的情景，她满脸赤红，好像刚受了莫大的侮辱。“不，那不是！”她恼恨地说，“那只算一次无耻的猥亵，一次不成功的强奸。”

她捂着脸，这是一九九一年三月七日晚上她的习惯动作。也许她捂着脸时正从指缝里偷偷地观察着我。这习惯一直延续到一九九一年三月八日凌晨，红彤彤的霞光映红了窗帘的时候。因为整夜地吮吸乳房，我的腮帮子又酸又麻又胀。她光着身子站在霞光里，宛若一条怀孕的母泥鳅。油滑，金黄，黑色的斑点和花纹。那两只渗血的乳头像泥鳅的胸鳍，随着她的呼吸，有节律地、可怜地抖动着。当我试图把那副天蓝色的乳罩给她套上时，她一晃肩膀扑到床上。她趴在床上哭泣着。高耸的肩胛骨，深邃的脊梁沟。粗糙的、生着鳞片的屁股。我试图用被子盖住她的身体。她打了一个挺，鲤鱼会打挺泥鳅也会打挺，她一个泥鳅打挺蹦下床。她捂着脸哭泣着向门冲去。她嗷嗷地哭叫着，声音那么大，让我胆战心惊。没脸见人了，没脸见人了，你让俺怎么活下去呀。如果从上官金童房间里冲出一个赤身裸体的、捂着脸痛哭的女人，后果不堪设想。这个女人显然处在半疯半狂的状态，一九九一年三月八日凌晨的人民大街上积存着一汪汪的雨水，雨水里浸泡着一条条毛毛虫似的杨花，冷气逼人。国际妇女节是法定的保护妇女的日子。我怎么能让她这样跑出去？如果放她跑出去用不了十分钟她就会僵卧在马路上，嘴里流着血。她绝对置生死于度外，汽车撞了她还是她撞了汽车已经说不清楚，说清楚了又有什么意义呢。我似乎听到车头撞在她身上发出的那种可怕的肉腻腻的声音，就像澳洲的汽车撞死赤裸的袋鼠一样。袋鼠是从来不穿衣裳的。我不顾一切地冲向门边，把她的一只翻来覆去拧着门把的手掰开。她用力地挣扎着，用头撞我的胸膛，用牙咬我的手。放开我，我活够了，让我去死，她大声吵嚷着。我心中充满了无边无际的厌恶，对一个伪装成纯情少女的女人的厌恶。更为可怕的是，她用她的头，撞击门板，一下比一下用力，撞得门板嘭嘭响。我怕极了，万一她撞死在门板上，上官金童起码又要去劳改十五年。再有十五年，我就回不来了。当然，我无论是枪毙还是坐牢，并不是大问题，严重的是，因为我的原因，让一个女人死去活来地胡折腾。你真是浑蛋！你为什么要把她请进来呢？后悔药没有卖的，当务之急是安抚，安抚住这个其实十分光棍的、意欲毁掉一切的女人。我抱住了她的肩膀，悲壮地说："姑娘，我会对你负责的！"她不挣扎了，但仍然在哭诉，并且说，我生是你的人，死是你的鬼了。我说，姑娘，同是天涯沦落人，相逢何必曾相识，走吧，登记去，结婚吧。我不要，我不要你怜悯我。她脸上那种疯狂的表情消失了。面对着这张突然变得实事求是的脸，我感到十分吃惊。

她把一九九一年三月七日定义为"无耻的猥亵和不成功的强

奸”，使我大吃一惊，并感到激烈的愤怒。这种翻脸不认人的女人还有什么好留恋的？上官金童，你鼻涕了一辈子，难道就不能硬气一次吗？这爿店给她，什么都给她，你只要自由。我说：“那么，请问，什么时候去办离婚手续？”

她拿出一张纸，说：“你只要签个名，一切就妥了。当然，”她说，“我仁至义尽，给你三万元安家费。请吧。”我签了名。她把开成上官金童户头的存折给我。“不要我出庭什么的了吧？”我问。她笑道：“一切都有人代办。”她把早就办好的离婚证扔给我，说：“你自由了。”

我与小红脸撞了个满怀，彼此谦恭地笑了笑，无言而别。这场戏终于落下了帷幕，我的确感到了重获自由的轻松。当天夜里，我就回到了母亲身边。

在母亲去世前这段时间里，大栏市市长鲁胜利因为巨额受贿被判处死刑，缓期一年执行。耿莲莲和鹦鹉韩因行贿罪锒铛入狱，他们的“凤凰计划”实际上是个大骗局，鲁胜利利用职权贷给“东方鸟类中心”的数亿元人民币有半数被耿莲莲用来行贿，余下的全部挥霍干净。据说，仅“东方鸟类中心”的贷款利息，每年就要四千万元。这笔债其实永远还不清了，但银行不希望“东方鸟类中心”实行破产，大栏市也不愿意让“东方鸟类中心”破产。这个恶作剧的中心，鸟儿飞尽，院落里生满荒草，鸟粪流连，鸟毛斑斑。工人们各奔前程，但它依然存在，存在于银行的账目上，驴打滚一样滚着自欺欺人的利息，并且注定了无人敢让它破产，也没有一个企业能够兼并了它。失踪多年的沙枣花不知从什么地方归来，她保养得很好，看起来也就是三十多岁的样子，她来塔前看了看母亲，母亲反应很淡漠。接下来的日子里，她便与司马粮闹了一场很古典的生死恋。她拿出一只玻璃球儿，说是司马粮送她的定情礼物。又拿出一面大镜子，说是她送给他的定情礼物。她说至今还为司马粮保持着童贞。住在桂花大楼最高层总统套房的司马粮此次归来心事重重，没有心思与沙枣花重叙旧情。

沙枣花却像个跟屁虫一样紧紧地跟随着他，烦得司马粮龇牙咧嘴，跺脚跳高，咆哮如雷：“我的好表妹，你到底想怎样呢？给你钱你不要，给你衣裳你不要，给你首饰你不要，你要什么？！”司马粮甩开沙枣花拽住自己衣角的手，怒冲冲地、无可奈何地一屁股坐在沙发上，他跷起的脚踢翻了一个细颈大肚子玻璃水瓶，水流满桌，濡湿地毯，十几枝紫红色的玫瑰花凌乱地垂在桌沿上。沙枣花身穿一件薄如蝉翼的黑裙，黏黏糊糊地跪在司马粮身边，漆黑的眼睛直盯着司马粮的脸，不由得司马粮不正视她。她的脑袋玲珑，脖子细长，脖颈光滑，只有几条细小的皱纹。对女人富有经验的司马粮知道脖子是女人无法掩饰的年轮，五十岁女人的脖子如果不像一截臃肿的大肠便像一段腐朽的枯木，难得沙枣花这样光滑挺拔的五十多岁的脖子，不知道她是如何保养的。司马粮沿着她的脖子往下看，看到她那两个深陷的肩窝，还有在裙中朦胧的乳房，无论从哪个部位看她都不像一个五十多岁的女人，她是一朵冷藏了半个世纪的花朵，是一瓶埋在石榴树下半个世纪的桂花酒。冰凉的花等待采撷，黏稠的酒等待畅饮。司马粮伸出一根手指，戳了沙枣花裸露的膝盖，她呻吟一声，血色满脸，仿佛一片晚霞。她像生死不惧的英雄，猛地扑到司马粮怀里，缠绵的双臂，搂住了司马粮的脖子，热烘烘的胸脯，紧凑到司马粮的脸上，揉来揉去，搓得司马粮鼻子上出油，眼睛里流出酸泪。沙枣花说：“马粮哥，我等了你三十年。”司马粮道：“枣花，你少来这一套，等我三十年，多大的罪，加在了我头上。”沙枣花说：“我是处女。”司马粮道：“一个女贼，竟然是处女，你如果是处女，我就从这大楼上跳下去！”沙枣花委屈地哭着，嘴里嘟哝着，嘟嘟哝哝火起来，跳起来，蹦一蹦，蛇蜕皮般把裙子落在脚下，仰面朝天躺在地毯上她大叫：“司马粮，你试试看吧，不是处女我跳楼！”

司马粮面对着老处女沙枣花的身体油嘴滑舌地说：“奇怪奇怪真奇怪，你他妈的还真是处女。”嘴上虽然尖酸刻薄，但两滴泪水却在眼眶里了。沙枣花幸福地躺在地毯上，像死人似的她的身体，她的眼睛却湿漉漉地、痴迷地盯着司马粮。一股陈年枕头瓤子的酸臭味充溢房间，他看到沙枣花的身体顷刻间便布满了皱纹，一片片铜钱般大的老年斑也从她白皙的皮肤上洇出来。正当司马粮惊讶不已时，市茂腔剧团一个挺着大肚子的女演员推开门走了进来。

如果没有这大肚子，她的身材的确很好，可以用亭亭玉立来形容。现在她板着嘴，嘴唇乌紫，双颊上几块蝴蝶斑，好像硬贴上去的一样。

“你是谁？”司马粮冷冷地问。

女演员“哇”的一声哭了。坐在地毯上哭，双手拍打着肚子：“你要负责，你弄大了我的肚子。”

司马粮翻开记事簿，查到了与这个女演员有关的记录：夜，招茂腔剧团女演员丁某陪床，事毕，发现避孕套破。他合上簿子，骂道：“妈的，产品质量低劣，实在害死人！”他不由分说，拉着女演员的胳膊走出房间。女演员挣扎着说：“你拉我去哪？我哪里也不去，我已经没脸见人！”他捏住女演员的下巴，阴森森地说：“乖乖的，没你的亏吃！”女演员被他的威严震慑住了。这时他听到沙枣花喑哑地呼唤着他：“马粮哥呀，你不要走呀……”

司马粮招招手，一辆出租车像橘黄色的甲虫滑过来。穿红衣戴黄帽的饭店门童替他拉开车门，他一把将女演员推进去。

“先生，去哪？”司机僵着脖子问。

“消费者协会。”司马粮说。

“我不去，我不去。”女演员大叫。

“为什么不去？”司马粮目光灼灼地逼视着女演员的眼睛，说，“这是正大光明的事情。”

出租车在尘土飞扬的大街上拐弯抹角地穿行着。道路两旁依然是工地连着工地，有的拆有的建。工商银行的楼已拆掉一半，十几个灰秃秃的民工像橡皮人一样，机械地、软弱地挥舞着铁锤，敲打着墙上的砖头。碎砖片横飞到马路中央，硌得汽车轮胎嘣嘣响。在街道两边工地的夹缝里，坐落着一座座豪华的酒楼，酒楼的窗户里，散发出浓重的酒臭，熏得路边的树木摇摇晃晃。不时地有一些赤红的脑袋从铝合金的窗框里探出来，喷吐出一道道五颜六色的粥状物。每家酒楼的窗户下，都团聚着一群皮毛肮脏的癞皮狗，等着抢食窗户喷出来的东西。车辆拥挤，尘土飞扬，出租车司机焦急地敲着喇叭。司马粮笑嘻嘻地看着车窗外的情景，对身边那位叽叽咕咕、哭哭啼啼的女演员不理不睬。车子钻到市中心大转盘附近，险些与一辆坦克般霸道的大卡车相撞。卡车司机，一位戴着白手套的红脸膛姑娘从车窗探出头来，粗野地骂着："操你老妈！"出租车司机轻蔑地问："可能吗？"司马粮摇下车玻璃，色迷迷地盯着女司机，大声问："姑娘，陪我玩玩吧？"女司机喉咙里呼噜几声，噘起嘴唇，将一口痰，准确地吐到司马粮的脸上。卡车的后厢上罩着绳网，插着树枝，几十只绿毛猴子在车厢里上蹿下跳着，吱吱哇哇地乱叫。司马粮对着猴子们喊："弟兄们，你们从哪里来？你们要到哪里去？"猴子肃静，对着他眨眼睛做鬼脸。出租车司机阴沉地说："鸟类中心没办成，猴类中心就能办成吗？""谁办猴类中心？"司马粮问，"谁能办？"出租司机一打方向盘，汽车贴着一个骑摩托的女郎的大腿飞过去，吓得一个拉车的毛驴窜稀屎，车辕上坐着的老农嘈嘈地骂。枯燥的五月骄阳下，他还戴着一顶黑毛的狗皮帽子。车上拉着两篓圆溜溜的金黄色杏子。

司马粮捏着女演员的手脖子闯进了市消费者协会。女演员死命挣扎，但难抵司马粮的神力。"消协"的人正在打扑克，三个女的，对付一个男的。那男人秃得光溜溜的头皮上，贴着十几张白纸条。

"伙计，我们投诉！"司马粮大喊。

一个年轻的、涂着红唇的女人斜着眼看看司马粮，边发牌边问："投诉什么？"

"避孕套！"司马粮说。

打牌的人都愣住了，随即便像猴子一样活跃起来。秃头男人顾不上撕掉脑袋上的纸条，蹦到办公桌前，严肃地说："二位公民，我们消费者协会是竭诚为消费者服务的，请你详细叙述你们受害的经过。”

司马粮道：“五个月前，我从桂花大厦商品部购买了一盒‘幸福’牌彩色避孕套，我与这姑娘只干了半个小时，避孕套就漏了。由于避孕套质量不过关，导致了她怀孕。如果流产，势必给她的身心造成严重伤害；如果不流产，势必造成计划外生育。因此，我们要向避孕套生产厂家索赔一百万元。”

一个中年女人问：“您刚才说干多久？”

司马粮道：“才半个小时。”

中年妇女吐吐舌头，道：“我的天，半个小时！”

司马粮道：“是半个小时，我喜欢对着钟表干，不信你问问她。”

女演员一直羞怯地低着头。司马粮戳她一下，说：“你别低着头不吭声呀！你是直接受害者。你说，是不是只干了半个小时？”

女演员恼羞成怒地说：“半个小时？你他妈半天没下来！”

几个女工作人员都既尴尬又羡慕地笑了。

秃头问道：“你们两位是夫妻吗？”

司马粮吃惊地问：“什么夫妻？夫妻之间有干这事的吗？你简直是头蠢驴。”秃头被司马粮骂得张口结舌。

中年女人道：“先生，你有什么证据证明是避孕套破裂导致了您的女伴怀孕？”

司马粮问：“这还要什么证据？”

中年女人道：“当然，鞋子破了，要有破鞋做证据；高压锅爆炸了，要有破锅做证据；避孕套破了，要有破避孕套做证据。”

司马粮问女演员：“哎，你留着证据没有？”

女演员挣脱手，捂着脸往门外蹿去。她那两条长腿轻捷有力，根本不像怀孕的样子。司马粮目送着她的背影狡黠地笑了。

司马粮重回桂花大楼总统套房后，看到一丝不挂的沙枣花正坐在窗台上等着他。她冷冷地问：“你承认不承认我是处女？”

司马粮道：“表妹，把你那套瞒天过海的把戏拾掇拾掇藏起来吧！我是从女人堆里滚出来的，你想蒙我？其实，我要真想娶你，还会在乎你是不是处女吗？”

沙枣花尖利地号叫一声，吓得司马粮冷汗迸出。坐在窗台的女人号叫时五官变位，眼睛里射出的蓝光像毒瓦斯一样熏人。他本能地往前扑了一步。沙枣花的身体往后仰去，她通红的脚后跟在他面前一闪烁便消逝了。

司马粮叹息道：“小舅，你看这事弄的。我要从这楼上跳下去吧，的确不像司马库的儿子。我要不从这楼上跳下去吧，也不像司马库的儿子。你说我咋办？”

我张口结舌，无话可说。

司马粮撑开一把不知哪个女人遗忘在房间里的遮阳花伞，说：“小舅，要是我摔死了，你就替我收尸吧，要是我摔不死，我就永远死不了了。”

他撑开花伞，说：“奶奶的，电灯泡捣蒜，一锤子买卖了！”说完他便跃出窗口，像一只成熟的带叶果实，箭矢般落下去。

我把半截身体探出窗口，头晕眼花的我惊恐地喊叫着：“司马粮——马粮——”司马粮不理我，管自下落，花伞盛开，夺目惊心。楼下的闲人们仰起脸，欣赏着奇景。鸽哨满天，鸽粪落入洞开的嘴巴。沙枣花委屈的身体像一条小死狗，摊在水泥地面上。司马粮落在楼下一棵法国梧桐肥大的树冠上，伞挂枝头如大花朵，人从枝杈缝中漏出，砸在修剪得如斯大林胡须一样整齐的冬青树丛上。树丛如绿色淤泥般溅开。闲人们惊呼着围拢上来。司马粮却没事人一样从树丛中钻出来，拍打拍打屁股，对着楼上招了招手。他的脸五彩缤纷，像我们童年时的教堂彩玻璃。“马粮啊……”我热泪盈眶地喊着。司马粮分拨开围上来的人群，走到门庭前，招来一辆杏黄色的出租车，拉开车门钻进去。身穿紫红号衣的门童笨拙地追赶上去。出租车屁股后喷着黑烟，灵巧地拐出弯道，钻进了大街上的车流，在大街两边呈现着暴发户气派、破落户气派、小家子气派的鳞次栉比的建筑物矫揉造作的注视下、狗仗权势的咋呼中、搔首弄姿的丑态里，突然消逝了。

我抬起头来，长舒了一口气，犹如从一场大梦中初醒。阳光灿烂，照耀着大栏市醉醺醺、懒洋洋、充满着希望又遍布着陷阱的迷狂市廛。在城市的边缘，母亲的七层宝塔金光闪烁。

母亲有气无力地说："儿啊，陪娘去次教堂吧，这是最后一次了……"

我背着左眼仅存一点光感的母亲，用了整整五个小时，才拐弯抹角地，在茂腔剧团演员宿舍后边那条被化学染料厂泄出来的污水浸紫了的小胡同里，找到了重新恢复的教堂。

教堂设在几间古旧的平房里，没有半点巍峨和庄严，全是简陋与朴素。教堂门前和小胡同两侧，摆满了缠着花花绿绿塑料布的自行车。一个胖头大脸的慈祥老妇，坐在门口，好像一个检票员，又好像一个为某种秘密活动望风的忠实坐探。老妇人对我们友好地点点头，放我们进去。

院子里坐满了人，屋子里人更多。一个苍老的牧师，用含糊的口齿讲经。一缕阳光斜射在高高的讲台上。阳光中，他那两只干枯的手，像经过特殊处理的标本。听众有老人，有儿童，占半数以上的是年轻的女人们。她们都坐在小板凳上，膝盖上平放着展开的《圣经》，手里拿着笔，在书上作着记号。一个和母亲熟识的女长老，找来两个小凳子，安排我们娘俩靠墙根坐下。我们头上是一株老槐树庞大的冠，槐花盛开，团团簇簇，犹如瑞雪。闷香扑鼻，令人窒息。粗糙的槐树干上，挂着一个破旧的喇叭，扩大着讲经牧师的声音。喇叭嗞啦嗞啦地响，不知是老牧师的喘息还是喇叭的喘息。我们静坐听讲。

老牧师嘶哑地说着，我虽然看不到他的脸，但我猜到了他的嘴角上一定挂着两朵白色的泡沫。

“人们哪，你们要与人为善，哪怕他是你的仇敌。就像主教导的那样，‘若遇见你仇敌的牛或驴迷了路，总要牵回来交给他。若看见恨你的人的驴压卧在重驮之下，不可走开，务要和驴主一同抬开重驮。’

“人们哪，你们勿贪口腹之欲，就像主教导的那样，不要吃‘雕、狗头雕、红头雕、鹞鹰、小鹰与其类；乌鸦与其类；鸵鸟、夜鹰、鱼鹰、鹰与其类；鸬鹚、猫头鹰、角鸱、鹈鹕、秃雕、鹳、鹭鸶与其类；戴胜鸟与蝙蝠’。那些破戒条的，已经受到了惩罚。

“人们哪，你们要忍耐，就像主教导的那样，‘有人打你左脸，就把右脸也伸过去。’无论碰到什么样的不平事，也不要口出怨言，如果你遭了罪，就是你命中该遭此罪。即便饥饿你的胃，疾病你的身，也不要出怨言。今生受苦，来世得福。你得咬着牙活下去。主耶稣不喜欢自杀的人，他们的灵魂将不得救赎。

“人们哪，不可贪图钱财，钱财是老虎，养虎者必被虎伤。

“人们哪，不可贪恋女色。女人是刮骨的钢刀，贪色者就是用钢刀刮自己的骨。

“人们哪，你们要战战兢兢，不要忘记那洪水，那天火。要永远地想着耶和华尊荣的名字。以马内利，阿门！”

阿门！听经的人齐声呼号，许多女人的眼睛潮湿着。

讲经台侧，响起了喑哑的风琴声。唱诗班领唱，听经的人跟唱圣歌。会唱的大声唱，不会唱的跟着哼哼：

“审判大日要来，那日就要来，不知何时那日就要来。到那时圣徒、罪人必要分列左右队。此日要来，你有否预备？有否预备审判大日来？有否预备，审判日必来。阿门！”

讲经结束了。教徒们收拾起《圣经》，有的站起来打哈欠伸懒腰，有的坐在那儿喃喃低语。一个留着大分头、满脸粉刺的小伙子，嘴里叼着烟卷，一只脚踩着小凳子，弯着腰，用一张十元面值的人民币，擦拭着皮鞋上的尘土。一个形同乞丐的老头，怔怔地盯着小伙子的手。一个年轻漂亮的少妇，把《圣经》装进丝线编织的精致书包，同时看了看箍在白藕般胳膊上的小金表。她长发披肩，口唇猩红，手指上套着光芒四射的钻戒。一个肩膀宽厚、面相憨厚的军人，把一张面值一百元的人民币，折成长条，塞到绿色的捐献箱里。墙上用粉笔写着四个大字：以马内利。一个满面愁苦的老太太，坐在墙根的半块砖头上，解开蓝布包袱，拿出一摞草纸样的煎饼，嚓嚓啦啦地咀嚼。从茂腔剧团的练功房里，传来女演员吊嗓子的声音：咦——呀——六月里三伏好热的天——二姑娘骑驴奔阳关——咦呀呀—— 一个光屁股的小男孩用尿滋着一个蚂蚁窝，汤浇蚁穴，蚂蚁们大难临头。一个中年妇女训斥小男孩，扬言要割掉他的小鸡巴，小男孩麻木不仁地仰脸望着她。一个戴眼镜的中年男子，佝偻着腰，拖着两条僵硬的腿，对着一个正在给孩子喂奶的女人走过去。那女人额头上贴着一帖肮脏的膏药，头发上沾着一些发亮的血嘎痂。一个腿上生疮的老头，裸露着双腿坐在一条破麻袋上，成群的绿头苍蝇眷恋着他的流脓淌血的双腿。一只啄木鸟蹲在他凸出的膝盖上，快速地啄着他的疮口，并从里边叼出一些白色的细虫。他眯缝着眼，望着太阳，嘴唇簌簌地抖动，仿佛在念着神秘的咒语。教堂后边的大街上，传来高音喇叭的巨大轰鸣：要想富，少生孩子多栽树。一对夫妻一个孩。生了二胎要结扎，提倡女扎。谁敢不结扎，罚款五千八。计划生育宣传车耀武扬威地开过去了。酒厂的秧歌队来了。锣鼓喧天。八十个穿黄衣扎黄头巾的小伙子，八十个穿红绸衫的大姑娘，一齐扭动，腾起滚滚尘土，越过教堂的房脊。这支秧歌队几年内走遍了大栏市的每个角落。他们身上的衣服都用酒液浸泡得湿漉漉的。他们嘴里都喷吐着酒气，他们扭的是醉秧歌，看似东歪西倒，实则法度森严。他们打的是醉鼓，男鼓手们伪装着古代豪杰的剽悍。教堂院子里有的人被街上的锣鼓声吸引，仰脸望着超越屋脊的红尘；有的低头沉思；有的神色沉静；有的目光呆滞。房脊上那个红锈斑斑的铁十字架在尘土中时隐时现，宛若耶稣神秘的脸。一个披麻戴孝的中年妇女哭号着走进院子，她的眼睛肿成水泡，只剩下两条黑色的缝。她的哭声悠扬，很像凄凉的日本歌谣。她手拖着一根碧绿的柳木棍子，肥大的孝衣上沾满鼻涕、口水和泥土。一条精巧的瘦狗怯怯地跟在她的身后，紧紧地缩着尾巴。她扑跪在头上戴着荆冠的耶稣画像前，大声地诉说着："主啊，俺娘死了，您保佑她上天堂，不要让她下地狱啊……"耶稣悲悯地注视着她。她额头上渗出的鲜血像珍珠一样滚落下来。三个穿制服的警察傍在门口往院子里张望着，好像是有所顾忌。他们低声商量了几句，便羞羞答答地进了院。那个用人民币擦皮鞋的小伙子猛地跳起来，灰色的脸上挂着一层亮晶晶的汗珠，看样子他想夺路而逃，但三个警察已经呈扇面包抄过来，挡住了他的去路。他转身对着教堂的砖墙冲去，在墙前他的身体腾跳起来，他的手把住了生着瘦弱青草的墙头，他的脚尖在滑溜溜的墙壁上踢蹬着。警察们鹰一样扑上去，扯住小伙子的腿，把他拉下来，按在地上。闪光的手铐锁住了他的手腕。警察把他拖起来，架着他往外走。他半边脸上沾满泥土，牙缝里渗出血丝。一个背着保温箱的小男孩溜进院子，用稚嫩的嗓音呼喊着："冰棍！冰棍！奶油冰棍！"小男孩生着一颗圆溜溜的大脑袋，两扇招风耳朵，额头上布满皱纹，漆黑的大眼睛里，流溢着与他的年龄不相称的绝望的光芒。他龇着两颗长长的白门牙，像家兔一样。沉重的保温箱勒得他细长的脖颈显得更长。他穿着一件破烂的背心，根根肋骨凸现出来。他穿着一条大裤头，更显得两条腿细如麻秆。他的小腿上生着一些化了脓的小疮。他穿着一双号码很大的旧胶鞋，走起来扑哧扑哧响。教徒们没人买他的冰棍，小男孩失望地走了。望着男孩苦难的背影，我心中一阵酸痛，但可惜我口袋里没有一分钱。男孩嘹亮的、唱歌一样的呼喊声在教堂外边的小巷里响起，他似乎并不像我想象的那样悲伤……

母亲双手扶着膝盖，端坐在小凳子上，她闭着眼睛，好像睡着了。一丝风儿也没有，满树的槐花突然垂直地落下来，好像那些花瓣儿原先是被电磁铁吸附在树枝上的，此刻却切断了电源。纷纷扬扬，香气弥漫，晴空万里槐花雪，落在母亲的头发上、脖子上、耳轮上，还落在她的手上、肩膀上、她面前栗色的土地上……阿门!

这时，那个刚刚讲罢经的老牧师，步履蹒跚地走出教堂。他手扶着门框迷茫地看着槐花齐落的奇景。他生着砖红色的乱发，瓦蓝的眼睛，通红的大鼻子，粗疏的黄胡子，嘴巴里镶着耙齿一样的铁牙。我惊悚地站起来，好像看到了传说中的父亲。

栗姥姥挪动着小脚跑过来，为我们双方作着介绍："这是马牧师，是我们老马牧师的长子，他是专程从兰州回来主持教务的。这位是上官金童，是我们老教友上官鲁氏的儿子……"

其实，栗姥姥的介绍纯属多余，因为在她尚未报出我们的名字之前，上帝便启悟了我们的心智，使我们知道了彼此的出身。这个马洛亚牧师和回族女人生出来的杂种，我的同父异母兄弟，用他的生着浓重汗毛的通红的大手，紧紧地抓住我，泪花在他的蓝眼睛里滚动着，他说：

"兄弟，我一直在等待着你！"

第七卷

第五十五章

大清朝光绪二十六年，是公元一九〇〇年。

农历八月初七的早晨，德国军队在县知事季桂玢的引领下，趁着弥漫的大雾，包围了高密东北乡最西南边的沙窝村。这一天，我母亲刚满六个月，她的乳名叫璇儿。

外祖父鲁五乱，是个精通武术、走起路来轻悄悄的年轻人。他凌晨起来，在雾蒙蒙的院子里，练了一通拳脚，便挑起那两只在当时很是宝贵的洋铁皮水桶，去村子南头那眼甜水井担水。尽管浓雾尚未散尽，但街上已经有很多人在活动。外祖父听到，从杜解元家的打谷场那儿，传来了练武的声音。杜解元是个武举，身长面白，美髯飘飘，一表人才，却娶了个丑陋的黑脸麻子女人。传说杜解元中举后，曾经有休妻的念头，但夜间梦到一只羽毛斑斓的大鸟，将一只翅膀覆盖在自己身上，醒来发现，黑麻子女人的一条胳膊压在自己胸口。杜解元心中明白这是神的启示，于是便打消了休妻的念头。传说杜解元武功超群，能挑着满满两桶水，站在马背上，打马飞驰，水不外溅。

外祖父到了甜水井边，突然嗅到井里溢上来一股清香。都说这口井直通东海，无论多旱的年头也没干过，井里常有金色的大鱼出现。井水奇甜，全村人都喝这井里的水。人们爱护这水井，就像爱护眼睛一样。外祖父一探头，看到井里盛开着一朵像玛瑙雕琢而成的白莲花。他心中惊异，慌忙退后，生怕打扰了这神奇美丽的花朵。他挑着空桶往回走，碰上了杜解元家前来挑水的长工杜梨。杜梨睡眼惺忪，打着长长的哈欠，说：“五乱，起这么早！”

外祖父拦住杜梨，说：“别去了。”

“怎么啦？”

“井里有白莲。”

“甭说有白莲，有红莲我也得挑水，要不掌柜的不让。”

杜梨担着沉重的木桶，摇摇晃晃往井边走。

外祖父赶上去，说：“真的有白莲。”

“五乱，大清早的，中了什么邪？”

“我亲眼见到，比碗口还大。”

“比锅盖还大我也得挑水是不？”

杜梨走到井边，往井里一探头，回头望着外祖父，骂道：“有你娘的——”

杜梨一语未了，就歪倒在井台上。外祖父听到一声沉闷的枪响，看到血从杜梨的胸脯上涌出来。一群戴着方顶帽子、个头高高、双腿细长的德国兵，正从吊桥那边拥过来。打头的是一个小辫盘在脖子上的中国人，他手里举着一把手枪。

德国鬼子！

德国人修建胶济铁路，破坏了高密东北乡的风水。为此，上官斗和司马大牙与他们进行过屎尿战。战斗以高密东北乡人的惨败告终。上官斗赤脚走烧红的铁鏊时的凄惨叫声，还有那股令人作呕的烧焦皮肉的味道，外祖父他们难以忘怀。人们从失败中明白：德国人并不是双腿不会打弯、没有膝盖的木偶，也不是沾了人粪尿就要呕吐至死的洁净鬼。沙窝村人与德国人有仇。有一个筑路工程师在沙窝集上摸了于宝他大姐的奶子，激起众怒，被沙窝村民打死。他们知道德国人不会罢休。大栏镇屎尿战时，沙窝村的红枪会曾去支援。外祖父是红枪队的伍长。杜解元是红枪队队长。他们习武练兵，铸枪造炮，修土围子挖壕沟，严阵以待。数月没动静，人们渐渐懈怠。但现在，他们既焦急等待，又生怕发生的事情发生了。德国兵爬上围墙，打开大门，放下吊桥，一拥而进。不相信井里有白莲花的杜梨成了那天被打死的第一人，随后被打死的沙窝村民，还有三百九十四人。

鲁五乱看到德国兵像一群大鹳冲了过来。他们手里的后膛快枪噼噼啪啪地喷吐着火焰，枪子儿嗖嗖地飞着。浓雾尚未散尽，德国人的身体在雾里时隐时现，不知道有多少个。外祖父大声喊叫着，向乡亲们报警。外祖父舍不得这对用四斗麦子换来的雪花铁皮水桶，挑着跑。水桶大幅度摆动，吱扭扭乱叫。德国人的枪弹把后边那只水桶打了一个洞眼。街上的人胡乱奔跑。陈瞎子拖着一根磨棍毛毛愣愣地撞到德国兵队中，大声问："鬼子在哪儿，鬼子在哪儿？"

德国兵把枪口触到他后脑勺子上搂了火。他拖着磨棍倒在地上。

百姓们都关了门，抄起家什。

红枪队长杜解元来不及召集队伍，只能把十几个家丁和长工集合起来，用枣木杠子顶上大门。他的麻脸老婆也是会家子。她袒着怀，当啷着丝瓜奶子，提着一根铁棒槌，跟在杜解元身后跑来跑去。

外祖父跑回家，把大门插上。外婆抱着鲁璇儿在炕上发抖。外婆姚氏，是沙窝村最美丽的小媳妇。小脚一双，尖尖似笋，顶多三寸长。杜解元曾对鲁五乱说："我堂堂武举，却娶了个大脚麻婆；你小子憨汉一个，却夜夜伴着三寸金莲美娇娘。"姚氏因为脚小，行动不便，整日待在家里，不见阳光，脸如粉团一样白。

"璇她爹……"姚氏面色如土，心惊胆战地说，"怎么办，怎么办？"

鲁五乱从锅底下抓了一把灰，抹在姚氏脸上。农家住房简陋，无法躲藏。鲁五乱，这条好汉，用宽带子束了腰，喝了一瓶酒，胆气升腾，从门后拖出白蜡杆红缨枪，跳到院子里，躲在大门后。

杜解元踩着木梯子爬上了自家平顶的大谷仓。在他的身后，两个长工拖着一门沉重的土炮，哼哧哼哧跟着爬上来。他看到，在雾没散尽的街道上，惊慌失措的百姓，像炸了群的羊，来回奔跑着。一队德国兵，秩序井然地跪着射击，百姓们一批批地被打倒在地。有的连动都不动一下就死去，有的却哭叫着在血泊中打滚。他看到，在雾气散尽的土围子上，转着圈都有身材高大的德国兵，还有一些前胸后背缀着白布、白布上写着“勇”字的满清旗兵。在南门那儿，一群德国鬼子，簇拥着两门闪闪发光的、用黑骡子拉着的大炮，嘎嘎吱吱地过了吊桥。村子被包围了。

长工们把土炮拖了上来，又跑下去拿药葫芦。粮仓顶上，雾已散尽，金色的阳光一片辉煌。解元夫人也爬上谷仓，老练地观察着形势。“平阶，”她称呼着丈夫的字，说，“今日只怕是凶多吉少了。”杜解元看看妻子，说：“你带着孩子到地窖里去吧，今日这事，反正拼也是死，不拼也是死。我写给皇上的折子，压在炕席下，我死之后，你去青州府找慕容大人，让他代奏。”夫人笑道：“平阶，痴种啊！”德国人又是一个排子枪，把一个抱着孩子的女人打死在杜解元家大门外的石阶上。院子里，狗狂叫不止。“装炮！”杜解元说。长工往炮口里倒药，用探条捣实，然后又把一些花生大的铁弹子装进去。“老爷，装几分药？”长工问。杜解元说：“九分！”

杜解元亲自调整炮位，让炮口对着那些在晨雾中还显得有些朦胧的德国兵。他从老婆手里接过香火，放在嘴边吹亮了，便点着了炮后的药捻儿。一股白烟，从药捻儿洞里钻出来。生铁炮沉默着，沉默着，像头威武的兽，然后便猛烈跳动一下，一道暗红色的火舌喷出炮口，射进敌群，像一把铁扫帚，扫倒了一片德国兵。大街上响起了洋人的惨叫。白色的硝烟在生铁炮口缭绕着。“装炮！”杜解元命令道。街上的雾被炮打散了，德国兵慌乱地躲进胡同里。街上留下几具尸首，还有几个捂着脸号叫的伤兵，血从他们的手指间流出来。长工们匆匆装炮。清醒过来的德国兵对着仓房射击。一颗枪子儿擦着杜解元的耳朵滑过去。他感到耳热，摸了一手血，慌忙卧倒。装药的长工肚子受了伤，用手捂着肚子，脸煞白，哭着：“老爷，老爷，俺家里[illegible]是五世单传，我死了，就给俺老孙家绝了后了。”“滚，别说你家[illegible]今日个沙窝村家家都要绝后，”他血着脸说，“装炮。”夫人[illegible]去吧，平阶。”他拖过沾血的药葫芦，道：“再给他一下[illegible]本呀。”夫人说：“打倒一大片，够了本了。”一颗枪子儿打在夫人脖子上，她挺了挺身子，便歪倒了，血从她嘴里涌出来。完了，把凤凰打死了，杜解元想。夫人的黑麻脸抽搐着，细长的眼里，射出一缕凄凉的光。杜解元把葫芦里的药全部倒进冒烟的炮口。他身体低伏，躲避着打得低矮的护墙噼啪响的子弹，双手攥着通条，把药捣实。那个没受伤的长工把香火递给他，说："老爷，点炮吧。"

轰隆一声巨响，成群的铁弹子打在街对面一堵墙上。墙上出现一片蜂窝状的弹洞，泥土刷刷地落到街上。

杜解元摇摇晃晃地站起来，对着太阳，说："皇上，万寿无疆！万寿无疆！"

德国兵瞄着这个高大的人，一个排子枪，便把他打下谷仓去了。

这时，德国人的两门大炮，也对着杜解元家高大的瓦屋，先后开了火。德国人的大炮用的是铜壳炮弹，响声清脆、尖厉、震人耳膜。炮弹打在房顶上，轰隆隆爆炸，破砖烂瓦和着弹片硝烟，四处飞溅。

德国人撞开了鲁五乱家的大门。先往里放了几枪，没有动静。五乱避在门后、镇静地等待着。一个德国兵端着上了刺刀的后膛枪，像大公鸡一样伸头探脑地进了门。他的裤子很瘦，鼓突着两个窝窝头似的大膝盖，上衣正中有两排闪光的铜扣子。五乱依然没动。德国兵扭回头，对着大门招手。他的蓝眼红鼻和从帽檐下露出来的白毛，都无比清楚地被五乱看到了。德国兵也看到了躲在门后，像黑铁塔一样的五乱，刚要开枪，但已经晚了。五乱一个箭步蹿出，人没到，红缨枪的铁矛头便把德国兵的肚子戳穿了。德国兵的上身趴在了红缨枪的白蜡杆上。五乱往外拔枪时，感到有一股冰凉的风，从后边钻进了自己的腰。他双手麻木，松开枪杆，困难地转过身，看到正面的两个德国兵，正用枪口对着自己的胸膛。他张开双臂刚要往前冲，脑子深处啪哒一响，像什么东西被折断了一样，眼前便一片碧绿了。

德国兵放着枪冲进屋子，看到房梁上悬挂着一个雪白的女人身体。那两只只有一只指甲盖的尖脚，让德国兵惊愕不止。

第二天，母亲的大姑姑和大姑夫于大巴掌闻讯赶来，从面缸里把璇儿救了出来。她身上沾满面粉，已接近死亡的边缘。于鲁氏把她嘴里的面粉抠了出来，又拍打了半天，她才喑哑地哭出了声。

第五十六章

鲁璇儿五岁的时候，她的大姑姑便拿出了竹片子、小木棰、白裹脚布等等专用器材，对她说："璇儿，你已经五岁了，该裹脚了！"

璇儿好奇地问："姑姑，为什么要裹脚呢？"

姑姑严肃地回答："女人不裹脚嫁不出去。"

璇儿问："为什么要嫁出去呢？"

姑姑答："不嫁出去，难道还要我养活你一辈子？"

姑夫于大巴掌，一个温柔的赌徒，在外边是钢筋铁骨的男子汉，回家却像低眉顺眼的猫。他正在灶前，燎烤着下酒的小柳叶鱼。他那两只大手，显得那么笨拙，但实际上却非常灵活。小柳叶鱼在火上吱吱地冒着油儿，甜丝丝的香味钻进了璇儿的鼻子。她对这个大姑夫充满好感，因为一旦姑姑外出操劳时，懒惰的姑夫便在家中偷食，或是用铁勺子炒鸡蛋，或是用火烧腊肉。姑夫偷食，总要分一点给璇儿，条件是：别告诉你姑姑。

于大巴掌用指甲盖利索地耕掉了柳叶鱼两面的鳞片，然后又掐下一丝鱼肉，抿在舌尖上，嗞地咂了一口酒。他说："你姑姑说得对，女人不裹脚，就是大脚臭婆娘，没人要。"

姑姑道："听到没有？你姑夫也这么说。"

于大巴掌问："璇儿，我为什么要你大姑姑做老婆？"

璇儿答："大姑姑人好呗！"

于大巴掌说："不，你大姑姑脚小。"

璇儿望着大姑姑窄窄的尖脚，又看看自己的天足，问："我的脚，也能裹成这样？"

大姑姑说："那就看你听话不听话了，如果听话，能裹得更小。"

母亲每每对我们提起裹脚的历史时，既像血泪的控诉，又像对自己光荣历史的炫耀。

母亲说，她大姑姑那刚毅的性格、利索的活儿，全高密东北乡都有名。谁都知道，于大巴掌是靠女人当家。大姑夫除了赌钱、玩枪、打鸟之外，啥也不干，家里良田五十亩，养着两头骡子，家务活儿，地里的活儿，请人雇工，都是大姑姑一手包揽。她身高不足一米五，体重不超过四十公斤，这么小的身体，竟能发挥出那么大的能量，的确是个奇迹。这样的姑姑，发誓要把自己的侄女培养成最模范的淑女，裹脚自然一丝不苟。她用竹片把母亲的脚夹起来，夹得母亲像杀猪一样号叫，然后用洒了明矾的裹脚布千层万层一层紧似一层地缠起来，缠紧了再用小木槌均匀地敲一遍。母亲说，痛得哟，用脑袋撞墙。

母亲哀求着："姑姑，姑姑，松一点吧……"

大姑姑猛瞪眼，说："紧是爱你，松是害你，等你裹成一双小金莲时，你就会来感激我了。"

母亲哭着说："姑姑，我不出嫁行不行？我侍候您和大姑夫一辈子。"

大姑夫心软，在一旁插言："稍稍松一点，稍稍松一点……"

大姑姑抓起一把笤帚对着大姑夫投过去，"滚，懒狗！"

大姑夫顺手抄起炕席上的一吊铜钱，跑掉了。

大姑夫赌博成瘾，每逢集市，半个集的人都能听到他吆三喝四的声音。他的手上沾满了铜锈，双手碧绿。赌赢了他喝酒，赌输了更要喝酒。喝醉了就在街上找茬打架。他曾经一拳打掉“铁扫帚”两颗门牙。“铁扫帚”何许人也？高密东北乡最有名的土匪。“铁扫帚”吐掉门牙，笑着说：“好劲头，入伙吧？”于大巴掌说：“你跟俺老婆商量去吧。”

大栏集上的人经常看到这样滑稽的情景：身体瘦小的小脚女人于鲁氏，揪着她的大个子丈夫的耳朵，雄赳赳地往家走。于大巴掌歪着头，唧唧哇哇地叫唤着，甩动着两只像小蒲扇一样的大巴掌。人们看到这情景，心中感慨万分：一个连“铁扫帚”的门牙都敢打落的莽汉，竟然被一个小脚女人管理得服服帖帖。

转眼到了民国，璇儿十六岁了，她的小脚终于裹成了。

“要想看小脚，顺着湾崖找。”母亲的大姑姑家，坐落在莲花湾畔。半文不武的大姑夫，在自家大门口上挂了一块牌子，牌上写着：莲香斋。他也将璇儿的小脚引为自豪，并把这个非但小脚出众而且相貌超群的内侄女，视为待价而沽的奇珍异宝。“我家璇儿，非嫁个状元不可的！”大姑父说。人们说：“大巴掌，满清亡了国，没有状元了。”大姑夫就说：“那就嫁个督军。嫁不了督军，也要嫁个县长。”

一九一七年夏天，高密新任县长牛腾霄，下车伊始，抓了四件大事：一禁烟，二禁赌，三剿匪，四放足。禁烟断财源，明禁暗不禁。禁赌禁不住，随他娘的去。剿匪剿不了，索性拉了倒。只剩下这放足，没有什么关碍。牛县长亲自下乡宣传，造成了很大声势。

那是个七月里难得的晴天，一辆敞篷汽车开到了大栏镇。县长随从叫来镇长，镇长叫来闾长，闾长呼唤邻长，邻长传喻百姓。都到打谷场上去开大会，男女老幼，都要到场，不去者罚粮一斗。

在人们尚未到齐时，牛县长抬头看到大姑姑家门上的木牌，道：“想不到农家也有情趣。”镇长讨好道：“县长，这家里有一对好金莲。”牛县长道：“嗜痂成癖国人病，莲香原是臭脚丫！”

人们陆续到齐，集中在打谷场上，听牛县长训话。母亲说，牛县长穿一身黑色中山装，头戴一顶咖啡色礼帽，嘴上留着黑黑的髯口胡，鼻梁上架着金丝眼镜，衣兜外当啷着怀表链子，手里拄着文明棍。说起话来嗓音沙沙的，像公鸭子一样。他口才真好啊，嘴角上吐着小泡沫，滔滔不绝，也不知道他说的什么。

母亲拽着她大姑姑的衣角，心里很怯。自从裹成小脚后，她大门不出，二门不迈，除了结网，就是绣花。平生第一次见到这么多人，羞怯得头都抬不起来。她感到，所有的人都在盯着自己的小脚。母亲说那天她穿着一件葱绿色缎子夹袄，袖口和下摆，都用丝线缉着万字不到头的花边。黑油油的大辫子长到腿弯。下穿一条扫腿水红裤子，裤脚上也缉着花边。足蹬一双高跟、木底红缎子绣花鞋，在裤脚里时隐时现，走起路来格咚格咚响。站着不稳，必须扶着她的大姑姑。

县长训话时点名批评“莲香斋”。他说：“这是封建余毒，病态人生。”人们都找着母亲的脚看，把母亲看得抬不起头来。然后，县长亲自宣读了《放足示文》，文曰：

照得女人放足，业经三令五申。
政府屡颁命令，大宪又有明文。
克期三月放尽，法律何其认真。
访闻城乡民众，以及顽固劣绅。
犹复徘徊观望，视为无足重轻。
兹再申明禁令，解放且勿因循。
年龄五十为限，以下定要凛遵。
六月三十截止，陆续派员梭巡。
每月清查一次，违者定议罚金。
初次罚钱二百，以后按月加增。
妇人罪及夫主，女人罪及父兄。
此次重颁告示，愚民恐误传闻。
庵坛寺观张贴，更督讲演详明。

闾邻按户宣示，三日传锣一巡。
务期人人解放，变为强壮国民。
倘敢似前藐视，处罚决不容情。

县长念完告示，便吩咐他带来的六名年轻女子进行天足表演。她们叽叽喳喳地从敞篷汽车上跳下来。果然是腿轻脚快，身腰矫健。县长的随从大喊道：“父老乡亲们，兄弟姐妹们，睁开眼睛看看吧！”大家都目不转睛地盯着那六个女子。她们留着齐额短发，上身穿着天蓝色大翻领袖衫，下身穿着白色短裙，裸露着光滑的小腿，脚穿白色短袜、白色回力牌胶鞋。

是一股清新的空气，一股凉爽的风，吹进了高密东北乡人的胸怀。

女子们排成一队，对着众人鞠了一躬，然后都横眉立目地说：我们是天足，我们是天足，身体发肤，受之父母——她们在地上蹦跳着，并高高地抬起脚，向人们炫耀着长长的脚板——能跑能跳行动自如，不受那小脚残废苦——她们跳着跑着——封建主义戕害妇女视我们如玩物，我们放足，放足，撕毁裹脚布妇女解放得幸福。

天足姑娘们蹦蹦跳跳地下了场。一个骨科医生搬上来一个巨大的小脚模型，生动地向人们讲解着小脚在哪些地方断了骨头，哪些地方又导致骨头变形。

最后，牛县长异想天开，命令高密东北乡“第一金莲”上场现身说法，让人们形象化地认识到小脚之丑恶。

母亲吓坏了，缩在她姑姑背后。镇长说：“这是县长的命令，谁敢违抗？”母亲搂着她姑姑的腰说：“姑姑，姑姑救救我，我不上去……”

姑姑说：“璇儿，上去，让他们看看。不怕不识货，就怕货比货。我就不信我亲手包出来的小金莲比不过那六个野驴蹄子。”

大姑姑把璇儿扶持到前边，便闪开了身。璇儿一步三摇，犹如弱柳扶风。在古旧的高密东北乡男人的心目中，这才是真正的美女。他们都直了眼，恨不得用眼睫毛掀开璇儿的裤脚，得便窥见金莲全貌。县长的眼睛像飞蛾一样钻进璇儿的裤脚里，他张着口，呆了一会儿，高声说：“看看吧，这么好的姑娘，硬给裹成了一个肩不能挑、手不能提的怪物。”

大姑姑生死不怕地顶了县长一句：“千金小姐就是养着耍的，干粗活有丫环呢！”

县长望着大姑姑炯炯的目光，道：“你是这姑娘的母亲吧？”

大姑姑道：“是又怎么样？”

县长道：“她的小脚是你的杰作了？”

大姑姑道：“是又怎么样？”

县长道：“把这个刁蛮泼妇给我捉起来，她女儿一天不放足就羁押她一天。”

“我看你们谁敢！”好像平地起了一个雷，于大巴掌怒吼一声，双手攥拳，从人堆里蹦出来，护住了于鲁氏。

县长问：“你是什么人？”

于大巴掌蛮横地说：“我是你爹！”

县长大怒，吩咐左右：“拿下他！”

几个差役怯生生地上前，欲擒于大巴掌。于大巴掌一抖胳膊，便把他们撂到一边去了。

百姓们乱纷纷议论起来。有人抓起土块，投掷着那六个天足姑娘。

高密东北乡素来民风剽悍，牛县长可能早有耳闻。他说：“今日本县有要事，暂且饶过你。放足是国家明令，胆敢违抗者，必将严惩不贷！”

县长钻进驾驶楼，大声嚷叫：“开车！开车！”

司机走进车头前，插进铁摇把，哼哧哼哧地摇着。

大脚姑娘们和县长的随从们，手忙脚乱地爬上车厢。

汽车“哞哞”地响起来。司机跳上车，调转车头。汽车拖着一路烟尘跑了。

一个小男孩拍着巴掌说：“于大巴掌胆气大，县长见了都害怕。”

当天晚上，铁匠上官福禄的妻子上官吕氏，找到媒婆袁大嘴，送她一匹小白布，托她去于家为自己的独生子上官寿喜提亲。

袁大嘴用蒲扇拍打着大脚对大姑姑说：“老嫂子，要是满清不亡国，用锥子攮着我的腚我也不敢踏您家的门槛。可现在是中华民国，小脚女人不吃香了。人家那些大户的公子，都接受了新思想，穿制服，抽烟卷，找大脚板的洋学生，又能跑，又能跳，又会说，又会笑，搂在怀里嗷嗷叫。您这内侄女，是落时的凤凰不如鸡了。上官家不嫌弃，老嫂子，我看咱这就烧高香了。那上官寿喜，五官端正，脾气温存。家里养着一头大驴一头大骡子，又开着铁匠铺子，虽不是大户，可也不算个小户。璇儿能找上这么个人家，也不算委屈了。”

大姑姑说：“我调教出一个娘娘坯子，却嫁给个铁匠儿子？！”

袁大嘴道：“大嫂子，如今宣统皇帝都被赶下龙椅了，别说想做娘娘，连当宫女都没戏了！人哪，此一时，彼一时哪！”

大姑姑说：“你让上官家的自己来跟我说吧！”

第二天上午，母亲从门缝里看到了她未来的婆婆上官吕氏高大健壮的身体。她还看到，大姑姑和上官吕氏为了聘礼的数目争辩得面红耳赤。大姑姑说：“你回家商量去吧，把你们家靠河边那二亩菜地给我们，我养了她十七年，不能白养了！”

上官吕氏说：“好吧，算我们家倒霉，菜地归你们。你们家，要陪过去那头黑骡子！”

两个女人拍了拍巴掌，达成了协议。大姑姑喊：“璇儿，出来见见你婆婆。”

第五十七章

鲁璇儿和上官寿喜结婚三年，肚子里还没有怀上孩子。她的婆婆指鸡骂狗：“光吃食不下蛋的废物，养着你干什么！”

上官吕氏挟着一块热铁对着几只老母鸡扔过去。母鸡以为来食，伸嘴去啄，烫得嘴巴冒烟。

鲁璇儿在梨树下砸着肉骨头，红红白白的骨头渣子，溅到她的衣服上。上官吕氏过日子紧，舍不得割肉，买来几斤骨头，砸碎了，掺上萝卜包包子，庆祝农历四月初八这个被称为“犒劳镰刀”的节日。大麦已经上场，小麦已经黄了梢子，农民们磨刀秣马，准备麦收。那年春天风调雨顺，麦子长得好。上官家铁匠铺子生意红火，一拨拨的农人，有来买镰刀的，有拿着破镰刀前来翻修加钢的。铁匠炉支在院子当中，上边撑起一块油布遮阳。炉火熊熊，黑色的煤烟很香。在白炽的阳光下火苗子呈暗红色。上官福禄掌钳。上官寿喜拉风箱。上官吕氏，穿着一件黑色的对襟破褂子，腰里系一块黄色的、被铁屑烫出了无数黑点的油布，头上扣着一顶破草帽，拄着大锤。她脸上一道道汗水一道道煤灰，如果没有胸前那两个水罐一样的奶子，谁也看不出她是个女人。叮叮当当的锤声，从早响到晚。铁匠家的规矩，每天两顿饭。鲁璇儿负责办饭，负责喂牲口、喂猪。在叮叮当当的打铁声中，她也忙得团团转。即便她忙得团团转，婆婆还是挑她的毛病。上官吕氏一边汗流浃背地抡着大锤，一边斜眼监视着儿媳。她的嘴巴嘟嘟哝哝，一刻也不闲，骂够儿媳骂儿子，骂够儿子骂丈夫。大家都习惯了这骂声，在这个家庭里，吕氏既是真正的家长，又是打铁的技术权威。鲁璇儿对婆婆又恨又怕，但也不得不佩服。傍晚时，观看上官吕氏打铁是村中一个保留节目。麦收前后，上官家的院子里人来人往，傍晚，取新镰刀的人和送旧镰刀的人都来了。夕阳通红，满树槐花如雪。炉火金黄，焦煤喷香，铁烧透了，又白又亮。上官福禄把烧透的铁活夹出来，放在砧子上。他拿着一柄小叫锤，装模作样地打着点儿。上官吕氏，一见白亮的铁，就像大烟鬼刚过足烟瘾一样，精神抖擞，脸发红，眼发亮，往手心里啐几口唾沫，攥住颤悠悠的锤把儿，悠起大铁锤，砸在白色的铁上，声音沉闷，感觉着像砸在橡皮泥上一样。咕咕咚咚地，身体大起大落，气盖山河的架势，是力量与钢铁的较量，女人跟男人的较量，那铁在她的大锤打击下像面条一样变化着，扁了，薄了，青了，纯了，渐渐地成形了。在她抡大锤时，农人们的目光多半盯着她胸前那对奶子，它们上蹿下跳，片刻不得安宁。前来拿镰的小梆子突然自笑起来。吕氏汹汹地问他："梆子，梆子，白菜帮子，笑你娘的什么？"梆子道："大婶，明天我给你两个铜铃铛。"吕氏问："你送我铃铛干什么？"梆子说："拴在两个奶头上，那样，大婶抡起大锤来就有了动静了。"吕氏道："这点事也值得你笑？没见过世面，明天把铜铃送来，要是不送来，我就剥了你这小杂种的皮。"

每当一件铁器锻打成形、即将淬火前，上官吕氏就把一个梅花图案砸在铁器最不易被磨损的地方。这是上官家的徽章，也是上官家红炉产品的商标。凡是印上了上官家徽章的铁器，如有非正常磨损的损坏，一律包修包换。上官家最著名的产品是镰刀，号称"上官镰"。上官镰乍一看很是笨重，但钢火特好，刃子不卷不崩。刚磨好的"上官镰"可以用来剃头。每逢麦子长得好的年头，上官家便生意兴隆，财源滚滚。

上官家的钱当然赚得不容易，成天在炉火边上烤着，汗水一层追着一层往外冒，破烂的衣裳上结了一层白色的盐屑。婆婆开创了女人抡大锤打铁的先例，在剧烈的运动中，她的大奶子被甩打得如同百炼的钢铁化为绕指柔。婆婆最拿手的是掌握淬火的火候。铁器坯子打得再好，淬火淬不好就是一块废铁。这活儿，一是靠经验，二是凭感觉，也许感觉比经验还要重要。上官吕氏说，把打好的铁器往淬火盆里一放，那滋味真好。淬火的时候，上官吕氏眯缝着眼，脸上出现难得一见的柔情。蒸汽强劲地升腾起来，水盆里吱吱啦啦的，弄不清是水响还是铁响，腥腥甜甜的铁气味，随着蒸汽上蹿，弥漫在庭院里并扩散到胡同里去。

人们都说上官家过的是女人的日子，就像于大巴掌也是过了女人的日子。但支撑着这两个家庭的女人却大不相同。上官吕氏高大肥胖，力大无穷；母亲的大姑姑瘦小玲珑，眼疾手快。上官吕氏讲起话来瓮声瓮气，像教堂里的大铜钟；母亲的大姑姑讲起话来嘎嘣脆，像快刀切萝卜。

炉中的火焰失去了风箱的鼓动软弱得很像黄色的绸子。火苗上摇曳着焦香的煤烟。上官寿喜打了一个哈欠。他小鼻子小眼小脑袋，小手小胳膊，难以相信他竟然是上官鲁氏这个高头大马生出来的。上官吕氏经常叹息：种子不好，地再肥也没用。她将最后一把淬好了火的镰刀放在鼻子下边嗅嗅，仿佛用鼻子就可以判断出淬火的质量。然后她将镰刀扔在地上，肩膀耷拉下来，疲乏地说：开饭吧。

上官鲁氏像接到大将军命令的小兵一样，飞快地挪动着小脚，屋里屋外地跑。晚饭就在梨树下摆开，一盏昏黄的马灯，挂在梨树杈上，吸引来成群的飞蛾，扑得灯罩啪啪响。饭桌上摆着一盘杂和面儿皮、骨头渣子萝卜馅儿的大包子，每人一碗绿豆汤，还有一把小葱、一碗新酱。上官鲁氏心中忐忑，偷眼观察着婆婆的脸色。饭菜丰盛，婆婆嫌浪费，拉着脸子嘟哝；饭菜清淡，婆婆吃着无味，摔筷子摔碗发脾气。做上官家的媳妇真难啊！包子和稀饭在饭桌上冒着热气，铿铿锵锵干了一天的铁匠家，此时显得格外安静。吕氏端坐在中央，她的儿子和丈夫分坐在两旁。鲁璇儿不敢坐，垂首立在桌子旁边，等待着婆婆吩咐。

“牲口喂上了吗？”

“喂上了，娘。”

“鸡窝关上了吗？”

“关上了，娘。”

吕氏喝了一大口绿豆汤，发出呼噜一声巨响。

上官寿喜吐出一块骨头渣子，不满地嘟哝着：“人家都割猪肉包饺子，咱家吃骨头包子，像狗一样……”

吕氏把筷子猛地拍到桌子上，骂道：“你，也有挑饭吃的资格？”

上官寿喜道：“囤里有那么多麦子，柜子里有那么多钱，留着干什么？”

上官福禄帮腔道：“儿子说得对，是该犒劳犒劳我们了。”

吕氏道：“囤里有麦子，柜子里有钱，这些都是谁的？等我两腿一伸上了西天，这些家业我能带到棺材里吗？还不都是你们的？”

鲁璇儿垂首肃立，大气儿也不敢出。

吕氏气呼呼地站起来，走到屋子里，大声喊叫：“听着，明儿个，炸油条，割烧肉，煮鸡蛋，杀鸡，擀单饼，包饺子！不过了，过了有什么用？上官家前辈子造了孽，娶了一个二尾子，白吃饭不生养，眼见着就要绝后了。省下给谁呢？造吧，造光了拉倒！”

鲁璇儿捂着脸哭起来。

上官吕氏更大声地骂着：“还有她奶奶的脸哭！你白吃了我们家三年饭，公的不给俺生，生个母的也算你能，可你倒好，连个响屁都没给我们放出一个来。养你这样的吃货干什么？赶明儿就回你大姑家去吧。上官家不能因为你绝了后！”

这一夜鲁璇儿几乎哭到了天明。上官寿喜折腾她，她逆来顺受。她哭着说：“俺哪儿都好好的，是不是你的事呢？”

上官寿喜骑在璇儿身上，骂道：“母鸡不下蛋，反倒埋怨起公鸡来了！”

第五十八章

过了麦收，雨季来临，按规矩媳妇都要回娘家歇伏天。结婚三年多的媳妇，大都手牵着一个会走的，怀里抱着一个吃奶的，挺着胀鼓鼓的奶子，挎着一包袼鞯样子，风风光光地回娘家。鲁璇儿可惨透了。她身上带着丈夫赠给的斑斑伤痕，耳边回旋着婆婆的臭骂，夹着个小包袱，红肿着眼睛，灰溜溜地回到了姑姑家。姑姑再亲也比不上亲娘，尽管她有满肚子苦水，也得自己咽下去，进了姑姑家门，还得努力做出笑脸来。

姑姑是何等锐利的目光，一眼就看破了，问：“还没有？”

璇儿被触到痛处，眼泪像断线的珍珠，扑扑簌簌落满胸襟。

姑姑沉吟着：“也怪了，三年多了，总该有个景了。”

吃饭时，于大巴掌看到璇儿胳膊上的青紫，骂道：“都民国了，还敢这样虐待儿媳妇，惹恼了我，一把火把上官家那鳖窝给烧了！”

姑姑瞪了姑父一眼，骂道：“饭堵不住你那张臭嘴！”

姑姑家的饭菜很丰盛，璇儿很馋，但吃得很拘谨。姑父夹了一大块鱼籽，放在璇儿的饭碗里。

姑姑说：“孩子，也不能全怨你婆婆家无理，人家娶儿媳妇，图的是什么？头一条就是传宗接代！”

姑父道：“你也没给我传宗接代，我对你不是很好吗？”

姑姑道：“你别插嘴好不好？这样吧，你备上驴，驮上璇儿，去县城看看妇科。”

璇儿骑着驴，走在高密东北乡水网密布的原野上。天上飘游着大团的白云，云缝里露出来的天显得格外的蓝。碧绿的庄稼和野草见缝插针、争分夺秒地生长，狭窄的小路几乎被野草遮没。小毛驴儿颠颠地跑着，不时地把嘴巴伸到路边的野草里，去摘食一种紫色花朵。紫碗碗花儿，盛蓝酒，妞妞跟着女婿走。走啊走，走啊走，走到黑天落日头，草窝窝里睡一宿。抱一抱，搂一搂，来年生了一窝小花狗。儿时唱过的歌谣，远远地飘过来，又飘飘地远去了。璇儿感到心中无限的悲凉。路边的池塘连着沟渠，沟渠爬进池塘。一群群的小鱼，在透明的、淡黄色的水中漫游。鱼狗子蹲在草梢上，紧缩着脖子不动，突然像石头一样砸到水里，蹿起来时嘴巴里就叼着一条白亮的鱼。阳光很毒辣，大地蒸腾着水汽，到处都是植物生长的声音。两只咬着尾巴的蜻蜓从她的面前飞过去。两只燕子在空中追逐着交配。路上蹦跶着刚刚褪去尾巴的小青蛙，草梢上有刚刚孵化出来的小蚂蚱。刚出生的小野兔在草丛中跟随着母兔子觅食。小野鸭子跟随着妈妈在水里游动。它们粉红的脚蹼划破水面，在身后留下一道道波纹……连兔子蚂蚱都能生养，为什么我不能？她心中感到十分空虚。她仿佛看到了传说中女人都有的那只育儿口袋，悬挂在自己的小肚子里，里边空空荡荡，什么也没有。天哪，送子娘娘，求求您啦，送给俺一个孩子吧……她仿佛看到了送子娘娘粉团一样的白脸和脸上那两只细长的凤眼，她骑在一匹遍体鳞片、颌下生着须子、颈下挂着金铃的绿色麒麟上，头上笼罩着红云，脚下驾着白云，正在草原的上空游荡着。娘娘啊娘娘，把您怀里那个大胖小子给我吧，我愿意给您磕一万个响头。她被自己的虔诚感动得热泪盈眶，耳边仿佛就听到了麒麟颈下的金铃叮当着，降落到自己的眼前。娘娘将怀中那个大胖小子递到了自己眼前。娘娘和孩子身上香气扑鼻……

姑父尽管年近四十，但顽性十足。他给毛驴挽上缰绳，任它驮着璇儿自由行走。他自己却在路边的草地上跑来跑去。他采来一把野花，编成一个花冠，戴到璇儿头上，说是给她遮阳。他在草地上追赶小鸟，累得气喘吁吁。他钻到草丛中，找到一个拳头大小的野瓜，递给璇儿吃。他说这是一个甜瓜，但璇儿咬了一口，苦得舌头都拖不动。他挽起裤腿，跳到水里，捉到两只像西瓜子一样的小虫，捂在手心中，摇晃一会儿，喊一声："变！"然后就把那虫儿让璇儿闻。"什么味？"璇儿摇头说不出来。他说："西瓜味儿，这是西瓜虫儿，是西瓜子儿变的。"

璇儿感到姑父真是个大孩子，很贪玩也很好玩。

看妇科的结果是，鲁璇儿没有病。

姑姑愤怒地说："我去找上官家算账去！明明她家的儿子是匹没生的骡子，却来磨难我们璇儿！"

但大姑姑走到大门口就折了回来。

十几天后的一个大雨倾盆的晚上，姑姑做了一桌丰盛的饭菜，用姑父的锡酒壶燎开一壶酒。姑侄二人对面而坐。姑姑拿出两个绿皮酒盅子，放一个在璇儿面前，自己面前也放了一个。蜡烛摇曳的光芒把姑姑的影子投到后边的墙上。姑姑往酒盅子里倒酒时，璇儿看到她的手在哆嗦。

"姑姑，为什么要喝酒呢？"璇儿预感到要发生什么大事，忐忑不安地问。

姑姑说："没什么事，下雨天，烦闷，咱娘儿俩聊会天儿。"

姑姑端起酒杯，说："来呀，孩子。"

璇儿也端起酒杯，胆怯地望着姑姑。她看到姑姑的酒杯将自己的酒杯撞得颤抖了一下。

姑姑仰脖把杯中酒灌下去。

璇儿也把杯中酒灌下去。

"孩子，你打算怎么办？"姑姑问。

璇儿悲苦地摇了摇头。

姑姑又给她自己的杯子和璇儿的杯子倒上了酒。

"孩子，"姑姑说，"咱们认命吧。上官家的儿子不中用，已经对不起咱们了。记住，是他家欠了咱们的情，不是咱欠了他家的。孩子，这世界上，好多堂堂皇皇的事，都是在黑灯瞎火里干出来的。你听明白了我的意思了吗？”

璇儿困惑地摇摇头，两杯酒落肚，她的头已经晕眩了。

就在这天夜里，于大巴掌上了璇儿的炕。

等到早晨醒来时，璇儿感到头痛欲裂。她听到耳边有人响亮地打着呼噜。她困难地睁开眼，看到姑夫赤身裸体卧在自己身旁。他的一只熊掌样的大手，捂在自己的一只乳房上。她大叫了一声，拉过被单遮住身体，呜呜地哭起来。于大巴掌醒来，像闯了大祸的小孩子，抱着衣服跳下炕，结结巴巴地说：“是你姑姑……逼我来的……”

转过年来春天，清明节刚过，上官家的儿媳妇鲁璇儿，生了一个黑眼睛的、瘦瘦的女孩。上官吕氏跪在菩萨瓷像前磕了三个头。她欣慰地说：“谢天谢地，总算开了腚了。求菩萨保佑，明年送我家个孙子吧。”

她慷慨地煮了一碗荷包蛋，端到儿媳面前，说：“吃吧。”

上官鲁氏感激地望着婆婆的大脸，鼻子一酸，眼泪滚了下来。

婆婆看了看那卧在破布里的女婴，说：“就叫她来弟吧。”

第五十九章

二姐上官招弟，也是于大巴掌的种子。

连续生了两个女孩，上官吕氏的脸色就不好看了。

母亲认识到一个残酷的真理：女人，不出嫁不行，出了嫁不生孩子不行，光生女孩也不行。要想在家庭中取得地位，必须生儿子。

母亲的第三个孩子，是在芦苇荡里怀上的。

那是招弟满月后不久的一个中午，母亲遵照上官吕氏的指示，去村子西南方向的苇塘边捞小螺蛳喂鸭。那年春天，来了一个赊小鸭的，是一个高大健壮的外乡人，肩膀上披着蓝布，脚穿一双麻鞋，挑着两笼杏黄色的毛茸茸的小鸭。他把鸭笼放在教堂门前的大街上，悠扬地吆喝着：赊小鸭喽——赊小鸭——往年春天，有赊小鸡的，有赊小鹅的，从来没来过赊小鸭的。人们都围着那人的鸭笼，看那些粉红嘴巴、黄绒球般的可爱小东西儿。它们呷呷地叫着，透明的小掌片儿，笨拙地移动着。赊吧，赊吧，春天赊鸭，秋天收钱，出了公鸭不要钱。这是北京鸭，下蛋勤，当年下蛋，一天下一个，只要能喂上螺蛳小蛤什么的，一天能下两个蛋，早晨下一个，晚上下一个。上官吕氏率先赊了十只鸭，有人开了头，大家便一齐赊，两笼鸭，一会儿就赊光了。

赊鸭的在村子里转了一圈就走了。当天夜里，福生堂的大儿子司马亭就被土匪绑了票，花了数千大洋才赎回来。人们传说，那个赊小鸭的，是土匪的眼线，他借赊小鸭作掩护，探明了福生堂的底细。

但这鸭的确是好鸭，只养了五个月，便长得像小船一样。上官吕氏爱鸭如命，天天让儿媳去捞螺蛳，盼望着它们一天生俩鸭蛋呢。

母亲提着一只瓦罐，拿着一把绑在长杆上的铁笊篱，往婆婆指示的方向走。近村的水沟、池塘里的螺蛳，已被养鸭人家捞光了。婆婆头天去蓼兰赶集时，路过大苇塘，看到塘边浅水里螺蛳很多。

一群群的绿毛野鸭，在苇塘里游动着。它们扁平的嘴巴像铲子一样，把婆婆看到过的那些螺蛳全部吃光了。母亲感到很失望，后悔来晚了一步。她很担忧，知道回家后这顿臭骂是脱不了的。她沿着苇塘边泥泞的、弯弯曲曲的小路往前走，巴望着能找到一块没被野鸭糟蹋过的水面，找到螺蛳，完成婆婆交给的任务。她感到双乳发胀，想起了扔在家里的两个女孩。来弟刚刚会走，招弟还不到两个月。婆婆把她那十只鸭子看得比这两个女孩还重。孩子哭成泪人儿，也别指望她能抱一抱。上官寿喜，很难说他是个人，他在外窝囊得像鼻涕一样，在他娘面前也是唯唯诺诺，可是对待老婆，却凶狠得要命。他一点也不喜欢这两个孩子。每当受了他的虐待后，母亲就恨恨地想：骡子，打吧，这两个女孩，不是你的种。我鲁璇儿再生一千个孩子，也不是你上官家的种子。自从和于大巴掌有事之后，她感到无脸再见姑姑了，所以今年的伏天，她没有回去。婆婆逼她去，她说："俺娘家死绝了，你让我去哪？"看来于大巴掌的种也不行。她想，该寻觅个好男人借种。婆婆，丈夫，你们打吧，你们骂吧，你们盼吧，我会生儿子的，但生的儿子不是你们上官家的种，你们倒霉吧！

她胡思乱想着，分拨着几乎把小路遮没的芦苇往前走。芦苇嚓啦啦地响着，腥冷的水生植物的味道，使她生出一些灰白的恐怖感觉。水鸟在苇地深处呱呱地叫着，一股股的小风在苇棵子里串游。一只长嘴巴的野猪，在她前边几步远处，挡住了她的去路。长长的两颗獠牙，从野猪的唇间伸下来。它瞪着被刚硬睫毛包围着的小眼睛，仇视地盯着她，鼻子里发出威胁的哼哼声。母亲像喝了一大口醋一样，精神一振，不由得打了一个寒战。她想：我怎么钻到这里来了？高密东北乡谁人不知？这万亩苇田深处，是土匪的老窝，连齐鲁游击司令王三呱哒的大队人马，也不敢贸然进入，前年剿匪时，把迫击炮架在路上，放上十几炮，撤退了事。

母亲慌忙循原路退出时，才发现，苇塘中模模糊糊的、不知被人脚还是兽蹄踩出的小路纵横交错，她无法分清自己是顺着哪条小路进来的。她东一头西一头地瞎闯着，最后竟着急地哭起来。阳光从刀剑般的苇叶缝隙中射下来，地上累积多年的苇叶发出腐败的酸臭。她的脚踩着一摊稀粪，虽然恶臭扑鼻，却让她感到亲切——有屎就有人。她大叫着："有人吗？有人没有？"她听到自己的声音在苇田里碰撞着，消逝在密密麻麻的苇秆之间。她低头看到，被自己的脚踹碎了的粪便里，全是粗糙的植物根茎，这才省悟道：这不是人的粪便，而是野猪或是别的什么野兽的粪便。她又往前冲了一会儿，便绝望地坐在地上，大声地哭起来。她感到背后冷飕飕的，好像在苇丛间有一双阴森森的眼睛在窥视着自己，急忙转回身寻找，什么也没有，只有苇叶纵横交错，顶尖的苇叶肃然上指。一阵微风，在苇田里发生，在苇田里消失，只留下一串嚓啦啦的响声。鸟儿在苇田深处鸣叫，怪声怪气，好像人模仿的。四面八方都充满危险，苇叶间有那么多的绿幽幽的眼睛。碧绿的磷火跳到苇叶上闪烁着。她心胆俱裂，汗毛竖起，乳房硬成了两块铁。她的理智在逐渐丧失，闭着眼乱撞。她跑到浅水里，惊起了一群群伏在水面上的黑云般的蚊虫。蚊子毫不客气地叮咬着她。她周身都出了黏汗，吸引来更多的蚊虫。瓦罐早丢了，铁笊篱也扔了。号哭着乱跑，我可怜的母亲。就在她最绝望的时候，上帝派来了救星。他就是那个赊小鸭子的人。

他披着大蓑衣，戴着大斗笠，把母亲引领到苇田深处的一块高地上。这里的芦苇稀疏。中央搭着一个很大的窝棚。窝棚前笼着一团火，火上吊着一个铁罐子。罐子里溢出熬小米粥的香气。

那人把母亲引进窝棚。母亲跪下道："好心的大哥，送我出去吧，俺是上官铁匠家的儿媳妇。"

那人笑道："急什么？稀罕客人来了，总不能不招待吧？"

窝棚里有用木板搭起来的铺，铺上垫着防潮的狗皮。那人吹燃了薰蚊虫的艾蒿把子，说："咬坏了吧？这里的蚊虫，能咬死水牛，何况大嫂这样的细皮嫩肉。"

艾蒿燃出的白烟，散出好闻的药香。那人从窝棚横梁上吊下来的筐篮里，摸出一个红色的小铁盒子。他揭开铁盒，抠出一些橙色的油膏，涂在母亲被蚊虫咬肿了的脸上、手上。母亲感到清凉的滋味沁人心脾。那人从筐里摸出一块冰糖，硬塞到母亲嘴里。母亲知道，在这万亩苇田中央，一男一女，那种事儿迟早要发生。她含着眼泪说："好大哥，你要怎么着都行，只求您能把俺快点送出去，俺家里，还有个吃奶的孩子……"

母亲顺从地接受了这个高大男人。她没有痛苦，也没有欣喜。她只是祈盼着，这个男人播下的，是一个男孩。

第六十章

四姐上官想弟的父亲，是一个江湖郎中。

那是一个身材瘦削、鹰嘴鹞眼的青年人。他摇着铜铃，串街走巷，嘴里还吆喝着："爷爷当过御医，父亲开过药铺，我辈穷愁潦倒，摇铃闯荡江湖。"

母亲背着一筐青草从田野里归来，看到那郎中正在给一个老头捉牙虫。他端着一个小铁盒，拿着一把黑镊子，从老头的嘴里，夹出了一些白色的小虫。回家后，她把郎中捉牙虫的事儿告诉了正闹牙痛的婆婆。

郎中让上官鲁氏端着灯盏，照亮上官吕氏的嘴。他用镊子拨拉着吕氏的牙齿，说："大娘，您是火牙，不是虫牙。"

他摸出几根银针，扎在上官吕氏的手上和腮上，又从背囊中摸出一包药粉，吹到她的嘴里。一会儿，吕氏的牙便不痛了。

郎中在上官家东厢房借宿一夜。第二天又拿出一块大洋，要租借东厢房坐堂看病。婆婆一是因为郎中治好了自己的牙痛，二是看到了白花花的大洋，很痛快地便答应了。

他的医道的确很高明。

村中放牛的余四，脖子上生了一个疮，多年不愈，动辄流脓淌血，且奇痒难挨。郎中一看，便笑道："区区小疮，好治。去找稀牛屎一泡，糊到疮口上。"

人们以为郎中在开玩笑。

余四说："先生，拿着病人开心，伤天害理。"

郎中道："如果信得过我，就去找稀牛屎，信不过我，就另请高明。”

第二天，余四提着一条大鱼来谢先生。他说，疮上糊上牛屎后，钻心要命地痒，一会儿工夫，钻出了一些小黑虫，痒也轻了。连糊了十几泡牛屎，疮口就收敛了。

“简直是神医！”余四说。

郎中道：“你这个疮，是个屎壳郎疮。屎壳郎见了牛屎，哪有不钻出来的道理？”

郎中由此声名大振，在上官家住了三个月。他按月交纳房租饭费，与上官家相处得很和睦。

上官吕氏向郎中请教生男生女的问题。

郎中为上官鲁氏开了一个药方：“鸡蛋十枚，用香油、蜂蜜炒食。”

上官寿喜说：“这样的药，我也想吃。”

母亲对这个魔魔道道的郎中充满好感，她溜进了东厢房，对郎中吐露了丈夫没有生育能力的真情。

郎中说：“那些牙虫，是预先放到铁盒里的。”

当他确知母亲怀孕后，便告辞走了。临行时他把行医数月的收入都给了上官吕氏，并拜了她做干娘。

第六十一章

吃晚饭的时候，上官鲁氏失手打破了一个碗。她感到脑袋嗡地一声响，心里清楚地知道，倒霉的时刻来到了。

自从第四个女儿出生之后，上官家的天空一直是阴云密布，婆婆的脸板得像一把刚从淬火桶里提出来的镰刀，随时像要飞起来砍人似的。

根本没有“坐月子”这码事了。刚收拾完孩子，双腿间还淋漓着鲜血，就听到婆婆用火钳敲响了窗户。“有了功了是不是？”上官吕氏凶狠地骂着，“劈着个臊×净生些丫头片子还有功了是不是？还让我四个盘八个碗地端上去侍候你？于大巴掌家教育出来的好闺女！有你这样做媳妇的吗？！我看你倒像是我的婆婆！前辈子杀老牛伤了天理，报应啊！我真是昏了头，瞎了眼，让猪油蒙了心，鬼迷了心窍，给儿子找了这么个好媳妇！”她用铁钳敲打着窗户，吼道：“我说你哪，你给我装聋作哑听不到是怎么的？”母亲哽咽着说：“听到了……”“听到还磨蹭什么？”婆婆说，“你公公和你男人，正在场上打麦子哪，放下扫帚拾起锨，忙得一个人恨不得劈成四瓣儿，你倒好，像那少奶奶一样，铺金坐银地不下炕了！你要能生出个带把儿的，我双手捧着金盆为你洗脚！”

母亲换上一条裤子，头上蒙上一条肮脏的毛巾，看一眼浑身血迹的女婴，用袖子揩干满眼的泪，拖着软绵绵的腿，强忍着剧烈痛楚，挪到院子里。古历五月耀眼的阳光刺得她睁不开眼睛。她抄起水瓢，从缸里舀了一瓢凉水，咕咕嘟嘟灌下去。死了吧，她想，活着也是遭罪，自己把自己折腾死吧！院子里，婆婆正用乌黑的火钳，拧着上官来弟的大腿。上官招弟和上官领弟，瞪着惊恐的眼睛，瑟缩在草垛根上，一声也不敢吱，小小的身体，恨不得塞到草垛里去。来弟像杀猪一样号哭，孱弱的身体，在地上滚动着。“让你号！让你号！”上官吕氏凶狠地叫着，双手攥着火钳子，用她打铁多年练出来的准确和强悍劲儿，一下接着一下夹着来弟的身体。

母亲扑上去，拉住上官吕氏的胳膊，哭求道：“娘啊，小孩子不懂事，饶了她吧……要夹就夹我吧……”母亲软软地跪在了上官吕氏面前。上官吕氏气哼哼地把火钳掷在地上，怔了怔，然后就拍打着胸脯，哭着：“天哪，俺的个天哪，真真把俺气死了啊……”

母亲挨到打谷场上，上官寿喜对准她的腿弯子抽了一杈杆，骂道：“懒驴，你怎么才来？你要把老子累死吗？”

母亲本来就腿软，冷不丁地挨了一杈杆，不由自主地便坐在了地上。她听到被太阳晒得像烧鸡一样的丈夫沙哑的嗓子怒吼着："别装死，快起来翻场！"

丈夫把那杆桑木杈扔在她的面前，摇摇摆摆地走到槐树下乘凉去了。她看到公公也把手中的木杈扔了。他骂着儿子："日你个娘，你不干，老子也不干啦，难道这满场的麦子，是我一个人的吗？"公公也到了树荫下。爷儿俩拌着嘴，绝对不像父子，而像一对难兄难弟。

儿子说："我才不干了呢！打这么多麦子，还是顿顿吃粗面。"

老子说："你顿顿吃粗面，难道我就捞到吃细面了吗？"

母亲听着上官父子的争吵，心中涌起无限的悲凉。上官家今年小麦大丰收，方圆二亩地的打谷场上，铺了一层厚厚的麦穗子。晒焦了的麦粒的香味，灌进了她的鼻腔。丰收总是带给农妇喜悦，哪怕她是泡在比黄连还苦的水里。母亲手按着地，很不顺利地站起来。她弯腰捡杈时几乎要晕倒，手拄杈杆勉强站定后，还感到蓝天和黄地像两个硕大的轮子，在倾斜着旋转，而自己的身体也是那样倾斜着，几乎站不住脚。腹部剧痛，刚刚卸掉重负的子宫激烈地收缩着，凉森森的腥冷液体，一股股地从产道里冒出来，濡湿了她的大腿。

阳光毒辣，像一片片白色的火在地上燃烧。麦穗和麦秆里残存的水分在愉快地蒸发着，母亲强忍着身体的痛楚，用杈尖挑起麦穗，翻动着它们，促使它们更快地燥干。锄头上有水，杈杆上有火，她想起了婆婆的话，有一千一万条不好处，但婆婆在村里依然是有着很高威望的女人。她办事公道，有胆识，仗义，虽然自家节俭到吝啬程度，对乡邻却很大方。她打铁打得好，对庄稼活儿，无论地里还是场里，都能拿起来。母亲感到，自己与婆婆比起来，真像狮子脚前的一只家兔。又怕，又恨，又敬畏。婆婆，高抬贵手吧！麦穗儿哗啦啦地响着，像金子铸成的小鱼儿，沉甸甸地从杈缝里滑落，脱落下来的麦粒，窸窸窣窣地响着。一只翠绿的、被麦穗儿带到场上的尖头长须小蚂蚱，展开粉红色的肉翅，飞到了她的手上。母亲看到了这精致的小虫子那两只玉石般的复眼和被镰刀削去了一半的肚子。去了一半肚子，还能活，还能飞，这种顽强的生命力，让母亲感动，她抖抖手腕，想让它走，但它不走。母亲感受到它的脚爪吸附在皮肤上的极其细微的感觉，不由得叹息了一声。母亲想起了二女儿招弟结珠的那个时辰，在姑姑家的瓜棚里，从墨水河边吹过来凉爽的风灌进瓜棚。瓜地里，银灰色的西瓜叶子间，躺着一个个圆溜溜的紫皮大西瓜。那时来弟还吃着奶呢。一群群的，也是这样的有粉红色肉翅的小蚂蚱在瓜棚周围咔嚓咔嚓飞动着。姑夫于大巴掌，跪在她的面前，很痛苦地擂着自己的头，说："我上了你姑姑的当，我这心，一刻也没安宁过，我已经不是人啦，璇儿，你用这刀，劈了我吧！"姑夫指指隔板上那把闪闪发光的西瓜刀，流着泪说。母亲的心里，真是百感交集，五味俱全。她犹豫着伸出手，摸了一下姑夫光秃秃的头，她说："姑夫，不怨你，是他们把我……逼到了这一步……"她的声音突然尖厉起来，她对着棚外那些圆溜溜的西瓜——好像它们都是听众——说："你们听吧！你们笑吧！姑夫，人活一世就是这么回事，我要做贞节烈妇，就要挨打、受骂、被休回家；我要偷人借种，反倒成了正人君子。姑夫，我这船，迟早要翻，不是翻在张家沟里，就是翻在李家河里。姑夫，"她冷笑着道，"不是说'肥水不落外人田'吗？！"姑夫惶惶不安地站起来，她却像一个撒了泼的女人一样，猛地把裤子脱了下来……

福生堂家的打谷场上，四匹大骡子拉着碌碡，转着圈跑起来。长工打着响鞭，轰着骡子。那边是一片人欢骡叫，碌碡在麦穗上颠动的声音、骡蹄践踏在麦穗上的声音，混合在正午的阳光里，金黄的麦穗，在骡蹄下翻着辉煌的波浪。这边，上官家的场上，只有她一个人汗流浃背地忙碌着。麦穗儿被晒得噼噼啪啪响着，扔一个火星进去，便能引起满场大火。真是打麦子的好时辰。天上亮得像炉膛一样。场边的槐树耷拉着叶子。上官父子坐在荫凉里，张着口喘息，狗在断墙边伸着鲜红的舌头，哈哒哈哒喘气。母亲感到身上渗出一种腥冷黏稠的汗水。她喉咙里像要冒火了。头痛，恶心，头上的血管蹦跳着，仿佛随时都要胀破。下半身好像泡在水缸里的破棉絮，沉得拖不动。她是抱着一种死在麦场上的决心，用惊人的毅力支撑着，翻吧，翻吧！场上一片金光闪，那些麦穗儿仿佛都活泼泼的，成群结队、拥拥挤挤，万万千千的小金鱼儿，千千万万狂舞着的蛇。母亲翻着场，心里涌起悲壮的情绪。老天爷，睁开眼看看吧！左邻右舍们，睁开眼看看吧！看看上官家儿媳妇，刚生完孩子，拖着个血身子，就上了场，头顶着似火的毒日头翻麦子。而她的公公和丈夫，两个小男人，却坐在树荫凉里磨牙斗嘴。查遍三千年的皇历，也查不到这样的苦日子哇。她自己把自己感动得泪水滚滚，忍不住呼噜呼噜地哭起来。泪眼矇眬，五彩的云烟从麦穗中升起。高得没有顶的天上，响起叮叮咚咚的金铃声。天老爷的车驾动了。笙管齐鸣，金龙驾车，凤凰起舞。送子娘娘骑着麒麟，抱着大胖孩子。在上官鲁氏昏倒在打麦场的一瞬间，她看到送子娘娘把那个粉团一样的、生着美丽的小鸡鸡的男孩投了下来。那男孩叫着娘钻进了她的肚子。她跪在地上，感激涕零地喊叫着：谢谢娘娘！谢谢娘娘……

母亲醒过来时，发现自己躺在断墙的淡薄的阴影里，满身泥土，吸引来成群的苍蝇，像一条将死未死的狗。麦场边上，站着上官家那头大黑骡子。婆婆上官吕氏，正挥舞着鞭子，抽打着偷懒磨滑的上官父子。这一对宝贝，抱着脑袋，像被打蒙的狗，汪汪地叫着，左躲右闪。婆婆的鞭梢，无情地抽裂了他们的皮肉。

“别打了，别打了……”公公捂着脑袋，求饶道，“老祖奶奶，我们干活还不行嘛！”

“还有你，小杂种！”婆婆抽了上官寿喜一鞭，道，“我就知道，偷奸磨滑，每次都是你带头。”

上官寿喜缩着脖子说：“娘，亲娘，别打了，打死我可就没人给您养老送终了！”

婆婆悲凉地说：“指望着你给我养老送终？呸，只怕我的骨头被人当柴火烧了也找不到个人埋了。”

父子二人笨手笨脚地套上骡子，一个扶着撵杆，一个卡着木杈，打起场来。

上官吕氏提着鞭子，走到断墙边，哀怨地说：“起来回家吧，俺的个好儿媳妇，还躺在这儿干什么？躺在这儿给俺现眼？让人家说俺当婆婆的歹毒，拿着儿媳妇不当人待？你怎么还不走？还要我去雇一乘八人大轿抬你回去？嗨，这年头，儿媳妇都比婆婆大啦！但愿你能生出个儿子来，将来也好尝尝给人家当婆婆的滋味！”

母亲扶着墙站起来。

婆婆摘下头上的斗笠，罩在母亲头上，说：“回去吧，到菜园子里摘几根黄瓜，晚上炒几个鸡蛋给他们爷儿们吃。有劲儿呢，就挑几担水把那畦茼蒿浇浇。这哪里还像过日子的？还是那话，我是给你们挣的。”

婆婆唠叨着，往打麦场上走去。

这一夜，雷声隆隆。满场的麦子，一年的血汗。母亲忍着疼痛，拖着死沉沉的身子，与家人一起抢场。冰凉的雨水把她淋得像落汤鸡一样。当抢完了场回家爬到炕上，她感到，自己已经走到了阎王爷的家门口，催命的小鬼，抖着哗啦啦响的铁链子，锁住了她的脖子……

母亲下意识地弯腰去捡那已经跌碎的碗，就听到婆婆像刚从水中冒上头来的老牛一样哼哧了一声。一下沉重的打击落在了母亲的头上，她一头便栽倒在地。婆婆扔掉沾着血的石头蒜锤子，像放炮一样地说：“砸吧，砸吧，全砸了吧，反正这日子是不想正经过了！”

母亲挣扎着爬起来，婆婆用蒜锤子砸破了她的后脑勺子。温暖的血流到了她的脖子上。她哭着说：“娘，我不是故意的……”

婆婆道：“还敢犟嘴？”

母亲说：“我没有犟嘴。”

婆婆斜眼看着儿子，道：“好啦，我管不了你了！寿喜，你这个窝囊种，把你的老婆搬到桌子上供养起来吧！”

上官寿喜明白了他娘的意思，他从墙边抄起一根棍子，拦腰一棍，便把我母亲打倒了。然后，他的棍子频繁起落着，打得我母亲满地翻滚。上官吕氏用目光鼓励着儿子。上官福禄劝儿子："寿喜，别打了，打死了，要吃官司的。"

上官吕氏道："女人是贱命，不打不行。打出来的老婆好使，揉软的面好吃。"

上官福禄道："可是你老是打我。"

上官寿喜打累了，扔掉棍子，站在梨树下，呼哧呼哧喘粗气。

母亲的腰和屁股黏糊糊的。她听到婆婆抽搐着鼻子骂道："真她娘的埋汰，挨了几下子，就屙在裤裆里了。"

母亲双臂撑着地，倔强地昂起头，第一次用凶狠的声音回骂："上官寿喜，你打死我吧……你不打死我，就是狗养的……"

说完了这句话，母亲便昏了过去。

半夜时，她醒了过来，一睁眼便看到了满天的星辰。在横越天际的璀璨银河岸边，一九二四年的彗星拖着长长的尾巴，向人们预示着动荡不安的年代。

在她的身体旁边，簇拥着三个弱小的动物，那是她的来弟、招弟和领弟，而她的想弟，正在炕头上喑哑地哭泣，新生婴儿的眼窝里和耳朵眼里，蠕动着细小的蛆虫，那是绿头苍蝇们白天播下的卵块。

第六十二章

母亲怀着对上官家的满腔仇恨，把自己的肉体交给沙口子村打狗卖肉为生的光棍汉高大膘子糟蹋了三天。高大膘子瞪着一双牛眼，翻着两片厚唇，不分春夏秋冬，身上总披着一件被狗油涂得像铠甲一样的棉袄。无论多么凶恶的狗，见了他，都绕着弯避开，在安全的距离内，汪汪几声。母亲是利用到蛟龙河北岸挖中药的机会去找高大膘子的。高大膘子正在煮狗肉，母亲闯了进去。他横横地说："买狗肉，还没熟呢！"母亲说："大膘子，我是来给你送肉的。那一年听社戏时，你在黑影里摸过我，还记得不？"高大膘子红了脸。母亲说："今日，我送上门来了！"

怀孕之后，母亲跑到谭家窝棚的娘娘庙里，烧香、磕头、许愿，把结婚时带来的几块体己钱全部贴了进去，但来年生产时，还是个女孩。这个女孩就是上官盼弟。

母亲的第六个女儿上官念弟的亲生父亲究竟是高大膘子还是天齐庙里那个俊俏的和尚，连母亲也是后来才弄清楚——上官念弟长到七八岁时，才用容长的脸儿、修长的鼻子、长长的眉毛证明了自己的血脉。

那年春天，婆婆上官吕氏得了一种怪症，脖子之下的身体上，长满了银灰色的鳞片，奇痒难挨。为了防止她把自己抓死，上官父子不得不用带子反绑了她的双手。这个铁打的女人，被怪病折磨得昼夜号叫，院子里的墙角上，梨树粗糙的硬皮上，都留下一些血淋淋的东西——那是她蹭痒时留下的痕迹。"痒死了呀，痒死了……"上官吕氏号叫着，"伤了天理了呀，伤了天理了，救救我吧，救救我……"

上官父子碌碡压不出屁、锥子攮不出血，为上官吕氏请医生看病的任务自然地落在了母亲身上。母亲骑着骡子，跑遍了高密东北乡，请来了十几个医生，有中医，有西医，他们看了吕氏的病，有的开个药方走人，有的连方子也不开扭头便走。母亲又去请巫婆、神汉，求仙丹、神水，什么法子都试了，吕氏的病毫无起色，日渐沉重。

有一天，吕氏把母亲叫到炕边，说："寿喜屋里的，'无恩不结父子，无仇不结婆媳'，我死之后，这个家，就靠你撑着了，他们爷儿俩，都是一辈子长不大的驴驹子。"

母亲说："娘，别说丧气话，我才刚听樊三大爷说，马店镇天齐庙里的智通和尚医术高明，我这就去请他。"

婆婆道："别花冤枉钱了。我知道我的病根。我刚嫁过来那会儿，用开水烫死过一只猫，它偷食小鸡，我实在恨极了，想教训它一下，没想到竟烫死了，这是它来做祟呢！"

母亲骑着骡子，跑了三十里路，赶到了马店镇天齐庙，找到智通和尚。

和尚面白神清，修眉俊目，浑身上下，散发着好闻的檀香味儿。

他数着念珠，听完了母亲的诉说，道："这位施主，贫僧坐堂行医，向来是不出诊的，回家把你的婆婆拉来吧。"

母亲只好赶回来，套上木轮车，拉着婆婆到了天齐庙。

智通给婆婆开了两个药方，一个让水煎内服，一个外洗，并说："如果不见效，就不必来了，如果见效，再来换方子。"

母亲去药店抓了药，亲自熬煎，小心侍奉。三遍药吃罢，又外洗了两次，竟然止住痒了。

婆婆大为高兴，开箱取出钱，让母亲去谢先生，并换药方。

母亲在为婆婆换方子的时候，顺便请智通为自己诊治只生女不生男的症候，一来二去，话越说越深。和尚本来是个多情种子，母亲又盼子心切，二人便好了起来。

沙口子村的高大膘子在母亲身上尝到了滋味，便盯上了母亲。

有一天傍晚，夕阳西下，圆月初升，母亲骑着骡子，从天齐庙里赶回来。路过墨水河南的高粱地时，高大膘子闪出来拦住了她的骡子。

"鲁璇儿，你好薄情！"高大膘子说。

母亲说："大膘子，我看你可怜，才闭着眼俯就你几次，你别得寸进尺。"

高大膘子说："不要勾上小和尚，就忘了旧相好！"

母亲说："你放屁！"

高大膘子说："你瞒不了我，好便好，不好我就给你去吆喝，让东北乡的人都知道，你打着给婆婆治病的旗号，与小和尚偷情。"

母亲被高大膘子抱进了高粱地……

婆婆的病好了。但母亲和智通和尚有染的风言风语也传进了她的耳朵。

上官念弟呱呱落地，婆婆看到又是个女孩，二话没说，提起她的两条小腿，就要放到尿罐里溺死。

母亲扑下炕，抱住了婆婆的腿，哀求道："娘啊，娘，发发善心吧，看在我侍候了您半年的分上，饶她一条性命吧……"

婆婆提着呱呱哭叫的女婴，压低了嗓门问道："你说实话吧，和尚的事，可是真的？"

母亲犹豫着。

婆婆问："说！这是不是个野种？"

母亲坚决地摇了摇头。

婆婆把女婴扔到了炕上。

第六十三章

一九三五年秋天，母亲在蛟龙河北岸割草时，被四个拖着大枪的败兵轮奸了。

面对着清凉的河水，她心里闪过了投水自尽的念头。但就在她撩衣欲赴清流时，猛然看到了倒映在河水中的高密东北乡的湛蓝色的美丽天空。天空中飘游着几团洁白的云絮，几只棕色的小鸟在云团下边愉快地鸣叫着。几条身体透明的小鱼儿，抖动着尾巴，在白云的影子上一耸一耸地游动着。好像什么事情也没有发生，天还是这么蓝，云还是这么傲慢，这么懒洋洋的，这么洁白。小鸟并不因为有苍鹰的存在而停止歌唱，小鱼儿也不因为有鱼狗的存在而不畅游。母亲感到屈辱的心胸透进了一缕凉爽的空气。她撩起水，洗净了被泪水、汗水玷污了的脸，整理了一下衣服，回了家。

第二年初夏，多年没有生养的上官鲁氏，生出她的第七个女儿上官求弟。对她的这次怀孕寄予了巨大希望的上官吕氏绝望到了极点，她摇摇晃晃地走到自己屋里，打开箱子，摸出一瓶珍藏的烧酒，仰着脖子灌下去，借着酒劲儿，她大声号哭起来。上官鲁氏也十分沮丧，她厌恶地看着初生儿皱巴巴的小脸，心里默念着："天老爷，天老爷，你为什么这么吝啬？你多费一点泥巴，就可以给我孩子捏上了鸡巴……"

上官寿喜冲进屋，掀起破布一看，往后便跌倒了。他清醒过来的第一件事，便是抄起门后捶衣服的棒槌，对准老婆的头砸了一下子。鲜血喷溅在墙壁上。这个气疯了的小男人，恨恨地跑出去，从铁匠炉里夹出了一块暗红的铁，烙在了妻子的双腿之间。

一股焦黄的烟雾蹿起来，烧焦了毛发和皮肉的臭气弥漫全屋。母亲惨叫一声，便滚到了炕下。她的身体弯得像弓背一样，在地上抖动着。

于大巴掌听到鲁璇儿被烫的消息，提着一支长苗子鸟枪便冲进了上官家家门。进了门他二话没说，对着上官吕氏宽厚的胸膛便搂了火。上官吕氏命不该绝，臭火。等于大巴掌换上一个新的引火帽儿，上官吕氏已经跑回堂屋关上了门。怒不可遏的于大巴掌对着门开了一枪。扑通一声巨响，数百颗铁沙子把门板上打出了一个碗口大的窟窿。屋子里，上官吕氏发出一声惊叫。

于大巴掌用枪托子捣着门板。他一声也不吭，只是沉重地喘着粗气。他的高大魁梧的身体，像熊一样晃动着。上官家的一群女儿，躲在东厢房里，胆战心惊地看着院子里的情景。

上官父子，一个提着铁锤，一个攥着火钳，在院子里走着歪歪斜斜的脚步，试图向于大巴掌靠拢。上官寿喜像小鸟一样扑上去，用钳嘴戳了一下于大巴掌的脊背。于大巴掌转过身，怒吼了一声。上官寿喜扔下火钳，看样子是想跑又软了腿。他的脸上浮起谄媚的微笑。

“我毁了你这个杂种吧！”于大巴掌骂了一句，便抡起鸟枪，把上官寿喜打倒在地。他用力过猛，鸟枪断成两截。上官福禄提着大锤扑过来。他举起大锤，砸了一个空，身体被锤头的力量拽得趔趔趄趄。于大巴掌在他的肩膀上拍了一掌，他便和儿子躺在了一起。

于大巴掌用双脚轮番踢着上官父子。为了踢得更为有力，他的身体不断地跃起。上官姐妹们看着这个“姑姥爷”，感到他正在进行着一场有趣的游戏。上官父子紧缩着身体，像球一样在地上滚动。起初，父子俩的号叫声一个比一个嘹亮，但一会儿工夫，就都不出声了。上官寿喜像只受伤的大蛤蟆一样，撅起屁股往前爬。于大巴掌飞起一脚，便把他踢翻在地上。

于大巴掌拾起上官家那柄把儿颤悠悠的大铁锤，高高举起来，对着上官寿喜的头，骂道：“狗杂种，我放了你的西瓜炮吧！”

在这危急关头，母亲拉开门，趔趔趄趄地走出来，她说：“姑夫，姑夫，俺家的事，不要你来插手了……”

于大巴掌扔掉铁锤，痛苦地看着像一株枯树似的鲁璇儿，难过地说：“璇儿……你吃苦了……”

母亲说：“我出了于家门，就是上官家的人，是死是活，您就别管了……”

于大巴掌的大闹，煞了上官家的威风。上官吕氏自知理亏，对儿媳的态度，有了好转。上官寿喜死里逃生，心中也存着一些对老婆的感激，减轻了对她的虐待。

母亲被烙伤的下体，腐烂化脓，散发着恶臭。她自觉不久于人世，便搬到西厢房里去居住。

有一天凌晨，教堂的钟声，把她从迷蒙中唤醒。教堂的大钟天天响，今天听来格外亲。那嗡嗡的、青铜色的美丽声音，震荡着她的灵魂，在她的心里，激起一圈圈涟漪。我为什么一直听不到这声音呢？是什么东西堵塞了我的耳朵？她沉思默想着，身上的痛苦渐渐被忘却了。直到几只老鼠爬到她身上啮咬她的皮肉时，她才从冥想中解脱出来。那头大姑姑家陪嫁过来的黑骡子，正用亲切而忧伤的老人般的目光，抚慰着她，启发着她，鼓励着她。

母亲拄着拐棍，拖着腐烂的下体，一步一步的，像攀登漫漫天堂路一样，走进了教堂的大门。

这天正是礼拜日。马洛亚牧师捧着一部《圣经》，站在落满灰尘的讲台上，对着台下十几个白发苍苍的老太太，诵读着《马太福音》的有关章节：

他母亲马利亚已经许配了约瑟，还没有迎娶，马利亚就从圣灵怀了孕。她丈夫约瑟是个义人，不愿意明明地羞辱她，想要暗暗地把她休了。正思念这事的时候，有主的使者向他梦中显现，说："大卫的子孙约瑟，不要怕，只管娶过你的妻子马利亚来，因她所怀的孕是从圣灵来的。她将要生一个儿子，你要给他起名叫耶稣，因他要将自己的百姓从罪恶里救出来。"

母亲听到这里，泪水落满了胸襟。她扔掉拐棍，跪在了地上。仰望着悬挂在铁十字架上的干裂的枣木耶稣那木呆呆的脸，泣不成声地说："主啊，我来晚了……"

老太婆们都用惊异的目光打量着上官鲁氏。她身上的恶臭让她们皱起了鼻子。

马洛亚牧师放下《圣经》，走下讲台，双手扶起鲁璇儿。他的温柔的蓝眼睛里饱含着透明的泪水。他说：

"我的妹子，我一直在等待着你。"

一九三八年初夏，在人迹罕至的沙梁子上稠密的槐树林里，马洛亚牧师虔诚地跪在烙伤初愈的母亲身边，颤抖着通红的大手，轻轻地抚摸着母亲的身体。他的湿润的红唇哆嗦着，蓝色的、水汪汪的眼睛与从繁茂的槐花中漏下来的高密东北乡湛蓝的天空融为一色，他断断续续地低语着："……我的妹子……我的佳偶……我的鸽子……我的完人……你的大腿圆润好像美玉，是巧匠的手做成的……你的肚脐如圆杯，不缺调和的酒……你的腰如一堆麦子，周围有百合花……你的双乳好像一对小鹿，就是母鹿双生的……你的双乳，好像棕树上的果子累累下垂……你鼻子的气味香如苹果，你的口如上好的酒……我所爱的，你何其美好！何其可悦！使人欢畅喜乐……"

在马洛亚感人肺腑的赞美声中，在马洛亚温存体贴的抚摸下，母亲感到自己的身体像一片天鹅的羽毛一样飘起来，飘在高密东北乡湛蓝的天空中，飘在马洛亚牧师湛蓝的眼睛里，红槐花和白槐花的闷香像波涛一样汹涌。当马洛亚牧师的凉爽的精子像箭镞一样射进母亲子宫时，母亲眼睛里溢出感恩戴德的泪水。这一对伤痕累累的情人在窒息呼吸的槐花香气里百感交集地大叫着：

以马内利！以马内利……

哈路利亚！哈路利亚……

阿门！阿门！

阿……门……

卷外卷：拾遗补阙

补一

八姐八姐我痛定思痛想起你，眼里的泪水如箭矢。你是我最亲的同胞，高密东北乡美女如野草，哪个也比不上你的美丽。但我一直忽视你。你像件多余的物品，静静地呆在角落里。你死了，我才想起你的珍贵，说一堆废话来纪念你。你的亚麻色头发如光滑的丝绸，尽管头发里寄生着虱子。你的眼睛仿佛水晶石，尽管你是瞎子。你的嘴唇像两片通红的鸡冠子。你的双乳像小红马的碧玉蹄。你怕自尽在水缸里给母亲增添麻烦，你怕你在家里自杀毁坏了上官家的名声，所以你投到河里。其实上官家的名声……常言道“穷到要饭不再穷，虱子多了不痒痒”，何在乎你死在缸里还是死在河里。你摸索着走出家门，这家门进出过英雄豪杰，这家门进出过泼皮无赖，这家门已经破败不堪，寂寞的燕子在檐下对你啁啾，你把这呢喃燕语当作对你的问候，你分明听到了燕翅上瓦蓝色的光泽和闪闪的羽毛。燕子燕子小燕子，我要到河里去了，你愿不愿意跟随我？于是成群的燕子在你的头上悲伤地翻飞。胡同里南风浩荡，那是个饥饿的春天，饿死的人在枯草中散发着臭气。你之所以还没有被饿死，全仗着母亲用胃袋和咽喉往家偷粮食。在司马家的风磨房里，人民公社纠集了一群妇女拉石磨，粉碎粮食为修筑峡山大水库的民工们供应面粉，负责看守磨房的那个人诨号麻邦，真名无人知晓。他是个残疾退伍军人，生着一头如银丝的白发，面孔红润，气色很好。他手提着皮鞭在磨房门口站岗，兴致来时也到磨房里晃荡。女人们脸上都挂着虚伪的笑容，甜言蜜语地哄着他：麻邦麻邦，您有一副菩萨心肠。不是，我不是菩萨心肠我是心明眼亮，谁要敢学那偷嘴的驴，别怨我麻邦鞭梢子无情。崔家的小寡妇如今也老了，用她松弛的乳房去蹭麻邦脊梁。麻叔，麻叔，您简直是个土皇上，到那边的马棚里，我有要紧的话儿对您讲。崔寡妇就是当年司马库的相好，如今舍身俯就了麻邦，简直是舍身饲虎狼。女人们趁着这机会，抓起豌豆和麦粒，往口袋里塞往袜筒里装，甚至往裤裆里藏。这些小把戏怎能逃过麻邦锐利的眼？散工时麻邦把她们的夹带全部搜出，鞭子狠狠地抽打着女人的脊梁。偷！让你们偷！一鞭一道血痕。女人们哭叫连天，乱纷纷跪在地上。崔家的小寡妇白白献身，也没动摇麻邦的立场。麻邦说："公是公，私是私，我不敢徇私枉法。"女人们再也不敢夹带，只能趁着麻邦迷糊时偷吃粮食，碰到绿豆吃绿豆，碰到高粱吃高粱，碰到荞麦吃荞麦。偷吃时还不敢咀嚼，娘听到咀嚼粮食的声音像鞭炮一样响。囫囵着吞下去吧，囫囵着吞下去也比吃糠咽菜强。司马家那两个造孽精为啥弄来这么大磨盘？每座都像小山一样。女人们抱怨着，弓着腰，拉着大石磨，轰隆轰隆，急一阵慢一阵，汗水滴落，湿了磨道，肚里噜噜响，满腹的气体，肚皮膨胀，当着麻邦连屁都不敢放。麻邦的鼻子灵光如警犬，嗅着屁味便能断定谁偷吃粮食。面粉纷纷，如干燥的雪粒，雪是黄的，雪是红的，五色的雪里凝着母亲们的泪。母亲们的肩上结着厚厚的茧子，母亲们的脚上长着驼蹄般的坚硬胼胝，母亲们的苦难像苦楝树一样。但这是那年头里的美差。麻邦说："娘儿们，别骂我，骂我没良心，靠山屯磨房里的女人，都戴着笼嘴呢。"是啊，如果不是在磨房当驴，八姐你早就饿死了，省了投河；鹦鹉韩早就饿死了，几十年后也不会有个"东方鸟类中心"。母亲一辈子正直，也做起了偷粮的耗子。那天闷热，母亲回家呕吐了。是夜暴雨，翌日早晨，母亲看到鹦鹉韩在院里找豌豆粒吃。母亲灵感被触发，从此之后，她每天临下工之前，趁着磨房里的幽暗，发疯般地吞咽粮食，胃袋沉甸甸地装满了粮食，哗啦，哗啦，哗啦啦地倾吐到木盆里。粮食其实从来都是宝贵的，母爱其实永远都是伟大的，母亲偷粮食的方式是全世界独一无二的，做了贼的母亲是光芒四射的。每当我想起母亲跪在木盆前呕吐粮食的情景我便眼泪汪汪，我便热血澎湃，我便想干出一番辉煌事业报答母亲的恩情，只可惜我上官金童的思想终生被吊在女人奶子上悠悠荡荡，仿佛一只金光闪闪的铜铃铛。八姐你被母亲的呕吐声折磨着，你虽然双目失明，但你比我还要清楚地看到了母亲的形象，娘啊娘，你低声抽泣着，光滑的脑门顶在乌黑的墙上。你听到那些粮食扑簌簌扑簌簌落水的声响，清脆不悦耳，如同一枪铁砂子打在一只红皮大萝卜上，八姐的心就是一只红皮大萝卜。母亲第一次呕吐粮食时，八姐你还以为母亲病了呢。你摸索到院子里，凄凉地叫着："娘啊娘，您怎么啦？"娘顾不上跟你说话，只顾用筷子探喉催吐。你用松疏的拳头，轻轻地捶着娘的背，你感到娘的衣裳被冰凉的汗水溻透了，你嗅到从娘的身上散发出一股惊心动魄的血腥味道。你感觉到一股热流直冲眼底，于是你清晰地看到娘的孱弱的身体弓得如一只虾。娘双膝跪地，手抓着盆沿，双肩起伏，脖子探出又缩进，那么可怕那么惊人的美丽，那么庄严的雕塑。伴随着打雷般的呕吐声，娘的身体时而收缩成一块铁，时而软弱成一摊泥，粮食这些小畜生们如粒粒珍珠大珠小珠落入木盆里……后来借着梨树下微弱的星光，娘呕吐完毕，伸手到木盆中，捞起一把粮食——那天娘吐出的是豌豆——紧紧地攥住，又慢慢地松开，让颗颗浑圆的、黄澄澄的粒儿，叮叮咚咚地不情愿地落入水中。母亲重复着这个动作，被她的粗糙的手搅动起来的温热的水味弥漫，清凉的豌豆味儿扑鼻，感人肺腑的血腥味儿如一束利箭射穿了八姐你的心。你刚要放声大哭，就看到娘的幸福的笑脸如一朵葵花盛开在星光下，就听到娘用破裂的嗓音说：

"闺女，咱娘儿们有救了呀！"

娘的话一出口，就让你泪如涌泉，一团漆黑蒙住了你的双眼。

当晚，娘用净水淘洗了木盆中的豌豆，借着夜色的掩护，不让人发现炊烟，熬了一锅豌豆汤。煮豌豆的味道像咆哮的狂风，惊醒了鹦鹉韩，他揉着眼睛、咬着舌头问："姥姥，这是啥味道？"他咀嚼着豌豆，咬着舌头问："姥姥，这是什么？这么好吃？"

八姐你那时已是二十出头的大姑娘了，你不忍心吃这豌豆，但你抵挡不住诱惑，你的肠胃好久没消化过粮食了。吃第一口豌豆时，你还心中愀愀，随即便什么也不顾了。

从此后，你盼望着母亲回来吐粮食，又生怕母亲回来吐粮食。母亲的肚子成了口袋。只要一跪在木盆边，一低头，勿用再探吐，粮食便全倒出来了。鹦鹉韩胖了，八姐你皮下有了单薄的脂肪，母亲却瘦了，母亲的胃已经盛不住任何东西了。

有一天，麻邦来了。八姐你嗅着麻邦的酸辣味儿就知道他不是个好人。麻邦逼问你："你吃什么养得这样好？"你封嘴如墙，保守着母亲的秘密。麻邦在院子里转着，搜索着，最后恨恨地走了。

你告诉娘，说："娘，不要了，不要了。"

娘说："丫头，娘豁出去了，娘不能眼见着孩子饿死呀！"

后来娘不能经常装回粮食了，娘说麻邦给拉磨的女人们果真戴上了"笼嘴"。那玩意儿是用细柳条编成的，馒头形状，连鼻子带嘴一块罩住，四根绳襻儿系在脑后。这"笼嘴"由麻邦亲手给女人们戴。他发明了一种独特的结，没人能系也没人能解。戴上"笼嘴"后母亲吞粮食就不容易了。

在那个饥饿的春天里，司马家大磨房里的景象多么奇特！一群骨瘦如柴的女人蓬头垢面，嘴上罩着细柳条编成的笼嘴，肩上挂着麻绳，手把着磨棍，弓着腰，绷着腿，推拉着沉重的大石磨，走一步一探头，汗珠子落地摔八瓣，喘息不迭，粮食的香味刺激着，她们身上长出驴毛。磨声隆隆，忽断忽续，如闷雷在远天滚动。麻邦手提藤条——有时是藤条，有时是皮鞭——在磨道里徜徉着，残疾的腿使他的身体一歪一斜，忽高忽低。他半真半假地抽打着女人们的屁股，说你们好好干，别偷懒磨滑。崔寡妇说："麻邦麻邦，拉磨的驴卸了套也得喂它两把干草一瓢黑豆，我们是人哪！”麻邦说你们算什么人？男人不是男人，女人不像女人。崔寡妇说我们是饿的！麻邦说饿得着你们？不过，冲着你说了这些话，老子豁上犯错误，今晚下工时，每人赏你们一斤黄豆，回家煮了吃吧。不过，上官家的，你手段高明，就不必了吧？麻邦的眼睛青光闪烁，说若要人不知，除非己莫为。你偷粮食的招数高明啊，但看在你女婿鲁立人的面子上，我饶了你，想当年他还是我的首长哪。

八姐，咱们平心而论，麻邦这个人其实也不能算坏，他的恶都在表面上，他的善却深藏在心里头。据说我去劳改那些年里，麻邦正经帮过母亲几次忙。母亲背着篓子走街串巷收破烂，有一次正碰上雷阵雨，下冰雹，一颗鸡蛋大的冰雹把母亲打晕了，多亏麻邦把她背回塔前破屋。麻邦那时是村里的警卫，拖着根梭镖满坡里转悠。转悠转悠，一头栽到水沟里，死了，脸被鹰啄光了肉才被人发现，生前的威风不知哪里去了。

八姐顺着我家那条现在早已荡然无存的胡同，断断续续地往北走，多少往事涌上你的心头，你是不睁眼看破了世上风情，人都说盲目人心如明镜。你二十年里沉默寡言，心中长存着愧疚，饭不吃饱你认为自己是家中的拖累，衣不穿新大家认为你分不清新旧。其实盲人也有爱美之心，你心里有我们凡夫俗子看不见的风景。你走在这条演出过数不清的悲喜剧的胡同里，历史的味道扑鼻而来，历史的声音如浪涛涌起。日本人的马蹄，鸟枪队的驴蹄，司马库的骡蹄，蹄蹄都闪烁着寒光。那么多的气味，那么多的声音，缭绕在树枝上。孙家哑巴的旧屋因无人居住，年久失修，早已坍塌，只在紧靠着河堤的地方，兀立着一道厚厚的土墙。八姐依靠着嗅觉，准确地从荒芜的菜园子的野草丛中，掐下一朵苦菜花。苦菜花儿黄，苦菜花儿香。八姐嗅了一阵，就把花儿填进了口腔，嚼嚼，咽了。八姐神秘，与几十年前从滔滔的洪水中坐瓮漂来的白衣盲目女人有相似之处。那个女人繁衍了司马亭、司马库这样的古怪新奇的后代，她坐瓮飘来，又乘风而去，活不见人，死不见尸，身世如同死谜，何人能猜破？谁也猜不破。

八姐上堤下堤，站在浩荡春水边缘上，水味清凉，她的脑海里展开一片青琉璃。凉风迎面吹拂，鼓胀着她的褴褛衣衫。燕子和蜜蜂在河面上飞舞，毛茸茸的蜜蜂肚腹和凉森森的燕翅掠过她的皮肤。她仔细地、小心翼翼地倾听着阳光落水的飒飒声，生怕惊破春水的梦。她静静悄悄地蹲在水边，将十指纤纤的素手浸入水中，感受着水的温存与严肃，水的哀矜与苍凉。几只小鱼儿在河边的浅水噼噼啪啪地吐着水泡儿，河蟹在河滩上爬行。她的脑海里驶来了胀满补丁大帆的木船，船桨咿咿呀呀，搅起河底陈旧的淤泥。船上的男人们穿着杏黄色的油布裤子，唱着苍凉的民谣，渐渐地远去了。她把手从水中舒缓又专注地提起来时，水珠沿着指尖滴回河中，叮叮咚咚，夸张了几十倍的声响。她掬着水，洗净了脸，然后低声地嘟哝着："娘啊娘，狠心肠，把我嫁给卖油郎……"我的姐姐们都会唱这支凄凉的歌谣，在那个古老的著名故事里，独占了花魁的卖油郎可是个多情多义的种子呀，可见此卖油郎不是那个卖油郎。乡间有一种秃尾巴的丑鸟名"卖油郎"，姐姐们嘴里的卖油郎大概是一只鸟。八姐低唱着，脱下了身上单薄的衣衫，悬挂在堤边的柳枝上。她的美丽的身体倾国倾城。八姐的美丽多半与杂种有关。那天躲在堤柳中偷看了八姐身体的人注定了不得好死。不过见过如此美景，死不足惜。为美人而死，重于泰山。八姐的美是未经雕琢、自然天成的，她不懂得梳妆打扮，更不解搔首弄姿，她是南极最高峰上未被污染的一块雪。雪肌玉肤，冰清玉洁，真正的，不掺假的。然后她就哼唱着小调，一步步地向河水深处走去。河水渐渐淹没了你的腿，淹没了你的脐，淹没了你的双乳，鱼儿欢快又感动地啄着你的乳头，你的双乳照亮了幽暗的水面。水淹没了你的双肩，撩乱了你的长发，你继续往前走，然后你就突然华丽地消逝了。在水下你看到了人世间难见的奇景，披红挂彩的鱼群为迎接你的到来翩翩起舞，繁茂的水草款款摇摆，河底摆开了十里长的盛宴，琼浆玉液，山珍海馐，香气一直流到海洋，海洋一片馥郁富饶的香气。现在我才明白，我青年时期痴恋过的娜塔莎，正是八姐的影子。

母亲沿着河堤哭泣着，她抱着八姐遗留下的衣服，哭着在河堤上走来走去。那个年头里死人早已是司空见惯的平常事，几个人随便劝几句，母亲也就借坡下驴地止住了哭声。母亲抱着八姐的衣服坐在河边直眼望着冷峻的水面，絮絮叨叨地说："这闺女，太懂事了，她是不忍拖累我才自寻了短见……孩啊，你这一辈子，连芝麻粒那么大的一点福都没享到哇……"

麻邦把笼嘴提起来，对着母亲笑笑，说："上官家的，戴上！"

母亲摇摇头，说："麻邦，这东西，我是决死也不戴了！"

麻邦说："这是规矩！"

母亲接过笼嘴，又轻轻地扔在地上，说："麻邦，行点好吧，别逼我。"

麻邦说："上官家的，你用啥法子瞒了我？"

母亲从磨顶上抓了几把黄豆，直着脖子吞下去，然后，一低头，哗啦啦呕出来。

母亲呕完粮食后满眼是泪，说："我本想救我的孩子，谁知道反把她逼上了死路。"

麻邦说："上官家的，你可真叫行。别这样了，过去的事，权当没有，我麻邦也是娘养的。"

补二

失去了队长的押俘队押着巴比特和上官念弟走到大泽山区时，与敌军打了一场仓促的遭遇战。是时正是深夜，大雨如注，蓝色的闪电不时地照亮沙地上一望无际的葡萄园。两队人马相遇，先是几只手电相互照射了几下子，紧接着一道贼亮的闪电照亮了一片惨白的惊愕的脸，随即是无边的黑暗。双方都愣了片刻才开火。中弹人哀鸣着跌在泥地里。枪口射出暗红的火苗，啪啪的枪声湿漉漉的，焦香扑鼻，宛如烈火中燃烧着湿松枝的声音和味道。危急中，念弟被人推了一把，一头扎到一架葡萄上。她的额头撞中了一根架葡萄的石条，双眼金星迸射。她听到巴比特大声地呼唤着什么，然后便看到他在电火雷鸣中撩开两条长腿，又像傻骡子那样，莽撞地奔跑起来。他的双脚笨重地擂打着地面，溅起一片片油脂般泥水。他的头高昂着，头发竖起，好像马的鬃毛。押俘队的人喊着："俘虏跑了！"闪电亮起，巴比特在葡萄架中蹿跳，好像一匹疯狂的马。啾啾叫的子弹像小鸟一样在他身前身后飞舞着。有一颗子弹好像击中了他，六姐看到他栽到了一架葡萄里，几个押俘人员冲上去，一串子弹像铁笤帚般扫过来，把那几个勇敢的人洞穿了，拦腰打折了，在连绵不断的幽蓝的电光里。六姐哭号一声：巴比特——她以为巴比特死了，但巴比特没死，他从葡萄架中跃起，又像疯马一样跨越葡萄架，然后便消逝在黑幕之中。在连绵不绝的闪电里，六姐看到那些挂着珍珠般水珠的柔软多情的葡萄须蔓哆哆嗦嗦地在倾斜的雨丝中迅速地生长着，顷刻间便纠缠在一起。敌对的双方又噼噼啪啪地对射一阵，然后便撤走了。这一切来如风去也如风，快得仿佛什么事情也没发生过。但六姐从弥漫在潮湿空气中的浓郁的火药味中知道，战斗的确发生并且结束了。她畏缩在葡萄架下，久久地不敢动弹。她听着雨点打在葡萄叶上的破裂的声响，听着闪电抖出的雷声，听着远处洪水在河流中的咆哮。一只蝉从乱树丛中惊叫着飞起来，然后像块飞迸的石子一样碰撞在远处的树枝上。一缕风从沟壑中刮来，吹落一路水珠。那些缀满藤蔓的半大的生硬葡萄累累垂挂，散布着清凉苦涩的气息。六姐从葡萄架下钻出来，开始寻找她的黄毛夫婿巴比特。起初她压抑着嗓门，低声呼唤，生怕招来带枪的人。呼唤了一阵，回答她的只有凄凉的雨声，于是她便放开喉咙喊叫。巴比特——巴比特——巴比特——三声巴比特，热泪如涌泉。六姐哭叫着，在这片为中国第一家葡萄酒厂提供原料的葡萄园中转起圈子，像瞎驴拉磨。此时，从蛟龙河中逃脱了的司马库又潜回高密东北乡，正在王老三的西瓜地里摸西瓜。而在蛟龙河下游的一个湾子里，一群凶猛的鳗鱼，正在轮番啄食着押俘队长腐烂的尸体。六姐不时地被押俘队员的尸体绊倒。她借着电光看到暗红的血在吸饱了雨水的地面上爬行着，锐利的血腥味儿仿佛啄木鸟的硬嘴一样笃笃地啄击着她脑袋深处的一根细筋，使她既惊恐又亢奋，不由自主地呼叫、奔跑，碰撞葡萄藤蔓，使雨水和葡萄落地。她的鞋子早已跑丢，赤脚上沾满烂泥；脚掌被扎破也不觉痛。她全身早湿透，不断地跌跤使她全身都是泥巴。她的一只乳房也受了重伤。六姐的乳房精美绝伦，宛如两个倒扣的玻璃钵盂，这样的好宝受了伤，真让我心疼欲绝。该死的巴比特像马一样跳跃着逃跑了，而且一去不回头，杳无音讯。几十年后，还有关于他的谣言如阴风，从东南方向刮来，勾起我们的隐痛，给我们增添麻烦。这狗东西是死了还是活着，只有天晓得了。

终于折腾到了筋疲力尽的程度，六姐昏倒在美丽的葡萄园里。说昏倒吧她其实还有很多知觉，腥冷的土地她的身体感觉着，葡萄藤上滴水她的脸感觉着，洪水的咆哮和远处嘹亮的蛙鸣她的耳朵清晰地听着，肉体的痛楚在她全身流动着，心灵的痛苦使她流干了泪水。

后来黎明降临，雾大得不亚毛毛细雨，雷电偃旗息鼓，不再为天地照明，六姐脸上，是沉甸甸的、白茫茫的混沌一团的黑暗。她想爬起来，但吃惊地感觉到，身体已经不听指挥，所有的都僵硬了，只有心活着，心痛欲裂。天地间一片死寂，水珠落地的啪哒声和河水呼隆呼隆的运动声震耳欲聋。后来，一团火在东方燃起，烧红了半边天，朝霞如血。黏稠的雾气开始凝结，一团团的，往低矮处滚动，橘黄色的阳光从葡萄的藤蔓间射进来，照耀在六姐身上，清凉的阳光，抚着她失去知觉、麻木不仁的肉体。六姐心中车轮辘辘转，仰面望着渐渐变为玫瑰色的天，百感交集，泪水盈出了眼眶。她呼呼地哭着，淌了好多泪，憋闷的胸膛似乎畅快了许多。她热切地盼望着巴比特前来找自己。甚至她都想到了巴比特来的情景。但一直到日上三竿也没见巴比特的影子。一只啮咬葡萄叶子的肥胖大虫子宛如一只色彩斑斓的猛虎，雄踞在叶梗上，昂着有棱有角的头，它排出的翠绿的粪便淋漓在六姐的脸上。六姐心里厌恶得要命，恐怖得要死。她想起了庭院中不能栽葡萄的古训：葡萄虎子——就是这色彩斑斓的肥胖虫子——能调戏女人，被它戏过的女人，就要生葡萄胎。六姐于是就想起母亲来了，母亲讲述关于葡萄虎子的故事时，神色总是十分严肃，好像所有的情景都是她亲眼目睹。母亲说有一个被葡萄虎子戏过的大闺女肚子大得像瓮，葡萄虎子的触须从鼻孔里伸出来。姐姐们吓得挤成一团，像一群怕冷的小鸡。葡萄虎子居高临下地盯着六姐，翘起的、分杈的尾巴好像要排便了，她闭紧嘴巴，拼命挣扎。渐渐毒辣的阳光蒸着大地，葡萄架下热气腾腾，宛若蒸笼。六姐汗流如注，体内的湿气随汗排出。她惊喜地感觉到身体有了知觉。她终于牵拉着葡萄藤蔓爬了起来。

六姐开始了艰难的寻找，寻找她的巴比特，找了七天七夜，饥了吃几口野草，渴了喝几口溪水。冒着被葡萄虎子调戏的危险她在葡萄园里转进转出。她的衣服被荆棘挂破，双脚血迹斑斑，身上被蚊虫叮咬出一片脓疱，头发凌乱，目光呆滞，面孔肿胀，她变成了丑陋不堪的野人。找到第八天傍晚，她彻底绝望了。在葡萄园边缘上，她嗅到了一阵阵的腐败尸体的恶臭，熏得她呕吐不止。红日沉入西天的蓬勃云团之中，似乎要燃起大火烧云，但终被云团闷死。空气凝滞喘不动，蚊蠓扑脸，是大雨的前兆。狼狈不堪的六姐向村庄靠拢。

村外有三间独立房屋，孤零零的。昏黄的灯光射出来，温暖着六姐的心。很多古旧的故事都在这样的独立房屋里发生，鬼的故事，盗的故事，侠客的故事。六姐满脑袋里都灌满这类故事。她希望如豆的摇曳灯光下，坐着一个纺棉花的老太婆。她满头白发，两眼昏花，嘴里没牙，手如枯柴，行动迟缓，心地善良。她会熬一锅小米粥。六姐想着就听到纺车的嗡嗡声、闻到小米粥的香气了。她敲了门。她没有像故事中说的那样先用舌尖舔破窗纸偷窥屋里风景而是先敲响了门。

屋子里噗地响了一声，油灯被吹灭了。漆黑，蝈蝈在葵花上繁复地唱着。六姐又敲了几下门，一个极度压抑着的女人声音在屋里响起“谁？！”

“大娘，行行好吧，”六姐哀求着，“俺是逃难的……”

屋里良久沉默，六姐耐心等候。房门终于开了一条缝，一个灰白的影子闪出来。

把六姐迎进屋里的是一个女人。她摸着火镰火石，噼噼啪啪地打火，火星迸射，落到火煤上。女人吹着火煤，点着豆油灯盏。借着金黄的灯火，六姐看清了这个年轻女人黧黑的脸和健壮的身躯。她头上扎着青头绳，鞋脸上裱着白布，这是新丧丈夫的标志。六姐心中陡然升起一种与这黑皮肤女人同病相怜的感觉，不及女人询问，六姐便珠泪纷纷，扑地跪倒，求告道：“大姐，可怜可怜吧，施舍口热汤给俺喝吧，俺已经七天水米没沾牙啦……”

那黑皮肤女人惊讶地扬起修长的眉毛，善良和同情的皱纹在她的脸上像微风吹拂池塘漾起的细波一样久久没有消逝。她在往锅里添水、灶里填柴的间隙里，拿出了几件衣服，对六姐说："别嫌脏，换上吧。"

六姐的衣服已经条条缕缕，难以遮体。她周身上下的破衣服显出了她的虽然伤痕累累、肮脏不堪但依然光彩照人的身体。当然最让那女人妒羡，并久久地吸引了她的目光的，还是六姐那对珍贵瓷器般的秀美乳房。她的目光让六姐感到了羞涩和些微的惊惧。六姐背转身，匆匆地穿上两件宽大的、散发着霉味的男人衣裳。女人坐在灶前烧火，灶膛里的火苗映着她的脸膛。六姐感到，黑脸女人那两只深不可测的眼睛里隐藏着许多秘密。

喝着滚烫的菜粥，六姐毫无保留地对黑脸女人诉说了自己的身世。当说到披荆斩棘寻夫七昼夜时，六姐的泪珠落进粥碗。那女人似乎被六姐的故事感动了，她眼睛潮湿，呼吸急促，手中的烧火棍在灶前的平地上画出了无数的圆圈。

室外又下起了急雨，腥冷的潮气从门缝里汹涌扑入。油灯油尽熄灭，满屋古怪的香气，灶膛里余烬溢出微弱的暗红的光芒，映照着女人嘴里阴森森的白牙。六姐想起了狐狸，一时竟怀疑这女人是不是狐狸精变化的。村外的独立房屋，风雨交加的夜晚，落难的人，正是产生狐狸精的气氛和环境。这样想着，就发现那女人的鼻梁像块灰白的橡皮一样拉长了，眉眼也渐渐模糊，光滑的肌肤上似乎布满了毛茸茸的金毛。六姐几乎要惊叫起来了。女人叹息一声，说："时候不早了，睡吧。"说完她便站起来，指指墙角那一堆光洁的麦秸草，说："委屈你一夜吧，大妹子。"

六姐钻进草窝，感到幸福无比，什么样的绸被缎褥，都不如这草窝窝舒坦。她很快便睡着了。

第二天早晨，六姐醒来，发现那黑面女人坐在门槛上发愣。她身上披着一件大蓑衣，头戴大斗笠，好像一个正在河边垂钓的渔翁。她对着六姐淡淡一笑，道："醒了？"六姐对自己的晚起感到不好意思。女人道："走吧，我带你去看样东西。"说罢，她起身便走，连头也不回。六姐虽然满腹狐疑，但还是随她而去。出了她的家门很快就是原野，青纱帐正是猖狂季节。女人脚步很快，在庄稼地里穿行，后来又进入葡萄园，后来又进了乱树林、灌木丛。这地方是丘陵地带，岭上草木蓊郁，白色的小花朵处处皆是。六姐当时无心欣赏花木，心中七上八下，又开始怀疑那女人是狐狸变的，甚至看到一只蓬松的花尾正把蓑衣的后部撑起来。

跟随着女人爬到岭顶上时，六姐发现灰蓝色的渤海就在前方，那儿有一道道田埂般的白色长浪正追逐着奔向沙滩。沙滩外边，是优美的葡萄园。大海令六姐惊讶不已，她不认为海是这样子，但又必须承认海是这样子。不容她多想，黑脸女人又急步前进了。在岭半腰一片灌木丛中，隐蔽着一个洞口。腥膻的气味从洞里溢出来。六姐想到：这就是狐狸洞了。女人示意她进去，六姐心一横，钻了进去。

洞中隐藏着腿受伤的巴比特。

夫妻见面，自然惊喜交加，但随之而来的结局很不美妙。那黑脸女人趁着巴比特夫妇拥抱时，在他们身后，拉响了三颗手榴弹，三个人都被炸死。

这山洞不大，人们就把洞口堵死，权充了他们的坟墓。

补三

……老东西，你不要以为我怕你，我打死你，是你活该，这辈子我吃够了你们上官家的苦头，我不欠你的。我给你烧一刀纸钱做盘缠，你该去投生就去投生，该去转世就去转世，别做野鬼孤魂，在高密东北乡瞎转悠，我的话你听清楚了没有？啊，你这个老东西……母亲跪在上官吕氏低矮的坟头前，一边烧化纸钱一边念叨着。促使母亲前来化纸的原因是她连续三夜都梦到了上官吕氏满头蓝血站在炕前。母亲心中惊恐万分，但还是强压着惊惧斥问上官吕氏：你来干什么？上官吕氏并不回答母亲的问话，她对着母亲眨巴着灰蛾般的眼珠，伸出紫红的，与她的臃肿、僵硬的面庞很不相配的灵巧多变的舌尖，舔舐着腐臭的嘴唇。母亲说：你滚，你滚出去！上官吕氏却慢慢地俯下身来，伸出指甲长长的绿手，逐个抚摸着炕上的孩子。母亲焦急万分，想挣扎起来，但她的手却被绳索捆住似的无法动弹。上官金童被母亲发出的怪声惊醒，他推了母亲一把，母亲大叫一声坐起来，喘息不迭，冷汗淋漓，半晌方说：吓死我了。她听到灶前的柴草嚓嚓啦啦地响着。金童问："娘，怎么啦？"母亲默然无语。金童也听到了柴草的嚓啦声。

化纸的火光在暗夜中闪烁，白色的纸灰从火焰中飞起来，飞到火光照不见的黑暗中去。母亲用一根木棍拨弄着金黄色的纸张，想使它们尽快燃尽，可它们却像总也燃烧不尽似的。她嘴里念叨着硬话为自己壮胆，脊背感到阵阵发凉。猫头鹰在黑松树上哭泣着，它们丰厚的羽毛在黑暗中闪烁着模糊的白光。一团团碧绿的磷火在乱坟枯草间点点划划地跳跃着，宛若一只只充满暗示的眼睛。烧纸在燃尽那一瞬间亮丽地跳动一下，随即便暗红着萎缩了。天边的黑幕陡然合拢，于是磷火便格外亮，夜气便格外森然，缀满天幕的星空便格外灿烂了。一列夜行的火车呼啸着从高密东北乡的腹地穿过去，母亲感到脚下的土地震颤不止，火车的到来减弱了她对鬼神的恐怖。她爬起来，刚要开步，就听到背后传来几声冷笑：嘿嘿！母亲毛骨悚然地跳起来。这声音好熟悉！这正是上官吕氏瘫卧在磨房里、草堆里时惯常于深夜里发出的那种冷笑。母亲的脚崴了，裤子尿湿了，胳膊肘也蹭破了，她连滚带爬地逃离乱葬岗。

打死上官吕氏的情景清晰地映在母亲的脑海里，虽历久而弥新。

那时母亲正拖着肿胀的腿在院子里清扫羊粪，突然听到从正屋里传出一声尖叫。她扔掉扫帚跑回屋，看到上官吕氏用她枯藤般的手臂搂住上官玉女的腰，那张缺失了门牙的嘴，含住玉女的耳朵，像羊羔嘬奶一样，吧唧吧唧地嘬，或者说是咬。也许，上官吕氏眼里流露出的是一种慈祥的光芒？也许她是在亲吻孙女？母亲反思着，但当时上官玉女发出的尖厉可怖的哭号激起了母亲对上官吕氏的满腔怒火，新仇旧恨，涌上她的心头。她记得自己怒骂着：老畜生啊！骂着老畜生，母亲颠动着尖脚，扑到上官吕氏面前，母亲抓着玉女的肩膀想把她从上官吕氏的怀抱里拽出来，但上官吕氏的十指交叉如鹰爪勾连，如何解得开。玉女像杀猪般号叫，上官吕氏的嘴还在蚕食着她的耳朵，吧嗒吧嗒的，仿佛在咀嚼一块咬不烂、咽不下的滚刀肉。母亲放开玉女，转而去扳上官吕氏的肩头。上官吕氏肩上的破衣像灰烬一样破碎了。母亲的手直接触摸到了上官吕氏又凉又腻宛若癞蛤蟆肚皮般的肌肤。她不由得打了一个寒战，手指激灵地跳开。母亲试图揪着上官吕氏的头发拖开她解救女儿，但吕氏头上蓬乱的头发像腐烂的草一样，稍一用劲便成片脱落，现出斑秃般明亮的头皮。母亲手足无措地团团旋转着，嘴里语无伦次地胡骂着，而此时，玉女的喉咙业已哭哑，身体的挣扎也显得软弱无力了。就在这时候，那根粗大的、光滑的擀面杖从瓮后滚出来，好像一个成了精的活物，自动地跳入母亲的手中。这根枣木擀面杖被上官家几代女人粗糙的手掌磨得像瓷一样，紫红颜色，坚硬沉重而润泽。想当年上官吕氏曾拿着它擂打上官鲁氏的脑袋和屁股，十年河东十年河西，天旋地转，尊卑颠倒，母亲拿着它感到得心应手。她迷迷糊糊地抡起擀面杖，擂在上官吕氏被揪去了白毛的头顶上。这是母亲生平第一次行凶打人，自然也是第一次听到棍子打在秃头上的奇特声响。咯唧！是不响不脆的、令人牙碜的声响。她感到擀面杖在掌中抖动了几下，从婆婆的肉头上反弹开来。那肮脏丑陋的头顶上明显地被擂出了一道半圆形的凹痕，像棍子擂在柔韧的面团上留下的痕迹。这一杖下去，使上官吕氏臃肿的身体猛地收缩了一下，她的笨拙的移动着的头颅愣了片刻，便急遽地、大幅度地晃动起来。上官玉女在上官吕氏痉挛着的沉重躯体压迫下，发出了垂死挣扎的尖叫。母亲双手抡起擀面杖，噼噼啪啪地打下去，对准上官吕氏那胶泥般的脑袋。她越打越有劲，越打越生龙活虎，越打越神采飞扬，随着棍子的频繁起落，嘴里也喋喋不休地骂起来："老浑蛋，老畜生，你也有今天？自从我嫁到你们家，吃了你多少苦头！你让我吃剩饭，你让我穿破衣，你不拿我当人，你用这擀面杖打破过我的头，你用滚烫的火钳烫烂了我的腿，你唆使你儿子作践我，吃饭时你夺过我的碗，你骂我只会养女孩给你们上官家断了香火绝了根，不配吃饭，你把一碗热菜粥泼到我脸上，烫了我一脸燎泡，你心狠手毒啊，老东西，你知不知道你那儿子是个骡子？你们一家人把我逼上了绝路，我像只母狗一样翘着尾巴到处借种，我受尽了屈辱，我为你们上官家，遭了多少不是人遭的罪啊，你这老畜生！"

母亲的棍棒和压抑了几十年的仇恨冰雹般落到上官吕氏的头上，她的身体渐渐瘫软，瘫软成一摊臭气逼人的腐肉，成群的虱子和跳蚤从她的身体上乱纷纷地，或爬或蹦地逃离了。腥臭的、腐乳状的脑浆从她的被打裂的脑壳里迸溅出来。母亲剥开上官吕氏鹰爪般的手指，把奄奄一息的上官玉女解救出来。上官玉女的半轮耳朵被上官吕氏没牙的嘴咀嚼得黏黏糊糊，好像一块霉变的薯干……

补四

那晚上月光很好，我们进入梦乡之后，上官来弟悄悄地爬下炕，没有惊醒在大街上坐行一日、劳累已极的哑巴。明亮的月光照耀着哑巴漆黑的脸，闪烁着清凉光泽，宛若黑色的鹅卵石上结了一层薄霜。他大张着嘴，鼾声如雷，坚硬的牙齿像铁铸成。望一眼这个业已两鬓斑白的命中的灾星，来弟心中泛起一丝凉森森的歉意，其时她已与鸟儿韩肌肤亲近多次，家中人人皆知，只瞒着沉浸在英雄梦中的哑巴。这人的军装已烂出了若干小窟窿，那些沉甸甸的功劳牌子也褪尽了辉煌的颜色，露出了铜铁的本色。来弟悄悄拉开门。拉门时她听到了母亲沉重的、无可奈何的叹息。辉煌的月光潮水般涌进来，清凉的夜风噎得她胸膛沉闷。肆无忌惮的鸟儿韩已在院子里大声地咳嗽了。他说："你磨蹭什么？"来弟慌忙用手堵住他的嘴，示意他勿出声，他却不满地嘟哝着："怕什么？怕什么呢？"

来弟跟随着鸟儿韩出了村，沿着被晚收的庄稼夹峙着的古铜色的羊肠小道，往沼泽地那边走。时令已是中秋，夜晚的白露挂在庄稼的枯黄叶片上，宛若一串串珍珠。高密东北乡并不安静，土法炼钢的火光像一团团轻薄的黄金抖动着，燃烧木炭的香气像河水一样川流不息。月光实在是太好了，能清楚地看到一股股的白烟在空中升腾，最后在极高处化为网状的丝云。

来弟是跟着鸟儿韩去捕鸟的。已经淡而无味的鸟儿韩又重操旧业。白天他许愿要为来弟捕几只鹭鸶补养身体。他们行走在田间小径上，空气清冷，二人便紧紧相偎。鸟儿韩天不怕地也不怕的气概感染了来弟，暂时卸下了她沉重的精神负担。鸟儿韩腋窝里散出的鸟类气息使她感到凄凄的温暖。她低声道："鸟儿韩，鸟儿韩，哑巴迟早会知道的，他饶不了我们……"鸟儿韩更紧地箍住她的腰，嘴里吹出一串迷人的洪亮的口哨。

在沼泽地边缘上，鸟儿韩把来弟安顿在一个用庄稼秸搭起来的三角形窝棚里，嘱咐她别动，然后他便从窝棚角落上摸出一包马尾、铁丝之类的东西，轻悄悄地钻到沼泽地里那些一蓬蓬地生长着的芦苇中去了。月光中他像一只斑斓大猫，遍体油亮，动作轻捷，无声无息，古怪而神秘。来弟的漆黑眼睛留恋地追踪着男人的健硕的身体，心中涌起无限的感慨：这哪里是个人，分明是个神！是人如何能忍受那十几年的非人生活，是人如何能活过来，而且能迅速地复原成健壮的男儿身躯，就像重新磨亮了的宝刀一样锐利，是人怎么能有如此的技巧，说捉什么鸟，就捉什么鸟，说捉几只鸟，就捉几只鸟，好像他精通鸟语，掌握着鸟儿们的机密，好像他是鸟国里的皇帝。想着想着，她的思绪便飘忽到了三妹凤凰般的眉眼上，眼前这个男人，本来是属于她的，她本应是鸟国皇后，但神使鬼差，但阴差阳错，属于她的成了我的，属于我的，又成了谁的？随即她又想到了乌黑的沙月亮，想起了轰轰烈烈的司马库，想起了奸占了鸟仙的孙哑巴，几十年的甜酸苦辣涌上心头，想当年我也曾骑马挥枪闯荡天下，想当年我也曾穿绸挂缎吃香喝辣，那时马蹄如雪，披风似血，犹如凤凰展翅孔雀开屏，繁华易逝，富贵如烟，自从沙月亮悬梁自尽，我上官来弟就走了倒霉的盘陀路，疯疯癫癫我，人皆可夫我，人人唾骂我，我这一辈子活得好不好？说好是没人可比的好，说坏是没人可比的坏，咬紧牙关横下心，跟着鸟儿韩折腾吧……来弟浮想联翩，几次鼻酸但终没落泪，月光实在是太美好了，清清冽冽，洋洋洒洒，如水漫下，落在草叶上，窸窣有声。沼泽地里浅薄水面上银光闪烁，金屑银粉碎琉璃，凉森森的淤泥腐草气味伴着这美丽月色轻清地弥漫在天地之间了。

鸟儿韩空着手回来了，他说已下好了马尾套，等会儿去拿鹭鸶就行了。今夜月光灿烂，鸟兽虫鱼都乱了时钟。鱼虾嬉戏明月光，鹭鸶月下捕食忙。鸟儿韩说往常的夜间，鹭鸶是单脚独立一夜不动的，但今夜它们蹑手蹑脚地在水边徜徉，弯曲的长脖伸伸缩缩，宛如柔软的弹簧。鹭鸶高腿长颈，顾盼自如，站则立场坚定，动则悠闲信步，鹭鸶真美啊！在来弟的心目中，弯腰钻进窝棚的鸟儿韩正是一只鹭鸶。

他坐在来弟身旁，他身上蓬勃如毛的野草味道和清凉如水的月光味道被来弟贪婪地吸食着，令她清醒令她迷醉，令她舒适令她猖狂。

在等待鸟儿上套的时间里，在这远离村庄的温暖窝棚里，女人的衣服是自己脱落的，男人的衣服是被女人脱落的。鸟儿韩与来弟的这一次欢爱是对高密东北乡广天阔地的献礼，是人类交欢的示范表演，水平之高高过钻天的鸟儿，花样之多多过地上的花朵。他们简直不要命了，眼睛昏花的月亮嘟哝着钻进了一团白云中休息去了。鸟儿韩伏在来弟身上，想起了在日本大荒山里的一件伤心事，他说："来弟，来弟，在你之前我是见过女人身体的……"来弟的眼睛在蟋蟀鸣叫的幽暗中闪闪发亮。她说："你说给我听吧。"鸟儿韩搂住她的细腰道："我说给你听。"

鸟儿韩像锄地的农夫一样，一边挥锄头，一边讲故事。他说那年他在秋天的山坡上想偷一根玉米吃。日本的大荒山上黄叶红叶色彩斑斓，野花喷香，开遍了山坡。那时我的破菜刀已经丢了，头发胡子长长了，纠缠成团，身上披着破纸，七分更像鬼，三分不像人。玉米棒子已经被掰走了，只有玉米秸像寡妇一样哭丧着脸站着。我搜寻着，不相信他们能掰得这么干净，一穗也不剩？果然被我找到一穗玉米，剥开皮，咯嘣咯嘣啃着吃，好久好久没吃人的粮食了，牙酸牙晃，玉米清香。玉米叶子哗啦啦响，我以为狗熊来了，狗熊与我是冤家，其实我怕它。我慌忙趴下，像一具羞愧的尸体，呼吸自然也屏住了。来者不是狗熊，是一个日本人。刚开始我以为是个男人呢，因为来人穿着一套肥大的帆布工装裤，套着一件土黄色的对襟大褂子，腰里扎着一根草绳，头戴一顶蘑菇状大草帽。她摘下草帽挂在玉米秸秆上，让我看到了一张枯瘦的、土黄色的脸，也是个吃不饱的人，看到她头上盘着的像一摊干牛粪一样的头发我猜想这也许是个女人，我心中的怯懦顿时消减了一半。她解开腰间的草绳，抖搂开那件大褂子。她双手扯着衣襟像疲乏的鸟儿扇动翅膀一样往胸脯上扇着风。这瘦骨嶙峋的、布满明亮汗珠、沾着草籽的胸脯上悬挂着两个扁扁的牛舌的尖端。天老爷，这是个女人，是个母的。鸟儿韩只觉得脑袋瓜子嗡地响了一声，热血像电流一样在崎岖的血管里飞蹿着，他的因为长年累月僵卧山林而枯涩了的身体突然变得敏捷了。他呼啦啦地立起来，宛若平地蹿出了棵树。那日本女人细长的眼睛猛地睁圆，嘴巴咧开，嗷地怪叫一声，便如枯木朽株，往后倒去。鸟儿韩饿狮扑食般砸在昏厥的日本女人面前。他浑身打着寒战，手指忙乱，抓住了女人那两只凉森森的死鱼般的乳房，他感到这凉森森的东西，竟像刚出炉的热饼子一样烫痛了自己的指尖。他哆嗦着，笨拙地撕开女人腰间捆着的布带，两个挤扁了的熟土豆掉下来。土豆散发着惊心动魄的香气，吸引了鸟儿韩的全部感觉，他的眼睛一阵昏眩，那两个土豆恍若两个调皮的、仿佛随时都会跑掉的松鼠，他不顾一切地抓住了它们，他听到它们在自己手中吱吱哟哟地尖叫着。然后他就被一阵难忍的噎胀感攫住了。他已经双手空空，那两个土豆不知是逃掉了呢还是落进了肚子。他终于明白，自己是被土豆噎着了。他用手捋着自己的脖子，口腔里全是土豆的香味。他感到饥肠辘辘，馋涎欲滴，美丽的土豆在眼前滚动不止。他搜遍了女人的身体，又巡睃了周围的土地，渴望中的土豆没有出现，他感到沮丧极了。他起身欲走又看到了女人塌贴在胸前的乳房，模模糊糊感到还有一件重要的事情没做，不应该这样离去。女人，横陈在面前的日本女人，也许就是当年那个报警的女人，由于她的报警引来的搜山，断送了两个兄弟。对日本人的仇恨渐渐地被回忆起来，在高密东北乡被捉了劳工的情景、在日本煤矿当牛作马的情景、与上官家那个清纯少女生离死别的情景，统统地浮现在眼前，一个响亮的声音在高空中喊叫着："干了她，报仇！"于是他凶恶地剥了日本女人的裤子，现出了盖住女人的那条肮脏的裤衩，是一条暗红色的裤衩，上面补着一个巴掌大的黑补丁。好像一瓢凉水浇到头上，他感到心惊肉跳，随即便被一股巨大的悲伤攫住了。他陡然想起了，很久以前，为被高密东北乡的刁民打死的母亲盛殓换衣时，母亲也穿着这样一条暗红色的、补着巴掌大黑补丁的裤衩。他莫名其妙地呕吐起来，吐出了糊状的土豆和玉米。他感到惋惜。忍着肠胃的绞痛他抓起两把土，扔到女人身上，站起来，摇摇晃晃地朝山上走去……

来弟折起身，感动地注视着鸟儿韩棱角分明的脸，低声呢喃着：亲哎！你真是个好人……鸟儿韩用硬胡渣子蹭着来弟樱桃般的乳头，说：我要做了那件事，就伤了天理，更伤了你！那样我就回不了高密东北乡，也就见不到你了……这两个人心如甘饴，紧紧相拥，恨不得钻到对方身体里去永不出来，也无师自通地翻来覆去，也情至酣极时胡言乱语，月光在他们身体上流动着，宛如有毒的酒浆。

后半夜时，他们起身穿衣，到沼泽地里去收拾鹭鸶。月白风清，空气中磷光闪闪，沼泽地里，一团团后半夜盛开的怪异花朵散发着酩酊的香气，几只青白的大鸟嘎声鸣叫着直冲到月光中去，一株枝叶蓬勃的矮树上，蹲着一群水鸟，好像一树果实。月夜真是美妙无比。来弟依附着鸟儿韩，钻进芦苇丛，往里走了一箭之地，感到脚下的泥土沾脚时，果然看到两只鹭鸶已钻进了圈套。它们已被勒得昏迷，铁色的长喙扎在泥土里。来弟颇觉不忍，低声问："还能让它们活吗？"鸟儿韩肯定地回答："生死由你！"

每当傍晚时，在绚丽的霞光里，成群的鹭鸶便在沼泽地上翻飞，它们的翅羽潇洒，宛如绝代美人的裙裾摇曳。

补五

为了救全家人的性命，四姐自卖自身当了妓女，这是我们上官家的痛苦的秘密。她对我们有恩，所以她从不知何处携带着一个藏匿着珠宝的琵琶归来时，母亲的眼泪便如断了串线的珍珠，扑簌簌地落满了胸襟。我们上官家已死的死，逃的逃，风流云散，母亲见到多少年没有音讯的四姐，怎能不触景生情，肝肠寸断！

四姐藏在琵琶里的珠宝，被公社干部全部搜出、没收，只让她抱着个砸破共鸣箱的破琵琶回了家。她与母亲搂抱着哭，哭累了，都擦干眼睛。四姐望着母亲的花白头发，道："娘，想不到这辈子还能见到您……"一语未完，又哭起来。母亲抚着她的肩头，说："想弟，想弟，我的苦命的闺女啊……"

四姐问姐妹们的下落，母亲摆手道："什么也不要问了！"四姐看着我，说："只要金童兄弟在，我就放心了，我们上官家就断不了根了。"母亲凄凉地道："傻闺女啊，什么根不根的，这年头，顾不了那些啦。"

四姐的历史，是辛酸的血泪史，我们没权过问。我们小心翼翼地保护她的一触动就流血的伤疤。但外人可不这样想，外人恨不得我们上官家天天出事，为他们表演新鲜刺激的节目。

四姐归来后，一直躲在家里。但上官家回来一个当了几十年妓女、积攒了大量财宝的女儿的消息还是风快地传遍了高密东北乡。我到田野里挖掘老鼠洞穴、寻找粮食时，陈瘸子的老婆范国花嘻嘻地浪笑着说："大兄弟，大兄弟，你何苦呢？何苦在老鼠洞里找这点糟粮食？把你四姐带回来的宝贝拿出一件卖了，还怕不换来一火车大米洋面？"我厌恶地瞪着这个因与公公偷情而名闻乡里的女人，说："你放屁哩。"她凑上来，悄悄问："兄弟，听说有一颗夜明珠，像鸡蛋那么大？夜里放出毫光，把屋子里映照彤亮，远看像起了火一样？能不能让嫂子开开眼界？能不能跟你四姐讨要一件小首饰，哪怕是颗黄豆大的珠子，哪怕是根头发细的链子，送给嫂子戴戴？"她飞了一个媚眼，挑逗道："别看嫂子皮黑，嫂子是赖皮香瓜，皮糙瓤嫩。你没听人说嘛，白松黄糠黑有水，秃头麻疤是弄不够的鬼……"

四姐躲在家里，也逃不脱灾难，正所谓树欲静而风不止。人民公社斗争病激烈发作，在公社礼堂里搞起了阶级教育展览。这是高密东北乡的历史上第二次阶级教育展览，展览的内容与上次大同小异，一幅幅蹩脚的图画，围绕着上官家和司马家打转，好像高密东北乡的历史就是上官家和司马家的历史。老百姓对这些图片不感兴趣，老百姓感兴趣的是关于四姐的展览。可恶的公社干部把四姐的终生积蓄摆在一个玻璃柜里供人参观，那些金银财宝光芒四射，照花了百姓们的眼。

展览进行了三天后，珠宝引起的热情消退了，人们的阶级仇恨也没见出明显增长。公社干部别出心裁，要把四姐弄到展览馆里去现身说法。

戴着眼镜、额头光秃发黄像扇瓢、尖嘴猴腮的公社党委宣传委员羊解放率领着四个背着半自动步枪的民兵撞响了我家的大门。四姐颤抖不止，双手在身边摸索着。她有吸烟的习惯，洁白牙齿被熏得焦黄。她终于摸到了香烟，点着火抽起来。尽管是亲生女儿，尽管她有恩于家，但俭省的母亲对她的抽烟恶习颇为厌恶。她的烟是我替她去供销社买的，是那种一毛钱一包的“勤俭”牌。我想她腰里的钱只够买两包“勤俭”牌香烟了。她嘬嘴缩腮，深深地吸着，烟头的火噼噼啪啪地响着，劣质香烟，散发出燃烧破布的臭味。一刹那间我发现四姐是个苍老的女人。她低垂的眼睛里流溢出混浊的光芒像黄色的黏稠树脂，仿佛能粘住苍蝇的腿脚。她也许是害怕，也许不害怕。她也许是仇恨，也许是不仇恨。她的丑陋的脸在浓臭的烟雾里朦胧着，令人不敢正视。见过大世面的母亲说：“金童，开门去吧，是福不是祸，是祸躲不过。”

大门洞开，羊委员昂然而入，他脸上飞扬着公社干部那种骄横自得的神情，人个头虽小，但精神勃发，宛若一根充足了血液的驴鸡巴。四个民兵，狐假虎威，曳枪下肩，手拍枪护木啪啪响。母亲眯着眼，打量着羊委员。羊委员有些委靡，像绵羊一样咳嗽了几声，转过脸，对着四姐，道：“上官想弟，请跟我们走一趟。”几十年中，上官家听惯了这句话。这句话后边隐藏着的邪恶内容，我们了如指掌，这几乎是进班房、上法场的同义语。母亲说："为什么？俺闺女犯了什么罪？"羊委员狡辩道："谁说她犯罪了？我说她犯罪了吗？我可没说她犯罪，我只是请她跟我们走一趟。"母亲问："你们要她去哪儿？"羊委员道："你问我，我问谁去？我也是磨道里的毛驴，听吆喝的。"母亲挡在四姐面前，坚定地说："不去，俺没犯国法，哪儿也不去！"四个民兵又把枪托啪啪地拍响。母亲蔑视地看着他们，说："别拍了，这种动静我听得多了，日本鬼子放炮时，你们还没出世呢！"羊委员放下趾高气扬的架子，阴沉地说："大娘，您可别敬酒不吃吃罚酒！"母亲道："欺负孤儿寡妇，老天都不容哪！"四姐淡淡笑一笑，站起来，道："娘，别跟他们费口舌啦！"她转身对羊委员说，"你们出去等着吧，我要拾掇拾掇！"

我猜想四姐是在模仿那些英勇就义的女豪杰，赴法场前要梳洗打扮一番，但也许出于她的天性，天生爱美，不愿蓬头垢面出去见人。她滋地把手中的烟头吸到烧唇烫指的程度，然后噗地往外一吐，让烟纸和残余的烟丝分离——这一招上官盼弟也会——落在羊委员脚前，这动作富有挑战性也许还富有挑逗性，羊委员瞅着地上冒烟的烟丝儿，脸色尴尬。他说："快点，限你十分钟！"四姐懒洋洋地进东间屋里去了，她在屋里磨蹭了足有一个小时，急得羊委员和四个民兵在院子里团团转。羊委员几次敲窗催逼，四姐在屋里一声不响。终于，她出来了。她穿着一件骇世惊俗的红绸旗袍出来了。她足蹬一双缎子绣花鞋，脖子上挂着一串珍珠。她脸上涂着一层粉，嘴唇抹得猩红。她腰肢如柳条，白色的大腿在旗袍的开衩处闪烁着。她的眼睛里流露着恶狠狠冷傲傲的光芒。四姐这一身打扮让我心中满是罪疚感。我感到无地自容，只看了她一眼便不敢再抬头。我虽然生在太阳旗下，但毕竟成长在红旗下，四姐这样的女人我只在电影上见到过。羊委员小脸赤红，四个咋咋呼呼的民兵也成了呆瓜。他们尾随着四姐而去。四姐临出门前回眸对我一笑。这一笑妖气弥漫，令我终生难以忘却。这一笑常常进入我的梦，使我的梦成为噩梦。母亲叹息着，满脸老泪纵横。

四姐被请进阶级教育展览馆，站在她那些珠宝面前。高密东北乡的人从此便疯了，大家像看珍稀动物一样拥进去看四姐。公社干部要四姐交代她是如何剥削来这些珠宝的。四姐微笑不答。实际上由于四姐的出场，高密东北乡这一次阶级教育展览的意义便完全被消解了。

男人们是看妓女。女人们也是去看妓女。四姐虽已是残花败柳，但瘦死的骆驼大如马，丑死的凤凰俊过鸡。尤其是她那件火红的旗袍，照耀得阶级教育展览馆一片红光，远看好像屋里着了火，真他妈的像范国花说的那样。四姐久经风月，自然精通男人心理。她施展出魅人术，手捏兰花，目送秋波，扭腰摆胯，搔首弄姿，弄得阶级教育展览馆里洪水滔天，连那些公社干部都挤鼻子弄眼，丑态百出。幸亏公社党委胡书记是个立场坚定的老革命，他攥着拳头冲到展台前，对准四姐的胸脯捅了一拳。胡书记是个蛮勇汉子，拳头上的力道能开砖裂石，四姐如何吃得消？她的身体晃荡了几下，往后便倒。胡书记揪着她的头发把她拖起来，操着一口重浊的胶东话，骂道："妈啦个×的，跑到阶级教育展览馆里开起窑子来了！妈啦个×的，说，你是怎么剥削穷人的！"在胡书记的骂声中，公社干部们齐声吼叫，表示出各自的坚定立场。羊委员挥动胳膊喊起口号。口号内容和几年前一样，还是"不忘阶级苦，牢记血泪仇"之类，群众响应者寥寥。四姐双目喷火，冷笑不止。胡书记松开手后，她拢了一下被弄乱的头发，说："我说，我说，你们让我说什么……"干部们怒吼着："老实交代，不许隐瞒！"四姐的眼神渐渐黯淡了，明亮的眼泪从她紫色的眼睛里突然迸出来，溅湿了旗袍的前襟。她说："当妓女的，靠着身子挣饭吃，攒这点钱，不容易，老鸨催逼，流氓欺负，我这点财宝，都浸着血……"她的美丽的眼睛突然又明亮起来了，泪水被火苗子烤干了，她说：“你们抢了我的血汗钱还不罢休，还把我拉来出丑，我这样的女人，什么样的男人没见过？日本鬼子我见过，高官显贵我见过，小商小贩我见过，半大孩子偷了爹的钱来找我，我也不怠慢他，有奶就是娘，有钱就是夫……”干部们怒吼：“说具体点！”四姐冷笑道：“你们斗争我是假，想看我是真，隔着衣服看，多别扭，老娘今日给你们个痛快的吧。”她说着，手熟练地解开腋下的纽扣，然后猛地掀开胸襟，旗袍落地，四姐赤裸了身体，她尖厉地叫着：“看吧，都睁开眼看吧！靠什么剥削，靠这个，靠这个，还靠这个！谁给我钱就让谁干！这可是个享福的差事，风吹不着，雨淋不到，吃香的喝辣的，天天当新娘，夜夜入洞房！你们家里有老婆有闺女的，都让她们干这行吧，都让她们来找我，我教她们吹拉弹唱，我教会她们侍候男人的十八般武艺，让她们成为你们的摇钱树！大老爷们，谁想干？老娘今日布施，倒贴免费侍候，让你们尝尝红婊子的滋味！怎么啦？都草鸡了？都像出了的鸡巴一样蔫了？”在四姐的嬉笑怒骂中，几分钟前还目光灼灼的高密东北乡的男人们都深深地垂下了头。四姐挺胸对着胡书记，狂妄地说：“大官，我就不信你不想，瞧你，瞧你那家什像鸡腿匣子枪一样把裤子都顶起来了，支了篷了。来吧，你不带头谁敢干？”四姐对着胡书记做着淫秽的动作，说出一串的淫言浪语，她挺着伤疤累累的乳房前进，胡书记红着脸后退。这个威武雄壮的胶东大汉，粗糙的脸上沁出一层油汗，猪鬃一样支棱着的头发里冒着热腾腾的蒸气，好像一个开了锅的小蒸笼。突然，他嗷地叫了一声，好像被火钳烫了鼻尖的狗，他疯了，抡起铁拳，对准四姐的头脸，一阵胡打，在咯唧咯唧的瘆人声里，四姐哀鸣着跌倒了，她的鼻子里、牙缝里渗出了鲜血……

胡书记犯了错误，被调到不知什么地方去了。

那天，良心发现的高密东北乡女人们，痛骂着造孽的公社干部，也痛骂自己的男人。她们拥上前，围成一个圈，给四姐穿上了衣裳。

几个年轻力壮的女人抬着气息奄奄的四姐，走出阶级教育展览馆，在大街上走，后边跟随着一群泪汪汪的妇女，还有一些面色沉重，状如小老头的孩子，没人说话，简直就是一场悲壮的示威游行。四姐火红的裙裾拖垂到地上，像一个壮烈牺牲了的烈士。

从此四姐声名鹊起，一脱惊人，为愚顽的心灵放了血，施了一剂以毒攻毒的虎狼药，无疑是化腐朽为神奇，变被动为主动。好心的大娘婶子们，端着粗瓷大碗葫芦小瓢，碗里盛着面，瓢里盛着蛋，前来我家，慰问四姐。母亲被深深地感动了，她说上官家的人从来没与乡亲们这样亲近过。遗憾的是，四姐的神志再没清醒过，胡书记的铁拳，使她的脑子受了可怕的震荡。

补六

在省城召开的三级干部会议上，鲁胜利做了重点发言，从几位德高望重的老领导赞许的目光里和同僚们酸溜溜的话语中，她知道自己的发言非常成功。这几年省里也学着中央的样子，大会发言不坐，而是站在麦克风前，对那些思维迟钝、嘴笨舌拙离不开讲稿的官员们，站着讲话无疑是一场酷刑，但对于鲁胜利，却犹如一次表演。她把讲稿卷成一个筒儿，握在手中挥舞着。她嗓音清脆而不轻浮。她态度端庄又不失活泼。她有些撒娇而不过分。她手势多变又不夸张。她年近五十，仍具有迷人的少妇风韵。她精心修饰又不露化妆痕迹。她穿着朴素但衣饰气质高贵。她亭亭玉立在话筒前吸引了全体的注意，成了三干会上最亮的一颗星。在告别的晚宴上，老领导特意把她叫到自己身边就座。老领导用热烘烘的、小熊掌一样的手拍着她裸露的膝盖，慈祥地询问："小鲁啊，个人问题怎么样了？"她打着哈哈说："匈奴未灭，何以为家？！"老领导自然又是一阵赞许的哈哈大笑，然后又语重心长地开导她一番。

晚宴后回到宾馆，她感到有些头晕。兄弟市的市长打过电话来，请她到二楼舞厅跳舞，她说喝醉了，跳不动了。那老兄说了几句风凉话，她大笑着把电话挂了。她把"请勿打扰"的牌子挂到门把手上，便泡在澡盆里。泡在热水里她感到昏昏欲睡。电话铃响，她以为又是约跳舞的，便懒得接。她以为电话铃很快就会不响，但它一直响，有点不到长城非好汉的意思。终于她投降了，伸出湿漉漉的胳膊，摘下了挂在马桶后边瓷壁上的电话筒。她懒洋洋地唔了一声。对方沉默。她问是谁。对方问是鲁市长吗，她回答是。对方说鲁市长小心啊。她说我小心什么！对方说有人在搞你，材料都到纪委了，证据很铁。鲁胜利沉默一会儿，问你是谁。对方道：你们市有个"东方鸟类中心"？鲁胜利道我想见见你。对方道不必了，鲁市长，祝你好运。

她疲乏地躺在澡盆里，呆呆地望着袅袅上升的蒸气，听到隔壁卫生间抽水马桶的哗哗响声，脑子里仿佛出现一个漩涡，裹挟着污物团团旋转。她感到自己正随着这股浊水在旋转，转到暗无天日的下水道里去。她一直躺到澡盆里的蒸气散尽，天花板上雾气凝成的冷水珠寂寞地落下来，落在浮着一层荤油的、凝脂般的澡水里，其声清脆悦耳，如敲琉璃；落在她高傲的额头上，其声木僵僵的，如敲豆腐梆子。她从澡盆里一跃而起，宛若白鱼跳水。她在镜前擦体，看到自己虽近半百，但仍然奶是挺的，腰是卡的，肚是扁的。勇气战胜沮丧，美丽就是力量。她恢复了干练和麻利，三把两把擦干身，手勤眼快换好衣。头发上抹了桂花油，脖子上喷了迷人香。然后她打电话通知了头天就开车来省接会的司机，让他迅速备车。半个小时后，鲁胜利就坐在沿着高速公路以每小时一百五十公里的速度向高密东北乡大栏市疾驰的豪华轿车上。

她走进自己的小楼时已是凌晨三点钟。她甩掉高跟鞋，脱掉长衣，只穿着裤衩乳罩，在又涩又滑的打蜡地板上走了几圈，宛如一只母兽细致精心地视察自己的领地。她打开落地灯，关了顶灯，柔和的光线透出橘黄色的纱罩，房间里温馨宁静。几天不回，房间里空气陈旧，她拉开窗帘，推开一扇铝合金窗户。后半夜的清新空气携带着米兰的香气袭进来。她看到黄金色的庭院灯下，栽种在大木桶里的、那三棵像树一样的大米兰叶片油亮，黄金碎屑般的米兰花像繁星般缀满叶丫。院子里还有橡皮树，还有铁树，还有几株清雅的翠竹。庭院外的幽静街道上，疾驰过一辆眼睛血红的进口轿车，从那长长的车身和油滑的跑姿上，她认出了这车是市委书记孙某人的“奔驰六百”。于是那个头发稀疏、嘴巴光秃、老奸巨猾的小男人就恍若在眼前了。就像很多的地方那样，鲁胜利市长与这个市委书记一直是别别扭扭。这种特殊的人际关系是富于中国特色的。说有矛盾也没有矛盾，说没有矛盾却总是不顺劲。鲁胜利往上头想了想自己的靠山，又往上头想了想孙某人的靠山，一种恐怖感阴云般笼罩了她的心。自己的靠山有可能要倒，孙某人的靠山可能要升。这样一想就知道在宾馆里接到的那个神秘电话的全部含义了。这样一想就知道孙某人的“奔驰六百”深夜出笼不是偶然的了。

后来她感到肩头有些僵硬，本该披上那件粉红色的真丝睡衣，但她却摘了乳罩，自然是“独角兽”牌的，全棉的，装了具有按摩功能、隆乳功能、复杂的电子系统的，盯着那个像毛驴遮眼罩一样的玩意儿，她想起了几十年前在高密东北乡流传着的、关于把无线电发报机装进乳房里的女特务的故事，荒诞的故事让她心里泛起一种难以名状的失望情绪。随即她又想起了第一个穿着裙子在大街上行走的女人，美貌的俄语教师霍金娜，村里的小流氓们飞跑着到她面前，佯装跌倒，为的是看看裙子里是否穿着裤衩。慷慨激昂的胡书记说：穿裙子的女人都是破鞋，干那事方便，把裙子往上一掀，双腿一劈就行了。褪去了乳罩它们自然下垂了，毕竟是五十岁了，虽然吃着山珍海味，穿着绫罗绸缎也难留韶华。

她从酒柜里提出一瓶琥珀色的洋酒，开塞倒进高脚玻璃杯里。这一切都亚赛好莱坞豪华片里的贵妇人。应有尽有，要吃什么可以吃到什么，要喝什么可以喝到什么，要穿什么可以穿到什么，这辈子够本了，她想。她呷了一口酒后，端着杯子视察房间。彩电、录像机、音响等等都像桌椅板凳一样不稀罕了。她拉开贴墙站着的樟木大衣柜，樟木的香气扑鼻。柜里悬挂着一套套时装，哪一件也值头牛，甚至十头牛。如果把这些衣裳换成大米，怕要盖一个米仓才能盛下，她凄凉地笑了。她呷了一口酒，自语道："腐败，太腐败了。"她拉开抽屉，把那些散乱地扔着的金首饰聚拢在一起，点点数，计有金项链一百八十五条．金手链九十八条。金耳环八十七对。金戒指镶钻的、嵌宝石的、啥也不镶不嵌的共有一百二十七个。铂金戒指十九个。金胸花十七个。纯金纪念币二十四枚。劳力士金表七只。其他各式女表一堆。这些东西要是换成猪肉能绞出多少肉馅呢？她凄凉一笑，呷了一口酒，自语道："腐败，太腐败了！"她端着酒杯踱进一个盛杂物的房间，拉开一扇壁橱的门，成束的人民币整齐地摞满了壁橱的一格，一股令人作呕的腐臭味儿扑出来。她关上壁橱，呷了一口酒，自语道："钱是人世间最脏的东西，怪不得大人物都不摸钱。其实我也可以不摸钱了，十年里，我难道还用钱买过什么东西吗？没有，没有。"她离开了这钱，心情很阴郁，对自己很不满，我干吗要积攒这些玩意儿呢？她想。她厌烦地想起，壁橱里的人民币大概有一百万元之多，好像在一楼地下室里的铁柜子里还有一部分，那是在银行当行长时的成绩。

大概的清点了财产之后，她坐在真皮沙发上连喝了两杯酒，她感到大腿上渗出一些冷汗，粘得沙发皮面咯咯吱吱响。她想，够枪毙的资格了。大家都在贪，都心照不宣，最终都要被钱咬死。她预感到自己的恶时辰到了。为了证实猜想，她试着拨了孙某人一个秘密电话，电话嘟了一声那边就把话筒提了。她一声不吭地放下话筒，心里啥都明白了。孙某人没有睡觉，利用自己去省城开会这几天，他把什么都安排好了。

她想了好久，想起了一个销毁货币的方法。

她用塑料口袋把那些钱提到厨房，找到一口高压锅，盛了大半锅水，将锅放在煤气灶上，点燃了煤气。用火烧钱多笨呀，她想，那燃烧纸币的臭气能把人活活熏死。她把几十捆人民币扔进锅里。锅里的水快要溢出来了，她盖上锅盖。她想半个小时后这些钱就会变成纸浆，然后就可以通过马桶，冲到下水道里去。神不知鬼不觉，你们总不能钻到下水道里取样化验吧？你们就算取了样，又能化验出来什么呢？她为自己的聪明感到得意。

回到客厅里她继续喝酒，等待着把人民币煮成稀粥。她突然想起应该给靠山打个电话，但又怕打扰了他的甜梦。正踌躇着，电话响了。她按了一下免提，问谁，靠山关切的声音便响起来了。靠山说我往省里给你打电话，一直没人接，我估计你回来了。回来好，回来把家好好拾掇拾掇，万一来了贵客，不至于丢丑……

鲁胜利心里更像明镜一样了。她把那瓶酒喝光了。她站起来想去看看人民币粥时，感到双腿有些发软，好像踩着棉花团一样。她还没飘到厨房门口就听到一声爆响，震得玻璃窗直嗡嗡。她推开厨房门，看到高压锅爆炸了，锅体像砸瘪的铜盔，垫圈像一节弯屈的黑肠子。雪白的瓷砖地面和贴壁上，溅满了糊状物，糊状物腥臭扑臭，颜色紫红，像一摊摊刚从疖子里挤出来的脓血。她感到恶心极了，急忙捏住喉咙，退回到客厅里。

她听到身后有人说，鲁市长，你醉了！她说，谁说我醉了……我没醉……我是海量……我有遗传……我外婆能喝一坛子二锅头哩……我那些姨也个个能喝……不信我喝给你看……她晃荡到酒柜前，拿起一瓶酒，说，马粮表哥，在这里没有他娘的什么市长，只有女人……咱两个没有血缘……来吧，干个热火朝天……闯进来……谁敢？让那些婊子养的进来试试……我通通捏死他们……马粮哥马粮哥你他妈的真是人四两屌半斤……今晚咱彩排……金瓶梅……你是西门庆……我就是你的潘金莲……李瓶儿……春梅……来旺媳妇……多姑娘子……

鲁胜利断断续续地说着，将那瓶名贵洋酒往嘴里倒，瓶子里发出咕嘟咕嘟的声响，美丽的酒浆淋漓着，少量落进她大张开的娇媚的嘴，大量地浇在她的下巴上，沿着脖子，流向胸脯，使那两只醉醺醺的奶子上，挂上了一层金色的薄壳……

鲁胜利宴罢司马粮，随他乘电梯上了桂花大厦十六层，进入了他包租的总统套房。这是桂花大厦建成后第一次有客包租总统套房。一进屋，司马粮便把鲁胜利抱住了。起初，鲁胜利很认真地挣扎着，甚至满脸怒容，但待到司马粮捏住了她的乳头，又对着她的耳朵低声咕哝了几句下流话，她便像中了枪弹的大象一样，浑身抽搐着跌倒了。

补七

在沼泽地边缘一块潮湿的草地上，上官金童草草地掩埋了母亲的遗体。他跪在几个前来帮忙的老乡亲面前，磕头谢恩，歪头张大叔架着他的胳膊把他扶起来，连声道：“免礼吧，免礼吧！”王干巴大哥和李大官他们也抱拳作揖道：“免了，免了。”几个老乡亲面容凄凄地看着他，好像在期待着什么。金童突然想起了什么似的，从衣袋里摸出几十元钱，递给歪头张，道：“大叔，这几个钱，太少了，拿不出手，给乡亲们装几壶酒吧。”歪头张把金童的手指推拢，道：“老侄子，咱们还用不着这一套。”金童喃喃道：

“现在都兴这个。”歪头张道：“都是抬头不见低头见的乡邻，谁家死了人也不能自家扛出去。”吴法仁抽着鼻子道：“往后哪，只能是自家死人自家扛啦！”他忧虑地望望北边那喷云吐雾的大栏市的猖狂市区，说：“用不了十年，就谁也不认识谁啦。”上官金童从口袋里摸出一盒烟，剥开封纸，分给老乡亲们。他们都尖着手指，客气地接了，然后脑袋相抵，借火吸着，喷吐着烟雾，收拾起家什，准备走了。歪头张说：“金童大贤侄，老婶九五而终，是难得的高寿了。人死如灯灭，气化春风肉作泥，皇帝老子也得走这一步，您就节哀吧！”上官金童连连点头称是。“跟我们一起走？”歪头张问。上官金童答道：“叔叔，大哥们，让你们吃累了。你们先回吧，我陪着俺娘再坐会儿。”几个老乡亲叹息着，肩起锨镢和扁担，走了。走出十几步光景，歪头张又回头道：“想开点，大侄子，权当老婶子坐化成佛了吧！”上官金童嗓子发哽，双眼热辣辣地望着歪头张古老浑朴的脸，用力地点着头。

乡亲们议论着栽培蔬菜的塑料大棚，痛骂着腐败的干部和横征暴敛，笑谈着九层单元楼房里垒着的土炕，叹息着年轻一代的古怪行为……他们渐渐走远，响亮的话语突然消逝了，传来了沉重而有节奏的空咚声，那是修桥队在蛟龙河里打桩。

四顾远望，上官金童心中怅然，不知何去何从。他看到张牙舞爪的大栏市正像个恶性肿瘤一样迅速扩张着，一栋栋霸道蛮横的建筑物疯狂地吞噬着村庄和耕地。母亲寄居过数十年的塔前草屋已在惊惧交加中自行倒塌，那座七层宝塔也摇摇欲坠。太阳冒出来，喧闹的市声像潮水般追逐着涌过来。沼泽地雾气蒙蒙，沼泽地西侧的槐树林里一片鸟声，槐花的香气形云般往四处膨胀。他围着新堆起的、散发着泥土腥味的母亲的坟头麻木地转了几圈，然后跪下，又虔诚地给母亲磕起头来。他心里默念着：娘啊娘，我这个不争气的儿子，可把您害苦了。这下好了，娘，您死了，成佛了，成仙了，到天堂里享福了，再也不用受儿子拖累了。儿也老了，这辈子也快窝囊到头了。儿要把风烛残年献给上帝，我那同父异母的哥哥已在教堂里给我谋了个差事，他让我负责清扫卫生，看守门户，定期挖露天厕所，把那些秽物担到老百姓的菜地里。娘，这是我最好的归宿，这也是您老人家企盼着的吧？……想着想着，教徒们颂扬苦难的悲悯歌声便在他耳边轰响起来：主啊，我们的在天之父，我们沐浴着您的光荣，您的血浇灌着玫瑰和蔷薇，让我们呼吸着神的馨香，我们的罪被洗了，我们的心安宁……阿门！阿门……

他把因被圣灵感动而充血发烫的脸，埋伏在母亲坟头的湿土上，他嗅到了血的气味，汗的气味。他感到凉爽的晨风轻拂着自己的头颅，恍惚中母亲又坐在了自己的身边，晨风就是她的刚在冷水中洗过的手。他感到不是母亲躺在墓穴里，而是自己躺在墓穴里。是母亲将一把把的湿土撒在自己的脸上，湿土里混合着母亲的泪珠。因为巨大的幸福他呼噜呼噜地哭起来。

“哎！哎！起来！”脑后几声厉喝，他感到先是脚后跟被踢了几下，随即屁股上又挨了一下重踹。他感到受潮的关节巴嘎巴嘎地响着，胸膛宛若针扎般疼痛，艳阳已经高照，天地一片灿烂，一个灰色的、耀眼的大影子在他面前晃动着。他用肮脏的手背揉着昏花的眼，渐渐看清，眼前立着一个身着银灰色制服、头戴明盖大檐帽、满脸严肃、小胡子凶残奸诈的人。那人板着脸，阴森森地问：“谁让你在这埋死人的？”上官金童突感一阵刺痒，浑身紧张，手足无措，冷汗流出的同时，他感到温热的尿液也撒在了裤裆里。他知道自己还有能力控制小便，但他不控制，好像是要成心尿在裤裆里博得面前这位公家人同情似的。

公家人并不同情他，眼睛里全是居高临下的鄙夷之色，那些钉在帽檐上、胸脯上的铁标识寒光闪闪、咄咄逼人。他毫不客气地命令上官金童：“立即把死尸扒出来，送到火葬场火葬！”上官金童道：“领导，这里是块废地，您就高抬贵手吧……”公家人好像被狗咬了一口似的，猛地跳起来，厉声道：“你敢再说一遍？！

废地？谁告诉你这是废地？即便是废地，也是国家的神圣领土，岂容你随便乱埋？”上官金童哭咧咧地说：“领导，行行好吧，俺娘九十多岁的人啦，好不容易才入了土，您开恩，不要折腾她了……”公家人益发恼怒了，斩钉截铁地说：“少废话吧，快挖出来。”上官金童道：“俺把坟头平摊了还不行吗？平摊了就不占国家的地皮了。”公家人厌烦地道：“你这个人是怎么回事？是真糊涂还是装糊涂？死人火葬，这是法规。”上官金童跪在地上，鼻涕一把泪一把地哀求着：“领导啊，政府啊，开恩饶了俺吧，五黄六月，大热的天，再扒出来就烂了，俺娘经不起折腾了呀……”公家人恼怒地说：“哭也没用，号也没用，这事也不是我能做得了主。”上官金童突发灵感，从口袋里摸出那几十元被歪头张大叔拒绝接受的人民币，双手捧着，递到公家人面前，哭求道：“领导，拿去买壶烧酒喝吧，俺是个穷愁潦倒的孤单人，找个帮忙的不容易，俺身上就这几个钱了，连火葬费也不够了，去了也是耗费国家的电，污染政府的空气，您就开恩让俺娘在这儿烂了吧……政府，开恩吧……”公家人冷眼打量了一下那几张皱巴巴、脏乎乎的钞票，怒吼道：“你想干什么？你知不知道你在干什么？你这是行贿，是腐蚀拉拢国家干部，这是犯罪！靠这几张脏票子你就想让我放弃原则？做梦！”公家人跺了一下脚，用法律一样庄严的口吻说：“天黑之前，必须把尸体扒出来，否则，别怪我们不客气！”

公家人气昂昂走了。来时他仿佛从天而降，去时仿佛他入地有门。上官金童被这巨大的困难压倒了，他坐在新坟前，双手抱着头，低声哭泣着。政府，政府——这里人习惯把政府工作人员和所有的拿工资吃国库粮的人尊称政府，几十年如一日——您这不是为难我吗？即便我把母亲烧了，那骨灰不还是要埋到地下吗？这地方远离市区，不长庄稼，埋上个死人，几年后不就变成泥土了吗？你让我扒出来，扒出来怎么办？我一个人，背不动，拉没车，烧了也没钱付火葬费，更没钱买骨灰盒，为找几个老乡亲帮忙，我跑细了两条腿，政府，您难道不知道，现在不是从前了，现在的人没钱不办事，不像从前那么义气了，虽说歪头张大叔没要我的钱，但埋尸人家不要钱，起尸就要钱了，即便人家还不要钱，欠下这么多人情让我怎么还？政府啊好政府，您替我想想吧……他絮絮叨叨地哭诉着，仿佛那严肃的公家人还在眼前。

一辆银灰色日本产吉普车从狭窄的土路上颠颠簸簸地开过来了，车后拖着一溜烟尘。上官金童吃了一惊，以为这车是来抓自己的。起初他确实吓得要死，但随着那富贵铁兽的逼近，他的心反而坦然了。我已经蹲了八年劳改农场，再蹲八年又有何妨，那儿干活有人叫，吃饭有人做，只要卖力干活，就会平平安安，对于我上官金童这样的人，那里也许真是天堂了。最要紧的是，抓走我之后，他们花一万元钱，怕也难雇着愿意扒坟掘墓的人。这样母亲就可免受折腾，就算占住了高密东北乡一块地，就算安息了。我害了母亲一辈子，最后能用丧失自由换取母亲的安宁，也算值了，也算我这不孝的儿子尽了一次孝，也算我这不争气的儿子争了一口气。想到此他简直就是陶醉在幸福里了，擦干泪水他站起来，脸上皱纹舒展，肩头轻松，如释重负。他双手平伸胸前，等待着凉森森的手铐。但十分遗憾，吉普车摇晃着从他面前驶过，镀着水银的车窗玻璃贼光刺目，根本看不到车里的风景。到距离新坟约一百米的地方，吉普车停了。车门两面张开，钻出了三个人。两个男的，一个体积庞大，身穿蓝白交叉的休闲猎装，一个身体苗条，胳膊弯上挎着一支双筒猎枪，手脖子上悬着一个小皮包，小皮包里装着“大哥大”，上官金童在“东方鸟类中心”交红运时，手脖上也悬挂这玩意儿，所以他晓得。在两个男人中间，还有一个身穿深红色裙子的女人。远远地看不清她的眉眼，但从闪烁着瓷光的耀眼肌肤上，他知道这是个美女。

他们一行三人沿着沼泽地边缘上潮湿的小径，慢吞吞地移动过来。女人叽叽喳喳地吆喝着什么，叽喳声中还夹着格格的笑声。庞大男人偶尔咳嗽一声，底气充足，铿铿锵锵，有铜声铁气。瘦男人尾随在那对男女身后，毕恭毕敬，一看就知道是个秘书。忽然间，庞大男人往后一伸手，秘书迅速把猎枪递上。庞大男人接过枪，连准都不瞄，托平就放，叭叭两声响，清脆欲滴，震耳欲聋。放眼往沼泽地望去，一群天鹅吃力地挣扎着起了飞，有两只中弹的，一只浮在浅水中，死定了，还有一只在乱草里扑棱着翅膀挣扎，翅膀拖泥带水，脖子上沾满鲜血，弯屈着摇摆着，宛如舞蹈中的彩蛇。那个红衣女人拍着巴掌欢呼："打中了！打中了！马副市长，您真是神枪手！"从她的耸动着的乳上，上官金童知道这打扮妖冶的妇人已颇不年轻，但她拍手雀跃的动作却像对天真的中学小女生的拙劣模仿，这令上官金童心中颇为反感。这家伙也是个不可救药的货色，差不多死到临头了，还产生这种休闲的情绪。红裙女人好像故意要跟上官金童赌气似的，抡起两根裸露的白胳膊，夹住了马副市长的粗短脖颈，然后像鸡啄食一样，跳一下，在他的脑门上啄了一口。秘书脱下皮鞋，挽起裤腿，蹚着一汪汪的浅水，去把那两只中弹的天鹅捡出来。捡那只没死利索的天鹅时，秘书差点陷入淤泥没顶的深潭，吓得马副市长顿脚大叫："小何，小心！"秘书把死利索的天鹅和没死利索的天鹅放在绿草地上，红衣女人弯下腰，伸出食指拨弄着鸟毛，她惊诧地大叫道："哎哟！天鹅身上还有虱子呢！"猎手们继续前行，从上官金童面前经过。马副市长和秘书侧目对着沼泽地，搜索着猎物，根本没把新坟前的人放在眼里，反倒是那红衣女人，很认真地盯了上官金童几眼。上官金童嗅着女人身上散发出的浓郁的名贵香水气味，并条分缕析地辨别出了混杂在香水味里的狐臭气。这女人身材的确很好，双腿修长，细颈高挑，但胸前的乳房已经松弛下垂，尽管有"独角兽"托着，但假的就是假的，行家眼里不搀沙子。挥手之间，上官金童还发现这个女人腋窝里丛生着火红色硬毛，狐臭的气味就从那里放出来的。

他们过去了。上官金童明白了这些人根本不是为己而来，心情颇有些矛盾，可谓半忧半喜。猎人与鸟，勾起了他一些回忆，自然是与鸟儿韩有关。鸟儿韩其实是个懂鸟语的怪才，要不他凭什么能在荒山野岭里生活十五年呢。他一定能与鸟儿对话，交流思想，对着日本鸟儿诉说他的思乡之苦，也许有许多鸟儿远涉重洋来到高密东北乡向我们报信，只是我们听不懂鸟语罢了。乒！乒！又是两声枪响，猎人击毙了一只水鸭子，那可怜的鸟儿是飞起数米高时中弹的，铅丸把它的身体打碎了，绿色的羽毛在沼泽地翻飞，它跌落在水汪里，像块垂直下落的石头。秘书扔下手提的皮鞋，往上撸撸裤腿，又要下去捡鸟。马副市长说："小何，算了吧，一只小家伙，不值得。"红衣女人娇滴滴地说："不，我要那鸭上的翠绿羽毛。"小何说："不要紧的，我去捡。"小伙子很踊跃地跳下去，扑扑哧哧地踩着烂泥往前走，淤泥陷到他的膝盖处，他走得有点吃力。接近死鸭子时，淤泥分明深了，直陷到了他的大腿根。马副市长喊道："小何，回来吧！"但为时已晚，淤泥里噗噗地冒出有硫黄味的气泡，好像不是小何的身体下陷而是淤泥在上升。小伙子掉回头，喊叫了一句什么，上官金童没听清楚，但小伙子惨白的脸上那惊恐的表情却牢牢地印在他的脑子里。

傍晚时分，营救落泥秘书的人群无奈地散去了，只余下一个苍老的妇人坐在沼泽地外嘶哑地哭泣着。几个灰溜溜的人疲乏地劝着她，动手拉她，但老妇人挣扎着不走，并且一次次地往儿子陷没的地方冲刺，每次都被身边的人拉住。后来，那几个人强硬地架着她的胳膊把她拖走，她的脚尖在草地上划出了两道灰白的痕迹。

沼泽地边恢复了安静，上官金童的面前是一片被汽车轮胎、拖拉机履带轧烂了的草地，人脚留下的痕迹更是密密麻麻，傍晚的空气里混合着人味、车味和青草汁液的味道。他们折腾了半天也没能把小伙子从淤泥中救出来。他们用钢丝绳拴着几个武警战士的腰把他们放到泥潭里去，那几个战士脸都憋青了也没试着泥潭的底。秘书变成了泥鳅，不知钻到什么地方去了。这一天，上官金童一直坐在母亲的坟前，没人与他说话，更没人盘问他坟中埋着何人。青年秘书的灭顶给了他一个启示：如果那严肃的公家人再来逼我挖掘坟墓，那我就挖吧，挖出来，我背着，我背母亲的尸首憋足劲往前冲出几十步，我就与母亲一起沉入泥潭了。我至死也不会松手，两个人的重量加在一起，沉得会更快更深。

暮色愈加浓重，沼泽地里的鸟儿已经栖落在乱草中准备过夜了。间或有几只鸟儿惊叫着蹿飞起来，好像被蛇咬了一口。西行列车披着晚霞空咚空咚地开过去了。沼泽地中心无人能进去的地方，那种紫红色的毒气渐渐地绽开了花朵，阵阵晚风送来了沼泽地深处的气息。都这时候了，严肃的公家人还没来，那么他是不会来了。你来了我也不怕你了，他想。那么个活蹦乱跳、前程远大的小伙子，几分钟内便被淤泥吞噬，连尸首都找不到，我一个年近花甲的废人，还有什么好怕的？彻底消除精神负担后，他感到肠胃绞痛，知道是饿的。母亲去世后他就没正经吃过一顿饭。他模模糊糊地感到应该进城去找点吃的，到那条著名的小吃街上去，总能捡到点吃的。那里，吃新鲜的红男绿女们喜欢抛弃食物，捡来吃，一是清理了环境，二是维持了生命，三是减少了浪费。人要活下去其实也不难。他想走，但双腿如铁拖不动。他看到在母亲坟墓后边没人脚践踏的地方，有很多苍白的花朵，只有中间的一朵，显出黯淡的红色。花朵们散发着甜味。他往前爬行了几步，伸手先揪下了那朵花，稍加欣赏便塞到嘴里去。花瓣很脆，宛如生虾肉，咀嚼几下便满嘴血腥味。花朵为什么会有血腥味呢？因为大地浸透了人类的鲜血。

在这个星月璀璨的夜晚里，上官金童嘴里塞满花朵，仰面朝天躺在母亲的坟墓前，回忆了很多很多的往事，都是一些闪烁的碎片。后来，回忆中断了，他的眼前飘来飘去着一个个乳房。他一生中见过的各种类型的乳房，长的，圆的，高耸的，扁平的，黑的，白的，粗糙的，光滑的。这些宝贝，这些精灵在他的面前表演着特技飞行和神奇舞蹈，它们像鸟、像花、像球状闪电。姿态美极了。味道好极了。天上有宝，日月星辰；人间有宝，丰乳肥臀。他放弃了试图捕捉它们的努力，根本不可能捉住它们，何必枉费力气。他只是幸福地注视着它们。后来在他的头上，那些飞乳渐渐聚合在一起，膨胀成一只巨大的乳房，膨胀膨胀不休止地膨胀，矗立在天地间成为世界第一高峰，乳头上挂着皑皑白雪，太阳和月亮围绕着它团团旋转，宛若两只明亮的小甲虫。

1995年4月13日初稿于高密
1995年7月17日二稿于北京
1995年9月15日三稿于北京
2001年7月18日修订于北京
2009年11月再校于北京

图书在版编目（CIP）数据

丰乳肥臀 / 莫言 著. -- 北京 ：作家出版社，2012.11
（莫言文集）
ISBN 978-7-5063-6666-3

Ⅰ. ①丰… Ⅱ. ①莫… Ⅲ. ①长篇小说－中国－当代 Ⅳ. ① I247.5

中国版本图书馆CIP数据核字（2012）第241791号

丰乳肥臀

作　　者： 莫　言
出版统筹： 第二编辑中心
出版策划： 精典博维
责任编辑： 懿　翎
特约编辑： 红　雪
装帧设计： 博雅工坊 · 肖　杰
出版发行： 作家出版社
社　　址： 北京农展馆南里10号　　**邮　　编：** 100125
电话传真： 86-10-65930756（出版发行部）
86-10-65004079（总编室）
86-10-65015116（邮购部）
E-mail:zuojia@zuojia.net.cn
http://www.haozuojia.com（作家在线）
印　　刷： 三河市紫恒印装有限公司
成品尺寸： 152×230
字　　数： 490千
印　　张： 41.75
版　　次： 2012年11月第1版
印　　次： 2012年11月第1次印刷
ISBN 978-7-5063-6666-3
定　　价： 46.00元